Barry Jonsberg

Das ist kein Spiel

DER AUTOR

Barry Jonsberg gehört zu den renommiertesten australischen Kinder- und Jugendbuchautoren. Er studierte Englisch und Psychologie und arbeitete als Lehrer, bevor er freiberuflicher Schriftsteller wurde. Seine Bücher wurden mit zahlreichen Preisen ausgezeichnet, u. a. mit dem Children's Peace Literature Award für »Das Blubbern von Glück«. Sie sind außer in Australien und Deutschland auch in den USA, in England, Frankreich, Polen, Deutschland, China, Ungarn und Brasilien erschienen.
Barry Jonsberg lebt mit seiner Frau, seinen Kindern und zwei Hunden in Darwin, Australien.

Von Barry Jonsberg sind bei cbj außerdem erschienen:
Das Blubbern von Glück (31089)
Flieg, so hoch du kannst (30964)
Was so in mir steckt (16553)

Mehr über cbt/cbj auf Instagram unter @hey_reader

Barry Jonsberg

DAS IST KEIN SPIEL

Thriller

Aus dem Australischen
von Ursula Höfker

cbt

Bei diesem Buch wurden die durch das verwendete Material und die Produktion entstandenen CO_2-Emissionen ausgeglichen, indem der cbj-Verlag ein Projekt zur Aufforstung in Brasilien unterstützt. Weitere Informationen zu dem Projekt unter: www.ClimatePartner.com/14044-1912-1001

FSC
www.fsc.org
MIX
Papier aus verantwortungsvollen Quellen
FSC® C014496

Verlagsgruppe Random House
FSC® N001967

Wir produzieren
Klimaneutral
ClimatePartner.com/14044-1912-1001
Druckprodukt

1. Auflage
Erstmals als cbt Taschenbuch April 2020

Die Originalausgabe erschien unter dem Titel
»Game Theory« bei Allen & Unwin, Australia

Aus dem australischen Englischen von Ursula Höfker
Umschlaggestaltung: Suse Kopp
Umschlagmotive © Gettyimages (Tony Hutchings, Jodie Griggs);
iStockphoto (kwasny221)
TP · Herstellung: LW
Satz: KompetenzCenter, Mönchengladbach
Druck: GGP Media GmbH, Pößneck
ISBN 978-3-570-31326-8
Printed in Germany

www.cbj-verlag.de
Dieses Buch ist auch als E-Book erhältlich.

Für Sonja und Kate Jonsberg

PROLOG

Wolken teilen sich und Mondlicht stiehlt sich durch meine Vorhänge. Ein silberner Eindringling.

Ich sitze aufrecht im Bett und halte die Pistole in meiner rechten Hand. So habe ich die ganze Nacht gesessen. Das Kissen in meinem Rücken ist zerknautscht und mein Nacken schmerzt. Meine Hand tut weh, weil ich den Pistolengriff zu fest umklammert habe. Ich habe nicht geschlafen, auch wenn ich es anfangs noch versucht habe.

Jemanden zu erschießen, ist nicht einfach. Ich weiß das von meinen Recherchen. Zwei Seiten sind zu beachten – die physische und die psychologische. Die psychologische Seite stellt das offensichtlichste Problem dar. Es ist eine Sache, in einer Schießanlage auf Ziele zu schießen, und eine ganz andere, eine Pistole auf etwas aus Fleisch, Blut und Verstand zu richten. Logisch. Selbst wer Tiere jagt – also jemand, dem es *Spaß* macht, einem Schwein oder Känguru das Lebenslicht auszublasen –, findet, dass es etwas ganz anderes ist, auf einen Menschen zu schießen. Einem Menschen in die Augen zu schauen, die Waffe auf ihn zu richten und gleichmäßigen Druck auf den Abzug auszuüben in dem Wissen, dass es einen Punkt gibt, an dem der Hammer auf eine Zündspitze trifft, was Sprengstoff zur Explosion bringt und als Folge eine Patrone durch die Luft fliegen lässt. Es dauert weniger als eine

Sekunde. Viel weniger als eine Sekunde vom Krümmen des Fingers bis zur Verletzung eines Körpers, wenn sich Metall durch Fleisch bohrt und alles auf seinem Weg zerstört. Alles ist Ursache und Wirkung. Aber diese Wirkung ist gigantisch, steht in keinem Verhältnis zur physikalischen Ursache. Minimaler Druck, zarter als eine Liebkosung. Leben ausgelöscht.

Ich habe noch nie eine geladene Waffe abgefeuert. Bis heute.

Dann ist da noch der physikalische Teil. Herbeiführung von Tod durch einen Schuss. Die meisten Menschen machen sich darüber keine Gedanken, weil es im Fernsehen so einfach aussieht. Im Fernsehen sieht alles einfach aus. Richtig ist sicher, dass es bei einem Gewehr mit einer größeren Reichweite anders wäre. Auch bei einer automatischen Waffe. Betätige den Abzug und Patronen strömen heraus. Zielt man mit der Waffe in die ungefähre Richtung des Objekts, kann man davon ausgehen, dass man Schaden anrichtet. Deshalb ist so ein Automatikteil die Waffe der Wahl für Psychopaten, deren Dämonen sie in Schulhäuser und Einkaufszentren führen.

Ich habe eine Handfeuerwaffe. Diese Dinger sind notorisch unpräzise, selbst wenn sie qualitativ hochwertig sind. Was meine vermutlich nicht ist.

Der Rückstoß einer Handfeuerwaffe bewegt den Lauf, was die Geschossbahn verändert. Nicht zu treffen, ist ganz einfach. Ohne Übung ist es tatsächlich viel einfacher, danebenzuschießen, als zu treffen. Ich habe keine Übung. Ich werde nah herangehen müssen. Nah genug, um zu sehen, wie die Augen sich weiten, und die Angst zu riechen. Nah und persönlich wird es werden. Während der Nacht war ich viele Stunden mit diesen Gedanken beschäftigt. Sie kreisen in meinem Kopf, summen wie Insekten.

Ich schwinge meine Beine über die Bettkante und lege die Pistole neben mich. Meine Hand ist steif. Ich hebe sie auf Augenhöhe und bewege die Finger, um die Muskeln zu lockern. Sie fühlt sich an wie eine Klaue – und genauso sieht sie auch aus.

Ich stehe auf, schleiche zum Fenster und ziehe die Vorhänge zurück. Ich kenne mein Zimmer, weiß, welche Dielen knarren, und kann mich geräuschlos bewegen. Ich schaue hinaus. Noch eine Stunde bis Sonnenaufgang. Am Horizont ist ein winziger, hingetuschter Streifen Orange zu erkennen. Darüber hockt eine einzelne Wolke. Ihre weißen Ränder gehen in die Schwärze der Nacht über. Zeit zu gehen. Noch nicht Zeit für meine Verabredung. Die ist erst in über drei Stunden. Dennoch ist es Zeit für mich aufzubrechen.

Bevor ich ins Bett ging, habe ich meine Kleider zurechtgelegt. Dunkle Jeans und ein schwarzes T-Shirt. Schwarze Turnschuhe. Ich komme mir vor wie ein wandelndes Klischee, ziehe die Sachen aber trotzdem an. Als ich mein T-Shirt über den Kopf streife, rieche ich mich. Ein scharfer, unangenehmer Geruch. Ich bin versucht, die Pistole hinten in den Bund meiner Jeans zu stecken, entscheide mich dann aber dafür, den Lauf so tief wie möglich in meine rechte Hosentasche zu schieben. Ich prüfe, ob die Waffe gesichert ist. Zum hundertsten Mal. Das ist auch so ein Bild. Die Pistole geht los und die Kugel fährt mir ins Bein. Das ist absurd genug, um passieren zu können.

Früher kam Summerlee, meine ältere Schwester, gewöhnlich morgens um drei oder vier nach Hause, stolperte die Treppe herauf und stieß dabei gegen alles Mögliche, doch Mom und Dad wachten nie auf. Sie lachte darüber. *Ich war so zugedröhnt, dass ich kaum noch kriechen konnte, und sie haben einfach weitergeschlafen.* Jetzt kann Dad nicht mehr schlafen.

Wenn ich nachts meine Tür öffnen würde, stünde er sofort da, die Augen vor Angst geweitet und bleich wie der Tod. Sein Haar ist grau und wird von Stunde zu Stunde schütterer. Ich stelle ihn mir im Bett vor, halb sitzend wie ich die ganze Nacht. Er starrt ins Leere und spinnt Albträume daraus. Eine Hand zupft an der Bettdecke. Ich kann nicht durch die Tür verschwinden. Nicht nur wegen Dad, sondern auch wegen der beiden Polizisten im Wohnzimmer. Deshalb habe ich das Fenster die Nacht über offen gelassen. Einer der Gründe – nicht der Hauptgrund –, weshalb ich nicht geschlafen habe.

Der Rucksack liegt unter meinem Bett, das Seil an die Trageschlaufe geknüpft. Er ist schwer, und meine Muskeln verkrampfen sich, als ich ihn auf die Erde hinunterführe. Sobald ich das Gewicht nicht mehr spüre, lasse ich das Seil los. Dann schwinge ich ein Bein übers Fensterbrett und strecke die rechte Hand nach dem Regenrohr aus. Ich ziehe das andere Bein nach und sitze jetzt auf meinem Sims. Die schwere Pistole beult meine Tasche aus und ihr Gewicht stört. Mein Zimmer liegt im ersten Stock, deshalb das Regenrohr. Ich bin nicht sportlich. Es liegt nicht in meiner Natur, Regenrohre hinunterzurutschen, aber ich schaffe es, nicht abzustürzen. Ich bin erleichtert, es schon mal bis hierher geschafft zu haben, ohne jemanden aufzuwecken.

Ich stehe auf dem Rasen und blicke mich um. Büsche und Bäume bedrängen mich mit dunklen Schatten. Nichts ist vertraut. Ich löse das Seil vom Rucksack und setze ihn auf. Ich ziehe die Pistole aus der Tasche und stecke sie jetzt doch hinten in meine Jeans. Es ist Zeit zu gehen, aber etwas hält mich. Es ist wie beim Krümmen des Fingers am Abzug. Bewege ich mich von meinem Haus weg, mache ich den ersten Schritt meiner Reise, dann setze ich eine Folge von Ereignissen in

Gang, die zum einen oder anderen Ergebnis führen. Ursache und Wirkung. Mich fröstelt, obwohl mir nicht kalt ist.

Irgendwo schreit eine Eule. Der Ton klingt traurig und dünn. Ich mache den ersten Schritt, und der zweite ist schon einfacher, der dritte noch einfacher. Mein Körper bewegt sich, und mein Kopf folgt unterwürfig, still und feige, froh, dass der Rhythmus der Muskeln das Kommando übernimmt und mich Sekunde um Sekunde welchem Ziel auch immer näher bringt.

Ich trete auf die Straße und wende mich nach rechts, halte mich an den aufgemalten unterbrochenen Mittelstreifen. Ringsherum ist es dunkel. Ringsherum ist es still, bis auf das leise Knautschgeräusch meiner Gummisohlen auf dem Asphalt.

Die Spieltheorie hat mich an diesen Punkt gebracht, und ich muss gehen, wohin sie mich führt.

Auch wenn das kein Spiel ist.

TEIL EINS

Fünf Monate früher …

KAPITEL 1

»Erzähl's mir noch mal.«

»Ich hab's dir schon zehn Millionen Mal erzählt.«

»Zehn Millionen und sechzig Mal.«

»Weshalb willst du es dann noch einmal hören?«

»Damit zehn Millionen und einundsechzig Mal draus werden.«

»Das ist kein Grund.«

»Ist es wohl.«

»Nein.

»Doch.«

Phoebe trug den Pyjama, den ich ihr vor knapp zwei Jahren zu ihrem sechsten Geburtstag gekauft hatte. Er war über und über mit mathematischen Gleichungen bedruckt. $E = mc^2$. Die Drake-Gleichung. Ich hatte mich sogar zu einer Fourier-Reihe verstiegen: $f(x) = a_0 + \sum_{n=1}^{\infty}(a_n\cos\frac{n\pi x}{L} + b_n sin\frac{n\pi x}{L})$. Und zu quadratischen Gleichungen: $x = \frac{-b\pm\sqrt{b^2-4ac}}{2a}$. Von den meisten hatte sie keine Ahnung. Sie ist noch sieben, okay? Aber sie liebte sie. Ich hatte einen einfarbigen Schlafanzug gekauft und war damit in einen Shop gegangen, der Firmenlogos auf Arbeitskleidung druckt. Jede Gleichung wurde in einer anderen Farbe gedruckt. Das Ganze hatte ein Vermögen gekostet, aber das war mir egal.

Danach weigerte Phoebe sich, zum Schlafen irgendetwas

anderes zu tragen. Mom musste den Anzug tagsüber waschen und trocknen, damit sie ihn abends wieder anziehen konnte. Inzwischen war Phoebe gewachsen, und der Stoff war eingegangen, sodass die Ärmel bis knapp über die Ellenbogen reichten und die Hosenbeine die Waden nur noch halb bedeckten. Sie sah aus, als ob sie mit einer Überschwemmung rechnen würde. Einige Gleichungen waren verblasst, und das Gewebe war voller kleiner Knötchen, aber auch das machte ihr nichts aus. Phoebe interessierte sich nicht für Mathematik. Sie interessierte sich für Geschichten. Und sie interessierte sich für mich, ihren Bruder, und deshalb liebte sie den Schlafanzug.

Jetzt kniete sie auf dem Bett, den mageren Hintern auf den Knöcheln, und hüpfte auf und ab.

Ich liebte es, wenn sie das tat. »Es gibt da diese wunderschöne Prinzessin und sie heißt Phoebe.«

»Warum ist sie wunderschön?«

»Weil sie langes, glattes Haar hat, das ihren ganzen Rücken bedeckt.«

»Nur den Rücken, nicht den Kopf.« Es machte ihr Spaß, die Pointe vorwegzunehmen.

»Erzähle ich die Geschichte oder du, Prinzessin?«

»Du.«

»Darauf kannst du deinen mageren Hintern verwetten.«

»Dann mach weiter.«

»Sie ist so umwerfend schön, so wunderwunderhübsch, so oh-mein-Gott-das-hält-man-ja-im-Kopf-nicht-aus-fantastisch, dass Prinzen aus nah und fern kommen und um ihre Hand anhalten.«

»Das muss aber eine tolle Hand sein.«

»Es ist eine sagenhaft tolle Hand, doch sie wollen auch die übrigen Teile von ihr.«

»Aber hauptsächlich die Hand.«

»So ist es.« Ich hätte sie zu gern gekitzelt, bis sie sich zu einer Kugel zusammengerollt und um Gnade gefleht hätte, aber das konnte ich erst, wenn ich die Geschichte zu Ende erzählt hatte. Phoebe stellte Ansprüche und es galten feste Regeln. Kitzeln kam später. Ich nahm den Lotussitz ein und stützte das Kinn auf meine verschränkten Finger. »Die Zahl der Prinzen, die um ihre Hand anhalten dürfen, wird auf drei beschränkt. Sie heißen …«

»Luke, Alex und Corey.«

Phoebe änderte die Namen nach Lust und Laune. Corey war immer dabei, weil er ihr bester Freund aus der dritten Klasse war – ein merkwürdig aussehender Junge mit dünnem Haar und einer großen Nase; aber über Geschmack lässt sich bekanntlich nicht streiten. Luke tauchte gelegentlich auf, aber Alex war mir neu. Er musste in letzter Zeit in der Schule gemein zu Phoebe gewesen sein.

Ich speicherte die Information. »Sie beschließen, gegeneinander zu kämpfen. Der Sieger gewinnt Phoebes Hand.«

»Und ihre übrigen Teile.«

»So ist es. Sie wählen also ihre Waffen …«

»Ratten.«

»Was?«

»Ratten.«

Phoebe veränderte auch die Waffenart, wenn ihr danach war. Wir hatten schon Gewehre, Pfeil und Bogen, sogar Taschen voller Sprengstoff. Aber Ratten waren neu. Zu ihrem achten Geburtstag in zwei Monaten wünschte sie sich ein Haustier und verfolgte die Idee ein wenig penetrant. Mom fand sie nicht so gut, aus dem verständlichen Grund, weil sie das Haus nicht mit einem Nager teilen wollte, dessen Vorstellung von

Sozialkompetenz sich darauf beschränkte, in einem Rad herumzulaufen und dabei ganz gewaltig zu scheißen. Phoebe hielt diese Einstellung für Blödsinn und machte ihren Standpunkt mehr als deutlich.

Ich ließ mich darauf ein. »Ninjaratten. Wenn man sie nach jemandem wirft, hängen sie sich an die Halsschlagader der Zielperson und beißen sie tot. Jetzt ist es aber so, dass Luke ein Profi-Ninjarattenwerfer ist. Er verfehlt sein Ziel nie. Wenn er eine Ratte drei Mal wirft, trifft er drei Mal. Alex ist auch nicht schlecht. Er trifft ...«

»Zwei von drei Malen.«

»Genau. Aber der arme Corey. Also, er ist kein Held im Rattenwerfen. Bei drei Versuchen trifft er nur ein einziges Mal. Die Prinzen stehen also mit ihren Ratten in der Hand an den Ecken eines imaginären gleichschenkligen Dreiecks. Das bedeutet, dass alle drei denselben Abstand zueinander haben. Wir wollen ja fair bleiben. Und dann sagt Prinzessin Phoebe ...«

»Die wunderwunderschöne Prinzessin Phoebe.«

»Die über alle Maßen wunderwunderschöne Prinzessin Phoebe sagt: ›Damit es *wirklich* fair zugeht, müssen die Freier ihre Ratten nacheinander werfen, bis nur noch einer steht. Aber sie *müssen* nacheinander werfen. Und außerdem ist es nur fair, wenn der schlechteste Ninjarattenwerfer anfangen darf.‹«

»Das ist richtig fair.«

»So ist es. Corey fängt also an, dann kommt Alex und dann Luke. Wenn noch zwei stehen, machen sie in dieser Reihenfolge weiter, bis nur noch ein Prinz übrig bleibt, der um Prinzessin Phoebes Hand anhalten kann. Und um ihre übrigen Teile.«

»Auf wen sollte Corey als Ersten zielen?«

»Das, meine liebe Schwester, ist die Frage.«

Phoebe hüpfte auf ihrem Bett auf und ab und fuhr sich mit den Fingern durchs Haar. Das war so süß, dass ich nicht wusste, ob ich lachen oder weinen sollte. Ich tat weder das eine noch das andere, sondern schaute ihr fest in die Augen.

Sie runzelte die Stirn vor lauter Konzentration. »Bei seinem ersten Versuch sollte er auf Luke zielen, weil Luke nie sein Ziel verfehlt. Wenn er ihn also loswerden könnte, wäre das genial und seine beste Chance, um die Hand der wunderhübschen Prinzessin Phoebe anzuhalten.«

Phoebe wusste die richtige Antwort, weil wir das Spiel schon eine Million und sechzig Mal durchgespielt hatten, dennoch musste es jedes Mal gleich ablaufen.

»Falsch, Dumpfbacke«, sagte ich. »Spektakulär falsch. Coreys Chancen stehen drei zu eins, dass er Luke tötet. Selbst wenn er super viel Glück hätte, bleibt Alex als nächster Werfer, und der hat nur noch Corey als Zielscheibe. Und das wiederum bedeutet, die Chancen stehen zwei zu drei, dass Corey hinüber ist.«

»Ich weiß, ich weiß!« Sie hüpfte wieder auf ihrem Bett auf und ab. »Er sollte auf Alex zielen.«

»Noch falscher, Dumpfbacke«, erwiderte ich. »Megaspektakulär falsch. Wenn er richtig viel Glück hat, ist Alex tot. Bleibt noch Luke und der verfehlt sein Ziel nie. In diesem Fall ist Corey *definitiv* hinüber.«

»Das ist doof.«

»Du bist doof.«

»Bin ich nicht.«

»Bist du wohl.«

»Sag mir's.«

»Ich hab dir's doch gerade gesagt. Du bist doof.«

»Nein. Sag mir die Antwort.«

»Okay.« Ich tat, als wolle ich mich anders hinsetzen. Doch dann packte ich sie unter den Achseln und warf sie auf den Rücken. Sie kreischte und versuchte nach mir zu treten, aber ich war zu schnell. Ich warf mich auf sie, meine Knie in den Innenseiten ihrer Ellenbogen und mein Hintern auf ihren dürren Beinen, sodass sie keine Chance hatte, sich zu befreien. Ich senkte den Kopf und mein Pony kitzelte sie im Gesicht. Sie warf ihren Kopf hin und her, lachte dabei aber so fürchterlich, dass ihr Rotz aus der Nase lief.

»Igitt, wie eklig«, sagte ich. »Du bist so was von eklig. Du bist eine eklige, doofe Dumpfbacke.«

Sie schrie jetzt vor Lachen, versuchte aber gleichzeitig zu reden. Es kam ein ersticktes Kreischen heraus. »Aber … ich bin trotzdem … wunderschön.«

»Zugegeben«, sagte ich, »eine wunderschöne, eklige, doofe Dumpfbackenprinzessin. Hör zu, Tropfnase. Das nennt sich Spieltheorie, was bedeutet, dass du dir nicht nur überlegst, was *du* tun willst, sondern auch, was die *anderen* tun werden. Das ist Sinn und Zweck des Ganzen. Wenn Alex als Erster drankäme, auf wen würde er zielen?«

»Auf Luke.«

»Korrekt. Denn wenn er es nicht tut, ist er tot. Luke weiß, dass Alex die größte Gefahr für ihn darstellt, also wird er ihn zuerst ausschalten. Wenn Alex Luke tötet, kommt Corey als Nächster dran, und er hat eine Chance. Corey sollte mit seiner Waffe also in die Luft schießen.«

»MIT SEINER RATTE, Tropfnase!«

»Richtig. Mit seiner Ratte. Indem er sein Ziel ganz bewusst verfehlt, hat er die Garantie, dass von den anderen beiden einer stirbt, weil sie sich gegenseitig ins Visier nehmen. Entweder Luke oder Alex sind tot und Corey ist als Nächster dran. Er hat also den ersten Schuss in einem Duell. Statistisch gesehen ist das seine beste Chance, die Hand der Prinzessin zu erhalten, von den übrigen Teilen ganz zu schweigen.«

»Und?«

»Und was?«

»Gewinnt er?«

»Keine Ahnung. Darum geht es nicht. Das ist Spieltheorie, Dumpfbacke, kein Märchen.«

»Und mich nennst du doof, dabei weißt du nicht einmal, wie die Geschichte ausgeht!«

Ich stand auf und zog die Bettdecke über sie. Sie kuschelte sich sofort ein, sodass nur noch ihre feuchte Nase herausschaute. Auf der Decke bildete sich ein großer nasser Fleck. Ich wuschelte ihr durchs Haar und ging zur Tür. Als ich schon halb durch war, drehte ich mich noch einmal um.

»Okay. Corey gewinnt. Er gewinnt die wunderhübsche Phoebe, doch nach einer Woche merkt er, dass sie eine doofe Dumpfbacke mit tropfender Nase ist, und wirft sich seine eigene Ratte an seinen eigenen Hals.«

»Aber er verfehlt sein Ziel in zwei von drei Malen!«

Ich musste so lachen, dass mir fast selbst Rotz aus der Nase gelaufen wäre.

»Ich hab dich lieb, Jamie«, sagte sie, als ich die Tür schloss.

»Klar«, erwiderte ich. »Du magst zwar doof sein, aber völlig durchgeknallt bist du nicht.«

KAPITEL 2

Summerlee, Jamie und Phoebe.

Vielleicht war es ein Insiderwitz meiner Eltern. Vielleicht gefielen ihnen aber auch nur Namen, die auf einen i-Laut enden. Aus welchem Grund auch immer sie uns so genannt hatten – ich fand's bescheuert. Aber es lässt sich nichts mehr dagegen machen.

Phoebe liebt Mom und Dad. Ich ertrage sie. Summerlee verachtet sie. Funktioniert das immer so? Jemand hat mal gesagt, dass man seine Eltern anfangs liebt, dann rechnet man mit ihnen ab, und selten, wenn überhaupt, verzeiht man ihnen. Es klingt so clever, dass es wahr sein könnte. Aber es ist auch traurig. Ich will nicht, dass Phoebe aufwächst und sich von ihnen wegentwickelt. Auch nicht, dass sie sich von mir wegentwickelt. Nicht wegen der Gefühle meiner Eltern oder gar wegen meinen, aber in ihrer Liebe ist etwas Reines und Unschuldiges. Sie stellt keine Bedingungen und erwartet keine Enttäuschungen. An irgendeinem Punkt verändert sich das, und ich weiß nicht, warum.

Ich bin Mathematiker und Geschichten liegen mir nicht. Ich weiß nicht, wie ich diese Geschichte erzählen soll, denn Worte sind nicht meine Stärke. Und man braucht so viele davon, nur um eine einfache Wahrheit auszudrücken. Mathematik ist da anders. Nimm zum Beispiel $E=mc^2$, die berühmteste Gleichung der Welt. Fünf Symbole, aber sie erzählen eine Geschichte des Universums und der Gesetze, die darin herrschen. Sie in Worten aufzuschreiben, hätte – *hat* – etliche Bücher gefüllt, und man hat doch nur an der Oberfläche gekratzt. Energie, Masse, die Geschwindigkeit des Lichts und in welchem Verhältnis sie zueinander stehen. Es ist die Geschichte von allem. Erzählt in fünf Symbolen. Wie wunderbar ist das denn?

Es gibt keine Symbole, die Summerlees Geschichte erzählen könnten, weshalb ich mich mit schwerfälligen Worten behelfen muss. Summerlee ist achtzehn und meine andere Schwester. Zwischen dreizehn und sechzehn sah sie wahnsinnig gut aus, aber das hat sich in den letzten zwei Jahren geändert. Sie hat sich zum Beispiel die Haare gefärbt. Ihr Haar ist von Natur aus dunkel, und wenn die Sonne darauf schien, glänzte und schimmerte es explosionsartig. Jetzt ist es mattblond, ohne Leben. Wie Stroh. Ihre Augen sind genauso. Natürlich nicht blond, aber von einem blassen Blau, das mit der Zeit immer blasser zu werden scheint. Manchmal glaube ich, dass sie sich als Person irgendwie auflöst – ihre Lebendigkeit, Persönlichkeit und Lebensfreude waren irgendeinem Element ausgesetzt, das alles abgeschält hat. Was noch übrig ist, ist hart und gleichzeitig spröde. Blass. Es ist, als beobachte man etwas, das in der Sonne vertrocknet und nach und nach stirbt.

Ich weiß nicht mehr, wann sie sich verändert hat. In meiner Erinnerung geschah es ganz plötzlich, aber es muss wohl doch allmählich gekommen sein. Ich erinnere mich an einen Vorfall, bei dem ich merkte, dass die Schwester, die ich kannte, mir irgendwie abhandengekommen war. Sie war in der zehnten Klasse, also ungefähr fünfzehn. Ich war an derselben Schule in der Achten. Wir saßen beim Frühstück, und ich futterte eine Schüssel Müsli, während Mom Phoebe für den Kindergarten fertig machte. Es war Routine. Dad war zu der Zeit gewöhnlich schon bei der Arbeit. Er kümmert sich um die Hypotheken anderer Leute, wozu anscheinend stundenlange Schreibtischarbeit gehört. Also war es Moms Job, drei Kinder zu verköstigen, zu kleiden, vorzeigbar zu machen und sie dann in ihre jeweiligen Lehranstalten zu bringen. Ich gehe davon aus, dass sich dasselbe Ritual gleichzeitig in vielen Familien im ganzen Land so abspielte. Und ich gehe auch davon aus, dass die Zeit für Mom ziemlich stressig war. Aber ich war in der achten Klasse. Der Stress anderer Leute, besonders der meiner Eltern, war mir egal.

Phoebe packte Sachen in ihren kleinen Schulranzen – der Himmel weiß, was man für die Vorschule braucht, aber sie nahm das alles sehr ernst. Ich hatte den Kopf in der Müslischüssel. Mom flitzte wie üblich herum.

»Wo ist deine Schwester?«, fragte sie mich.

Ich zuckte mit den Schultern. Nicht meine Verantwortung. »Wahrscheinlich noch im Bett«, antwortete ich.

»Verflixt noch mal«, murmelte sie. »Ruf sie bitte, ja?«

»Ich frühstücke«, bemerkte ich. Wahrscheinlich deutete ich sogar noch auf meine Müslischüssel als unwiderlegbaren Beweis.

Mom hielt eine Sekunde lang inne und schaute mich an. Sie wog Entscheidungen gegeneinander ab. Sich mit mir anlegen und einen weiteren Konflikt heraufbeschwören? Zu anstrengend. Also den Weg des geringsten Widerstands gehen. »Dann pass auf den Toast auf, Jamie. Kannst du das für mich tun?«

»Klar.« Darauf aufzupassen, erforderte nicht viel Energie.

Mum lief zur Treppe und brüllte hinauf: »Summerlee! Aufstehen. Sofort. Du kommst zu spät.«

Mom kehrte in dem Moment zurück, als der Toast nach oben ploppte, was mir sehr gelegen kam. Ein Job weniger. Ich widmete mich wieder meinem Müsli, während Mom den Toast mit Margarine bestrich. Sie tat es mit geübter Effizienz. Ich aß bedächtig einen Löffel Müsli. Phoebe packte ihren Ranzen aus und begann ihn wieder neu zu packen. Sie war schon immer pingelig, praktisch seit ihrer Geburt. Alles musste genau so sein, wie sie es richtig fand. Ich leerte meine Schüssel und stellte sie in die Spüle. Mom hatte versucht, mich zum Abspülen zu bringen, sobald ich fertig war, doch ich drückte mich davor, wann immer es ging.

Mom schmierte Brote für uns alle. Sie musste unterschiedliche Stapel machen, weil wir alle unterschiedliche Vorlieben hatten. Phoebe stand auf Vegemite, doch das Brot durfte nur hauchdünn mit der Hefepaste bestrichen sein. Manchmal war es schwer zu sagen, ob überhaupt etwas drauf war. Wahrscheinlich funktionierte es am besten, wenn man das Glas einige Male über dem Brot hin und her schwenkte und ein paar Moleküle hinunterschweben ließ. Ich mochte Käse und Tomaten. Zumindest hatte ich Mom gesagt, dass ich Käse und Tomaten mochte, aber meistens warf ich das Sandwich in der Schule in einen Mülleimer und kaufte mir in der Cafeteria einen Hotdog – jedenfalls immer dann, wenn ich es mir leisten konnte. Das tut mir jetzt leid. Damals tat es das nicht. Bei Summerlee musste es etwas mit Wurst sein, vorzugsweise Salami.

Mom schnitt ab, belegte und wickelte ein. Sie legte die Sandwiches in drei unterschiedliche Dosen und packte in jede noch einen Müsliriegel und einen Apfel. Den Apfel schmiss ich *immer* weg. Dann lief sie wieder zur Treppe.

»Summerlee! Du liebe Güte. Wir fahren in zehn Minuten. Komm endlich runter!«

Von oben kam eine genuschelte Antwort, gefolgt von beträchtlichem Gestampfe und dem Geräusch von zerbrechendem Glas.

»Summerlee!«, brüllte Mom.

Was dann geschah, war nicht schön. Im Gegenteil, es war eines der hässlichsten Dinge, die ich je erlebt habe, und ich habe einige erlebt. Das Gestampfe wurde lauter, dann kam ein Mädchen die Treppe herunter. Kam *gewalttätig* die Treppe herunter. Phoebe hielt beim Ranzenpacken inne. Ich hielt, bei was immer ich gerade tat – wahrscheinlich nichts –, inne. Wir schauten zur Küchentür. Eine Art Energie näherte sich. Ich spürte sie auf meiner Haut und das Gefühl war hypnotisch.

Als sie ungefähr dreizehn war, entdeckte Summerlee irgendwann die Macht des V-Wortes. Damit war sie nicht allein. Von uns anderen unterschied sie sich dadurch, dass sie kapierte, dass Sanktionen gegen das Wort grundsätzlich Unsinn waren. Oder anders herum: Die meisten von uns wussten, dass fluchen unsozial war, dass es die Leute aufregte und man es deshalb am besten nur im Kreis seiner Freunde tat. Bei meinen Freunden fluchte ich ständig. Es war ein Merkmal für Mut, eine Eintrittskarte in einen exklusiven Klub, eine Art Pass zum Erwachsenwerden. Aber nicht einmal in meinen kühnsten Träumen hätte ich es zum Beispiel einem Lehrer gegenüber getan. Oder meinen Eltern gegenüber. Nicht aus Angst vor körperlicher Strafe. Was konnten sie einem schon tun? Sondern weil ich ihr Zartgefühl nicht verletzen und mir ihre gute Meinung von mir nicht verscherzen wollte. Das war – und ist – mir immer noch wichtig. Summerlee legte sich solche

Beschränkungen nicht auf. Es kümmerte sie ganz einfach nicht. Und so war sie etwas Elementares, als sie in der Küchentür erschien, das Haar zerzaust und in einer lächerlichen Unterwäsche, die sich als Nachthemd ausgab. Eine feindselige Aura umgab sie.

»Ich bin verdammt noch mal krank«, schrie sie. »Warum lässt du mich verdammt noch mal nicht in Ruhe?«

Mom hatte sie natürlich schon öfter fluchen hören. Es gefiel ihr nicht, aber was sie auch sagte oder tat, es machte nicht den geringsten Unterschied. Dad ignorierte es einfach, wie er die meisten Dinge ignorierte, aus denen Konflikte resultieren konnten. Hypotheken schrien nicht, was ihm sehr entgegenkam. Inzwischen versuchte auch Mom die Flucherei zu ignorieren, als würde sie dadurch von allein aufhören. Als Taktik war das zum Scheitern verurteilt.

»Du bist nicht krank, Summerlee«, erwiderte sie. »Und du gehst auf jeden Fall in die Schule.«

Einer der Gründe, weshalb ich auch in Gesellschaft meiner Freunde nicht mehr so viel fluchte, war, dass es mit der Zeit langweilig wurde. Schlimmer, es wirkte in Wahrheit nicht wie eine Imitation des Erwachsenseins, sondern eher wie ein permanentes Sinnbild der Kindheit. Ich wiederhole deshalb nicht wortgetreu, was Summerlee darauf erwiderte. Der Hinweis möge genügen, dass sie keinen Satz, ich glaube nicht einmal ein Satzglied von sich gab, in dem kein Kraftausdruck vorkam. Sie erklärte Mom, dass die Schule Zeitverschwendung sei und sie nicht mehr hinginge. Des Weiteren informierte sie meine Mutter, dass sie selbst an den Tagen, an denen sie bis zum Eingang gegangen war, geschwänzt hatte. Der Stundenplan sei so bescheuert wie sinnlos und habe nichts mit der realen Welt zu tun. Was könne man schon mit Geschichte, blöden

Kurzgeschichten oder Algebra anfangen? Die Lehrer seien alle Loser. Die Schule als solche sei zum Kotzen. Sie würde abgehen und niemand könne sie daran hindern. Niemand könne sie zwingen zu bleiben.

Mir ist bewusst, dass diese Auflistung von Argumenten gar nicht so dramatisch klingt. Im Lauf der Jahre hatte ich viele davon selbst vorgebracht. Es war die Art und Weise, *wie* Summerlee sie vorbrachte. Selbst ohne die Kraftausdrücke war das Gift in ihren Bemerkungen nicht zu überhören. Als zapfe sie ein gewaltiges Reservoir an Wut an. Und nachdem es einmal angezapft war, ließ es sich nicht mehr verschließen. Es strömte aus ihr heraus, eine Flut von Hass. Sie brach über uns herein.

Phoebe verließ den Raum nach einer Minute. Ich sah Tränen in ihren Augen. Wie Dad hasste sie Konflikte und lief vor ihnen davon, wann immer das möglich war. Ich hätte ebenfalls gehen sollen, doch ich war wie gelähmt. Erst später überlegte ich mir, dass mein Dabeistehen und Mitbekommen eine weitere Demütigung für meine Mutter gewesen war, dass es sie geschmerzt haben muss, zu wissen, dass ihr Sohn Zeuge ihrer Machtlosigkeit war. Aber es ist schwer, vor einer unabwendbaren Katastrophe davonzulaufen. Und das *war* eine unabwendbare Katastrophe.

Als Summerlee ihren Zorn abgelassen hatte, stürmte sie wieder die Treppe hinauf. Ich beobachtete Mom während der Nachwirkungen des Unwetters. Sie hatte keine Chance gehabt, auch nur ein Wort dazu zu sagen. Sie fuhr sich über die Stirn und wandte sich wieder ihrem Schneidbrett zu. Nahm Summerlees Frühstücksdose und stellte sie in den Kühlschrank. Das war das Traurigste, was ich sie je habe tun sehen, ich schwör's. Dann schob sie mich und Phoebe rasch zum Wagen.

Sie fuhr schweigend zum Kindergarten, begleitete Phoebe bis zur Tür und küsste sie zum Abschied. Dann ging's zu meiner Schule. Sie hütete sich, mich zu küssen, und winkte nur durchs Wagenfenster, als ich mich auf dem Hof zu meinen Kumpels stellte. Ich winkte zurück, in dieser verlegenen Art, die charakteristisch ist für einen Achtklässler. Dann wandte ich mich ab. Einer der Jungs wollte mir etwas zeigen, keine Ahnung mehr, was es war. Ich vergaß Mom, sah sie nicht davonfahren in ihre Welt. Ich hatte meine eigene Welt und sie verlangte meine gesamte Aufmerksamkeit.

Im Rückblick weiß ich, was ich hätte tun sollen. Ich hätte reden sollen, sie in den Arm nehmen, ihr sagen, dass ich sie lieb habe und dass alles wieder gut würde. Selbst wenn es nicht wieder gut würde. Mom und Dad kamen mit unserer Kindheit gut zurecht. Sie machten alles richtig, lasen uns Gutenachtgeschichten vor, tupften unsere Stirnen ab, wenn wir krank waren, beschützten uns vor allem und jedem und umgaben uns mit bedingungsloser Liebe. Die Probleme kamen mit der Jugend, als ihre süßen Kinder eine Metamorphose durchmachten und als Fremde daraus hervorgingen. Und eine dieser Fremden war voller Hass. Der andere war einfach nur distanziert. Dad zog sich zurück, verschanzte sich hinter seiner Arbeit. Mom war verwirrt, verletzt und machtlos. Ich hätte ihr vielleicht helfen können. Ich tat es nicht.

Summerlee ging nicht mehr zur Schule, zumindest nicht mehr richtig. Sie tauchte nach Lust und Laune zu einigen Stunden auf, bekam Probleme wegen ihres Verhaltens und wurde unzählige Male vom Unterricht ausgeschlossen. Mir kam das absolut bescheuert vor, weil sie ohnehin nur noch an zwanzig Prozent des Unterrichts teilnahm und der Ausschluss ganz offensichtlich keine Strafe für sie war. Schließlich fand sie einen Job in einem der Supermärkte in unserer Nähe, wo sie Regale einräumte. Natürlich hasste sie es und hielt es für unter ihrer Würde. Ihre direkte Vorgesetzte war, wie wir mitbekamen, ein Pestzecke.

Dann traf sie Spider und mit ihm gingen die Probleme erst richtig los.

KAPITEL 3

Das ist der springende Punkt.

Greift man Höhepunkte oder auch Tiefpunkte aus Summerlees Verhalten heraus, ergibt das eine Geschichte, aber es ergibt nicht die *ganze* Geschichte. Von ihren achtzehn Jahren können drei oder vier nicht wirklich die Person widerspiegeln, die sie ist. Unter dem Gesichtspiercing, dem einen sichtbaren Tattoo, den gefärbten Haaren und dem kompromisslosen Make-up liegt ein Kern des Mädchens, das sie war, und der Erwachsenen, die sie immer noch sein kann. Summerlee ist ganz Äußerlichkeiten, doch gelegentlich verbirgt sie sich hinter diesen Äußerlichkeiten; sie sind eine Maske, die sie nicht immer überzeugend trägt.

Deshalb ist hier eine andere Geschichte. Sie liegt erst sechs Monate zurück und stellt vielleicht einen Ausgleich her.

Phoebe machte in der Grundschule bei einer Tanzdarbietung mit. Die war Teil einer größeren Veranstaltung aus Anlass des fünfundzwanzigsten Jubiläums der Schule. Eltern und sogenannte Würdenträger waren an einem Freitagnachmittag zu Getränken, Snacks und einer Demonstration der an der Schule geförderten Talente eingeladen. Es war eine große Sache und Phoebe liebte große Sachen. Sie war fast krank vor Lampenfieber. Wann immer wir uns zum Essen an den Tisch setzten, gab sie Geschichten über die Proben zum Besten, darüber, was die Lehrerin zur Aufführung gesagt hatte und welche Fehler die Truppe verzweifelt auszumerzen versuchte. Hinter all dem nervösen Geplapper verbarg sich zweifellos Panik vor der bevorstehenden Feuerprobe. Phoebe wollte nicht patzen, hatte aber entsetzliche Angst, doch Fehler zu machen. Also tat sie, was sie immer tat, wenn sie nervös war. Sie arbeitete fieberhaft. Sie war überzeugt, dass Katastrophen abgewendet werden konnten, wenn man nur genügend Schweiß vergoss.

Ich war auch einmal davon überzeugt. Jetzt weiß ich es besser.

Zu Phoebes wilder Entschlossenheit, ein spektakuläres Scheitern zu vermeiden, gehörten ständige private Proben in unserem Wohnzimmer, sobald sie mit den Hausaufgaben fertig war. Ich schaute manchmal zu und murmelte gelegentlich ein Lob. Aber es gibt Kinder, die kann man nicht täuschen, und Phoebe konnte man *nie* täuschen. Sie begriff, dass ich ihr emotionale Unterstützung bot, aber sie wollte mehr. Sie brauchte Hilfe.

Und die gab ihr Summerlee.

Sie schaute Phoebe stundenlang zu und sagte ihr nicht einfach, sie sei gut, wenn sie es nicht war. Ich tat das die ganze Zeit, vor allem weil Phoebe selbst für mein ungeübtes Auge *nicht* gut war. So hatte sie zum Beispiel kein Rhythmusgefühl. Sie stellte die Musik an – Phoebe hatte Mom dazu überredet, ihr die CD mit der Musik zu kaufen, nach der sie in der Schule tanzten – und tanzte dann das Stück ein ums andere Mal durch. Ich versuchte ihr klarzumachen, dass sie andere Kinder dazu brauchte, dass allein zu tanzen nicht viel brachte, weil sie sich nicht nach den anderen richten konnte. Phoebe verstand das zwar und gab mir recht, doch um sich selbst machte sie sich eben die meisten Sorgen. Sie fürchtete, sie könnte den Erfolg der ganzen Truppe verderben, und alles, was sie im Vorhinein tun konnte, würde helfen, diese Schmach zu verhindern. Ich konnte mir nicht vorstellen, dass das funktionierte. Phoebe *wurde* nicht besser, wie sehr sie sich auch anstrengte. Da ich selbst zwei linke Füße habe, verstand ich das. Wenn man für irgendetwas einfach von Natur aus total unbegabt ist, wird man auch durch noch so viel Üben nicht wirklich besser. Phoebe versuchte ihren Körper zu zwingen, die richtigen Bewegungen zu machen, anstatt sich auf ein natürliches Rhythmusgefühl zu verlassen, das sie einfach nicht besaß. Es half alles nichts, Phoebe tanzte einfach grottenschlecht.

»Du machst diesen Seitwärtsschritt falsch«, sagte Summerlee. »Du musst zwei Schritte machen, so.« Sie zeigte es ihr. Summerlee hatte ein natürliches Rhythmusgefühl. »Siehst du? Geh mit dem Takt. Im Moment bist du aus dem Takt. Hör auf die Musik, Mäuschen, und lass deinen Körper darauf reagieren.«

Phoebe versuchte es erneut. Ich konnte keinerlei Verbesserung feststellen, aber Summerlee nickte.

»Schon besser«, sagte sie. »Mach's noch mal und denk an deine Arme. Du konzentrierst dich so sehr auf deine Füße, dass du alles andere darüber vergisst.«

Ich ließ sie allein. Wenn ich ehrlich bin, interessierte es mich nicht sonderlich, und außerdem fühlte ich mich ohnehin wie das fünfte Rad am Wagen. Aber *sie* gaben nicht auf. Als ich eineinhalb Stunden später aus meinem Zimmer kam, hörte ich sie durch die Tür.

»Vergiss deine Arme nicht, Mäuschen«, sagte Summerlee. »Denk an deine Arme und hör auf die Musik ...« Sie brachte ihrer Schwester gegenüber eine Geduld auf, die sie für mich nie übrig gehabt hatte.

Am Tag der Veranstaltung war Phoebe lächerlich früh auf den Beinen. Ich bin mir nicht sicher, ob sie überhaupt geschlafen hat. Als ich zum Frühstück nach unten ging, probierte sie gerade in der Küche ihr Kostüm an.

»Hallo, Dumpfbacke«, begrüßte ich sie. »Dein großer Tag heute, was?«

Phoebe runzelte die Stirn. »Wirkt mein Hintern darin dick, Jamie?«, fragte sie. »Aber sei ehrlich.«

Gut, dass ich gleich nach dem Aufwachen gepinkelt hatte, sonst hätte ich mir womöglich auf der Stelle ins Hemd gemacht. Aber ich hütete mich zu lachen. Phoebe hätte mich mit einem Blick einen Kopf kürzer gemacht. Dafür gibt es in unserer Familie ein Gen, aber es beschränkt sich auf die weibliche Seite. Deshalb legte ich einen Finger an die Lippen und betrachtete sie vollkommen ernst von oben bis unten.

»Dreh dich um«, verlangte ich.

Die Kostümteile passten zusammen wie die Faust aufs Auge. Sie trug ein enges Top, das ein bisschen aussah wie ein Unterhemd aus einem elastanähnlichen Material. Es war grellgrün und voller Glitzerpunkte. Im Grunde war das gesamte Kostüm voller Glitzerpunkte. Ein kurzer, gerüschter Rock in Gold und rote Strumpfhosen machten das Outfit komplett. Keine Ahnung, was es darstellen sollte, aber es war total geschmacklos. Phoebe drehte sich einmal um die eigene Achse. Sie war spindeldürr wie so viele in ihrem Alter, die Brust ein schmales Brett, Beine wie Bambusstangen. Ihren Hintern sah man kaum, so klein war er.

»Nö, alles gut«, urteilte ich nach einer angemessenen Pause. »Du siehst echt super aus.«

»Danke. Ich gehe nur noch mal ins Wohnzimmer und übe ein letztes Mal.«

»Stell die Musik nicht zu laut«, warnte ich. »Sonst weckst du Summer, und die sorgt dafür, dass du es dein Leben lang bereust.«

»Okay.«

Ich frühstückte zu gedämpfter, schlechter Tanzmusik. Ich gebe zu, ich war ein wenig besorgt. Diese Aufführung war so wichtig für Phoebe, und ich hatte den leisen Verdacht, dass sie in einer Katastrophe enden würde.

Dad konnte sich auf der Arbeit nicht freinehmen, obwohl er gesagt hatte, er würde es versuchen. Aber Summer hatte ihre Schicht im Supermarkt getauscht, und Mom holte mich direkt nach der letzten Stunde ab, sodass wir uns alle in Phoebes Schule trafen. Da war die Hölle los. Natürlich waren Hunderte von Eltern da, aber sie hatten auch diverse wichtige Leute angeschleppt, darunter den Bürgermeister, ein paar Mitglieder des Stadtparlaments und sogar eine ehemalige Schülerin, die vor zwei Jahren in die Endausscheidung von *Australia's Got Talent* gekommen war. Sie war ziemlich früh ausgeschieden, trotzdem war sie das, was einer Berühmtheit in unserer Gegend am nächsten kam. Ein paar der kleineren Kinder schwirrten um sie herum und versuchten ihr ein Autogramm abzuluchsen. Sie hatten keine Ahnung, wer sie war, aber es war eine Art Hysterie ausgebrochen.

Knirpse in Schuluniform führten sämtliche Gäste in die Aula, wo wir unsere Plätze einnahmen. Erster Programmpunkt war die Talentshow-Finalistin, die die Nationalhymne sang. Schlecht. Es folgte eine Ansprache der Rektorin, die uns versicherte, wie stolz sie auf ihre Schüler war, und das geschickt mit der Bitte verband, sich doch für den Elternbeirat zu melden. Danach eröffnete der Bürgermeister mit einer kurzen, aber enthusiastischen Rede die Feierlichkeiten und gab dann das Mikrofon weiter an den hiesigen Parlamentsabgeordneten, Erziehungsminister im Schattenkabinett. Der laberte eine halbe Ewigkeit über irgendetwas, während die Zuhörer mit den Füßen scharrten und murrten. Der Politiker hörte auf, als klar wurde, dass wir kurz davor waren, das Podium zu stürmen und ihn Hals über Kopf aus der Stadt zu jagen.

Endlich ging es los mit den Aufführungen. Fünfhundert Camcorder begannen zu surren, und Blitzlichter zuckten durch den Saal, als hätten wir ein mittelschweres Gewitter.

Phoebes Auftritt kam als zweiter, nach einem missglückten Warm-up von ein paar Kids mit Blockflöten. Ich erinnerte mich, dass ich in der Grundschule auch Blockflöte gespielt hatte und auch nichts anderes als Gequietsche herausgekommen war. Dann begann die nur zu vertraute Tanzmusik und sieben oder acht Mädchen betraten im Gänsemarsch die Bühne. Phoebe war die Zweite von rechts. Ich schaute zu Mom hinüber. Sie hatte eine Hand auf den Mund gelegt und um die Augen herum waren Falten. Ich sah meine eigenen Befürchtungen in ihrem Gesicht gespiegelt. Es ist so schwer, jemandem, den man liebt, zuzuschauen, wie er sich – wahrscheinlich – gleich zum Affen macht. Zu einem Affen, der von unzähligen Camcordern aufgenommen und für alle Ewigkeit auf Dutzenden von DVDs festgehalten würde. Summer dagegen lächelte entspannt. Ich sah, wie sie ihrer Schwester aufmunternd zunickte, obwohl Phoebe sie unmöglich sehen konnte. *Bitte lieber Gott*, flehte ich, *lass das gut gehen. Wenn es gut geht, fange ich vielleicht sogar an, an dich zu glauben.*

Allem Anschein nach gibt es keinen Gott.

Man kann nicht behaupten, dass Phoebe schlechter war als die anderen. Soweit ich es beurteilen konnte, wusste nur ein Mädchen wirklich, was sie tat. Die sechs oder sieben anderen taten, was ihnen gerade so einfiel. Es war super, echt. Ich meine, wer braucht bei einem Tanz in der Grundschule schon eine fehlerfreie Choreografie? Es sind schließlich nur Kinder, die herumhüpfen und Spaß haben. Nur dass es Phoebe keinen Spaß machte. Ich sah es ihr an. Sie schaute ständig auf ihre Mittänzerinnen und versuchte, deren Schritte nachzumachen. Leider waren deren Schritte genauso daneben wie ihre eigenen, sodass es mehr und mehr in ein allgemeines zielloses Herumzappeln ausartete. (Mit Ausnahme des einen Mädchens, das den Takt hielt. Jede Wette, dass ihre Eltern den Camcorder ausschließlich auf sie hielten. Vielleicht blendeten sie den Rest der Truppe auch später einfach aus.) Je mehr Phoebes Rhythmusgefühl, das schon zu Anfang so gut wie nicht vorhanden war, durcheinandergeriet, desto steifer bewegte sie sich, und desto schlimmer wurde es. Doch erst am Ende ging alles schief. Im wahrsten Sinne des Wortes.

Geplant war wahrscheinlich, dass alle Mädchen beim letzten Ton die Sache in einer Reihe beendeten, auf einem Knie und die linke Hand in Richtung Publikum ausgestreckt. Dass der Plan aufging, war natürlich völlig utopisch. Der letzte Ton erklang und die eine Tänzerin in der Gruppe nahm graziös ihre Position ein. Der Rest folgte im eigenen Tempo. Zwei hatten die rechte Hand ausgestreckt, drei die linke und Phoebe hatte diesen Teil offensichtlich komplett vergessen. Wegen der ständigen Positionswechsel, beabsichtigt oder nicht, war Phoebe jetzt ganz rechts in der Reihe. Sie balancierte auf einem knochigen Knie, verlor das Gleichgewicht und kippte nach rechts. Es war fast wie bei einer dieser Filmszenen, wenn alles in Zeitlupe abläuft. Wäre sie nach links gekippt, hätte es noch gut gehen können. Doch sie fiel auf das Mädchen neben ihr, die ihrerseits umkippte und die nächste in der Reihe umwarf. Die Dominosteine fielen. Ich hörte, wie Mom keuchte und das Publikum lachte. Es war kein hässliches Lachen. Das hörte ich. Es war ein Lachen, das eine Art Freude über die linkische Art von Kindern zum Ausdruck brachte. Es war warmherzig.

Doch Phoebe hörte es anders. Sie blickte die Reihe der gefallenen Soldaten entlang und auf ihrem Gesicht breitete sich ein Ausdruck schieren Entsetzens aus. Dann rappelte sie sich auf und lief von der Bühne, das Gesicht in den Händen vergraben. Vom Publikum kam frenetischer Applaus, aber Mom und ich waren zu geschockt, um zu klatschen.

Summer schob sich an mir vorbei. »Komm mit, Jamie.«

Ich stand instinktiv auf und folgte ihr den Seitengang hinunter in Richtung Bühne. Mom blieb sitzen.

»Wohin gehen wir?«, fragte ich.

»Ein gebrochenes Herz zusammenflicken«, antwortete sie über die Schulter. »Du hältst also verdammt noch mal die Klappe und überlässt mir das Reden.«

Hinter die Bühne zu gelangen, war nicht schwer. Ein Lehrer wies auf Phoebe, die allein in der letzten Ecke kauerte und schluchzte. Ich muss zugeben, dass sich mein Herz zusammenzog. Es gibt fast nichts Schlimmeres auf dieser Welt als unglückliche Kinder. Summer ging schnurstracks auf sie zu und hockte sich auf die Fersen.

»Hey, Mäuschen, warum die Tränen?«, fragte sie.

Phoebe nahm die Hände vom Gesicht. Die Augen waren verquollen und der Mund war fratzenhaft verzogen. Sie versuchte nicht, ihr Elend zu verbergen. Sie wollte etwas sagen, doch heraus kam nur ein ersticktes Heulen. Summer rieb ihr den Rücken, strich ihr eine Haarsträhne aus dem Gesicht und wartete.

»Ich hab's vermasselt«, schluchzte Phoebe schließlich.

»Nein«, widersprach Summerlee. In ihrer Stimme lag eine gewisse Strenge. »Das stimmt *nicht*, Phoebe. Du hast es *verkackt*. Hochgradig.« Phoebes Gesicht verzog sich erneut. »Aber es war genial und niemand hat es gemerkt. Nur ich und nur weil ich wusste, wie es enden sollte. Hast du den Applaus am Ende gehört? Hast du ihn gehört?«

Phoebe hörte lang genug auf zu weinen, um ihre Verwirrung zum Ausdruck zu bringen. »Was meinst du damit?«

Summer nahm ihre Hand und hielt sie fest umschlossen. »Was ich damit meine, Mäuschen? Was ich meine? Ich meine, dass das geplante Ende totaler Schwachsinn war. Langweilig. Der ganze Auf-ein-Knie-Scheiß und die blöde Hand in der Luft. *Gähn*. Was du getan hast – und ich weiß, dass es keine Absicht war –, hat das Ganze zu etwas Fantastischem gemacht. Alle Mädchen liegen in einer Reihe auf der Bühne. *So* ein Ende hat die Aufführung gebraucht. Genau wie beim Ballett. Und *du* hast das geschafft, Mäuschen. Du. Es war großartig. War es nicht großartig, Jamie?«

»Absolut«, bestätigte ich. »Vom Künstlerischen her gesehen war es … perfekt.«

»Echt?«, fragte Phoebe.

Da hätte ich fast geweint. Vielleicht kann man Kindern, selbst Phoebe, doch etwas vormachen, wenn der Anreiz, eine Lüge zu glauben, stark genug ist.

»Großes Indianerehrenwort?«

»Ich schwör's.« Summerlee legte eine Hand aufs Herz. »Ich bin so stolz auf dich, Mäuschen. Dieser Applaus. Das Publikum fand die Aufführung toll. Sie fanden *dich* toll.«

Phoebe wandte sich an mich. Die Tränen auf ihrem Gesicht trockneten und hinterließen helle Spuren. »Schwörst du es auch, Jamie?«

Ich folgte Summerlees Beispiel und legte eine Hand auf mein Herz. »Du warst fantastisch, Dumpfbacke. Ich platze fast vor Stolz. Echt wahr.«

Und als Phoebe lächelte, wusste ich, dass Summer getan hatte, was sie sich vorgenommen hatte. Sie hatte das gebrochene Herz ihrer Schwester zusammengeflickt und ich liebte sie dafür.

Schade nur, dass sie die restliche Zeit ein totaler Kotzbrocken war.

KAPITEL 4

Mein bester Freund ist Gutless Geraghty. Das ist natürlich nicht sein richtiger Name, aber alle nennen ihn so. Sein richtiger Vorname ist Sean, aber das weiß ich nur, weil er mein Kumpel ist.

Die meisten Leute nehmen an, der Name »Gutless«, der nicht nur mutlos, sondern auch bauchlos bedeutet, sei ein grausamer, ironischer Scherz, weil Gutless alles andere als bauchlos ist. Seine Wampe hängt über seine Hose und umfasst seine Taille, ein gewaltiger, wabbelnder Doughnut aus Fett. Gutless ist ein Spieler. Er verbringt fast seine gesamte Freizeit am Computer und schießt auf endlose Reihen verstörend asiatisch aussehender Soldaten, und das mit riesigen Bergen ähnlich verstörender Waffen. Ab und zu beurlaubt er sich vom Cybergemetzel, stopft sich mit Pizza mit dickem Rand voll und spült sie mit Cola hinunter. Meist macht er beides gleichzeitig. Er ist ein wandelndes Klischee. Doch laut Gutless ist er nicht deshalb an seinen Spitznamen gekommen. Er hat mir die Geschichte einmal erzählt.

Gutless war anscheinend schon immer dick. In der Grundschule war er eine imposante Gestalt. Er wurde wegen seiner Figur gehänselt, aus demselben Grund aber auch gefürchtet. Da seine Eltern Angst hatten, er könnte sich zu einem menschlichen Zeppelin entwickeln, versuchten sie ihn zum Sport zu zwingen und meldeten ihn in einem Rugbyklub an. Dem Trainer war klar, dass Gutless eher nicht mit Schnelligkeit beeindrucken würde, weshalb er ihm einen Verteidigerposten verpasste, bei dem seine Körpermasse die gegnerische Mannschaft mit Angst und Schrecken erfüllen sollte. Die Strategie war vernünftig, doch die Sache hatte leider einen Haken. Gutless war ein Feigling. Er hasste körperliche Gewalt – und tut das heute noch –, was schiere Ironie ist, weil er sie auf dem Bildschirm ohne Ende anwendet. In der ersten Trainingsstunde rannte ein spindeldürrer Zehnjähriger durchs Gedränge und hielt auf die Mallinie zu. Gutless kapierte, dass in dieser Situation *irgendetwas* von ihm erwartet wurde. Er trabte also zur Seitenlinie hinüber und spielte unbewegliches Objekt. Der Junge, das muss man ihm lassen, begann bei der Vorstellung, mit etwas von der Größe eines gemauerten Scheißhauses zusammenzustoßen, nicht zu bibbern, sondern verpasste ihm eine Gerade. Gutless ging mit Geheul zu Boden und musste vom Platz getragen werden. Dazu brauchte es vier seiner Teamkollegen.

»*You are gutless, Geraghty*«, sagte der Trainer anschließend in der Umkleide, »ein elender Feigling.« Das war pädagogisch gesehen wahrscheinlich nicht unbedingt die beste Bemerkung, die er machen konnte (und tatsächlich auch nicht motivierend), aber der Name blieb hängen. Nach Gutless' eigenen Worten nahm er daraufhin seinen Bauch in beide Hände und ließ ihn hin und her wabbeln, was die versammelten Spieler ausgesprochen lustig fanden.

»Und Sie müssen blind sein«, sagte er zum Trainer.

Ich habe meine Zweifel, was den Wahrheitsgehalt des letzten Teils betrifft. Er klingt wie etwas, das man gern gesagt *hätte*. Jedenfalls gestanden sich Gutless' Eltern ihre Niederlage ein und versuchten nicht weiter, ihn zum Sport zu zwingen. Wofür Gutless dankbar war. Doch der Name blieb, selbst nachdem die Geschichte, aus der er entstand, in Vergessenheit geraten war.

Sogar die meisten Lehrer nannten ihn Gutless.

Ich erwähne dies, weil ich den Kontrast zu den Vorbereitungen zu Summerlees achtzehntem Geburtstag verdeutlichen will. Ich sagte, Gutless sei mein bester Freund. Ich vergaß den Grund zu erwähnen: weil er nämlich auch mein *einziger* Freund ist. Ich kenne in der Schule jede Menge Kids und komme gut mit ihnen klar. Wir unterhalten uns, lachen und hängen in den Pausen miteinander ab. Ich bin schließlich kein Einzelgänger und im Großen und Ganzen stimmt alles mit mir. Aber ich verbringe *nach* der Schule keine Zeit mit ihnen. Ich sehe einfach keinen Sinn darin.

Frauen sind da anders. Sie haben jede Menge Freundinnen und jede würde ohne Weiteres ihr Leben für sie geben. Sie umarmen sich, sie kreischen, sie tratschen, sie weinen, sie zicken herum, sie breiten die verborgensten Geheimnisse und Gefühle voreinander aus. Und das *ständig*. Mann, Phoebe tat das sogar schon, und sie war noch nicht mal acht! Ich rede mit Gutless über Videospiele und Mathematik. Er würde dichtmachen, wenn ich versuchen würde, ihm meine Gefühle zu schildern. Vielleicht käme er mit einer Fehler-404-Meldung daher. Ich könnte es ihm nicht verübeln.

Summerlee brachte zwei Monate mit den Vorbereitungen für ihre Geburtstagsparty zu und sie kosteten Mom und Dad ein Vermögen. Sie hatten ihr angeboten, ihr die Party zu finanzieren, aber ich glaube, sie haben nicht damit gerechnet, dass Summer sich etwas vorstellte, das selbst ein Hollywood-

Schauspieler als überzogen bezeichnen würde. Sie buchte einen Klub in der City, und Dad legte tausend Dollar auf den Tresen – nur für Wein und Bier. Harte Drinks mussten die Gäste selbst bezahlen. Aber das war bloß die Spitze des Eisbergs. Ein DJ musste bezahlt werden und jemand, der sich um die Dekoration und um Blumen kümmerte. Mom wollte diesen Teil selbst übernehmen, doch Summer bestand darauf, eine Event-Spezialistin zu engagieren, die mit nichts geizte, vor allem nicht mit ihrem Honorar. Als die Rechnungen kamen, verdüsterte sich Dads Gesicht beträchtlich, doch er konnte nichts anderes tun, als das Scheckbuch zu zücken und nervös seinen Kontostand im Internet zu verfolgen.

Summerlee lud zweihundert Freunde ein. Später habe ich gehört, dass Dads tausend Dollar Tresengeld gerade mal eine Viertelstunde reichten. Mich hat sie nicht eingeladen. Nicht einmal Mom und Dad hat sie eingeladen, mit der Begründung, dass sie achtzehn würde und es oberpeinlich wäre, wenn ihre Eltern auf ihrer Party auftauchten. Summers Entscheidung stimmte Mom und Dad ein wenig traurig, nicht weil sie nicht zu sehen bekämen, wofür sie ihr Geld ausgegeben hatten, sondern weil sie ihre Tochter war und sie ihren großen Tag mit ihr begehen wollten, und sei es nur für eine oder zwei Stunden. Aber Summer legte ihr Veto ein.

Spider sollte mit seiner Band im Klub spielen. Er hatte die Nerven, von Mom und Dad zweihundert Dollar für den Auftritt zu verlangen. Er behauptete, dass er es gern umsonst gemacht hätte, die anderen Bandmitglieder aber von irgendetwas ihre Rechnungen bezahlen müssten, und so blechten sie.

Spider. Was für ein Arsch! Er trug einen mickrigen Oberlippenbart und sein Gesicht war mit alten Aknenarben übersät. Seinen richtigen Namen habe ich nie erfahren. Wahrscheinlich Brian oder etwas in der Richtung. Doch welcher Wichser würde sich ›Spider‹ nennen? Anscheinend war Spider genau die Sorte Wichser.

Er war zu dem Zeitpunkt zwei Jahre mit Summer zusammen. Es war, als hätte sie sich ganz bewusst auf die Suche nach einem Partner gemacht, über den ihre Eltern sich maximal aufregen würden, von ihrem Bruder ganz zu schweigen. Spider war offenbar arbeitslos. Also, er behauptete, er hätte eine Anstellung als Musiker. (Bassist in einer Band, die nie einen Auftritt hatte, weil sie grottenschlecht war. Ich hatte gehört, wie sie probten, und ihre Musik war *unterirdisch*.) Doch diese angebliche Anstellung hielt ihn nicht davon ab, Arbeitslosengeld zu beantragen, das er dann für Cannabis und was er sonst noch an Drogen kriegen konnte, ausgab. Er war fast immer zugekifft, wenn ich ihn gesehen habe. Allerdings habe ich ihn nicht oft gesehen, was mir optimal in den Kram passte.

Zwei Tage vor ihrem Geburtstag kam Summer ins Wohnzimmer. Ich saß in Dads ausladendem Ledersessel und las in einem Mathebuch. Sie schnaubte und ich blickte sie über das Buch hinweg an.

»Bist du gekommen, um mir zu sagen, dass du deine Meinung geändert hast, Summer?«, fragte ich. »Dass ich jetzt ganz offiziell als Ehrengast zu deinem Achtzehnten eingeladen bin?«

»Wovon träumst du nachts, Jamie? Außerdem würde dir die Party nicht gefallen.«

Sie hatte recht, aber ich wäre trotzdem gern gefragt worden. Es gibt nichts Schlimmeres, als um die Gelegenheit gebracht zu werden, aus eigener Entscheidung heraus abzulehnen.

»Was verschafft mir dann die Ehre?«

»Ich brauche deinen Rat.«

Ich war überrascht. Mehr als überrascht. Ich war von den Socken. Summerlee hatte mich seit Jahren nicht um meinen Rat gefragt. Um ehrlich zu sein, glaube ich nicht, dass sie mich *jemals* um Rat gefragt hat. Unsere einzige Interaktion bestand normalerweise darin, dass ich sie anlächelte und sie das Gesicht verzog, als wäre ich etwas, in das sie gerade getreten war.

»Okay.«

»Ich will an meinem Geburtstag Lotterielose kaufen. Es gibt einen nicht geknackten Jackpot, und ich werde achtzehn, da hab ich mir gedacht, was soll's. Was sind gute Lottozahlen? Ich dachte mir, du weißt es vielleicht. Du bist schließlich das Mathegenie.«

»Ist das dein Ernst?«

»Sehe ich aus, als machte ich Witze?«

Nein. Summerlee sah nie aus, als machte sie Witze, nicht mehr. Es war *ein* Aspekt ihrer Tragödie.

»Es ist purer Zufall, Summer«, antwortete ich. Ich kann mir zugutehalten, dass ich nicht geseufzt habe. Zumindest glaube ich, dass ich es nicht getan habe. »Es gibt keine ›guten‹ Zahlen. Mach, was alle anderen auch machen. Geburtsdatum, Lieblingszahlen, solche Sachen. Deine Chancen stehen gleich, egal welche Zahlen du nimmst. Noch besser, lass es den Computer für dich machen. Lass ihn die Glücksfee spielen.«

Sie verlagerte ihr Gewicht, drückte die Hüfte heraus, legte eine Hand darauf und blickte mich durch unmöglich lange und dunkle Wimpern an. Sie waren unmöglich, weil sie künstlich waren. Verachtung tropfte ihr aus jeder Pore. Sie tat, als wolle sie gehen, und ich nahm an, dass damit die geschwisterliche Kommunikation für die vorhersehbare Zukunft beendet war.

»Ich kann dir allerdings sagen, welche Zahlen du besser *nicht* nimmst«, fügte ich hinzu.

Das ließ sie innehalten. »Wie meinst'n das?«

Ich lehnte mich in meinem Sessel zurück. Es gab nicht viele Gelegenheiten, bei denen sie unbedingt hören wollte, was ich zu sagen hatte. Solche Gelegenheiten gab es verdammt noch mal überhaupt nicht – und ich genoss es.

»Spieltheorie«, antwortete ich nach einer angemessenen Pause. »Was andere Leute tun, muss dein Tun beeinflussen.«

»Heißt was?«

»Nehmen wir an, im Jackpot sind fünfzig Millionen und deine Zahlen kommen. Fantastisch. Aber dann musst du das Geld mit all denen teilen, die dieselben Zahlen genommen haben.«

»Ja. Und?«

»Angenommen, es gibt insgesamt fünfzig Gewinner. Bleibt eine Million als dein Anteil. Nicht schlecht, aber nicht so gut wie fünfzig. Weit davon entfernt.«

Sie wedelte mit der Hand, damit ich endlich auf den Punkt kam.

»Deshalb nehmen einige Leute Zahlen, die kein vernünftiger Mensch ankreuzen würde. Zahlen, bei denen die Wahrscheinlichkeit, dass sie kommen, mehr als gering ist, obwohl die Statistik besagt, dass eine Kombination so wahrscheinlich ist wie jede andere.«

»Verdammt noch mal, Jamie, Klartext!«

»Sie nehmen zum Beispiel so was wie 1, 2, 3, 4, 5 und 6. Sie gehen nach dem Prinzip vor, dass sie, wenn diese Zahlen kommen, den Jackpot mit niemandem teilen müssen, denn wer würde schon 1, 2, 3, 4, 5 und 6 tippen? Statt einer mageren Million sacken sie den ganzen Jackpot ein.«

Summerlee hob ihre extravaganten Brauen. »Welcher bescheuerte Wichser würde diese Zahlen ankreuzen? Dass die kommen, ist doch völlig ausgeschlossen.«

»Falsch. Sie haben genau dieselbe Chance zu kommen wie 10, 13, 27, 28, 39 und 41. Oder jede andere Kombination. Es dreht sich alles darum, dass du deinen Gewinn mit niemandem teilen musst.«

»Und deshalb ist das eine gute Idee, ja?«

»Nein, es ist eine ganz schlechte Idee. Sogar eine megamäßig schlechte Idee«, erwiderte ich.

Sie wedelte wieder mit der Hand.

»Zu jedem beliebigen Zeitpunkt kreuzen wahrscheinlich ein paar Hundert Leute die 1, 2, 3, 4, 5 und die 6 an, aus genau dem einen Grund, weil sie glauben, dass sonst niemand sie ankreuzt. Lass es dir gesagt sein. Ich fänd's super, wenn die Zahlen tatsächlich kämen, weil die gierigen Typen dann nur eine Viertelmillion bekämen und nicht die erwarteten fünfzig. Kannst du dir vorstellen, wie sauer die wären?«

»Was willst du damit sagen? Nimm nicht die 1 bis 6?«

»Genau das will ich sagen.«

»Herzlichen Dank für nichts, Jamie. Die Kombination hätte ich nämlich ohnehin nicht genommen. Man müsste dafür schon ein totaler Vollpfosten sein.«

»Ja, aber wenigstens wüsstest du, *warum* du ein totaler Vollpfosten bist.«

»Für jemand, der angeblich so clever ist, bist du echt ein Loser.«

»Immer wieder gerne.«

Als sie dieses Mal gehen wollte, versuchte ich sie nicht aufzuhalten. Trotzdem blieb sie unter der Tür stehen.

»Wie waren die Zahlen noch mal, die du genannt hast?«

»Welche Zahlen?«

»Als du mir gesagt hast, ich soll die blöden Scheißzahlen nicht nehmen. 10, 13 ...«

»Das war doch nur ein Beispiel.«

»Ja, aber sie haben sich gut angehört. Schreib sie mir auf, ja?«

Ich seufzte. Dieses Mal seufzte ich. Aber ich holte trotzdem einen Zettel und schrieb sie auf: 10, 13, 27, 28, 39, 41. Waren sie das gewesen? Ich wusste es nicht mehr genau, aber es war ohnehin gleichgültig. Ich gab ihr den Zettel und sie steckte ihn in ihre Jeanstasche.

»Viel Glück«, sagte ich, doch sie ging, ohne etwas darauf zu erwidern.

KAPITEL 5

Gutless lud mich an dem Samstag von Summerlees Geburtstag zu sich nach Hause ein. Ich hatte nichts anderes zu tun. Er wollte mir ein neues Videospiel zeigen, das er gekauft hatte. Gamer sagen nie »Computerspiele«. Sie sagen »Videospiele«. Es muss cool sein, sich in der Welt der Hardcore-Gamer retro zu geben. Ich interessiere mich, um ehrlich zu sein, kein bisschen für Computerspiele. Ich hab's versucht. In den ersten Jahren auf der Highschool hatte man kein Sozialleben, wenn man sich nicht dafür interessierte. Aber ich konnte mich nie wirklich dafür begeistern. Ich fand sie okay, um ein paar Stunden herumzubringen, aber dann langweilten sie mich. Ich konnte nicht nachvollziehen, wie jemand wie Gutless Tage, nein *Wochen* mit den verdammten Dingern zubringen konnte, und das praktisch ohne Pause.

Er behauptete, es gäbe Typen, die seien noch schlimmer als er. Er kenne jemanden in Kanada (Gutless kennt jede Menge Leute auf der ganzen Welt, wenn auch nur *virtuell*), der sich nicht einmal zum Pinkeln vom Computer loseisen könne. Der Typ ließ seine Mutter haufenweise Flaschen sammeln, pinkelte hinein und ließ sie dann in seinem Zimmer stehen, nur damit er nicht den Flur runtergehen und seinen Bildschirm im Stich lassen musste. Und das wirklich Krasse daran war, dass seine Mutter die Flaschen tatsächlich einsammelte und für ihn leerte. Und vermutlich wieder zurückbrachte, damit er von vorn anfangen konnte. Ich fragte Gutless, was sein Freund tue, wenn er mal kacken müsse, aber das wusste er auch nicht. Besser so. Ich glaube, ich wollte es gar nicht wissen.

Gutless lud mich also zum Abendessen ein, was mir recht war. Seine Mutter kochte gut und angesichts des gewaltigen Taillenumfangs ihres Sohnes servierte sie riesige Portionen. Wir aßen natürlich in Gutless' Zimmer, weil am Tisch zu sitzen und mit der Familie zu essen vergeudete Zeit war, wenn man ansonsten Dinge in die Luft fliegen lassen könnte. Es machte mir nicht sonderlich viel aus, auch wenn es in Gutless' Zimmer nach vergammelter Pizza, angeschimmelter Unterwäsche und abgestandenen Fürzen roch. Es machte mir nichts aus, weil sein Vater sich an mir festsaugte wie eine Qualle und ständig meine Meinung zu Politik und Zeitgeschehen hören wollte. Gutless erwartete nichts von mir und das passte mir sehr gut.

»Machst du eigentlich nie dein Bett, Gutless?«, fragte ich und blickte mich auf der abgedunkelten Mülldeponie um. Er zog nie die Vorhänge zurück, doch selbst im Dämmerlicht erkannte ich zerwühltes Bettzeug, etliche schmutzige Teller und, auf dem Teppich verteilt, eine kleine Sammlung Coladosen.

»Warum? Ich schlaf ja nachher wieder drin.«

»Da hast du auch wieder recht.« Wenigstens hörte er zum Schlafen auf zu spielen. Ob er wohl von Fadenkreuzen und explodierenden Köpfen träumte?

Ich versuchte, einen Platz im Bett zu finden, auf dem ich mich ausstrecken konnte, während Gutless seinen Computer hochfuhr. Ich schob einen Teller von einer Stelle, an der ein Kissen hätte liegen können, wenn es nicht auf den Boden gefallen wäre. Auf dem Teller verteilt war etwas Braunes, Angetrocknetes. Was immer das einmal war – an den Rändern waren Spuren von etwas Grünem. Wie lange mochte der Teller schon da gelegen haben? Möglicherweise Wochen. Das Leben entfaltete sich prächtig in Gutless' Zimmer. Es war nur einfach nicht die Art von Leben, mit der ich meine Bude teilen wollte.

Der dicke G fiel in seinen Computersessel und setzte sich die Kopfhörer auf. Ein Ohr ließ er frei, vermutlich damit ihm meine Kommentare zu seinem Spielwissen nicht entgingen. Mir war das recht. Normalerweise hörte ich ihm ohnehin nicht zu, sondern brummte nur in regelmäßigen Abständen. Mein Blick lag in der Regel auf dem riesigen Flachbildschirm in einer Ecke seines Zimmers. Der Fernseher lief die ganze Zeit. Eines muss man Gutless lassen: Er knausert nicht, wenn es um elektronische Gerätschaften geht. Er hat mehr Zeug als eine durchschnittliche Hi-Fi-Filiale von JB. Das allerneuste Computerzubehör, Kopfhörer für fünfhundert Dollar, eine Gaming-Maus, die, wie er mir stolz gesagt hatte, fast dreihundert Dollar kostete, so wie Spielkonsolen, Fernseher und andere Dinge, die im NASA-Hauptquartier nicht deplatziert ausgesehen hätten. Vorausgesetzt die NASA hätte kein Problem mit Tellern, auf denen eigene Bakterienkulturen gezüchtet wurden, und Bettzeug, das seit Menschengedenken nicht gewaschen worden war.

Die Mitte des Betts mied ich. Ich konnte es nicht deutlich erkennen und wollte ganz bestimmt nicht genau hinsehen, aber die Chancen standen gut, dass ich mich dort in den einen oder anderen Fleck legen würde. Dann würde ich anfangen mich zu fragen, woher der Fleck kam, und von da war es nur noch ein kleiner Schritt zu der Frage, ob ich heiß duschen könne. Also legte ich mich an das Ende, von dem aus ich über Gutless' rechte Schulter auf den Fernseher schauen konnte. Es lief eine beklagenswert bescheuerte Spielshow. Der Ton war heruntergefahren und das war gut so. Solche Shows kommen entschieden besser rüber, wenn man nichts versteht.

»Mann«, sagte Gutless, »du musst dir die Größe der Karten in diesem Videospiel ansehen. Sie sind mindestens noch einmal um die Hälfte größer als bei *Insurgency Max* oder *District 19, The Revenge*. Also verdammt groß. Megageile Grafiken, wie zu erwarten, und der neueste Waffenscheiß nach dem neuesten Stand der Entwicklung in den USA. Einige dieser Waffen werden noch nicht mal beim richtigen Militär eingesetzt. Außerdem noch mehr Fahrzeuge. Schau her, ich hab mich mit diesem Geländespiel-Scheiß befasst, aber die richtig guten Sachen kommen im Deathmatch. Ich weiß schon, was du sagen willst ...«

Gut, dass er es wusste, denn ich hatte keine Ahnung. Im Fernsehen flirtete ein Typ mit weißen Zähnen und schlechter Frisur wie der Teufel mit einer alten Dame mit braunen Zähnen und genauso schlechter Frisur. Sie sah aus, als sei allein schon die Tatsache, dass der Moderator der Show sie *wahrnahm*, eine Bestätigung ihrer Existenz. *Nimm mich jetzt zu dir, Herr, auf dem Gipfel meines Glücks*. Ich hasse das Fernsehen, aber es kann ganz unterhaltsam sein. Vor allem wenn der Ton abgestellt wurde.

»... alles hängt vom Können deines Teams ab. Scheiße, Mann, gestern Abend bin ich doch wirklich in diesem Anfängerteam gelandet. Ich führe diesen Kopfschuss aus und sie: ›Boah, das war verdammt gut, Mann!‹, und ich: ›Ja, eigentlich hätte es euch treffen sollen, ihr Blödmänner, weil ihr keine verdammte Ahnung habt, was ihr tut ...‹«

Ich lasse seine Stimme weiter an mir vorbeiplätschern. Es ist besser so. Manchmal schlafe ich für eine Viertelstunde ein und

Gutless merkt es gar nicht. Ich wache auf und er redet immer noch. Ich bin wie dieser Teller. Auch ich könnte in drei Wochen noch hier sein und an den Rändern grün werden und er würde es wahrscheinlich nicht merken. Ich liebe Gutless. Gäbe es ihn nicht, ich müsste ihn erfinden.

Die Spielshow war zu Ende und es folgten Nachrichten. Eine blonde Tussi, vielleicht gerade mal vier Jahre älter als ich, blickte mit ernstem Gesicht in die Kamera. Wahrscheinlich redete sie über die jüngste Krise im Nahen Osten und wollte den Eindruck erwecken, als hätte sie das Thema und seine Auswirkungen jahrelang studiert und sei eine Art Expertin. Im Ernst. Mit ungefähr zwanzig. Ich kenne ein paar Zwanzigjährige. Sie könnten ihre eigenen Hintern selbst mit einer Taschenlampe nicht finden, geschweige denn den Nahen Osten auf einer Weltkarte.

Die Nachrichten bei ausgeschaltetem Ton zu sehen, ist viel besser als sie zu hören. Ich rate gern, wann die lustigen Geschichten kommen – die, die das Leben schreibt. Das Gesicht der Sprecherin wechselt normalerweise zwischen Dieser-Scheiß-ist-ernst-also-mach-ich-ein-ernstes-Gesicht und einem breiten Lächeln. Manchmal liege ich falsch. Sie lächelt und dann erscheint im Hintergrund ein Bild von sterbenden Menschen in einem Dritte-Welt-Land. Was soll ich sagen? Irgendeine Art Spiel muss ich spielen, während Gutless mit seinem beschäftigt ist.

Fast wären mir die Lottozahlen unten auf dem Bildschirm entgangen. Es muss der Mathematiker in mir gewesen sein, der bestimmte Muster einfach immer wahrnimmt. Sie kamen mir bekannt vor, was seltsam war. Gerade als ich mich darauf konzentrierte, verschwanden die Zahlen, und ich bekam die letzten drei nicht mehr mit. Dafür kam etwas über Öl-Termingeschäfte, was immer das ist. Ich versuchte, die Sache aus dem Kopf zu bekommen. Das scheint mit Lottozahlen immer so zu sein. Wenn sie eingeblendet werden, kommen sie einem wie die offensichtlichen Gewinnzahlen vor. 12, 18, 37, 38, 39, 45. *Natürlich. Was sonst?* Aber ein Gedanke nagte hartnäckig an mir.

»Gutless?« Ich unterbrach ihn mitten im Spiel.

»Ja?«

»Bist du im Internet?«

»Oh, Mann, es ist ein Onlinespiel.«

»Okay. Könntest du bitte die Lottozahlen für mich checken?« Ich hätte auch auf meinem Smartphone nachschauen können, aber es ist ein Prepaid, und ich hatte nicht mehr viel Guthaben drauf.

Gutless löste den Blick vom Bildschirm und schaute mich ungläubig an. »Ich bin mitten im Deathmatch, Mann. Kann das nicht warten?«

»Doch, schon. Wie lang geht's bei dir noch?«

»Oh, shit ...« Sein Bildschirm explodierte in Lichtblitzen und aus dem einen Kopfhörerteil geiferten panische Stimmen. Gutless wandte sich wieder dem Computer zu und im Vordergrund erschien der Lauf eines Maschinengewehrs. Ich wartete, bis er tat, was immer getan werden musste. Dazu schienen das Kriechen durch einen echt wirkenden Sumpf zu gehören, Gewehrsalven, jede Menge Flüche und noch mehr Rauch. An einer Stelle verschwand das Maschinengewehr vom Bildschirm und eine Handgranate tauchte kurz auf. Ein Lichtblitz und eine Explosion folgten. Es war unwahrscheinlich laut und dabei bekam ich ja nur die Hälfte der Toneffekte mit. Der Himmel weiß, wie Gutless' Ohren mit dem Stress umgingen, aber ich schätzte, dass er spätestens mit dreißig stocktaub wäre.

Egal. Ich wandte mich wieder dem Fernseher zu und versuchte mir die Zahlenfolge ins Gedächtnis zu rufen. 10, 13 und 27. Bei denen war ich mir ganz sicher. Und ich wusste, weshalb sie mir so vertraut vorkamen. Es waren die Zahlen, die ich Summerlee genannt hatte. Ich hatte sie aus dem hohlen Bauch heraus gesagt, aber ich glaubte, dass es die ersten drei waren.

Gutless musste es schließlich gelungen sein, ausreichend Feinde niederzumachen, denn der Lärm ließ nach, und er drehte sich halb auf seinem Stuhl um.

»Lotto, Mann? Ist das dein Ernst?«

Ich nickte.

Er wandte sich wieder dem Bildschirm zu und öffnete ein kleines Google-Fenster. Das Spiel ging im Hintergrund weiter. Er tippte ein paar Buchstaben ein, wählte aus den vorgegebenen Möglichkeiten eine aus, und innerhalb von zwanzig Sekunden standen die Zahlen auf dem Bildschirm. Ich setzte mich auf die Bettkante und schaute ihm über die Schulter.

10, 13, 27, 28, 39, 41. Zusatzzahlen 7 und 21.

Ich wusste es nicht mehr. Nicht genau. Aber ich war mir verdammt noch mal ziemlich sicher, dass sie die meisten davon hatte. Falls sie sich die Mühe gemacht und überhaupt einen Schein ausgefüllt hatte. Sie hatte es mir gegenüber nicht mehr erwähnt. Ich zog mein Smartphone aus der Tasche und entschuldigte mich für einen Moment. Ich glaube nicht, dass Gutless es gehört oder gemerkt hat, als ich sein Zimmer verließ. Es liegt gleich neben der Hintertür und so schlüpfte ich hinaus in den Garten. Auf keinen Fall wollte ich seinem alten Herrn über den Weg laufen. Wahrscheinlich wollte er meine Meinung zu Syrien wissen, doch leider hatte ich keine.

Summers Nummer ist auf meinem Handy gespeichert, obwohl ich sie nie anrufe und sie mich genauso wenig. Ich drückte auf ›wählen‹. Ihr Telefon läutete gefühlte Ewigkeiten, und ich war schon sicher, dass es auf die Mailbox umschalten würde, doch dann meldete sie sich.

»Hallo?«

Der Lärm war überirdisch. Natürlich. Summers Geburtstagsparty war nie als stille Angelegenheit geplant gewesen. Ob ihre zweihundert Kumpels sich schon in die Besinnungslosigkeit gesoffen und die Toiletten vollgekotzt hatten? Wie kann jemand zweihundert Kumpels haben? Ich habe einen, Gutless, und der zählt wahrscheinlich nicht einmal. Mein achtzehnter Geburtstag wird eine traurige Angelegenheit werden. Ich und Gutless in einer Pizzeria. Er redet über Videospiele, und ich frage mich, wo mein Leben falsch abgebogen ist.

»Summer?«

»Wer zum Teufel ist da?«, bellte sie ins Telefon. Ihre Stimme konkurrierte mit einem Song im Hintergrund, bei dem einem die Füllungen aus den Zähnen fliegen konnten. Wenigstens war es nicht Spiders Band. Bei der hier klang noch eine gewisse Harmonie durch.

»Ich bin's, Jamie.«

»Wer?«

»JAMIE!«

»Jamie?«

»Ja.«

Ich war froh, dass sie mich nicht eingeladen hatte. Wenn das die Art von Gespräch war, die man an Summers großem Tag erwarten konnte, war eine Unterhaltung mit Gutless noch besser. Ihn hörte ich wenigstens, auch wenn ich es nicht wollte.

»Was willst du?«

»Hast du Lottoscheine für die Ziehung heute Abend gekauft?«

»WAS?«

»Lottoscheine. Hast du welche?«

»Ich versteh dich nicht.«

»Vergiss es.«

»WAS?«

Was für eine Vergeudung des bisschen Guthabens, das ich noch hatte. Ich legte auf. Sie hatte welche oder eben nicht. Dass sie sie bei sich hatte, war ohnehin unwahrscheinlich, selbst wenn sie tatsächlich welche gekauft hatte. Als sie das Haus mit Spider verlassen hatte, trug sie etwas Winziges, Enges und Hauchdünnes. Nichts, worin man Lottoscheine verstecken konnte.

Ich ging zurück in Gutless' Zimmer. Wie vermutet hatte er noch nicht gemerkt, dass ich weg war. Ich legte mich wieder aufs Bett und schloss die Augen. Diese Zahlen. Sie sagten mir etwas. Und sie sagten es sehr laut.

KAPITEL 6

Sonntag. Normalerweise hätte Summer arbeiten müssen, doch sie hatte mit ihrer Vorgesetzten gesprochen und ihre Schicht getauscht. Das war zweifellos klug. Ich hatte sie nicht nach Hause kommen hören, doch ich vermutete, dass sie nicht vor drei oder vier Uhr aufgetaucht war. Wenn Summer feiert, feiert sie hardcore. Und sie hatte wahrscheinlich einen Kater mit langer Halbwertzeit. Ich ging davon aus, dass es später Nachmittag würde, bevor jemand sie zu Gesicht bekäme.

Phoebe hatte bereits Stunden, bevor ich unten auftauchte, gefrühstückt. Sie steht mit den Hühnern auf, während ich am Wochenende gern ausschlafe. Sie machte im Wohnzimmer Hausaufgaben. Ich glaube, Phoebe macht Hausaufgaben, auch wenn sie gar keine aufhat.

»Morgen, Dumpfbacke«, sagte ich. »Wie geht's?«

Sie schaute von ihrem Übungsheft auf und blickte mich einen Moment lang verständnislos an. Sie konzentriert sich so auf ihre Hausaufgaben, dass es einen Moment dauern kann, bis sie in die richtige Welt zurückfindet.

»Was?«

»Hast du gut geschlafen?«, fragte ich.

»Ich habe super geschlafen, bis Summerlee nach Hause kam.«

»Um wie viel Uhr war das?«

»Keine Ahnung. Sehr, sehr spät. Oder sehr, sehr früh.«

»Sie hat wieder ganz schön Krach gemacht, wie?«

»Das nicht, aber sie *stinkt*, wenn sie getrunken hat. Und ich meine es genauso: Sie *stinkt*. Sie ist total verschwitzt, und dann schläft sie mit offenem Mund und so, und das verteilt den Gestank nur weiter. Es dauert ungefähr zwei Sekunden, bis unser Zimmer voll ist mit dem Gestank nach Schweiß und Alkohol, und das stinkt ganz einfach.«

Ihr kleiner Mund war eine schmale Linie. Ich konnte sie mir in zehn Jahren vorstellen, und eins stand fest: Man wollte nicht der Auslöser ihrer Empörung sein. Ihr Freund tat mir jetzt schon leid. Armes Schwein.

»Ich glaube, du willst mir was sagen, Phoebe«, erwiderte ich. »Wenn ich richtig zwischen den Zeilen lese, willst du, glaube ich, andeuten, dass Summerlee stinkt.«

»Das ist nicht komisch, Jamie.«

»Nein. Da hast du recht.«

»Warum lachst du dann?«

»Tu ich doch gar nicht.«

»Doch.«

»Nur ein bisschen.«

Phoebe wandte sich wieder ihrem Übungsheft zu. Sie füllte die Zeilen sorgfältig und methodisch, wobei ihre Zungenspitze aus dem Mundwinkel schaute. »Sie schnarcht auch«, fügte sie hinzu.

Ich lachte los, was Phoebe überhaupt nicht gefiel. Sie schickte mich hinaus und ich ging in mein Zimmer und schaltete meinen Computer ein. Verglichen mit dem von Gutless ist es ein ziemlich trostloses Teil. Er hat kein durchsichtiges Gehäuse mit Blinklichtern drin. Er sieht nicht aus wie etwas, das vom Flugdeck der *Enterprise* stammen könnte. Er ist dunkel und kastenförmig, aber er funktioniert, und alles andere kümmert mich nicht. Ich checkte die Seite der Lotto-Gesellschaft, nur um mir die Zahlen noch einmal anzusehen. Die Seite war auf den neuesten Stand gebracht worden und listete die Zahl der Gewinner auf: vier Gewinner in der ersten Klasse, von denen jeder sieben Millionen fünfhundertausend Dollar erhielt. Die zweite Klasse war abgeschmiert auf elf Riesen, weil es so viele Gewinner gab, aber, seien wir ehrlich: Besser als in die hohle Hand geschissen war es allemal. Ich gebe zu, dass ich ein wenig aufgeregt war. Etwas würde Summer auf jeden Fall bekommen. Mist. Für vier Richtige gab es sechzig Dollar, und ich war mir ziemlich sicher, dass sie vier Richtige hatte. Vorausgesetzt, sie hatte die Scheine gekauft. Ich schloss die Seite und fuhr den Computer herunter. Auch ich hatte Hausaufgaben zu erledigen. Englisch und Mathe. Hmmm. Schwierige Entscheidung. Ich holte mein Mathebuch heraus und schlug ein Kapitel über deduktive Geometrie auf.

Summer tauchte nachmittags um vier auf. Sie quälte sich die Treppe herunter, als sei jeder Schritt die reinste Folter. Und genau das war er wahrscheinlich auch. Unten angekommen blieb sie mit der Hand am Geländer ungefähr eine Minute stehen, bevor sie in die Küche wankte und sich an den Tisch setzte. Ein leises Stöhnen kam aus ihrem Mund und sie stützte den Kopf in die Hände.

»Tag, Summer«, begrüßte ich sie. »Schöne Party gehabt, ja?«

Sie stöhnte erneut.

Es war Musik in meinen Ohren, und ich fuhr in einem noch fröhlicheren Ton fort: »Hat sich nach einer Menge Spaß angehört, als ich dich angerufen habe. Da muss ja ordentlich was los gewesen sein.«

»Schrei nicht so, Jamie«, flüsterte sie durch ihre Finger hindurch. »Bitte.«

»Ich schreie nicht, Schwesterherz«, antwortete ich, auch wenn ich zugebe, dass meine Phonzahl geringfügig höher war als normal. »Ein bisschen zu viel getrunken, wie?«

»Hackevoll«, ächzte sie.

»Alkohol«, sagte ich, »die Arbeit der fluchenden Klasse.«

»Schrei nicht so. Bitte.«

Ich hatte mich darauf gefreut, sie zu quälen, aber es war nicht halb so befriedigend, wie ich es mir vorgestellt hatte. Sie sah wirklich schlimm aus. Ihr Haar war verknotet und gleichzeitig strähnig. Als sie den Kopf hob, hätte ich mich unter normalen Umständen weggeworfen vor Lachen. Sie hatte sich eindeutig nicht abgeschminkt, bevor sie ins Bett gefallen war. Wahrscheinlich war sie zu dem Zeitpunkt nicht mehr in der Lage gewesen sich abzuschminken. Die Haut rings um die Augen und ihre rechte Wange war mit Wimperntusche beschmiert. An einem Auge hatte sie die falschen Wimpern verloren, was sie total schief aussehen ließ. Die Situation schrie nach Hohn und Spott, doch ich konnte mich nicht dazu bringen. Sie wirkte so verletzlich. Die Nacht zuvor hatte sie in die Besinnungslosigkeit katapultiert, und ich brachte es nicht über mich, noch eins draufzusetzen. Stattdessen stand ich auf und ging zum Kühlschrank. Ich goss ein Glas Orangensaft ein, stellte es vor sie hin und legte zwei Paracetamol aus dem Küchenschrank dazu.

»Du brauchst Vitamin C, Schwesterherz«, sagte ich. »Und Schmerzmittel.«

Sie stöhnte, aber sie nahm die Tabletten und spülte sie mit

O-Saft hinunter. Sie verzog das Gesicht. Vermutlich war ihr Mund so trocken wie Vogelsand.

»Danke«, sagte sie. Dann verschränkte sie die Arme auf dem Tisch und legte den Kopf darauf.

»Hast du Lottoscheine gekauft, Summer?«, fragte ich.

»Was?« Sie rührte sich nicht.

»Lottoscheine. Du wolltest zu deinem Geburtstag welche kaufen.«

»Oh. Ja.« Die Synapsen in ihrem Körper hatten ihre Arbeit eindeutig eingestellt. Wahrscheinlich waren sie ertränkt oder mariniert worden. Vielleicht auch beides.

»Hast du die Zahlen genommen, die ich dir genannt habe?«

»Was?«

Eine Unterhaltung mit Summer war, schon wenn es sehr gut lief, wie Zähneziehen. Jetzt war sie fast unmöglich. »Weißt du, wo die Scheine sind?«

»Was?«

Herr im Himmel, ich redete mit einer Gehirnamputierten. Ich wollte eigentlich schon aufgeben, entschloss mich dann aber zu einem letzten Versuch.

»Weißt du, wo die Scheine sind?« Ich sprach jedes Wort langsam und mit Bedacht aus.

»Handtasche ... Zimmer ... glaub ich.«

»Darf ich nachsehen?«

Sie stöhnte, was ich als Zustimmung deutete. Viel wahrscheinlicher war, dass sie mich gar nicht gehört hatte, denn unter normalen Umständen würde Summer mich nie auch nur in die Nähe ihrer persönlichen Sachen lassen. Aber ich war neugierig und sie gehirntot. Also lief ich die Treppe hinauf, bevor sie eine Chance hatte, die Frage zu verarbeiten, zu verstehen und mich aufzuhalten.

Phoebe hatte recht gehabt. In ihrem Zimmer stank es. Es war ein säuerlicher Gestank, ein schwerer Cocktail aus Schweiß, Wodka, Erbrochenem und Zigarettenrauch. Es tat mir leid für die kleine Maus, die in dieser üblen Luft schlafen musste. Kein Wunder war sie mit den Hühnern aufgestanden.

Summers Bett glich einer Müllhalde, genau wie ihr Nachtschränkchen, auf dem sich jede Menge Mist türmte und auf den Boden tropfte. Im Sinn des Wortes tropfte. Eine offene Tube mit irgendeiner Creme. Ihre Tasche sah ich nicht. Schließlich ließ ich mich auf Hände und Knie nieder und schaute unter ihrem Bett nach. Die Tasche lag ungefähr unter der Mitte des Bettes auf der Seite. Ich fischte sie hervor und entfernte zwei ziemlich unangenehm feuchte Taschentücher, die sich drangeheftet hatten. Dann setzte ich mich aufs Bett und öffnete die Tasche.

Ich durchsuchte sie vorsichtig. Es war davon auszugehen, dass Tampons und verschiedenes anderes Zeug darin waren, das ich wirklich nicht sehen, geschweige denn berühren wollte.

In einem Seitenfach fand ich den Schein schließlich. Er war total zerknüllt, und ich musste ihn auf Phoebes Schreibtisch glattstreichen, damit ich ihn entziffern konnte. Sie hatte zwölf Spielfelder gekauft. Ich machte mir fast ins Hemd vor Lachen, als ich die erste Zahlenreihe las. 1, 2, 3, 4, 5 und 6.

Was für eine Pfeife. Doch bei der zweiten Reihe blieb mir fast das Herz stehen. Ich las sie zwei Mal. Dann las ich sie ein drittes und ein viertes Mal. Ich nahm sogar Phoebes Lineal und legte es unter die Reihe, damit ich sicher sein konnte, dass ich keine Zahl aus der Reihe darunter dazunahm. Ich checkte das Datum. Ich checkte erneut die Zahlenfolge.

Dann stolperte ich mit dem Schein in der Hand die Treppe

hinunter. Das Blut pulsierte laut in meinen Ohren und alles ringsherum schien seltsam abgerückt.

»Summer«, sagte ich, »du hast im Lotto gewonnen.«

Sie rührte sich nicht. Sie musste am Küchentisch wieder eingeschlafen sein. Ich stupste ihren Arm mit dem Finger an, worauf sie ärgerlich grunzte. Ihre Hand zuckte und sie drückte den Kopf tiefer auf ihre Arme. Ich rüttelte sie an der Schulter. Das entlockte ihr eine Reaktion. Sie hob den Kopf und betrachtete mich mit spektakulär blutunterlaufenen Augen.

»VERPISS DICH, Jamie!« Dann verzog sie das Gesicht, wahrscheinlich wegen der Lautstärke ihrer eigenen Stimme. »Lass mich in Ruhe, ja?«

»Du hast im Lotto gewonnen.«

»Was?« Ihre Augen waren noch nicht klarer geworden, aber wenigstens hatte ich ihre Aufmerksamkeit, und ihr alkoholdurchweichtes Gehirn stellte gewisse Verbindungen her. »Was laberst du da?«

»Lotto. Die Ziehung gestern Abend. Du hast gewonnen.«

Sie richtete sich auf und strich sich eine Haarsträhne aus dem Gesicht.

»Wie viele Zahlen hab ich richtig?«

»Alle. Bis auf die Zusatzzahlen natürlich. Das ist nicht möglich, wenn du alle sechs richtig hast. Und das hast du.«

»Ich hab alle sechs?«

»Genau.«

Die ganze Tragweite der Nachricht war noch nicht bei ihr angekommen. Ich hatte schon ein paar Minuten Zeit gehabt, sie zu verdauen. Außerdem wusste ich, was im Jackpot war. Sie hatte keine Ahnung.

Summerlee nahm einen großen Schluck Orangensaft und

verzog wieder das Gesicht. »Hast du gerade gesagt, ich hab im Lotto gewonnen?«

»Komm schon, Summer. Das ist nicht so schwer zu begreifen. Also, in gewisser Weise doch. Du hast alle sechs Zahlen, die gestern Abend gezogen wurden.«

»Du verarschst mich.« Auf ihrem Gesicht erschien so etwas wie ein triumphierendes Grinsen. »Und woher willst du es überhaupt wissen? Du weißt ja gar nicht, welche Zahlen ich angekreuzt habe. Du willst mich auf den Arm nehmen, Jamie, aber es funktioniert nicht.«

Ich hielt den Schein hoch. »Daher weiß ich es, Summer. Dein Gewinnschein. Er war da, wo du gesagt hast. In deiner Tasche.«

»Du hast in meine Tasche geschaut?« Ihre Augen verengten sich.

An dieser Stelle war ich versucht, das Scheißding zu zerreißen. Da stand ich und überbrachte ihr die größte Nachricht ihres Lebens, und sie war kurz davor zu explodieren, weil ich an ihrer Tasche war, nachdem sie doch gesagt hatte, dass ich hineinschauen *könnte*. Zumindest hatte sie gegrunzt, was definitiv kein Nein war.

Im Nachhinein wünschte ich, ich hätte ihn zerrissen.

»Du hast es mir erlaubt«, log ich. »Außerdem ist das jetzt nicht wichtig. Du hast gewonnen. Schau doch selbst nach.«

Sie nahm den Schein und betrachtete ihn mit trüben Augen.

Ich wies auf die Gewinnzahlen. »Die Zahlen, die ich für dich aufgeschrieben habe, erinnerst du dich? 10, 13, 27, 28, 39 und 41. Das sind die Gewinnzahlen.« Ich holte mein Smartphone heraus, loggte mich im WLAN ein und suchte rasch im Internet, während sie versuchte, sich auf den Schein zu konzentrieren. Ich tippte die Seite an und hielt ihr das Display unter die Nase. »Hier, schau selbst. Die Gewinnzahlen. Du hast im Lotto gewonnen, Summer.«

Ich glaube, in dem Moment begann sie es wirklich zu glauben. Sie blickte vom Display auf ihren Lottoschein und wieder zurück aufs Display. Sie wirkte immer noch benommen.

»Das sind die guten Neuigkeiten«, sagte ich. »Die schlechten sind, dass drei andere Leute dieselben Zahlen haben. Das heißt, du gewinnst nur ein Viertel des Jackpots.«

»Wie viel?«, fragte sie.

Ich antwortete nicht sofort. Ich wollte sie auf die Folter spannen, brachte es dann aber doch nicht fertig.

»Sieben Millionen fünfhunderttausend«, antwortete ich.

»Leck mich«, sagte sie. »Ich hab ein Viertel von sieben Millionen Dollar gewonnen?«

»Nein«, erwiderte ich. »Im Jackpot waren dreißig Millionen. Siebeneinhalb Millionen sind dein Anteil.«

KAPITEL 7

Es gibt jede Menge dokumentierte Mittel gegen Kater. Rohe Eier mit einem Spritzer Worcestersoße. Stapelweise Schmerztabletten, klar. Manche behaupten auch, drei Liter Hahnenwasser würden reichen. Meiner zugegebenermaßen begrenzten Erfahrung nach ist die wirkungsvollste Arznei ein Lottogewinn von siebeneinhalb Millionen Dollar.

Summerlee sprang mit dem Lottoschein in der Hand auf. Ich glaube, man hätte ihn ihr nicht mal mit einer Brechstange abnehmen können. Sie riss mir mein Smartphone aus der Hand und blickte mit zusammengekniffenen Augen aufs Display. Hielt es neben den Lottoschein und verglich die Zahlen. Dann ging sie zum Computer, wo Phoebe eine Powerpoint-Präsentation vorbereitete, entwand ihr die Maus und schubste sie vom Computerstuhl.

»He«, beschwerte sich Phoebe, »ich mache Hausaufgaben.«

»Schon gut, Mäuschen, das hier ist wichtig.«

»Meine Hausaufgaben sind auch wichtig.«

»Nein, sind sie nicht. Nicht im besten Fall und ganz bestimmt nicht jetzt.«

Ohne sie zu sichern, schloss Summerlee die Präsentation. Sie hatte etwas mit Ägypten zu tun, denn auf den meisten Bildern waren Pyramiden zu sehen. Ich konnte auch ein Kamel ausmachen, bevor es im Äther verschwand.

Phoebe jaulte. »Ich hab stundenlang daran gearbeitet!«, rief sie.

»Du solltest deine Sachen speichern«, entgegnete Summerlee. »Deine Schuld, Mäuschen.«

»Aber *du* hättest sie auch speichern können!«, jammerte Phoebe. »Das Kästchen mit der ›Änderungen speichern‹-Option kam, und du …«

»Dumm gelaufen«, meinte Summer. Ihre Hände tanzten über die Tastatur und das Such-Eingabefeld erschien. Ich beobachtete sie schweigend. Ich verstand, dass sie unabhängige Bestätigung brauchte. Ich an ihrer Stelle hätte genau dasselbe getan. »Außerdem«, fuhr sie fort, »kaufe ich dir eine verdammte Pyramide, wenn das alles stimmt. Okay?«

»Du sollst nicht fluchen«, sagte Phoebe. Sie hatte aufgehört zu jammern, doch ihr Mund bildete eine dieser beeindruckenden Linien.

Summer fand die Seite und klickte die Zahlen an. Es waren immer noch dieselben, aus dem einfachen Grund, weil es dieselbe Seite war wie auf meinem Smartphone. Sie prüfte sie noch einmal. Und noch einmal. Checkte den Jackpot. Prüfte noch einmal die Zahlen. Schließlich musste selbst Summerlee die Tatsache akzeptieren. Sie war Millionärin.

Sie sank gegen die Stuhllehne. »Verfluchte Scheiße«, sagte sie. »Ich hab gewonnen.«

»Du sollst nicht fluchen«, sagte Phoebe. »Was hast du gewonnen?«

Gute dreißig Sekunden lang herrschte Schweigen.

»Was hast du gewonnen?«, wiederholte Phoebe. »Was?«

Summer sprang auf und nahm Phoebes Hände. Und wirbelte mit ihr im Kreis herum wie bei einem altmodischen Barn Dance oder bei etwas aus einem dieser Historienfilme, wo alle in Gehröcken und extrem gerüschten Kleidern herumlaufen. Phoebe lehnte sich zurück, ihr Haar flog, und zum ersten Mal brach ein Lächeln ihre zornige Fassade auf. Auch ich musste lächeln. Immer schneller wirbelten meine Schwestern durchs Wohnzimmer und kreischten. Endlich hielten sie inne. Phoebe machte ein paar unsichere Schritte und ließ sich aufs Sofa plumpsen. Summer fiel mit ausgestreckten Armen auf den Boden, ein breites Grinsen auf dem Gesicht.

»Ich hab im Lotto gewonnen, Mäuschen«, sagte sie. »Ich bin einfach hingegangen und hab in dem verdammten Lotto gewonnen.«

»Du sollst nicht fluchen«, sagte Phoebe. »Wie viel?«

»Siebeneinhalb Millionen Dollar. So viel. Sieben Komma fünf Millionen. Was sagst du dazu, Phoebe, du kleiner Nager?«

Phoebe legte die Hand auf den Mund. Ihre Augen waren riesig. Zehn Sekunden oder so herrschte Schweigen.

»Leck mich am Arsch«, kam es dann von Phoebe.

Summer und ich prusteten los. Wir lachten, bis wir Seitenstechen hatten und uns die Tränen übers Gesicht liefen. Ich glaube, es war das letzte Mal, dass wir beide wirklich glücklich waren.

Summer bestand darauf, dass ich mit ihr in den Laden ging, wo sie die Scheine gekauft hatte. Es war Sonntag, und ich hielt es für unwahrscheinlich, dass sie siebeneinhalb Millionen gerade mal so aus der Kasse schaufeln konnten, um ihr ihren Gewinn auszuzahlen. Aber ich war neugierig, wie das alles funktionierte, und begleitete sie deshalb gern. Phoebe kam ebenfalls mit. Sie war so aufgeregt, dass wir sie ohnehin nicht hätten abhalten können.

»Soll ich den Schein in meinen Geldbeutel tun, Summer?«, fragte ich. »Da ist er sicher.«

»Ich lass ihn nicht aus den Augen«, erwiderte sie. Oder aus ihrem Griff, wie es sich zeigte. Sie hielt das zerknitterte Papier fest in der Hand. Selbst im Laden lockerte sie ihren Schraubstockgriff nur widerwillig.

»Kann ich euch helfen?«, fragte der Typ hinter dem Tresen. Sein Ton ließ darauf schließen, dass er nicht das geringste Interesse daran hatte, es auch zu tun. Er war ungefähr in meinem Alter und hatte eine asymmetrische Frisur. Aus irgendeinem Grund habe ich Leuten mit asymmetrischer Frisur immer misstraut.

»Ich hab was im Lotto gewonnen«, sagte Summer. Sie hielt ihm den Schein hin, doch ihre Finger waren um die Knöchel herum weiß, und sie ließ ihn nicht los.

Der Typ ergriff das bisschen Lottoschein, das nicht in Summers Faust war, doch sie ließ immer noch nicht los. Er schaute meine Schwester an und hob eine Augenbraue. Ein paar Sekunden lang dachte ich, sie würden in diesem komplett sinnlosen Tauziehen verharren, doch schließlich überließ Summer ihm den Schein. Es erforderte ganz offensichtlich eine immense Willensanstrengung. Der Typ, der eine Aura einstudierter Langeweile verströmte, scannte den Schein in einer Maschine auf dem Tresen ein. Wahrscheinlich rechnete er damit, zwanzig oder vielleicht auch hundert Dollar auszahlen zu müssen. *Kenn ich alles schon. Jaja, das Leben ist öde*. Doch bei dem, was die Maschine ihm sagte, fielen ihm fast die Augen aus den Höhlen. Er schüttelte den Kopf, als wolle er eine Halluzination loswerden, und sein asymmetrisch geschnittenes Haar flog in einer Art und Weise hin und her, die mich total irritierte. Er ging mit dem Kopf näher an die Maschine heran und trat dann einen Schritt zurück. Schließlich hielt er das Gesicht direkt ans Display. Seine Augen traten noch weiter hervor.

»Mein Gott«, keuchte er verhalten und ehrfurchtsvoll, »du hast in der Gewinnklasse 1 gewonnen.«

»Ich weiß«, erwiderte Summer.

»Du hast siebeneinhalb Millionen Dollar gewonnen.«

»Ich weiß.«

Der Typ war womöglich noch aufgeregter als Summerlee. Nachdem er den ersten Schock überwunden hatte, bestand er darauf, sich mit ihr fotografieren zu lassen. Ich musste sein Smartphone nehmen und unzählige Fotos machen, von ihm, wie er den Arm um Summers Schulter legte, von meiner Schwester, wie sie den Schein vorzeigte, den sie ungehörig schnell zurückverlangt hatte. Er rief seine Kollegen herüber und sie ließen sich ebenfalls fotografieren. In dem Laden herrschte bald Volksfeststimmung. Ein paar Kunden gesellten sich dazu, lachten und jubelten.

»Ich hab noch nie einen Jackpot-Gewinner gehabt«, wiederholte der Typ immer wieder ehrfürchtig. »Das ist der Wahnsinn.«

Ich hielt das für eine seltsame Reaktion. Es war ja schließlich nicht so, dass *er* irgendwas von dem Geld sehen würde. Doch das tat seinem Enthusiasmus offenbar keinen Abbruch. Er wirkte völlig ekstatisch, weil er jemandem gegenüberstand, der plötzlich mehr wert war, als er in seinem ganzen Leben verdienen konnte. Er *bewunderte* Summerlee. Es war, als stünde er vor einem A-Promi.

Vielleicht hätte mich seine Reaktion nicht wundern sollen. Er hatte schließlich einen asymmetrischen Haarschnitt.

Schließlich erfuhren wir, dass Summerlee ein paar Wochen

auf ihr Geld warten musste. Ein Angestellter telefonierte mit der Lottogesellschaft, bestätigte den Gewinn und schrieb dann Summers Bankverbindung auf. Dass sie das Geld erst später bekommen würde, nahm sie unbeeindruckt hin. Wahrscheinlich hoffte sie immer noch, dass die siebeneinhalb Millionen irgendwo in der Kasse herumschwebten. Als wir den Laden schließlich verließen, klopften ihr Angestellte und Kunden auf den Rücken, und wir alle grinsten wie Honigkuchenpferde. Der Lottoschein war wieder in Summers Hand und ihre Knöchel waren wieder weiß.

»Was werden Mom und Dad sagen?«, fragte Phoebe.

Unsere Eltern hatten das Haus früh am Morgen verlassen, um unsere Großmutter in ihrem zwei Fahrstunden entfernten Seniorenheim zu besuchen. Wir begleiteten sie nie zu diesen monatlichen Besuchen. Großmutter hatte längst vergessen, wer wir waren. Sie erkannte nicht einmal mehr Mom und Dad, weshalb die Besuche ziemlich sinnlos waren.

»Sie machen sich ins Hemd«, prophezeite Summer. »Sie scheißen sich in ihre elterlichen Hosen, Mäuschen.«

Phoebe lachte.

»Ich bin so froh, dass meine Zahlen gekommen sind, Summer«, sagte ich.

»Wovon redest du?«

»Die Gewinnzahlen. Weißt du nicht mehr? Ich hab sie für dich aufgeschrieben. 10, 13, 27, 28, 39, 41. Du hast gesagt, sie klingen gut, und, meine Güte, du hast recht gehabt.«

»Ich weiß nicht, was du meinst, Jamie«, sagte sie. »Ich hab die Zahlen alle einfach aufs Geratewohl hingeschrieben.«

Mir fiel auf, dass sie mir dabei nicht in die Augen schaute.

»Jetzt mach aber mal halblang, Summer.« So konnte ich sie nicht davonkommen lassen. Ich erwartete keinen Anteil am

Gewinn – naja, eine kleine Anerkennung für geleistete Dienste wäre vielleicht nicht unangemessen gewesen, aber ich wollte sie bestimmt nicht auf die Hälfte verklagen oder so. Hier ging es ums Prinzip. Ich *hatte* ihr die Zahlen genannt. Ich wollte lediglich, dass sie es zugab, mehr nicht. Das war nur fair und kostete sie nichts. »Du hast auch 1 bis 6 hingeschrieben, und ich hatte dir gesagt, dass das genau die Zahlen sind, die man laut Spieltheorie auf keinen Fall nehmen soll. Du kannst nicht behaupten, dass du das vergessen hast.«

»Nein. Ich hab mich erinnert, dass du sie erwähnt hast, deshalb hab ich sie als Witz hingeschrieben. Aber die Gewinnzahlen – die waren meine.«

Ich blieb mitten auf der Straße stehen. Das konnte übel werden. Ich spürte Verbitterung in mir aufsteigen. Sie war wie ein Kloß in meiner Kehle. Summer blieb nicht stehen. Sie ging weiter. Phoebe verharrte irgendwo zwischen uns und schaute vor und zurück. Schließlich zwang ich mich, meine Schwester einzuholen. Ich überlegte mir mögliche Erklärungen. Vielleicht hatte Summer schlicht und einfach vergessen, dass ich ihr die Zahlen genannt hatte. Sie hatte sie zusammen mit zehn anderen Zahlenreihen eingetragen und konnte sich einfach nicht mehr erinnern, woher sie kamen. Aber ich wusste, dass es nicht so war. Sie wusste verdammt gut, dass es meine Zahlen waren. Selbst in dieser Situation konnte sie mir nichts geben, auch nicht die kleinste Genugtuung.

»Ich will kein Geld, wenn du das denkst«, sagte ich zu ihrem Rücken. »Aber ich weiß, dass es meine Zahlen waren. Und *du* weißt es auch. Warum kannst du dich nicht einfach bedanken? Warum musst du so beschissen reagieren?«

Darauf blieb sie stehen und drehte sich zu mir um, die Hände in die Hüften gestemmt. Die rechte Hand war immer noch fest um den Lottoschein geschlossen. »Verpiss dich, Jamie. Hier fängt doch alles an, oder nicht? Ich hab ein bisschen Geld gewonnen, und jetzt versuchst du, was davon zu ergattern. Typisch. Ich hab von Scheißreaktionen wie diesen gelesen. Familie und Freunde werden zu deinen Feinden. Jeder will ein Stück vom Kuchen. Keine Bange, Bruderherz, du wirst wahrscheinlich dein Fett abkriegen. Aber sag mir nicht, dass im Grund *du* das Geld gewonnen hast. Das war ich. Ich war's, und vergiss das nicht.«

Sie ging weiter. Phoebe blickte hin- und hergerissen von mir zu Summerlee. Dann trottete sie hinter ihrer Schwester her und nahm ihre Hand. Summers linke Hand. Ich schaute ihnen nach, wie sie die Straße hinuntergingen und verschwanden. In meinen Ohren pochte laut das Blut. Ich schäumte vor Wut. Sie drang aus meinen Poren wie Schweiß. Es *waren* meine Zahlen. Sie konnte das Geld behalten. Ich wollte keinen Cent davon. Aber ich bin Mathematiker und es waren meine Zahlen.

Irgendwann beruhigte ich mich so weit, dass ich langsam nach Hause gehen konnte. Ich konnte den Anblick meiner älteren Schwester nicht ertragen, und ihr lag genauso wenig daran, mich zu sehen. Sie und Phoebe spielten Monopoly. Was für ein Witz. Ich ging in mein Zimmer und grübelte.

Auch ich hatte über ähnliche Situationen gelesen. Und ich wusste, dass Lottogewinner oft spektakulär scheiterten und Familie und Freunde fast immer die Leidtragenden waren. Reichtum verändert die Menschen, lässt sie emotional leicht abrutschen.

Das Problem war, dass Summerlees Ausgangspunkt schon ziemlich tief lag.

Phoebe erzählte mir später, wie Mom und Dad reagiert hatten. Ich konnte mich nicht dazu durchringen, hinunterzugehen, als ich das Knirschen der Reifen auf dem Kies hörte. Anscheinend herrschte die zu erwartende Euphorie, als die Nachricht in ihren Gehirnen ankam, doch dann lief es sehr rasch schief.

Mom erzählte den ganzen Quatsch von wegen die Öffentlichkeit meiden und so und warnte ihre Tochter vor bösen Menschen, die versuchten sich schadlos zu halten. Dad gab ebenfalls seinen Senf dazu. Er redete von Finanzberatern und schlug sogar vor, das Geld in einem Treuhandfonds anzulegen, sodass sie erst mit fünfundzwanzig an das Kapital herankäme. Nach ein paar kurzen Berechnungen auf seinem Computer erklärte er ihr, dass allein die Zinsen von siebeneinhalb Millionen ihr Hunderttausende Dollar pro Jahr bescheren würden. Mehr als der Premierminister verdiente. Auch Dad mag Zahlen.

Summers Reaktion war vorherzusehen. Es war ihr Geld, und sie ließ sich nicht vorschreiben, was sie damit tat. Was die Anlage in einem Treuhandfonds betraf – waren sie verrückt? Man lebt nur einmal, erklärte sie ihnen. Sie würde Spaß haben, solange sie noch jung genug war, um ihn genießen zu können. Und hinter ihrem jämmerlichen, vorhersehbaren Gepolter lag unterschwellig dieses Misstrauen. Phoebe merkte es nicht, doch ich spürte es selbst aus ihrem Bericht heraus. Mom und Dad verfolgten ein Ziel. Plötzlich war Summerlee anderer Leute Gier ausgesetzt und sie würde das nicht hinnehmen. Sie würde die Mauern verstärken, die sie mit so viel Sorgfalt um sich herum errichtet hatte.

Irgendwann würde keiner von uns mehr einen Weg hinein finden, und sie würde in einer von ihr selbst errichteten Festung schmachten, überzeugt davon, dass sie unter Belagerung stand.

Summerlee verließ das Haus noch am selben Abend. Spider holte sie ab und sie mieteten sich in einem erstklassigen Hotel in der City ein. Sie hatte noch etwas Erspartes von ihrem Job im Supermarkt und ihre Kreditkarte war noch nicht erschöpft.

Sie kam nie mehr nach Hause.

KAPITEL 8

Das ist wahr. In den 1960er-Jahren gab es ein Rockkonzert in Woodstock, einer Kleinstadt in Amerika. Alle angesagten Bands und Künstler der damaligen Zeit traten dort auf. Das Konzert fand auf dem Feld eines Bauern statt und es gab keinen Vorverkauf. Man ging einfach hin. Die Organisatoren hatten also keine Ahnung, wie viele Leute aufkreuzen würden. Wie viele genau da waren, weiß bis heute niemand. Einige sagen, es seien zweihunderttausend gewesen, andere reden von weit über einer halben Million. Über jeden Zweifel erhaben ist, dass das Konzert so absolut fantastisch war, dass es Legendenstatus erreichte.

Jetzt kommt's. Womöglich waren eine halbe Million dort. Aber *nach dem Event* behaupteten vielleicht zwanzig Millionen, dabei gewesen zu sein. Woodstock war ein solcher Kracher, dass Millionen von Menschen logen, nur um sich in seinem Abglanz sonnen zu können.

Ich würde zu gern lügen und behaupten, ich sei dabei gewesen, als Summerlee ihren Job im Supermarkt hinschmiss. Vielleicht mache ich es in ein paar Jahren. Vielleicht sind wir dann Tausende, die am Abendbrottisch oder in düsteren Ecken in Bars sitzen und behaupten: *Ja, Mann, ich war dabei, als Summerlee Delaware ihren Job hinschmiss. Ich erinnere mich noch daran, als sei es gestern gewesen …*

Gutless war tatsächlich dabei. Durch eine coole kosmische Fügung war er zufällig einkaufen, als Summerlee am Montagnachmittag in den Supermarkt wehte. Noch bemerkenswerter war, dass er nah genug am Informationsschalter stand, um die gesamte Unterhaltung mitzubekommen. Für mich ist Gutless bereits eine Legende. Das bestätigte seinen Status nur noch. Folgendes hat er mir erzählt:

»Ich war in der Abteilung für Bürozeug und hab, falls es dich interessiert, nach einem billigen Taschenrechner gesucht, als ich zufällig aufschaute und Summerlee hereinkommen sah. Sie sah mich ebenfalls, und ich winkte, aber sie behandelte mich wie Luft. Wie üblich. Sie trug ihre Uniform. Du weißt schon, dieses pinkfarbene Teil mit den roten Rändern und diesem blöden Logo auf dem Rücken und vorn auf der Tasche. Darin sieht echt jeder aus wie in einem Kondom. Jedenfalls geht sie an mir vorbei und greift sich eine Flasche Cola aus einem dieser Kühlschränke in der Nähe der Kassen. Sie stellen die Dinger da auf, damit man, wenn man in der Schlange steht und sich langweilt, überlegt, dass man noch echt dringend was zu trinken bräuchte. Und was kauft. So machen sie es mit den Schokoriegeln und den Frauenzeitschriften und ...«

»Ja, Gutless«, unterbrach ich ihn, »ich kenne die Marketing-Strategien der Supermärkte. Was wolltest du sagen?«

»Oh, klar. Ich hatte da schon das Gefühl, dass irgendetwas anders ist an deiner Schwester. Ich hätte es nicht sagen können, aber ihre Augen waren irgendwie hart, und ihr Mund bildete diese schmale Linie. Ich hab sie natürlich schon öfter dort arbeiten sehen und sie sah immer megasauer aus, aber an dem Tag war's anders. Als hätte sie einen *Grund*. Ich suche also weiter, schließlich spielte sich nichts *Dramatisches* ab oder so. Sie greift sich nur eine Flasche Cola, das ist alles.«

»Gutless, hast du das geprobt?«

»Was meinst'n damit?«

»Es klingt, als würdest du die Spannung langsam aufbauen, Mann. Ein ganz billiger Erzähl-Trick.«

»Bullshit, Jamie. Willst du es hören oder nicht?«

Ich machte eine Kreisbewegung mit der Hand und lächelte. Natürlich wollte ich es hören. Aber ich wollte auch, dass Gutless wusste, dass ich wusste, dass er mich auf die Folter spannte.

Gutless blickte mich streng an, erzählte dann aber weiter. »Sie geht also zum Informationsschalter, wo die Marktleiterin einen Ordner durchgeht und so ein megawichtiges Gesicht macht. Ich muss sagen, sie scheint echt das Letzte zu sein. Schon ihr Mund sieht aus wie das Arschloch einer Katze. Ganz gekräuselt, als könnte ein Lächeln ihr Gesicht spalten.«

»Redest du von der Marktleiterin oder von Summerlee?«

»Also, wenn du mich so fragst, von beiden. Aber ich meine die Marktleiterin. Und Summerlee schiebt sich so zu ihr hin, ja? Irgendwie verlegen und besorgt. Und die Marktleiterin blättert weiter in ihrem Ordner, ignoriert deine Schwester, lässt sie warten. Summerlee hüstelt und die Marktleiterin ignoriert sie trotzdem weiter. Schließlich klappt sie den Ordner zu und betrachtet deine Schwester mit diesem eingeübt langen, abfälligen Blick, als wär sie ein Haufen Hundescheiße, den ihr jemand unter die Nase hält. Ihr Mund kräuselt sich noch mehr. Ich hatte schon Angst, ihr Gesicht könnte sich umstülpen, wenn sie so weitermacht.«

Ich lachte. Die Vorstellung, dass sich ein Gesicht umstülpt, gefiel mir. Gutless ist eine ziemliche Niete in Englisch. Das Fach interessiert ihn einfach nicht. Aber mit Beobachtungen wie diesen könnte er sich im guten Mittelfeld halten, wenn er sich ein bisschen mehr Mühe geben würde. Ich kam mir selbst vor wie ein Lehrer und schob den Gedanken deshalb beiseite. Gutless war ohnehin in vollem Schwung.

»Und dann sagt sie in diesem oberhochnäsigen Ton: ›Wie schön, dass du auch noch kommst, Summerlee. Und nur …‹, sie schaut auf ihre Uhr, ›… zwanzig Minuten zu spät für deine Schicht.‹ Und Summerlee hält den Kopf gesenkt. Sie schüttelt die Colaflasche und sieht total … lämmermäßig aus.«

»Belämmert.«

»Was?«

»Das Wort, das du suchst, ist ›belämmert‹.«

Gutless runzelte die Stirn. »Ist doch scheißegal, Mann. Also. Die Marktleiterin schaut sich um und vergewissert sich, dass sie Publikum hat. Dann zieht sie vom Leder. Sagt Summer, dass sie sich auf dünnem Eis bewegt, dass sie gehen kann, wenn sie den Job nicht haben will, dass es jede Menge Leute gibt, die sie ersetzen können, dass sie unprofessionell arbeitet und der Laden Wert auf freundliche Kundenbetreuung legt, dass es Beschwerden gegeben hätte und dies ihre letzte Chance sei. Sie reißt ihr den Arsch auf, wenn ich es dir sage! Und die Marktleiterin genießt es. Man sieht es ihr an. Ein echtes Stück Scheiße. Ein Haufen Kunden sind stehen geblieben und hören zu, und dann schließt die Marktleiterin mit: ›Und was hast du zu deiner Verteidigung vorzubringen, junge Dame?‹ Und Summer blickt auf. Sie hat die Hände hinter dem Rücken und lässt die Colaflasche vor und zurück schwingen.«

Ich glaubte zu wissen, wie es enden würde. Ich kenne schließlich meine Schwester. Und es ist keine gute Idee, eine lebende Handgranate ständig mit dem Vorschlaghammer zu bearbeiten. Das Endergebnis ist garantiert hässlich.

»Und Summer murmelt etwas. ›Was hast du gesagt?‹, fragt

die Marktleiterin. Also spricht deine Schwester lauter. ›Ich sagte: Ficken Sie sich ins Knie, Miss Abbott.‹ Darauf folgt fassungsloses Schweigen. Dann: ›Was?‹, keucht die Marktleiterin. ›Sorry, du taube Kuh‹, erwidert Summer. Jetzt hebt sie die Stimme wirklich. Sie brüllt. ›Ich sagte, fick dich ins Knie, du arrogante Zicke. Du kannst deinen Job nehmen und ihn dir in den Arsch schieben. Du kannst …‹« Gutless wedelte mit der Hand. »Ich kann mich nicht mehr an alles erinnern, was sie abgelassen hat, Mann. Aber sie hat sich nicht einmal wiederholt und es war der Knaller! Ein paar von den Sachen waren … Oh Mann. Aber das Beste war das Gesicht der Marktleiterin. Völlig entgeistert. *Das ist jetzt nicht wahr*. Zu diesem Zeitpunkt rührt sich im gesamten Supermarkt niemand mehr. Nicht einmal die Musik dudelt. Summers Stimme wird immer lauter und das Gesicht der Marktleiterin immer röter. Es war der Wahnsinn, Mann. Als sie endlich aufhörte, haben ein paar von uns geklatscht, so gut war es. Aber wie es sich herausstellte, war deine Schwester noch nicht fertig. Sie schraubte die Colaflasche auf.« Gutless lächelte. Er durchlebte die Szene noch einmal und sonnte sich in ihrem Glanz. »Und dann schießt die ganze Soße raus. Sie hatte die Flasche ewig geschüttelt, und sie war wie eine Bombe, die nur darauf wartete, gezündet zu werden. Das Zeug verteilt sich auf der Marktleiterin. Durchnässt sie. Tropft ihr aus den Haaren. Und es kommt immer noch mehr. Ich hab mich fast bepisst vor Lachen, Mann, wenn ich es dir sage.«

Ich lachte auch. Normalerweise finde ich so ein Verhalten nicht o.k., aber manchmal hat man keine andere Wahl, als sich in die Situation hineinzuversetzen. Ich sah Summerlee vor mir, erfüllt von dem Wissen, dass sie Multimillionärin war und sich deshalb von niemandem mehr etwas gefallen lassen musste.

Befreit, im Vorteil und völlig sorgenlos. Rache. Es gibt leider niemanden, den ich hasse, aber wenn ich so stinkreich wäre, würde ich wahrscheinlich nach jemand Geeignetem Ausschau halten. Summerlee. Was für ein mangelhaftes Meisterwerk.

»Die Frau steht also da, und Cola tropft ihr aus den Haaren und vom Gesicht, und Summerlee streckt die Hand aus und knallt ein paar Münzen auf den Tresen. ›Vier Dollar‹, sagt sie. ›Für die Cola. Weil ich diesen Scheißjob gekündigt habe, vergesse ich den Mitarbeiterrabatt. Aber Sie sollten echt jemanden beauftragen, der die Schweinerei hier beseitigt.‹ Damit rauscht sie hinaus.«

»Ich wäre zu gern dabei gewesen«, sagte ich.

»Ja. Allerdings hat sie es ganz am Ende doch noch irgendwie vermasselt. Sie ist raus aus dem Laden und dreht sich noch einmal um. ›Fickt euch alle ins Knie!‹, brüllt sie. Ungelogen, Mann. Hätte sie das nur nicht getan. Es hat irgendwie alles, was vorher war, kaputt gemacht.«

»Das ist typisch Summerlee«, sagte ich. »Sie macht etwas supergut und vermasselt es im letzten Moment.«

Gutless nickte weise. Ich meinte es allerdings ernst. Summerlee war destruktiv. Es lag in ihrer Natur. Ich konnte trotzdem nicht anders, ich musste sie bewundern für das, was sie erreicht hatte.

In ihrem Job gelang ihr nichts so gut wie ihr Abgang. Daran gab es keinen Zweifel.

Während der ganzen Woche sah oder hörte keiner aus der Familie etwas von Summerlee. Sie ging nicht an ihr Telefon, und wir wussten nicht, ob sie das tat, weil sie unsere Nummern erkannte und die Anrufe ignorierte, oder ob sie so besoffen war, dass sie nicht mehr reden konnte.

Aber wir hörten *indirekt* von ihr.

Das Fernsehen verbreitete ihre Geschichte und interviewte sie rauf und runter. Die regionale Tageszeitung brachte sie als Aufmacher auf der Titelseite. Mom und Dad hörten sie in den Regionalsendern im Radio. Es war klar, dass Summer die Aufmerksamkeit genoss, und für einen Psychologen hätten die Gründe vielleicht auf der Hand gelegen. Genauso klar war, dass sie Moms Rat, die Öffentlichkeit zu meiden, nicht nur ignorierte – sie buhlte geradezu um das Scheinwerferlicht. Am Donnerstagabend sahen wir eine Nachrichtensendung und vielleicht hielten die anderen Fernsehzuschauer den leicht glasigen Blick meiner Schwester für überwältigtes Staunen. Ich wusste, dass sie hackedicht war.

Als die Sendung vorbei war – Summer deutete sogar an, dass sie über ehrenamtliche Tätigkeiten nachdachte, du lieber Himmel! –, drückte Mom auf die Fernbedienung, und der Bildschirm wurde schwarz. Einen Moment lang saßen wir schweigend da.

»Ich habe ein ganz schlechtes Gefühl bei der Sache«, sagte Mom schließlich. »Sie ist einfach nicht reif genug, um mit einer so gewaltigen Summe umzugehen. Ich mache mir Sorgen um sie, weil ich nicht weiß, was es aus ihr macht.«

»Ich würde dir gern widersprechen«, sagte Dad, »aber mir geht es genauso. Ich glaube, das gibt noch Probleme.«

Das überraschte mich. Mom und Dad kritisierten normalerweise keinen von uns, wenn Geschwister in Hörweite waren.

Wie es sich herausstellte, hatte Dad aber recht mit den Problemen. Doch keiner von uns hatte zu diesem Zeitpunkt auch nur die leiseste Ahnung, wie verheerend diese Probleme sein würden.

KAPITEL 9

Mom rüttelte mich wach. Es war so lange her, dass jemand das hatte tun müssen, dass ich mich mit einem Ruck aufsetzte. Mein Herz hämmerte wild.

»Was zum Teufel?«, krächzte ich.

Ich war völlig orientierungslos. In meinem Zimmer war es stockfinster und Mom war nichts weiter als ein aufragendes Etwas vor der Schwärze. All die verdrängten Geschichten von Ungeheuern, die einen in der Nacht holen kommen, tauchten kurzfristig in mir auf. Eine Sekunde lang war ich wieder fünf Jahre alt. Ich setzte mich aufrechter hin. Meine Augen waren verklebt, und ich war mir bewusst, dass ich unter dem Bettzeug nackt war. Instinktiv zog ich die Decke hoch und rieb mir mit einer Hand fahrig über die Augen.

»Wach auf«, sagte Mom.

»Ich bin wach«, entgegnete ich, obwohl es nicht ganz der Wahrheit entsprach. »Was ist?«

»Es geht um deine Schwester.«

Ich dachte zuerst, sie meinte Phoebe. Dass sie etwas hätte und schnell ins Krankenhaus gebracht werden müsste oder so. Ich sah hinüber zu meiner Nachttischlampe. Die grünen Zahlen auf meinem Wecker sprangen auf 3:30 Uhr. Halb vier an einem Samstagmorgen. Ich knipste das Licht an und fuhr mir mit der Hand durchs Haar, wobei ich die Bettdecke mit der anderen fest an mich drückte. Aus dem Nacht-Ungeheuer wurde Mom mit zerzaustem Haar und vor Angst und Sorge angespannter Miene. Auch eine Art Ungeheuer.

»Was ist?«, fragte ich noch einmal.

»Sie wurde festgenommen.«

Selbst da dauerte es noch ein oder zwei Sekunden, bis ich die Verbindung herstellen konnte. Phoebe war festgenommen worden? Was hatte sie getan? Einem anderen Kind das Frühstücksbrot geklaut? Mein Gehirn begann zu arbeiten. Summerlee.

»Was hat sie getan?«

»Weiß der Himmel. Gerade kam ein Anruf vom Polizeirevier. Wir müssen jetzt da hin, also zieh dich an.« Damit marschierte sie aus meinem Zimmer.

Man hätte nicht sagen können, dass sie die Tür hinter sich zuwarf, aber allzu sanft schloss sie sie auch nicht. Ich schwang die Beine aus dem Bett und suchte auf dem Boden meine Kleider zusammen. Ich hielt mir mein T-Shirt unter die Nase und schnupperte. Es roch ein bisschen, tat es aber noch.

Dad stand vor seiner Zimmertür, als ich auf den Flur trat. Er hielt den Gürtel seines Morgenmantels umklammert, zog ihn nervös zu, löste ihn und zog ihn wieder zu, als schnüre er ihn um Summerlees Hals. Ich versuchte zu lächeln und er auch, aber keinem von uns gelang es sonderlich gut.

»Summer, wie?« Ich zuckte mit den Schultern, was so viel heißen sollte wie: Was willst du machen? Niemand konnte mir einen Vorwurf machen, wenn es morgens um halb vier mit meiner sprachlichen Ausdrucksfähigkeit noch nicht zum Besten stand.

»Ich hoffe nur, dass es wegen Trunkenheit ist«, sagte Dad. »Trunkenheit und ungebührliches Verhalten, etwas in der Art.«

Ich nickte. Bildete ich es mir ein oder wurde sein Haar tatsächlich mit jedem Tag grauer und dünner? Kann eine Tochter das bewirken, wie ein Virus, der dir deine Kräfte raubt, sie, ohne dass man ihn sieht, auffrisst?

»Wir bringen sie heim, Dad«, sagte ich, und dieses Mal nickte *er*.

Ich ging zur Treppe und musste wieder an den Tag denken, an dem Summer ausgeflippt war und sich geweigert hatte, zur Schule zu gehen, und Mom ihre Dose in den Kühlschrank gestellt hatte. Noch einmal durchlebte ich dieses tiefe Gefühl von Traurigkeit. Und ich erkannte, dass Mom im Lauf der Jahre vielleicht keine andere Wahl gehabt hatte, als stark zu sein, dass alle Frauen in unserer Familie tough waren und Dad und mir das gerade recht war. Ich schüttelte den Kopf und stapfte die Treppe hinunter.

Mom ging auf und ab und klimperte mit den Wagenschlüsseln. Ich wollte sie eigentlich fragen, ob noch Zeit sei für eine Scheibe Toast, aber ihre Miene sagte mir eindeutig, dass das nicht klug wäre. Ich schnappte mir meine Turnschuhe, die neben der Haustür standen, und schlüpfte hinein, machte mir aber nicht die Mühe, die Schnürsenkel zu binden. Zwei Minuten nach meinem unsanften Wecken saß ich auf dem Beifahrersitz des Wagens. Eingeschlossen in bedrohliches Schweigen bretterten wir durch die Nacht. Ich knetete meine Augenhöhlen mit den Handballen und blinzelte heftig.

»Du hast keine Ahnung, was sie getan hat?«, fragte ich. Das Schweigen war zu drückend. Es verlangte danach, gebrochen zu werden.

»Festgenommen, mehr weiß ich nicht«, antwortete Mom. »Der Polizist hat keine Einzelheiten genannt. Wir werden es erfahren, wenn wir da sind.«

Vielleicht war es nicht verwunderlich, dass mein Verstand nicht so scharf war wie sonst. Wer morgens um halb vier geweckt wird, reagiert wahrscheinlich so. Aber erst jetzt kam mir eine Frage, die mir eigentlich schon viel früher hätte einfallen müssen.

»Mom?«

Sie verdrehte den Rückspiegel ein klein wenig.

»Was mache ich hier?«, fragte ich. »Versteh mich nicht falsch, ich leiste dir gern Gesellschaft, aber … Ich weiß einfach nicht, inwiefern ich dir helfen kann.«

»Sie ist deine Schwester.«

Das war keine Antwort. Es war die Feststellung einer offenkundigen Tatsache. Und dann, urplötzlich, wusste ich es. Mom wollte mich nicht zu ihrer Unterstützung dabeihaben. Sie wollte, dass ich Zeuge wurde. *Das passiert, wenn du es verbockst, Jamie. Dein Tun hat Konsequenzen und diese Konsequenzen können schrecklich sein. Eine Gefängniszelle. Demütigung. Leid und Schmerz für deine Familie. Schau dir alles genau an. Lerne daraus. Und tu mir nie, nie an, was deine Schwester mir angetan hat.*

Es war unfair, aber verständlich. In gewisser Weise wurde ich für Summers Vergehen, wie immer die aussahen, bestraft. Wie wenn man einen Scheißhaufen in der Küche findet und die Nase eines Hundes hineindrückt. Irgendeines Hundes, nicht unbedingt die des Schuldigen. So riechen Verfehlungen. So ist der Geruch eines Urteils. Atme ihn ein. Und fürchte dich.

Andererseits war ich kein bisschen wie Summerlee, und Mom wusste, dass ich nie vorsätzlich mit dem Gesetz in Konflikt geraten würde. Darum war es vielleicht eine andere Art von Strafe. Vielleicht wurde ich gezwungen, über all die Gelegenheiten nachzudenken, an denen ich Mom hätte helfen können, es aber nicht getan habe. *Mit dieser Welt musste ich mich die ganze Zeit über befassen, Jamie. Jetzt weißt du, wie es sich anfühlt.*

Falls es so war, sollte ich nicht der Einzige im Wagen sein. Dad drückte sich ebenfalls vor Verantwortung. Wie oft hatte er Sandsäcke gegen eine anschwellende Flut von Problemen aufgestapelt und Mom das Ausschöpfen überlassen, wenn alles unter Wasser stand?

Das Schöne an der Spieltheorie ist, dass du dich permanent fragst, wie andere Leute bestimmte Situationen beurteilen könnten. Aus demselben Grund nervt sie aber auch. Es war mitten in der Nacht, ich war müde, und solche Gedanken schwirrten mir im Kopf herum, boten Möglichkeiten an, aber keine Erkenntnisse.

Ich kurbelte das Wagenfenster herunter und ließ mir die kühle Nachtluft um die Nase wehen. Es roch nach Regen.

Mom fand vor dem Revier einen Parkplatz. Die Wache war hell erleuchtet und in gewisser Weise seltsam einladend. *Komm rein. Hier drin ist es gemütlich, warm und sicher*. Mom ging mit schnellen, zielgerichteten Schritten und ich folgte ihr in zwei Meter Abstand. Ich hatte meine Schnürsenkel auch im Auto nicht gebunden und hatte Angst, mich selbst zu Fall zu bringen.

Der Warteraum war spartanisch eingerichtet. Ein paar Stühle entlang der Wand und ein leerer Empfangstresen. Jemand hatte sich bemüht, die Wände zu verschönern, und hatte in gewissen Abständen Poster aufgehängt. Notrufnummern. Eines über wachsame Nachbarn. Es gab nicht einmal Zeitschriften, um sich abzulenken, aber eine Polizeiwache ist ja auch kein Wartezimmer einer Arztpraxis. Autodiebe, die die *Motor-*

welt lesen! Mom ging direkt zum Tresen und drückte auf eine dieser altmodischen Klingeln mit einem Knopf obendrauf. Der Ton schallte durchs Gebäude, doch niemand erschien. *Man könnte die Stühle klauen und sich ungesehen vom Acker machen*, dachte ich. Mom murmelte vor sich hin und klimperte wieder mit den Wagenschlüsseln. Summerlee war hier irgendwo und das war ein seltsamer, verstörender Gedanke. Es fiel schwer, sich Zellen hinter diesen glatten Türen vorzustellen, Räume mit Gittern und dem Geschmack der Hoffnungslosigkeit. Viel einfacher war es, sich ordentliche Arbeitsnischen vorzustellen, in denen Leute auf Computer schauten und an ihrem Schreibtisch Sandwiches aus dem Schnellrestaurant aßen.

Mom wollte gerade noch einmal läuten, als wie aus dem Nichts ein stämmiger Polizist in Uniform auftauchte. Er fuhr sich mit der Handkante über den Mund. Wahrscheinlich wischte er Sandwichkrumen ab. In der anderen Hand hielt er einen Pappbecher mit etwas, das aussah wie Kaffee.

»Guten Morgen«, begrüßte er Mom. »Was kann ich für Sie tun?«

»Ich bin Janet Delaware. Ich habe gehört, dass meine Tochter hier ist. Summerlee.«

»Oh ja«, erwiderte der Polizist. »Das stimmt allerdings. Bitte setzen Sie sich, Mrs Delaware. Der Kollege, der sie festgenommen hat, kommt sofort.« Er nahm ein Telefon vom Tresen und drückte auf einen Knopf. Mom blieb noch einen Moment stehen, als überlegte sie, ob sie der Aufforderung folgen oder versuchen sollte, die Unterhaltung mitzubekommen. Schließlich drehte sie sich um und setzte sich unter ein Poster, das eine 24-Stunden-Hotline-Hilfe bei Drogenproblemen anbot. Fast im selben Moment begann sie wieder mit den Wagenschlüsseln zu klimpern. Das Geräusch war nervig. Ich setzte mich neben sie und ergriff die Gelegenheit, um meine Schnürsenkel zu binden. Ob man Summerlee ihre abgenommen hatte, vorausgesetzt sie hatte welche? Taten sie das nicht, damit man sich nicht in der Zelle erhängen konnte? Ich beugte mich vor, legte die Unterarme auf die Oberschenkel und betrachtete die Fugenmasse zwischen den Fliesen. Sie war mal grau gewesen, jetzt war sie schwarz.

Sie ließen Mom und mich eine Dreiviertelstunde warten. Vermutlich nicht ohne Grund. Vielleicht war der Typ irgendwo unterwegs und verhörte einen Verdächtigen oder füllte Formulare aus. War das im Fernsehen nicht immer so? Das endlose Ausfüllen von Formularen hindert sie daran, die Schurken zu fassen. Ich fand es trotzdem unsensibel. Summer war achtzehn. Ja, ja, erwachsen. Aber dennoch erst achtzehn. Und ihre Mutter saß da und wusste nicht, ob sie Abfall auf die Straße geworfen oder jemandem mit einem Hammer den Schädel eingeschlagen hatte. Fünfundvierzig Minuten qualvoller Spekulationen waren zu viel. Mom klimperte ununterbrochen mit den Schlüsseln, sagte aber kein Wort.

Endlich ging eine Tür auf und ein Mann im Anzug streckte den Kopf herein. Seine Krawatte war lose; der Knoten hing weit unter seinem Kinn.

»Mrs Delaware?«, fragte er.

Mom erhob sich. »Ja.«

»Kommen Sie bitte mit.« Wir gingen beide hinter ihm durch die Tür und folgten ihm einen Flur hinunter zu einem kleinen Büro. Der Polizist fragte nicht, wer ich war, und ich sagte es ihm von mir aus nicht. Halb rechnete ich damit, dass Summerlee in dem Büro auf uns wartete, doch der Raum war menschenleer. Der Mann wies auf einen Stuhl und setzte sich dann hinter einen Schreibtisch. Es gab nur einen Stuhl und so setzte Mom sich. Das Büro glich so ziemlich den Arbeitsnischen, die ich mir draußen im Warteraum vorgestellt hatte. Fehlte nur das Sandwich aus dem Schnellrestaurant. Der Mann griff nach einer dünnen Aktenmappe und überflog eine Seite. Dann blickte er zu Mom auf.

»Um ein Uhr dreißig heute Morgen erhielten wir einen Anruf vom Nachtportier des Hyatt-Hotels in der City. Er meldete einen Tumult in einem der Zimmer und bat um Hilfe. Wir schickten einen Streifenwagen hin mit dem Ergebnis, dass Ihre Tochter und zwei andere Personen festgenommen wurden.«

Mom seufzte. Es hätte schlimmer sein können. Ein Tumult war besser als Tätlichkeiten. Andererseits deckte das Wort »Tumult« alles Mögliche ab.

»Was hat sie getan?«, wollte Mom wissen.

Der Polizist schaute wieder in den Ordner.

»Bis jetzt umfasst die Anklage Störung der öffentlichen Ordnung, den Besitz verbotener Substanzen, Widerstand gegen die Festnahme und Angriff auf einen Polizeibeamten«, antwortete er. Es stellte sich heraus, dass hinter dem Tumult tatsächlich eine Schlägerei steckte. Er legte den Ordner beiseite. »Außerdem hat Ihre Tochter das Hotelzimmer verwüstet, Mrs Delaware. Das war der eigentliche Grund, weshalb die Polizei gerufen wurde. Anscheinend haben sie und ihre Freunde alles kurz und klein gehauen. Sie haben den Fernseher zerstört, das Bett zerlegt, den Minibar-Kühlschrank umgestürzt, Fliesen im Bad zerschlagen …« Er nahm das Blatt wieder in die Hand, um weitere Schäden aufzuzählen, überlegte es sich dann jedoch anders und legte es in den Ordner zurück. »Sagen wir einfach so: Kaum etwas, das in diesem Hotelzimmer kaputt zu machen war, war nicht kaputt. Ich kann mir vorstellen, dass das Hyatt

Ihrer Tochter eine saftige Rechnung für die angerichteten Schäden präsentieren wird.«

»Sie kann es sich leisten«, erwiderte Mom.

Ich wusste nicht, ob der Polizist die Ironie hinter ihren Worten mitbekam, die müde Resignation, oder ob er die Bemerkung herablassend fand.

»Ja«, sagte der Polizist, »Summerlee Delaware, Multimillionär.« War der Reim beabsichtigt? Ich musste fast lachen. »Ich habe alles darüber gelesen und die Nachrichten gesehen. Aber das gibt ihr nicht das Recht, anderer Leute Eigentum zu zerstören oder Polizeibeamte anzugreifen.«

»Das weiß ich«, erwiderte Mom. »Glauben Sie mir, ich weiß das.«

Der Polizist betrachtete sie ein paar Augenblicke lang. Ich war wirklich versucht, mein Schweigen zu brechen. Der Typ sah Mom an, als sei sie eine beschissene Mutter. Lediglich eine weitere in der langen Reihe beschissener Mütter, mit denen er in Lauf seines Berufslebens zu tun gehabt hatte. *Ihre Tochter ist nicht einfach so geworden. Sie haben sie dazu gemacht. Wir wäre es, wenn Sie ein bisschen Verantwortung übernehmen würden?* Aber Mom hatte es wirklich versucht. Sie war die Einzige, die es versucht hatte. Sie hat's vergeigt, bei uns allen, aber welche Eltern tun das nicht? Das hatte sie nicht verdient. Das war Summerlees Vergehen, und es tat weh, mit ansehen zu müssen, wie Mom aufgefordert wurde, sich den Schuh ebenfalls anzuziehen.

»Aber Ihre Tochter ist erwachsen«, fuhr der Polizist fort, »und wird als solche angeklagt werden. Wir haben alles für ihre sofortige Entlassung vorbereitet. Allerdings ist sie immer noch sehr betrunken, und ich verlange, dass eine nüchterne erwachsene Person die Verantwortung für sie übernimmt.«

»Lassen Sie sie für den Rest der Nacht in der Zelle«, sagte Mom. »Vielleicht tut es ihr ganz gut.«

Ich konnte mir das ganze Ausmaß der Verzweiflung, die zu dieser Äußerung führte, nur vorstellen. Es war überhaupt nicht typisch Mom.

»Nein. Wir wollen sie loshaben. Obwohl es interessant ist, dass Sie so etwas sagen. Ihre Tochter wollte ebenfalls nicht, dass sie Ihnen überstellt wird, und hat denselben Vorschlag gemacht. Aber offen gestanden hat hier keiner die Zeit und die Energie, um ihr Erbrochenes aufzuwischen und sie permanent zu beobachten, um sicherzustellen, dass sie nicht daran erstickt. Wir haben, um ehrlich zu sein, genug von ihr. Nehmen Sie sie mit nach Hause.«

Mom nickte. Sie wirkte so zermürbt und ließ die Schultern hängen, als begrüßte sie in gewisser Weise die Last. Oder als hätte sie zumindest begriffen, dass sie nicht darum herumkam, sie zu tragen.

»Kommen Sie mit«, forderte der Polizist sie auf.

In dem Raum, in den wir jetzt geführt wurden, befand sich Summerlee tatsächlich. Sie saß auf einer Bank, den Kopf zwischen den Knien, und blickte auf, als wir hereinkamen. Ich habe Summer in verschiedenen Stadien der Trunkenheit erlebt, und meist sah sie echt scheiße aus, doch dieses Mal hatte sie sich selbst übertroffen. Ihr Top war zerrissen und schmutzig, und sie hatte nicht einmal die Energie, es über die schmuddeligen BH-Träger zu schieben. Der Rest ihrer Kleider, viel hatte sie ja nicht an – angemessen angezogen zu sein, hielt Summer nicht für angemessen –, war in einem ähnlichen Zustand. Sie sah aus wie ein schlecht gerupftes Huhn. Doch ihr Gesicht erschreckte mich mehr als alles andere. Schnitte und Kratzer, verschmiertes Make-up, das Haar katastrophal zerzaust. Und ihre Augen. Sie erschienen irgendwie tot, ein Fenster zum Elend. Ich wäre am liebsten zu ihr gegangen und hätte sie in den Arm genommen, traute mich aber nicht. Sie wäre ohnehin zurückgewichen. Ihr Blick registrierte uns, aber ohne jedes Interesse. Dann schaute sie wieder auf den Boden. Mir fiel auf, dass sie ihr tatsächlich die Schuhe weggenommen hatten.

Mom, das muss man ihr lassen, verstieg sich nicht zu einer Gardinenpredigt oder Ähnlichem. Was auch gut war, sonst wären Summers Liste womöglich weitere Anklagepunkte hinzugefügt worden. Stattdessen klimperte sie wieder mit den Wagenschlüsseln.

»Gehen wir nach Hause, Summerlee«, sagte sie.

Summer stand auf und ging an uns beiden vorbei. Sie schwankte leicht und stieß mit der Hüfte gegen den Türrahmen. Der Polizist ging voraus zum Eingangstresen, wo man Summer ihre Sachen zurückgab. Schuhe, Handy, Handtasche, sechsundzwanzig Dollar und zwanzig Cent in bar. Summer zählte das Geld sorgfältig.

»Ich hatte mehr dabei«, sagte sie. »Mindestens fünfzig Dollar.«

»Nein«, widersprach der Typ im Anzug. Er hatte uns die ganze Zeit seinen Namen nicht genannt. Das war okay. Es interessierte mich nicht sonderlich, wie er hieß. »Sie hatten genau das dabei, was auf dem Formular steht. Sechsundzwanzig Dollar und zwanzig Cent. Das haben Sie auch unterschrieben. Hier.« Er wies auf Summers Gekrakel unten auf dem Formular.

»Ich war besoffen, Mann«, erwiderte sie. »Ich hätte alles unterschrieben. Ich hatte mehr als lausige sechsundzwanzig Dollar dabei.«

»Beschuldigen Sie uns des Diebstahls?«, fragte der Typ. »Falls ja, müssen Sie ein weiteres Formular ausfüllen.«

»Na, super«, sagte Summer. »Und das bringt dann was, ja? Für wie verdammt blöd halten Sie mich eigentlich?«

Einen Moment lang dachte ich, der Typ würde die Gelegenheit ergreifen und es ihr auf den Kopf zu sagen, aber er tat es nicht. Sein Mund blieb zu und sein Blick kalt.

Vielleicht wäre es besser gewesen, wir hätten zugelassen, dass Summer sich wieder in die Zelle zurückgeredet hätte, doch irgendwann lotsten wir sie aus der Wache. Man spürte direkt, wie sich die Stimmung der Polizisten hob, als wir durch die Tür gingen. Es wäre sehr gut möglich gewesen, dass sie gesammelt hätten, um die vierundzwanzig Dollar auf die verlangten fünfzig aufzustocken. Das wäre der Brüller gewesen. Jemandem, der siebeneinhalb Millionen schwer war, vierundzwanzig Dollar zu schenken.

Summerlee fröstelte in der kühlen Nachtluft und schlang die Arme um sich. Ich konnte mir nicht vorstellen, dass das viel brachte. Sie blickte mit klappernden Zähnen in den Himmel.

Mom öffnete die hintere Wagentür. »Ich bin trotz allem froh, dass du der Polizei gesagt hast, sie soll mich anrufen.«

»Das hab ich nicht.« Summer schaute Mom nicht an dabei. »Sie haben deine Nummer aus meinem Handy. Ist das nicht gegen das Gesetz? Man darf doch nicht einfach die Kontakte in einem fremden Handy durchschnüffeln. Das ist Verletzung der Privatsphäre. Ich sollte die Arschlöcher verklagen. Vielleicht mache ich es.«

Mom seufzte. Sie war hundemüde, und das nicht nur wegen der späten – oder frühen – Stunde. Es war inzwischen Viertel nach fünf, und der Himmel hatte jene Färbung angenommen, die ankündigt, dass die Herrschaft der Nacht bald endet. Sterne erloschen am Horizont. Auch Moms Belastbarkeit war bald zu Ende.

»Steig ein, Summer«, sagte ich. »Du musst doch frieren.«

»Nö, geht schon.« Sie zog ihr Handy aus dieser lächerlich kleinen Handtasche und gab eine Nummer ein. »Ich ruf mir ein Taxi.«

»Wohin?«, fragte Mom.

»Es gibt noch andere Hotels.«

»Komm nach Hause«, bat Mom. »Da kannst du dich richtig ausschlafen. Ich mach dir Frühstück. Du kannst duschen.«

»Vielleicht könnten wir im Wagen ein Lied zusammen singen«, erwiderte Summer. »Glückliche Familie spielen. Apropos glückliche Familie. Dad hat's mal wieder nicht geschafft, wie ich sehe.«

»Einer von uns musste bei deiner Schwester bleiben.«

»Ja, das kann er gut, Dad. Einen Scheiß tun.«

Moms Hand schloss sich um die Wagenschlüssel. Ich sah, wie ihre Knöchel weiß wurden.

»Komm nach Hause, Summer«, bat sie noch einmal.

»Nö, ich bin okay.« Summerlee wandte den Kopf ab. »Ja, ich brauche ein Taxi, sofort. Ich warte vor der Polizeiwache in der Gordon Street. In die City ... Summerlee Delaware ... Zehn Minuten? Okay.« Sie legte auf.

»Summerlee ...«

»Lass gut sein, Mom«, sagte ich und nahm sie beim Arm. »Das bringt doch nichts. Lass uns gehen.«

»Aber ...« In ihrem Blick stand Ratlosigkeit. *Ich kann doch meine Tochter um fünf Uhr morgens nicht allein auf der Straße stehen lassen. Das ist gefährlich und ich muss sie beschützen. Es war doch erst gestern, als sie gekichert hat, wenn ich sie gekitzelt habe, und mich in den Arm genommen und mir einen dicken feuchten Kuss auf die Wange gedrückt und Bilder für mich gemalt hat, entsetzlich schlechte Bilder, die*

ich stolz an den Kühlschrank geheftet habe, meine Tochter, die an Weihnachten so aufgedreht war, dass sie nicht schlafen konnte und sich vor Aufregung übergeben musste, und ihr erster Schultag… Ich kann sie nicht im Stich lassen. Darum geht es doch beim Elternsein. Man ist fest verdrahtet.
»Bitte, Summerlee«, fügte sie hinzu.

Ich war wütend wegen dieser erbärmlichen Bettelei und gleichzeitig tieftraurig. Es war eine seltsame Gefühlsmischung.

»Nö, ich bin okay«, wiederholte Summerlee.

Ich packte meine Schwester am Arm, und als sie versuchte loszukommen, verstärkte ich meinen Griff und zischte dicht an ihrem Ohr: »Du bist ein mieses Stück Scheiße, Summer. Dad macht sich Sorgen, Mom ist hierhergefahren, um dich abzuholen, und dir fällt nichts anderes ein, als ihr ins Gesicht zu spucken. Nicht einmal Danke kannst du sagen.«

Es gelang ihr schließlich, sich aus meinem Griff zu winden. Ihr Gesicht war wutverzerrt.

»Danke? Wofür? Ich hab euch nicht gebeten herzukommen. Ihr könnt euch verpissen, wenn ihr Dankbarkeit wollt. Euch ging's doch nur darum, dass ihr euch gut fühlen könnt. Der ganze Familien-halten-zusammen- und Blut-ist-dicker-als-Wasser-Scheiß. Moms Hilflosigkeit, Dads Feigheit, deine verdammte Überheblichkeit. Ich hab die Schnauze voll, Jamie.« Ihr Mund verzog sich und plötzlich war sie hässlich. Nicht die Art von hässlich, die mit Mascara oder ein paar Bürstenstrichen ausgemerzt werden kann. Diese Hässlichkeit kam von innen. »Oder geht es euch nur darum, die Familieninteressen zu wahren?«

»Wovon redest du?«

»Siebeneinhalb Millionen Gründe, nett zu mir zu sein.«

»Verschwinde, Summerlee.« Ich versuchte nicht, meine

Abscheu zu verbergen. Ich *konnte* meine Abscheu nicht verbergen.

»Ach ja? Gleichfalls, Bruderherz.«

Selbst da bestand Mom noch darauf, dass wir warteten, bis das Taxi kam. Ich war dafür, auf der Stelle abzuhauen, wahrscheinlich weil ich nicht so fest verdrahtet war. Summer stieg ohne ein weiteres Wort ins Taxi, und wir schauten ihr nach, wie sie in der aufziehenden Dämmerung verschwand. Mom schloss die hintere Tür unseres Wagens.

»Das hätte besser laufen können«, bemerkte sie. Ich sah, dass sie mit den Tränen kämpfte.

»Du hast dein Bestes gegeben, Mom«, erwiderte ich. »Vergiss sie. Sie ist völlig abgedreht und du kannst nichts dafür.«

»Die Eltern haben immer schuld«, erwiderte sie, doch ihre Stimme war kaum mehr als ein Flüstern.

»Das ist nicht wahr«, widersprach ich, aber sie schaute mich an, als hätte ich von nichts eine Ahnung. Vielleicht stimmte das ja.

Wir fuhren schweigend nach Hause.

Das Geld kam öffentlichkeitswirksam mit großem Trara von den Lotto-Leuten. Wir lasen in der Zeitung davon.

Summer kaufte für fast zwei Millionen Dollar eine Villa in der City. Spider kaufte einen Wagen. Wir bekamen weder das eine noch das andere zu sehen. Es gab sporadischen Kontakt. Summer hatte angefangen, unsere Anrufe gelegentlich entgegenzunehmen, auch wenn die Gespräche ausnahmslos unbefriedigend waren. Wir waren höflich zueinander, doch die Unterhaltungen dienten lediglich als Erinnerung daran, wie weit entfernt wir voneinander waren. Und um ehrlich zu sein, bemühte sich keiner von uns allzu sehr, den Graben zu überbrücken. Mit Ausnahme vom Mom natürlich. Sie versuchte es immer wieder, doch zumindest aus meiner Sicht waren das Wiederbelebungsversuche bei jemandem, der längst nicht mehr zu reanimieren war.

Seit sie dreizehn war, hatte sich Summer von uns entfernt, langsam und unaufhaltsam. Der Lottogewinn beschleunigte den Prozess. Wir waren eine zweigeteilte Familie. Und es lag nicht nur am Geld, sondern hauptsächlich an den Persönlichkeiten.

Aber das Geld half nicht.

TEIL ZWEI

KAPITEL 10

Das ist passiert. Damit begann der eigentliche Terror.

Ich hatte die letzte Stunde an diesem Tag frei und ging zu Mr Monkhouse, meinem Mathelehrer. Er hatte mir vor einer Woche zusätzliche Hausaufgaben gegeben (ich war der Einzige, der Zusatzaufgaben bekam – anscheinend sollten sie mein Gehirn »fit« halten), und ich ging davon aus, dass ich sie richtig gelöst hatte.

Mr M. war in seinem Klassenzimmer und korrigierte Tests. Der Geschwindigkeit nach zu schließen, mit der er sie auf die Seite schob, war er bemitleidenswert dankbar für die Unterbrechung.

»Mr Delaware, wem oder was verdanke ich die Ehre?«, fragte er.

Mr Monkhouse war ein Bär von einem Mann, ungefähr zwei Meter groß und mit einem Brustkorb wie ein Fass. Er rasierte sich den Schädel und seine Gesichtszüge waren den übrigen Proportionen entsprechend eher grobschlächtig. Wollte man einen Türsteher in einem Nachtklub skizzieren, wäre Mr Monkhouse die perfekte Vorlage. Dennoch war sein Gehirn einfach wunderschön. Mir kam es oft so vor, dass er nicht unterrichtete, um seinen Lebensunterhalt zu verdienen, sondern weil es ihm die Möglichkeit gab, über Mathematik nachzudenken. Er konnte sich keinen besseren Zeitvertreib vorstellen, als über Symbole und Beweisführungen nachzugrübeln und sich in ihrer Perfektion zu sonnen.

»Die Hausaufgabe, Mr Monkhouse«, sagte ich. »Problem gelöst.«

Er lächelte und spreizte die Finger. »Worum ging es noch mal?«

»Das Spaghettiproblem.«

Es hatte Mr Monkhouse ganz offensichtlich Spaß gemacht, mir die Aufgabe zu stellen. *Jamie, du wirfst eine einzelne, gerade, ungekochte Spaghetti auf den Küchenboden, und sie zerbricht in drei unterschiedlich lange Teile. Wie groß ist die Wahrscheinlichkeit, dass du ein Dreieck aus diesen Teilen bilden könntest?*

»Ach ja«, meinte er. »Es wird auch oft das Zerbrochene-Stöckchen-Problem genannt.« Er wies mit dem Finger auf mich. »Du hast doch nicht im Internet nachgeschaut, oder?«

Ich legte den Kopf schräg.

»Natürlich nicht«, fuhr er fort. »Ich entschuldige mich. So. Dann erstaune und erfreue mich.«

»Die Schnellversion. Wenn Sie den ausführlichen Beweis wollen, kann ich Ihnen den auch liefern.« Ich nahm mir einen Weißwandtafelstift und zeichnete ein gleichseitiges Dreieck an die Tafel. Ich verwies auf den Höhensatz, setzte ein weiteres gleichseitiges Dreieck in das erste, indem ich die Mittelpunkte der Dreiecksseiten verband, und zeigte, dass von den sich ergebenden vier kongruenten Dreiecken nur beim mittleren die Summe der Seitenlängen von jeweils zwei beliebigen Stücken die Länge des dritten Stücks überstieg. »Deshalb«, erklärte ich, »muss die Wahrscheinlichkeit, aus den Spaghettistücken ein Dreieck bilden zu können, eins zu vier sein.«

Mr Monkhouse lachte. »Eine Möglichkeit, wie man es machen kann.«

»*Eine* Möglichkeit?«

»Okay, Jamie, es ist eine *gute* Möglichkeit. Wie wäre es mit einer etwas größeren Herausforderung? Vergiss, dass deine Spaghetti in drei Teile zerbricht. Jetzt ist sie – was unmöglich ist, wie ich hinzufügen darf – an $n-1$ Stellen gebrochen, was logischerweise n Teile ergibt, wobei n größer oder gleich 3 ist. Wie hoch ist die Wahrscheinlichkeit, dass es von den n Teilen drei gibt, die ein Dreieck bilden können?«

Jetzt lachte *ich*. »Sie nehmen mich auf den Arm.«

»Würde ich das tun?«

Ich überlegte. »Enthält die Lösung Fibonacci-Zahlen?«

»Vielleicht. Sag du es mir.«

»Hat Ihnen schon mal jemand gesagt, dass Sie der unmöglichste Lehrer an der ganzen Schule sind, Mr M.? Womöglich auf der ganzen Welt?«

»Der Verdacht wurde schon geäußert, aber bewiesen hat es noch niemand.« Er stand auf, reckte sich und rieb sich die Augen. »Mr D., ich verbringe den größten Teil meiner Zeit damit, Schülern zu erklären, wie man Probleme löst, aber du hast Hirn. Benutze es. Denk nach. Dazu bist du auf diese Welt gekommen.«

»Es hat etwas mit Fibonacci-Zahlen zu tun«, sagte ich.

»Was macht deine ältere Schwester, Jamie?«

Summerlee war vor ein paar Jahren in der Klasse von Mr Monkhouse. Wahrscheinlich nicht allzu oft, wenn ich es mir recht überlege. Der Himmel weiß, wie er jemandem wie Summer beigekommen ist, die null Interesse an irgendetwas Akademischem hatte. Lehrer können das wahrscheinlich. Es gehört zu ihrem Job.

»Ah, Sie kennen Summer, Mr M.«, sagte ich. »Immer noch dieselbe.«

»Ich hab in der Zeitung über sie gelesen.« Anscheinend hatten alle über Summerlee gelesen. Ich hatte an der Schule für ein paar Tage eine Art Berühmtheitsstatus erlangt, bevor das Interesse wieder verraucht war. Mr Monkhouse seufzte. »Siebeneinhalb Millionen Dollar, ja?«

Ich nickte.

»Das entspricht ungefähr dem, was ein Lehrer in hundert Jahren verdienen würde«, sagte er mehr zu sich selbst.

Es entstand eine Pause und sie war einigermaßen peinlich.

Ich wusste nicht, was ich sagen sollte, glaubte aber, etwas sagen zu müssen. »Das Leben ist nicht gerecht.«

Monkhouse lächelte. Er hob den Stapel Testblätter auf und warf ihn dann zurück auf den Schreibtisch. »Das entspricht ziemlich genau der Philosophie meines Hypothekengebers«, meinte er.

Das wurde ja noch peinlicher. Ich wusste nicht, was von mir erwartet wurde. Sollte ich mich für Summerlee entschuldigen oder sagen, wie sehr ich die Arbeit von Lehrern schätzte? Ich machte stattdessen ein paar Schritte in Richtung Tür.

»Ich gehe dann besser«, sagte ich. »Ich muss noch meine jüngere Schwester von der Schule abholen und ein paar Lebensmittel für Mom kaufen.« Ich hätte noch nicht gehen müssen, doch aus irgendeinem Grund wollte ich an die frische Luft.

»Natürlich, Jamie. Ich werde mich auch auf den Heimweg machen.« Er wies mit dem Finger auf mich. »Und nicht vergessen, *n* Spaghettiteile. Koch dir kein Essen daraus.«

Selbst die besten Lehrer halten sich für Komiker.

Es war ein herrlicher Tag. Der Himmel war blassblau und seidenmatt wie ein Vogelei. Ein paar träge Wolkenfetzen schmiegten sich an ihn. Die Luft war gut und es roch nach frisch gemähtem Gras. Obwohl es eigentlich noch zu früh war, machte ich mich auf den Weg zu Phoebes Schule. Das war mein Job, sie nach der Schule abzuholen, aber ich empfand es nicht als Arbeit. Es waren zehn Minuten zu Fuß, und als ich dort ankam, musste ich noch vierzig Minuten warten.

Manchmal, an Tagen, an denen ich die letzte Stunde freihatte, ging ich ins Sekretariat und wartete dort. Die Lehrer kannten mich, und besonders ein Mädchen war dabei – na ja, kein Mädchen mehr, sondern eine junge Frau, wahrscheinlich Anfang zwanzig. Mit grünen Augen, einem verschmitzten Lächeln und einer ganz eigenen Art, sich auf die Unterlippe zu beißen, wenn sie sich konzentrierte. Es gibt schlimmere Arten, die Zeit totzuschlagen, als in einem warmen Wartebereich zu sitzen und Gesichter zu studieren, während die Leute nicht merken, dass man sie beobachtet. Doch an diesem Tag war mir nicht danach. Ich setzte mich auf eine kleine Schaukel auf dem Schulhof und versuchte, nicht wie ein Pädophiler auszusehen. Ich stieß mich mit den Füßen vom Boden ab, was kein Problem darstellte, weil die Schaukel für Kinder eingerichtet war, die halb so groß waren wie ich.

Ich versuchte mich zu erinnern, wie es in der Grundschule gewesen war, doch es gelang mir nicht. Das machte mich traurig. Du liebe Güte, es war schließlich erst ein paar Jahre her, dass ich auf Phoebes Schule gegangen war, und jetzt hatte ich praktisch keine Erinnerung mehr daran. An Mrs Griffin konnte ich mich noch erinnern. Sie hatte eine schlimme Hüfte und schlimme Zähne, aber einen wunderbaren Sinn für Humor. Der Himmel weiß, wie viele Stunden ich in ihrer Gesellschaft verbrachte, und doch war nichts weiter übrig als bruchstückhafte Erinnerungen und ein paar verschwommene Gefühle. So ist das mit der Vergangenheit. Sie löst sich auf und du bleibst mit einem vagen Gefühl von Verlust zurück.

Es hatte keinen Zweck. Ich kam mir immer noch vor wie ein Perverser. Also erhob ich mich von der Schaukel und ging um den Block. Ich begegnete einer Frau, die ihren Hund Gassi führte. Offenbar hatten weder sie noch er Freude daran. Der Hund stemmte sich gegen die Leine und die Frau stemmte sich gegen den Hund. Als ich mich näherte, steuerte er mit leisem Knurren, das aus seinem Bauch zu kommen schien, auf mich zu. Die Frau murmelte ein ums andere Mal »Guter Junge, guter Junge«, doch damit machte sie niemandem etwas vor, am wenigsten dem Hund. Ich trat vom Bürgersteig auf die Straße, doch er versuchte mir zu folgen. An seinen Lefzen hingen ein paar glitzernde Speichelfäden, und die Armmuskeln der Frau traten hervor, so sehr musste sie sich anstrengen, um ihn in Schach zu halten. Ich grüßte sie, doch sie machte sich nicht die Mühe zurückzugrüßen. Ich hasse es, wenn das passiert.

Ich umrundete die Schule zwei Mal und wartete dann vor dem Haupteingang. Inzwischen hatten sich Eltern dort versammelt, in der Hauptsache Frauen, doch es waren auch ein paar Männer dabei. Die meisten waren in Land Cruisern, anderen Geländewagen oder Vans gekommen. Es war ein wohlhabendes Viertel. Die Frauen unterhielten sich. Wenn man dieselben Leute fünf Mal pro Woche sieht, findet man wahrscheinlich zwangsläufig Gemeinsamkeiten. Ich stellte mich nicht zu ihnen, obwohl ich oft daran gedacht habe, mich an der Diskussion zu beteiligen. Das wäre cool, mit Frauen, die doppelt so alt waren wie ich, über … was immer gerade ihr

Thema war, zu plaudern. Das Wetter, was für tolle Kinder sie hatten und wie unmöglich die Männer waren. Ich konnte das, doch aus irgendeinem Grund hatte ich nie den Mut dazu aufgebracht. Was schade war. In der Spieltheorie dreht sich alles darum, wie andere Menschen ticken. Es wäre also … lehrreich gewesen.

Was mir, um ehrlich zu sein, am meisten gefiel, wenn ich Phoebe abholte, war nicht in erster Linie zu sehen, wenn sie herauskam – obwohl mir das durch und durch ging –, sondern die anderen Kinder zu beobachten. Einige kamen dämlich daher, andere einfach toll und selbstbewusst. Ich sah Jungs, die miteinander rauften, weil sie Jungs waren und sich nicht in den Arm nehmen konnten; Mädchen, die sich umarmten, weil sie Mädchen waren und das okay war. Aber in erster Linie die Schulranzen. Empfinde nur ich das so, oder gibt es tatsächlich nichts Besseres auf der Welt, als so ein Krümelchen Mensch mit einer Tasche auf dem Rücken zu sehen, die so groß ist wie er selbst? Ein paar der Kinder glichen Packeseln. Die mit was immer gefüllten Taschen – Backsteine? Ambosse? – mussten bleischwer sein. Bei anderen waren die Schultaschen eingefallen und dünn. Wahrscheinlich war nichts weiter drin als eine Essensdose mit Chipskrümeln und ein verschrumpelter Apfel. Aber die Taschen waren trotzdem riesig. Es war großartig.

Phoebe kam mit Corey heraus, wie immer. Sie redete mit ihm und aus der Entfernung sah es nach einer ernsten Unterhaltung aus. Er hatte ihr das Gesicht zugewandt und im Profil war seine Nase enorm groß. Er erinnerte mich an einen Stelzvogel, vor allem weil er streichholzdünne Beine hatte, was die extra kurzen Shorts noch betonten. Er wird später mal Buchhalter. Darauf würde ich mein Taschengeld wetten. Phoebe gehört zur Amboss-im-Schulranzen-Brigade. Ich habe keine Ahnung, was sie da alles drinhat, aber er ist echt schwer. Ich habe ihn ein paar Mal herumgeschleppt. Vielleicht ist ein Klavier drin. Corey nickte. Phoebe gab ihren Worten durch das beeindruckende Schwenken ihres Strohhuts, den sie in der rechten Hand hielt, Gewicht. Frauen reden, Männer hören zu. Wir scheinen dieses Spiel im frühen Kindesalter zu lernen. Für mich ist das okay.

»Wie geht's, wie steht's, Corey?«, fragte ich, als sie mich erreichten.

»Yeah«, erwiderte er.

Er sagte immer ›Yeah‹ zu mir, egal was für eine Bemerkung ich machte. Auch darüber hätte ich mich schlapplachen können, aber ich ließ mir nichts anmerken.

»Bis morgen«, sagte er zu Phoebe und ging dann zu seiner wartenden Mutter. Auch sie hatte einen Zinken von gewaltigen Ausmaßen. Sie fuhr einen Mercedes. Vielleicht war sie Buchhalterin.

»Was gibt's, kleiner Nager?«, begrüßte ich Phoebe. »Wie war die Schule?«

»Okay.«

»Was habt ihr heute gemacht?«

»Nicht viel.«

Mom hat sich früher über meine Antworten auf solche Fragen beklagt. Es waren genau dieselben wie die von Phoebe. Sie beklagt sich immer noch, um ehrlich zu sein! Aber Schule ist Privatsache, selbst wenn nichts Privates dran ist. Ich respektiere das, stelle die Fragen aber trotzdem. Würde niemand fragen, hättest du keine Gelegenheit zu mauern.

»Will Corey später mal Buchhalter werden?«, fragte ich.

»Nein. Astronaut.«

»Astronaut?«

»Ja. Er will in den Weltraum. Der Weltraum interessiert ihn.«

Ich dachte ein paar Augenblicke darüber nach. »Dann ist das wahrscheinlich eine kluge Berufswahl. Aber ich wette, er wird mal Buchhalter. Jetzt sieht er sich als Astronaut, aber Buchhalter kommt im Alphabet danach, deshalb wird's schließlich darauf hinauslaufen.«

»Du bist doof.«

»Man soll nicht von sich auf andere schließen.«

Phoebe nahm meine Hand. Viele andere Kinder in ihrem Alter tun so etwas nicht. Sie finden es wahrscheinlich peinlich. Aber Phoebe kümmert das nicht. Hautkontakt ist für sie sehr wichtig. Ihre Hand war kühl und trocken. Meine nicht, wahrscheinlich wegen der Begegnung mit dem Hund und der Tatsache, dass ich zwei Mal im Schnellschritt um den Block gelaufen war.

»Gehen wir noch einkaufen?«

»Ja, Mom braucht ein paar Sachen fürs Abendessen.«

Das war ebenfalls einer meiner Jobs. Mom arbeitete in einem Kinderhort und schaffte es oft nicht pünktlich heim. Sie blieb weit über die offiziellen Betreuungszeiten hinaus und kümmerte sich um die kleinen Knirpse, deren Eltern bis fünf oder noch länger arbeiteten. Mir machte es nichts aus einzukaufen. Und Phoebe liebte es.

»Was brauchen wir?«

»Kann ich dir nicht sagen, Dumpfbacke. Es handelt sich um geheime Informationen. Insiderwissen. Ich *könnte* es dir natürlich sagen, aber dann müsste ich dich anschließend umbringen.«

»Du bist doof.«

»Das sagtest du bereits.«

Die nächsten fünf Minuten legten wir schweigend zurück. Ich blickte immer wieder auf Phoebe an meiner Seite hinunter, aus dem einzigen Grund, weil ich sie gern beobachte, wenn sie mich nicht beobachtet. Ich mochte es, wie sie in Gedanken versunken einen Fuß vor den anderen setzte, als wäre sie ein richtiges menschliches Wesen und nicht eines, das noch in der Trainingsphase steckt. Ich konnte ihr jedoch nichts vormachen. Nach einer Weile merkte sie es immer, wenn ich sie anstarrte.

Sie schaute hoch. »Was ist?«

»Ich wurde heute fast von einem Hund zerfleischt«, antwortete ich. »Er wollte ein Stück von mir haben, also habe ich ihn getötet.«

»Hast du nicht.«

»Nein. Hab ich nicht. Du hast recht. Ich habe gelogen. Tut mir leid.«

»Dann hat er nicht versucht, dich zu zerfleischen?«

»Er hätte es getan, wenn am anderen Ende der Leine keine Frau gehangen hätte. Mein Leben zog im Schnelldurchlauf an mir vorbei. Es war noch genauso langweilig wie beim ersten Mal.«

Es sind ungefähr eine Viertelstunde zu Fuß von unserem Haus zu dem großen Einkaufszentrum, wo wir normalerweise unsere Lebensmittel kaufen. Phoebe mochte diesen Supermarkt am liebsten von allen – genau den Supermarkt, in dem Summerlee gearbeitet hatte –, obwohl es andere Läden gab, von denen man annehmen würde, dass ein Kind von sieben, acht Jahren sie cooler fände. Mit Obst und Gemüse kannte sie sich bestens aus. Sie drückte Avocados, roch an Melonen und untersuchte Brokkoli nach Anzeichen von Insektenschäden.

Ich war immer bereit, auch mal ein Auge zuzudrücken, Phoebe dagegen nicht. Auch beim Schieben des Einkaufswagens war sie der Boss. Das ließ sie mich nicht machen, komme, was wolle, und es war Jahre her, seit sie das letzte Mal in einem gesessen hatte.

Ich erinnere mich noch, wie wir einmal nach der Schule einkaufen waren und ich mich stattdessen in den Einkaufswagen setzte. Ich konnte meine Beine nicht durch die Löcher stecken, was schade war. Das wäre der Brüller gewesen. Da saß ich also im Wagen, und Phoebe schob mich mit todernster Miene herum, drückte Avocados und schnupperte an Melonen, während ich den Daumen in den Mund steckte und ab und zu um einen Lutscher bettelte. Irgendwann verlangte eine Angestellte aus Gründen, die sie nicht artikulieren konnte, dass ich ausstieg. Summer arbeitete an diesem Tag und machte ihre Kollegin deshalb gehörig runter. Sie wies darauf hin, dass wir schließlich keinen Schaden angerichtet hätten und Phoebe eine echt gute Einkaufswagen-Schieberin sei. Es nützte allerdings nichts. Manchmal wollen Leute einfach nicht zusehen, wenn andere Leute Spaß haben. Keine Ahnung, warum das so ist.

»Brauchen wir was von der Frischetheke?«, fragte Phoebe, nachdem wir einen Wagen gefunden hatten und durch die Schwingtüren hineingegangen waren, die mich jedes Mal an die Saloon-Türen in alten Western erinnerten. Die Frischetheken waren Phoebes Lieblingsabteilung, und sie bestand darauf, dort bestellen zu dürfen. Manchmal musste die Verkäuferin sich über die hohe, gebogene Glasfront beugen, um sie sehen zu können. Normalerweise stand ich in einiger Entfernung und beobachtete sie. An diesem Tag nicht.

»Vier Lachsfilets«, antwortete ich.

»Risotto«, sagte Phoebe.

Ich nickte. Das war eines von Moms oft gekochten Gerichten. Risotto mit Pilzen, Dill und Erbsen, gekrönt von gegrillten Lachssteaks. Phoebe war für das Grillen des Fischs zuständig, eine Aufgabe, die sie sehr ernst nahm. Mom bereitete dann das Risotto zu, das man immer wieder umrühren und ständig beobachten musste, damit es genau richtig wurde. Mich brauchten sie bei diesem Prozess nie, doch manchmal beobachtete ich Phoebe und den Lachs. Sie schaute alle zehn Sekunden nach dem Fisch und drehte ihn mit einer Zange um, damit die Filets auch gleichmäßig durchbrieten. Sie ging völlig auf in dieser Arbeit und ihre Zungenspitze lugte dabei aus dem Mundwinkel. In diesem Moment *war* sie der Lachs.

»Ich hole die Kräuter und die Pilze«, sagte ich. Erbsen und jede Menge Arborio-Reis hatten wir noch zu Hause. »Wir treffen uns dann in der Süßwarenabteilung.«

Ab und zu kaufte ich Phoebe einen Schokoriegel oder so. Nicht immer, weil sie süchtig war und man Süchtigen nichts geben soll, aber heute war ich genau in der Stimmung dazu. Ich ließ ihr den Einkaufswagen, hauptsächlich deshalb, weil sie ihn mir ohnehin nicht überlassen hätte.

Damit das klar ist: Ich habe, was danach passiert ist, mindestens vierzig Mal erzählt. Der Polizei, meinen Eltern. Jedem, der es hören wollte. Aber das ist nichts verglichen mit den vielen Malen, die ich es im Kopf abgespult und durchgespielt habe. Und jedes Mal ist mir etwas Neues eingefallen, mal etwas tatsächlich Passiertes, mal etwas Eingebildetes. Ein kurzer Blick aus den Augenwinkeln auf jemanden, Teile einer Unterhaltung, als ich durch die Gänge lief. Es war viel los im Supermarkt. Da waren kleine Kinder, die einen überhaupt nicht wahrnahmen und direkt vor einem stehen blieben, sodass man um sie herumgehen musste. Dass das passiert ist, weiß ich sicher. Eine Inderin in leuchtend bunter Kleidung entschuldigte sich bei mir, als ihr Kind – ein kleines Mädchen mit großen braunen Augen und pechschwarzem Haar, das wie Seide schimmerte – gerade noch schlitternd zum Stehen kam, bevor es in mich hineingelaufen wäre. Ich lächelte sie an, sagte aber nichts. Die Polizei befragte die Frau viel später, doch sie konnte sich an nichts erinnern, nicht einmal an die Entschuldigung.

Ich ging zur Gemüseabteilung und griff mir einen Beutel bereits geschnittener Pilze. Da war ein Verkäufer – ein Typ mit hoher Stirn, ungefähr vierzig Jahre alt, der Brokkoli in die Regale packte. Ich weiß noch, dass er mir als ungewöhnlicher Angestellter auffiel. Und ich weiß auch noch, dass ich mich für altersdiskriminierend hielt, weil ich so etwas dachte. Wahrscheinlich glaubte ich, dass man, wenn man die Lebensmitte erreicht hatte, auch einen richtigen Beruf hatte, und Gemüse in Regale zu schichten, gehörte für mich nicht dazu. Hatte er in der Schule davon geträumt, Landvermesser zu werden, Pilot, Erfinder oder Schriftsteller? Und was hatte ihn an diesen Punkt gebracht, zum Ausbalancieren von Gemüse auf Stahlregalen? Ich schob die Gedanken beiseite und fragte ihn, ob es irgendwo frischen Dill gäbe. Sie hatten keinen. Er erzählte mir, dass für den nächsten Tag eine Lieferung erwartet würde. Er hatte schöne Zähne und wässrig blaue Augen. Ich kaufte Dill in der Tube – ein Kraut, das vorgab, Zahnpasta zu sein. Es war nicht ideal, aber irgendetwas musste ich schließlich mitbringen.

Die Obst- und Gemüseabteilung war groß und voller Menschen. Eine Frau schimpfte mit ihrem Kind, das wegen irgendetwas quengelte. Sie brüllte fast, gab aber vor, es nicht zu tun, als wäre es beschämend, ein Kind in der Öffentlichkeit anzuschreien. Ist es wahrscheinlich auch. Sie hatte ein teigiges Gesicht und ein Tattoo, das am Hals aus ihrem T-Shirt herausschaute; irgendein keltisches Symbol. Sie packte den Jungen am Arm und schüttelte ihn leicht, worauf er richtig anfing zu weinen. Wütend presste sie die Lippen zusammen. Ich erinnere mich noch, dass ich hoffte, sie möge ihrem Kind keinen Klaps geben. Tat sie auch nicht, aber ich glaube, das lag nur daran, dass sie in einem Supermarkt war. Ein Mann im Anzug telefonierte. Er sagte immer nur »Hm-hm«, »Ja«, »Hm-hm«, während er Spargel auswählte. Das waren die einzigen Leute, an die ich mich aus dieser Abteilung erinnern konnte – die Frau mit dem Tattoo, der Mann im Anzug und der Brokkoli-Aufschichter – obwohl wahrscheinlich Dutzende Kunden hin und her liefen.

Ich ging an der Brotabteilung vorbei. Eine Stimme kam über den Lautsprecher und bat alle verfügbaren Mitarbeiter, zu den Kassen zu kommen. Daran erinnere ich mich, weil ich wusste, dass wir uns wahrscheinlich hinten an einer langen Schlange anstellen mussten, obwohl wir nur ein paar Sachen im Einkaufswagen hatten. Die Süßwarenabteilung war drei Viertel des Wegs zurück zu den Frischetheken und ich war als Erster da. Es wunderte mich nicht, dass ich es vor Phoebe geschafft hatte. Vor ihr hatten vier oder fünf Leute in der Schlange gestanden, und manchmal wird sie vergessen, was nicht verwunderlich ist, wenn die Verkäuferin sie nicht sehen kann. Mich ärgerte es immer total, wenn jemand, der nach Phoebe kam, vor ihr bedient wurde, aber Phoebe regte sich darüber nicht auf. Sie kann sehr geduldig sein, wenn es ihr in den Kram passt. Ich war nie sehr geduldig.

Um mir die Zeit zu vertreiben, ging ich die Sonderangebote

durch. Von den türkischen Lokum-Häppchen gab es zwei Packungen für zwei Dollar, also nahm ich zwei und versuchte, sie an die Pilze und den Dill in der Tube zu lehnen. In diesem Gang waren nur wenig Leute, was mich wunderte, da sich hier normalerweise sämtliche Kids versammelten. Ich ging den Gang hinunter und blickte hinüber zur Fischtheke, doch es war schwierig, etwas zu erkennen. Langsam ging ich wieder zurück. Ich war kurz davor, Mom eine Tafel dunkle Schokolade zu kaufen, tat es dann aber doch nicht. Wo blieb Phoebe? Ich ging noch einmal den Gang hinunter und dieses Mal ging ich weiter bis zur Fischtheke. Phoebe hatte sonst schließlich nichts einzukaufen. Wohin sollte sie gehen, nachdem sie den Lachs gekauft hatte, wenn nicht zur Süßwarenabteilung?

Sie war nicht da.

An den Frischetheken warteten nur noch zwei Leute darauf, bedient zu werden.

Eine Verkäuferin löffelte Kartoffelsaat in einen Becher. Ich trat an den Tresen und blickte an der Abteilung mit Tiefkühlkost entlang. Sie war nicht da.

Daran erinnere ich mich sehr genau. Ich ärgerte mich. Es war nicht ungewöhnlich für Phoebe, dass sie sich in einem Supermarkt allein auf den Weg machte. Ich hatte schon öfters den ganzen Laden absuchen müssen, bevor ich sie fand. Ganz besonders ärgerte ich mich, wenn ich sie den Hauptgang hinuntergehen sah und sie mich am oberen Ende nicht bemerkte. Ich konnte mich nie dazu überwinden, ihren Namen zu rufen. Nicht in einem Supermarkt. Wie bescheuert ist das denn? Ich fühlte mich dann immer wie irgendein Trottel in einer peinlichen Komödie, wenn ich ihr durch die Gänge folgte und versuchte, sie auf mich aufmerksam zu machen.

Vielleicht suchte sie mich beim Obst und Gemüse.

Sie war nicht da.

Ich ging den Hauptgang entlang und schaute nach rechts und links in die Gänge. Zwölf Reihen, geteilt durch den Hauptgang, ergab vierundzwanzig mögliche Orte, wo sie sein konnte. Die Chance, dass sie zu einer bestimmten Zeit an einem bestimmten Ort war, lag bei weniger als vier Prozent, wenn man davon ausgeht, dass es noch andere Supermarktbereiche wie die Brot- und Gemüseabteilung gab, die nicht in einem Gang lagen. Doch die Chancen stiegen nach jeder phoebelosen Reihe exponentiell.

Ich war am Ende angelangt. Nichts.

Damit wir uns richtig verstehen: Ich war noch längst nicht in Panik. Auch das war schon öfter vorgekommen. Und es war viel los im Supermarkt. Da war es gut möglich, dass ich sie im Gewühl nicht entdeckt hatte. Also ging ich den Weg noch einmal zurück. Als ich wieder im Gemüsebereich war, hatte ich so ein Gefühl ... Also, jetzt wird's schwierig. Ich erinnere mich sehr deutlich an die Panik, die mich überfiel, aber ich weiß nicht mehr genau, wann sie einsetzte. Da noch nicht. Ich glaube, sie kam erst später, vielleicht als ich den Einkaufswagen fand. Wenn ich etwas anderes empfand als diffusen Ärger, war es wahrscheinlich Verwirrung. Wie hatte ich sie übersehen können? Phoebe gehörte nicht zu den Kindern, die Streiche spielten. Sie würde sich nicht bewusst vor mir verstecken. Sie musste hier irgendwo sein.

Wie viel Zeit war vergangen? Die Polizei fragte mich das später und selbst jetzt bin ich mir nicht sicher. Es können nur ein paar Minuten gewesen sein. Ich ging die Wege später sogar noch einmal ab, doch das half auch nicht wirklich. Zum einen, weil ich nicht wusste, wie lang ich mich in der Süßwarenabteilung aufgehalten hatte. Nicht lang. Aber *wie* lang?

Zwei Minuten? Fünf? Und wie schnell war ich gegangen an dem Tag, als es passierte? Von da, als ich sie an der Frischetheke stehen ließ, bis zu dem Zeitpunkt, als ich diesen festen Panikknoten spürte? Zwischen fünf und zehn Minuten. Genauer kann ich es nicht sagen.

Dieses Mal ging ich wirklich methodisch vor. Ich durchsuchte jeden Gang.

Ich fand den Einkaufswagen in Gang fünf, direkt neben dem Hundefutter und gegenüber dem Toilettenpapier. Es lag nur ein Artikel darin. Ein in weißes, fettdichtes Papier eingewickeltes Päckchen. Ich nahm es heraus. Auf dem Strichcode-Aufkleber stand »Lachsfilet«. Jetzt, während ich diesen Moment noch einmal durchlebe, wird mir klar, dass ich da noch nicht in Panik geriet. Zumindest *glaube* ich es nicht. Sie musste ganz in der Nähe sein. Die Leute lassen ihren Einkaufswagen nicht stehen, wenn sie losziehen, um die Randbereiche des Supermarkts zu erkunden. Sie nehmen ihn mit. Dieser Gang war leer bis auf eine Frau, die das Kleingedruckte auf einer Dose Hundefutter las. Sie studierte das Etikett so konzentriert, als enthielte es den Schlüssel zum Geheimnis des Universums.

»Entschuldigen Sie bitte«, begann ich. Wir bleiben höflich, selbst wenn die Welt im Begriff ist, auseinanderzubrechen. Sie blickte unwillig auf, das Gesicht in argwöhnische Falten gelegt, als erwartete sie eine beleidigende Bemerkung. »Haben Sie zufällig ein kleines Mädchen gesehen, ungefähr acht Jahre alt? In Schuluniform. Blau. Sie hat diesen Einkaufswagen geschoben.« Ich wies darauf hin, als würde dieser Umstand die verwirrende Situation klären.

»Nein, tut mir leid«, erwiderte sie und widmete sich wieder ihrer Dose.

»Danke. Ist schon okay.« Keine Ahnung, weshalb ich das sagte.

Vielleicht begann ich mir zu diesem Zeitpunkt Sorgen zu machen. Ernsthafte Sorgen. Ich wollte nicht rennen. Ich glaube, ich hielt immer noch an einer Art äußerem Anstand fest und gehorchte gesellschaftlichen Konventionen. Was hätte ich gemacht, wenn ich im nächsten Gang in Phoebe hineinlief und ihren Namen gebrüllt hatte? Wem wäre es peinlicher, ihr oder mir? Das ist eines der Dinge, die mich später nicht mehr losließen. Wenn ich gebrüllt hätte. Wenn ich geschrien hätte, was die Lunge hergibt, da hinten im Gang mit den Süßwaren – ob sie mich gehört hätte? Ob die Person, die sie gekidnappt hatte, in Panik geraten und ohne sie geflohen wäre? Trug meine Entschlossenheit, cool zu bleiben, zu der Tragödie bei, die sich danach abspielte? Man hat mir gesagt, dieser Gedankengang sei bescheuert. Ich stimme dem zu. Er ist total bescheuert, aber unvermeidlich in meinem Kopf.

Ich ging einen Kompromiss ein. Ich lief mit schnellen und immer schnelleren Schritten noch einmal durch jeden Gang und somit durch den gesamten Supermarkt. Selbst da glaubte ich noch, sie würde gleich hinter der nächsten Ecke auftauchen. Ich wäre dann ärgerlich, weil sie mich abgehängt hatte. Sie würde die Augenbrauen heben, als sei ich nicht ganz bei Trost, und mich darauf hinweisen, dass sie auf mich gewartet habe, und zwar genau an der Stelle, die ich als Treffpunkt genannt hatte. Aber sie war nicht im Süßwarengang. Sie war nicht an der Fischtheke. Ich ging zu den Kassen, doch da war sie auch nicht. Ich ging durch die Kassen hindurch und trat vor den Supermarkt. Die Pilze, den Dill und die türkischen Süßigkeiten hatte ich zurückgelassen. Auf dem Parkplatz war viel los. Leute luden ihre Einkäufe in den Kofferraum ihres Autos und brachten die Einkaufswagen zu den Sammelstellen zurück. Ich erhaschte einen Blick auf ein Mädchen – ihren Hinterkopf, ganz flüchtig das Profil – am hinteren Ende des Parkplatzes. Ich rannte durch die Autoreihen. Jemand schimpfte, als ich fast mit einem Einkaufswagen zusammenstieß.

Sie war es nicht. Als ich näher kam, wusste ich, dass sie es nicht war. Sie gehörte zu einer Frau, die Einkäufe verstaute, und sie hatte eine völlig andere Figur. Die Schuluniform war außerdem grau, du lieber Himmel. Ich blieb abrupt stehen. Es begann zu nieseln, was mir nur auffiel, weil es schwieriger wurde, umherzuspähen. Ich musste nachdenken, doch in meinem Kopf drängelten sich zu viele Gedanken. Ich blinzelte den Regen von meinen Augen und fragte ein paar Leute, ob sie ein Mädchen gesehen hatten, das allein unterwegs war. Ich versuchte, meine Stimme nicht zu heben. Eine Frau zeigte Mitgefühl, konnte aber nicht helfen. Die anderen schüttelten nur den Kopf. Ich lief zurück in den Supermarkt. Denk nach. Ich musste nachdenken.

Falls man Phoebe entführt hatte, war jede Minute, die ich jetzt vertrödelte, nicht nur vertane Zeit, sondern auch kontraproduktiv. Katastrophal. Ich dachte daran. Wirklich. Aber der Gedanke war absurd. Entführungen kommen in deiner Familie nicht vor. Darüber las man in der Zeitung. Solche Dinge ereigneten sich irgendwo auf der Welt, man sah die Fotos, las die Berichte, und es war alles irgendwie Fiktion, wie Erdbeben in Dritte-Welt-Ländern oder Leute, die in Hotels im Stadtzentrum von Balkonen fielen. Man wusste, dass es tatsächlich passiert war, aber es fühlte sich nicht so an. Worte und Bilder halten uns davon ab, an das Reich der Gefühle zu glauben, an unseren Bauch. Ich wog einen absurden Gedanken gegen den anderen ab. Sie war nach Hause gegangen. Sie hatte sich aus irgendeinem Grund über mich geärgert und den Wagen dort stehen gelassen (in Gang fünf, beim Hundefutter), um mich zu bestrafen. Während ich hier stand, war sie auf dem Weg nach Hause, den Rücken durchgestreckt, die Lippen ärgerlich geschürzt, und hätschelte eine unbekannte Kränkung. Es war bescheuert, aber ich war bereit, alles zu glauben, was meine Welt vor dem Auseinanderbrechen bewahrte. Nimm zwei Unwahrscheinlichkeiten und such dir die angenehmste aus.

Ich rannte nach Hause. Ich rannte, so schnell ich konnte. Der Regen war stärker geworden und mein Hemd klebte an meiner Brust. Einmal rutschte ich in einer Pfütze aus und fiel auf ein Knie, rappelte mich aber sofort wieder auf. Erst viel später merkte ich, dass meine Hose ein Loch hatte und ich mir das Knie so aufgeschürft hatte, dass es blutete. Als es passierte, stand ich einfach auf und lief weiter, ohne mir richtig bewusst zu sein, dass ich hingefallen war. Nach fünf Minuten muss ich gewusst haben, dass sie diesen Weg nicht gegangen sein konnte. Bis dahin hätte ich sie eingeholt. Aber ich konnte nicht aufhören zu rennen, bevor ich nicht sicher war. Die Einfahrt zu unserem Haus war leer und das Haus selbst machte ebenfalls einen verlassenen Eindruck. Die Fenster schauten mich mit leerem Blick an. Ich suchte in meinen Taschen nach dem Haustürschlüssel, doch ich zitterte so sehr, dass ich ihn nicht ins Schloss bekam. Ich brauchte drei oder vier Versuche, murmelte *Scheiße, Scheiße* vor mich hin und zerkratzte das Metall. Ich musste mit zwei Händen aufschließen.

»Phoebe!«, brüllte ich, als die Tür endlich aufging. »Phoebe!« Ich hielt mich nicht mehr zurück. Ich war zu Hause. Ich konnte die Kontrolle verlieren und niemand würde deshalb über mich richten. Ich schaute sogar in jedem einzelnen Zimmer nach. Ich schaute unter ihr Bett. Dieser blöde Gedanke ließ mich nicht los, dass sie mich für unbestimmte Sünden bestrafte und mich aus der Dunkelheit und den Wollmäusen heraus ansehen würde, der Blick kalt in ihrer Verbitterung. Und ich würde ihren Hass willkommen heißen, ihn akzeptieren und sie fest in die Arme nehmen.

Stattdessen rannte ich wieder zurück zum Supermarkt. Die Haustür schlug hinter mir zu. Ich war ein verdammtes Arschloch. Sie würde da sein, im Süßwarengang. Vielleicht würde ihre Unterlippe zittern, während sie sich fragte, wo ich blieb. Aber sie würde sich nicht von der Stelle rühren, denn so war sie, ein Mädchen, auf das man sich verlassen konnte. Ich hatte ihr gesagt, sie solle dort hinkommen, und dort würde sie auch sein. Sie würde es langsam mit der Angst zu tun bekommen, aber sie vertraute ihrem Bruder, weil er sie nicht im Stich ließ. Das wusste sie, und sie würde brüllen: »Wo WARST du? Ich musste auf die Toilette, und als ich zurückkam, warst du nicht da.« Die Toilette. Natürlich! Warum hatte ich dort nicht nachgeschaut? Weil ich ein verdammtes Arschloch war, deshalb.

Ich hegte diesen kleinen Hoffnungsschimmer. Er wärmte mich, während ich durch den Regen lief. Es war eine Erklärung und ich brauchte ganz dringend eine.

Ich stürmte in die Damentoilette. Zu diesem Zeitpunkt war es mir egal, was die Leute von mir dachten. Sie war leer. Dann ging ich zur Süßwarenabteilung. Dieses Mal versuchten ein paar Kinder, Schokoriegel in den Einkaufswagen ihrer Mutter zu schmuggeln, doch die legte sie immer wieder zurück ins Regal. Die Mutter schaute mich nur einmal an, schubste dann ihre Kinder vor sich her und bugsierte sie den Gang hinunter, weg von mir. Ich drehte mich um meine eigene Achse. Immer wieder machte ich Dreihundertsechziggrad-Drehungen wie ein Betrunkener oder ein verwirrter Tänzer.

»Phoebe!«, rief ich, doch ich glaube nicht, dass Worte aus meinem Mund kamen. Da muss ich auf die Knie gesunken sein. Wie sie mir später sagten, fanden sie mich so.

»PHOEBE!«, schrie ich.

Ich glaube, ich hörte nicht mehr auf, ihren Namen zu rufen.

KAPITEL 11

Das Büro der Managerin war klein, fensterlos und funktional. Ich weiß nicht mehr, wie ich dahin gekommen bin. Sie stellte eine Tasse Tee und einen Teller Kekse vor mich hin. Ich trinke keinen Tee. Ich habe noch nie Tee getrunken. Die Kekse waren von Arnott's. Ob sie in solchen Situationen einfach eine Packung aus dem Regal nahm? Wie ging das? Musste sie ein Formular ausfüllen? Und welche Gründe gab sie an? Konnte man ein Kästchen »Vermisstes Kind« ankreuzen?

Dann ging die Managerin hinaus. Sie legte mir eine Hand auf die Schulter, und ich glaube, ich lächelte. Vielleicht habe ich sogar »Danke« gesagt. Später erfuhr ich, dass es Mrs Abbott war, die Frau, die Summer an ihrem letzten Arbeitstag so spektakulär beleidigt hatte. Sie hatte an diesem Tag frei, kam aber in den Markt, als sich Phoebes Verschwinden herumsprach. War es Mitgefühl, echtes Mitgefühl, das sie an ihrem freien Tag zur Arbeit kommen ließ? Oder das Wissen, dass man sich mit einem potenziellen Drama am besten persönlich befasste? Wollte sie keine Schuldzuweisungen riskieren, ihren Posten nicht gefährden? Über diese Dinge dachte ich erst später nach. In diesem Moment dachte ich überhaupt nichts, es sei denn, ein Durcheinander von Bildern und in keinem Zusammenhang zu der aktuellen Situation stehende Einfälle zählen als Gedanken.

Die Polizistin konnte nicht viel älter sein als Summerlee. Sie stellte Fragen. Name, Adresse, Beschreibung von Phoebe. Ich zeigte ihr ein Foto auf meinem Handy. Ich hatte es etwa ein halbes Jahr zuvor zu Hause in unserem Garten aufgenommen und es war gut geworden. Phoebe blies riesige Seifenblasen aus einem dieser Röhrchen, die man in Spielzeugläden kaufen kann, und ich hatte in dem Moment auf den Auslöser gedrückt, als eine Seifenblase anschwoll. Sie verzerrte ihr Gesicht im Profil, einer der Gründe, weshalb ich das Foto so mochte. Ich dachte nicht daran, was aus Sicht der Polizei gut wäre. Ich wollte nur das Bild zeigen.

»Ein hübsches Mädchen«, sagte die Polizistin.

»Ja«, erwiderte ich.

Ihr Job war es, bei mir zu sitzen. Ich wusste, dass draußen noch mehr Polizisten waren, die nach Phoebe suchten, Leute befragten, den Supermarkt erneut durchforsteten. Mein Tee stand auf dem Schreibtisch. Er hatte eine eklig milchige Farbe, und mir wurde schon übel, wenn ich ihn nur anschaute. Auf dem Plätzchenteller balgten sich zwei Fliegen um den besten Platz.

»Delaware«, sagte die Polizistin. »Der Name kommt mir bekannt vor.«

»Meine Schwester Summerlee«, erwiderte ich. »Sie hat im Lotto gewonnen.«

»Genau. Summerlee Delaware. Mehrere Millionen, nicht wahr? Wow.«

Ich nickte. Die Polizistin lächelte und schrieb etwas in ihr Notizbuch. Ich wusste, weshalb. Irgendwann – ich kann nicht genau sagen, wann – war mir der Gedanke gekommen. Sieben Millionen fünfhunderttausend Dollar sind eine Summe, die Aufmerksamkeit erregt. Und Neid weckt. Das ist ganz natürlich. Und jetzt kommt etwas Merkwürdiges: Ich erkannte, dass ich hoffte – *hoffte!* Wie abgedreht ist das? –, dass jemand Phoebe entführt hatte, um Kapital daraus zu schlagen. Denn wenn das der Fall war, lag es im Interesse des Entführers, dafür zu sorgen, dass ihr nichts passierte. Sie würde ein Tauschobjekt werden, und das war besser als die Alternative, die an mir nagte. Ich konnte mir nicht helfen. Ich sah einen Mann, übergewichtig mit lichtem Haar, das so gekämmt war, dass es eine kahle Stelle verdeckte. Teigige Haut und verschwitzte Handflächen. Tote Augen. Er verfrachtete Phoebe hinten in einen Lieferwagen. Er versprach ihr Schokolade, wenn sie brav war. Vielleicht auch türkischen Lokum. Aber sie musste sehr brav sein und tun, was er ihr sagte. Und Phoebe würde schluchzen und sagen, dass sie keine Schokolade wollte. Sie wollte ihren Bruder und ob der Mann sie nicht bitte, *bitte* zum Supermarkt zurückbringen könne, weil ihr Bruder sich Sorgen um sie machte, und sie würde auch versprechen, niemandem etwas von der Sache zu erzählen, wenn er sie nur gehen ließe …

Schmerz fuhr mir in den Magen. Ich beugte mich vor und übergab mich. Der ganze Boden war voll und Teile des Schreibtischs. Die Kekse konnte man vergessen. Dann ging es noch einmal los. Ich würgte und würgte, auch dann noch, als nichts mehr in meinem Magen war. Die Polizistin hatte eine Hand auf meinen Rücken gelegt, doch ich erbrach mich immer weiter. Hinter meinen Augen saß eine wütende Migräne, und ich glaube, ich schluchzte.

Dann habe ich eine Gedächtnislücke. Ich kann mich nicht erinnern, das Büro der Marktleiterin verlassen zu haben. Ich weiß nur, dass ich plötzlich auf einem schmalen Bett saß, einem von der Art, wie sie auch im Krankenzimmer in der Schule stehen. Ich hatte eine Decke um die Schultern und nippte an einem Glas Wasser. Die Polizistin war weg. Dafür saß mir jetzt ein Mann auf einem Stuhl gegenüber. Er hatte einen buschigen Schnauzbart und Hängebacken und sah aus, als würde er zu viel trinken. Er stellte mir Fragen, und seine Augen waren von der Art, die dich durchbohren und dir das Gefühl geben, du würdest mit ziemlicher Sicherheit lügen, selbst wenn du die Wahrheit sagst.

»Das letzte Mal hast du sie also gesehen, als sie an der Fischtheke in der Schlange stand?«

»Ja. Ich habe ihr gesagt, sie soll in den Süßwarengang kommen, wenn sie fertig ist. Dort würde ich auf sie warten.«

»Wann war das?«

Ich rieb mir die Stirn. Sie war schweißnass.

»Keine Ahnung. Ich hab nicht auf meine verdammte Uhr geschaut, okay? Warum sind Sie nicht da draußen und suchen sie?«

»Sachte, mein Junge. Ich weiß, es ist schwer, aber ich brauche Informationen, ja? Und glaube mir, wir suchen nach ihr, in diesem Moment. Aber ich brauche deine Hilfe. Willst du mir helfen?«

»Es tut mir leid. Ich werd's versuchen.«

»Kannst du ungefähr abschätzen, wie viel Zeit vergangen ist zwischen deinem Weggehen von der Fischtheke und dem Auffinden des Einkaufswagens? Nur ungefähr. Fünf Minuten? Zehn? Irgendwo dazwischen?«

Ich ging die Ereignisse im Kopf noch einmal durch, lief die Strecken noch einmal ab und ließ eine imaginäre Stoppuhr mitlaufen.

»Was ist mit Überwachungskameras?«, fragte ich. Es war wie eine Explosion in meinem Kopf. Warum hatte ich nicht schon früher daran gedacht? Der Markt war voller Kameras. Phoebe und ich hatten uns, wenn wir lange an der Kasse anstehen mussten, oft die Zeit damit vertrieben, Grimassen in die Kameras zu schneiden und die Ergebnisse auf den an der Decke aufgehängten Monitoren zu verfolgen. Es war sogar eine Kamera an den automatischen Türen, was wir irritierend fanden, weil es immer so schien, als ginge das Bild über dir in die falsche Richtung. »Sie müssen sie doch beim Hinausgehen aufgenommen haben. Sie *müssen*.«

»Wir schauen uns die Aufzeichnungen gerade an«, antwortete der Mann.

Fast hätte ich mich entschuldigt. Die Polizei dachte natürlich an so etwas. Nur jemand völlig Bescheuertes würde glauben, sie täten es nicht. Aber ich entschuldigte mich nicht. Der Typ hatte mir seinen Namen genannt, aber ich hatte ihn vergessen. Er sah aus, als wolle er noch etwas hinzufügen, überlegte es sich dann jedoch anders.

»Was?«, fragte ich.

Er schürzte die Lippen wie zu einem Kuss. Mir wurde klar, dass er an den Zähnen saugte. Sein Schnauzbart rekelte sich wie etwas Lebendiges, wie eine schwarz-weiße Raupe. Er stieß die Luft aus und rieb sich den Augenwinkel. »Eine der Kameras wurde letzte Nacht beschädigt«, sagte er dann. »Jemand hat sie mit Säure besprüht. Es war die, die auf die rechte Parkplatzseite geht. Jemand hat eine Sprühflasche genommen, ein Beizmittel hineingefüllt und das dann sorgfältig durch das Metallgitter gesprüht, das die Linse schützt. Was sagst du dazu?«

Einen Augenblick lang dachte ich, ich würde beschuldigt. Diese vertraute Panik stieg in mir auf, die einen überkommt, wenn man weiß, dass die Antwort garantiert gewogen und für zu leicht befunden wird. Es reicht nicht, einfach nur die

Wahrheit zu sagen. Nicht wenn du dich in die Lage deines Gegenübers versetzt, der möglicherweise, aus welchem Grund auch immer, argwöhnt, dass du lügst. Was immer du sagst, kann als Versuch gewertet werden, die Wahrheit zu verschleiern. Zu aggressiv, zu passiv, zu defensiv, zu wischiwaschi, zu selbstsicher. Und wenn du anfängst, darüber nachzudenken, bist du verloren, weil deine Worte und deine Körpersprache unweigerlich mit Angstschweiß überzogen sind und nach Schuld riechen.

»Hat die Kamera den Sprüher aufgezeichnet?«, fragte ich, sofort besorgt, er könnte denken, ich hätte Angst, dass *mein* Bild auf dem Film wäre.

Er neigte den Kopf auf eine Seite und saugte wieder an seinen Zähnen. »Es geschah nach Mitternacht, doch der Parkplatz ist rund um die Uhr beleuchtet, sodass die Bilder ziemlich gut sind. Wer immer es getan hat, brachte etwas zum Draufstehen mit und achtete sorgfältig darauf, dass er außerhalb des Erfassungsbereichs der anderen Kameras blieb. Alles, was wir haben, ist das Bild einer Hand und dann ein Strahl Flüssigkeit. Danach nichts mehr.«

»Sie glauben, dass das etwas mit Phoebes Verschwinden zu tun hat?«

»Vielleicht. Vielleicht auch nicht. Wir können es noch nicht sagen.«

»Sie glauben, dass sie gekidnappt wurde.« Ich formulierte es nicht als Frage.

»Wir können es noch nicht sagen.« Er beugte sich auf seinem Stuhl vor und klopfte sich auf beide Knie. »Schau, Jamie, es gibt viele verschiedene Möglichkeiten. Vielleicht hat sie einen Freund oder eine Freundin gesehen und ist mit ihnen weggegangen. Vielleicht spielt sie dir einen Streich. In neun von zehn Fällen finden wir ein vermisstes Kind sehr schnell, und alles stellt sich als vollkommen harmlos heraus, ein Kommunikationsproblem, absolut nichts Schreckliches. Du weißt doch, wie Kinder sein können.«

»Nein, das weiß ich nicht. Aber ich kenne meine Schwester. Sie hätte den Supermarkt nicht verlassen.«

»Weshalb bist du dann nach Hause gegangen und hast da nach ihr gesucht?«

»Ich ... Ich weiß es nicht. Ich konnte nicht klar denken.« Der Schmerz in meinem Kopf war immer noch heftig. Es fühlte sich an, als stecke jemand dünne Nadeln in meine Netzhäute.

Der Polizist wedelte mit der Hand. »Verständlich. Lass uns wieder zum Zeitablauf zurückkehren, ja? Wir wissen, wann ihr den Laden betreten habt. Sämtliche Kameras im Laden funktionieren einwandfrei und ihr seid genau um fünfzehn Uhr zweiundzwanzig gekommen. Doch deshalb muss ich wissen, wie viel Zeit zwischen dem Betreten des Ladens und dem Auffinden des abgestellten Einkaufswagens verging. Wir wissen dann genauer, auf welchen Abschnitt der Aufzeichnungen wir uns konzentrieren müssen.«

Ich vergrub meinen Kopf in den Händen und schloss die Augen. Ich ging alles noch einmal durch, die Leute an der Fischtheke, die indische Frau und ihr Kind, der Brokkoliaufschichter, die Frau mit dem keltischen Tattoo. Alles. Ich beantwortete die Fragen, so gut ich konnte, und als er dieselben Fragen immer wieder stellte, dachte ich nach, überlegte, spezifizierte und erzählte, was mir nur einfiel. Ich hielt die Augen geschlossen, um den Raum auszublenden und mich nur auf die Szenen konzentrieren zu können, die sich auf meinen dunklen Augenlidern abspielten. Ich wusste, dass sie meine Albträume bevölkern würden, und wusste genauso gut, dass ich es verdient hatte. Ich hatte nicht auf meine Schwester aufgepasst. Ich hatte die Verantwortung für sie gehabt und hatte nicht auf sie aufgepasst.

Als sich etwas in dem Raum veränderte, öffnete ich die Augen. Vielleicht hatte ich gehört, wie eine Tür aufging, doch das war es nicht. Es war etwas in der Atmosphäre, eine plötzliche Kälte, bei der sich die Härchen in meinem Nacken aufstellten. Meine Augen tränten, weil sie so lange geschlossen gewesen waren, und es dauerte einen Moment, bis ich klar sehen konnte.

Mom stand direkt vor der Schwelle im Zimmer und schaute sich um. Sie wirkte verwirrt, umklammerte ihre Handtasche mit beiden Händen und drückte sie an ihren Bauch, ein schwacher Schild, um Gefahr abzuwenden. Sie hatte die Lippen zusammengepresst. Ich konnte sehen, wie die Muskeln in ihrem Gesicht arbeiteten, damit ihre Miene nicht verrutschte. Und ich wusste, dass jede Lockerung diese Fassade aufbrechen, eine seismische Verschiebung hervorrufen und das Gebäude zum Einsturz bringen würde. Sie war nur ein Muskelzucken entfernt vom Zusammenbruch.

Mom blickte zu dem Polizisten hinüber, aber ich glaube nicht, dass sie ihn wirklich sah. Sie bewegte sich zögernd auf mich zu und ich stand auf. Im nächsten Moment hielt sie mich in den Armen, den Kopf auf meiner linken Schulter. Sie klopfte mir auf den Rücken, langsam, gleichmäßig, als versuche sie, mir ein Bäuerchen zu entlocken.

»Alles ist gut, Jamie«, flüsterte sie. »Alles ist gut.«

Aber wir wussten beide, dass es nicht gut war. Ihre Stimme klang kalt und die Hand auf meinem Rücken fühlte sich so unbeugsam an wie ein Urteil.

KAPITEL 12

Es muss Stunden später gewesen sein, als ein Polizist uns nach Hause fuhr. Dad erwartete uns an der Haustür. Es war mir nicht einmal aufgefallen, dass er nicht in den Supermarkt gekommen war. Später erfuhr ich, dass die Polizei ihn davon abgehalten hatte. Wahrscheinlich hatten sie genug zu tun, auch ohne dass die gesamte Delaware-Familie stoßweise schluchzte und die Untersuchungen durcheinanderbrachte. Sie sagten ihm, er solle daheimbleiben, falls Phoebe dort auftauchte. Ich kann mir nicht einmal vorstellen, welche Qualen er durchlitten haben muss, ans Haus gefesselt, hilflos und das Opfer seiner wild gewordenen Fantasie.

Der zähnesaugende Polizist, er hieß Dixon, hatte wenig zu berichten gehabt, bevor wir heimgebracht wurden. Die Überwachungskameras hatten Phoebe erfasst, nachdem sie von der Fischtheke weggegangen war, hatten sie dann aber irgendwo vor Gang fünf verloren. Bis jetzt war kein Filmmaterial gefunden worden, das sie beim Verlassen des Marktes zeigte. Dixon gab zu, dass es tote Winkel im Überwachungssystem gab, besonders bei den Mitarbeitereingängen und den Ausgängen durch die Anlieferungsbereiche, was mir merkwürdig vorkam. Ich vermutete, Dixon ging es genauso, auch wenn er sich nicht dazu äußerte. Er berichtete lediglich, dass Marktmitarbeiter und Kunden immer noch befragt würden und er guter Hoffnung sei, dass wir eher früher als später Nachricht erhielten. Er sagte »Nachricht«, nicht »gute Nachrichten«, und ich glaube, Mom ist es auch aufgefallen. Die Muskeln in ihrem Gesicht spannten sich sichtlich an. Er fragte, ob wir ein aktuelles Bild von Phoebe hätten, und falls ja, ob der Polizist, der uns nach Hause brachte, es ausleihen könnte. Fotos von Phoebe gab es genügend. Erst vor einem Monat oder so waren Schulfotos gemacht worden und ihres war super. Es zeigte sie im Halbprofil und mit einem Mona-Lisa-Lächeln auf dem Gesicht. Mom hatte es rahmen lassen.

»Perfekt«, meinte Dixon, als wir es ihm beschrieben. »Sie trägt ihre Schuluniform, ja?«

Ich nickte.

»Ideal«, fügte er hinzu. Er begleitete uns aus dem Markt hinaus.

Ich stellte erfreut fest, dass reichlich Polizei herumlief und vor dem Eingang drei Polizeiautos aufgereiht waren. Weniger erfreut stellte ich fest, dass ein Teil der Mitarbeiter uns beobachtete. Sie flüsterten miteinander und starrten mich an. *Das ist er. Das ist der Typ, der nicht auf seine kleine Schwester aufgepasst hat. Wie kann man seine Schwester im Supermarkt aus den Augen lassen? Das geht doch nicht…* Ich hielt den Kopf gesenkt wie die Typen, die man in den Nachrichtensendungen sieht, wenn sie aus dem Gerichtssaal kommen. Als mir dieser Gedanke kam, merkte ich, dass ich schuldig wirkte, aber es war mir egal.

Dad nahm Mom in den Arm, als wir nach Hause kamen, und schaute mich über ihre Schulter hinweg an. Ich konnte seine Miene nicht lesen und hatte auch nicht die Energie, es zu versuchen. Als der Polizist nach dem Foto fragte, nahm

Dad es aus dem Rahmen und scannte es in unseren Computer ein, bevor er ihm die Aufnahme gab.

Der Polizist warf einen Blick darauf. »Ein hübsches Mädchen, Mr Delaware. Wir bringen Ihnen das Bild sobald als möglich zurück.«

»Bringen Sie *sie* zurück«, erwiderte Dad. »Das Foto ist mir scheißegal.«

Seine Worte durchzuckten mich wie ein elektrischer Schlag. Dad flucht nicht. *Nie*. Doch der Polizist wusste das nicht und nickte nur. Er versprach uns, dass wir es als Erste erfahren würden, falls es Neuigkeiten gäbe. Er schüttelte Dad die Hand, unter diesen Umständen eine seltsam förmliche Geste. Dann ging er. Vermutlich war er froh wegzukommen, weg aus dieser Atmosphäre der Verzweiflung und des Verlusts, und zurückgehen zu können zu einem Ort, an dem sich etwas tat, an dem Kollegen waren und gelegentlich gelacht wurde.

Mom tigerte im Wohnzimmer auf und ab. Mit der rechten Hand hielt sie ihr Handy fest umklammert. Sie blickte ausdruckslos vor sich hin und die Falten um ihre Augen schienen sich schon jetzt vertieft zu haben.

Dad winkte mich in die Küche. »Erzähl mir alles«, bat er.

Ich wollte eigentlich nicht mehr reden, hatte aber keine Wahl. Also berichtete ich alles noch einmal.

Es war seltsam, doch das fortwährende Erzählen der Geschichte nahm ihr etwas von ihrem Schrecken. Mit jedem Mal wurde sie mehr zur Fiktion, zu etwas, das auf die Seiten eines Romans gehörte und keine Spiegelung der realen Welt war. Die Tragödie wurde durch das Medium der Sprache ins Banale transformiert. Dad schwieg, als ich fertig war, und ich wusste nicht, ob ich dankbar sein sollte oder verärgert. Vielleicht erwartete ich Anerkennung dafür, dass ich Zeuge einer Katastrophe gewesen war, und glaubte, deshalb irgendwie mehr Anspruch auf Rücksicht und Vergebung zu haben? Aber ich wusste auch, dass jede Bemerkung von ihm die wahre Natur meiner Verantwortung entweder offenlegen oder herunterspielen würde. Ich steckte bereits in einem Kokon aus Schuld und hatte keine Ahnung, ob ich noch mehr tragen konnte.

Dad ging direkt zum Computer und öffnete Phoebes Foto. Er fügte Text hinzu: *Wer hat dieses Mädchen gesehen? Nachrichten bitte an:* Dann setzte er unsere Festnetznummer und Moms Handynummer darunter und druckte Dutzende Kopien aus. Er stand neben dem Drucker, trommelte mit den Fingern auf das Gerät und wich meinem Blick aus. Als kein Papier mehr im Drucker war, suchte er nach neuem und fluchte, weil er auf den Regalen keines mehr fand. Ich ging in mein Zimmer und brachte ihm einen neuen Packen herunter. Er nahm ihn wortlos entgegen. Der Drucker surrte wieder und Dad begann wieder mit dem Fingertrommeln.

Mom kam in die Küche, nahm einen Ausdruck und nickte.

»Gute Idee«, sagte sie. »Mach noch mal zwanzig, ich hänge die inzwischen schon mal auf.«

»Was, jetzt?«, fragte ich.

Sie schaute mich an, als sähe sie mich gar nicht richtig. In ihrem Kopf war eine andere Welt und sie war darin gefangen.

»Natürlich jetzt«, antwortete sie schließlich. »Spricht irgendetwas dafür zu warten?«

»Soll ich dir helfen?«

»Bleib bei deinem Vater«, erwiderte sie. »Und versuch, deine Schwester zu erreichen. Ich habe sie ein Dutzend Mal auf dem Handy angerufen, bin aber immer auf der Mailbox gelandet. Wenn's was Neues gibt, ruft ihr mich zuerst an, verstanden?« Ich nickte. Mom holte die Autoschlüssel aus dem

Topf in der Küche und nahm die Poster. Sie blickte Dad an, als wolle sie etwas sagen, überlegte es sich dann jedoch anders.

Die Haustür schlug zu, und wenige Augenblicke später hörte ich, wie das Auto angelassen wurde. Dann das Knirschen von Kies, als sie rückwärts aus der Einfahrt fuhr.

Dad druckte weiter Poster, bis die Tintenpatrone leer war. Er stand über den Drucker gebeugt und sagte nur einmal etwas, und das zu sich selbst.

»Computer«, murmelte er, »mein Fachgebiet.«

Ich schwieg, weil ich mir nicht sicher war, ob er eine Antwort erwartete. Nötig war ganz bestimmt keine.

Schließlich legte sich Stille übers Haus wie eine Katze, die sich reckt und dann zusammenrollt. Ich war mir ihrer Krallen bewusst und dass sie sie zu gegebener Zeit auch einsetzen würde.

Die nächsten zwei Stunden saßen Dad und ich nur da, gefangen in unseren Gedankengebäuden. Irgendwann überlegte ich, ob ich anbieten sollte, uns ein Sandwich zu machen, verwarf den Gedanken aber wieder, kaum dass er aufgetaucht war. Ich rief bei Summerlee an, hatte aber genauso wenig Glück wie Mom. Ich hinterließ ihr drei Nachrichten, alle mit demselben Inhalt. *Ruf an. Jetzt. Dringend.* Spiders Nummer hatte ich nicht und wusste auch nicht, wie ich an sie herankommen konnte.

»Soll ich zu Summerlee gehen, Dad?«, fragte ich. »Ich könnte mir ein Taxi rufen.«

»Warte, bis deine Mutter zurück ist«, antwortete er und verfiel wieder in Schweigen.

Warum war es wichtig, auf Mom zu warten? Ärgerte es ihn, dass sie die Sache anscheinend allein in die Hand genommen hatte, und spielte er jetzt die beleidigte Leberwurst? *Ich darf keine Entscheidungen treffen, also erwarte auch keine von mir*. Oder war er so lange allein gewesen, dass er den Gedanken an ein stilles Haus voller undeutlicher, bösartiger Schatten nicht ertragen konnte? Was immer der Grund war, ich wusste, dass wir beide vor unseren geistigen Augen dieselben Bilder sahen. Phoebe, wie sie in diesem seltsam ungleichmäßigen Rhythmus ihrer bloßen Füße auf Teppichboden die Treppe heruntertappt, nachdem sie sich fürs Zubettgehen fertig gemacht hat. Phoebe am Morgen, wie sie den Kopf über ihr Frühstück beugt und versucht, den Mund so nah wie möglich an die Müslischüssel zu bekommen. Phoebe am späten Nachmittag, wie sie, über ihre Hausaufgaben gebeugt, auf ihrer Unterlippe herumkaut und die Antworten sorgfältig und methodisch niederschreibt. Das waren die guten Bilder, auch wenn sie schmerzten. Doch auch andere machten mich fertig, so wie sie Dad fertiggemacht haben müssen. Phoebe in einem dunklen Raum, voller Angst, die Hände gefesselt und den widerlichen Geruch von Moder und Verzweiflung in der Nase. Phoebe in einem flachen Grab, die Augen weit offen und blicklos …

Als mein Telefon läutete, fuhren wir beide zusammen. Es war, als hätte man Dad mit einem Elektroschocker angegriffen. Er richtete sich mit einem Ruck auf. In seinen Augen stand etwas – eine Mischung aus Panik, Hoffnung und Verzweiflung. Er muss das Gefühl gehabt haben, dass wir jetzt gleich eine Antwort erhalten würden, von der er nicht sicher war, ob er sie hören wollte. Und der Spannungsabfall war schrecklich. Ich muss ähnlich reagiert haben. Ich strich mit dem Daumen über mein Smartphone, ohne die Anruferkennung zu checken.

»Hallo?«

»Yo, Jamie, Mann.«

»Ich kann jetzt nicht reden, Gutless. Ich melde mich. Bitte ruf nicht wieder an.«

»Was'n los, Mann?«

Ich legte auf. Dad war in dem Moment in sich zusammengefallen, als ich »Gutless« gesagt hatte. Seine Augen waren schon wieder leicht glasig und auf etwas in seinem eigenen Kopf gerichtet. Er schien in sich selbst zu versinken.

Das Geräusch der Autoreifen auf Kies brachte uns beide auf die Beine. Ich kannte das Motorengeräusch. Es wurden keine rotierenden Lichtmuster an die Wand geworfen, wie ein Polizeiauto das vielleicht getan hätte. Die Wagentür wurde in dem Moment zugeschlagen, als ich die Haustür öffnete. Mom schaute mich an und ich schüttelte den Kopf. Sie ging an mir vorbei ins Haus. Dad hatte sich wieder an den Küchentisch gesetzt und Mom ging an einen der Schränke und holte eine Flasche Whisky und drei Longdrinkgläser heraus. Sie goss in jedes vier oder fünf Zentimeter ein, stellte eines vor Dad hin, gab mir das andere, hob das dritte an die Lippen und leerte die Hälfte auf einen Zug. Ich nippte an meinem. Ich hatte schon Whisky getrunken und mochte ihn nicht. Jetzt war es mir egal, wie er schmeckte.

»Hast du sie aufgehängt?«, fragte ich.

»Ja, alle. Um den Supermarkt herum und in allen angrenzenden Straßen. Morgen hänge ich noch mehr auf.«

»Hoffen wir, dass es nicht nötig ist.«

Mom leerte ihr Glas. Sie schluckte und verzog den Mund, als schmecke das Zeug eklig. Dann schenkte sie sich noch einmal ein.

»Und ich will, dass du, so viel du kannst, in den sozialen

Medien postest«, sagte sie. »Binde deine Freunde mit ein. Sag's allen weiter. Auf Facebook, Twitter, egal was.«

Ich wusste, dass das keine gute Idee war, aber ich wusste nicht, woher ich es wusste. Erst später dachte ich an die Spieltheorie und wie wichtig es ist, nicht zu viel preiszugeben. In dem Moment nickte ich nur. »Sie finden sie«, sagte ich. »Die Polizei ruft heute Abend noch an.«

Mom nickte ebenfalls, aber uns beiden war klar, dass unser Einvernehmen lediglich auf Hoffnung basierte.

»Ich konnte Summerlee nicht erreichen«, fuhr ich fort. »Vielleicht sollte ich zu ihr gehen. Ich könnte mir ein Taxi rufen.«

»Ich gehe.« Mom wollte die Wagenschlüssel wieder an sich nehmen.

»Nicht nach zwei Whisky«, widersprach ich. »Und außerdem solltest du vielleicht besser hier bei Dad bleiben.«

Sie hatten kaum ein Wort miteinander gesprochen, und ich wusste nicht, weshalb. Vielleicht gab es unterschwellige Schuldzuweisungen, und ihr Schweigen kaschierte, dass jeden Augenblick ein Damm brechen konnte. Vielleicht wäre es gut, wenn er brechen würde, aber ich wollte dann nicht in der Nähe sein. Ich fürchtete, es nicht aushalten zu können.

Der eigentliche Grund, weshalb ich zu Summerlee gehen wollte, war jedoch, dass ich mir vorstellen konnte, was ich dort vorfinden würde. Etwas, mit dem weder meine Mutter noch mein Vater im Moment umzugehen vermochten. Es würde Vorhaltungen geben. Dinge würden gesagt, die nicht zurückgenommen werden konnten. Und außerdem war Mom nicht die Einzige, die sich der Illusion hingeben wollte, etwas Nützliches zu tun.

Ich rief das Taxiunternehmen an, und man sagte mir, dass in zehn Minuten ein Wagen da wäre. Ich war irgendwie überrascht, dass das Ganze auf normale Art und Weise vonstattenging. Wie konnte die Welt sich einfach weiterdrehen? Wie war es möglich, dass es sie nicht kümmerte? Ich gab Mom Bescheid, wohin ich ging. Sie hatte sich im Wohnzimmer auf die Couch gesetzt und starrte auf den leeren Fernsehbildschirm, ihr Handy immer noch fest in der Hand. Sie nickte. Als ich in die Küche zurückkam, weinte Dad. Er hielt wieder ein volles Glas Whisky in der Hand und weinte. Zwischen seltsam lautlosen Schluchzern nahm er einen Schluck. Ich legte eine Hand auf seine Schulter und ging dann nach draußen, um auf das Taxi zu warten.

KAPITEL 13

In Summerlees Haus brannte Licht. In Summerlees Haus brannten *sämtliche* Lichter. In der Einfahrt und die halbe Straße hinunter stand ein Auto hinter dem anderen. Dazwischen parkten auch ein paar Motorräder. Der Lärm, der aus dem Haus drang, war fühlbar. Die Luft pulsierte.

Ich ging die Auffahrt hinauf. Aus dem Gebüsch kamen Stimmen. Ein paar der Solarlampen entlang der Zufahrt waren umgetreten worden und die Steinplatten waren mit Plastikteilen übersät. Das Gras war hoch und stand kurz vor der Blüte. Ein Mädchen kniete mitten im Garten und übergab sich. Ihr Körper krampfte und krümmte sich, doch ich hörte sie nicht spucken. Die Musik, die durch die offene Haustür kam, übertönte alles andere. Das Mädchen trug ein schmutziges weißes Top mit Spaghettiträgern.

Im Haus selbst war es noch schlimmer. Ein Typ lag lang ausgestreckt gleich hinter der Tür. Er trug Lederhosen, eine Lederjacke und einen schwarzen Handschuh. Seine Augen waren fast geschlossen, doch unterhalb der Lider konnte ich einen schmalen Streifen Weiß erkennen. Ich versuchte gar nicht erst, ihn zu wecken. Das Haus war eine einzige Müllhalde. Die Marmorböden waren voller Dreck und anderer Dinge, von denen ich gar nicht wissen wollte, worum es sich handelte. Eine Fliese war gesprungen. Wie schafft man es, eine Marmorfliese kaputtzubekommen? Welche Kräfte erfordert das? Ich streckte den Kopf ins Wohnzimmer. Ein paar Leute tanzten. Ihre Körper zuckten, als seien sie ans Stromnetz angeschlossen. Ein Pärchen schlurfte auf einem Teppichstück herum, den Kopf auf die Schulter des jeweils anderen gelegt. So hielten sie sich gegenseitig aufrecht. Die Möbel hatte man an die Wände gerückt. Eine Stehlampe war umgefallen, doch niemand hatte sich die Mühe gemacht, sie wieder aufzustellen. Sie brannte noch. Ich folgte den Stimmen zur Rückseite des Hauses und in den Garten. Der Pool war voller Leute und die meisten waren nackt. Ich glaube, ein Pärchen trieb es auf einem Liegestuhl, aber ich schaute nur so lange hin, bis ich sicher war, dass Summerlee nicht eine davon war. Ich versuchte ähnlich effizient mit den Leuten im Pool zu verfahren. Sie war nicht darunter.

Ich fand sie schließlich in einem der Schlafzimmer im ersten Stock. Sie lag, alle viere von sich gestreckt, auf einem Bett. Ihr Top war hochgerutscht und ließ ein großes Stück Bauch sehen und einen Streifen eines ehemals weißen BHs. Spider lag zusammengerollt auf dem Boden neben dem Bett. Ich stieg über ihn weg und rüttelte an ihrer Schulter, doch sie reagierte überhaupt nicht.

»Hey, Summer«, sagte ich. »Komm schon, aufwachen.«

Sie bewegte sich, drehte sich aber lediglich auf die Seite. Dabei knurrte sie und ich sah einen Speichelfaden aus ihrem Mundwinkel tropfen. Ich drehte sie wieder auf den Rücken. Sie brummte ärgerlich.

»Summer!« Ich schlug ihr ins Gesicht, aber nur ganz leicht.

Im Schlafzimmer sah es aus wie in den anderen Zimmern. Es war völlig verdreckt. Man hatte Dinge fallen lassen – fast alle ihre Kleider, wie es aussah – und sie dann einfach auf dem

Boden liegen lassen. Der Nachttisch war übersät mit Plunder, darunter ein voller Aschenbecher, eine Schachtel Zigaretten, ein Feuerzeug und eine Plastiktüte mit etwas, das nur Cannabis sein konnte. Neben Spiders ausgestreckter Hand lag eine Wasserpfeife. Ich ging ins angrenzende Badezimmer und wünschte, ich hätte es nicht getan. An den Wänden wuchs schwarzes Zeug und der Toilettensitz lag schief auf der Schüssel. Ich leerte eine schwarze Plastiktasse, in der eine Zahnbürste steckte. Ich hätte wetten können, dass sie seit Wochen nicht mehr benutzt worden war. Dann füllte ich die Tasse mit kaltem Wasser und trug sie zurück ins Schlafzimmer. Summerlee lag noch genauso da wie vorher. Sie schnarchte. Ich kippte ihr das Wasser ins Gesicht. Das erzielte eine Reaktion. Sie setzte sich sofort auf.

»Verpiss dich«, sagte sie, aber ihr Blick ging ins Leere. »Verpiss dich, ja?«

»Summer, ich bin's, Jamie. Du musst zu dir kommen.«

Sie rieb sich übers Gesicht und kniff die Augen zusammen. Ihre Hände waren schmutzig. »Jamie? Was zum Teufel machst du hier?« Sie hustete, lehnte sich zur Seite, zog eine Zigarette aus der Packung und zündete sie mit dem Feuerzeug an. Dann hustete sie wieder.

»Du musst nach Hause kommen, Summer. Ein Notfall.«

Sie blies mir Rauch ins Gesicht, aber ich glaube nicht, dass sie es bewusst tat. »Ich kann jetzt nicht, Jamie. Ich bin besoffen. Stockbesoffen.«

»Dann wirst du unbesoffen werden müssen. Es geht um Phoebe. Sie ist verschwunden.«

Es dauerte viel zu lange, bis Summerlee mir wirklich zuhörte, und noch länger, bis sie begriff, was ich gesagt hatte. In dem Moment, in dem es in ihrem Hirn angekommen war, verzog sie das Gesicht, als sei zwischen ihren Augen ein quälender Schmerz explodiert. Sie versuchte etwas zu sagen, wankte dann aber wortlos ins Badezimmer. Als ich das Wasser in der Dusche laufen hörte, setzte ich mich auf die Bettkante und schaute auf Spiders zusammengekrümmten Körper hinunter. Bewusstlos sah er nicht besser aus als sonst. Er trug ein rotes, ärmelloses Shirt und sein rechter Arm war bis hinauf zur Schulter und noch seitlich am Hals tätowiert. Es waren die üblichen Tattoos – Drachen und andere Fabelwesen, die dich als wilden Typen ausweisen sollen. Aber es war auch ein grinsender Totenschädel dabei und ein lediglich mit einem Slip bekleidetes Mädchen mit unwahrscheinlich großen Brüsten. Ich hätte dem Arschloch zu gern in die Eier getreten, öffnete stattdessen aber den Kleiderschrank und suchte nach etwas zum Anziehen für Summer. Ich fand eine Jeans und ein schlichtes schwarzes T-Shirt, öffnete die Badezimmertür einen Spaltbreit und schob ihr die Sachen hinein.

»Zwei Minuten, Summer«, rief ich.

Es kam eine gedämpfte Antwort. Wenigstens war sie in der Lage zu antworten. Ich bestellte ein Taxi. Wieder hieß es zehn Minuten warten. Ich ging davon aus, dass ich so lang brauchte, um meine Schwester die Treppe hinunter und ins Freie zu bugsieren. Als sie sechs Minuten später aus dem Bad kam, war sie fast normal. Ihr Haar war noch tropfnass. Entweder glaubte sie, keine Zeit zum Trocknen zu haben, oder es war ihr gleichgültig. Aber sie war auch fast zum ersten Mal seit Menschengedenken nicht geschminkt. Es veränderte ihr Gesicht und ließ sie um Jahre jünger erscheinen. Mir blieb fast die Luft weg. Sie wirkte unschuldig, wie das Mädchen aus meiner Erinnerung, das andere Mädchen, auf das ich nicht aufgepasst hatte. Ich sah Phoebe in ihren Augen.

Die Party ging ohne sie weiter. Falls jemand sie erkannte, als wir über den Flur zur Haustür gingen, ließ es sich niemand anmerken. Der Typ mit dem einen Handschuh lag immer noch an genau derselben Stelle wie bei meinem Eintreffen.

»Wer sind diese Leute?«, fragte ich.

»Keine Ahnung. Leute eben. Was soll's.« Sie ging, ohne sich umzudrehen. Das Taxi wartete bereits.

Zu Hause musste ich für Summer alles noch einmal erzählen. Jetzt kam ich mir vor, als würde ich einen Drehbuchtext aufsagen, der nicht einmal mehr andeutungsweise etwas mit der Realität zu tun hatte.

Dad hatte dem Whisky offenbar weiter zugesprochen. Er lallte schon etwas. »Ich hab diesen Polizisten angerufen, diesen Dixon«, berichtete er. »Er hat gesagt, sie verfolgen Spuren, könnten aber zu diesem Zeitpunkt noch nichts sagen. ›Spuren verfolgen!‹ Wohl eher rumsitzen und Doughnuts essen. Wenigstens haben wir diese Fotos aufgehängt. Während sie ›Spuren verfolgten‹, haben eure Mutter und ich tatsächlich etwas getan.«

Jetzt war nicht die Zeit, Dad zu sagen, dass das Ganze kein verdammter Wettbewerb war. Und er hatte ja recht. Meine Eltern *hatten* etwas getan. Ich hatte lediglich nicht auf Phoebe aufgepasst.

Summerlee redete sehr wenig. Ich wusste nicht, ob es daran lag, dass es nicht viel zu sagen gab, oder daran, dass sie noch so vollgepumpt war mit all dem Mistzeug, das sie genommen hatte. Einmal nahm sie Mom in den Arm. Sie setzte sich neben sie auf die Couch, legte den Arm um ihre Schultern und flüsterte ihr etwas ins Ohr. Mom nickte nur. Ich wollte mich zu ihnen setzen, doch Dad dirigierte mich zurück in die Küche.

»Glaubst du, sie ist entführt worden?«, fragte er. »Ich glaub's nämlich.«

Ich zuckte mit den Schultern. Das war jetzt nicht der Augenblick, um etwas zu sagen. Dad hatte bestimmt über die Alternativen nachgedacht, genau wie ich. Der Whisky war lediglich eine Möglichkeit, seine Gedanken umzuleiten beziehungsweise vielleicht sogar zum Entgleisen zu bringen.

Er wies in Richtung Wohnzimmer, auf meine Schwester. »Dieses Geld ist ein Fluch. Ich hab das schon vorher gedacht, aber jetzt weiß ich es sicher. Ich glaube, ich könnte damit leben, dass es Summerlee früher oder später umbringt. Eher früher, würde ich meinen. Aber ich werde nicht zulassen, dass es meine andere Tochter umbringt. Warum läutet dieses Telefon nicht?«

Aber es läutete nicht. Die Stille zermürbte uns, ließ die Stunden noch länger erscheinen. Irgendwann, es war gegen zwei Uhr morgens, ging ich ins Bad. Ich musste pinkeln und mir war wieder übel. Phoebes Zimmer lag neben dem Bad, aber die Tür war geschlossen, wofür ich dankbar war. Ich schaute in den Badezimmerspiegel. Was mir daraus entgegenblickte, war etwas Altes, Gehetztes und am Boden Zerstörtes.

Als mein Telefon klingelte, zerrte ich es mit Mühe aus der Tasche und ließ es fast fallen. Ich blickte aufs Display. Unbekannt.

»Hallo?«, meldete ich mich.

Nichts. Als endlich gesprochen wurde, war die Stimme roboterartig verzerrt. Ich weiß noch, dass ich kurz dachte, jemand aus der Schule mache sich vielleicht einen Spaß mit einem Synthesizer. Was ich hörte, erinnerte mich an diese monotone Sprechweise von Stephen Hawking, jedes Wort deutlich ausgesprochen, doch ohne jedes Gefühl. Ich konnte nicht einmal erkennen, ob es ein Mann oder eine Frau war.

»Ich habe deine Schwester. Hör gut zu, was ich dir jetzt sage …«

»Ich kann im Moment nicht reden«, unterbrach ich die Stimme. »Ich habe zu tun. Rufen Sie mich in einer Stunde noch einmal an.«

Ich legte auf. Dann schaltete ich mein Handy aus, damit ich nicht in Versuchung geriet. Schließlich beugte ich mich über die Toilettenschüssel und übergab mich.

KAPITEL 14

Ich kniete im Bad auf dem Boden und umklammerte den Rand der Toilettenschüssel. Da ich nichts gegessen hatte, gab es nichts zu erbrechen außer ein paar dicken Schleimfäden. Ich wischte mir mit dem Handrücken über den Mund.

Was hatte ich getan? Was hatte ich mir dabei gedacht? *Ich habe zu tun?* Meine Fresse! Mir war schwindelig, und ich musste mich konzentrieren, damit die Toilettenschüssel nicht nach rechts abdriftete. Meine Gedanken konnte ich allerdings nicht am Abdriften hindern, sie waberten hin und her, vermischten sich zu einem unentwirrbaren Knäuel.

Spieltheorie. Das war klassische Spieltheorie. Denk nicht daran, was du tun musst, denk daran, was die andere Person tun *könnte*. Jemand, der ein Kind entführt, weiß, dass er am längeren Hebel sitzt. Er vertraut darauf, dass er alle Macht in Händen hält. Wie ging es noch mal?

Bitte tun Sie ihr nichts.

Ich werde alles tun, was Sie sagen.

Sagen Sie, was Sie wollen, nur tun Sie ihr nichts.

Ich verschob das Kräfteverhältnis, indem ich mich weigerte anzuerkennen, dass es nach diesen Regeln ablief. Zwei Spieler spielen dieses Spiel und mein Verstand tritt gegen deinen an. Du glaubst, du hast sämtliche Trümpfe in der Hand. Hast du aber nicht. Denk mal eine Stunde darüber nach, du Arsch.

Ich wusste – natürlich wusste ich das! –, dass ich spielte. Dass ich mit Phoebes Leben spielte.

Als der Anruf kam, hatte ich daran nicht gedacht. Ich hatte lediglich reagiert. Meine Antwort war mir direkt aus meinem Unterbewusstsein diktiert worden, wo ich aus einer Spieltheorie-Perspektive über die Situation nachgegrübelt und mögliche Strategien gefunden haben musste. Aber was, wenn er so wütend war, dass er Phoebe etwas antat, nur um *mir* eine Lektion zu erteilen? Wenn er ihr einen Finger abschnitt und ihn mir mit der Post schickte? Du willst Spielchen spielen? Du willst mit auf dem Rücken gefesselten Händen kämpfen? Versuch's doch!

Ich klammerte mich an die Toilettenschüssel und versuchte zu verhindern, dass meine Welt mir entglitt.

Mir wurde bewusst, dass ich von einem Mann ausging. War das eine automatische Annahme, weil es laut Statistik in der Mehrzahl Männer sind, die Verbrechen begehen, und weniger als zehn Prozent der verurteilten Kriminellen Frauen sind? War eine Frau emotional nicht in der Lage, ein kleines Mädchen zu entführen? Für mich lautete die Antwort nein, aber ich wusste es nicht, und wer, wenn nicht eine Frau, sollte die Stimme verstellen, damit sie geschlechtsneutral klang? Dann wiederum wollte vielleicht ein Mann, dass ich genau in diese Richtung dachte …

Ich schüttelte den Kopf und versuchte mich zusammenzureißen. Er, sie, wer immer könnte Phoebe verletzen, aber ich glaubte nicht, dass dieser Fall eintreten würde, nicht in den Minuten, in denen ich auf das glatte weiße Porzellan starrte. *Dieser Typ ist organisiert. Er plant. Er kennt unsere Gepflogenheiten, er hat eine Überwachungskamera ausgeschaltet, er hat Phoebe an Kameras und Wachleuten vorbei aus dem*

Markt geschleust, ohne gesehen zu werden. Wäre das für eine Frau nicht einfacher? Denk jetzt nicht darüber nach. Arbeite mit dem, was du weißt oder von dem du halbwegs ausgehen kannst. Er geht akribisch vor. Er hat deine Handynummer. Woher hat er die? Von Phoebe? Würde sie die Nummer freiwillig herausgeben? Darüber kannst du jetzt auch nicht nachdenken. Hier muss es um Geld gehen und um sonst gar nichts. Phoebe ist ein Aktivposten für ihn, und einen Aktivposten beschädigt man nicht, weil sonst der Wert sinkt. Er hat bewiesen, dass er intelligent ist. Ein intelligenter Mensch lässt sich nicht zu Wut hinreißen, weil das nicht profitabel ist.

Das war die logische Schlussfolgerung, an der ich mich bei all dem Treibgut, das durch meinen Kopf strudelte, festhielt; ohne sie würde ich untergehen.

Ich schaute auf meine Uhr. Ungefähr fünf Minuten waren seit dem Anruf vergangen. Warum hatte ich eine Stunde gesagt? Hätte eine Viertelstunde nicht gereicht? Nein, sagte ich mir. Fünfzehn Minuten reichten nicht. Eine Stunde war genau richtig. Ich erhob mich, musste mich aber mit einer Hand am Wassertank abstützen. Egal ob ich richtig- oder falschlag, ich musste das jetzt durchziehen. Aber da unten waren Leute, die ein Recht auf die Informationen in meinem Kopf hatten. Ich konnte das alles nicht für mich behalten. Doch selbst da wandte ich die Spieltheorie an. Sie waren Mitspieler, was jedoch nicht bedeutete, dass sie alles wissen mussten.

Die Szene im Wohnzimmer hatte sich kaum verändert. Mom saß noch. Summerlee war eingeschlafen oder ohnmächtig geworden. Dad ging auf und ab. Ich störte das Bild.

»Ich habe gerade einen Anruf erhalten«, verkündete ich. »Von der Person, die Phoebe entführt hat.«

Eine Sekunde oder zwei herrschte fassungsloses Schweigen. Vielleicht spürte Summerlee die plötzlich aufgeladene Atmosphäre, denn sie öffnete ein Auge und richtete sich mühsam auf. Dann setzte verbales Chaos ein.

»Geht es ihr gut?«

»Was hat er gesagt?«

»Oh mein Gott.«

»Hast du mit ihr gesprochen? Ist sie okay?«

Ich hob eine Hand. »Er … oder sie … hat nichts gesagt. Nur dass er Phoebe hat und sich in fünfzig Minuten noch einmal meldet.«

»Du kannst nicht sagen, ob es ein Mann oder eine Frau war?«, fragte Dad.

»Die Stimme war verzerrt. Ich glaube, er oder sie hat sie durch ein Computerprogramm laufen lassen. Ein schwacher nordamerikanischer Akzent, aber geschlechtslos. Könnte jede oder jeder sein.«

»Wir sollten die Polizei informieren.« Das war Mom.

»Keine Polizei«, wehrte ich ab. »Er hat gesagt, keine Polizei. Und er will nur mit mir reden. Keine weiteren Zuhörer. Er hat gemeint, er würde es merken, wenn jemand mithört.«

Mein Kopf war plötzlich wieder klar und die Lügen kamen mir leicht über die Lippen. Ob jemand den Unterschied bemerkte zwischen meiner ersten Aussage und den Einzelheiten, die ich jetzt nannte? *Er hat nichts gesagt.* Außer ziemlich viel, wie es schien. Aber niemand merkte es. Mom und Dad waren zu trunken vor Hoffnung und Summerlee war wahrscheinlich tatsächlich zu betrunken. Ich hatte mein Telefon in der Hand und vertraute darauf, dass auch niemand merkte, dass es ausgeschaltet war. Wie erwartet gab Mom mir Instruktionen. Eigentlich wollte sie diejenige sein, die am Telefon redete. Da dies jedoch nicht möglich war, entschied sie sich für die zweitbeste Option und gab mir Anweisungen, um selbst glauben zu können, sie hätte die Sache unter Kontrolle.

»Du musst darauf bestehen, mit Phoebe zu reden«, sagte sie. »Lass dich auf gar nichts ein, bevor du nicht sicher weißt, dass es ihr gut geht und sie unverletzt ist. Achte auf Hintergrundgeräusche. Auf alles, das einen Hinweis darauf geben könnte, wo er sich aufhält. Du weißt schon, das Geräusch eines Zugs oder eines Flugzeugs oder so.« Mir kam der Gedanke, dass Mom mehr Krimis angeschaut hatte, als mir aufgefallen war, aber ich sagte nichts. Nickte nur. »Wenn er über Geld redet, versuchst du nicht zu verhandeln. Stimme einfach seinen Forderungen zu, wie immer sie lauten. Es gibt Möglichkeiten, den Weg des Geldes später nachzuverfolgen.« Vielleicht war ihr Kopf voller Bilder von explodierenden Geldtaschen, die den Täter mit roter Farbe bespritzten, oder von Seriennummern, die über versteckte GPS-Geräte nachverfolgt werden konnten. Ich nickte wieder.

Mom machte zwanzig Minuten lang so weiter. Die Ideen blubberten nur so aus ihr heraus. Dad versuchte ein paar Mal, sie zu unterbrechen, doch sie schnitt ihm das Wort ab, ohne es zu merken. Konnte ich die Unterhaltung mit meinem Smartphone aufnehmen? Vielleicht konnten wir die gesamte Unterhaltung aufnehmen, wenn ich die Lautsprecherfunktion einschaltete? Vielleicht sollten wir der Polizei doch Bescheid sagen. Konnte sie Telefone nicht orten? Wenn ich den Kerl in ein Gespräch verwickeln konnte, könnten sie ihn orten. Spezialeinheiten stürmen das Gebäude, während er mit mir redet. Phoebe, von den starken Armen eines Polizisten umfangen, während der Kidnapper niedergeschossen wird, als er sich der Festnahme widersetzt.

Wir suhlten uns in Hollywood-Klischees, aber auch Hollywood-Klischees mussten auf irgendetwas Wahrem beruhen, oder? Die einfache Wahrheit war die, dass wir alle mit der Situation überfordert waren.

Doch Moms Äußerungen machten mir etwas bewusst, das tief in mir verborgen war. Diese Filmszenen. Der Ordnungshüter tut, was immer getan werden muss, um den Bösen zur Strecke zu bringen. *Du hast dich mit der falschen Person angelegt, du mieses Schwein*. Die Erkenntnis kam langsam an die Oberfläche. Ich konnte dieser Ordnungshüter sein. Falls es ein Mann war, konnte ich ihn töten. Falls es eine Frau war, konnte ich sie töten. Vielleicht selbst wenn es nicht nötig war.

Die letzte Viertelstunde war, zumindest für mich, schlimmer als die Stunden zuvor, möglicherweise weil ich der Einzige war, der wusste, dass mein Handy ausgeschaltet war. Dad setzte sich auf die Couch, und sofort sprang Mom auf und begann hin und her zu tigern, als hätten sie sich gerade »Dienstplan-Schichtwechsel« zugerufen. Als ich in die Küche ging, folgten sie mir mit Blicken. Ich hatte überlegt, ob ich mir noch einen Whisky genehmigen sollte, mich dann aber dagegen entschieden. Ich goss mir stattdessen ein Glas Milch ein. Sie schmeckte entsetzlich, aber ich zwang sie hinunter. Ich wollte etwas im Magen haben, falls ich mich wieder übergeben musste. In jedem Fall war es etwas, das Normalität vortäuschte, und das brauchte ich. Ich öffnete den Kühlschrank, um die Milch zurückzustellen, und mit der Tür als Schild schaltete ich mein Handy wieder ein. Zwei entgangene Anrufe. Anrufer unbekannt. Ich schloss den Kühlschrank und ging zurück ins Wohnzimmer.

Mom schrie, als das Telefon läutete, und stopfte sich dann die Hand in den Mund. Fünf Minuten zu früh, doch ich musste rangehen. Ich ließ es zwei Mal läuten, bevor ich auf »Annehmen« drückte. Plötzlich wollte die Milch mich wieder verlassen.

Ich schluckte. »Hallo?«

Eine lange Pause.

»Du hattest zu *tun*?« Die emotionslose Computerstimme. Doch ich hörte die Betonung auf dem letzten Wort heraus. (Oder bildete ich es mir nur ein?)

Ich versuchte mich zu konzentrieren. Ich folgte sogar Moms Rat und lauschte auf Hintergrundgeräusche, aber da war nichts. Ich antwortete nicht. Sollte er doch mit Infos rüberkommen. Dad wedelte mit der Hand, wollte wohl, dass ich ihm meine Aufmerksamkeit zuwandte, also drehte ich ihm den Rücken zu.

»Ist die Polizei da?« Es klang nicht einmal nach einer Frage. Emotionen, Betonungen geben uns Hinweise. Wir können sie leichter lesen, als wir glauben. Es war verwirrend, fast schon erschreckend, einer Stimme zu lauschen und nichts herauszuhören außer der eigentlichen Bedeutung der Worte.

»Nein«, erwiderte ich. »Keine Polizei.«

»Das ist wahrscheinlich ein Fehler, Jamie. Ich habe erwartet, dass du die Polizei informierst. Das hätte ich in deiner Situation getan.«

Ich schwieg. Aber ich freute mich perverserweise, dass ich diese Erwartung nicht erfüllt hatte.

»Aber vielleicht lügst du mich ja auch an und die Polizei ist da. So oder so, für mich macht das keinen Unterschied. Das solltest du wissen.«

»Was wollen Sie?«

»Das ist ganz einfach. Ich lasse Phoebe unverletzt frei, sobald ich zwei Millionen Dollar in bar bekomme.«

»Ich will mit Phoebe sprechen«, verlangte ich.

»Sorry. Das geht nicht.«

»Woher weiß ich dann, dass sie bei Ihnen ist?«

»Stell mir eine Frage, auf die nur sie die Antwort weiß. Ich frage sie und gebe dir die Antwort.«

»Das ist kompliziert. Warum kann ich nicht einfach mit ihr reden?«

»Weil ich es sage. Willst du jetzt eine Frage stellen oder nicht?«

Ich überlegte, doch mein Kopf war leer. Wie bescheuert war das denn? Wenn es darauf ankam, fiel mir nichts ein, das nur Phoebe und ich wissen konnten. Es schien ein Sinnbild für meinen Verrat an ihr zu sein, aber ich konnte es mir nicht leisten, jetzt über Schuldgefühle nachzugrübeln. Ich zermarterte mir das Gehirn.

»Fragen Sie sie, was die Freier wollen, wenn sie mit ihren Ninjaratten in der Hand dastehen.«

Ein oder zwei Herzschläge lang herrschte Schweigen. »Ist das dein Ernst?«

»Fragen Sie sie.«

In der Leitung veränderte sich nichts, doch ich wusste, dass er das Telefon nicht mehr am Ohr hatte. Ich konzentrierte mich intensiv, konnte jedoch keine Veränderung in der Art der Stille feststellen. Dann kam die Stimme wieder.

»Prinzessin Phoebes Hand und ihre anderen Teile.«

Ich biss mir so fest auf die Unterlippe, dass ich Blut schmeckte. »Okay. Wie gehen wir jetzt vor?«

»Ich rufe dich morgen Mittag an. Sieh zu, dass du nichts anderes zu tun hast. Oh, und Jamie, ich an deiner Stelle würde mir ernsthaft überlegen, ob es nicht doch besser wäre, die Polizei zu informieren. Ruf sie gleich an. Arrangiere alles, damit sie bereit sind, wenn ich morgen anrufe. Diese Sache kannst du keinesfalls allein bewältigen.«

Er kennt die Spieltheorie, dachte ich. *Er kennt die Spieltheorie.*

»Sagen Sie Phoebe, dass ich sie lieb habe«, bat ich. »Sagen Sie ihr, dass wir alle sie lieb haben und sie bald wieder gesund bei uns ist.«

Wieder diese leere Stille.

»Ich sag's ihr, Jamie. Aber es liegt an dir, ob der letzte Teil wahr wird. Ich meine, als du heute auf sie aufpassen solltest, hast du keinen so guten Job gemacht, nicht wahr? Das ist deine Chance auf Wiedergutmachung. Vermassle sie nicht.«

Er legte auf. Ich starrte auf das Telefon und steckte es dann wieder in meine Tasche. Danach beantwortete ich die Fragen meiner Familie. Es waren viele und sie kamen wie aus der Pistole geschossen.

KAPITEL 15

Um zehn am nächsten Morgen waren wir alle auf der Polizeiwache. Sie schickten einen Wagen, der uns abholte – mich, Mom, Dad und Summerlee. Am Steuer saß der Typ, der Phoebes Foto mitgenommen hatte. Er redete nicht viel während der Fahrt. Wir auch nicht.

Mom hatte am Abend zuvor Dixon angerufen, sobald ich von dem Anruf erzählt hatte. Er hatte sich alles angehört, ein paar Fragen gestellt und Maßnahmen für den Morgen in die Wege geleitet. Er meinte, wir sollten versuchen, etwas Schlaf zu bekommen. Summer folgte seinem Rat, aber vermutlich nur, weil sie keine andere Wahl hatte. Irgendwann in der Nacht – es wird gegen fünf gewesen sein – versuchte ich den Typ zurückzurufen, indem ich auf den letzten Anruf im Menü meines Handys zugriff. Doch eine weitere Roboterstimme sagte mir, dass die Verbindung nicht hergestellt werden könne. Zumindest diese Stimme war erkennbar weiblich. Dad beobachtete mich bei meinem Versuch. Als ich den Kopf schüttelte, nahm er die Whiskyflasche und schüttete den Rest in den Ausguss. Dann ging er wieder auf und ab. Die Nacht kroch in den Tag hinein.

Auf der Polizeiwache ging es verstörend normal zu. Zwei Leute saßen auf Stühlen und warteten, während ein Typ in Uniform hinter einem Tresen stand und einer Frau zuhörte, die ein Verbrechen meldete. Von den wenigen Gesprächsfetzen, die ich aufschnappte, hatte es, glaube ich, etwas mit einer gestohlenen Handtasche zu tun. Ich war drauf und dran ihr zu sagen, dass sie sich lächerlich machte. Sie hatte ihre Handtasche nicht mehr? Die Sonne schien, die Leute lachten, der Tag zog sich dahin, genau wie jeder andere. Eine Handtasche! Ich hatte meine Schwester nicht mehr. Sie sollte lieber hinausgehen, ihr Gesicht dem Himmel zuwenden und dem lieben Gott danken, wenn der gerade bereit war zuzuhören. Ich hatte jegliche Toleranz Trivialitäten gegenüber verloren. Ob ich sie je wiederfinden würde? Ich hatte meine Zweifel.

Eine Tür wurde aufgeschlossen und man führte uns einen Flur hinunter zu einem Verhörzimmer. Ich hatte Dixon erwartet, aber er war nicht da. Ein Typ in einem eleganten Anzug saß hinter einem Schreibtisch. Ich schätzte ihn auf Ende dreißig. Neben ihm stand eine geringfügig ältere Frau. Sie trug ein teuer aussehendes Businesskostüm. Mir fiel der Hauch eines Oberlippenbartes auf. Das passte irgendwie nicht zu ihrer sonstigen Erscheinung, mit der sie als Chefin eines Unternehmens hätte durchgehen können. Beide lächelten, als wir eintraten. Kein echtes Lächeln. Nicht die Art von Lächeln, die sagt: *Wir amüsieren uns königlich. Ist das nicht herrlich?* Mehr ein Lächeln, das den tödlichen Ernst unserer Angelegenheit zum Ausdruck brachte und gleichzeitig die menschliche Note wahrte. Wurden sie darauf trainiert? Übten sie es jeden Morgen vor dem Spiegel? Ich war müde. Ich stand kurz vor dem Zusammenbruch. Mein Gehirn stellte chaotische, an Wahnsinn grenzende Verbindungen her. Alles war absurd.

Sie stellten sich vor. Hauptkommissar Gardner und Kommissarin Moss. Mom kam sofort zur Sache und fragte nach Fortschritten. Die Kommissarin verließ kurz den Raum, um noch zwei Stühle zu holen, während ihr Kollege antwortete. Er tat sein Bestes, um den Eindruck zu erwecken, als würde umfangreich und fortdauernd ermittelt, was sicherlich auch der Fall war. Viele Leute waren befragt worden: die gesamte Belegschaft des Supermarkts, die zu diesem Zeitpunkt Dienst hatte, und jede Menge Kunden. Die Polizei versuchte weitere Kunden ausfindig zu machen, die in der fraglichen Zeit im Markt waren. In den lokalen Radiosendern war ein Aufruf zur Mithilfe geplant und fürs Fernsehen hatte man bereits eine Sondersendung organisiert mit Phoebes Foto und allem. Angesichts der Nachricht, dass der Kidnapper sich gemeldet hatte, überlegten sie neu. Vielleicht war es besser, die Medien erst mal außen vor zu lassen, bis weitere Informationen geliefert wurden. Sie wollten einer schon jetzt hochbrisanten Situation keinen weiteren Faktor hinzufügen. Dennoch hatte die Polizei bereits eine Menge Informationen zusammengetragen und war zuversichtlich, im Verlauf der Ermittlungen weitere dazuzugewinnen.

Er redete viel, der Herr Hauptkommissar, doch am Ende war drauf geschissen. Niemand hatte etwas gesehen. Was im Nachhinein nicht überraschte. Der Mann im Anzug, der telefonierte. Die Frau mit dem keltischen Tattoo und dem nörgelnden Kind. All diese Leute gingen ihrem Alltag nach und umkreisten ihre ureigene Sonne. Was soll ich zum Abendessen kochen? Wie lässt sich dieses Problem auf der Arbeit lösen? Ist dieser Knoten in meiner Brust bösartig? Genau das hatte ich getan. Ich war vertieft in Dill, Pilze, Süßigkeiten und Mathehausaufgaben. Weshalb sollte ich gesteigerte Aufmerksamkeit auf Welten richten, die an meiner zwar vorbeizogen, sie aber nie wirklich berührten?

Mom stellte Fragen, als könne sie dadurch bedeutungsvolle Antworten erzwingen.

Die Kommissarin bat mich, die Unterhaltung, die ich am Abend zuvor mit dem Kidnapper geführt hatte, noch einmal zu wiederholen. Sie war einfühlsam, ließ aber nicht locker. Mom versuchte immer wieder, ihre Version anzubringen, doch Moss lenkte das Gespräch auf diplomatische Art um. Ich blieb bei meiner Lüge, dass beim ersten Anruf lediglich angekündigt worden war, dass er/sie sich in einer Stunde noch einmal melden würde. Die Wahrheit konnte ich nicht sagen, weil sie keiner verstanden hätte. Ich versuchte, mich selbst davon zu überzeugen, dass die Lüge keine Rolle spielte und unwichtig sei. Wieder und wieder ging Moss die zweite Unterhaltung mit mir durch. Ihr besonderes Interesse schien die Bemerkung zu wecken, dass ich im Supermarkt nicht genügend auf Phoebe aufgepasst hätte und dies meine Chance auf Wiedergutmachung sei. Mir fiel auf, dass sie in ihren Notizen etwas zweifach unterstrich und ein Ausrufezeichen an den Rand setzte.

»Wo ist Dixon?«, fragte ich, nachdem ich dieselbe Version zum vierten Mal wiederholt hatte.

»Er arbeitet nicht an dem Fall«, antwortete Gardner. »Nicht mehr, weil es nicht mehr um eine vermisste Person geht, sondern Verdacht auf Entführung besteht.«

»Warum nicht?«, wollte ich wissen. »Ich mochte ihn.« Es war seltsam, bevor ich es ausgesprochen hatte, wusste ich nicht, dass es stimmte.

»Nicht sein Fachgebiet«, erwiderte Gardner.

»Ich möchte, dass er dabei ist«, sagte ich.

Gardner schürzte die Lippen und schaute seine Kollegin an. »Tut mir leid, das geht nicht. Aber wenn du willst, gebe ich an ihn weiter, was du gesagt hast.«

Da begriff ich zum ersten Mal, dass wir die Sache nicht mehr in der Hand hatten. Wobei wir sie von Anfang an nie wirklich in der Hand gehabt hatten, wenn ich es mir recht überlege. Es gab Protokolle. Meine Schwester war nicht mein Fachgebiet. Diese Fremden, die sie nicht kannten, hatten sie ebenfalls entführt.

Mein Telefon war an den Computer angeschlossen, wahrscheinlich mit Aufzeichnungssoftware, sodass wir über die Lautsprecher alle mithören konnten. Man bot uns Tee oder Kaffee an. Ich nahm einen Kaffee in der Hoffnung, durch das Koffein vielleicht noch eine Weile länger durchhalten zu können. Mom und Dad nahmen nichts. Man sah ihnen die Anspannung an. Dad schien sich in sich selbst zurückzuziehen und entsprechend schrumpelte seine Haut. Mom wurde, vielleicht um das auszugleichen, größer, ihre Stimme lauter und schriller. Sie erkundigte sich nach Möglichkeiten, Gespräche zu orten, und ob sich Standorte über GPS feststellen ließen. Gardner war respektvoll, doch seine Antworten gaben nicht viel preis. Es wurde elf Uhr dreißig. Stunden später elf Uhr fünfundvierzig. Gardner erklärte uns, wie sie die Situation handhaben wollten.

»Ich möchte, dass du mich verhandeln lässt, wann immer es möglich ist, Jamie«, sagte er. »Es lässt sich unmöglich voraussagen, wie sich die Sache entwickelt, und deshalb können wir keine starren Regeln aufstellen. Dir wurde gesagt, dass du mit uns Kontakt aufnehmen sollst, weshalb man wohl davon ausgehen kann, dass der Täter will, dass wir die Verhandlungen führen. Er oder sie möchte direkt mit uns sprechen. Bist du sicher, dass du während des Telefongesprächs das Geschlecht nicht heraushören konntest?«

Ich nickte.

»Okay. Dann sprechen wir von jetzt an von einem ›Er‹. Das spart Zeit.«

Wieder nickte ich.

»Es kann aber auch sein«, fuhr Gardner fort, »dass er aus Gründen, die nur er kennt, mit dir verhandeln möchte und uns nur mithören lässt. Ich will damit sagen, dass wir hier improvisieren müssen. Auf eines bestehe ich allerdings: Niemand sagt irgendetwas, es sei denn, er oder sie wird ausdrücklich gefragt.« Er blickte Mom lange und vielsagend an. »Keine spontanen Kommentare. Verhalten Sie sich ruhig. Wenn Sie das nicht können, müssen Sie den Raum verlassen. Ist das klar?«

Wir nickten alle. Gardner wandte sich an Summerlee. »Es ist möglich, dass er mit Ihnen sprechen will, weil Sie diejenige sind, die das Lösegeld aufbringen kann. Falls er fragt, sagen Sie einfach, dass Kommissar Gardner alle Verhandlungen für Sie führen wird. Okay?«

Summer biss sich auf die Lippe und nickte. Sie hatte sich irgendwann letzte Nacht zurechtgemacht, sogar ein wenig Make-up aufgelegt. Mir fiel auf, dass die Haut um ihr Augenbrauen-Piercing herum rot und entzündet war. So wie es aussah, tat es weh. Wir setzten uns möglichst bequem auf unsere Stühle und beobachteten die Wanduhr, deren Zeiger extrem langsam auf die Zwölf zukrochen.

Vermutlich hielten wir alle den Atem an, als der Minutenzeiger auf zwölf klackte. Zwei Zeiger verschmolzen zu einem, doch das Telefon blieb stumm. Erst fünf nach kam der Anruf. Mein Klingelton brachte mich in Verlegenheit. Seine Fröhlichkeit war ein Affront. Warum hatte ich ihn nicht geändert und der Situation angepasst? Weil ich andere Dinge im Kopf hatte. Gardner gab mir per Handzeichen zu verstehen, dass ich rangehen sollte. Mein Finger zitterte, als ich über das pulsierende Symbol strich.

»Hallo?« Ich war entsetzt über die armselige Einleitung.

Es folgte wieder diese Stille. Langsam begriff ich, dass Stille verschiedene Qualitäten haben kann. Das hier war nicht das Fehlen von Geräuschen. Das hier war etwas Massiveres, Gewichtigeres. Das Fehlen von Geräuschen, eingewickelt in etwas Dickes und in der Erde vergraben.

»Du hast Zeit, hoffe ich?«, fragte die mechanische Stimme.

»Ja.«

»Das ist gut, Jamie. Dann sag mir jetzt, wo du bist und wer bei dir ist.«

Ich schaute Gardner an. Er nickte.

»Ich bin auf der Polizeiwache, in einem Verhörzimmer. Mit dabei sind meine Mom und mein Dad, meine Schwester Summerlee sowie Hauptkommissar Gardner und Kommissarin Moss.«

»Gut. Wie ich höre, benutzt ihr Bluetooth oder die Freisprecheinrichtung. Guten Tag, Kommissar Gardner.«

»Guten Tag.«

»Sind Sie der leitende Ermittler?«

»Genau.«

»Ausgezeichnet. Hören Sie gut zu. Sie alle. Das Wichtigste zuerst: Phoebe geht es gut. Sie hat natürlich Angst und vermisst ihre Familie, aber sie bekommt von mir alles, was sie braucht. Sie hat gegessen, wenn auch nicht viel. Getrunken hat sie ausreichend. Heute Nacht hat sie auch ein wenig geschlafen. Körperlich ist sie in guter Verfassung. Ich habe ihr nichts getan, und ich werde ihr nichts tun, vorausgesetzt Sie erfüllen meine Forderungen. Ist das klar?«

»Ja«, antwortete Gardner. »Können wir mit ihr sprechen, damit sie bestätigen kann, was Sie gesagt haben?«

»Nicht jetzt. Vielleicht später. So lange müssen Sie mir glauben.«

»Das ist ihrer Familie gegenüber nicht fair«, entgegnete Gardner. »Wie Sie wissen, machen sie sich große Sorgen. Das wäre eine kleine Geste des guten Willens von Ihrer Seite.«

»Vielleicht später.«

Mom machte den Eindruck, als wolle sie etwas sagen, aber Moss legte ihr eine Hand auf die Schulter, und sie sank wieder gegen die Lehne ihres Stuhls. Ich sah ihr an, dass sich etwas in ihr aufstaute und der Druck unerträglich wurde.

Die Stimme fuhr fort. »Ich bin bereit, Ihnen die folgende Information über mich zu geben: Ich habe einmal kurz für einen Mobilfunkanbieter gearbeitet. Ich war ausgesprochen gut in meinem Job. Ich bin sogar fest davon überzeugt, dass es nur sehr wenige Menschen in unserem Land gibt, die mehr von Kommunikationstechnologie verstehen als ich. Falls Sie die Absicht haben, mich über dieses Gespräch zu orten, rate ich Ihnen, das gleich wieder zu vergessen. Sie werden keinen Erfolg haben. Kein GPS. Keine trigonometrischen Signale oder ähnlichen Unsinn. Sie werden nach Phoebe und natürlich auch nach mir suchen. Das verstehe und respektiere ich. Aber Sie werden mich nicht über die Telefongespräche finden. Ich versuche, Ihnen Zeit zu sparen. In bin kooperativ in der Hoffnung, dass Sie sich erkenntlich zeigen.«

Er machte wieder eine Pause.

»Summerlee Delaware hat kürzlich im Lotto sieben Millionen fünhunderttausend Dollar gewonnen. Ich verlange zwei Millionen Dollar in bar für die Rückgabe von Phoebe Delaware. Sobald ich das Geld habe, werde ich sie unverletzt freilassen. Ich werde nicht noch mehr Geld verlangen. Zwei Millionen reichen für meine Bedürfnisse und ich bin Profi. Ich denke, es wäre für alle Beteiligten das Beste, wenn wir das als klare geschäftliche Vereinbarung betrachten. Verstehen wir uns so weit?«

»Ja«, antwortete Gardner.

»Okay. Jetzt kommt der letzte Punkt: Ich werde in Zukunft mit niemandem mehr reden außer mit Jamie Delaware. Darüber lässt sich nicht verhandeln, und ich lege auf, falls jemand anderer versucht, mit mir zu reden. Damit meine ich insbesondere die Polizei. Ich kann natürlich nicht wissen, was an ihrem Ende der Leitung passiert, und ich stelle mir vor, dass Jamie den Rat und die Unterstützung von Fachleuten haben möchte, während ich mit ihm rede. Dagegen ist nichts einzuwenden. Doch außer ihm hat niemand zu reden. Wenn ich auch nur eine Stimme im Hintergrund höre, lege ich auf, und Phoebes Freilassung wird sich, im günstigsten Fall, verzögern. Verstanden?«

»Ja«, sagte Gardner, und die Verbindung wurde unterbrochen. »Scheiße«, murmelte er und rieb sich die Stirn. Er schaute uns ratlos an, und einen Moment lang dachte ich, er wollte versuchen sich herauszureden. *Mir war nicht klar, dass er jetzt sofort meinte*. Im Zimmer war es still.

Dann begann Mom zu weinen. Zunächst war es ein unterdrücktes Schluchzen, doch schnell wurde es unkontrolliert und laut. Sie beugte sich auf ihrem Stuhl vor und ließ alles heraus. Mir wurde klar, dass ihr Schmerz einer Lawine glich, die nur darauf gewartet hatte loszubrechen. Eine einzelne Schneeflocke, und sie war nicht mehr aufzuhalten.

Kaum zu glauben, dass ein so zierlicher Körper einen solchen Schmerz in sich haben konnte, und ich fürchtete halb und halb, es könnte sie tatsächlich zerreißen. Dad versuchte sie zu trösten. Er versuchte es wirklich, doch seine einzige Strategie war, einen Arm um ihre Schultern zu legen, und das funktionierte nicht. Hilflos schaute er Summerlee an. Ich lernte viel über meine Familie. Moms explosive Energie, ihre Entschlossenheit zu handeln, war eine dünne Schicht, ein Film über einer tiefen, womöglich bodenlosen Grube aus Angst. Dad war ganz einfach überfordert. Summerlee hatte ihren Weg gewählt, und jeder Schritt, den sie machte, entfernte sie weiter und immer weiter von ihrer Familie. Phoebe war immer die Beste von uns gewesen. Doch Phoebe war nicht hier.

Kommissarin Moss nahm die Sache in die Hand. »Ich weiß, wie schwer das ist«, begann sie, »aber ich würde Sie gern um einen Gefallen bitten. Können Sie unabhängig voneinander eine Liste mit allen Personen erstellen – und ich meine wirklich mit *allen* –, die Ihnen eventuell schaden wollen?«

Mom reagierte als Erste. Ihre Stimme zitterte zwar, aber sie war zu verstehen. Gerade eben. »Aber hier geht es doch nur um Geld, oder? Das hat die Stimme schließlich gesagt. Zwei Millionen Dollar. Nicht darum, uns zu schaden. Nicht darum, meiner Kleinen zu schaden …« Sie konnte nicht mehr weiterreden.

»Ich bin sicher, es geht nur darum«, erwiderte Moss. Sie legte beide Hände flach auf den Tisch, als wäre das irgendwie beruhigend. »Aber wir müssen alle Möglichkeiten in Betracht ziehen, Mrs Delaware. Es schadet nicht und verhilft uns möglicherweise zu einer weiteren Spur, die wir verfolgen können. Können Sie das für uns tun? Bitte?«

»Selbstverständlich«, antwortete Dad.

»Danke«, sagte Moss.

Das Treffen endete kurz darauf. Gardner komplimentierte Mom und Dad praktisch durch den Vordereingang der Wache hinaus und Summer und ich folgten.

Doch bevor wir gingen, nahm Gardner meinen Arm und zog mich beiseite. »Wenn er sich wieder meldet, möchte ich, dass du mich sofort anrufst. Verstanden?«

»Natürlich.«

»Tag oder Nacht. Jederzeit, okay?«

»Klar.«

Er nickte, hielt meinen Blick jedoch länger als unbedingt nötig fest, als ob ich aus unbestimmten Gründen lügen könnte. Er gab mir eine Karte mit seiner Handynummer darauf. »Versuch zu schlafen«, sagte er dann nicht unfreundlich. »Du siehst scheiße aus.« Selbst das war nicht unfreundlich. Und ich war mir sicher, dass es stimmte, denn ich *fühlte* mich scheiße.

Erst auf dem Parkplatz stellten wir fest, dass niemand sich darum gekümmert hatte, wie wir nach Hause kommen sollten. Dad ergriff die Gelegenheit, um über die Ineffizienz und Gedankenlosigkeit der Polizei herzuziehen, und rief über sein Handy ein Taxi. Er marschierte zur Straße und telefonierte mit dem Rücken zu uns, wobei er die Hauptstraße hinauf und hinunter schaute. Ich hätte darauf hinweisen können, dass die Polizei hoffentlich ihren Job machte und wir immer noch in der Lage waren, selbst nach Hause zu finden, doch ich sagte nichts. Ich kannte Dad gut genug, um zu wissen, dass er die Empörung in dem Moment brauchte. Sie hatte eine ähnliche Funktion wie der Whisky. Mom hatte sich etwas beruhigt und Summer hatte sie fest in den Arm genommen. Als sie sich von ihr löste, tippte ich Summer auf den Arm, und sie ging ein paar Meter mit mir zur Seite.

»Ich mache noch einen Spaziergang und komme später nach«, informierte ich sie. »Sag das Mom.«

»Du kannst doch jetzt nicht einfach gehen, Jamie. Was ist, wenn er wieder anruft?«

»Dann gebe ich euch sofort Bescheid.«

Sie sah aus, als wolle sie sich mit mir anlegen, zuckte dann aber nur mit den Schultern. Selbst unter diesen Umständen konnte sie sich nicht dazu bringen, in mir etwas anderes als eine Belanglosigkeit zu sehen. Ich trat auf die Straße und wandte mich nach links. Dad telefonierte und winkte einem Taxi, das ganz offensichtlich schon voll war. Er sah mich nicht und ich war dankbar dafür.

KAPITEL 16

Ich hatte keine Ahnung, dass ich in Richtung Schule ging, bis ich dort war. Und ich wusste nicht, dass ich Gutless suchte, bis ich Mr Monkhouses Klassenzimmer ansteuerte, in der Hoffnung, ihn dort zu finden.

Ich klopfte an die Tür und wartete. Mr Monkhouse konnte grantig werden, wenn man einfach so in sein Klassenzimmer platzte. Das unterbreche seinen Flow, sagte er, und er liebte den Flow. Ich auch. Wenn Mr Monkhouse einer mathematischen Idee nachjagte, war das irgendwie wunderbar, auch wenn sehr wenige seiner Schüler ihm auf seinem geistigen Weg folgen konnten. Ihm machte das nichts aus. Am Ende redete er oft zu einer einköpfigen Zuhörerschaft – sich selbst. Wenn andere in der Lage waren mitzuhalten, war das schön. Es war nur nicht obligatorisch.

Die Tür ging auf und ein anderer Lehrer stand vor mir. Er war klein, hatte eine Glatze und einen kurz geschorenen grauen Bart. Mein Mund öffnete und schloss sich wieder. Mr Monkhouse war *immer* in seinem Zimmer. Einige Schüler vermuteten, dass er dort schlief.

»Kann ich dir helfen?«, fragte der Mann.

»Ich wollte zu Mr Monkhouse«, erwiderte ich.

»Er ist krank. Ich bin der Vertretungslehrer.«

Da er die Tür wieder schließen wollte, drückte ich mit der

flachen Hand dagegen. Der Lehrer betrachtete mich einen Moment lang. Jede Spur von Freundlichkeit verflog. Viel war von Anfang an nicht da gewesen.

»Ich muss mit Gutless Geraghty sprechen«, sagte ich. »Es ist ein Notfall.«

»Mit wem?«

»Sean. Sean Geraghty. Er ist in dieser Klasse.«

»Und du hast eine Genehmigung vom Sekretariat?«

»Nein. Es ist nur so, dass …«

»Dann schlage ich vor, dass du in deine Klasse gehst, junger Mann. Die Schüler hier arbeiten.«

Dieses Mal schlug die Tür mit unmissverständlicher Endgültigkeit zu. Ich ging hinaus in die bleiche, kränkliche Sonne und setzte mich auf der Böschung am Rand des Basketballfeldes ins Gras. Keine Menschenseele war auf dem Schulhof.

Krank. Mr Monkhouse war krank. Ich musste an die Zeit denken, als Mr M. sich den Arm gebrochen und keinen einzigen Tag gefehlt hatte. Ein Schüler hatte die Formeln für ihn an die Tafel schreiben müssen. Ich zog mein Handy aus der Tasche und fand seine Nummer unter den Kontakten. Er hatte sie mir vor einem Jahr gegeben, als klar wurde, dass ich sein bester Schüler war. Mann, ich war sogar zum Einzelunterricht ein paar Mal bei ihm zu Hause gewesen. Ich rief an und hatte keinerlei schlechtes Gewissen. Er mochte krank sein, aber in meinem Hinterkopf rumorte ein Gedanke, und ich wollte mit ihm sprechen. Das Telefon läutete und läutete, und als ich schon sicher war, dass es gleich auf die Mailbox umschalten würde, ging er dran.

»Hallo?« Es war nur ein Wort, ich weiß, aber er hörte sich nicht krank an.

»Mr Monkhouse, ich bin's, Jamie Delaware.«

Es entstand eine Pause, als versuche er, mich irgendwo einzuordnen. »Jamie«, sagte er dann. »Es tut mir leid, aber ich bin im Moment nicht in der Schule. Es geht mir nicht gut.«

»Was fehlt Ihnen denn, Mr Monkhouse?«

Wieder eine Pause. »Das geht dich verdammt noch mal nichts an, Jamie. Ruf mich nicht wieder an.« Dann war die Leitung tot.

Ich steckte das Telefon ein und stand auf. Irgendetwas Merkwürdiges ging hier vor.

Mr Monkhouse war fast immer geduldig. Ich hatte erlebt, wie er einem Schüler etwas erklärte, gewissenhaft und minutiös, obwohl ihm sicherlich nach Schreien zumute war bei so viel Unverstand und Unfähigkeit, das Offenkundige zu kapieren. Mr Monkhouse war der freundlichste Mann, dem ich je begegnet war.

Unsere Unterhaltung eben war eindeutig nicht freundlich. Er war schroff und unsensibel gewesen und hatte eher gestresst als krank geklungen. Sicher, weshalb sollte er etwas von Phoebes Verschwinden wissen? Die Medien hatten nichts gebracht, ich hätte also weder Sympathie noch Mitgefühl erwarten sollen. Aber dennoch ... Er mochte mich, zumindest war ich immer davon ausgegangen, und ich hatte angerufen, um zu hören, wie es ihm ging. Weshalb war er so unfreundlich?

Von der Schule zu seinem Haus waren es fünf Minuten zu Fuß. Vielleicht hatte er es gekauft, um möglichst wenig Zeit außerhalb des Klassenzimmers verbringen zu müssen. Ich war in drei Minuten dort und setzte mich im Schatten eines großen Baumes auf eine Mauer, direkt gegenüber seiner Haustür.

Sämtliche Vorhänge in seinem Haus waren zugezogen. Ich beobachtete es eine halbe Stunde lang. Kein einziger Vorhang wurde auch nur einen Millimeter bewegt. Ich hätte an seine Tür klopfen können. Weshalb sollte ich mir über anderer Leute Zartgefühl Gedanken machen, wenn ihnen meines gleichgültig war? Aber ich tat es nicht. Ich saß da und dachte nach. Kommissarin Moss hatte mir viel zum Nachdenken gegeben.

Mein Handy summte. Eine SMS. Ich wusste nicht, ob ich erleichtert oder enttäuscht sein sollte, weil sie von Gutless war.

> mann. duwomisehn? vlehrer total besch.
> in 20 im greasyspoon.
> Grins.

Ich schrieb zurück: Mach 45 draus. Irgendwann würde ich mit Gutless noch mal über seine SMS reden müssen. Wer schreibt denn einen solchen Quatsch? Er unterschrieb mit Grins, weil mal jemand draufgekommen war, dass seine Initialen G.G. waren und »gg« im Chat manchmal »great grin« bedeutet. Gutless ist schon ein armes Schwein und ich werde ihn wahrscheinlich nicht ändern können. Vielleicht ist das ja gut so.

Gerade als ich meinen Posten verlassen wollte, ging Mr Monkhouses Haustür auf, und der Mann selbst trat in den Hof. Ich presste mich an den Baumstamm, obwohl kaum Gefahr bestand, gesehen zu werden.

Mr M. nahm eine Zigarette aus einer Packung und zündete sie an. Er raucht nicht. Ich habe ihn noch nie rauchen sehen, was nicht viel zu sagen hat, ich weiß. Was du in deinem eigenen Haus tust, geht niemanden etwas an. Aber ich hätte es an ihm gerochen, selbst wenn er nur wenig geraucht hätte.

Er rauchte die Zigarette zu Ende, warf die Kippe in den Garten und ging zurück ins Haus. Ich hatte ihn zwischen fünf und zehn Minuten lang beobachtet. Er war mir nicht krank vorgekommen, sondern nervös. Warum sollte er nervös sein?

Zehn Minuten später stand ich vor dem Supermarkt, in dem Phoebe entführt worden war.

Ich hatte nicht hingehen wollen. Als ich ankam, musste ich sogar erst einmal ein paar Minuten innehalten und gegen etwas Schweres, Strudelndes in meiner Brust ankämpfen. Ich atmete tief und gleichmäßig, weil ich wusste, dass ich kurz davor war zu hyperventilieren. Selbst als ich mich wieder unter Kontrolle hatte, brauchte ich Riesenkräfte, um durch die automatischen Türen und zum Informationsschalter zu gehen. Die Atmosphäre im Markt atmete meinen Verlust, und ich hatte schon wieder das Gefühl, mich übergeben zu müssen. Ich legte beide Hände auf den Tresen und schluckte schwer.

Endlich wandte sich ein junges Mädchen mit unreiner Haut und einem Mund voller Kaugummi an mich. Ob sie die Nachfolgerin von Summerlee war? Ihre Augen waren ein wenig glasig, aber vielleicht machte das die Arbeit in einem Supermarkt. Summers Augen waren praktisch immer glasig, doch das lag wahrscheinlich an dem Zeug, das sie rauchte.

»Kann ich Ihnen helfen?«

»Ich hätte gern die Marktleiterin gesprochen. Mrs Abbott.« Meine Stimme klang relativ normal, aber mein Herz raste. Ich musste hier raus.

»Sind Sie Vertreter?« Sie unterbrach das Kaugummikauen nicht.

»Bitte?«

»Ein Vertreter. Verkaufen Sie etwas?«

»Oh. Nein, es ist persönlich.«

Sie griff nach einem Telefon, tippte eine Nummer ein, murmelte etwas und legte das Telefon dann wieder hin. »Mrs Abbott kommt sofort.«

Ich lächelte, doch sie erwiderte mein Lächeln nicht, sondern betrachtete mich nur. Ihr Kiefer arbeitete ununterbrochen. Zum Glück musste ich ihren uninteressierten Blick nicht lange ertragen, denn es dauerte keine Minute, bis Mrs Abbott erschien. Ein Blick, und sie erkannte mich wieder.

»Du bist der Bruder dieses kleinen Mädchens«, sagte sie.

»Phoebe«, erwiderte ich. »Sie heißt Phoebe. Und ich bin Jamie.«

Sie legte die flache Hand auf ihre Brust. »Gibt es etwas Neues?«

Ich wies mit dem Kinn auf die Kaugummi kauende Angestellte. »Könnten wir unter vier Augen sprechen?«

»Selbstverständlich. Komm mit.«

Es war seltsam, durch die Gänge des Supermarkts zu gehen, und als wir an der Fischtheke vorbeikamen, schlug eine Welle von Übelkeit über mir zusammen. Noch seltsamer war es, wieder in diesem Büro zu sein. Ich erinnerte mich an den Teller mit Keksen, den bleichen Tee und die Polizistin. Doch es war, als sei das alles in einer anderen Zeit und einer anderen Person passiert.

»Gibt es etwas Neues?«, fragte Mrs Abbott noch einmal und setzte sich hinter ihren Schreibtisch.

»Bis jetzt noch nicht.«

»Das tut mir leid. Wenn ich irgendetwas tun kann ...«

»Ja, da ist tatsächlich etwas.« Ich hatte mich nicht gesetzt. Vielleicht weil ich irgendeine blöde Vorstellung davon hatte, dass ich ihr überlegen wäre, wenn ich sie überragte. Doch plötzlich wollte ich mich setzen. Ich war mir nicht sicher, wie lange meine Beine mich noch tragen würden. »Könnten Sie mir erklären, wie Phoebe den Markt verlassen konnte, ohne dass eine der Überwachungskameras sie erfasste?«

Mrs Abbott runzelte die Stirn. »Ich habe wirklich keine Ahnung. Das habe ich auch der Polizei gesagt und …«

»Aber Sie müssen doch wissen, welche Teile des Marktes tote Winkel für die Kameras sind.« Ich versuchte zu lächeln, was mir vermutlich misslang. »Die Polizei hat mir gesagt, dass es jede Menge Überwachungskameras gäbe. Ich wäre Ihnen wirklich sehr dankbar, wenn Sie mit mir durch den Markt gehen würden. Damit ich es besser verstehen kann.«

Mrs Abbotts Stirnrunzeln vertiefte sich. Sie legte beide Hände flach auf den Schreibtisch.

»Ich möchte nicht unfreundlich sein«, sagte sie in einem Ton, der darauf schließen ließ, dass sie genau das vorhatte. »Aber ich denke, die Polizei hat alle sachdienlichen Informationen. Vielleicht solltest du mit ihnen sprechen.«

»Das habe ich doch. Ich habe es Ihnen gerade gesagt. Jetzt rede ich mit Ihnen.«

Mrs Abbott wischte nicht vorhandene Staubkörnchen von der Schreibtischplatte. »Es tut mir leid, aber ich kann niemandem – nicht einmal dir – mögliche Sicherheitslücken zeigen. Es tut mir wirklich leid, James. Du solltest dich an die Polizei wenden.«

»Jamie.«

»Bitte?«

»Ich heiße Jamie und bin der Bruder von Phoebe und auch von Summerlee Delaware. Sie erinnern sich wahrscheinlich an Summerlee.«

Darauf reagierte sie, auch wenn sie es sich nicht anmerken lassen wollte. Für einen kurzen Moment war ihre Miene hasserfüllt. »Natürlich erinnere ich mich an Summerlee. Wie geht es ihr?«

Ich ignorierte die Frage. »Vielleicht könnten Sie mir sagen, ob es Mitarbeiter gibt, die sauer auf meine Schwester sind.« Ich versuchte wieder dieses Lächeln. »Sie reizt manche Leute ganz gewaltig, wie Sie sicherlich noch wissen.«

Danach erhob Mrs Abbott sich. »Es tut mir leid. Aber du weißt, dass ich eine solche Frage nur der Polizei beantworten kann. Ich würde wirklich gern helfen, Jamie, aber ich glaube, es ist besser, du gehst jetzt, es sei denn, es gibt noch etwas anderes.«

»Ich weiß Ihre Hilfe und Ihr Mitgefühl zu schätzen«, erwiderte ich. Wenn sie den Sarkasmus herausgehört hatte, ließ sie es sich nicht anmerken.

Mrs Abbott begleitete mich zum Hauptausgang, als wolle sie persönlich sicherstellen, dass ich verschwand. Sie schaute mir nach, bis sich die automatischen Türen hinter mir geschlossen hatten. Ich merkte es am Jucken zwischen meinen Schulterblättern.

Ich konnte erst wieder richtig atmen, als ich um eine Ecke gebogen und der Supermarkt außer Sichtweite war.

Ich traf Gutless in dem kleinen Imbiss, in den wir gelegentlich nach der Schule gingen. Der Imbiss ist richtig schlecht. Er gehört zu der Sorte, bei der die Speisenwahl praktisch Russisch Roulette mit Lebensmittelvergiftung ist. Das ist einer der Gründe, weshalb es uns hier so gut gefällt – es kommt sonst kaum noch vor, dass Essen zu einem Abenteuer wird. Gutless war bereits da und hatte zwei Mal Pommes mit Soße bestellt.

Mit seiner Portion war er fast durch. Ich setzte mich ihm gegenüber und schob ihm meinen Teller zu.

»Dieser verdammte Aushilfslehrer, Mann«, begann Gutless. »Das ist vielleicht ein Arsch! Ein Junge in der Nähe der Tür hat mir gesagt, dass du draußen warst und mich sprechen wolltest, und ich: Warum haben Sie mir das nicht gesagt – zum Aushilfslehrer – und er: Arbeite weiter. Und ich: Scheiß drauf, ich bin weg. Und er: Das werde ich melden. Und ich: ...«

»Gutless«, unterbrach ich ihn, »ich muss mit dir reden. Halt einfach mal den Mund und lass *mich* reden, ja?«

Er steckte eine Pommes in den Mund und zuckte mit den Schultern.

Ich erzählte ihm von Phoebe. Mir wurde klar, dass einige Leute es bereits gewusst haben müssen. Die Erzählungen der Supermarkt-Mitarbeiter müssen die Runde gemacht haben, und dann waren da noch all diese Poster, die Mom aufgehängt hatte. Doch da in den Medien nicht davon berichtet wurde, dachten einige vielleicht, sie sei inzwischen gefunden worden und das Drama hätte ein Ende. Oder vielleicht vergessen die Leute es einfach. Ist das nicht immer so? Wovon die Medien nicht berichteten, gerät in Vergessenheit. Alle haben viel zu tun. Die Probleme anderer Leute gehen im gnadenlosen Fluss der Zeit schlicht und ergreifend unter.

Gutless hörte mit offenem Mund zu. Eine halb zerkaute Fritte hing auf einem Backenzahn, und aus seiner Reaktion ging klar hervor, dass er keinen blassen Schimmer gehabt hatte. Seien wir ehrlich: Videospiele erlauben der realen Welt höchst selten, sich dazwischenzudrängen.

»Scheiße, Mann«, lautete sein Kommentar, nachdem ich ihn auf den allerneuesten Stand gebracht hatte.

»Ich hätte es nicht treffender ausdrücken können, Gutless«, erwiderte ich. »Aber ich habe ein paar Ideen, die ich mit dir besprechen will. Kommissarin Moss – eine Polizistin, von der ich dir erzählt habe – hat meine Familie gebeten, Listen von Leuten zu erstellen, die dahinterstecken könnten. Du weißt schon, Leute, die möglicherweise sauer auf einen von uns sind.«

Gutless nickte und schloss den Mund, wofür ich ihm dankbar war. Diese Fritte hatte langsam genervt.

»Ich will die Spieltheorie auf das Problem anwenden«, fuhr ich fort, »aber die Spieltheorie funktioniert viel besser, wenn man eine gewisse Vorstellung von den Mitspielern hat. Du weißt schon, von ihrer Persönlichkeit und wie sie möglicherweise ihre Entscheidungen beeinflusst.«

Gutless nickte wieder.

»Okay, ich werde dir jetzt ein paar meiner Ideen hinwerfen. Du hörst nur zu, ja? Und sagst mir dann, welche sich richtig oder falsch anhören oder einfach nur total daneben und bescheuert.«

Gutless machte sich über meine Portion Pommes her.

»Es ist wichtig zu wissen, ob der Kidnapper allein arbeitet oder ob er oder sie einen Komplizen hat«, begann ich. Gutless öffnete den Mund, doch ich ließ ihn nicht zu Wort kommen. »Denn wenn er allein arbeitet, kann ich die Leute ausschließen, die bei mir sind, während er anruft.«

»Zum Beispiel?«

»Mom und Dad, Summerlee und ein paar Polizisten.«

»Wow, Mann.« Gutless ließ eine Fritte auf den Teller zurückfallen. »Deine Eltern? Ist das dein Ernst? Oder Summerlee, um alles in der Welt? Das ist total bescheuertes Denken, Mann. Echt.«

»Nur weil etwas unwahrscheinlich ist, heißt das noch lange nicht, dass ich es ausschließen sollte«, entgegnete ich.

»Aber deine Eltern?«

»Beide haben ein Motiv. Sie haben achtzehn Jahre lang für Summer gesorgt und sie gibt ihnen keinen Cent von ihrem Gewinn. Kannst du dir die Verbitterung vorstellen? Und wer könnte Phoebe leichter kidnappen? Sie wäre versorgt und geliebt. Und sie hätte den Supermarkt sowohl mit Mom als auch mit Dad verlassen, ohne auch nur mit der Wimper zu zucken.«

»Du bist so was von behämmert, Mann.«

Ich nahm eine Fritte vom Teller. Sie war kalt und fettig.

»Ich weiß, Gutless. Glaub mir, ich weiß es.« Ich musste schwer schlucken, um die Fritte runterzubekommen. »Ich hab sie ja auch schon ausgeschlossen. Genau wie Summer. Zum Teil weil ich glaube, dass der Kidnapper tatsächlich allein arbeitet. Zwei Millionen Dollar sind ein Haufen Geld, aber wenn man sie teilen muss, ist es das Risiko vielleicht nicht wert.«

»Wenn sie zu zweit sind, wäre das immer noch eine Million für jeden.«

»In diesem Fall hätten sie vier verlangt. Nein, ich glaube, es ist nur eine Person. Außerdem sind Mom und Dad keine guten Schauspieler. Daheim ist bei uns oft dicke Luft und sie können ihre Gefühle nicht verbergen. Mom glaubt, Dad sei zu nichts zu gebrauchen, und Dad gibt ihr in gewisser Weise recht, nimmt ihr aber übel, dass sie es offen zeigt. Nein, sie könnten das nicht geheim halten. Und was Summer betrifft, liegst du richtig. Sie hat keinerlei Motiv.«

Gutless schaute mich an, als hätte ich den Verstand verloren.

Ich versuchte ihn zu ignorieren und meine Gedanken weiterzuspinnen. »Wenn es sich also nur um eine Person handelt, schließt das auch Gardner und Moss aus, weil sie bei einem Anruf dabei waren. Es schließt allerdings nicht notwendigerweise *alle* Polizisten aus. Dixon zum Beispiel nicht, das war der, der mich als Erster befragt hat. Oder die Polizistin, die im Supermarkt bei mir war. Sie hat Summers Lottogewinn sogar erwähnt.«

»Du glaubst, die Polizei hat etwas damit zu tun?« Gutless war eindeutig der Meinung, dass ich mich immer weiter von der Realität entfernte, was schiere Ironie war bei jemandem, der sein ganzes Leben in Computerspielen zubrachte.

»Die Polizei braucht Geld, wie wir alle.«

»Schon, aber …«

»Dann ist da noch Spider«, fuhr ich fort. »Okay, er ist mit Summer zusammen, und sie hat ihm ein Auto gekauft, was aber nicht bedeutet, dass er an all ihr Geld kommt. Vielleicht will er sein eigenes Drogenkartell gründen und braucht ein wenig Startkapital?«

»Du hasst Spider, Mann. Du könntest voreingenommen sein.«

»Das bin ich ganz bestimmt. Außerdem glaube ich nicht, dass er clever genug ist für so etwas. Die meiste Zeit ist er total zugekifft. Es sei denn, das ist nur gespielt …«

Gutless schüttelte den Kopf und nahm noch eine Handvoll Fritten.

»Mr Monkhouse könnte auch zu den Verdächtigen gehören«, fuhr ich fort. Gutless verschluckte sich und spuckte einen Mundvoll halb zerkauter Fritten über den Tisch. Nachdem er sich wieder erholt hatte, erzählte ich ihm von Monkhouses ›Krankheit‹, unserem Telefonat und was ich bei ihm zu Hause gesehen hatte.

»Ja, aber das bedeutet doch nicht so eine Scheiße, Mann. Das kann doch nicht deine Ernst sein, Mann …«

»Er hat auf jeden Fall Köpfchen«, fuhr ich fort. »Er ist der klügste Mensch, dem ich je begegnet bin. Und jeder weiß, dass Lehrer schlecht bezahlt werden. Das hat er sogar selbst erwähnt, als er mich nach Summerlee gefragt hat. Er meinte, es würde hundert Jahre dauern, bis ein Lehrer so viel Geld verdient hätte. Das hat er gesagt, kurz bevor Phoebe entführt wurde.«

»Ja, aber er hätte es *nicht* gesagt, wenn er das vorgehabt hätte, Mann. Überleg doch. Er ist clever. Das hast du selbst gesagt.«

»Vielleicht würde eine clevere Person genau das tun. Den Verdacht von sich ablenken, weil niemand von einem Schuldigen erwarten würde, dass er so etwas sagt.«

Gutless nahm einen Schluck Cola, wischte sich mit dem Handrücken über den Mund und murmelte etwas. Ich glaube, es war »Meine Fresse«.

»Und dann ist da noch Mrs Abbott.«

Dieses Mal rastete Gutless fast aus. »Wer, VERDAMMTE SCHEISSE, ist Mrs Abbott?«

Im Raum wurde es still. Eigentlich glaube ich, dass es die ganze Zeit schon still war, weil nur noch ein weiterer Tisch belegt war. Dennoch hatten wir die volle Aufmerksamkeit eines Mannes mit einem gekräuselten Bart und einem Schinkensandwich. Der Imbissbetreiber kam, ein schmutziges Geschirrtuch über der linken Schulter, an unseren Tisch.

»Passt auf, was ihr sagt, Jungs«, knurrte er, »oder ihr fliegt raus. In meinem Restaurant wird nicht geflucht.«

Gutless hob beide Hände. »Tut mir leid, Mann. Kommt nicht wieder vor. Wir lieben ihr *Restaurant*.« Er zwinkerte mir zu.

Der Besitzer betrachtete uns noch einen Moment und ging dann zurück zum Tresen. »Verdammte Bengel«, murmelte er dem Typen mit dem Schinkensandwich zu. Der nickte und nahm noch einen Bissen.

So kurz davor zu lachen war ich seit Phoebes Verschwinden nicht mehr gewesen. Ich beugte mich zu Gutless vor. »Die Leiterin des Supermarkts«, flüsterte ich. »Die, der Summer so zugesetzt hat. Denk mal drüber nach, Gutless. Die Frau wurde vor allen gedemütigt. Würdest du dann keine Rache wollen? Und es ist wahrscheinlicher, dass Phoebe mit einer Frau mitgehen würde – mit einer Frau, die die Hinterausgänge kennt und weiß, wie man Überwachungskameras umgehen kann. Ich war bei ihr und habe um Informationen gebeten. Sie war verschlossener als das Arschloch einer Ente und hat nichts rausgelassen. Und es war offensichtlich, dass sie Summer das, was passiert ist, noch nicht verziehen hat.«

»Und was ist, wenn es jemand ist, den du *nicht* kennst?«, fragte Gutless. »Schon mal daran gedacht? Der Lottogewinn deiner Schwester war in sämtlichen Nachrichten. Scheiße, Mann, es könnte jeder sein. Auch ein völlig Fremder.«

»Ja. In diesem Fall wäre das alles Zeitverschwendung. Aber darüber habe ich keine Kontrolle. Falls es jedoch jemand ist, der mich kennt, wäre es sträflich, nicht wenigstens die Möglichkeiten durchzugehen.«

Gutless ging das sprichwörtliche Licht auf. In gewisser Hinsicht war es entwaffnend. Seine Augen weiteten sich und sein Unterkiefer klappte herunter. Er konnte seine Gefühle noch nie gut verbergen.

»Dann hätte in deinen Augen auch ich es getan haben können«, flüsterte er. »Scheiße, Jamie. Ich stand auch auf deiner Liste der Verdächtigen?«

Ich lächelte. Innerlich zumindest. Ja, ich hatte an Gutless gedacht. Natürlich. Aber ihn konnte ich vergessen, es sei denn, er hätte in den letzten fünf Jahren intensiv an einer zweiten Persönlichkeit gearbeitet, um die Welt zu täuschen für den unwahrscheinlichen Fall, dass jemand, den er kannte, im Lotto gewann. Wo wollte er Phoebe denn verstecken? In seinem Zimmer? Sie würde sich hinausschleichen, während er jemandem am Computer den Schädel wegpustete, und wahrscheinlich würde er erst Stunden später merken, dass sie weg war. Außerdem kannte ich Gutless. Er war eine durch und durch ehrliche Haut. Und hatte nicht sonderlich viel Hirn im Kopf. Ich öffnete den Mund, um ihm das zu sagen – ohne das mit dem Hirn –, bekam jedoch keine Gelegenheit dazu.

Mein Telefon läutete. Anrufer unbekannt.

KAPITEL 17

Ich sprang auf, wobei ich den Stuhl umstieß, und rannte zur Tür hinaus. Hinter mir hörte ich die wütende Stimme des Wirts.

Ich wischte übers Display. »Ja?«

Die ominöse, lastende Stille. Dann die computergenerierte Stimme. »Bist du allein, Jamie?«

»Ja. Nein. Ich meine, jemand wird wahrscheinlich gleich bei mir sein. Aber jetzt bin ich es. Allein, meine ich. Und ich sage ihm, dass er wieder gehen soll, ja?«

Die samtene Stille. »Beruhige dich, Jamie. Alles ist gut. Ich lege nicht auf. Ist es Gutless?«

»Ja.« Ich hielt inne. Mein Hirn arbeitete nicht optimal. Es brauchte ein paar Sekunden, um selbst die elementarsten Dinge zu verarbeiten. Ich dachte an Monkhouse. »Woher kennen Sie Gutless?«

»Du würdest dich wundern, was ich alles weiß, Jamie. Überleg doch mal. Einfache Recherche. Würde ich deine Schwester entführen, ohne sorgfältig zu recherchieren und zu planen?«

Ich versuchte, hinter der monotonen Wiedergabe die Spur einer Persönlichkeit zu entdecken. Etwas, das mir bekannt vorkam.

»Ich bin Profi. Vergiss das nicht.«

Die Tür zum Imbiss ging auf und Gutless kam heraus. Er blinzelte in die Sonne. Ich bedeutete ihm mit der Hand, stehen zu bleiben; die Hand mit dem Telefon behielt ich oben, allerdings ein Stück weit von meinem Mund entfernt.

»Gutless«, rief ich, »der Anruf ist wichtig. Warte auf mich, ja? Ich bin gleich wieder da.«

Gutless sagte etwas in Lippensprache. Ich glaube, er fragte: *Ist er das?* Aber ich ging bereits die Straße hinunter.

Nach dreißig Metern hielt ich das Handy erneut ans Ohr. »Okay«, sagte ich, »hier bin ich wieder.«

»Hast du dich je gefragt, weshalb ich mit dir verhandele und nicht mit deiner Schwester, Jamie? Schließlich ist sie diejenige mit dem dicken Bankkonto. Ist dir das schon in den Sinn gekommen?«

»Ja. Sie halten mich für cleverer als sie und das kommt Ihnen entgegen. Sie halten das für ein Spiel und wollen einen ebenbürtigen Gegner. Sie kennen mich. Persönlich. Wir haben schon miteinander gesprochen.«

Die Spieltheorie mag schwieriger sein, wenn man es mit einem unbekannten Gegner zu tun hat, was aber nicht bedeutet, dass man ihn nicht mit unerwarteten Informationen verwirren und aus der Fassung bringen kann. Falls ich auf die Wahrheit gestoßen war, würde ihm das eine Antwort entlocken? Das Problem lag darin zu erkennen, ob ich einen Nerv getroffen hatte, wenn die Worte, die zurückkamen, so roboterhaft waren.

»Befassen Sie sich mit Mathematik?«

Pause.

»Mathematik? Nein, ich bin nicht wie du oder Mr Monkhouse. Aber ich kann bis zwei Millionen zählen und mehr braucht es nicht.«

»Sie lügen.«

»Die Möglichkeit liegt immer drin.« Schweigen. »Wie stehst

du zu ein wenig hausgemachter Philosophie, Jamie? Das Leben ist ungerecht. Deine Schwester hat sehr, sehr viel Geld gewonnen. Nicht verdient. Gewonnen. Und doch ist sie – auch wenn ich damit möglicherweise dein Zartgefühl beleidige – nichts weiter als eine Schlampe.«

Was sagt dir das, Jamie?, fragte ich mich. *Er ist intelligent. Er mag die Gegenüberstellung von gehobenem Vokabular wie ›Zartgefühl‹ und umgangssprachlichen Begriffen wie ›Schlampe‹. Hilft dir das weiter? Such nach einem Bruch in seiner Persönlichkeit, vielleicht kannst du ein Messer hineinstecken, ihn aufstemmen und seine Identität freilegen. Konzentriere dich. Seine Worte sind deine einzige Quelle.*

»Kein Kommentar«, sagte ich.

»Sie ist eine, die sich nicht freiwillig von ihrem Gewinn trennt. Kann sein, dass du ein wenig Überzeugungsarbeit leisten musst, Jamie.«

Wieder ein kleiner Hinweis. Er mochte eine Menge über meine Familie wissen, aber alles wusste er nicht. Was immer Summerlee sonst noch war, sie liebte Phoebe mit jeder Faser ihres Herzens. Sie würde bezahlen und es ein Schnäppchen nennen.

»Sag ihr«, fuhr die Stimme fort, »sie soll es so sehen, als hätte noch jemand ihre Zahlen gehabt und es sei lediglich eine andere Form von teilen. Wer weiß, Jamie? Zwei Millionen aus der Gleichung zu nehmen, bedeutet vielleicht, dass sie sich nicht ganz so schnell umbringt.«

War der Begriff Gleichung spöttisch gemeint?

»Lassen Sie mich mit Phoebe sprechen«, bat ich.

»Nein. Vielleicht morgen.«

»Wie lange soll das noch gehen? Lassen Sie uns das Geschäft zu Ende bringen. Ich bekomme Phoebe zurück und Sie bekommen Ihr Geld. Warum noch warten?«

Wieder wurde der Vorhang des Schweigens zugezogen. Dann: »Die Sache zu überstürzen, bringt nichts.« Die Worte waren sorgfältig gewählt. »Wir müssen aufpassen, damit wir beide als Gewinner aus der Sache hervorgehen. Ich weiß, es fällt schwer, aber für Phoebe wird gut gesorgt. Vertrau mir in diesem Punkt, und wenn du es nur tust, weil du keine andere Wahl hast.«

»Können wir wenigstens darüber reden, *wann* Sie das Geld wollen? Das erfordert einiges an Organisation. Man kann nicht einfach in eine Bank marschieren und zwei Millionen Dollar in bar abheben. Das braucht Zeit.«

»Falsch. Man *kann* einfach so zwei Millionen Dollar abheben. Es ist eine Bank. Es ist dein Geld. Aber ja, es kann einige Zeit dauern. Nimm das gleich in Angriff. Die Polizei könnte in dieser Hinsicht nützlich sein. Sie können ihre Verbindungen spielen lassen, Druck ausüben. Sag es ihnen, wenn du sie anrufst, nachdem wir unser Gespräch beendet haben.«

Es machte ihm Spaß, gelegentlich eine Bemerkung einzustreuen, die mich glauben machen sollte, er wüsste über jeden meiner Züge Bescheid. War das Arroganz oder Verunsicherungstaktik? Arroganz ist oft eine Schwäche. Noch etwas zum Abheften.

»Okay«, erwiderte ich.

»Ich melde mich bald wieder. Vielleicht bekommst du die Gelegenheit, mit Phoebe zu reden, aber ich verspreche nichts.«

»Kann ich Sie etwas fragen?«

Eine kleine Pause. »Mach schnell.«

»Wie haben Sie Phoebe dazu bekommen, den Supermarkt mit Ihnen zu verlassen?«

Die Frage hatte seit ihrem Verschwinden in mir geblubbert. Meine Schwester war nicht blöd – sie war alles andere als blöd – und würde nie mit einem völlig Fremden gehen. Sie hatte die »Geh nie mit einem Fremden mit«-Predigt zu Hause und in der Schule unzählige Male zu hören bekommen. Das war der Hauptgrund, weshalb ich glaubte, dass es *kein* Fremder war. Aber selbst mit einem Bekannten würde sie nie gehen, ohne mir Bescheid zu geben. Es lag nicht in ihrer Natur. Und doch mussten die beiden den Markt verlassen haben, sie mussten Überwachungskameras umgangen haben und in ein Auto gestiegen sein. Und niemand hatte auch nur den geringsten Verdacht geschöpft, weil alles vollkommen normal ausgesehen haben musste. Er konnte sie nicht mit einer Waffe bedroht haben, weil zu viele Leute um sie herum waren. Und das bedeutete, dass es, bis sie im Auto saß, jede Menge Gelegenheiten gab, Alarm zu schlagen, Verzweiflung zu zeigen oder einfach schreiend wegzulaufen. Aber Phoebe musste widerstandslos mitgegangen sein. In gewisser Weise trug sie eine Mitschuld an ihrer eigenen Entführung.

»Hast du irgendwelche Theorien?«

Wieder eine Frage, die sich nicht nach einer Frage anhörte.

»Sie waren kein Fremder für sie.«

»Reitest du immer noch darauf herum, Jamie? Nein, sie hat mich nie zuvor gesehen. Aber jeder Mensch hat seine Schwäche. Wir alle sind in der Lage, Dinge zu tun, die unserem Charakter so gar nicht entsprechen, wenn diese Schwäche gefunden und ausgenutzt werden kann. Mehr habe ich nicht getan. Ich habe Phoebes Schwäche ausgenutzt.«

Ich schwieg. Er wollte, dass ich nachfrage, aber ich wusste, dass er es mir auch so sagen würde. Er würde nicht widerstehen können.

»Phoebes Schwäche bist du, Jamie. Das ist sowohl wundervoll als auch tragisch. Ich habe mich ihr in einem Gang genähert, in dem Gang, wo der Einkaufswagen gefunden wurde. Ich habe ihr gesagt, dass sie Phoebe Delaware heißt und dass ihr Bruder Jamie im Supermarkt ist. Dann habe ich ihr noch gesagt – nein, ich habe es ihr *versprochen* –, dass ihr Bruder stirbt, wenn sie nicht genau das tut, was ich verlange. Sie hat mir in die Augen geschaut und mir geglaubt, Jamie.«

Es war eine Lüge. Ich wusste, es war eine Lüge. Oder vielleicht wollte ich es glauben. So oder so, ich hatte Mühe zu atmen. Meine Kehle war wie zugeschnürt und ließ keine Luft mehr durch. Später stellte ich fest, dass meine rechte Hand so fest geballt war, dass meine Fingernägel halbmondförmige Eindrücke in der Handfläche hinterlassen hatten. Plötzlich musste ich mich setzen. Die Stimme redete weiter, emotionslos und unbarmherzig.

»Sie ist etwas Besonderes. Sie ist an meiner Seite aus diesem Markt marschiert und hat sich durch nichts, aber auch gar nichts anmerken lassen, dass irgendetwas nicht stimmt. Niemand hätte daran gezweifelt, dass ich ihre Mutter oder ihre Schwester bin.«

Wieder eine Lüge. Ein bewusster Versuch, mich zu verwirren. Einen solchen Fehler würde er nicht machen, nicht nachdem er mit so viel Mühe sichergestellt hatte, dass seine Stimme nicht erkannt werden konnte, nicht einmal das Geschlecht. Oder machte ich mir selbst etwas vor? Am Ende spielte es wahrscheinlich keine Rolle.

Ich konnte die Person umbringen, unabhängig davon, ob sie weiblich oder männlich war. Das spürte ich als kalte Gewissheit in meinem Bauch.

Die Leitung wurde unterbrochen.

KAPITEL 18

Gutless bombardierte mich mit Fragen, doch ich antwortete nicht.

Stattdessen holte ich mein Telefon wieder heraus und rief Mom an. Sie war stinksauer, weil ich mich aus dem Staub gemacht hatte, doch der Ärger verpuffte angesichts des dringenden Wunsches, zu erfahren, was der Kidnapper gesagt hatte. Sie ließ sich alles zwei Mal berichten, obwohl letzten Endes nicht viel Neues dabei war. Das Einzige, an das sie sich halten konnte, war die Sache mit dem Geld. Ich wusste, dass sie es schaffen würde, irgendetwas zu organisieren, sobald wir aufgelegt hatten. Handeln. Einfach in Bewegung bleiben. Ich versprach, bald nach Hause zu kommen, und beendete das Gespräch mit der einfachen Wahrheit, dass ich Gardner anrufen und ihn ebenfalls informieren musste.

Das tat ich auch. Gardner ließ mich alles noch drei Mal erzählen und kündigte an, dass er und Kommissarin Moss später zu Hause vorbeikommen würden, um meine Aussage zu protokollieren. Ich hatte den Eindruck, als hätte er mich am liebsten auf der Stelle abgeholt und zur Wache gebracht, aber ich gab ihm deutlich zu verstehen, dass es zu dem, was ich bereits gesagt hatte, nichts hinzuzufügen gab.

»Er spielt ein Spiel«, sagte ich. »Mit diesem Anruf wollte er mich nur bei der Stange halten und zappeln lassen.«

Ich war mir nicht sicher, ob Gardner mit meiner Analyse übereinstimmte, doch er ließ es dabei bewenden.

Gutless begleitete mich bis zu unserer Haustür. Er bot mir an, mit reinzukommen, aber ich sagte ihm, ich sei völlig erledigt und müsse ein wenig schlafen.

»Ruf mich an, Mann«, sagte er. »Ich werde dich nicht anrufen. Ich kann mir vorstellen, dass du dir ins Hemd machst, sobald dein verdammtes Telefon klingelt. Aber Tag und Nacht, Mann. Ich bin für dich da. Immer.«

»Danke, Gutless.« Er ist nicht besonders wortgewandt, doch er meinte, was er sagte, und ich war ihm dankbar dafür. »Aber eines könntest du für mich tun.«

»Alles, Mann.«

»Hab ein Auge auf Mr Monkhouse. Ich will wissen, was er tut. Und versuch herauszufinden, ob er wirklich krank ist.«

»Wow.« Gutless grinste. »Das kann ich machen. Gutless Geraghty, Privatdetektiv.«

Er war so begeistert von sich, dass er loszog, ohne nach der Adresse von Mr Monkhouse gefragt zu haben. Ich rief ihn zurück und gab sie ihm. Es würde ihn zumindest eine Weile von seinen Videospielen fernhalten. Außerdem unterschätzte man Gutless gern. Ich wusste, er würde sein Bestes geben, um mir zu helfen.

Ich öffnete die Haustür voller Furcht, was ich dahinter vorfinden würde. Nicht nur den Schmerz und die Angst und das lähmende Gefühl der Hilflosigkeit, obwohl die schlimm genug waren. Was ich wirklich fürchtete, waren weitere Worte. Worte, die sich immerzu im Kreis drehten und nirgendwo hinführten. Ich wollte schlafen. Nein. Stimmt nicht. Ich *musste* schlafen. Doch sobald ich unser Wohnzimmer betrat, wusste ich, dass ich meinen Schlaf nicht bekommen würde.

Dixon lümmelte in Dads Sessel. Er sah aus wie ein heruntergekommener Buddha. Sein Hemd spannte über einem mächtigen Wanst. Die unteren Knöpfe konnten die Masse kaum halten. Der Stoff dazwischen klaffte auseinander und ich sah haarige Hautstellen, die mich wie seltsame Augen anschauten. Sein Gürtel war unter dem Bauchwulst verborgen. Er strich über seinen krausen grauen Schnauzbart, während sein Blick durchs Zimmer huschte. Vielleicht suchte er nach einem Drink. Er schien einen nötig zu haben. Summerlee und Spider saßen ihm gegenüber auf dem Sofa. Spider trug immer noch das Trikothemd vom Abend zuvor. Seine Augen waren fast so rot wie das Hemd.

Dixon hievte sich aus dem Sessel, als ich hereinkam, und zog seinen Hosenbund ein Stück nach oben. »Deine Mom hat gesagt, ich könnte hier auf dich warten«, erklärte er, als hätte ich die Zulässigkeit seiner Gegenwart infrage gestellt.

Ich zuckte mit den Schultern.

»Deine Eltern sind nicht da«, fuhr er fort. »Sie sind ins Krankenhaus gefahren.« Er hob eine Hand, um die zu erwartende Frage im Keim zu ersticken. »Nichts Schlimmes. Aber dein Dad … Na ja, er hat über Brustschmerzen geklagt, und deine Mom dachte … Du weißt schon, lieber auf Nummer sicher gehen.«

Summerlee meldete sich zu Wort: »Sie hat vor zehn Minuten angerufen. Alles gut. Sie haben jede Menge Tests gemacht, aber es war in Ordnung. Sie sind bald wieder da.«

»Okay«, erwiderte ich.

Vielleicht waren wir ja alle erschöpft und reagierten übersensibel, aber vielleicht waren Dads Brustschmerzen auch psychosomatisch, ein unbewusster Versuch, Mitleid zu erhalten. Ich konnte mir vorstellen, dass Mom denselben Gedanken gehabt hatte. Es war lieblos und machte außerdem nicht wirklich einen Unterschied.

Ich blickte zu Spider hinüber. Er winkte halbherzig und nickte mir dann zu. Zwei Typen, die sich verstanden. Was für ein Schwachsinn.

Dixon zog seine Hose wieder ein Stück nach oben. Fette Kerle haben zwei Möglichkeiten, wenn es um Hosen geht, das hatte ich bei Gutless festgestellt. Entweder sie entscheiden sich für den Bund oberhalb der Taille, wo der Bauchumfang alles an Ort und Stelle hält, oder für den Bund unterhalb des Überhangs. Im zweiten Fall rutscht die Hose ständig. Die erste Option bietet Sicherheit, lässt dich aber wie einen Trottel aussehen. Dixon hatte sich offenbar gegen den Trottel entschieden. Die Hose in regelmäßigen Abständen hochzuziehen, war der Preis, den er dafür zu zahlen bereit war.

Je länger ich ohne Schlaf war, desto bizarrer wurden meine Gedankengänge. »Wie kann ich Ihnen helfen … äh, Inspektor Dixon?«

»Einfach nur Dixon, das reicht.« Er setzte sich wieder. Ich war erleichtert. Die Bewegung seiner Hose zu beobachten, wurde langsam zwanghaft. »Du wolltest mir etwas sagen?«

»Warum sind Sie nicht mit dem Fall betraut?«

Er zuckte mit den Schultern. »Nicht mein Fachgebiet. Das ist okay, Junge. Hauptkommissar Gardner kennt sich mit solchen Sachen bestens aus. Er hat ein Diplom. Er hat Kurse besucht.«

So müde ich auch war, zwischen den Zeilen konnte ich immer noch lesen. Der neue, gut ausgebildete Polizist, der im Schnellschritt die Karriereleiter erklommen hat, gegen den alten Hasen, der unzählige Male um die Blocks gegangen war und seine Erfahrung über den Abrieb seiner Schuhsohlen gesammelt hatte. Das war der Stoff für TV-Dramen und es interessierte mich nicht. Na ja, *er* interessierte mich schon, in gewisser Weise, doch Erschöpfung verwässerte meine Aufmerksamkeit.

»Und weshalb sind Sie hier?«

Er strich wieder über seinen Schnauzbart. »Ich habe dienstfrei und schaue einfach mal vorbei. Ich habe zwar keinen akademischen Grad, aber ich weiß ein bisschen was darüber, wie die Welt funktioniert. Ich dachte mir, du möchtest vielleicht reden.«

Ich will schlafen, dachte ich. Aber Dixon stand auf meiner mentalen Liste möglicher Verdächtiger, und das war eine gute Gelegenheit, ein wenig nachzubohren.

»Ja, das möchte ich. Gern sogar.«

Dixon warf einen fast unmerklichen Blick auf Spider und Summerlee. »Wollen wir ein Stück gehen?«, fragte er. Er erhob sich und rückte erneut seine Hose zurecht. Das Bild einer Nagelpistole kam mir in den Sinn, aber ich schob es beiseite.

»Sicher«, erwiderte ich.

Wir gingen um den Block. Es war Schulschluss an der hiesigen Grundschule und überall wuselten Kinder herum. Mom und Dad hatten Phoebe nicht auf die hiesige Grundschule geschickt. Sie hatten recherchiert und eine in der nächsten Vorstadt ausgewählt, die im nationalen Ranking besser abgeschnitten hatte. Ich war noch nie überzeugt davon gewesen, dass solche Dinge eine Rolle spielen, aber mich hatte man nicht gefragt. Knirpse auf Skateboards kurvten um uns herum und Eltern verfrachteten Kinder in ihre Autos. Auf dem Weg zu Hausaufgaben, Spielen mit dem Hund, Abendessen und der ganzen nicht geschätzten, verkannten Normalität des Familienlebens. Ich schwor mir, das nie mehr für selbstverständlich zu nehmen, aber helfen tat das jetzt auch nichts mehr. Und so ging ich mit gesenktem Blick weiter. Ein Gefühl von Ungerechtigkeit überrollte mich. Wie können diese Leute es wagen, sich normal zu verhalten? Woher nehmen sie das Recht?

»Du gehst davon aus, dass der Kidnapper dich kennt?«, begann Dixon.

Die Frage ließ mich zusammenzucken. Dasselbe hatte ich keine halbe Stunde vorher zu dem Typen am Telefon gesagt. Wie kam Dixon darauf? Wenn er die Person hinter der Stimme war, weshalb fragte er dann so etwas? Bewies eine solche Übereinstimmung nicht seine Unschuld? Ich war unendlich müde. Meine Gedanken wollten keine Gestalt annehmen.

»Vielleicht«, antwortete ich. »Er weiß eine Menge über uns, das steht fest. Zum Beispiel kennt er meine Handynummer.«

Dixon wedelte mit der Hand und fuhr sich dann über die Stirn. Es war nicht besonders warm, aber er schwitzte trotzdem. »Die lässt sich leicht herausfinden. Vielleicht hat Phoebe sie ihm gegeben. Viel interessanter ist doch, dass er mit dir reden will und nicht mit deiner Schwester.«

»Er hat gesagt, sie sei dumm und eine Schlampe.«

»Und du glaubst das?«

»Dass sie dumm und eine Schlampe ist? Kein Kommentar.« Ich beobachtete Dixons Miene, aber sie verriet nichts.

»Nein, glaubst du, das ist der Grund, weshalb er mit dir verhandeln will?«

Darüber dachte ich eine Weile nach. Wir gingen zwei oder drei Minuten schweigend weiter. Dixon versuchte nicht, Konversation zu machen. Er ließ mich die Frage überdenken. Aus den Augenwinkeln sah ich, wie er noch zwei Mal seine Hose hochzog. Ich ging die Möglichkeiten durch. Ich war mit Phoebe in diesem Supermarkt gewesen, vielleicht wollte der Entführer ja auf mein Schuldbewusstsein zugreifen. Ich war derjenige, der nicht auf sie aufgepasst hatte, also war ich derjenige, der emotional am besten geeignet war, Himmel und Erde in Bewegung zu setzen, um sie zurückzubekommen. Das Wiedergutmachungs-Motiv. Außerdem war Summerlee für ihn nichts weiter als ein Bankkonto. Spielte es wirklich eine Rolle, ob er direkt mit ihr sprach oder mich als Vermittler benutzte? Vielleicht war alles einfach nur gesunder Menschenverstand. Womöglich sagte die Logik, dass ich der ideale Verhandlungspartner war. Dad konnte nicht mit so etwas umgehen, Mom war zu aufgedreht und Summer die meiste Zeit zugedröhnt. Ich war der Mathematiker. Bei mir konnte man eher davon ausgehen, dass ich gefasst und vernünftig reagierte. Doch mein Bauch rebellierte gegen das Argument. Es stimmte alles, aber da war noch etwas anderes.

»Ich glaube, er will spielen«, sagte ich. Immer noch keine erkennbare Reaktion, obwohl er ein Taschentuch herauszog und sich die Stirn abtupfte. So heiß war es nun wirklich nicht.

»Und das heißt?«, fragte er.

Ich hob die Hände. Was hieß es? Welchen Beweis konnte ich zur Stützung dieser These erbringen? Machte ich mich in einer Art und Weise wichtig, die völlig ungerechtfertigt war? *Ich stehe hier im Mittelpunkt. Alles dreht sich um mich*. Aber das Gefühl blieb hartnäckig. Was ich am Telefon gesagt hatte, stimmte. Ich war mir sicher, dass das ein Spiel war, und der Kidnapper wusste es und verließ sich in gewisser Weise darauf.

»Ich habe immer mehr den Eindruck«, fuhr ich fort, »als solle ich begreifen, dass er meine Gedanken und Gefühle und meine Motivation kennt und mir immer einen Schritt voraus ist. Fast so, als wolle er, dass wir Freunde sind. Freunde, du lieber Himmel!« Ich blieb auf dem Bürgersteig stehen und Dixon wandte sich mir zu. »Nein. Keine Freunde. Er will, dass ich ihn *bewundere*. Sie wissen schon, zwei Köpfe, die gegeneinander kämpfen, zwei Schachspieler, die sich einem Endspiel nähern, und er hat den Durchblick. Er will meinen Applaus.«

Dixon strich sich über den Schnauzbart und betrachtete seine Schuhe. Sie waren alt, verschrammt und matt. Ein kleines Stück Sohle hatte sich gelöst und ein Schnürsenkel war an einer Stelle abgerissen. Er saugte an seinen Zähnen.

»Sie glauben, ich hätte nichts als Scheiße im Kopf«, sagte ich. »Dass ich alles nur noch komplizierter mache.«

Er schaute zu mir auf und schien echt überrascht. »Nein. Überhaupt nicht«, widersprach er. »Im Ernst.« Er trat mit einem Schuh gegen den anderen. Kein Wunder, dass sie so ramponiert aussahen. »Du bist derjenige, mit dem er spricht, Jamie. Du bist derjenige, der ein auf euren Gesprächen basierendes Urteil abgeben kann. Ich bestimmt nicht. Wenn dir dein Instinkt das sagt, reicht mir das. Die eigentliche Frage aber ist: Hilft es? Vorausgesetzt, du hast recht.«

Ich zuckte mit den Schultern.

Dixon zog seine Hose hoch und ging weiter. Ich glaube, er brauchte Schatten. »Wie steht es mit dir, Jamie? Bist du ein Spieler?«

»Nicht wenn es um Phoebes Leben geht«, erwiderte ich.

Dann überlegte ich es mir noch einmal. Wie war das beim ersten Anruf gewesen, als ich dem Kidnapper sagte, ich hätte zu tun? Was war das, wenn nicht ein Spiel? Und spielte es wirklich eine Rolle, ob es eine instinktive Reaktion gewesen war? Gütiger Himmel, wie viel hatte ich mit diesem Typen gemein?

Ich war so müde. Mein Verdacht bezüglich Monkhouse, Abbott und Dixon selbst erschien mir langsam absurd. Warum nicht jemand, der mich schon lang kannte und mit dem ich auf der Straße gelegentlich ein paar Worte wechselte? Scheiße. Genauso gut könnte ich mir aus dem Telefonbuch eine Liste potenzieller Verdächtiger zusammenstellen. Mom und Dad? Was dachte ich denn bloß? Plötzlich hatte ich das Bedürfnis, einfach ehrlich zu antworten, ohne mich darum zu kümmern, was im Kopf meines Gegenübers vorging. Ich hatte die Schnauze voll von Spielen und ganz besonders von meinem eigenen.

»Spieltheorie«, sagte ich.

»Spieltheorie?«

Ich erläuterte ihm die gekürzte Fassung, Spieltheorie als anerkannter Zweig der Mathematik und Wirtschaftslehre. »Im Wesentlichen geht es um die Analyse von Entscheidungen von mindestens zwei unabhängigen und kopfgesteuerten Spielern und darum, wie diese Entscheidungen die Ergebnisse beeinflussen.«

Dixon kratzte sich am Kopf und saugte an seinen Zähnen. Er schenkte mir ein Junge-ich-bin-nur-ein-einfacher-Polizist-Lächeln.

»Ich nenne Ihnen ein Beispiel. Eines, das Ihnen als Polizist gefallen wird. Beantworten Sie mir folgende Frage: Stimmt die Aussage, dass die Welt ein besserer Ort wäre, wenn wir alle bessere Menschen würden?«

Dixon schaute mich an, als sei ich leicht zurückgeblieben. »Meiner Meinung nach versteht sich das von selbst«, antwortete er. »Aber vermutlich wirst du mir gleich sagen, dass es nicht so ist.«

»Sie vermuten richtig. Es ist nicht so. Es ist völlig falsch und ich könnte es Ihnen mit Mathematik beweisen.«

Dixon hob eine Hand. »Verschone mich. In Mathe war ich immer grottenschlecht.«

»Der Vergleich als Trugschluss«, fuhr ich fort. »Was für ein Individuum stimmt, trifft nicht automatisch auf eine Gruppe zu.« Ich warf einen Blick auf Dixons Gesicht und beschloss, rasch weiterzumachen. »Sagen wir, eine Definition von ›besser sein‹ ist die, dass wir mehr über die Gefühle anderer Menschen nachdenken und extra Dinge dafür tun, dass sie sich gut fühlen. Ja?«

Dixon nickte.

»Okay. Kriminelle verhalten sich also besser, aber als Reaktion auf die Kriminellen verhalten wir uns ebenfalls besser. Strafen sind weniger hart, was wiederum ein Ansporn für Kriminelle ist, sich schlecht zu benehmen. Das würde aus der Welt doch einen schlechteren Ort machen, oder?«

Dixon runzelte die Stirn und saugte an seinen Zähnen. Er öffnete den Mund und schloss ihn wieder. »Egal«, meinte er schließlich. »Du glaubst, diese Spieltheorie ist in unserem Entführungsfall nützlich?«

»Möglicherweise. Sie lässt sich auf die meisten Gebiete anwenden, bei denen es Gewinner und Verlierer gibt.«

Er kaute eine Weile daran herum. Wir waren einmal um den Block gegangen, und er trottete hinüber zu seinem Wagen, einem alten Ford, der so mitgenommen aussah wie seine Schuhe. Übertrieb er es mit dem heruntergekommenen Typus nicht etwas? Der zähe Bulle ohne höhere Schulbildung, dafür extrem bauernschlau? Funktionierte das, wenn es darum ging, Verdächtige in falscher Sicherheit zu wiegen? Wandte Dixon auf seine Art die Spieltheorie an, um seine Erfolgschancen im Spiel Gut gegen Böse zu erhöhen? Er winkte mich auf den Beifahrersitz und ließ den Motor an. Der hustete einen Moment, bevor er ansprang. Fast im selben Augenblick strömte kalte Luft aus den Lüftungsschächten. Wenn Dixon auch an der Karosserie des Wagens sparte, an der Klimaanlage hatte er nicht gegeizt. Er tupfte sich mit seinem Taschentuch das Gesicht ab und lehnte sich auf seinem Sitz zurück.

»Dann gibt es jetzt zwei Möglichkeiten«, sagte er. »Erstens: Deine Begeisterung für diese Spieltheorie trübt deine Einschätzung der Motive des Kriminellen. In anderen Worten: Du unterstellst ihm ein Interesse am Spielen, weil das *dein* Ding ist.« Er zog ein Päckchen Zigaretten aus seiner Jackentasche, klopfte eine heraus und steckte sie in den Mund. Er schaute mich an. »Was dagegen?«, fragte er.

»Es ist Ihr Wagen und Ihre Lunge«, erwiderte ich.

»Na ja, in diesem Fall auch deine Lunge.«

»Reden Sie weiter.«

Er zündete die Zigarette an und seufzte zufrieden.

»Was wollten Sie sagen?«, hakte ich nach.

»Zweitens: Der Kidnapper weiß um dein Interesse am Spiel. Er hat, wie du sagst, jede Menge Informationen über deine Familie. Man könnte also davon ausgehen, dass er auch deine persönlichen Interessen kennt.«

»Und wie hilft uns das weiter?«

»Es erhöht die Wahrscheinlichkeit, dass du den Kidnapper kennst. Phoebe hat den Supermarkt schließlich mit ihm verlassen. Das lässt vermuten, dass es jemand war, dem sie glaubte, vertrauen zu können.«

»Er hat das erklärt.«

Dixon nahm einen langen Zug und schnippte Asche aus dem Wagenfenster.

»Schon. Aber das heißt ja nicht, dass wir ihm glauben müssen, oder? Er hat dich manipuliert, schätze ich. Hat sich dein

Schuldgefühl zunutze gemacht. Vielleicht hat er einen ausgeklügelten Zug gemacht, um dir genau diese Reaktion zu entlocken. Um sich im Kampf zwischen euch beiden einen Vorteil zu verschaffen. Habe ich langsam den Dreh raus bei deiner Spieltheorie?«

Ich überlegte. Ramponierte Schuhe, schlechtes Essverhalten, was sein Taillenumfang und die Fast-Food-Verpackungen im Fußraum seines Wagens bezeugten, aber einen scharfen und geübten Verstand. Ja. Möglich, dass Dixon goldrichtig lag.

»Sie kriegen nicht nur langsam den Dreh raus. Ich glaube, Sie sind Experte und wissen es nur noch nicht. Sie haben die Spieltheorie Ihr ganzes Berufsleben über angewandt, kannten nur den Ausdruck nicht.«

»Ich hab's Polizeiarbeit genannt«, erwiderte Dixon. »Aber ich bin ja nur ein dummer Bulle.«

»Oh, bitte, spielen Sie nicht gegen *mich*.« Er lächelte, und ich versuchte zurückzulächeln, doch es wurde ein Gähnen daraus. »Ich muss ein paar Stunden schlafen. Ich breche gleich zusammen.«

»Alles klar.« Dixon schnippte die Zigarettenkippe hinaus auf die Straße. Dann griff er in seine Tasche und zog eine Visitenkarte heraus. »Ich bin nicht zuständig für den Fall, das weißt du. Aber wenn du reden möchtest – wenn dir noch etwas einfällt und du es mit jemandem durchsprechen willst, ruf an. Ich bilde mir gern ein, dass ich gelegentlich doch noch zu etwas nütze bin.«

Ich nahm die Karte. »Rund um die Uhr?«

»Du liebe Güte, nein. Ich brauche meinen Schlaf. Aber bis zehn Uhr abends ist okay und morgens bin ich meist um fünf wieder auf. Eine der Veränderungen in den Lebensgewohnheiten, die das Alter mit sich bringt.«

Ich öffnete die Wagentür.

»Noch etwas«, sagte Dixon. »Dass er seine Stimme verändert, damit du nicht sagen kannst, ob es ein Mann oder eine Frau ist. Glaubst du, er würde sich die Mühe machen, wenn er ein vollkommen Fremder für dich wäre?«

Ich steckte die Karte in meine Hemdtasche. »Ja. Wenn die Polizei seine Stimme erkennen könnte.«

»Stimmt«, meinte Dixon. »Trotzdem könntest du mal darüber nachdenken.«

Ich stieg aus und schloss die Tür. Sein Wagen fuhr davon und zog eine Abgaswolke hinter sich her. Ich schaute ihm nach, bis er am Ende unserer Straße um die Kurve verschwand, dann ging ich zurück ins Haus. Summer hatte sich nicht von der Stelle gerührt, hing jetzt aber halb über der Sofalehne und schnarchte leise. Spider saß nach vorn gebeugt und rollte auf dem Couchtisch einen Joint.

»Wenn du das Zeug rauchen willst, kannst du in den Garten gehen«, sagte ich.

»Klar, Mann. Kein Problem.« Er nahm das Ende der Kippe zwischen die Lippen und drehte es, um es anzufeuchten, dann steckte er sich den Joint hinters Ohr.

Ich ging in mein Zimmer und fiel aufs Bett. Ich war mir nicht sicher, ob ich schlafen konnte. Zum Ausziehen war ich ohnehin zu müde. Adrenalin rauschte durch meinen Körper wie die letzten vierundzwanzig Stunden schon. Es war, als tanzte jedes Blutkörperchen, jedes Signale aussendende Neuron seinen eigenen Tanz. Doch ich hatte kaum die Augen geschlossen, da war ich schon eingeschlafen.

Ich träumte. Ich war in dem Supermarkt, hatte einen Korb bei mir und legte Karotten hinein, eine nach der anderen. Die

Frau mit dem Tattoo war da und auch der Typ mit dem Telefon. Dieses Mal sagte er jedoch nicht »Sicher, ja, klar«, sondern: »Er ist hier bei mir. In der Gemüseabteilung. Die Luft ist rein.« Unsere Blicke trafen sich und in seinen Augen war kein Weiß. Es waren schwarze Löcher, die schwach das Licht der Leuchtstoffröhren spiegelten. Ich schaute mich um. Wo war Phoebe? Eben noch war sie hier.

Ich entdeckte sie. Ein kurzer Blick auf ihren Hinterkopf, bevor sie um einen Aufsteller mit weißen Bohnen verschwand. Ihr dunkles Haar wehte, dann war sie weg. Ich sah den roten Denim-Stoff einer ihrer Turnschuhe. Der Absatz war schief. »Hey, Phoebe!«, rief ich, doch sie kam nicht zurück. Ich ging hin und schaute den Gang hinunter. Phoebe bog am Ende gerade rechts ab. Dieses Mal glaubte ich, einen Mann bei ihr zu sehen. Das Flattern von Hosenbeinen. Das Aufblitzen eines dunklen Schuhs. Ich lief zum Ende des Gangs, schaute nach rechts und links. Nichts. Dann sah ich wieder ihren Hinterkopf und abgelaufene rote Denim-Turnschuhe, als sie um die Ecke bog. Hielt sie jemanden an der Hand? »PHOEBE!«, brüllte ich. »SO SCHNELL KANNST DU DOCH GAR NICHT RENNEN!« Sie kam nicht zurück.

Ich bewegte mich wie in einem Labyrinth. Inzwischen war niemand mehr im Supermarkt außer Phoebe und mir und einer ganz schwachen Ahnung einer weiteren Gegenwart. Jemand, etwas Dunkles. Die Gänge waren kurvig und schienen kein Ende zu nehmen. Ich rannte jeden hinunter und jedes Mal erhaschte ich einen Blick auf ihr Haar, auf einen abgelaufenen Turnschuh. Ich kam ihr nie näher.

Dann ein Geräusch. In der Mitte eines Gangs blieb ich stehen. Auf allen Regalen standen weiße Bohnen. Tausende, Millionen von Dosen, die sich ins Unendliche erstreckten. Das

Geräusch wurde deutlicher. Ein Summen. Mein Herz tat einen Sprung.

Mit einem Ruck setzte ich mich im Bett auf. Mein Telefon summte. Kein Anruf. Eine SMS. Ich wischte auf dem Display herum. Nummer unbekannt. Ich drückte, um die Nachricht auf den Schirm zu holen. Doch da war keine Nachricht, die ich hätte holen können.

Ich hatte ein Video erhalten.

KAPITEL 19

Phoebe saß vor einer vollkommen leeren Wand. Es war eine Backsteinwand – ich sah die typischen Umrisse der einzelnen aufeinanderliegenden Backsteine –, aber sie war in einem gebrochenen Weiß gestrichen worden. Phoebe trug nicht mehr ihre Schuluniform, sondern etwas, das ich noch nie an ihr gesehen hatte. Eine Art grünes Hängerchen mit einer bunten Schleife am Ausschnitt. Definitiv nichts, was sie sich ausgesucht hätte. Es war zu mädchenhaft für ihren Geschmack. Das hatte eindeutig die Person ausgesucht, die sie entführt hatte.

Es war genau die Art von Kleid, die jemand gekauft hätte, der keine Ahnung von Kindern hat. Es war konventionelle Mode, hinter der eine Vorstellung davon stand, wie kleine Mädchen aussehen *sollten*. Fragen stiegen in meiner Kehle auf wie Galle. War sie gezwungen worden, das anstelle ihrer Schuluniform anzuziehen? Und am allerwichtigsten: Hatte man ihre Privatsphäre respektiert, als sie sich in diese Monstrosität zwängen musste? Am liebsten hätte ich die Augen zugemacht, um meine schrecklichen Visionen nicht an mich heranlassen zu müssen. Doch nicht einmal das hätte geholfen.

Phoebe saß im Schneidersitz auf dem blanken Betonboden. Sie trug weder Socken noch Schuhe. In ihrem Schoß lag eine

Zeitung. Eine regionale Tageszeitung vom heutigen Tag. Sie hielt sie in die Kamera, und es schien, als sei ihr das peinlich. Danach faltete sie sie ordentlich zusammen – selbstverständlich tat sie das – und legte sie neben sich. Das Bild verschwamm und kräuselte sich, doch ich hatte keine Zeit, mir über die Augen zu wischen, und wollte es auch nicht. Sie lächelte mich an – ein seltsames, schiefes Lächeln –, und ein Schluchzer blieb mir in der Kehle stecken. Dann redete sie.

»Hi, Jamie. Es geht mir gut, und ich bin nicht verletzt, mach dir also bitte keine Sorgen. Grüße Mom und Dad und Summer. Sag ihnen, dass ich sie vermisse und lieb habe und es nicht erwarten kann, wieder nach Hause zu kommen.« Ihr Blick ging kurz zu einem Punkt gleich neben der Linse und sie nickte. »Bis bald, Jamie. Ich hab dich lieb. Bye.« Dann erstarrte sie, das Bild verblasste zu einem hellen Grau, und über ihrem Gesicht erschien das »Abspielen«-Symbol.

Ich stolperte mit dem Telefon in der Hand die Treppe hinunter. Der Tag war bis jetzt schon der Horror gewesen. Er sollte noch schlimmer werden.

Summer war mit Spider verschwunden, doch Mom und Dad waren zurück. Dad saß mit diesem verwirrten Gesichtsausdruck, der in letzter Zeit seine übliche Maske geworden war, auf dem Sofa. Mom ging hinter ihm auf und ab. Ich musste an mich halten, um ihr nicht beide Hände auf die Schultern zu legen und sie einen Moment zum Stehenbleiben zu zwingen. Ich fürchtete, sie könnte zusammenbrechen, wenn ich es tat.

Ich winkte Mom in die Küche und zeigte ihr das Video. Sie schaute es sich zwei Mal an und blickte zu dem Regal, auf dem immer der Whisky gestanden hatte. Dann gingen wir mit dem Handy zu Dad. Er starrte schweigend aufs Display. Seine Augen füllten sich mit Tränen und am Ende legte er einen Finger auf das Standbild seiner Tochter. Es war unerträglich. Ich floss über. Ich hatte keine Mittel, um die Flut einzudämmen. Schließlich legte ich Dad die Hand auf die Schulter. Er reagierte nicht, sagte nichts, ließ nur seinen Finger auf Phoebes Gesicht liegen. Ich überließ ihm das Telefon und ging hinaus.

Mom rief Gardner an und er und Moss erschienen keine halbe Stunde später. Sie schauten sich das Video an – es dauerte eine Weile, bis wir Dad das Handy wegnehmen konnten –, und luden es auf einen Laptop. Dann nahm Moss meine detaillierte Aussage über das Gespräch zu Protokoll, das ich am Morgen mit dem Kidnapper geführt hatte. Ich saß am Küchentisch und durchforstete mein Gedächtnis. Und durchforstete es noch einmal. Mom und Gardner standen ein paar Schritte neben mir und unterhielten sich. Nur ab und zu bekam ich mit, wie kurz Gefühle aufwallten, Frustration zum Ausdruck kam, immer von Mom. Doch genau wie Dad war ich entrückt, eingeschlossen in meiner eigenen Welt der Erinnerung. Ich war dankbar für den Akt des Erinnerns, für das Zurückholen des Gesagten, das Festschreiben von Wortfetzen. Es bedeutete, dass ich nicht nachdenken musste. Vielleicht hatte Dad recht. Vielleicht war er an einem guten Ort, wo die Außenwelt ihn nicht erreichen konnte. Vielleicht war er aber auch in einem Albtraum, aus dem es kein Entrinnen gab. Und niemanden, den er um Hilfe bitten konnte. Von Zeit zu Zeit presste er eine Hand auf die Brust, wie um einen Schmerz zu lindern oder etwas am Entweichen zu hindern.

»Wir haben etliche Spuren«, sagte Moss, »und dieses

Video gibt uns definitiv weitere Anhaltspunkte, an denen wir arbeiten können.«

Mom hörte auf zu reden. Das Schweigen war greifbar. Mir wurde klar, dass es Worte gibt, die mehr Macht haben als andere. »Spuren« gehörte dazu. Es teilte einen Vorhang der Verzweiflung, und wir erhaschten einen Blick auf ein Land, das Hoffnung genannt wird.

»Ja?«, fragte Mom nach.

»Wir haben ein Team von Technikern, Spezialisten, die versuchen, die Anrufe zurückzuverfolgen, und an den Aufzeichnungen der Stimme des Anrufers arbeiten.«

»Und?«

Gardner zog am Knoten seiner Krawatte, als hindere er ihn am Atmen. »Die Stimme wurde offenbar mithilfe eines Computerprogramms oder einer App verschlüsselt. Das Problem liegt darin, dass es so viele davon gibt und wir mit dieser Spur nicht wirklich weiterkommen.«

»Er hat gesagt, dass er bei einer Telefongesellschaft gearbeitet hat«, sagte Mom. »Sind Sie der Spur gefolgt?«

»Ja. Aber es gibt viele Provider, und wir wissen nicht, wann oder wo im Land er angestellt gewesen sein könnte. Er könnte auch einfach lügen, falsche Spuren legen, um uns Zeit zu stehlen. Aber wir arbeiten daran.« Er hielt inne, öffnete den obersten Hemdknopf und lockerte seine Krawatte etwas. »Unsere Männer sind jedoch zu einem vorläufigen Schluss bezüglich seines Geschlechts gekommen. Ihre Erkenntnisse basieren auf einer Analyse von Sprachmustern und Wortwahl. Der Entführer ist mit einiger Wahrscheinlichkeit männlich und gebildet, möglicherweise bis zu einem Hochschulabschluss.

»Mit einiger Wahrscheinlichkeit?«, fragte ich.

Gardner seufzte. »Das ist keine exakte Wissenschaft, Jamie. Es gibt keine Garantien, aber sie nehmen es an.«

»Okay«, fasste Mom zusammen, »dann ist der Entführer *mit einiger Wahrscheinlichkeit* männlich und hat *möglicherweise* einen Hochschulabschluss.« Sie versuchte nicht einmal, die Bitterkeit aus ihrem Ton herauszuhalten. »Was heißt das? Hunderttausend Verdächtige. Ist das die *Wahrscheinlichkeit*?«

Moss mischte sich ein. »Wir arbeiten auch noch an anderen Dingen, Mrs Delaware. Wir haben viele Befragungen durchgeführt und gehen neuen Spuren nach. So erinnern sich zum Beispiel drei Leute aus dem Supermarkt an ein Mädchen, auf das die Beschreibung von Phoebe passt und das mit einer Person mittleren Alters in einen Wagen gestiegen ist.«

Mom wollte etwas sagen, doch Gardner hob die Hand.

»Zeugen sind nie verlässlich, das muss Ihnen klar sein. Es hat nichts Merkwürdiges an sich, wenn ein Mädchen auf dem Parkplatz eines Supermarkts in einen Wagen steigt. Es ist also gut möglich, dass sie Ihre Tochter überhaupt nicht erkannt haben. Dennoch müssen wir den Hinweisen in jedem Fall nachgehen.«

»Konnten sie die Autonummer erkennen?«, fragte Mom.

»Nicht einmal annähernd«, antwortete Gardner. »Sie dürfen nicht vergessen, diese Leute haben Einkäufe in ihrem Wagen verstaut. Wer gibt in einer solchen Situation acht auf Autonummern?«

Mom wollte wieder unterbrechen, doch jetzt hob Gardner einen Finger.

»Allerdings erinnern sich zwei Leute an Marke und Farbe des Wagens. Ein grüner Commodore. Ihre Beschreibungen stimmen im Großen und Ganzen überein. Das heißt, wir können versuchen, das Baujahr einzugrenzen, und das wiederum heißt, dass wir nach möglichen Besitzern suchen können.«

»Was ist mit dem dritten Zeugen?«, wollte ich wissen.

»Hat den Wagen nicht gesehen«, erwiderte Gardner. »Er hat nur deine Schwester in Begleitung einer Frau gesehen – oder *glaubt,* sie gesehen zu haben.«

»Einer Frau?«, wiederholte Mom. Sie fuhr sich mit der Hand über die Augen und seufzte. »Beschreibung?«

Gardner schüttelte den Kopf. »Mittleren Alters, möglicherweise jünger. Durchschnittlich groß oder vielleicht etwas größer als der Durchschnitt. Dunkles Haar, es kann auch grau gewesen sein, lang, vielleicht auch schulterlang. Bitte verstehen Sie, Mrs Delaware, Sie sehen jemanden auf dem Parkplatz eines Supermarktes. Wie verlässlich würde Ihre Beschreibung ausfallen? Wenn Sie wüssten, dass es wichtig ist, würden Sie der Sache mehr Aufmerksamkeit schenken. Aber das wissen Sie nicht. Sie verstauen Einkäufe im Kofferraum Ihres Wagens. Einen Tag später erinnern Sie sich wahrscheinlich nicht einmal mehr an Ihre eigenen Einkäufe, geschweige denn an jemanden, der vorbeiging.«

Mom überlegte. Sie sah aus, als stünde sie kurz davor, über die Verantwortungslosigkeit der Leute herzuziehen, doch letztlich fiel ihr nichts ein, womit sie Gardners Argument widerlegen könnte. »Wie sieht es mit Hypnose aus?«, fragte sie.

Gardner blinzelte und sackte ein wenig in sich zusammen. Mir kam der Gedanke, dass er wahrscheinlich auch nicht sonderlich viel Schlaf bekommen hatte. Zumindest *hoffte* ich, dass er nicht geschlafen hatte. Er suchte zweifellos nach einer diplomatischen Antwort und hatte genauso zweifellos Mühe, eine zu finden.

Schließlich rettete ihn Moss. »Hypnose ist, im Gegensatz zu

dem, was man im Fernsehen sieht, selten erfolgreich, Mrs Delaware. Tatsache ist, dass dabei oft Dinge hochkommen, die nie passiert sind – Spuren von Erinnerungen aus dem Unterbewusstsein, vereinzelte Fantasiegebilde. Das bringt nur Verwirrung in die Untersuchung. Ganz davon abgesehen, dass Beweise, die durch Hypnose erbracht wurden, aufgrund ihrer Unzuverlässigkeit vor Gericht nicht zugelassen sind.«

Mom wollte den Einwurf nicht gelten lassen. Ich sah es an den zusammengepressten Lippen und der Art, wie sie die Schultern straffte, und hielt es für besser, ihr zuvorzukommen.

»Und wie finden wir den Wagen?«, fragte ich.

Gardner warf mir einen dankbaren Blick zu. »Kleinarbeit, Jamie. Altmodische Kleinarbeit. Wir gehen die Registrierungen der Wagen durch und erstellen eine Liste von Autos in der näheren Umgebung, auf die die Beschreibung passen. Dann schicken wir Polizisten los, die die Besitzer befragen, herausfinden, wo sie zum Zeitpunkt von Phoebes Verschwinden waren …«

»Was kann man tun, damit sie nicht lügen?«, fragte ich.

»Gar nichts. Und der Entführer würde natürlich, sollten wir ihn befragen, genau das tun. Aber wir haben jede Menge Erfahrung mit Verdächtigen und Zeugen. Glaub mir, keiner von uns wird Ruhe geben, bevor wir deine Schwester gefunden haben.«

Moss übernahm wieder. »Und dieses Video ist eine weitere Spur, wahrscheinlich sind es sogar mehrere. Das Kleid, das Phoebe trägt, zum Beispiel. Es war eindeutig der Verdächtige, der es gekauft hat, und es ist zweifellos markant. Wir finden heraus, wer solche Kleider herstellt, und lassen uns eine Liste der Läden geben, die sie ins Lager genommen haben, sowohl auf regionaler als auch auf nationaler Ebene. Dann beginnt, wie Hauptkommissar Gardner gesagt hat, wieder die Kleinarbeit. Wir checken die Rechnungen der Einzelhändler, befragen Ladenbesitzer. Dasselbe gilt für die Zeitung. Einige Händler stempeln ihren Namen auf die Zeitungen. Wir lassen das Video von einem Fachmann untersuchen, um zu sehen, ob ein Name erkennbar ist. Es ist sogar möglich, dass wir herausfinden können, mit welcher Kamera oder, was wahrscheinlicher ist, mit welchem Smartphone das Video aufgenommen wurde. Das gibt uns einen weiteren Ermittlungsansatz.«

Gardner erhob sich. »Meiner Erfahrung nach führen oft genau solche Spuren zum Durchbruch.« Er schaute auf seine Uhr. »Und wenn Sie uns jetzt bitte entschuldigen, wir sollten zurück zur Wache. Je eher das Video analysiert wird, desto besser.«

Ich brachte sie zur Haustür.

Moss blieb gleich hinter der Schwelle stehen und drehte sich zu mir um. »Du kannst deinen Eltern und deiner Schwester übrigens sagen, dass wir Summerlees Bank kontaktiert haben und es kein Problem ist, an das Geld zu kommen. Sie verlangen eine möglichst lange Vorlaufzeit, können es, wenn nötig, aber auch in wenigen Stunden besorgen. Diese Information solltest du selbstverständlich nicht an den Entführer weitergeben.«

Ich nickte.

»Wenn er anruft, um die Geldübergabe mit dir zu besprechen, bittest du ihn, sich in ein paar Stunden noch einmal zu melden. In der Zeit würdest du herausbekommen, wann das Geld verfügbar ist. Danach rufst du uns sofort an.«

»Natürlich.«

Sie wandte sich zum Gehen.

»Oh, noch etwas«, sagte ich, »hier ist die Liste der Leute,

die meiner Ansicht nach ein Motiv hätten, so etwas zu tun.« Nach langem Überlegen hatte ich nur zwei Namen aufgeschrieben – Mr Monkhouse und Mrs Abbott. Ich hatte es nicht für klug gehalten »und alle Polizisten, die mit dem Fall betraut sind« dazuzuschreiben.

Sie steckte den Zettel ein, ohne ihn angeschaut zu haben. »Danke. Deine Mutter hat ihre Liste telefonisch durchgegeben.« Moss lächelte. »Summerlee meinte, es sei leichter, eine Liste der Leute zu erstellen, die ihr *nichts* Böses wollen. Am Ende war ihre fünf Seiten lang.«

Ob mein Name auch darauf stand? Oder war ich der Einzige, der so durchgeknallt war, dass er allen Ernstes andere Familienmitglieder in Betracht zog? Ich nickte.

»Wie geht's da drin, Jamie?« Sie neigte den Kopf in Richtung Haus.

Ich zuckte mit den Schultern. »Wir halten es aus. Wahrscheinlich begreifen wir das ganze Ausmaß des Schadens erst, wenn alles vorbei ist, aber im Moment funktionieren wir. Mehr nicht.«

Sie schüttelte mir die Hand. Ihr Handschlag war fest. Dann stieg sie zu Gardner ins Auto. Er hatte den Wagen bereits angelassen. Ich schaute ihnen nach, während sie davonfuhren. Das Geräusch von Reifen auf Kies wurde leiser, dann war die Welt still. Es war Nacht geworden. Wie lang hatte ich geschlafen? Ich schaute auf meine Uhr. Halb neun. Ich stand zehn Minuten auf der Schwelle, lauschte in die Stille und atmete tief durch, als versuchte ich, eine Art Infektion loszuwerden. Es lag nicht so sehr daran, dass die Nacht klar und frisch war, obwohl sie das war. Ich sperrte mich gegen die Welt hinter unserer geschlossenen Tür.

Sie war trübe, abgestanden und kein guter Aufenthaltsort.

Um neun fuhr Mom zum Fish-and-Chips-Laden. Niemandem war nach essen zumute, aber es gab ihr etwas zu tun. Sie legte das in fettdichtes Papier eingewickelte Päckchen auf den Tisch, damit wir uns bedienen konnten. Ich versuchte ein Stückchen Fisch. Es war ölig und der Ausbackteig fad, aber ich zwang es in mich hinein. Mom und Dad rührten nichts an. Wir sprachen nicht miteinander.

Niemand gab es zu, aber wir alle warteten darauf, dass die Stille vom Klingeln eines Handys unterbrochen wurde. Ich balancierte meines auf der flachen Hand. Vorsichtig, als wäre es gefährlich und könnte jeden Moment explodieren. Was von der Wahrheit vermutlich nicht allzu weit entfernt war.

Minuten krochen dahin und wurden zu Stunden. Ich musste an Summerlee denken. Wo war sie und was tat sie? Ich fragte Mom nicht, weil sich das Schweigen inzwischen so tief eingewurzelt hatte, dass es fast unmöglich war, es zu brechen. Ich wollte mit meiner älteren Schwester sprechen. Ich hatte es satt, dass wir alle in unseren eigenen Köpfen lebten und der Schmerz uns trennte, statt uns zu vereinen. Und ich wusste, dass Summer bei all ihren unübersehbaren Fehlern, ihren kleinen Grausamkeiten und ihrer Selbstverliebtheit Phoebe liebte und in ihrer ureigenen Hölle schmorte. Meine Familie. Inseln voller Leid und keine Brücke in Sicht. Vielleicht sind alle Familien so.

Es war schon nach elf, als die Wände im Wohnzimmer in Wellen von Licht gebadet wurden. Ich blinzelte. Im ersten Moment konnte ich die Quelle nicht ausmachen. Dann hörte ich Motorengeräusch, Türenschlagen und leise Stimmen. Mom trat ans Fenster und spähte durch einen Spalt in den Vorhängen. Eine Seite ihres Gesichts wurde hell, die andere versank in Dunkelheit. Dad war aufgestanden und schaute mich an. Ich zuckte mit den Schultern. Dann hörten wir Schritte auf dem Kies und sofort danach wurde an die Tür gehämmert.

Fast im selben Augenblick läuteten sämtliche Telefone im Haus. Ich blickte auf meines, das immer noch auf meiner Handfläche lag, und kapierte erst mal ein oder zwei Sekunden lang gar nichts.

KAPITEL 20

Mom hob ihr Handy ans Ohr und Dad ging zum Festnetztelefon. Ich ging in die Küche. Anrufer unbekannt.

»Hallo?«

»Ist dort Jamie Delaware?«

Eine Frauenstimme.

Ich geriet völlig aus der Fassung. »Ja.«

»Hier ist Yvonne Murrell vom *Clarion*. Ist es möglich, mit dir über das Verschwinden deiner Schwester zu sprechen …«

Ich legte auf. Das Klopfen an der Haustür wurde lauter. Mein Telefon läutete erneut. Ich sah, wie Mom ihren Anruf mit so viel Druck aufs Display beendete, dass das Glas hätte zerspringen können. Dad steckte das Festnetztelefon in die Halterung zurück, doch es läutete sofort wieder. Ich ging zurück in die Küche und wischte über das Symbol auf meinem Telefon.

»Jamie, ich brauche nur ein Statement von dir …«

»Rufen Sie diese Nummer nicht mehr an«, sagte ich. »Bitte.«

Ich legte auf, doch fast im selben Augenblick klingelte es erneut. Ich ging ein paar Schritte weiter auf das schiere Entsetzen zu. Ich *musste* doch drangehen. Selbst wenn die Chance, dass es der Anruf war, auf den wir warteten, nur bei einem Prozent lag. Ich steckte das Telefon in meine Tasche, aber das

Vibrieren an meinem Bein war von Höllenqualen nicht zu unterscheiden.

Dann hörte ich vom Wohnzimmer her Stimmen. Mom hatte die Haustür aufgerissen und grelles Licht hereingelassen. Ich sah eine Gruppe von Leuten, doch vor dem Hintergrund von Autoscheinwerfern waren sie nur als Silhouetten zu erkennen. Ein Dutzend Stimmen redeten gleichzeitig. Ich trat zu ihr.

»Mrs Delaware, es tut mir leid, wenn ich Sie störe, aber …«

»Haben Sie eine Erklärung abzugeben, Mrs Delaware …?«

»Jamie, gibt es Neuigkeiten von deiner Schwester …?«

»Mrs Delaware, haben Sie schon etwas von dem Entführer gehört …?«

Mom und ich standen Schulter an Schulter, zu verdattert, um etwas zu sagen, eingehüllt in Licht und ein Durcheinander an Stimmen. Mein Telefon läutete in einem fort. Endlich hob Mom die Arme und die Stimmen verstummten sofort. Ich sah, wie Mikrofone nach vorn gehalten wurden. Ein paar Blitzlichter leuchteten auf, und Mom zuckte zusammen, als sei sie getroffen worden.

»Ich habe nichts zu sagen«, begann Mom. »Es gibt nichts Neues. Aber ich möchte Sie bitten, unsere Privatsphäre zu respektieren. Wie Sie sich vorstellen können, ist dies eine schwierige Zeit für uns.«

Ich war entsetzt über die Untertreibung und gleichzeitig beeindruckt von ihrer Selbstkontrolle. Ich hatte erwartet, dass sie explodiert wie eines dieser Blitzlichter.

»Insbesondere möchte ich Sie bitten«, fuhr sie fort, »nicht bei uns anzurufen. Wenn wir bereit sind, ein Statement abzugeben, tun wir das über die Polizei. Danke.«

Sie wollte die Tür schließen, doch die Fragen begannen erneut in doppelter Lautstärke.

»Heißt das, es hat noch keinen Kontakt mit dem Kidnapper gegeben, Mrs Delaware …?«

»Jamie, Jamie … Du warst da, als sie entführt wurde. Kannst du …?«

Dad schob sich an uns vorbei. Selbst aus dem Augenwinkel sah ich, dass sein Gesicht dunkelrot war vor Zorn. Mir wurde plötzlich klar, dass seine Brustschmerzen auch Symptome für etwas wirklich Ernstes sein könnten – dass in seiner Brust vielleicht eine Bombe tickte. Aber die ganze Familie war umgeben von tickenden Bomben.

»Habt ihr denn überhaupt kein Schamgefühl?«, brüllte er. »Welchen Teil von ›Wir haben nichts zu sagen‹ versteht ihr nicht? Und jetzt verpisst euch, alle miteinander. Ihr habt unbefugt unser Grundstück betreten, ich rufe jetzt die Polizei.«

Er schmiss die Tür mit solcher Wucht zu, dass eine der Scheiben einen Sprung bekam. Eine junge Reporterin ganz vorn klemmte sich fast die Finger zwischen Tür und Rahmen ein, und ich war beinahe enttäuscht, dass es nicht so war. Seinem Gesichtsausdruck nach zu schließen, ging es Dad genauso. Aber sein Auftritt funktionierte. Kurzzeitig. Man hörte Gemurmel und das Geräusch von Schritten, die die Zufahrt hinuntergingen. Ich trat ans Fenster und spähte durch die Vorhänge. Einige Reporter stiegen in ihre Autos und fuhren davon. Andere liefen direkt hinter unserer Grundstücksgrenze auf der Straße auf und ab. Jemand verteilte Kaffee in Pappbechern. Eine junge Frau bereitete sich auf eine Fernsehreportage vor. Ein Kollege baute ein Flutlicht auf und ein anderer holte eine Kamera aus einem Van. Ich ließ den Vorhang zurückfallen.

»Könnte sein, dass sie länger hier sind«, sagte ich.

Wenigstens läutete mein Handy nicht mehr.

Mom rief Gardner an, und er versprach dafür zu sorgen, dass wir keine Anrufe von der Presse mehr erhielten. Zumindest nicht auf meinem Handy. Es tat ihm leid, dass die Nachricht durchgesickert war, aber er sagte Mom, dass es ohnehin nur eine Frage der Zeit gewesen war. So etwas konnte man nicht lange geheim halten. Und vielleicht war die Entwicklung ja gar nicht so schlecht. Umfassende Berichterstattung war eine effektive Methode, um Informationen aus der Öffentlichkeit zu erhalten. Mehr Leute würden sich melden.

Gardner schickte einen Polizisten zu uns, der unsere Tür bewachte, und wir kehrten zu dem zurück, was Normalität bei uns geworden war: bei ausgeschaltetem Fernseher im Wohnzimmer zu sitzen oder hin und her zu tigern. Ein Teil von mir hätte gern die Nachrichten gesehen, aber wahrscheinlich hätte sie keiner von uns ertragen. Jetzt, da es garantiert im Fernsehen war, hätte es wohl Sinn gemacht, in die sozialen Netzwerke zu gehen – zumindest darüber hatten wir ein Stück weit die Kontrolle –, aber ich konnte mich nicht dazu durchringen. Bei dem Gedanken, Phoebes Gesicht auf den Facebook-Seiten von Fremden zu sehen, zwischen inspirierenden Zitaten und Videos von süßen Kätzchen, wurde mir übel.

Es war fast zwei Uhr morgens, als wir drei zu reden begannen. Mom hatte endlich mit ihrem Hin-und-her-Tigern aufgehört und sich neben Dad auf die Couch gesetzt. Dad hatte seit seinem Ausbruch vor den Reportern keinen Ton mehr gesagt, doch sein Gesicht hatte eine annähernd normale Farbe angenommen, und seine Atmung war gleichmäßig. Ich saß auf dem Teppich vor dem ausgeschalteten Fernseher ihnen gegenüber.

»Erinnerst du dich noch an den Tag ihrer Geburt, Jamie?«, fragte Mom.

Ich überlegte. Aber um ehrlich zu sein, das meiste hatte ich vergessen. Ich war neun Jahre alt gewesen und erinnerte mich an meine Aufregung, doch nur an wenige Details. Wie ich ins Krankenhaus gegangen war und Phoebe zum ersten Mal gesehen hatte. Daran erinnerte ich mich. Sie war so winzig und hatte diese feinen Härchen wie der Flaum auf einem Pfirsich. Ich erinnerte mich, dass ich meinen kleinen Finger in ihre Hand gelegt und gespürt hatte, wie sie ihn umklammerte. Das war etwas Besonderes gewesen. Wie ein paar andere frühe Dinge, als sie noch ein Baby war. Das meiste schien damit zu tun zu haben, das sie zu jeder Tages- und Nachtzeit schrie. Volle Windeln waren ebenfalls immer dabei. Ich glaube, ich beachtete sie erst richtig, als ich die Entwicklung ihrer Persönlichkeit erkennen konnte. Als sie … Phoebe wurde. Als ich mehr für sie wurde als eine schattenhafte Gegenwart und sie anfing, mich zu lieben. Alle diese Empfindungen, Gefühle und Erinnerungen kamen zurück, und ich musste die Zähne zusammenbeißen, um nicht laut zu schreien.

Moms Frage war, wie es sich herausstellte, rein rhetorisch gemeint. Sie begann nämlich selbst zu reden. Über die kleinen Dinge, die ich nie erfahren oder denen ich keine Beachtung geschenkt hatte. Die Grippe, als sie drei war. Der Tag, an dem sie blau anlief und schnellstens ins Krankenhaus gebracht werden musste. Niemand wusste, was den Erstickungsanfall ausgelöst hatte, doch Mom und Dad wurden daraufhin paranoid. Dad lächelte, als sie das sagte.

»Du hast monatelang nicht geschlafen«, sagte er zu Mom.

»Du auch nicht«, erwiderte sie. »Nicht richtig. Wir haben uns abgewechselt, Jamie. Ich machte ein Nickerchen, wenn es möglich war, und dein Dad hielt es genauso. Wir hatten das Gefühl, sie könnte aufhören zu atmen, wenn wir sie nicht ständig im Auge behielten.«

»Erinnerst du dich noch an ihren ersten Schultag, Liebes?«, fragte Dad. »Ich hielt es nicht aus. Sie war noch so klein, und es war, als gäben wir sie auf, als überließen wir sie dem System. Einem System, das sie schlucken und uns nie mehr zurückgeben würde. Zumindest nicht als dasselbe Kind.«

»Ich kam nach Hause und habe drei geschlagene Stunden lang geheult.« Mom legte ihre Hand in die von Dad. »Du hast vier Stunden geweint, wenn ich mich richtig erinnere.«

Ich lächelte, während sie ihre Erinnerungen austauschten. Sie verloren sich in den Begebenheiten, durchlebten sie noch einmal. Die Angst und die Freude. Mom und Dad redeten zwanzig Minuten lang und hielten sich an den Händen. Es war keine Zeit gewesen, darüber nachzudenken, aber plötzlich wusste ich, dass ihre Ehe in Gefahr war, dass dies aushalten zu müssen, sie auseinandergerissen hatte. Jeder war in seinem eigenen Schmerz gefangen. Jetzt, da sie gemeinsam die Vergangenheit noch einmal durchlebten, waren sie glücklich und zusammen. Doch ich wusste, die Gegenwart lag auf der Lauer, und das Leiden war nur ein Wort entfernt. Das Wort war »Jamie«. Ich hatte nicht auf meine Schwester aufgepasst. Ich war verantwortlich für das alles.

»Glaubst du, er bringt sie um, Jamie?«, fragte Dad.

Ich warf Mom einen Blick zu. Sie wich mir nicht aus. Am Aussprechen eines Gedankens, den wir alle haben, ist nichts Schreckliches, schien sie zu sagen. In gewisser Hinsicht war es eine Erleichterung. Mein Gehirn formulierte sofort eine Lüge, aber ich hielt mich noch rechtzeitig zurück. Mom und Dad hatten Besseres verdient als das. Und sie wären ohnehin nicht darauf hereingefallen.

»Ich weiß es nicht«, antwortete ich.

Sie nickten beide. Mein Kommentar war ein Echo ihrer eigenen Gedanken.

»Wenn er es tut«, sagte Mom, »finde ich ihn und töte ihn. Ich reiße ihm mit bloßen Händen das Herz aus dem Leib. Das ist ein Versprechen.«

Ich wusste, dass sie es auch so meinte. Die Wahrheit lag eingebettet in ihrem Tonfall, der ruhig war, fast sachlich. Unter anderen Umständen hätte ich eine Gänsehaut bekommen. Dad lächelte, nachdem sie es gesagt hatte.

»Ihr müsstet euch beide hinter mir in die Schlange stellen«, sagte ich.

Mom nickte. Ein paar Minuten später waren ihre Hände auseinandergeglitten und meine Eltern starrten an mir vorbei auf die Wand. Niemand ergriff noch einmal das Wort.

Um drei Uhr morgens rutschte ich die Regenrinne neben meinem Zimmerfenster hinunter. Dad war kurz nach zwei ins Bett gegangen, doch es war unwahrscheinlich, dass er in den Schlaf finden würde. Ich glaube, er suchte einen physischen Ort, der seinem mentalen Ort entsprach. Einen Ort, an dem er Phoebes Leben erforschen konnte, ohne gestört zu werden.

Ich verstand das. Unser Haus schien durchdrungen von Verzweiflung. Die Stille war angefüllt mit einer unerträglichen Sehnsucht, aber wenn man genau hinhörte, waren da auch Spuren anderer Gefühle: Angst, ganz klar; Wut, zweifellos. Und dann, ganz im Hintergrund, wie ein Tinnitus diese leise Schuldzuweisung. Ich war mir nicht sicher, woher sie kam. Vielleicht nur von mir, aber ich glaubte es nicht.

Die Nacht war kühl und klar. Bäume standen als Silhouetten vor einem milchigen Himmel. Ich schlich mich seitlich am Haus entlang und schaute zur Straße. Die meisten Reporter waren nach Hause gegangen, doch ein paar Wagen standen immer noch auf der Straße, und ich erkannte schattenhaft Leute darin. Durch das Fenster auf der Beifahrerseite eines der Autos sah ich eine glühende Zigarette. Eine dünne Rauchfahne ringelte sich aus dem halb geöffneten Fenster. Ich fand ihr Verhalten schwer nachvollziehbar. Erwarteten sie tatsächlich, dass sich um drei Uhr morgens etwas tat? Und selbst wenn es so wäre, war es denn *so* wichtig, der Erste zu sein, der es hörte oder sah? Jeder, so schien es, wollte plötzlich ein Stück von Phoebe ergattern. Sie hatte einen hohen Stellenwert erlangt. Der Unterschied zwischen ihnen und uns war, dass sie in unserer Familie schon immer einen hohen Stellenwert hatte. Für diese Leute würde sie, wenn das alles vorbei war, in die Bedeutungslosigkeit versinken. Sie würden weitergehen zur nächsten flüchtigen Tragödie. Rauch hinterherjagen.

Ich ging in unseren Garten hinterm Haus und sprang über den Zaun ins Nachbargrundstück. Dann ins nächste. Ich wäre auch ins dritte gesprungen, doch der Zaun war zu hoch, und ich wusste nicht mehr, ob sie einen Hund hatten oder nicht. Die Reporter würden jedoch nur unser Grundstück beobachten, also schlich ich hinter dem zweiten Haus auf die Straße. Auf dem Seitenstreifen standen Bäume, die ein wenig Deckung boten. Dennoch entspannte ich mich erst, als ich um die Straßenecke gebogen war. Ich zog mein Handy heraus und rief ein Taxi.

Sie hatten kein Problem damit, einen einzelnen Mann um drei Uhr morgens auf der Straße aufzulesen. Mir kam es gefährlich vor, aber wahrscheinlich hatte ich jetzt einen anderen Blick auf die Welt. Hinter allem und jedem witterte ich plötzlich eine potenzielle Tragödie.

In Summerlees Haus brannte kein Licht. Die Party war vorbei. Ich rief sie an und sie nahm beim zweiten Läuten ab. Zwei Minuten später saß ich an ihrem Küchentisch und drehte den Hals einer Bierflasche zwischen Daumen und Zeigefinger. Ich wollte kein Bier, aber ich brauchte etwas, an dem ich herumspielen konnte. Summer saß mir gegenüber und rauchte, als hinge ihr Leben davon ab. Sie zog den Rauch in ihre Lunge, als fürchtete sie, auch nur ein Fitzelchen könnte ihr entwischen. Hatte sie eine Zigarette zu Ende geraucht, zündete sie die nächste daran an und drückte die alte in einem übervollen Aschenbecher aus. Jede Bewegung war aufgeladen mit Gewalt und Hilflosigkeit.

»Nichts Neues?«, fragte sie.

Ich schüttelte den Kopf. »Nicht vom Entführer. Aber die Medien sind jetzt voll hinter der Sache her. Sie campen vor unserem Haus. Ich gehe davon aus, dass sie bald auch hier aufkreuzen.«

»Ich scheiß auf sie. Von mir erfahren sie nichts.«

»Wie geht es dir?«, fragte ich. Sie schnippte ihre Zigarette fest gegen den Rand des Aschenbechers. Es war keine Asche dran, aber sie tat es trotzdem drei Mal. »Ich bin nicht bekifft«, antwortete sie, »und auch nicht betrunken.«

»Mal was ganz Neues«, sagte ich, aber ich grinste dabei, um ihr zu zeigen, dass ich es nicht böse meinte.

Sie beachtete mich gar nicht. Ihre gesamte Aufmerksamkeit galt ihrer Zigarette und wie sie die nicht vorhandene Asche loswerden konnte. »Ich dachte, zugedröhnt zu sein, würde helfen. Verstehst du? Alles betäuben. Aber es hat nicht funktioniert. Es gab allem sogar eine … gewisse Schärfe. Ich fand's entsetzlich. Also hab ich aufgehört.«

»Geht es dir jetzt besser?«

Sie schaute mich an. »Mir geht es erst wieder besser, wenn die kleine Maus zurück ist.« Darauf traten ihr Tränen in die Augen. Sie wischte sich ungeduldig übers Gesicht und senkte den Blick.

»Summer, ich ...«

»Willst du was ganz Merkwürdiges hören, Jamie?« Sie schaute wieder auf, hielt meinen Blick fest und redete weiter, ohne auf eine Antwort zu warten. »Ich musste heute an die alte Mrs Morris denken. Erinnerst du dich an sie? Diese alte Schachtel von Englischlehrerin? Ich hatte sie in der Neunten, glaube ich. Du hast sie auch gehabt.«

»Ja, ein Blick genügte, und noch in zehn Meter Entfernung blätterte die Farbe von der Wand ab.«

»Sie war die Pest«, fuhr Summer fort. »Ich hab sie gehasst. Aber sie hat mich auch gehasst. Was ich ihr nicht verübeln konnte. Ich war *so* gemein zu ihr. Selbst für meine Verhältnisse war ich echt gemein.«

Ich sagte nichts dazu. Worauf immer Summer damit hinauswollte, ich wusste, dass ich ihr Zeit lassen musste. Sie zündete die nächste Zigarette an und hustete.

»Und mir ist aus einer ihrer Stunden etwas eingefallen. Ein Gedicht. Keine Ahnung, worum es ging. Wie du weißt, hab ich nie wirklich aufgepasst. Vor allem nicht bei Poesie, was in meinen Augen die größte Zeitverschwendung überhaupt war. Aber etwas ist hängen geblieben.« Sie lächelte kaum merklich und betrachtete das glühende Ende ihrer Zigarette. »Egal wie sehr du dich bemühst, alles zu vergessen, einige Dinge bleiben hängen. Bildung, was? Sie packen dich auf die eine oder andere Art. Aber zu dem Gedicht. Ich erinnere mich nur an eine Zeile. Vielleicht sind es auch zwei. Und es geht ungefähr so: ›Wir müssen nett zueinander sein, solange Zeit dazu ist.‹« Sie schaute zu mir auf, und es war fast, als flehte sie mich um etwas an. »Was hältst du davon?«

»Sagt mir nichts.«

»›Wir müssen nett zueinander sein, solange Zeit dazu ist.‹ Das ist mir den ganzen Tag im Kopf herumgegangen. Wie ein Liedtext, verstehst du? Ein Text, den du schrecklich findest und den du trotzdem ständig im Ohr hast wie das lästige Summen einer Fliege.«

Ich lächelte.

»Hey«, fuhr sie fort, »ich weiß, was du denkst. Ich denke es auch. Ich bin ein verdammtes wandelndes Klischee. Ich weiß die Dinge erst zu schätzen, wenn ich sie nicht mehr habe. Aber, ich weiß auch nicht, Jamie.«

Sie fuhr sich mit den Fingern durchs Haar. Ich sah ihren Haaransatz und er war dunkel. Es gab die alte Summer noch, sie war nur gebleicht worden. Vielleicht konnte sie irgendwann herauswachsen.

»Das Verrückte ist, dass es echt stimmt«, fuhr sie eindringlich fort. »Ich meine, es stimmt. Sogar in Bezug auf die alte Mrs Morris. Das Letzte, was ich zu ihr gesagt habe ... Scheiße, Mann, an den genauen Wortlaut kann ich mich nicht mehr erinnern, aber es war voller Hass. Und sie ist gestorben. Hast du das gewusst? Sie hatte im Jahr darauf einen Herzanfall und das war's dann. Und das Letzte, was sie von mir gehört hat, war Hass.«

»Sie hat sich wahrscheinlich nichts dabei gedacht, Summer. Eine Menge Schüler waren ekelhaft zu ihr.«

»Darum geht es nicht«, widersprach Summer. Sie war richtig angespannt, als wäre dies etwas, das ich unbedingt verstehen müsste. »Ich hatte die Wahl und ich habe Hass gewählt. Jetzt kann ich ihn nicht mehr zurücknehmen.«

»Zu Phoebe warst du nie gehässig«, wandte ich ein. »Du liebst sie.«

»Es waren deine Zahlen, Jamie«, sagte Summer. »Du weißt es. Ich weiß es. Es waren *deine* Zahlen.«

»Das ist jetzt unwichtig. Das alles ist jetzt unwichtig.«

»Nein, es ist wichtig.« Summer blickte auf den Küchentisch und fegte mit der Hand Asche auf den Boden. »Und es tut mir leid. Solange noch Zeit ist, wollte ich sagen, dass es mir leidtut.«

Ich griff über den Tisch und legte meine Hand auf ihre, doch sie zog sie weg, als hätte sie sich verbrannt. Ich nahm einen Schluck Bier. Im Haus war es still, bis auf das leise Trommeln des Regens auf dem Dach.

»Du musst mir einen Gefallen tun, Summer«, sagte ich schließlich. »Genauer: du und Spider.«

»Schieß los.«

Und das tat ich. Summer hörte zu. Ich dachte, sie würde über meinen Plan lachen, doch sie tat es nicht, und als ich fertig war, drückte sie ihre Zigarette aus.

»Ich sag's nur ungern, Jamie, aber du bist nicht James Bond, Brüderchen, du bist ein verdammter Streber.«

»Ich weiß, Summer. Glaub mir, ich weiß es. Aber genau darum geht's. Der Entführer glaubt mich zu kennen, er hat recherchiert und mich ebenfalls als Streber abgestempelt. Als einen, der denken kann, aber nicht aktiv wird. Also muss ich Entscheidungen treffen, die er nicht voraussieht. Das gehört zu den Grundlagen der Spieltheorie. Tu, was dein Gegenspieler nicht erwartet. Und das erwartet er bestimmt nicht.«

»Weil es verdammt bescheuert ist.«

Ich erwiderte nichts darauf. Ich würde Summer nicht mit Worten überzeugen, aber ich wusste, mein Plan gefiel ihr, trotz ihrer Einwände. Manchmal ist ein Hirngespinst ausgesprochen faszinierend. Ich musste ihm nur Zeit geben, seinen Zauber zu wirken.

Sie nahm noch eine Zigarette aus dem Päckchen, steckte sie dann aber wieder zurück und erhob sich. »Okay. Aber wenn diese Sache das Mäuschen in größere Gefahr bringt, mache ich dich dafür verantwortlich, Jamie. Und dann pass besser *du* auf deinen Arsch auf. Haben wir uns verstanden?«

Ich nickte.

Summer wandte sich zur Tür. »Ich wecke jetzt Spider.«

»He, das ist nicht nötig. Falls er mir helfen kann, geht das ohnehin erst später.«

»Ich wecke ihn trotzdem.« Sie hatte eine Hand schon auf der Türklinke, als sie sich noch einmal zu mir umdrehte. »Spider. Er ist ein Armleuchter, Jamie. Ich weiß, dass er ein Armleuchter ist, und ich weiß, dass ihr ihn nicht ausstehen könnt.«

Ich zuckte mit den Schultern.

»Aber er war nett zu mir. Spider war nett zu mir, auch schon vor dem Geld. Das muss etwas zählen.«

Sie ging hinaus und ich hörte nur noch das Wispern des Regens.

KAPITEL 21

Spider wollte mich später abholen, so gegen elf. Ich sagte ihm, dass ich zu ihnen kommen würde, weil ich davon ausging, dass die Medien dort noch nicht auf der Lauer lagen. Denn eines stand fest: Es wäre die absolute Katastrophe, würde jemand mir und Spider folgen.

Summer bot mir an, in ihrem Haus zu schlafen, obwohl es schon sechs Uhr morgens war. Wahrscheinlich sah sie an meinem Gesicht und der Art, wie ich mich bewegte, dass ich seit … Gott weiß wie lang nicht geschlafen hatte. Aber ich lehnte ab. Ich war nur ein paar Stunden hier gewesen und schon wirkte das Haus erdrückend auf mich. Egal wo ich war, die Platzangst verfolgte mich. Also machte ich mich auf den Heimweg. Der Regen hatte aufgehört, obwohl mir das vollkommen gleichgültig war. Morgenröte blutete über den Horizont und Vögel sangen. Summer wohnte, was nicht überraschte, in der reichsten Vorstadt. Riesige Häuser mit imposanten Fassaden und wunderschön gepflegten Rasen. Was die Nachbarn wohl dachten, als Summer und Spider einzogen und die Immobilienpreise mit einem Schlag sanken? Aber jedes Haus glich einer kleinen Insel, so eingepasst in seine eigene exklusive Welt, dass sie es vielleicht gar nicht merkten.

Ich begegnete einer Frau, die zwei Dalmatiner Gassi führte, und sie nickte mir zu, als unsere Wege sich kreuzten. Ich sagte

Guten Morgen. Die Hunde entsprachen zu hundert Prozent ihrer Umgebung: mondän und elegant. Ich war alles andere als elegant und erst recht nicht mondän. Ich konnte mich nicht erinnern, wann ich zum letzten Mal geduscht oder frische Sachen angezogen hatte. Und ich stellte fest, dass es mir vollkommen gleichgültig war. Die Hunde schienen es nicht zu merken. Sie gingen vorbei, erhobenen Hauptes und ihrer Überlegenheit gewiss.

Ich ging durch ein Stadtviertel, das langsam zum Leben erwachte. Menschen waren auf den Straßen unterwegs, vollführten ihre morgendlichen Rituale und hatten alle ein Ziel vor Augen. Ich hatte keines, ging aber dennoch schnell, um den Eindruck zu erwecken, als hätte auch ich eines. Mein Handy steckte in meiner Hemdtasche. Es war, als trüge ich einen Krebs mit mir herum. Sein Vorhandensein war mir permanent gegenwärtig, auch wenn es sich nicht bemerkbar machte. *Gerade* deshalb. Ich kaufte mir einen Kaffee to go in einem Laden, der auf Geschäftsleute ausgerichtet war, die früh zur Arbeit gingen. Er war glühend heiß und bitter, aber nachdem ich ihn getrunken hatte, fühlte ich mich besser. Ich setzte mich auch eine halbe Stunde in einen Park und schaute den vorbeikommenden Joggern zu. Die meisten hatten sich Kopfhörer in die Ohren gestöpselt und trugen durchgeschwitzte T-Shirts. Niemand beachtete mich.

Ich war mir nicht bewusst gewesen, dass ich in diese Richtung ging, doch plötzlich stand ich vor meiner Schule, gerade als die Schüler zur ersten Stunde eintrudelten. Ich stand da und beobachtete. Kinder spielten auf den Plätzen Basketball. Ein paar vollführten komplizierte Manöver auf dem Skateboard. Die meisten standen einfach nur in Grüppchen herum und unterhielten sich. Ich fühlte mich seltsam losgelöst von allem. Es war eine vertraute Welt, doch sie spielte keine Rolle mehr.

Gutless wurde von seiner Mutter gebracht. Ich erkannte ihren Wagen, als er durchs Tor fuhr, und ohne jeden Zweifel erkannte ich Gutless' massigen Körper, als er vom Beifahrersitz rutschte. Er trug einen Rucksack über einer Schulter und seine Baseballkappe mit dem Schild nach hinten. Ich hatte ihm das früher schon mal gesagt, dass er mit dem nach hinten gedrehten Schild aussah wie ein Möchtegern-Detektiv, aber er hatte nicht auf mich gehört. *Du verstehst das nicht, Mann*, hatte er gesagt. *Das nennt man Stil.* Ich umrundete die Schülergrüppchen und steuerte auf ihn zu. Ich glaube, ein paar Schüler riefen etwas, doch ich reagierte nicht darauf. Viele verstummten, als ich vorbeiging. Die Nachrichten müssen an diesem Morgen voll gewesen sein von Phoebe. Gutless bemerkte mich erst, als ich ihm auf die Schulter tippte. Er hatte mir den Rücken zugewandt. Auf seiner Baseballkappe war ein Logo, das ich nicht kannte. Mit ziemlicher Sicherheit etwas, das mit Computerspielen zu tun hatte. Es schwenkte von mir weg, als Gutless sich umdrehte.

»Hey, Jamie, Mann«, begrüßte er mich. »Wie geht's, Alter?«

Ich wollte etwas sagen. Ich öffnete meinen Mund, aber es waren keine Worte drin, also schloss ich ihn wieder.

Er legte eine Hand auf meine Schulter. »Du siehst vielleicht scheiße aus, Mann. Gibt's was Neues?«

Möglich, dass ich den Kopf schüttelte. Ich bin mir nicht sicher. Plötzlich war ich am Ende. Der Energiespeicher, der mich am Laufen gehalten hatte, war leer. Mein linkes Bein begann zu zittern, und ich merkte, wie sich die Welt von mir entfernte.

»Sag was, Mann«, drängte Gutless. »Du machst mir langsam Angst.«

Ich versuchte es noch einmal, aber mein Mund gehorchte mir nicht. Er verzog sich und die Muskeln in meinem Gesicht zitterten und zuckten. Meine Haut war nass, von Schweiß oder Tränen oder beidem. Ein Pochen war in meinen Ohren.

»Ich hab Angst, Gutless«, flüsterte ich. »Ich habe solche Angst.«

Da nahm er mich in den Arm. Er legte beide Arme um mich und zog mich an seine Brust. Ich kann mir vorstellen, wie alle uns angestarrt haben, aber es kümmerte mich nicht mehr. Ich schluchzte, und es kam alles raus, der Schmerz, die Angst, die Schuldgefühle. Es lief durch mich hindurch, und Gutless hielt mich im Arm, mitten auf dem Schulhof. Er hielt mich im Arm.

Der Anruf kam eine halbe Stunde später.

Gutless hatte gewollt, dass ich mit ins Schulhaus komme, vielleicht zur Krankenschwester gehe oder wenigstens jemanden finde, der mich nach Hause bringt, aber ich ertrug es nicht. Also war ich zu Phoebes Schule gegangen. Die Kinder waren inzwischen im Unterricht und ich hatte den Schulhof für mich allein. Ich setzte mich auf die niedrige Schaukel, und es war mir gleichgültig, ob ich aussah wie ein Pädophiler. Der Rasen war vor Kurzem gemäht worden und es roch nach Frische und Unschuld. Mein Handy-Klingelzeichen machte dem allem ein Ende.

»Hör gut zu, Jamie«, sagte die Stimme. »In vierundzwanzig Stunden hast du Phoebe wieder. Veranlasse, dass das Geld heute zu dir nach Hause geliefert wird. Zwei Millionen Dollar in bar in Einhundert-Dollar-Scheinen. Außerdem will ich, dass du einen Rucksack kaufst, der groß und stabil genug ist, um das Geld aufzunehmen. Es wird über zwanzig Kilo wiegen. Lass das Geld die ganze Zeit im Rucksack und warte auf meinen Anruf mit den Anweisungen zur Übergabe. Ich rufe um sechs noch einmal an und rate dir dringend, die Polizei dann nicht mithören zu lassen. Denn was ich zu sagen habe, ist nur für deine Ohren bestimmt. Sag mir, dass du verstanden hast.«

»Ich habe verstanden.«

Die Leitung wurde unterbrochen.

Hier kommt etwas Bemerkenswertes, etwas Kraftvolles. Meine ganze Anspannung, meine Müdigkeit und meine Angst schwebten mit der nach Gras duftenden Brise davon. Vielleicht hatte das Leben in einer Art eingeschränkter Lebendigkeit meinen Geist ausgelaugt, mein Rückgrat aufgelöst, doch jetzt gab es etwas zu tun. Ich wählte Gardners Nummer und sagte ihm, dass der Anruf eingegangen sei. Er wollte mit mir reden, doch ich legte auf. Dann rief ich Mom an und teilte ihr dasselbe mit. Sie wollte wissen, wann ich nach Hause komme, aber das konnte ich ihr nicht sagen. *Später*, erwiderte ich lediglich, bevor ich auch dieses Gespräch beendete.

Ich stemmte mich von der Schaukel hoch und meine Beine trugen mich. Ich ging zurück in die City und fand ein Geschäft für Campingbedarf. Ich entschied mich für einen Rucksack der Oberklasse. Der Verkäufer versicherte mir, dass er locker auch mehr als zwanzig Kilo aushalten würde.

»Das ist ein erstklassiges Teil«, sagte er. »Schau dir nur die Nähte an und die Reißverschlüsse. Der ist für lebenslangen extremen Gebrauch gemacht. Das leichte Tragegestell verteilt das Gewicht …«

»Ich nehme zwei«, unterbrach ich ihn. »Sie müssen aber genau gleich sein.«

Sie kosteten ein Vermögen, und einen Moment lang fürchtete ich, ich könnte nicht genug Geld auf meinem Konto haben und müsste Summerlee anrufen. Doch auf dem Kartenlesegerät erschien ein großes grünes Okay-Zeichen. Dann ging ich in ein Café und kaufte mir mit meinen letzten zwanzig Dollar das Spezial-Frühstück: Würstchen, Bacon, Kartoffelpuffer und zwei Spiegeleier mit Toastscheiben im Türstopperformat. Ich aß alles auf. Ich schaute auf meine Uhr. Halb elf. Zeit, zu Summers Haus zu gehen.

Gardner rief unterwegs ein paar Mal an, aber ich nahm nicht ab. Ich hatte mir überlegt, dass er mir jetzt nur noch bei einer Sache nutzen konnte, nämlich bei der Beschaffung des Geldes, und dazu musste er nicht mit mir reden. Aber ich rief Summer an. Sie hatte einiges zu berichten: Erstens, dass noch keine Reporter bei ihr aufgekreuzt seien; zweitens, dass Gardner gleich bei ihr vorbeikäme, um mit ihr zur Bank zu gehen, weshalb ich sie nicht antreffen würde. Und schließlich sagte sie noch, dass Spider ein paar Anrufe getätigt habe und abfahrbereit sei. Ich bat sie, Gardner nichts von unserem Gespräch zu erzählen, und sie willigte ein, ohne nach dem Grund zu fragen.

Ich ging schneller. Es war ein wunderschöner Tag und ich fühlte mich fast gut.

KAPITEL 22

Spider zeigte mir seinen Spider.

Um ganz korrekt zu sein, seinen Ferrari Testarossa Spider. Er war ein Paradebeispiel ungebremsten Konsums – tiefergelegt, nichts als stromlinienförmige Konturen und leuchtend rot. Ein erigierter Penis auf Rädern. Ich versuchte, beeindruckt auszusehen, bin mir aber nicht sicher, ob es mir gelang.

»Wow. Coole Räder«, bemerkte ich, aber nur, weil mir sonst nichts dazu einfiel.

Ein paar Alternativen kamen mir dann schon noch in den Sinn. *Wahnsinn*, war eine. *Du musst komplett bescheuert sein*, eine andere. Aber Spider musste mir einen Gefallen tun, also hielt ich den Mund. In einem Punkt war ich mir allerdings sicher. Ohne jeden Zweifel würde er mir gleich sagen, wie viel das Teil gekostet hatte.

»Hast du 'ne Vorstellung davon, wie viel das Baby hier gekostet hat?«

»Eine Menge?«, vermutete ich.

Er sagte es mir. Ich stieß einen Pfiff aus.

»Eigentlich wollte ich mir nur einen Ferrari kaufen, aber dann hab ich diesen Spider gesehen und gedacht: Hey, das ist mein Name. Es war wie Schicksal, Mann, verstehst du? Das Schicksal hat zu mir gesprochen. Als hätte tatsächlich mein Name draufgestanden. Cool, was?«

»Absolut«, log ich.

»Irgend so ein Arsch hat reingepisst«, informierte er mich traurig.

Ich wechselte zu einem entsetzten Gesichtsausdruck.

»Ja«, fuhr er fort, »wir haben hier beim Einkaufszentrum geparkt, Summer und ich, und als wir zurückkommen, ist der Sitz pitschnass. Der Gestank war kaum auszuhalten, Mann. Ist das zu fassen? Es ist reiner Neid, ich weiß schon, aber auf einem Parkplatz zu stehen, seinen Schwanz rauszuholen und in einen Ferrari Testarossa Spider zu pissen! Also echt. Wo soll denn das noch hinführen?«

»Das ist der Niedergang der westlichen Zivilisation«, erwiderte ich.

»Da hast du nur zu recht. Das Auseinandernehmen und Saubermachen hat mich viertausend Dollar gekostet.«

»Na ja, du kannst es dir leisten«, meinte ich. »Oder sollte ich sagen: Summer kann es sich leisten?«

Spider schüttelte den Kopf, voller Verzweiflung über das Böse in der Welt. Ich fühlte mich betrogen. Wenn ich gewusst hätte, dass sie bei unserem Einkaufszentrum parken, hätte ich zuerst reingepisst. Na ja, wahrscheinlich doch nicht. Aber die Idee war echt verlockend.

»Haben sie dir da auch diesen Riesenkratzer an der Seite reingedrückt?«, fragte ich.

»Nö. Das war ich. Hab 'ne Kurve zu schnell genommen. Ich bin ungefähr hundertachtzig gefahren und er ist ein bisschen ins Schleudern gekommen. Ist gegen diese verdammte Leitplanke geknallt. Du hättest die Funken sehen sollen, Mann.«

Wenn ich mit hundertachtzig gegen eine Leitplanke geknallt wäre, hätte ich auch ohne böse Absichten in den Wagen gepisst. Doch die Zeit verging und so öffnete ich die Tür und glitt auf den Beifahrersitz. Der Besitzer höchstpersönlich schlenderte auf die andere Seite und katapultierte sich mit einem Sprung auf den Fahrersitz, eine Hand an der Windschutzscheibe, die andere auf der exklusiven ledernen Kopfstütze.

Ich hasse Spider. Trotz Summers tief empfundener positiver Äußerung kann ich gar nicht sagen, wie sehr ich Spider hasse.

Er drehte den Zündschlüssel um und der Wagen sprang grollend an. Was immer es für ein Motor war – ich kann's nicht sagen, ich habe keine Ahnung von Autos –, er machte den Eindruck, als wäre er im Ruhezustand unglücklich. Der ganze Wagen zitterte vor aufgestauter Energie, eine Bestätigung von Newtons physikalischen Gesetzen. Mögliche Schwungkraft verlangt die Umwandlung in tatsächliche Schwungkraft. Spider legte den ersten Gang ein und der Wagen schoss mit quietschenden Reifen und stinkend nach verbranntem Gummi davon. Mein Rücken wurde gegen die Lehne gepresst.

»Vielleicht solltest du etwas langsamer fahren, Spider«, schlug ich vor.

»Langsam geht bei diesem Wagen nicht«, schrie er gegen den Wind an.

Wahrscheinlich hatte er recht. Es spielte ohnehin keine Rolle. Selbst wenn wir schrien, verstanden wir einander nicht. Ich konnte mich erst entspannen, als wir die City hinter uns ließen, was ungefähr nach einer halben Stunde der Fall war. Unter anderen Umständen hätte ich die bewundernden Blicke, die wir während der Fahrt auf dem Highway erhielten, vielleicht genießen können, aber ich hatte zu viele andere Dinge im Kopf. Vor allem, seit ich mich darauf konzentrierte, den Wagen durch schiere Willenskraft von Leitplanken fernzuhalten. Erst als der Verkehr etwas nachließ, zwang ich meine Finger, sich zu entspannen und aufzuhören, tiefe Krater in meine

Handflächen zu bohren. Ich nutzte die Gelegenheit auch zum Atmen.

Spider griff hinunter ins Handschuhfach, zog einen Joint heraus und zündete ihn an. Selbst bei dem Wind, der uns um die Ohren wehte, war der Geruch allgegenwärtig, süßlich und sofort erkennbar.

»Spider, hältst du es für eine gute Idee, Gras zu rauchen, während du mit einem Wagen wie diesem um einiges schneller als erlaubt fährst?«, fragte ich. Ich hätte weitermachen und erwähnen können, dass er ein kaum postadoleszenter Proll war und von daher immer im Visier der Polizei, selbst wenn er einen Corolla gefahren hätte, aber ich war mir nicht sicher, ob er das Argument verstanden hätte.

»WAS?«, brüllte er.

Ich wiederholte die Frage um einige Dezibel lauter.

»Keine Bange, Mann«, antwortete er, »ich hab das Zeug nicht tütenweise im Auto, nur ein paar fertig gerollte Joints. Wenn die Bullen mich rauswinken, schmeiß ich sie weg.«

Ich schüttelte den Kopf. Die Polizei war nicht meine Sorge. Wahrscheinlich wäre ich sogar erleichtert gewesen, wenn ich näher kommende Sirenen gehört hätte, und sei es nur, um die Chance zu minimieren, dass ein zugekiffter Vollpfosten mich mit hundertfünfzig Stundenkilometer gegen eine Wand fuhr. Ich erinnerte mich daran, weshalb ich eigentlich hier war.

»Bist du sicher, dass der Typ mir eine Pistole besorgen kann?«, schrie ich – und bereute es. Eine solche Frage sollte man nicht brüllen.

Spider inhalierte tief. Er machte sogar das Ding mit den eingezogenen Wangen und hielt die Kippe zwischen Mittelfinger und Daumen mit dem glühenden Ende zur Handfläche hin. Ich konnte nicht hinsehen.

»Kein Problem, Mann«, antwortete er. »Es gibt nichts, was dieser Typ nicht organisieren kann. Aber es kostet.«

»Das weiß ich, Spider. Ich gehe davon aus, dass du genügend Bares mitgebracht hast.«

»Ja, schon, aber du musst es mir zurückzahlen, Mann.«

Ich rieb mir mit zwei Fingern den Nasenrücken. Summer besaß eine obszöne Menge Geld und Spider war somit kaum knapp bei Kasse. Der Wagen war ein zarter Hinweis darauf.

»Ist das dein Ernst, Spider? Ihr habt sieben Millionen auf der Bank.«

»Inzwischen nur noch viereinhalb, mit dem Haus und dem Wagen.«

»Hört sich für mich immer noch nach mehr als genug an.«

»Schon, aber es geht ums Prinzip, Mann.« Er schaute zu mir herüber und schnippte die Kippe aus dem Wagen. »Jeder sollte seine Schulden bezahlen.«

»Das Geld hat Summer gewonnen. Hast du ihr das für den Wagen schon zurückgezahlt? Und für das halbe Haus?«

»He«, sagte er, »wir machen alles zusammen, ich und Summer. Sie hat den Lottoschein gekauft, aber ich hab die Hälfte davon bezahlt. Also gehört mir die Hälfte des Gewinns. So ist das Gesetz, Mann.«

»Du hast ihr … wie viel, sechs Dollar gegeben? Wann?«

»Sobald ich gehört hatte, dass wir gewonnen haben.«

»Okay.« Es erschien mir wenig sinnvoll, die Sache weiter zu verfolgen. »Ich zahle den Betrag von meinem Taschengeld zurück. Sind zwei Dollar pro Woche okay?«

Er zuckte mit den Schultern und griff nach dem nächsten Joint. »Pass auf, wenn wir dort sind, überlässt du mir das Reden, Mann. Dieser Typ … er ist … sagen wir, unberechenbar, wenn du weißt, was ich meine.«

»Wie unberechenbar?«

»Die Art von unberechenbar, dass er dir mit einem Fleischermesser den Bauch aufschlitzen kann, wenn du ihn schräg anschaust.«

»Du meine Güte, Spider, wer ist der Kerl?«

Spider nahm beide Hände vom Lenkrad, um den Joint anzuzünden. Wir fuhren nur noch hundertvierzig. Vielleicht brauchte ich mir über einen Verrückten, der mir ein Fleischermesser in den Bauch stach, gar keine Sorgen mehr zu machen.

»Du kaufst eine illegale Waffe«, sagte Spider. »Was hast du erwartet, Jamie, eine Nonne? Nö, Mann. Er ist hier der große Zampano in einer Motorradgang. Aber er ist in Ordnung. Normalerweise.«

»Oh, Scheiße, Spider«, sagte ich. Mir war nicht mehr nach Reden zumut.

Während des größten Teils der Fahrt ging ich meine – zugegebenermaßen fragwürdigen – Pläne noch einmal durch. War es wirklich sinnvoll, eine Waffe zu kaufen? So viel konnte schiefgehen. Zum einen konnte ich mir selbst den Kopf wegpusten. Oder ich konnte Phoebe verletzen, ein Gedanke, den ich nicht ertrug. Summer hatte dieses Argument gebracht. Es hatte mich damals gebeutelt und es beutelte mich jetzt wieder. Und es war sinnlos, eine Waffe zu kaufen, wenn ich nicht bereit war, sie zu benutzen, woraus sich weitere Probleme ergaben. Ich hatte in meinem ganzen Leben noch nie mit irgendetwas geschossen und traf auf fünf Schritte Entfernung wahrscheinlich nicht einmal ein Scheunentor. War es mir physisch überhaupt möglich, mit einer Waffe auf einen anderen Menschen zu zielen und abzudrücken? Selbst wenn es mir möglich wäre, wenn ich lang genug aufhören könnte zu zittern, war ich psychisch dazu in der Lage? Ich war mir nicht sicher und wollte es nicht herausfinden.

Letztendlich musste ich mich dem wahren Grund dieser Fahrt mit Spider stellen. Klar, ich konnte mir was vormachen und sagen, es sei ein Zug nach der Spieltheorie. Dieses Argument hatte ich Summer gegenüber vorgebracht. Der Kidnapper hatte Erkundigungen über mich eingezogen, er schien meine Gewohnheiten und meine Persönlichkeit zu kennen. Falls das stimmte, würde er ebenfalls wissen, dass es höchst unwahrscheinlich war, dass ich zu irgendeinem Treffen bewaffnet erschien. Ich war Mittelklasse, ich war Mathematiker. Leute wie ich trugen keine Waffen mit sich herum. Leute wie ich hatten keine Ahnung, wie man zu einer Waffe kam, damit fing es doch schon an. Ich brauchte also einen Vorteil, einen Vorsprung in diesem Spiel. Das war die Theorie und sie klang gut. Logisch.

Doch tatsächlich gab es einen anderen, viel dunkleren Grund.

Phoebe hatte das Gesicht dieses Mannes gesehen. Sie würde ihn identifizieren können. Vielleicht wäre es etwas anderes gewesen, wenn sie auf der Straße gepackt, in ein Auto gezerrt und weggebracht worden wäre, ohne dass irgendjemand irgendetwas mitbekommen hätte. Er hätte sein Gesicht verhüllen oder ihr etwas über den Kopf stülpen können. Aber sie wusste, wer er war. Man kann in einem Supermarkt nicht mit einem Strumpf über dem Kopf oder einer Latexmaske zu jemandem hinmarschieren. War es also realistisch anzunehmen, dass er sie gehen lassen würde, sobald er das Geld hatte? Wäre es nicht logischer, sicherer für ihn, sie zu töten, damit sie nie gegen ihn aussagen konnte? Diese unterschwellige Annahme nagte an mir. Ich konnte mir kein Wunschdenken erlauben.

Ich musste die Sache von seinem Standpunkt aus betrachten. Und sein Standpunkt ließ nur eine Schlussfolgerung zu.

Ich wusste, alles sprach dagegen, dass Phoebe lebend aus der Sache herauskam. *Das* war der Grund, weshalb ich die Waffe wollte, denn falls sie starb, würde er auch sterben. In diesem Fall hätte ich keine psychischen Probleme, eine Waffe auf ein anderes menschliches Wesen zu richten. Ich würde die Waffe auf das Gesicht des Mannes richten, ihm in die Augen schauen und abdrücken. Ich würde nicht zögern und hätte keine Gewissensbisse. Ich würde sogar nachladen und es noch einmal tun.

Vielleicht eine Kugel für mich selbst aufsparen.

Die Landschaft wurde grünbraun und eintönig. Die Hauptstraße lag schon viele Kilometer hinter uns. Rechts und links waren Felder, doch ob hier etwas angebaut wurde, war schwer zu sagen. Auf den meisten Flächen schien nur noch Gras zu wachsen und dabei gab es nicht einmal Vieh. Gelegentlich tauchte eine Feldscheune am Horizont auf und ein oder zwei Mal sah ich in der Ferne die Gebäude einer Farm, doch ansonsten waren wir weit weg von jeglicher Zivilisation. Spider schien allerdings zu wissen, wohin er fuhr, was eine andere Frage aufwarf. Weshalb pflegte Spider Kontakt zu einer Motorradgang? Der Typ war ein hoffnungsloser Kiffer und ein noch hoffnungsloserer Bassspieler. Ich glaubte, die Antwort zu kennen. Was tut ein hoffnungsloser Kiffer, wenn er zu Geld kommt? Er fühlt sich als Geschäftsmann, der an seinem Imperium baut. Und was ist seine bevorzugte Ware, was sein Fachgebiet? Drogen. Wer handelt mit Drogen? Motorradgangs.

Meiner Einschätzung nach war Spider in einem Jahr tot. Entweder er erstickte an seinem eigenen Erbrochenen, streifte einmal zu oft eine Leitplanke oder befand sich am falschen Ende eines Fleischermessers.

Spider bog auf einen unbefestigten Weg ein. Ich sah keine Schilder. Wenigstens war er gezwungen, auf sechzig Stundenkilometer herunterzugehen. Doch selbst da hörte ich noch, wie der Unterboden des Wagens über die Erde schrammte, wenn wir in Spurrillen kamen, was fast ständig der Fall war. Ein Ferrari Testarossa Spider, dessen Wiederverkaufswert von Sekunde zu Sekunde sank. Ich ließ den Blick über die Landschaft gleiten, aber nur weil sonst nichts zu tun war. Sie war immer noch grünbraun und eintönig. Hin und wieder bot ein dürrer Gummibaum Abwechslung in der tödlichen Monotonie. Schwer zu glauben, dass irgendjemand hier draußen wohnen wollte. Außer einem Mitglied einer Motorradgang, das vermutlich nicht unbedingt erpicht darauf war, gute Restaurants und landesweit anerkannte Opernhäuser in der Nähe zu haben.

Zehn Minuten später fuhren wir durch ein heruntergekommenes Tor, eindeutig der Eingang zu einem Grundstück. Daneben war ein Schild, dessen Aufschrift man jedoch nicht entziffern konnte, weil es vollständig mit pockennarbigen Dellen übersät war. Jemand hatte ein Gewehr leer geschossen, und das mehrmals. Obwohl ich eine Waffe kaufen wollte, fand ich das nicht ermutigend. Wir fuhren noch einmal zwei Minuten weiter, über eine Kuppe, und hielten. Wir hielten, weil es nicht mehr weiterging. Eine kleine, niedrige Baracke stand im Weg. Das Dach war komplett oxidiert, die Fensterrahmen waren verrottet. Zwei Dinge schmückten den kleinen unkrautüberwucherten Hof davor: Das eine war ein großes Motorrad. Das andere ein großer Hund.

Beides gefiel mir nicht.

Das Motorrad knurrte wenigstens nicht.

Der Hund konnte ein Schäferhund oder ein Rottweiler sein. Ich kenne mich nicht aus mit den Rassen. Aber so viel wusste ich: Das war kein Hund, der gezüchtet worden war, um sich zu deinen Füßen zusammenzurollen, Tennisbälle zu apportieren oder sich den Bauch kraulen zu lassen. Dieser Hund hatte nur eines im Sinn: Tod. Als ich aus Spiders Wagen stieg, beäugte er mich interessiert, als sei ich auf seiner Wunschliste plötzlich zur Nummer eins avanciert. Schwarze Lefzen kräuselten sich und entblößten große gelbe Fangzähne. An einer Schnauzenseite sammelte sich schäumender Sabber. Ein leises Knurren wurde lauter und entlud sich in einem wilden Gekläffe. Der Hund machte einen Satz auf mich zu und hielt kurz vor mir an, aber nur weil er mit einer Kette an einen Pfosten gebunden war. Die Kette straffte sich mit einem heftigen Ruck, aber sie hielt. Ich betrachtete den Pfosten. Er schien ziemlich stabil zu sein, doch diese Bestie bestand nur aus Muskeln, und sie wirkte … motiviert. Ich wich zum Auto zurück. Es war leider ein Cabrio.

»Ist gut, Mann«, sagte Spider. »Er macht nichts.«

»Er hat schon was gemacht, Spider«, murmelte ich.

Die Barackentür ging auf und ein Mann erschien auf der Veranda. Er knurrte den Hund an, worauf dieser sich sofort auf den Bauch und dann auf die Seite legte. Ich hätte es ihm am liebsten nachgemacht. Dieser Typ entsprach hundertprozentig dem Klischee eines Gang-Anführers. Ein gewaltiger Bauch wölbte sich unter einem zu engen Unterhemd. Und es war kein Bauch, der von zu vielen Fast-Food-Mahlzeiten und einem übermäßigen Konsum von Starkbier sprach. Er bestand nur aus Muskeln. Der Typ hatte viel gemein mit seinem Hund, einschließlich der großen gelben Zähne. Der Unterschied lag in der Tinte, die jeden Zentimeter seiner sichtbaren Haut bedeckte. Die meisten Tattoos schienen Frauen in unterschiedlichen Stadien von ausgezogen zu zeigen, lediglich ein paar auch gebleckte Zähne und tropfendes Blut oder rassistische Symbole. Sein Schädel war rasiert, doch zum Ausgleich war sein Bart so üppig, dass er seinen Brustkorb bedeckte. Eine lange, leuchtend rote Narbe lief von seinem linken Ohr zu seinem Mund.

Mein Mund war trocken und ich schluckte.

»Spider«, sagte der Kerl und nickte meinem Fahrer zu.

Spider nickte zurück.

Ich trat zwei Schritte vor und streckte ihm die Hand hin. »Hallo.«

Der Hund knurrte, doch ein Blick seines Besitzers genügte, und er hörte auf.

Der Mann schaute auf meine Hand, ergriff sie aber nicht. »Ist das der Typ?«, fragte er Spider.

»Genau. Der Bruder meiner Braut, Mann.«

Meiner Braut? War ich ein paar Jahrzehnte in der Zeit zurückgebeamt worden? Meine Hand hing einige Augenblicke in der Luft, dann ließ ich sie fallen.

»Ihr kommt besser rein«, meinte der Typ, drehte sich um und ging die Verandastufen wieder hinauf.

Ich hörte, wie die Dielen sich knarrend beklagten. Er verschwand durch die Tür und Spider folgte ihm. Ich folgte Spider. Eine andere Wahl hatte ich ja praktisch nicht. Außerdem war ich so weit gekommen und war entschlossen, das jetzt durchzuziehen, selbst wenn ich dabei draufging. Die Chancen diesbezüglich standen recht gut.

Die Baracke sah innen genauso vernachlässigt aus wie außen. Ein einfacher Holztisch stand in der Mitte von etwas, das als Küche durchging. Im Spülstein stapelte sich dreckiges Geschirr und in der Luft lag ein schwacher Fäulnisgeruch. Er konnte von einer alten Frau kommen, die am hinteren Ende des Tischs saß. Sie hatte ein ungemein runzliges Gesicht, und ihre Haut hatte diesen Schimmer, den man mit Leder in Verbindung bringt, das zu lang der Sonne ausgesetzt war. Als wir den Raum betraten, stand sie auf, wobei sie eine überraschende Lebhaftigkeit an den Tag legte. Feuchte braune Augen glitzerten.

»Wir haben Gäste, Darcy«, sagte sie. »Wie schön.«

Darcy?

»Ja, Ma«, erwiderte der Mann. »Nur zwei Geschäftspartner.«

Ich streckte meine Hand ein zweites Mal aus. Die alte Frau nahm sie. Ihr Handschlag war erstaunlich kräftig.

»Ich bin Jamie«, stellte ich mich vor. »Freut mich sehr, Sie kennenzulernen.«

»Jamie«, wiederholte sie. Sie legte den Kopf schräg und betrachtete mich, als sei ich ihr Lieblingsenkel, den sie lange nicht mehr gesehen hatte. »Ich bin entzückt. Bitte setz dich doch. Möchtest du eine Tasse Tee?«

»Das wäre wunderbar«, antwortete ich.

Ich trinke keinen Tee. Ich habe noch nie Tee getrunken, aber ich ging davon aus, dass es keine gute Idee wäre, die Gastfreundschaft auszuschlagen. Darcy machte nicht den Eindruck, als käme Ablehnung gut bei ihm an. Ich setzte mich an den Tisch und die alte Frau ging mühsam in Richtung Küchentresen.

»Lass gut sein, Ma«, sagte der Biker. »Ich setz das Wasser auf.«

»Du bist ein guter Junge, Darcy«, erwiderte Ma und setzte

sich wieder. Als er an ihr vorbeiging, hob sie die Hand und kniff ihn in die Wange. »Vergiss nicht, die Kanne vorzuwärmen.« Sie lächelte mich an. »Manchmal vergisst er das, dann wird der Tee nicht so gut. Stimmt's?«

»Sie haben vollkommen recht«, erwiderte ich.

Darcy warf mir einen Blick zu, als hätte ich seine Fähigkeiten in puncto Teezubereitung infrage gestellt. Ich hätte gern darauf hingewiesen, dass ich seiner Mutter nicht widersprechen wollte. Im Grunde war ich dran, egal, was ich sagte.

Während Darcy damit beschäftigt war, Tee aufzubrühen, legte seine Mutter wieder den Kopf schräg und schaute mich freundlich an.

»Jetzt sag, was bist du?«, fragte sie. »Krimineller oder Polizist?«

»Bitte?«

»Wer zu meinem Darcy kommt, ist entweder kriminell oder ein Polizist. Das stimmt doch, Darcy, oder?«

»Unbedingt.«

Ich überlegte mir meine Antwort gut. »Also, eigentlich, Mrs …«

»Nenn mich Ma, das tun alle.«

»Also, eigentlich bin ich weder noch, Ma. Ich gehe noch auf die Highschool.«

Ich hörte, wie jemand scharf die Luft einzog. Aus dem Augenwinkel sah ich, wie Spider den Kopf schüttelte. Darcy ließ einen Teelöffel in den Ausguss scheppern und drehte sich zu mir um. Die Temperatur im Raum fiel plötzlich um etliche Grad und die Atmosphäre verdüsterte sich. Aller Augen waren auf mich gerichtet und das war alles andere als angenehm. Wo sie wohl das Fleischermesser aufbewahrten?

»Ich bin Mathematiker«, fügte ich hinzu, als wäre damit alles wieder in Ordnung.

»Du wirst mir sicher recht geben, Darcy, nicht wahr?« Ma lächelte immer noch, aber ihre Augen hatten ihren Glanz verloren. »Zu uns kommen Polizisten oder Kriminelle. Keine Mathematiker. Ich kann mich nicht erinnern, dass uns je ein Mathematiker besucht hätte.«

»Nein, Ma. Keine Mathematiker. Kriminelle oder Bullen. Sonst nichts. Du hast vollkommen recht.«

Ich breitete die Arme aus und lächelte, was mir allerdings nicht wirklich gelang. Ich merkte, wie meine Gesichtsmuskeln zuckten. Plötzlich musste ich auf die Toilette. »Was ich sagen *wollte*«, sprudelte ich hervor, »ist, dass ich ein krimineller Mathematiker bin. Ich studiere Mathematik, aber in erster Linie bin ich ein Krimineller. Das ist meine Hauptbeschäftigung. Mathe mache ich eigentlich nur nebenher.« Ich versuchte aufzuhören, aber es war gar nicht so einfach.

Ma ließ sich beschwichtigen, ihr Sohn dagegen nicht. Ich konnte mich nicht entscheiden, wer von beiden gefährlicher war. Ich verstand auch nicht, wie ich den Weg in diesen Raum gefunden hatte und jetzt hier bei einem gehirntoten Kiffer, einem gestörten Biker und einer greisen Psychopathin saß. Ausnahmsweise bot die Spieltheorie keine brauchbaren Strategien an.

»Oh, was für eine Art Krimineller bist du denn, Jamie?«, erkundigte sich Ma.

»Ich bin ein Mörder«, antwortete ich. Wer A sagt, muss auch B sagen.

»Das ist jetzt mal nett«, fand Ma. »Normalerweise haben wir es mit Drogenhändlern zu tun. Das ist unser Standardbesuch, nicht wahr, Darcy? Mörder kommen nicht so oft.«

»Nur gelegentlich«, stimmte Darcy ihr zu. Er schlenderte zum Kessel zurück; das Wasser hatte gekocht. Ich war dankbar, dass er seine Aufmerksamkeit wieder dem Teekessel zuwandte. Mir fiel auf, dass er die Kanne sorgfältig vorwärmte.

»Dann kaufst du also eine Waffe?«, fragte Ma.

»Ja, bitte«, antwortete ich. *Bitte?*

»Wir haben jede Menge Waffen«, erklärte Ma vergnügt. »Ich bin sicher, du findest eine, die dir zusagt. Suchst du was Bestimmtes?«

»Ich nehme gerne Ratschläge an.«

»Aber du bist der Mörder«, sagte Ma. »Du musst doch wissen, welche Art Waffe du willst.«

»Um ehrlich zu sein, bin ich noch Anfänger. Ich lerne noch.«

Sie betrachtete mich eine ganze Weile, dann nickte sie. »Na ja, du bist wirklich noch sehr jung. Hm. Wird das ein Schuss auf kurze Entfernung oder auf weite?«

»Äh ... Auf kurze, denke ich.«

»Dann wäre eine abgesägte Flinte das Beste. Wir haben eine gute Auswahl davon. Es sei denn, niemand darf die Waffe sehen.«

»Ich glaube, das wäre das Beste. Vielleicht sollte sie so klein sein, dass sie in die Hosentasche passt.«

»Ah, schade. Die Flinte erfordert nicht sonderlich viel Übung. Im Grunde zielst du nur ungefähr in die Richtung und drückst ab. Bumm!« Sie lächelte und entblößte dabei einen Satz sehr weißer und sehr falscher Zähne. »Dann geht es nur noch darum, die Sache von den Wänden zu kratzen. Aber wenn du die Waffe verstecken musst, ist eindeutig eine Handfeuerwaffe die beste Wahl ... Ah, danke, Darcy.«

Ihr Sohn hatte eine Porzellantasse samt Untertasse vor seine Mutter gestellt. In der anderen Hand hielt er einen angeschlagenen Becher, den er auf meiner Seite auf den Tisch knallte. Der Tee schwappte aus dem Becher und verbrannte mir die Hand. Ich unterdrückte ein »Autsch«, weil das wahrscheinlich nicht die Reaktion war, die man von einem Mörder erwartete, auch nicht von einem jungen.

»Danke«, sagte ich.

Darcy machte ein finsteres Gesicht.

»Ein paar Kekse dazu wären gut«, meinte Ma.

Darcy holte lächelnd eine Dose von einem Regal, öffnete sie und legte ein Sortiment Kekse auf einen Teller. Den Teller stellte er neben die Tasse seiner Mutter.

»Du bist so lieb zu mir, Darcy«, sagte sie. »Und jetzt sei ein braver Junge und hol ein paar Handfeuerwaffen aus dem Schlafzimmer. Bist du so nett?«

»Natürlich, Ma.« Und schon trabte er davon.

Ma nahm einen Keks und tunkte ihn in ihren Tee. Ich nippte an meinem Becher. Der Tee schmeckte eklig, aber ich war entschlossen, ihn bis auf den letzten Tropfen auszutrinken. Was ich wirklich wollte, war, Abstand zwischen mir und dieser Baracke zu schaffen. Beträchtlichen Abstand. Die verdammte Waffe kaufen und dann nichts wie weg. Aber offenbar waren selbst unter Waffenhändlern Protokolle zu befolgen. Also saßen wir in ungeselligem Schweigen, tranken unseren Tee und knabberten an einer Auswahl von Arnott's-Keksen. Spider blieb an die Wand gelehnt stehen und rauchte schon wieder einen Joint. Er sagte kein Wort. Vielleicht hatte er mehr Verstand, als ich ihm zutraute.

Darcy kam mit einer großen Werkzeugtasche zurück. Er stellte sie vorsichtig auf den Tisch und begann auszupacken. Pistolen unterschiedlicher Größe und Farbe. Er reihte sie dicht neben seiner Mutter auf, die Griffe zeigten zu ihr. Insgesamt packte er acht Waffen aus. Ma schaute mich an. Ich schaute die Pistolen an. Ich hob eine Augenbraue, als begutachtete ich sie fachmännisch. Ich widerstand der Versuchung, einfach die nächstbeste zu schnappen und den Handel perfekt zu machen.

»Welche würden Sie empfehlen?«, fragte ich.

»Das ist eine hübsche«, antwortete Ma und griff nach der dritten in der Reihe. Sie hatte einen polierten Griff und sah mörderisch aus. Aber eigentlich sahen alle mörderisch aus. Das war wahrscheinlich der Sinn der Sache. »Sie ist zuverlässig«, fügte sie hinzu. »Blockiert fast nie. Du willst schließlich keine Waffe, die im entscheidenden Moment zum Blockieren neigt.«

»Ganz bestimmt nicht«, sagte ich.

Sie reichte mir die Waffe so, dass der Griff zu mir zeigte. Das Ding war schwerer, als es aussah, doch ich schaffte es, es nicht auf den Tisch knallen zu lassen. Womöglich wäre es dabei losgegangen und hätte Ma ins Jenseits befördert. Ich konnte mir nicht vorstellen, dass ich mich damit bei ihrem Sohn beliebt gemacht hätte. Ich wog die Waffe in der Hand und nickte weise. Ich hoffte, das entsprach dem Tritt gegen die Reifen auf dem Hof eines Gebrauchtwagenhändlers.

»Fühlt sich gut an«, sagte ich. »Die nehme ich.«

»Willst du sie nicht ausprobieren?«, fragte Darcy.

»Nö. Die ist schon richtig.«

Darcy fixierte mich wieder mit diesem Blick. »Du solltest sie ausprobieren.«

»Ja«, bestätigte Ma. »Darcy hat recht. Kauf nie eine Knarre, die du nicht ausprobiert hast. Ich meine, wir sind hier nicht in einem Waffengeschäft. Du kannst sie nicht zurückbringen und umtauschen oder dein Geld zurückverlangen. So arbeiten wir nicht. Nicht wahr, Darcy?«

»Nein, Ma, tun wir nicht.«

Das Schweigen wurde erdrückend.

»Ich bringe sie bestimmt nicht zurück, versprochen.«

Niemand erwiderte etwas darauf.

»Vielleicht probiere ich sie doch aus.«

»Gute Idee«, sagte Ma.

Darcy durchwühlte die Werkzeugtasche und brachte eine Schachtel Patronen zum Vorschein. Er nahm mir die Waffe aus der Hand und öffnete sie mit einem leichten Schlag. Ich hatte das schon tausend Mal in Filmen gesehen. Sie hatte ein drehbares Magazin mit sechs Kammern für die Patronen. Ich hatte ein besseres Gefühl, weil ich wenigstens eine Ahnung davon hatte, wie sie funktionierte. Darcy steckte die Patronen in die Kammern und schob das Magazin dann zurück. Es rastete mit einem befriedigenden Klicken ein. Er hielt mir den Griff hin und ich nahm ihn.

»Gehen wir raus«, schlug er vor.

In meiner derzeitigen Situation konnte ich nicht widersprechen. Wir marschierten alle auf die Veranda. Ich zuerst, neben mir Darcy, dahinter Spider und schließlich Ma. Sie ließ sich auf einen wackligen alten Schaukelstuhl fallen und faltete die Hände im Schoß. Der Hund stand auf und knurrte mich an. Dann schaute er zu Darcy auf und legte die Ohren an.

»Worauf soll ich schießen?«, fragte ich nervös. Egal welches Ziel er nannte, ich würde es verfehlen, aber nicht das machte mir Sorgen, sondern der Rückstoß und der laute Knall. Ich sah mich schon, wie ich schrie und die Waffe fallen ließ, als sei sie weißglühend. Nicht dass es mir etwas ausgemacht hätte, vor diesen Leuten als Idiot dazustehen, aber Darcy könnte Anstoß daran nehmen. Ich kam zu dem Schluss, dass er der Typ war, der an fast allem Anstoß nehmen konnte.

»Auf den Hund«, antwortete Darcy.

»Was?«

»Auf den Hund, Mann. Schieß auf den Hund.«

Ich schaute in die Runde. Darcy durchbohrte mich mit Blicken, Spider zuckte mit den Schultern, und Ma grinste auf eine Art und Weise, die mich an Norman Bates in dem alten Film *Psycho* erinnerte.

Ich lachte, aber ich war der Einzige. »Ich … Ich kann doch deinen Hund nicht erschießen«, stammelte ich.

»Warum nicht?«

»Es ist dein Hund.«

»Aber ich gebe dir die Erlaubnis«, sagte Darcy. »Also, klar, wenn du hier einfach so aufkreuzen und meinen Hund erschießen würdest, wär ich ganz schön angepisst …«

»Pass auf, was du sagst, Darcy«, schimpfte Ma.

»Sorry, Ma. Was ich sagen wollte, war, dass ich mich schon ärgern würde, wenn das passiert wäre. Aber das jetzt ist was anderes. Ich *will*, dass du meinen Hund erschießt.«

»Aber …«

»Ich mochte den Hund nie«, sagte Ma. »Er macht zu viel Lärm. Außerdem will ich einen Labradoodle. Labradoodle sind süß. Du siehst also, Jamie, du würdest zwei Fliegen mit einer Klappe schlagen … Meine Güte, ich habe einen Scherz gemacht.«

Darcy lachte. Es war gut zu wissen, dass er lachen konnte. Wenn auch nicht *sehr* gut. »Der war gut, Ma«, meinte er.

»Auf diese Art muss Darcy ihn nicht erschießen«, fuhr die verrückte alte Hexe fort, »*und* du siehst, ob die Pistole das ist, was du willst. Also bitte. Wir warten.«

Mein Mund war völlig ausgetrocknet. Ich schaute den Hund an. Er hatte aufgehört zu knurren, und ich sah jetzt etwas, das mir vorher nicht aufgefallen war. Seine Zunge hing ihm seitlich aus dem Maul und er schien zu grinsen. Ich wusste, dass er nicht wirklich grinste, aber es sah so aus. Das war ein Haustier, selbst wenn man ihm nichts anderes beigebracht hatte, als aggressiv zu sein. Er hatte den Tod nicht verdient. Und wenn er sterben musste, konnte ich nicht derjenige sein, der ihn tötete. Ich ließ den Lauf der Pistole in Richtung Veranda kippen.

»Wie wär's, wenn ich auf was anderes schieße?«, schlug ich vor. »Vielleicht auf den Pfosten da drüben.« Ich war mir nicht einmal sicher, ob ich auf einen Pfosten schießen konnte, der mir nichts getan hatte.

»Wie wär's, wenn du auf den Hund schießt?«, erwiderte Darcy.

Danach herrschte wieder Schweigen. Ich trat von einem Fuß auf den anderen. Ich konnte wegrennen, aber obwohl ich in der Schule ein bisschen Leichtathletik gemacht hatte, hielt ich es für unwahrscheinlich, dass ich schneller war als eine Harley Davidson.

»Ich mach dir 'nen Vorschlag«, fuhr Darcy fort. Sein Ton klang vernünftig. »Wenn du den Hund nicht erschießt, lass ich ihn von der Kette. Er mag keine Fremden. Stimmt doch, Ma, oder? Und du und Spider, ihr seid Fremde. Du hast die Wahl. Erschieß den Hund oder lass es drauf ankommen.«

Ma kicherte. »Nein, du hast ganz recht, Darcy. Er mag Fremde *überhaupt* nicht.«

Ich schaute Spider an. Er blinzelte heftig in Richtung Hund. Was er damit meinte, war leicht zu erraten. *Erschieß den Hund, Mann. Erschieß den verdammten Köter!* Es war ohnehin ein Akt der Verzweiflung, bei Spider Hilfe zu suchen.

Ich ging mit wackligen Knien die Verandastufen hinunter.

Inzwischen musste ich wirklich dringend auf die Toilette, ging aber davon aus, dass eine entsprechende Bitte nicht gut ankäme. Ich machte zwei Schritte auf das angekettete Tier zu. Es knurrte dieses Mal nicht. Es warf sich nicht nach vorn. Es lag einfach nur da und schaute mit großen braunen Augen zu mir auf. Ich hob die Pistole. Zum Teil weil sie so schwer war, aber hauptsächlich weil meine Hände so sehr zitterten, deckte ich mit dem Lauf einen Halbkreis von vier bis fünf Meter Durchmesser ab. Ich hatte keine Chance, das arme Ding zu treffen, nicht einmal auf eine Entfernung von zwei Metern. Aber ich nahm an, dass ich es noch einmal versuchen musste, falls ich nicht traf. Darcy schien mir der Typ dafür zu sein. Deshalb war es vielleicht besser, es gleich beim ersten Mal richtig zu machen. Ich konnte den Gedanken nicht ertragen, dass der Hund leiden musste. Also machte ich noch einen Schritt auf ihn zu. Falls er sich zum Angriff entschloss, konnte ich unmöglich entkommen. Fast hoffte ich, er würde es tun. Mit einem halb zerfleischten Bein wäre ich vielleicht aus dem Schneider. Aber er lag einfach nur da, den Blick auf mein Gesicht gerichtet. Ich glaube, ich wurde ihm langsam sympathisch. Wir bauten eine Beziehung auf.

Ich schloss die Augen und konzentrierte mich darauf, Druck auf den Abzug auszuüben. Er bewegte sich nicht, und ich wusste, je stärker ich drückte, desto weiter war der Bogen, den der Lauf beschrieb. Vielleicht schoss ich mir selbst ins Bein. *Nicht nachdenken, Jamie. Tu's einfach.* Ich drückte fester, biss die Zähne zusammen. Nichts geschah. Wie viel Druck musste man eigentlich ausüben, damit dieses verdammte Ding losging? Meine Finger verkrampften sich.

»Du hast doch entsichert, oder?«, fragte Darcy. Er kam herüber, nahm mir die Pistole aus der Hand und betrachtete sie. »Nö. Das haben wir gleich.« Er legte einen Hebel um und gab die Waffe zurück. »Erstaunlich, wie viele Leute das Entsichern vergessen.«

»Du bist kein sehr überzeugender Mörder, Jamie, oder?«, sagte Ma. Sie schien sich bestens zu amüsieren. »Bitte beeil dich. Es ist fast Zeit für meinen Nachmittagsschlaf.«

Dieses Mal packte ich die Pistole, zielte schräg, schloss die Augen und drückte ab. Ich ertrug es nicht. Es gab eine sehr laute Explosion und die Pistole zuckte heftig in meiner Hand. Der Geruch von Verbranntem stieg mir in die Nase und meine Ohren klingelten. Ich wartete ein paar Augenblicke, bevor ich die Augen öffnete. Ich wollte es nicht. Ich wollte sie erst wieder öffnen, wenn ich zu Hause war. Vielleicht nicht einmal dann.

Der Hund hatte sich nicht gerührt. Er schaute immer noch mit diesen seelenvollen Augen zu mir auf. Ich suchte ihn nach Blut ab, aber da war keines. Dann hörte ich das Gelächter. Darcy wischte sich Tränen aus den Augen und Ma schaukelte vergnügt vor und zurück. Ich starrte sie an.

»Es tut mir so leid, Jamie«, sagte Ma nach einer Minute. So lange dauerte es, bis sie sich von ihrem Kicheranfall erholt hatte. »Aber du hättest dein Gesicht sehen sollen. Einfach köstlich.«

Ich versuchte wieder zu grinsen und scheiterte erneut.

»Platzpatronen, Kumpel«, erklärte Darcy. »Ich hab Platzpatronen reingetan. Du hast doch nicht wirklich geglaubt, ich will, dass du meinen Hund erschießt, oder?«

Er feixte. Ma feixte. Spider schloss sich an. Selbst der Hund hechelte, als lache er. Welche Ehre, in Gesellschaft von Menschen mit einem so hoch entwickelten Sinn für Humor zu sein. Darcy hörte abrupt auf zu lachen.

»Also dann«, sagte er. »Zweitausend Dollar für die Pistole.

Hier ist eine Schachtel mit richtigen Patronen. Gebt mir das Geld und verschwindet von meinem Grundstück. Ma braucht ihren Nachmittagsschlaf.«

»Zweitausend?«, fragte Spider. »Aber du hast doch gesagt …«

»Ich glaub, du erinnerst dich, dass ich zwei Riesen gesagt habe. Hast du ein Problem mit dem Preis?«

»Nein.« Spider zog seinen Geldbeutel heraus und griff nach einem Bündel grüner Geldscheine. »Zweitausend. Es war super, mit dir ins Geschäft zu kommen.«

Darcy nahm das Geld, zählte es und steckte das Bündel in seine Jeanstasche. Dann drehte er sich um und ging ins Haus zurück. Die Tür fiel hinter ihm zu.

Ma schaukelte weiter. »Tschüss, Jungs«, sagte sie.

»Auf Wiedersehen, Ma«, erwiderte ich. »Hat mich gefreut, Sie kennenzulernen.« *Und noch mehr, so weit wie möglich von hier wegzukommen. Am besten zwei Staaten Abstand.*

Spider und ich liefen zum Wagen und sprangen hinein. Ich machte mir dieses Mal nicht die Mühe, die Tür zu öffnen. Der Motor heulte auf, und Spider fuhr ein Stück rückwärts, wendete in drei Zügen und raste den Weg zurück. Der Unterboden ratschte praktisch permanent über die Erde. Ich sah, dass seine Hände am Lenkrad zitterten.

»Kannst du vielleicht etwas schneller fahren, Spider?«, fragte ich.

»Aber sicher doch«, erwiderte er und drückte aufs Gas.

Erst als wir wieder auf einer richtigen Straße waren und ich immer noch keine Harley hörte, die uns verfolgte, entspannte ich mich. Und ich benutze das Wort »entspannen« im weitesten Sinn. Das Einzige an mir, das wirklich entspannt und weit war, waren meine Eingeweide.

Ich legte die Pistole ganz vorsichtig in den Fußraum und rieb mir dann die Augen.

»Übrigens, Spider, ich fand es wirklich super, dass du das Reden übernommen hast. Hat die Sache so viel leichter gemacht.« Ich glaube, er hatte insgesamt ein Dutzend Worte von sich gegeben.

»WAS?«, brüllte er.

»Nichts.« Ich lauschte nicht mehr auf eine Harley. Ich spitzte die Ohren nach dem Heulen einer Polizeisirene.

Im Fußraum lag eine Pistole, und mir fiel keine überzeugende Erklärung ein, warum sie da lag.

KAPITEL 23

Es war drei, als Spider mich zu Hause absetzte. Gardner und Moss waren da, und auch Summer. Mom tigerte im Wohnzimmer auf und ab. Ich freute mich, als ich feststellte, dass nur ein fremder Wagen vor dem Haus stand. Vielleicht hatte Gardner ja etwas Druck auf die Medien ausgeübt.

Alle wollten mit mir reden, aber ich entschuldigte mich mit dem Vorwand, auf die Toilette zu müssen. Der wahre Grund war jedoch, dass ich eine illegale Handfeuerwaffe hinten in meinem Hosenbund stecken hatte und das Risiko nicht eingehen wollte, dass Gardner die Beule sah. Ich ging in mein Zimmer und legte die Pistole unters Kopfkissen. Komischerweise kam ich mir nicht heldenhaft vor, sondern lächerlich. Dann öffnete ich den Reißverschluss des frisch erworbenen Rucksacks, zog den zweiten heraus und schob ihn unters Bett. Den anderen behielt ich in der Hand.

Als ich nach unten kam, hatten sich alle in der Küche versammelt. Sie ließen mich das Telefonat mit dem Entführer wiederholen und Moss machte sich auf einem kleinen Block Notizen. Ich erzählte ihnen alles bis auf die Zeit, wann er wieder anrufen wollte. Seinen Rat, der Polizei nichts von seinem nächsten Anruf zu sagen, erwähnte ich ebenfalls nicht.

»Das Gespräch war kurz«, berichtete ich. »Nur: ›Besorge das Geld, steck es in einen Rucksack und warte auf den nächsten Anruf.‹ Er meinte, er würde sich nicht vor sieben melden, damit wir genug Zeit hätten, um das Geld zu beschaffen.« Ich legte den Rucksack auf den Tisch. »Ich habe heute Morgen einen Rucksack gekauft. Er hatte ziemlich genaue Vorstellungen, welche Art er wollte«, log ich.

Gardner nahm ihn und untersuchte die Reißverschlüsse und die Nähte.

»Groß genug und stabil genug«, stellte er fest. »Gut. Und jetzt alle mal herhören. Summerlee und ich waren auf der Bank und das Geld wurde von einer Sicherheitsfirma zu ihrem Haus gebracht. Zwei Millionen Dollar in Hundert-Dollar-Scheinen.« Er wies auf zwei Säcke in einer Ecke der Küche. »Das Geld ist da und ich werde es bald in diesen Rucksack stecken. Dann heißt es nur noch auf den nächsten Anruf zu warten und den Ort der Übergabe zu erfahren. Jamie, du hast gesagt, Phoebe würde in den nächsten vierundzwanzig Stunden freikommen. Bist du dir ganz sicher?«

»Das hat er gesagt.«

»Damit haben wir zumindest ein Zeitfenster. Er wird dann irgendwann zwischen sieben Uhr heute Abend und zehn Uhr morgen früh anrufen. Ich vermute, es wird heute Abend sein. Er wird den Schutz der Dunkelheit nutzen wollen. Doch egal wann, ich verlasse Ihr Haus von jetzt an nicht mehr. Ein weiterer Polizist wird kommen und falls nötig verbringen wir die Nacht in Ihrem Wohnzimmer. Wenn das für Sie in Ordnung ist, Mrs und Mr Delaware?«

»Selbstverständlich«, antwortete Mom.

»Wir wollen natürlich auf Ihr Geld aufpassen, aber wir wollen auch sicher sein, dass wir zur Stelle sind, wenn der Anruf kommt. Deshalb musst du auch hierbleiben, Jamie. Ich gehe davon aus, dass das kein Problem ist.«

Ich schaute auf meine Uhr. Es war Viertel vor drei.

»Ich muss bald noch mal für eine Stunde weg, bin aber spätestens um fünf wieder da.

Gardner schnitt eine Grimasse. »Ist das wichtig?«, fragte er. »Er ruft vielleicht früher an, und ich möchte nicht, dass du den Anruf entgegennimmst, während du allein bist. Ich möchte über Lautsprecher mithören.« Er hob eine Hand. »Ich weiß, er hat gesagt, dass niemand außer dir reden darf, und das geht auch in Ordnung. Es wird niemand reden. Aber ich muss im Wortlaut hören, was er will und wann er es will, damit wir planmäßig vorgehen können.«

»Gemäß welchem Plan?«, wollte Mom wissen.

Gardner runzelte die Stirn und schaute Moss an. Er wog ab. »Schauen Sie, Mrs Delaware, ich verstehe Ihre Prioritäten. Sie wollen Phoebe einfach nur unverletzt zurückhaben, und es mag für Sie so aussehen, dass Sie das am ehesten erreichen, wenn einfach alles getan wird, was diese Person will, ohne Wenn und Aber.«

»Jawohl«, bestätigte Dad. »Genau so sieht es für uns aus.«

»Wir sehen die Sache etwas anders. Wenn wir die Chance bekommen, diese Person festzunehmen, müssen wir sie sofort ergreifen, das zeigt die Erfahrung. Ich sage es nur ungern, aber unbedingte Ehrlichkeit ist das Beste. Die meisten Kidnapper sind gierig. Sie behaupten, sie wollten lediglich eine einmalige Zahlung, doch wenn die Übergabe problemlos über die Bühne geht, denken sie: *Hey, das war jetzt aber mal einfach. Warum nicht ein bisschen mehr verlangen?* Und das verlängert das Elend nur und erhöht die Gefahr für Ihre Tochter.«

»Und Sie glauben, er könnte Phoebe so oder so etwas antun?«, fragte Mom.

Jetzt war es wenigstens ausgesprochen.

Gardner zögerte kurz, dann nickte er. »Ich kann Sie nicht belügen, Mrs Delaware. Die Möglichkeit besteht. Phoebe kann den Mann wahrscheinlich identifizieren, und ...« Er zuckte mit den Schultern, ließ den Rest ungesagt. »Deshalb ist es umso wichtiger, dass Sie uns das auf unsere Art machen lassen. Wir sprechen uns mit Spezialisten ab. Sie kennen sich auf ihrem Gebiet bestens aus. Das sind Profis. Sobald wir wissen, wo die Geldübergabe stattfinden soll, treten sie auf den Plan. Niemand wird wissen, dass sie da sind. Und wenn sie einschreiten, ist alles innerhalb weniger Sekunden vorbei. Glauben Sie mir, es ist bei Weitem die sicherste Möglichkeit, Ihre Tochter unverletzt zurückzubekommen.«

Es herrschte Stille. Ich konnte mir vorstellen, was allen durch den Kopf ging. Wir kannten die entsprechenden Filme. Die Typen mit Abkürzungen auf dem Rücken und stählernem Rückgrat. Spitzentechnologie, schattenhafte Gestalten, unvorstellbare Kräfte, angewandt in wenigen explosiven Sekunden. Game over. Das Kind zurück im Schoß der Familie. Die Guten siegen. Vielleicht wollte Gardner, dass wir diese Bilder im Kopf hatten. In jedem Fall wollte er, dass wir uns seinem Willen beugten. Noch einer, der die Spieltheorie anwandte.

»Was ist, wenn er ihr bereits etwas angetan hat?«, fragte Summerlee. »Bevor die Geldübergabe stattfindet?«

Gardner zuckte mit den Schultern. »Erst recht ein Grund, ihn zur Strecke zu bringen, würde ich meinen.«

Wieder herrschte Schweigen, während wir das verdauten.

»Sie sind die Experten«, sagte Mom schließlich. »Selbstverständlich befolgen wir Ihren Rat.«

»Gut«, erwiderte Gardner. »Wenn Sie mich jetzt bitte entschuldigen, ich muss ein paar Anrufe erledigen. Kommissarin

Moss geht auch den Spuren aus dem Video und denen der Augenzeugenberichte nach. Auf einigen Gebieten machen wir hier gute Fortschritte.«

Moss übernahm. »Wir haben etliche Spuren, was den grünen Commodore betrifft. Wie auch bei dem Kleid, das Phoebe in diesem Video trug. Während wir hier miteinander sprechen, gehen Beamte diesen Spuren nach …«

Ich schaltete ab. Einer der Vorteile, wenn man Fernsehkrimis schaut, ist, dass man erkennt, wenn sinnlose Geschäftigkeit sich als konstruktive Arbeit tarnt. Innerhalb der nächsten vierundzwanzig Stunden war das Spiel vorbei, so oder so. Grüne Commodore erschienen, zumindest mir, ausgesprochen irrelevant. Ich entschuldigte mich und schlüpfte aus dem Haus. Ich war dankbar, dass Gardner nicht auf seiner Bitte bestanden hatte, dass ich dableiben solle. Die Flut an Fragen hatte ihn wahrscheinlich abgelenkt. Als ich ging, schaufelte er gerade stapelweise Geldscheine aus den Canvasbeuteln in den Rucksack, das Handy ans Ohr geklemmt. Unter anderen Umständen hätte so viel Geld mich fasziniert. Jetzt erschienen mir die dicken Banknotenbündel so bedeutungslos wie grüne Commodore.

Kaum war ich aus dem Haus, öffnete ein Reporter eine Wagentür und kam auf mich zu, doch ich hob eine Hand und war überrascht, dass er mich weitergehen ließ. Es könnte etwas mit dem Polizisten zu tun gehabt haben, der vor unserer Haustür stand und ein paar Schritte auf ihn zumachte. Ich überquerte die Straße und ging in Richtung Park. Erst als ich außer Sichtweite war, holte ich mein Telefon heraus und rief an.

»Dixon.« Er vergeudete eindeutig keine Energie mit unnötigen Grußformeln.

»Ich bin's, Jamie. Jamie Delaware.«

Pause.

»Wie geht's dir, Junge? Gibt's was Neues?«

»Ich würde Ihr Angebot zu reden gern annehmen, wenn das okay ist.«

»Wann?«

»Jetzt.«

Ich hörte, wie er an seinen Zähnen saugte. Das Zischen am anderen Ende der Leitung klang irgendwie düster. »Sag mir, wo du bist. Ich komme.«

Ich beschrieb ihm den Weg, und er versprach, in einer halben Stunde da zu sein. Dann setzte ich mich auf eine Bank und wartete. In der Mitte des Parks war ein kleiner See und ein paar Enten trippelten in der Hoffnung auf Brot um meine Füße herum. Ich wünschte, ich hätte welches mitgebracht. Der Himmel war blitzblau. Es war ein wunderschöner Tag.

Dixon kam behäbig einen Fußweg entlang und hob eine Hand, als er mich sah. Er trug einen Uniformmantel und sah aus, als hätte er sich seit einer Woche nicht mehr rasiert. Falls das ein Image war, das er kultivierte, hätte ich gern gewusst, was es über den Mann aussagte.

Er ließ sich mit einem Seufzer neben mir auf die Bank fallen, als sei das Sich-Hinsetzen schon anstrengend. Dann holte er eine Packung Zigaretten aus der Seitentasche seines Mantels und zündete eine Zigarette an.

»Wie ist die Lage?«, fragte er.

Ich berichtete. Wieder ließ ich den Teil über den nächsten Anruf des Kidnappers und seinen Rat, die Polizei nicht mithören zu lassen, aus. Selbstverständlich erwähnte ich auch nicht, was in meinem Zimmer unter meinem Kopfkissen lag. Dixon beugte sich während meines Berichts vor, stützte die

Unterarme auf die Schenkel und begutachtete den Zustand seiner Schuhe. Er schwieg, bis ich geendet hatte.

»Klingt, als würde sich alles zuspitzen«, sagte er dann.

»Ja. So oder so sollte es bald vorbei sein.«

»Und zu was möchtest du jetzt meinen Rat?«

»Inspektor Gardner hat sich sehr überzeugend dafür ausgesprochen, dem Kidnapper eine Falle zu stellen.«

»Und du bist nicht überzeugt? Du überlegst, ob du es nicht lieber im Alleingang machen solltest.«

Wahrscheinlich hätte es mich nicht überraschen sollen. Dixon war schlau. Man kann wohl nicht so lang Polizist sein, ohne ein Gefühl dafür zu entwickeln, was im Kopf anderer Leute vorgeht.

»Ich müsste bescheuert sein, wenn ich so was denken würde, oder?«, erwiderte ich. »Ihr seid schließlich die Experten.«

Dixon ließ die Zigarettenkippe zwischen seine Füße fallen und trat sie sorgfältig mit dem Absatz aus. Er saugte eine Weile an seinen Zähnen, sagte aber nichts. Ich schwieg ebenfalls.

»Diese Entscheidung kann ich dir nicht abnehmen, Jamie«, sagte er schließlich. »Das musst du verstehen. Mein Rat muss immer lauten: Folge dem Rat der Polizei. Aber lass mich kurz schildern, wie deine Gedankengänge *meiner Ansicht nach* laufen.« Er zündete die nächste Zigarette an. »Du hältst die Idee mit der Polizeifalle für ausgesprochen verlockend. Du bekommst deine Schwester zurück und der Bösewicht bekommt seine gerechte Strafe. Diese Vorstellung findest du – bestechend. Aber in deinem Kopf sind auch noch andere Bilder. Was ist, wenn alles schiefgeht? Was ist, wenn deine Schwester erst durch die Falle zu Schaden kommt? Unter diesen Umständen wäre es vielleicht besser, das Geld zu übergeben und den Bösewicht davonkommen zu lassen. Es ist schließlich nur

Geld, richtig? Deine Schwester dagegen ist kostbar. Liege ich bis jetzt weit daneben?«

Ich zuckte mit den Schultern. »Machen Sie weiter.«

»Was jedoch an dir nagt, ist der Gedanke, dass beide Vorgehensweisen in einer Katastrophe enden könnten. Dann könntest du dich hinter nichts verstecken. Falls die Polizeioperation schiefgeht und deiner Schwester etwas passiert, hast du offensichtlich die falsche Entscheidung getroffen. Falls du aber das Geld übergibst und *das* schiefläuft, hättest du das Feld offensichtlich den Profis überlassen sollen. Es ist eine klassische *Lose-lose*-Situation und du wirst dir nie verzeihen können.«

Er hielt einen Moment inne, als ein Jogger vorbeikam.

»Ich verstehe dich und kann es nachempfinden, Jamie«, fuhr er fort. »Wirklich. Aber dieses Dilemma ist auch *mein* Dilemma. Ich kann dir keinen Rat geben, weil ich mir nicht mehr in die Augen schauen könnte, wenn er sich als falsch herausstellen würde. Und niemand kann wissen, wie diese Sache ausgeht. Deshalb sage ich es noch einmal: Überlass die Sache der Polizei.«

Er führte den Gedanken nicht zu Ende. Das war auch nicht nötig. *Wenn Phoebe stirbt, liegt die Schuld wenigstens nicht allein bei dir. Mach es im Alleingang und alles liegt auf deinen Schultern.*

»Was würden Sie in meiner Situation tun?«, fragte ich.

Er stand auf und legte mir eine Hand auf die Schulter. »Ich bin nicht in deiner Situation, Junge. Und wenn es einen lieben Gott gibt, danke ich ihm dafür …«

Mein Telefon läutete. Ich warf einen Blick auf das Display. Anrufer unbekannt. Ich entfernte mich einen Schritt von Dixon und strich mit dem Daumen über das Symbol.

»Überraschung, Jamie«, meldete sich die mechanische Stimme. Sofort beschleunigte sich mein Puls und ein Schweißfilm legte sich auf meine Stirn. »Ich habe gesagt, ich rufe um sechs wieder an, aber manchmal ist es gut, Erwartungen nicht zu erfüllen. Bist du allein, Jamie?«

Dixon muss an meinem Gesichtsausdruck gesehen haben, wer in der Leitung war, denn er fragte in Lippensprache *Ist er das?* und drückte auf einen nicht vorhandenen Knopf. Wahrscheinlich wollte er, dass ich auf Lautsprecher schalte. Ich drehte ihm den Rücken zu.

»Ja.«

Eine lange Pause.

»Schalte nicht auf Lautsprecher, Jamie. Glaub mir, ich merke es. Ich werde jetzt reden und du wirst zuhören und mich nicht unterbrechen. Zuerst muss ich dich enttäuschen, was ein paar Dinge betrifft, die in den Medien erwähnt wurden. Die Polizei wird mich nicht über einen grünen Commodore oder Kinderkleider aufspüren. Ich habe nie einen Commodore besessen, weder einen grünen noch sonst einen. Die Sachen für Phoebe wurden vor ein paar Monaten in einem Secondhandladen gekauft. Sie lassen sich nicht zurückverfolgen. Zweitens wird Inspektor Gardner dir Verschiedenes geraten haben. Er ist ein guter Mann, aber einer, der sich nicht vorstellen kann, etwas zu tun, das nicht genauso im Handbuch steht. Er wird die Übergabe in die Hand nehmen wollen. Er wird wollen, dass Beamte den Ort der Übergabe observieren, jederzeit bereit, mich zu überwältigen. Ich kann mir vorstellen, dass er das sehr überzeugend dargelegt hat. Aber ich sag dir jetzt was, Jamie: Ich werde es wissen, wenn du nicht allein bist. In diesem Fall wirst du deine Schwester nicht wiedersehen.«

Ich setzte mich auf die Bank, bevor mir meine Beine den

Dienst versagten, und senkte den Kopf. Dixons Zigarettenkippe war in meinem direkten Blickfeld und ich konzentrierte mich darauf.

Die Stimme fuhr fort: »Aber jetzt kommt das Positive. Du hast Angst, ich könnte Phoebe etwas antun, egal was passiert. Dass ich … belastende Beweismittel ausschalten könnte. Glaub mir, sobald ich das Geld habe, wird Phoebe freigelassen. Ich werde nicht noch mehr Geld verlangen. Ich brauche es nicht. Und dass deine Schwester mich vor Gericht identifizieren könnte … Eine Stunde nach Erhalt des Geldes werde ich das Land verlassen haben. Ich werde nicht zurückkehren, und es liegt nicht in meinem Interesse, eine internationale Fahndung nach einem Mörder auszulösen.«

Ich stand wieder auf und ging zum Ufer des Sees. Meine Beine waren taub und meine Füße kribbelten. Verschwommen nahm ich Dixon am Rand meines Gesichtsfeldes wahr. Er hatte aufgehört zu gestikulieren.

»Wir nähern uns dem Endspiel, Jamie«, fuhr die Stimme fort, »und wir können beide als Sieger daraus hervorgehen. Es hängt alles von deinen Entscheidungen ab. Jetzt hör mir gut zu und schreib nichts auf. Ich möchte, dass du Folgendes mit dem Geld machst …«

Ich hörte gut zu und schrieb nichts auf. Dann war die Leitung tot. Ich stand ein paar Augenblicke da und schaute den Enten zu, die friedlich über den See glitten. Wahrscheinlich erweckte ich denselben Eindruck wie sie – ruhig an der Oberfläche, aber darunter war alles in wilder Bewegung.

Dixon trat neben mich. Er hatte eine neue Zigarette angezündet. Einen Augenblick beobachteten wir die Enten gemeinsam. Dünne Rauchfähnchen schwebten durch mein Gesichtsfeld.

»Willst du mir etwas sagen, Junge?«, fragte er schließlich.

Ich schüttelte den Kopf und steckte das Telefon in meine Tasche zurück. »Tut mir leid«, sagte ich, »aber ich glaube, ich muss mit Gardner reden.« Ich streckte ihm die Hand hin. Dixon betrachtete sie einen Augenblick, und sein Schnauzbart zuckte, als er an seinen Zähnen saugte. Dann ergriff er sie.

»Danke«, sagte ich. »Sie waren mir eine große Hilfe. Vielen Dank.«

Er hielt meine Hand noch ein paar Sekunden fest. »Polizeimethoden, Jamie. Denk daran.«

Ich nickte, drehte mich um und ging nach Hause.

Wir näherten uns dem Endspiel und ich war am Zug.

KAPITEL 24

Das Adrenalin, das mein Körper in Phoebes Schule ausgeschüttet hatte, war wieder da, und seltsamerweise war ich erleichtert. Der Kidnapper war immer einen Schritt voraus. Das erleichterte mir die Entscheidung. Ich hatte ihm sogar geglaubt, als er sagte, er hätte kein Interesse daran, Phoebe etwas anzutun. Nicht sein Tonfall, denn den gab es nicht, sondern die Logik seiner Worte hatte etwas Verbindliches gehabt.

Ich wusste, was ich zu tun hatte.

Gardner war nicht erfreut über meine lange Abwesenheit. Mom auch nicht. Zu meinem Glück waren beide heftig mit Vorbereitungen beschäftigt. Das heißt, Gardner war es, und Mom hörte ihm zu, während er mit verschiedenen Leuten telefonierte. Ein weiterer Beamter war dazugekommen. Er war ein Bär von einem Mann. Vermutlich war er wegen seiner Körpermasse ausgewählt worden und weniger wegen seiner Gesprächskompetenz, denn er sagte kein Wort. Er nickte mir nur zu, als ich hereinkam.

Gardner legte die Hand über das Mikro seines Telefons und schaute herüber. »Ist der Anruf gekommen?«, fragte er. Ich sah ihm an, dass er viel lieber *Wo zum Teufel warst du?* gefragt hätte.

Ich schüttelte den Kopf und er nahm sein Telefongespräch

wieder auf. Ich ging in die Küche. Summerlee saß am Tisch. Sie sah furchtbar aus, allerdings auch Jahre jünger ohne Make-up. Sie hob den Kopf, als ich hereinkam.

»Ich brauche deine Hilfe, Summer«, sagte ich.

»Was?«

»Ich möchte, dass du die Polizisten sowie Mom und Dad in einer Viertelstunde in die Küche holst und dafür sorgst, dass sie maximal fünf Minuten hier bleiben. Mach die Tür zu, wenn sie drin sind.«

»Dad hat sich hingelegt.«

»Wo?«

»Im Schlafzimmer, nehme ich an.«

Ich nickte. »Okay, dann einfach nur alle, die hier unten sind.«

»Und wie stelle ich es an, dass sie in die Küche kommen?«

»Keine Ahnung. Mach ihnen ein Sandwich oder so.«

Sie hob eine Augenbraue.

»Mensch, Summer. Bekomm einen Schreianfall. Lass dir was einfallen.«

Sie schaute auf ihre Uhr. »In einer Viertelstunde?«

Ich nickte.

»Okay«, sagte sie.

Ich ging direkt in mein Zimmer und holte den zweiten Rucksack unter dem Bett hervor. Ich stopfte alles, was ich noch an Druckerpapier hatte, hinein, doch ich hatte nicht mehr genug. Also legte ich noch Mathebücher dazu. Zum Glück hatte ich davon jede Menge und sie waren sackschwer. Die Formen stimmten alle nicht, doch ich vertraute darauf, dass niemand den Rucksack allzu genau unter die Lupe nehmen würde. Ich brauchte lediglich circa zwanzig Kilo Gewicht. Ich hob den Rucksack hoch. Er kam mir ziemlich schwer vor, wie ein Koffer beim Einchecken für den Urlaub. Es würde so gehen müssen.

Vorsichtig öffnete ich meine Zimmertür und hielt den Rucksack so, dass man ihn nicht sehen konnte. Was auch gut war, denn die Tür zum Schlafzimmer meiner Eltern ging auf, und Dad stand da.

Er schaute mich an, doch sein Blick war leer. »Jamie.«

»Hi, Dad.«

»Was ist los?« Er fuhr sich mit der Hand durchs Haar.

»Nichts. Keine Neuigkeiten. Geh wieder ins Bett.«

Er schaute mich weiter an, als hätte er meine Worte nicht verstanden. Vielleicht war dem ja so. Ich war fast versucht, ihn am Arm zu nehmen und zurück ins Zimmer zu führen, aber er war so unberechenbar, dass er womöglich geschrien hätte. Es war eine Pattsituation. Er wrang die Hände, was aussah, als würde er sie waschen.

»Ich kann nicht schlafen«, sagte er schließlich. »Egal was ich tue, ich kann nicht schlafen. Muss aufs Klo.«

Ich nickte und wartete. Er blieb stehen, doch dann schien ihm wieder einzufallen, weshalb er da war, und er schlurfte den Flur entlang. Ich wartete noch, bis die Tür ins Schloss fiel, dann schleifte ich den Rucksack die Treppe hinunter. Ich lehnte ihn neben der Wohnzimmertür an die Wand und lauschte. Gardner telefonierte immer noch. Ich schaute auf meine Uhr und betete, dass niemand die Tür zum Flur öffnete. Warum unternahm Summer nichts?

Dann schrie sie.

Im Wohnzimmer hörte ich schnelle Schritte. Ich wartete circa zwanzig Sekunden, bevor ich die Tür öffnete. Der Raum war leer, die Tür zur Küche stand einen Spaltbreit offen. Ich sah einen Streifen von Gardners Anzug.

Summers Stimme war laut und panisch. »Ich hab jemanden am Küchenfenster gesehen. Einen Mann. Eben war er noch da.«

Der Anzugstreifen bewegte sich. Ich lief zu dem Rucksack in der Ecke und tauschte ihn gegen den mit den Schulbüchern aus. Meiner stand anders da als der mit dem Geld, aber ich hatte keine Zeit, noch etwas zu ändern. Ich nahm das Geld und lief zurück auf den Flur. Dad kam die Treppe herunter; von seiner Lethargie war keine Spur mehr übrig. In seinem Gesicht spiegelte sich das blanke Entsetzen. Ich lehnte den Rucksack an die Treppe und stellte mich davor.

»Was ist los, Jamie?«, fragte er. »Ich hab Schreie gehört.«

»In der Küche«, antwortete ich. »Summer glaubt, sie hätte jemanden im Garten gesehen.«

Dad lief an mir vorbei. Ich nahm den Rucksack und schleppte ihn die Treppe hinauf. Er war verdammt schwer, und ich war froh, als ich ihn endlich unter meinem Bett verstaut hatte. Dann ging ich wieder hinunter zu den anderen.

Der hünenhafte Kerl war in den Garten gegangen. Wahrscheinlich verfolgte er Summers eingebildeten Eindringling. Gardner war wieder am Telefon. Dad hatte einen Arm um Mom gelegt. Die hatte sich die Faust halb in den Mund geschoben. Summer schaute mich fragend an und ich nickte.

»Vielleicht habe ich es mir auch nur eingebildet«, sagte sie. »In letzter Zeit spielen meine Nerven öfter mal verrückt.«

Es war ein ziemliches Hin und Her, doch nach einer Viertelstunde hatte sich alles wieder beruhigt. Der Hüne kam herein und zuckte mit den Schultern. Schließlich gingen wir alle zurück ins Wohnzimmer und richteten uns darauf ein, auf einen Anruf zu warten, von dem ich wusste, dass er nicht kommen würde.

Aber ich bekam eine SMS. Um halb zehn summte mein Telefon, und alle reagierten, als hätten sie Kontakt mit einem Elektroschocker gehabt. Ich hob eine Hand. »Das ist nur Gutless«, erklärte ich und öffnete die SMS.

> Observierung von Monkhouse-Haus. Der Typ war 2 Tage nicht in Schule. Haufenweise Gerüchte. Vielleicht hat Frau oder M selbst wen anders gefickt. Jemand zieht aus. Hab selbst gesehn wie Wagen beladen wurde. Im Haus ist der Teufel los. Grins

Ich löschte die Nachricht, und da ich schon dabei war, ging ich zu *Einstellungen* und löschte auch den Nachweis des letzten ankommenden Anrufs.

Um Mitternacht entschuldigte ich mich, weil ich ins Bett wollte. Ich versprach herunterzukommen, falls mein Telefon klingelte. Gardner war dagegen. Er bestand darauf, dass ich das Telefon bei ihm ließ, wenn ich ins Bett gehen wollte.

»Glaub mir, wenn es läutet, bin ich in fünf Sekunden bei dir«, versprach er.

Ich überlegte. Ich nahm nicht an, dass ich das Telefon noch brauchte, vor allem weil ich die Anweisungen ja schon erhalten hatte. In gewisser Weise kam es mir sogar ganz gelegen. Gardner würde sich ausschließlich auf mein Telefon konzentrieren und in der Nacht nicht nach mir schauen. Oder, was noch schlimmer wäre, den Hünen vor meiner Zimmertür postieren. Etwas beunruhigte mich dennoch. Was wäre, wenn der Kidnapper die Anweisungen ändern und mir das um sechs Uhr früh mitteilen wollte? Gardner würde in mein Zimmer stürmen und sehen, dass es leer wäre. Dann wäre die Kacke großflächig am Dampfen. Schließlich beschloss ich, das Risiko einzugehen. Das Telefon würde bis zum Abschalten läuten oder Gardner würde den Anruf entgegennehmen müssen. So oder so würde der Kidnapper wissen, dass ich keine weiteren Anweisungen erhalten konnte.

Also gab ich Gardner mein Telefon und ging in mein Zimmer. Ich hatte keine Ahnung, was der Morgen bringen würde, hielt es aber für klug, mich so lang wie möglich auszuruhen, auch wenn ich wusste, dass ich nicht schlafen konnte. Doch mehr als alles andere brauchte ich Raum und Zeit zum Nachdenken. Zeit, mich vorzubereiten.

TEIL DREI

KAPITEL 25

Ich halte mich an die unterbrochenen Linien in der Mitte der Straße. Alles ist dunkel. Alles ist still, bis auf das leise Knutschgeräusch von Gummisohlen auf Asphalt.

Ich bin mir des Gewichts von zwei Millionen Dollar auf meinem Rücken bewusst, doch der Rucksack nimmt dieses Gewicht auf und verteilt es, so wie der Verkäufer es mir gesagt hatte. Nach einem halben Kilometer merke ich fast nicht mehr, dass es da ist. Ich halte den Kopf gesenkt, konzentriere mich nur auf die Striche. In meinem Hinterkopf ist auch die Möglichkeit, dass irgendjemand mir den Weg verstellen könnte. Ein Junkie vielleicht oder auch nur ein einfacher Dieb, der ein paar Dollar in einem Geldbeutel sucht oder einen Rucksack, den er verkaufen kann. Ich stelle mir sein Gesicht vor, wenn er seine Beute öffnet und statt dreckiger Socken, T-Shirts und zerrissener Jeans zwei Millionen Dollar in ordentlichen Bündeln findet. Ich weiß, dass das unwahrscheinlich ist. Ich weiß auch, dass eine Pistole in meinem Hosenbund steckt. Zumindest im Moment bin ich froh, dass sie da ist.

Die Zeit verrinnt und verliert dabei an Bedeutung. Es geht nur darum, einen Schritt vor den anderen zu setzen. Wieder ein Mittelstrich und dann noch einer. Ich stelle mir Phoebes Gesicht vor. Aus irgendeinem Grund denke ich an ihren Gesichtsausdruck, wenn sie wütend ist. Auf mich oder die Welt im Allgemeinen. Die Art, wie sie die Lippen zu einer entschlossenen, schmalen Linie zusammenpresst und die kleine Stirn runzelt. Wie sie eine Hand in die Hüfte stemmt und einen Fuß nach außen dreht. Die klassische Körpersprache bei Wut. Und dann denke ich daran, wie schnell sich das wieder ändert. Wenn ich sie kitzele oder etwas Dämliches sage. Ihr Ärger verfliegt. Gerade noch fest und unverrückbar, ist er im nächsten Moment substanzlos und gleich darauf völlig weg. Wie das Leben in ihre Augen fließt, ihr Mund sich etwas öffnet und man die kleinen Zähne mit dieser winzigen Lücke zwischen den beiden Schneidezähnen sieht.

Ich stärke mich an diesen Bildern und dem Glauben, dass jeder Schritt mich ihr näher bringt.

Der Treffpunkt ist eine Stunde Fußmarsch entfernt. Ich kenne die Gegend. Sie ist heruntergekommen, eine Vorstadt, in der einmal ein Industriekomplex angesiedelt war, bevor eine neue Entwicklung auf der gegenüberliegenden Seite der Stadt ihm den Todesstoß versetzte. Jetzt ist es eine trostlose Landschaft mit leer stehenden Gebäuden und endlosen Parkplätzen, durch deren rissigen Belag das Unkraut wächst. Maschendrahtzäune mit klaffenden Löchern. Vor einem Jahr bin ich mit Dad hier vorbeigekommen auf einem Trip, dessen Ziel meinem Gedächtnis entfallen ist. Ich gehe davon aus, dass das Chaos weiter fortgeschritten ist. Eine gute Wahl, zumindest aus der Sicht des Besitzers der mechanischen Stimme. Diese Gegend ist weit entfernt von irgendwelchen Wohngebieten, doch die Verbindungsstraßen dahin gibt es immer noch. Jede Bewegung innerhalb des Komplexes wäre für einen Beobachter leicht auszumachen. Ein Ort, den man nur schwer ungesehen betreten kann. Dabei ideal für eine Flucht, weil die Straßen in alle Richtungen führen, sodass ein Wagen innerhalb einer Viertelstunde auf allen möglichen Highways wäre.

Ich komme zu früh zu unserer Verabredung, aber mit ziemlicher Sicherheit nicht früh genug, das weiß ich. Er wird schon da sein. Möglicherweise war er die ganze Zeit über da. Ich sehe ihn vor meinem geistigen Auge, wie er, vielleicht auf dem Dach eines Gebäudes, mit einem Nachtsichtfernglas die Gegend absucht und auf Anzeichen für grau gekleidete Gestalten mit Gewehren über den Schultern wartet, die sich ihren Weg über Felder und durch Zäune bahnen, in die Gebäude schwärmen und Nischen finden, in denen sie sich verstecken können. Er lauscht auf das Dröhnen eines Helikopters. Ja, er wird schon da sein. Bereit, seine Drohung beim ersten Anzeichen von Gefahr wahr zu machen. Ist Phoebe bei ihm, die Hände vor dem Körper gefesselt und in der kalten Nachtluft zitternd? Beobachtet, wartet und ahnt auch sie, dass ihre Welt womöglich bald endet? Welche Gedanken ihr wohl durch den Kopf gehen? Weiß sie, dass ich komme? Hilft ihr das, die Dunkelheit auf Abstand zu halten? Die Fragen sind hartnäckig, doch ich versuche sie wegzuschieben und mich nur auf die Straßenmarkierungen und meine Füße zu konzentrieren, die aus meinem Gesichtsfeld verschwinden und wieder auftauchen.

Ich habe keinen Plan, was seltsamerweise befreiend ist. Die Spieltheorie hat mich beschissen, meinen Kopf gefüllt mit Täuschungsmanövern und Verdächtigen, mit der Illusion, alles unter Kontrolle zu haben. Was hat Summerlee über mich gesagt? Irgendwas von gigantischer, verdammter Überheblichkeit. Sie hatte recht. Ich schaue zurück auf mein ganzes peinliches Spiel, das logische Durchleuchten möglicher Verdächtiger, und das alles unterlegt von dem Gefühl, nein der

Gewissheit, dass mir keiner was vormachen kann. Nicht mir, Jamie Delaware, Spieltheoretiker und kompletter Idiot. Und wohin hat mich das geführt? Ich habe immer noch keine Ahnung, wer hinter dem allen steckt. Wahrscheinlich ein völlig Fremder oder jemand, den Summer verärgert hat, einfach weil sie Summer ist und nicht anders kann. Doch das konnte ich nicht akzeptieren, weil es *mich* außen vor ließ. Ich konnte es nicht ertragen, Komparse zu sein, ein Medium, das Nachrichten entgegennimmt, ein Packpferd, das Geld überbringt. Ich muss im Mittelpunkt stehen.

Und so ist es hierzu gekommen. Zu einer Entscheidung, die nichts mit der Spieltheorie zu tun hat, sondern mit der Logik des Bauchs. Es der Polizei überlassen oder auf meine Instinkte vertrauen? Dixon hat es gut ausgedrückt. Ich war hin- und hergerissen zwischen zwei Vorgehensweisen, und egal, was ich tue, ich kann nicht wissen, was die Zukunft bereithält. Ich habe eine Pistole. Was ist das schon? Macht sie mich zu Bruce Willis? Ich bin sechzehn Jahre alt, gehe auf die Highschool und bin überdurchschnittlich gut in Mathe. Bis diese Woche war der Gipfel meiner Kühnheit der Plan, auf die Uni in Sydney zu gehen und angewandte Mathematik zu studieren. Ich bin ein Junge, kein Superheld. Was hat der Berufsberater in der Schule gesagt? *Bedenkt immer, welche Fähigkeiten ihr habt.* Das hier zählt nicht zu meinen Fähigkeiten. Aber ich glaube dem Entführer, der sagt, ich würde Phoebe nicht wiedersehen, falls die Polizei käme. Ich *spüre*, dass er es ernst meint. Und deshalb muss ich schließlich ein paar Dinge anerkennen. Er hat die Kontrolle. So will er, dass gespielt wird, also ist dies die Vorgehensweise, mit der ich meine Schwester am wahrscheinlichsten sicher nach Hause bringen kann. Das sind seine Spielregeln und die Spieltheorie hätte nie geholfen.

Aber die Pistole steckt im Bund meiner Jeans und ich werde sie benutzen. Falls nötig.

Das Morgengrauen gewinnt an Kraft. Ich schaue auf meine Uhr. Es ist halb sechs. Ich bin jetzt eine Dreiviertelstunde unterwegs und bin keiner Seele begegnet. Allerdings kurven ein paar Autos durch die Straßen und zwingen mich, auf dem Bürgersteig zu gehen. Die Leute beginnen ihren Tag. Ein Tag wie jeder andere, immer dieselbe Routine. Geh zur Arbeit, mach deinen Job, geh nach Hause zu Frau, Ehemann, Kindern. Als ich aufschaue, sehe ich, wie der Himmel fast bei jedem Schritt heller wird. Ein paar Vögel singen. Ein Wagen fährt mit offenem Fenster an mir vorbei und Musik aus dem Soundsystem überrollt mich wie eine Welle. Ich registriere den Doppler-Effekt, als der Wagen um die Ecke biegt und aus meiner Welt verschwindet. Ich mache einen Schritt, dann den nächsten.

Ich bin nicht ruhig. Ich fühle mich losgelöst von allem um mich herum, aber auch losgelöst von mir selbst. Mich definiert lediglich das Gehen, ein Schritt nach dem anderen. Sie mag von Vorteil sein, diese Entfremdung. Vielleicht aber auch nicht. Ich ziehe mich weiter in mich zurück. Ich kann das Gewicht des Geldes auf meinen Schultern nicht spüren. Ich kann den Druck der Pistole an meinem Rücken nicht spüren.

Und dann sehe ich das Gelände vor mir. Es ist dunkel und voller Schatten, trotz der schwachen Sonne, die sich über den Horizont kämpft.

KAPITEL 26

Die Anweisungen waren klar.

Nähere dich dem Gelände von Süden her. Darum herum führt ein etwa zwei Meter hoher Zaun mit Stacheldraht obendrauf. Ungefähr in der Mitte des Zauns ist ein zweiflügeliges Metalltor mit einem verblichenen Schild daran, auf dem ZUTRITT VERBOTEN *steht. Geh durch das Tor, es ist nicht gesichert. Direkt vor dir sind zwei Gebäude. Bei dem rechten ist das Dach teilweise eingebrochen. Geh zwischen den beiden Gebäuden hindurch zu dem Platz dahinter. In ungefähr hundert Meter Entfernung steht rechts etwas, das aussieht wie ein Wasserturm. Es hat keine Fenster. Geh in diesen Turm hinein. Die Tür scheint verschlossen, ist sie aber nicht. Trotzdem kann es sein, dass du ein wenig Gewalt anwenden musst, um sie zu öffnen, weil sich der Rahmen verzogen hat. Geh die Treppe hinauf, die direkt vor dir beginnt. Wenn es nicht mehr weitergeht, stehst du in einem großen runden Raum. Er ist vollkommen leer. Dort treffen wir uns. Obwohl er keine Fenster hat, dringt durch die eingefallene Decke genügend Licht, damit du dich zurechtfinden kannst. Warte in diesem Raum, mit dem Geld, um acht Uhr. Komm allein.*

Da ich nicht direkt von Süden gekommen bin, gehe ich noch ungefähr einen Kilometer am Zaun entlang, bis ich in einiger Entfernung das Doppeltor sehe. Es ist fast wie auf einem Filmset, eine postapokalyptische Landschaft, in der die Letzten der Menschheit kleine Feuer entzünden gegen die Kälte eines nuklearen Winters. Teile des Zauns beulen sich nach außen, bilden eine Reihe aufgeblähter Bäuche. Der Boden ist komplett zementiert, doch in Rissen und Löchern haben einzelne Grasbüschel Halt gefunden. An manchen Stellen wurde der Zement von Pflanzen, die darunter wachsen, nach oben gedrückt. Man kann sich leicht vorstellen, wie im Lauf der Jahre, wenn die Gebäude verfallen, das Grün wieder Einzug hält. Mit der Zeit wird alles verschwinden. Mit der Zeit wird alles wieder grün.

Ich trete circa fünfzig Meter vom Zaun zurück, direkt gegenüber dem Haupttor. Das Schild ist da, aber es ist verblichen. Was einmal rot gewesen sein muss, ist jetzt ein ausgewaschenes Pink. Einige Buchstaben sind kaum noch zu erkennen und das Schild hängt schief. Ein Torflügel steht in einem Winkel von etwa fünfundvierzig Grad nach innen offen. Ungefähr zweihundert Meter hinter dem Zaun und einer großen Fläche rissigem Zement kann ich die beiden Gebäude deutlich erkennen. Metallene Fensterrahmen sind in Reihen angeordnet, drei Stockwerke hoch. Soweit ich sehen kann, sind nur noch in einer Handvoll Fenster Scheiben, und die haben alle Sprünge. Irgendeine Art von Fabrik. Ein Ort, an dem die Leute stundenlang Maschinen bedient und ein Produkt hergestellt haben, bevor sie zurückkehrten in ihre eigentliche Welt. Wo sie Zeit – vielleicht ein ganzes Leben – für weit weniger Geld eingetauscht haben, als ich es auf meinem Rücken trage. Jetzt sind alle Arbeiter verschwunden und die Gebäudeskelette sind Mahnmale der Vergeblichkeit.

Ich hocke mich auf die Fersen und lasse den Blick über das Gelände schweifen. Ich bin unter einem alten Baum und glaube nicht, dass man mich von diesen Gebäuden aus ohne Weiteres sehen könnte. Aber sicher kann ich natürlich nicht sein.

Die Sonne steht immer noch sehr tief. Schattenflecken streichen über die Fassaden und vermitteln den Eindruck von Bewegung. Ich drehe den Kopf, als links von mir etwas aufblitzt. Ich sehe nichts. Vielleicht war es ein Sonnenstrahl, der eine Glasscherbe gestreift hat. Wieder eine Bewegung, dieses Mal zu meiner Rechten. Aber es ist nur eine Taube, die auf dem Boden nach etwas scharrt. Ich sehe keine Spur von menschlichem Leben. Doch wo immer ich hinschaue, bewegt sich etwas am Rand meines Gesichtsfeldes. Es nervt.

Ich schließe die Augen und versuche meine Gedanken zu ordnen. Ich habe keine Ahnung, was ich als Nächstes tun soll. Ich bin zwei Stunden zu früh für das Treffen, was mir, soweit ich es beurteilen kann, jedoch keinerlei Vorteil bringt. Ich hatte keine andere Wahl gehabt, weil ich unbedingt weit weg sein wollte, wenn mein Verschwinden bemerkt wird. Jetzt gehe ich verschiedene Szenarien durch, aber keines lässt sich fassen. Ich werde ihn in diesem Wasserturm treffen, werde das Geld übergeben und hoffen, dass er sein Wort hält. Und wenn er es nicht tut, habe ich immer noch die Pistole. Der letzte Ausweg. Ich bete, dass es nicht so weit kommt.

Um halb acht erhebe ich mich und gehe zum Tor. Mir ist schwindelig und meine Augen schmerzen von der Sonne. Ich gehe an dem verblichenen Schild vorbei und bleibe gleich hinter dem Tor stehen. Die große zementierte Fläche muss einmal ein Parkplatz gewesen sein. Die Stellplätze sind mit verblassten gelben Linien markiert. Ich gehe. Die Fenster in den Gebäuden vor mir scheinen wie Augen jedem meiner Schritte zu folgen. Die Bewegungen am Rand meines Gesichtsfeldes werden deutlicher, doch ich versuche, sie zu ignorieren, und konzentriere mich auf die Lücke zwischen den Bauten, eine freie Fläche, die tief im Schatten liegt. Als ich weiter in das verlassene Gelände hineingehe, scheint die Stille greifbar zu werden, und meine Wadenmuskeln verkrampfen sich.

Zwischen den Gebäuden ist es dunkel und kalt. Beide haben seitlich keine Fenster und die Gasse dazwischen ist von Unkraut überwuchert. Es stinkt nach Hundescheiße. Ich bekomme Gänsehaut. Das Gefühl, beobachtet zu werden, ist stärker geworden, und ich kann nicht sagen, ob mich das oder die Kälte frösteln lässt. Ich habe dieses ganz deutliche Bild vor mir, dass am Ende der Gasse jemand um die Ecke kommt und mir den Weg verstellt. Er ist groß und dunkel, eine Silhouette vor dem Hintergrund des Tages, und alle meine Fantasien, die mit Pistolen und Konfrontationen zu tun hatten, lösen sich in schierem Terror auf. Aber es kommt nicht so. Ich trete in den blassen Sonnenschein und bin dankbar. Ich werfe einen Blick hinter mich. Da ist auch niemand. Ich schiebe den Rucksack höher und mache ein paar Schritte vorwärts.

Es ist unmöglich, den Turm zu übersehen. Allerdings ist es kein Wasserturm, zumindest glaube ich es nicht. Es ist ein trostloser Monolith aus Backstein fast ohne besondere Merkmale. Eine Säule, die sich in den Himmel reckt und oben einen runden Aufbau hat. Sie gleicht einem Pilz mit zu kleinem Hut. Von ihrer linken Seite aus führt ein schmaler Metallsteg zu einem ähnlichen Bau, nur hat der oben keine Kappe. Entgegen dem, was der Kidnapper mir gesagt hat, haben beide Türme Schlitze in den Wänden, fast wie die Schießscharten in mittelalterlichen Burgen.

Warum hat er wohl diesen Ort für unsere Begegnung ausgewählt? Hätte ich Polizei mitgebracht, hätte man ihn da oben leicht fassen können. Selbst wenn er es auf den Steg geschafft hätte, führt der lediglich zum nächsten Turm ohne Fluchtmöglichkeit. Und je genauer ich hinschaue, desto baufälliger erscheint mir der Steg. An einigen Stellen baumelt eine verrostete Eisenstange in der Luft.

Falls er in diesem Turm ist, sitzt er in der Falle. Aber wenn er mich anweist, in den Turm zu gehen, heißt das noch lange nicht, dass *er* auch da ist. Die Logik sagt mir, dass er irgendwo ganz anders ist, von irgendeinem Aussichtspunkt alles überblickt und sich vergewissert, dass ich allein bin, dass ich meinen Teil der Abmachung erfüllt habe. Nein. Weder der Kidnapper noch Phoebe sind hier. Aber ich bin nicht derjenige, der Entscheidungen trifft. Ich habe keine andere Wahl, als den Anweisungen zu folgen und zu sehen, wohin sie mich führen.

Also gehe ich auf den Turm zu. Dabei spüre ich deutlich den Druck der Pistole an meinem Rücken. Ob sie durch ein Fernglas zu erkennen ist? Alles ist still. Selbst die wenigen Vögel haben aufgehört zu singen. Die Tür zum Turm ist aus massivem Holz, doch sie hat sich mit den Jahren verzogen und ist fleckig geworden. Ich lege eine Hand aufs Türblatt und drücke, aber es tut sich nichts. Ich versuche es mit der Schulter und sie gibt ein wenig nach. Ich muss mich drei Mal mit der Schulter dagegenwerfen, bis sie endlich aufgeht. Dabei bricht eine Angel und die Tür neigt sich wie betrunken. Ich trete ein. Die Luft ist abgestanden, und es riecht nach Moder, als sei vor langer Zeit hier drin etwas gestorben und nur noch Knochen und ein schwacher Fäulnisgeruch seien übrig geblieben. Es ist sehr dunkel und durch den Türspalt dringt nur wenig Licht. Ich bleibe kurz stehen, damit meine Augen sich an das Dämmerlicht gewöhnen können. Nach einer Minute sehe ich gut genug, um zu wissen, dass nichts hier drin ist außer einer metallenen Wendeltreppe auf der gegenüberliegenden Seite des runden Raums. Irgendwo scheppert irgendetwas und ich zucke zusammen. Das Geräusch wiederholt sich nicht, dennoch bleibe ich drei weitere Minuten reglos stehen. Dann schaue ich auf meine Uhr. Es ist zehn Minuten vor acht. Noch sechshundert Sekunden bis zu unserer Begegnung. Ich kann mir nicht vorstellen, dass es einen großen Unterschied macht, wenn ich ein paar Minuten früher komme. Ich gehe zur Treppe.

Schon die erste Stufe knarrt beängstigend. Ich habe das Gefühl, sie schwankt, doch das kann auch Einbildung sein. Die Stufen sind mit einer dicken Staubschicht bedeckt, aber in der Mitte sind undeutliche Schuhabdrücke zu erkennen. Jemand war hier, allerdings lässt sich in der Dunkelheit nicht sagen, ob die Abdrücke frisch sind. Einen kleineren Schuhabdruck, der von einem Kind stammen könnte, kann ich nicht erkennen.

Ich nehme jede Stufe einzeln, stelle zuerst den linken Fuß darauf und dann den rechten daneben. Kinderschritte. Ich taste mit der linken Hand nach dem schmalen Metallgeländer und lasse die Handfläche beim Hinaufsteigen darüber gleiten. Schwer zu sagen, ob die eine oder andere Stufe verrostet ist. Ich steige in blindem Vertrauen hinauf. Ich brauche viel länger als gedacht, was am Staccato-Rhythmus meiner Schritte liegen mag oder vielleicht auch daran, dass ich die Höhe des Gebäudes falsch eingeschätzt habe. Ich schraube mich immer weiter hinauf, und es scheint, als erreiche ich die Spitze nie, als sei ich dazu verdammt, bis in alle Ewigkeit in einer Blase aus Verzweiflung und wachsender Panik weiterzusteigen. Irgendwann sehe ich jedoch über mir einen Lichtschimmer. Ich bleibe stehen und lausche, höre aber nur meinen eigenen Herzschlag. Ich gehe eine letzte Windung hinauf und der Raum liegt vor mir.

Er ist leer und genau so, wie er mir beschrieben wurde. Eintönige Wände, schwach beleuchtet durch ein paar gähnende Löcher im Dach. In weniger als einer Sekunde weiß ich, dass ich allein bin. Hier kann sich niemand verstecken. Ich würge, schaffe es jedoch, mich nicht zu übergeben. Ich merke, dass ich die Luft angehalten habe und jeder Muskel und Nerv angespannt war in Erwartung einer Konfrontation und einer Aussöhnung. Phoebe zu sehen. Das Monster zu sehen, das sie uns genommen hatte. Jetzt schluckt die Leere die Hoffnung.

Mein Kopf sinkt auf die Brust und da sehe ich sie. Die Schrift im Staub.

Verlasse den Turm. Wende dich nach rechts. Im Gebäude gegenüber warten wir.

Meine ersten Überlegungen waren richtig. Er würde nie in einem derart umschlossenen Raum lauern. Dieses Rendezvous war ein Test, um festzustellen, ob ich wirklich allein gekommen bin. Ein Test, den ich bestanden habe.

Ich laufe die Treppe sehr viel schneller hinunter, als ich sie hinaufgestiegen bin. Phoebe ist ein paar Hundert Meter entfernt, und die Zeit ist jetzt eine Last, etwas, das ich schnell hinter mich bringen muss, bis ich ihr Gesicht sehe. Auf halbem Weg stolpere ich fast. Mein Fuß rutscht weg, und ich hoppele ein oder zwei Stufen hinunter, bevor ich mein Gleichgewicht wieder habe. Ich höre Teile der Treppe, wahrscheinlich verrostete Abschnitte, im Fallen scheppernd auf Metall treffen. Dann bin ich wieder in Bewegung.

Ich bin schneller unten als gedacht. Noch eine Windung und vor mir ist die Tür, ein weißer Lichtstreifen in der Dunkelheit. Ich gehe darauf zu, erreiche sie jedoch nicht.

Ich empfinde keinen Schmerz. Ich weiß nur, dass meine Beine einknicken und es einen Augenblick später in meinem

Kopf zu einer Supernova kommt. Grelle Lichter flammen auf und bilden prachtvolle Bögen. Sie gehen von einem zentralen Punkt aus und überziehen die Welt mit bunten Farben, bevor sie in sich zusammenfallen. Leuchtstreifen fliegen zum Mittelpunkt zurück. Ein bizarrer Gedanke kommt mir: dass so das Universum entstand und eines Tages enden wird. Dann implodiert das Licht und alles wird dunkel.

KAPITEL 27

Ich erwache und habe Schmerzen.

Es ist noch dunkel, aber das liegt daran, dass ich es nicht wage, die Augen zu öffnen. Der Schmerz ist wie ein Feuer, das nicht nur in meinem Kopf brennt, sondern durch meinen ganzen Körper lodert. Ich bestehe nur noch aus höllischem Schmerz. Ich weiß nicht, wer ich bin, doch das kümmert mich nicht, denn der Schmerz lässt nicht zu, dass ich meine Aufmerksamkeit auf etwas anderes richte. Ich glaube, ich stöhne, vielleicht aber auch nicht. Die Schwärze kehrt zurück, und dieses Mal heiße ich sie willkommen, bete, dass sie bleibt.

Sie tut es nicht, doch als ich wieder zu mir komme, habe ich den Eindruck, dass einige Zeit vergangen ist. Ich habe ein seltsames Klingeln in den Ohren und jetzt lässt sich der Schmerz lokalisieren. Ein entsetzliches Pochen in meinem Hinterkopf, so stark, dass ich unwillkürlich würge. Doch selbst das ist unendlich viel besser als dieser andere Schmerz, an den ich mich erinnere. Wenigstens ein Teil meines Gehirns kann sich wieder mit anderen Dingen befassen.

Meine Wahrnehmung ist zurückgekehrt, auch wenn ich die Augen geschlossen halte. Ich weiß, dass ich auf der Seite liege und der Boden kalt und hart ist. Man hat mir etwas um die Handgelenke gebunden und es schneidet in mein Fleisch. Ich warte ein paar Minuten, und der Schmerz lässt nach, wenn auch nicht viel. Ich versuche, meine Hände zu bewegen, doch sie sind fest zusammengebunden. Ich lausche. Und höre nichts außer dem Rauschen meines Bluts in meinen Ohren. Unter bewusster Anstrengung öffne ich meine Augen. Die Lider sind verklebt, und ich höre ein leises Reißgeräusch, als sie sich voneinander lösen.

Es ist ziemlich dunkel, wofür ich dankbar bin. Ungefähr einen Meter vor meinem Gesicht ist eine Wand und sie kommt mir irgendwie bekannt vor. Ich habe sie schon einmal gesehen, sie hat sich in mein Gedächtnis eingebrannt. Das Backsteinmuster erscheint vertraut. Dann weiß ich es wieder. Die Wand in Phoebes Video. Die Wand, die den Hintergrund für ihre Botschaft und das verlegene Halten der Regionalzeitung bildete. Sie war hier. Aber jetzt ist sie nicht hier. Ich habe nicht die Kraft, mich herumzurollen, aber ich muss sie auch nicht aufbringen. Ich weiß, dass ich allein bin. Ich spüre es in der Luft. Also schließe ich wieder die Augen. Dieses Mal schlafe ich und werde nicht ohnmächtig. Ich spüre, dass mein Körper das braucht, um sich zu erholen, also wehre ich mich nicht dagegen.

»Jamie? Hörst du mich?«

Die Stimme kommt von weit her, aber sie lässt nicht locker. Ich versuche, sie so lang wie möglich zu ignorieren, doch sie lässt mich nicht in Ruhe. Bruchstückhafte Erinnerungen kehren zurück, und es ist, als setze ich mich selbst zusammen und entwickele wieder ein Gefühl dafür, wer ich bin und was die allerjüngste Vergangenheit zutage gebracht hat. Phoebe. Der Kidnapper. Das Treffen. Das Geld. Die Pistole. Und Ungeduld überwältigt den Schmerz, der ohnehin nur noch ein Feuerklumpen am Grund meines Schädels ist.

Ich öffne meine Augen, sehe alles verschwommen. Es ist jetzt hell. Ich spüre, wie mir Tränen über die Wangen laufen, und sie müssen helfen, denn meine Umgebung wird klarer. Ich weiß, dass ich an einem Tisch sitze und dass mir ein Mann gegenübersitzt. Es dauert ein paar Sekunden, bis seine Gesichtszüge nicht mehr verschwimmen.

Einen absurden Moment lang erfüllt mich Euphorie. Ich sehe den grauen Schnauzbart, die schweren Hängebacken und höre das Zischen, wenn Luft durch die Zähne gesaugt wird. Er hebt eine Hand und nimmt einen Zug aus seiner Zigarette. In diesem Moment fühle ich mich sicher. Und dann bricht alles über mir zusammen.

»Dixon«, sage ich.

Er nickt und nimmt noch einen Zug. »Wie geht es dir, Jamie?«

Ich mache mir nicht die Mühe, die Frage zu beantworten. »Sie«, krächze ich schließlich. Meine Kehle fühlt sich an wie mit Sandpapier ausgeschlagen.

»Ja.«

Ich schließe wieder die Augen. Ich würde gern meinen Kopf schütteln, damit er wieder klar wird, kann jedoch den Schmerz nicht riskieren. Ich höre, wie er an den Zähnen saugt. Ein Teil von mir ist überrascht und entsetzt. Ein anderer nicht.

»Ich habe dir Wasser gebracht«, sagt er, »und Schmerztabletten. Ich kann mir vorstellen, dass du sie brauchst.«

»Wo ist Phoebe?«, frage ich.

»In Sicherheit. Ich habe versprochen, dass ich ihr nichts tue, und ich halte mein Wort.«

Ich öffne die Augen. Vor mir auf dem Tisch sind ein Glas Wasser und zwei Tabletten. Das Glas ist voller Kondenswassertropfen. Ich will nichts von ihm annehmen, doch mein Hals ist ausgetrocknet und der Schmerz in meinem Schädel hartnäckig. Dixon schiebt das Glas zu mir herüber. Ich muss beide Hände benutzen, um es zu heben. Meine Handgelenke sind mit einem schwarzen Kabelbinder zusammengebunden. Ich nehme einen großen Schluck. Das Wasser ist kalt. Ich glaube nicht, dass ich jemals etwas so Herrliches geschmeckt habe. Ich stelle das Glas zurück, hebe beide Tabletten auf und schiebe sie zwischen meine Lippen. Dann nehme ich wieder das Glas und spüle sie hinunter. Wahrscheinlich bilde ich es mir nur ein, aber der Schmerz im Kopf lässt fast augenblicklich nach. Vorsichtig stelle ich das Glas wieder auf den Tisch. Schon denke ich, dass ich es vielleicht als Waffe gebrauchen könnte, doch kaum ist der Gedanke da, verwerfe ich ihn auch wieder. Hier geht es nicht um Spieltheorie. Das Spiel ist aus.

»Ich will sie sehen«, sage ich.

»Natürlich. Und ich bringe sie dir sehr bald. Doch zuerst müssen wir reden, du und ich.«

»Werden Sie uns töten?«

Dixon hebt eine Augenbraue, führt seine Zigarette an die Lippen, nimmt einen letzten Zug und drückt die Kippe in einem Aschenbecher aus. »Warum sollte ich das tun?«

»Sie haben mich auf diesem Industriegelände bewusstlos geschlagen. Warum würden Sie so etwas tun, wenn Sie mich einfach gehen lassen wollten? Was für einen Sinn hatte es? Ich hatte das Geld, wir brauchten nur noch den Austausch vorzunehmen. Zu der Zeit müssen Sie gewusst haben, dass ich allein gekommen bin. Die Gewalt war unnötig.«

Dixon lehnt sich auf seinem Stuhl zurück und betrachtet mich. Er streicht sehr langsam über seinen Schnauzbart.

»Für die Gewalt bist du selbst verantwortlich, Jamie«, antwortet er. »Seit wann gehörte zu unserem Deal, dass du bewaffnet zu unserem Treffen kommst?« Lächelnd zieht er meine Pistole unter dem Tisch hervor und legt sie neben seinen Aschenbecher. »Ich muss zugeben, das habe ich nicht erwartet. Aber du warst während unseres ganzen Spiels voller Überraschungen. Doch die Pistole hat die Sache grundlegend verändert. Willst du wissen, wie das alles ausgehen *sollte*?«

Ich nicke und es ist nicht allzu schmerzhaft.

»Ich hatte nie die Absicht, Phoebe mitzunehmen zu unserem Treffen. Ich brauchte sie als Versicherung, falls etwas schiefginge. Der Ablauf war folgendermaßen geplant: Du gibst mir das Geld. Dafür fessele ich dich, wenn möglich an diese Metalltreppe. Dann fahre ich zu der Stelle, von wo aus ich Australien verlassen werde. Es ist alles organisiert. Kurz bevor ich gehe – vielleicht auch kurz *danach*; Flugzeuge gehören nicht zu meiner Fluchtstrategie –, rufe ich die Behörden an und nenne ihnen zwei Orte, an denen sie Jamie und Phoebe Delaware finden werden, beide unverletzt. Du kennst dich mit der Spieltheorie aus. War das ein vernünftiger Plan, Jamie?«

Ich beobachte Dixon. Er genießt die Situation. Vermutlich hat er sich die ganze Zeit auf diese Begegnung gefreut, bei der er seine Strategien offenlegen und mir zeigen kann, wie haushoch überlegen er mir war und wie er mich ins Abseits manövriert hat. Er will immer noch meinen Beifall, meine Glückwünsche für ein gutes Spiel. Zwei Spieler, die sich darüber unterhalten, dass das Schachmatt vom einunddreißigsten Zug an unvermeidlich war. Eine freundschaftliche Analyse. Das kann möglicherweise von Nutzen sein, aber ich weiß nicht, wie.

»Es ergibt einen Sinn«, antworte ich.

Er nickt, als freue er sich über mein Lob. »Aber du hast mir einen Strich durch die Rechnung gemacht«, fährt er fort. »Die Pistole. Gefährlich, solche Waffen. Unberechenbar.«

Er lächelt.

»Ich bin dir von dem Moment an gefolgt, als du euer Haus verlassen hast, Jamie. Den Treffpunkt hatte ich bereits abgesichert. Außer dem einen oder anderen Junkie kommt niemand dort hin. Und natürlich wusste ich, dass du Gardner nichts von unserer Unterhaltung gesagt hast. In dieser Situation ist es äußerst nützlich, Polizist zu sein. Man kommt an alle möglichen Informationen heran.«

»Wie das mit dem grünen Commodore und den Kinderkleidern?«

»Genau.« Wieder lächelt er. »Es war fast wie schummeln. Aber ein Spieler muss jeden zur Verfügung stehenden Vorteil nutzen, der Meinung bist du doch auch, oder? Und was bei polizeilichen Untersuchungen alles getratscht wird, ist schockierend. Man muss lediglich auf der Wache die Ohren offen halten und vielleicht die eine oder andere sachdienliche Frage stellen. Die Medienberichterstattung hat natürlich auch geholfen.«

»Woher genau wussten Sie, dass ich Gardner nichts von unserem Treffen erzählt hatte? Über so etwas wird nicht getratscht.«

Dixon klopft ungeduldig auf den Tisch. »Denk nach, Jamie.« Er hat den Ton eines Lehrers angenommen, der mit einem begriffsstutzigen Schüler die Geduld verliert. »Gardner hatte alles organisiert. Spezialeinsatzkräfte standen auf Abruf bereit. Alle Vorbereitungen waren getroffen, der ganze Papierkram erledigt … alles fertig. Fehlte nur noch das Kommando, zum Übergabeort auszuschwärmen. Deshalb wartete er immer noch auf die Nachricht, wo der sei. Du wusstest es gegen vier Uhr, als du den letzten Anruf erhalten hast. Es ist nicht schwer, das herauszubekommen.«

»Sie saßen neben mir, als der Anruf kam.«

Dixon grinst enorm selbstzufrieden. »Ich weiß. Es war wahrscheinlich unnötig, aber ich konnte nicht widerstehen. Du hast mich angerufen und um ein Treffen gebeten. Ich habe einen Anruf aufgezeichnet, auf den du nicht viel zu antworten brauchtest, habe den Timer am Computer so eingestellt, dass die Verbindung zu einer bestimmten Zeit hergestellt wurde, und war zum ausgemachten Zeitpunkt im Park. Ein wasserdichtes Alibi. Das war clever, Jamie, gib's zu.«

»Woher wussten Sie, dass ich eine Waffe habe?«, frage ich.

Dixon ist enttäuscht, weil ich seine Schlauheit nicht lobe. Er wedelt abschätzig mit der Hand. »Sie hat hinten in deinem Hosenbund gesteckt. Du hast zu viele Hollywoodfilme gesehen, Jamie. Für jemanden, der dir in zweihundert Meter Entfernung folgt, war sie so leicht zu erkennen wie eine rote Ampel. Woher hast du sie übrigens?«

»Spider«, antwortete ich. Mir fällt kein Grund ein, weshalb ich diese Information nicht preisgeben sollte.

»Ah, die Verbindung zur Unterwelt. Ja, ich hätte es vorhersehen sollen. Aber ganz ehrlich, Jamie, ich hab's dir nicht zugetraut.«

»Ich will Phoebe sehen.«

»Bald. Lass uns noch ein bisschen reden, ja? Was macht übrigens dein Kopf?«

»War schon besser.«

»Das kann ich mir vorstellen. Aber das meine ich, wenn ich sage, du bist selbst schuld. Ich konnte nicht riskieren, mit jemandem, der bewaffnet ist, in irgendeine Art von Kampf verwickelt zu werden. Ich kann mir allerdings nicht vorstellen, dass du mit einer Waffe umgehen kannst.«

»Ich hab noch nie damit geschossen«, gebe ich zu. »Das heißt, einmal, aber nur mit Platzpatronen.«

»Ja. Davon lässt man am besten die Finger. Aber es hätte so viel schiefgehen können. Vielleicht hättest du Glück gehabt. Vielleicht hattest du meinen Tod geplant, unabhängig von dem, was passiert wäre. Während du dir die Zeit damit vertrieben hast, das Gelände zu beobachten, habe ich die Gelegenheit genutzt, bin auf den Turm gestiegen und habe die Nachricht geschrieben. Dann habe ich unten gewartet.«

Er breitet die Arme aus. *Der Rest ist bekannt.* Das Pochen in meinem Kopf hat stark nachgelassen, was jedoch nicht bedeutet, dass meine Gedanken in geregelten Bahnen laufen. Ich bin mir nicht sicher, auf welchen Vorteil ich hoffen kann, wenn ich weiterrede, sehe aber keinen Grund, es nicht zu tun. *Der Mann hat ein gewaltiges Ego*, denke ich. Wenn ich es noch weiter füttere, lässt er mich Phoebe vielleicht eher sehen.

»Warum haben Sie mich hierhergebracht?«, frage ich. *Wo immer hier ist.* »Sie schlagen mich k. o., aber die Situation hat sich dadurch nicht grundlegend geändert. Warum haben Sie mich nicht gefesselt, wie ursprünglich geplant, und sind dann nichts wie weg?«

»Ich hab's mir überlegt«, gibt Dixon zu. »Aber dann dachte ich mir, es würde auch Spaß machen, ein wenig zu plaudern. Also habe ich dich hinten in mein Auto gepackt – *kein* grüner Commodore, wie du weißt – und hierhergebracht. Wenn ich anrufe, müssen die Beamten jetzt nur an einen Ort fahren, um euch abzuholen.«

Ich verändere meine Sitzhaltung. Es ist die erste Bestätigung, dass Phoebe hier irgendwo ist, aber ich will keine zu starke Reaktion zeigen. Die Genugtuung gönne ich ihm nicht. Außerdem: Weshalb sollte ich irgendetwas, das er sagt, für bare Münze nehmen? Vielleicht ist Phoebe ja doch nicht hier. Vielleicht ist sie … Daran kann ich nicht denken. Stattdessen konzentriere ich mich auf meinen Körper. Jetzt, da mein Kopf nicht mehr so wehtut, merke ich, dass auch andere Stellen schmerzen. In meinem rechten Bein pocht es. Ich stelle fest, dass meine Fußknöchel ebenfalls mit einem Kabelbinder gefesselt sind. Ich schaue auf meine Uhr. Es ist halb zwei. Mir fehlen ungefähr fünf Stunden. Ich denke an Mom und Dad und Summerlee. Wie haben sie wohl reagiert, als sie mein Verschwinden bemerkt haben? Gardner ist sicher schnell dahintergekommen, was ich getan habe, vor allem, wenn er den Rucksack im Wohnzimmer geöffnet und ein paar Mathebücher und Druckerpapier gefunden hat. Er mag kein Sherlock Holmes sein, aber das wäre in diesem Fall auch nicht nötig. Wie würden Mom und Dad auf die Nachricht reagieren, dass jetzt zwei ihrer drei Kinder verschwunden sind?

Ich kann es mir nicht leisten, darüber nachzudenken. Es ist zu schmerzhaft und ich kann nichts tun. Gib Dixon, was er will, und der Albtraum hat vielleicht ein Ende. Und Dixon will den Triumph des Sieges. Aber zuerst müssen wir jede Facette seiner Großtat beleuchten und ich muss ihn zu seiner Genialität beglückwünschen. Reden könnte alles beenden, sein Meisterwerk abrunden.

»Und weshalb sind Sie auf die dunkle Seite gewechselt?«, frage ich. Ich vermute, er will mir seine Gründe erklären. »Sie sind Polizist. Haben Sie nicht geschworen, Leute wie Sie hinter Gitter zu bringen?«

Als Dixon wieder grinst, weiß ich, dass es die richtige Frage war. Er will eine Predigt halten.

»Wusstest du, dass ich an der Festnahme deiner Schwester beteiligt war?«, fragt er. »Als sie dieses Hotelzimmer zerlegt hat? Bei der eigentlichen Festnahme war ich nicht dabei, aber ich war auf der Wache, als man sie gebracht hat. Und es war wie eine Art Epiphanie. Du weißt, was das Wort bedeutet?«

»Erkenntnis tiefgreifender Wahrheiten durch die Betrachtung des Gewöhnlichen«, erwidere ich. Wir hatten darüber im Englischunterricht gesprochen.

»Genau. Und es gab nichts Gewöhnlicheres als Summerlee Delaware. Eine dämliche Achtzehnjährige, angepisst und zugekifft. Solche Typen stecken wir jeden Freitag und Samstag in die Ausnüchterungszelle. Im Grunde unser täglich Brot. Nur dass dieser asoziale Teenager gleichzeitig auch Multimillionärin ist. Siebeneinhalb Millionen Dollar auf der Bank. Gib's zu, Jamie, dir muss der Gedanke, wie unfair das ist, doch auch gekommen sein.«

»Und das ist Ihre Epiphanie?«, frage ich. »Summerlee hat Glück und Sie empfinden das als persönliche Beleidigung?«

Dixon kneift die Augen zusammen und klopft auf den Tisch. Dann zieht er die nächste Zigarette aus der Packung und zündet sie an.

»Ich habe mein ganzes Leben hart gearbeitet«, sagt er. »Habe Leute wie deine Schwester vor den Abscheulichkeiten der Welt bewahrt. Und sie behandelt mich wie den letzten Dreck. Und was hat sie getan? Nichts, außer dass sie das Glück hatte, sechs Zahlen aufzuschreiben, die im Lotto ausgelost wurden. Ihre Zukunft ist mit achtzehn gesichert, während ich nicht in Rente gehen könnte, wenn ich das wollte.«

»Niemand hat behauptet, das Leben sei fair. Die meisten von uns finden sich damit ab.«

»Ich habe beschlossen, ich *will* mich nicht damit abfinden. Also habe ich auch beschlossen, etwas zu unternehmen. Das Glück neu zu verteilen.«

»Sie sind ein verdammter Robin Hood, wie er im Buch steht, oder?«, sage ich. Ich bin mir nicht sicher, ob es klug ist, ihn gegen mich aufzubringen, aber ich bin mir genauso wenig sicher, ob es mich noch kümmert.

Dixon lächelt nur. »Du musst Hunger haben, Jamie«, sagt er. »Wie wär's, wenn ich dir ein Sandwich mache und wir die Unterhaltung danach fortsetzen? Mir macht das Spaß.«

»Ich will kein Sandwich. Ich will Phoebe.«

Aber er hört mir gar nicht zu. Er schiebt seinen Stuhl zurück, steht auf und steckt meine Pistole in seinen Hosenbund. »Käse und Tomaten?«, fragt er.

Ich antworte nicht.

Er zuckt mit den Schultern und geht zu der Tür rechts von mir. »Bin gleich wieder da«, sagt er und geht hinaus.

Ich nutze die Gelegenheit und schaue mich um. In dem Raum ist nichts außer dem Tisch und Stühlen und einer Glühbirne, die von der Decke baumelt. Wie im Film: ein kahler Raum, in dem Verdächtige verhört werden. Fehlt nur der Spionspiegel. Ich stehe auf und versuche ein paar Schritte zu machen. Der Kabelbinder um meine Knöchel ist fest angezogen und ich stürze fast. Ich könnte mich nur mit kleinen Hüpfern fortbewegen. Da ich weiß, dass ich umfalle, wenn ich es versuche, bleibe ich lediglich ein oder zwei Minuten stehen. Der Schmerz in meinen Beinen klingt etwas ab.

Schließlich setze ich mich wieder und warte.

KAPITEL 28

Als Dixon zurückkommt, hat er sich den Rucksack über die linke Schulter gehängt. In der rechten Hand trägt er einen Teller mit Broten. Er stellt den Rucksack auf den Boden und den Teller vor mich auf den Tisch. Ich ignoriere ihn.

Er öffnet den Rucksack, holt ein Bündel grüner Geldscheine heraus und legt es neben den Teller. Ich ignoriere auch das. Dann setzt er sich wieder.

»Weißt du, was mich überrascht hat, Jamie?« Ich gehe davon aus, dass es eine rhetorische Frage ist. Er greift nach dem Geldbündel und blättert die Scheine auf. »Das Geldzählen. Und wie viel Spaß es macht. Ein fürchterliches Klischee, ich weiß. Da zu sitzen und die Bündel zu zählen. Dann sämtliche Scheine in jedem Bündel. Überprüfen, ob die Hundert-Dollar-Noten alle da und auch alle echt sind, ob niemand unbedrucktes Papier in die Mitte gesteckt hat. Sich zu vergewissern, dass die Stapel zweihundert Millionen ergeben. Was übrigens der Fall ist. Mein Gott, war das ein Spaß.«

»Das freut mich für Sie. Und jetzt holen Sie Phoebe.«

»Hab doch Geduld.«

»Nein«, sage ich. »Ich habe keine Geduld mehr. Ich will nicht hier herumsitzen und mir anhören, wie genial Sie sind. Wenn Sie meine Bewunderung wollen, bitte schön, die können Sie haben. Sie sind erstaunlich clever, Dixon. Gut gespielt. Sie haben mich übertrumpft, okay? Ich war ein Anfänger und Sie waren der Profi. Sie haben mich hochkant rausgeworfen. Sie haben mich vernichtend geschlagen. Ich gebe auf. Und jetzt holen Sie Phoebe.«

Dixon nimmt sich ein Sandwich und beißt hinein. Er kaut eine Weile, zieht dann eine Grimasse, legt den Rest wieder auf den Teller und fährt sich mit dem Handrücken über den Mund.

»Wahrscheinlich hast du gut daran getan, nichts zu essen. Ich tauge nicht viel in der Küche. Wie es aussieht, bekomme ich nicht mal ein Tomaten-Käse-Sandwich hin. Das Brot ist trocken. Der Käse Schmelzkäse. Wie Plastik. Sogar die Tomaten sind geschmacklos.«

Ich schließe die Augen.

»Ich hole deine Schwester«, sagt er leise, und ich öffne die Augen wieder, weil ich mir nicht sicher bin, ob ich richtig gehört habe. »Ich weiß, was du denkst. Dass sie vielleicht schon tot ist und ich sie gar nicht holen *kann*. Aber ich hab's dir gesagt, Jamie. Es geht ihr gut. Ich dachte nur, wir könnten uns ein wenig ohne sie unterhalten, aber vielleicht ist das unfair. Ich verstehe dich. Ich hole sie.« Er steht auf und geht hinaus.

Plötzlich schlägt mein Herz wie wild. Jetzt, da es fast so weit ist, finde ich es unerträglich. Vielleicht kann ich es nicht glauben. Dixon hat recht. Der Gedanke, dass Phoebe vielleicht gar nicht in diesem Gebäude ist, dass sie womöglich steif und kalt an einem dunklen Ort liegt, hat mich nie losgelassen. Er windet sich durch mein Gehirn wie eine bleiche Made. Ich starre auf die Tür, die er offen gelassen hat. Ich kann es nicht erwarten, bis sie im Türrahmen steht. Mein Mund ist trocken, und ein Schweißtropfen rinnt in mein linkes Auge, sodass ich für einen Moment nicht klar sehen kann.

Als es mir wieder möglich ist, steht Phoebe da. Dixon ist hinter ihr und hat eine Hand auf ihre Schulter gelegt.

Sie steht da wie eine mathematische Gleichung, alles stimmt hundertprozentig.

Etwas steigt meine Kehle herauf und ich muss würgen. Und dann verschwimmt alles. Ich weine lautlos, doch mein ganzer Körper zittert. Ich neige den Kopf und trockne meine Augen an meiner Schulter. Nichts darf meinen Blick trüben. Als ich wieder sehen kann, steht sie immer noch da, ist immer noch real. Phoebe kommt zu mir gelaufen und vergräbt ihr Gesicht an meinem Hals. Ich will sie in den Arm nehmen, doch das geht nicht, weil meine Hände ja gefesselt sind. Sie flüstert mir etwas ins Ohr. Ich glaube, es ist mein Name, den sie ein ums andere Mal wiederholt. Ich spüre ihre Tränen auf meiner Haut. So bleiben wir lange Zeit. Phoebe klammert sich fest an mich. Ich schwelge in ihrer Wärme. Schließlich hebt sie den Kopf, drückt mir einen Kuss auf die Wange und umarmt mich noch einmal.

»Ich halte mein Wort«, sagt Dixon, doch ich beachte ihn nicht. »Phoebe, Liebes, komm zu mir, sei ein braves Mädchen. Ich weiß, dass du deinen Bruder vermisst hast, aber er und ich haben noch eine kleine Weile etwas miteinander zu besprechen, dann ist alles vorbei. Du gehst nach Hause zu Mom und Dad und zu deiner Schwester, und alles wird wieder, wie es war. Das habe ich dir versprochen und wie gesagt, ich stehe zu meinem Wort. Also komm jetzt und setz dich zu deinem Onkel Dixon.«

Phoebe lässt mich sofort los und geht um den Tisch herum zu Dixon. Er hat einen Stuhl neben seinen gestellt und sie setzt sich. Phoebe schaut zu Dixon auf und lächelt. Noch laufen ihr Tränen über die Wangen, aber sie lächelt. Ich habe ihn vorher gehasst. Jetzt hasse ich ihn noch mehr. Er wird kein Stück meiner Schwester mitnehmen, nicht einmal den kleinsten Teil ihres Verstandes oder ihrer Zuneigung. Ich will nicht noch mehr von ihr verlieren. Nicht an ihn. Nicht an sonst jemanden. Dixon erwidert das Lächeln und tätschelt ihr den Kopf. Meine Finger verkrampfen sich.

»Ich sage dir was, Jamie. Ich habe über die Jahre etliche Kinder kennengelernt, aber so wie deine Schwester hier war keines. Ich hatte nie eigene Kinder und habe das sehr bedauert. Der Job hat zu viel von meiner Zeit in Anspruch genommen, körperlich und seelisch. Hat mich meine Ehe gekostet.«

»Soll ich Sie jetzt bemitleiden?«, frage ich.

Dixon wedelt abschätzig mit der Hand. »Natürlich nicht. Aber ich glaube, ich will dein Verständnis. Ich bin kein schlechter Kerl, Jamie. Bestimmt nicht.«

Ich erwidere nichts darauf. Es ist immer noch zu gefährlich. Aber die Arroganz des Mannes verblüfft mich. Er hat meine Schwester entführt, wir sind alle seinetwegen durch die schlimmste aller Höllen gegangen, und er will mein Verständnis? Zum ersten Mal kommt mir der Gedanke, er könnte verrückt sein. Clever, aber verrückt. Ich muss vorsichtig sein.

»Erzähl's ihm, Phoebe«, fährt er fort. »Sag deinem Bruder, wie du behandelt worden bist, während du mein Gast warst.«

»Es war schön, Onkel Dixon.« Phoebes Augen sind groß und rund in ihrer Ernsthaftigkeit. Mir fällt auf, dass sie immer noch dieses unmögliche Kleid trägt, das grüne Hängerchen mit der leuchtend bunten Schleife. Sie schlenkert mit den Beinen. Sie trägt auch andere Schuhe. Sie glänzen und haben große Schnallen. Ihr Haar ist zu einem Pferdeschwanz zusammengebunden. Sie hat noch nie einen Pferdeschwanz gehabt. Phoebe schaut mich an. »Onkel Dixon lässt mich manchmal etwas kochen, Jamie. Ich habe Spaghetti bolognese gemacht und Fritten im Backofen und so was alles.« Auch ihre Stimme ist irgendwie anders. Singsangartig und etwas zu hoch. Ich habe das Gefühl, als sei meine echte Schwester anderswo und dieses Mädchen spielt sie nur, ist lediglich eine Zweitbesetzung.

Dixon lacht.

»Sie kocht viel besser als ich. Obwohl das keine große Kunst ist. Aber Phoebe war ein Schatz. Sie hat gekocht und geputzt und abgestaubt.«

Das Gefühl der Unwirklichkeit wird stärker. Phoebe putzt nicht und staubt nicht ab. Sie kocht nicht. Ich sage nichts. »Und Onkel Dixon erzählt mir Gutenachtgeschichten«, berichtet Phoebe atemlos. »Richtig, richtig gute Geschichten. Von Rotkäppchen und Goldlöckchen und den drei Bären. Und er erzählt sie super.« Sie schaut mich ernst an, und ich denke unwillkürlich, dass sie mir etwas sagen will, ich aber zu blöd bin, um es zu verstehen. Phoebe ist solchen Märchen seit Jahren entwachsen.

»Sie macht eurer Familie alle Ehre«, meint Dixon. »Das muss man wirklich sagen.«

»Darf ich mir eine Tasse Kakao machen, Onkel Dixon?«, fragt Phoebe. »Darf ich? Bitte, bitte?«

Er tätschelt ihr wieder den Kopf. Wie oft müssen wir ihr wohl die Haare waschen, bis nichts mehr von ihm an ihr haftet? »Natürlich, Phoebe. Und nimm dir auch einen Keks. Aber sei vorsichtig mit dem Kessel.«

»Ich passe auf, Onkel Dixon«, erwidert sie. »Und vielen, vielen Dank.«

»Und dann solltest du deine Sachen zusammenpacken. Dein Bruder und ich sind hier fast fertig. Es ist Zeit, nach

Hause zu gehen. Darauf freust du dich doch, Phoebe, nicht wahr?«

»Jaaa.« Ihre Mundwinkel zeigen nach unten. »Aber wir sehen uns doch wieder, Onkel Dixon?«

»Vielleicht, Phoebe. Aber was immer passiert, ich schreibe dir. Versprochen.«

»Bin gleich wieder da, Jamie«, sagt Phoebe und *hüpft* hinaus. Ich schaue ihr nach und frage mich, ob der Schlag auf meinen Hinterkopf mehr Schaden angerichtet hat, als ich dachte.

Dixon seufzt. »Ich werde die Kleine vermissen. Allerdings sollte ich mir das Leben mit zwei Millionen Dollar ganz angenehm machen können. Es gibt jede Menge Länder, wo man mit zwei Millionen Dollar für den Rest seiner Tage in beträchtlichem Luxus leben kann. Wer weiß? Vielleicht lerne ich eine nette Frau kennen, habe selbst noch Kinder. Sie sagen, es sei nie zu spät.«

Ich schweige dazu.

»Wir sind fast so weit, Jamie«, fährt Dixon fort. »Ich werde zu meinem Wort stehen. Ich brauche ungefähr zwei Stunden zu dem Ort, an dem ich mich einfinden muss. Dann rufe ich Gardner persönlich an und sage ihm, wie er hierherfindet und euch beide befreien kann. Zu schreien, wenn ich weg bin, hat übrigens keinen Zweck, aber du kannst es gerne tun, wenn du willst. Das Haus hier steht ziemlich isoliert. Es gehört einem Kerl, den ich hinter Gitter gebracht habe. Er hat hier Crystal Meth hergestellt, und wenn man das macht, muss man weit weg von allem sein, damit niemand die chemischen Dämpfe riecht. Gardner sollte in drei Stunden hier sein.« Dixon schaut auf seine Uhr. »Dann noch einmal eine Stunde, bis ihr bei euch zu Hause seid. Das sollte spätestens um halb sieben sein.

Und dann hoffe ich wirklich, dass ihr das alles hinter euch lassen und euer Leben wie bisher weiterleben könnt. Ihr seid anständige Leute. Wenn man von deiner anderen Schwester absieht.«

Ich schweige auch dazu.

»Unsere Spiele haben mir Spaß gemacht, Jamie«, fährt er fort. »Das solltest du wissen. Und danke für die Einführung in die Spieltheorie. Bevor du mich aufgeklärt hast, hatte ich nie davon gehört. Die Sache mit dem Keine-Zeit-Haben, als ich das erste Mal anrief – danach war es mir klar. Eine Taktik, um mich aus der Bahn zu werfen. Hut ab, Junge. Es hat funktioniert. Ich dachte, *was zum Teufel meint er mit ›Ich hab zu tun‹*? Das war gut. Wenn auch nicht gut genug. Aber du konntest ja nicht wissen, dass du dich der falschen Person anvertraust. Hey, Phoebe.«

Meine Schwester ist wieder da mit einem Becher in der Hand. Sie hat einen Schokoladenkeks im Mund, man sieht es an den verschmierten Lippen. Sie setzt sich neben Dixon und schlenkert wieder mit den Beinen.

»Dann hattest du keine Probleme mit dem Kessel?«, fragt er.

»Ich hab's in der Mikrowelle gemacht«, antwortet sie. »Da werden die Sachen viel heißer als im Kessel. Sie erhitzt Wasser weit über den Siedepunkt hinaus, wenn man sie lang genug eingeschaltet lässt. Das haben wir in der Schule gelernt.«

Dixons Gesicht nimmt einen verwirrten Ausdruck an, aber nicht lange. Phoebe dreht sich auf ihrem Stuhl herum und schüttet ihm den Inhalt ihrer Tasse ins Gesicht. Es dauert eine oder zwei Sekunden, bis er schreit.

KAPITEL 29

Ich bin zu verblüfft, um reagieren zu können. Sekunden scheinen sich in die Länge zu ziehen. Dixon steht von seinem Stuhl auf und greift sich mit den Händen ins Gesicht. Aus dem plötzlich losgebrochenen, hohen Schrei wird ein leises Wimmern. Er wankt zur Seite, lässt eine Hand sinken, greift hinter sich und fummelt auf seinem Rücken herum. Mein Gehirn verarbeitet die Information schleppend. Phoebe ruft etwas, aber ich verstehe sie nicht. Ich merke, dass ich auf den Beinen bin, obwohl ich mich nicht erinnern kann, aufgestanden zu sein. Dixons Hand schließt sich um etwas. Es ist der polierte Griff der Pistole. *Meiner* Pistole. Er beginnt sie aus seinem Hosenbund zu zerren. Einen kurzen Moment lang muss ich an seine Angewohnheit denken, seine Hose hochzuziehen, und es erscheint alles so absurd. Eine Farce. Dann läuft die Zeit wieder normal, und ich weiß, ich muss etwas tun.

Ich will auf ihn zugehen, vergesse aber, dass meine Füße gefesselt sind, und knalle gegen den Tisch. Der kippt auf Dixons Stuhl, aber ich bleibe stehen. Ich sehe, wie seine Hand sich vom Gürtel wegbewegt und der Pistolenlauf sich herauswindet. Ich hüpfe. Selbst in dieser Situation bin ich mir bewusst, wie verrückt das ist. Er wird in den nächsten Sekunden mit einer Waffe auf mich zielen und ich imitiere ein verdammtes Känguru. Gut möglich, dass ich es nicht bis zu ihm schaffe, bevor er anfängt zu schießen. Okay, mit kochend heißer Flüssigkeit im Gesicht wird er kaum richtig zielen können, aber der Raum ist klein und die Chancen, dass er einen von uns trifft, stehen gut. Weshalb hat Phoebe das getan? Er wäre in wenigen Augenblicken verschwunden. Warum?

Ich brauche drei Hüpfer bis zu ihm und wie durch ein Wunder falle ich nicht. Aber als ich auf ihn treffe, kippe ich bereits vornüber. Ich habe den Kopf gesenkt und krache in seine Brust. Trotz seines dicken Bauchs ist die Stelle, die ich treffe, knochig, und eine Schmerzwelle rollt durch meinen Kopf. Wir fallen gegen die Wand und rutschen auf den Boden. Ich sehe, dass er die Waffe immer noch in der Hand hält. Ich versuche, sie ihm abzunehmen, doch der Kabelbinder schneidet in mein Fleisch und meine Arme sind irgendwo zwischen unseren Körpern eingeklemmt. Dixon ächzt, sein Gesicht nur Zentimeter von meinem entfernt. Seine Haut ist feuerrot und es bilden sich bereits Blasen. Doch trotz seiner Verletzungen ist er stark, und ich habe nur mein Körpergewicht, um ihn auf dem Boden zu halten. Das wird nicht reichen.

Ich richte den Oberkörper auf und verpasse ihm mit der ganzen Kraft, die ich aufbringen kann, einen Kopfstoß. Ich habe irgendwo gelesen, dass man mit der Stirn auf den Nasenrücken zielen sollte, aber wir zappeln herum und genaues Zielen liegt nicht drin, also entscheide ich mich für rohe Gewalt. Etwas knackt, und es kostet mich all meine Kraft, mich nicht zu übergeben oder vor Schmerzen ohnmächtig zu werden. Als ich die Augen öffne, kann ich zunächst nicht klar sehen, doch dann fällt mein Blick auf die Ruine, die einmal Dixons Nase war. Jetzt zeigt sie zur Seite und Mund und Wangen sind voller Blut. Er verdreht die Augen und zumindest für den Moment verlassen ihn die Kräfte. Reglos liegt er unter mir. Mühsam drehe ich den Kopf auf eine Seite, und als ich rufe, klingt es fremd und blechern in meinen Ohren.

»Phoebe, nimm ihm die Pistole ab. Sei vorsichtig.«

Meine Schwester erscheint in meinem Gesichtsfeld, und ich schaue zu, wie sie Dixons Finger umbiegt und ihm die Pistole entwindet.

»Und jetzt binde mich los«, bitte ich. »Zerschlage das Glas auf dem Tisch. Schneide die Fesseln durch.«

Sie sagt nichts, doch ich sehe sie herumhantieren. Ich wünsche mir verzweifelt, die Augen schließen und mich ausruhen zu können, doch Dixon beginnt schon wieder, sich zu rühren. Ich höre es klirren.

»Sei vorsichtig«, rufe ich, aber es kommt keine Antwort.

Dann sehe ich sie, eine Glasscherbe in der Hand. Sie versucht, meine Hände zwischen unseren Körpern hervorzuziehen.

»Die Füße zuerst«, sage ich, und sie verschwindet aus meinem Blickfeld.

Ich höre ein Ratschen und plötzlich sind meine Füße frei. Ich knie mich auf Dixons Brustkorb, ein Knie auf seinem Hals, und strecke Phoebe die Hände hin.

»Schnell«, dränge ich.

Sie säbelt an der Fessel herum, doch sie ist sehr eng, und es gibt kaum eine Stelle, wo man ansetzen könnte. Ich spüre einen scharfen Schmerz am Handgelenk und Blut fließt. Phoebe hält inne.

»Ist nicht schlimm«, beruhige ich sie. »Mach weiter.«

Sie tut es und vor lauter Konzentration sind sämtliche Muskeln in ihrem Gesicht angespannt. Es fließt noch mehr Blut, doch so viel von mir tut weh, dass ich es kaum merke. Und dann sind auch meine Hände frei. Ich kann die Finger kaum bewegen, so taub sind sie. Dixon rührt sich.

»Gib mir die Pistole, Phoebe«, sage ich, und sie drückt sie mir in die Hand. Beinahe lasse ich sie fallen. Ich sehe, dass sie entsichert ist. Ich stehe auf und meine Beine tragen mich gerade eben. Ich trete zwei Meter zurück und beobachte, wie Dixon zuckt, sich mit einer Hand am Boden abstützt, als er sich aufzusetzen versucht. Ich halte die Pistole in beiden Händen und ziele auf seine Brust. Mir fallen die vielen Male ein, an denen ich geschworen habe, den Kerl umzubringen, der Phoebe entführt hat. Dass ich das Magazin leer schießen könnte, nachladen und es erneut leer schießen. Aber jetzt ist mir nicht mehr danach. Sein Gesicht sieht entsetzlich aus, feuerrot und zerschlagen. Aber ich weiß auch, dass er nicht am Ende ist, dass es, falls er es schafft, auf die Füße zu kommen und die Pistole irgendwie wieder an sich zu bringen, keine Hoffnung auf Rettung gibt, dass wir nicht auf Hilfe warten können. Dieses Mal würde er uns töten.

Also schieße ich ihm in den Fuß.

Ich *versuche*, ihm in den Fuß zu schießen, ziele jedoch schlecht und zerschmettere stattdessen seinen Knöchel. Blut spritzt davon, und nach dem Knall hämmert es so laut in meinem Kopf, dass ich kaum etwas sehe. Ich glaube, ich höre Phoebe schreien. Vielleicht ist es aber auch Dixon.

»Ich brauche etwas, womit ich ihn fesseln kann, Phoebe«, sage ich. »Meinst du, du findest etwas?«

Aus dem Augenwinkel sehe ich, wie sie den Raum verlässt, aber ich behalte Dixon dabei im Blick. Er kämpft nicht mehr. Er ist in sich zusammengesunken und scheint bewusstlos zu sein, aber ich kann mich nicht auf meine Augen verlassen. Ich habe das Gefühl, dass er, falls ich aufhöre, mich zu konzentrieren, und auch nur einen Augenblick wegschaue, aufstehen und mir die Hände um den Hals legen würde wie in einem schlechten Thriller. Und so beobachte ich ihn und warte darauf, dass Phoebe zurückkommt.

Sie kommt mit einer Packung Kabelbinder zurück. Die Packung ist bereits geöffnet. Mit den fehlenden Bindern waren wahrscheinlich meine Füße und Handgelenke gefesselt. Ich nehme zwei und gehe langsam hinüber zu Dixon. Ich stupse ihn mit dem Fuß an, doch er reagiert nicht. Ich gehe rückwärts, bis ich neben Phoebe stehe.

»Ich möchte, dass du die Pistole nimmst, Phoebe. Halte sie in beiden Händen und geh hier rüber auf diese Seite. Ziele auf seine Beine. Ich drehe ihn um, damit ich ihm die Hände auf dem Rücken fesseln kann. Bei der kleinsten Bewegung möchte ich, dass du abdrückst, ja? Nicht nachdenken, einfach abdrücken. Schaffst du das?«

Sie nickt, aber ihre Augen sind geweitet. Ich lege ihr die Pistole in die Hände, die weniger zittern, als meine es getan haben. Dann kauere ich mich neben Dixon und drehe ihn um. Seine Arme stecken unter seinem Körper, und ich muss unsanft daran zerren, bis beide Hände auf seinem Rücken liegen, aber ich schaffe es. Ich benutze beide Kabelbinder und ziehe sie so fest wie möglich an.

»Er hat Hausschlüssel in seiner Tasche«, sagt Phoebe. Es sind die ersten Worte, die sie spricht, seit das angefangen hat. »Wir brauchen sie, um rauszukommen.«

Ich stecke meine Hand in Dixons Hosentasche, finde die Schlüssel und ziehe sie heraus. Er rührt sich nicht und ich trete zurück. Der Schweiß tropft mir von der Stirn. Ich überlege, ob ich auch seine Füße fesseln soll, doch bei dem zerschmetterten Knöchel ist das unnötig. Ich nehme Phoebe die Pistole aus der Hand. Zum ersten Mal spüre ich, dass ich mich ein klein wenig entspannen kann.

»Lass uns gehen«, sagt Phoebe. »Bitte, bevor er aufwacht.«

Ich nicke, behalte Dixon aber im Blick.

Phoebe nimmt mir die Schlüssel aus der Hand und ich greife nach dem Rucksack. Wir verlassen den Raum und ich schließe die Tür. Phoebe sperrt ab. Und dann rennen wir plötzlich eine Treppe hinauf, durch eine weitere Tür, einen braunen, dunklen Flur entlang und hinaus in die Sonne. Es ist wie ein Schlag zwischen die Augen und ich bleibe einen Moment blinzelnd stehen. Vor mir nichts als Bäume und ein alles überspannender Himmel.

Phoebe nimmt meinen Arm. »Los, Jamie, lass uns gehen.«

Ich hänge mir den Rucksack über die Schulter und wir rennen weg vom Haus. Ich drehe mich um. Das Haus ist alt, halb verfallen. Ein paar Fensterscheiben fehlen, und die noch drin sind, sind alle kaputt. Phoebe und ich gehen durch ein kaputtes Tor und treten auf einen ausgefahrenen Weg. Er führt nur in eine Richtung. Wir marschieren los. Erst später fällt mir ein, dass Dixons Wagen hier irgendwo stehen muss. Aber ich sehe ihn nicht und selbst wenn – ich wäre auf keinen Fall noch einmal in den Schuppen zurückgegangen, um nach den Wagenschlüsseln zu suchen.

Schweigend gehen wir eine halbe Stunde, dann kommen wir auf eine geteerte Straße. Sie ist extrem schmal, und ich halte es für unwahrscheinlich, dass wir irgendwelchen Autos begegnen. Es gibt keine Schilder, die uns sagen, ob wir nach rechts oder links gehen sollen. Phoebe wendet sich nach links und ich folge ihr. Bis zu diesem Moment habe ich mich nicht getraut, etwas zu sagen. Außerdem scheint es für diese Situation ohnehin keine passenden Worte zu geben. Doch je länger wir schweigen, desto unerträglicher finde ich das.

»Wir haben es geschafft, Phoebe«, sage ich, wie zum Beweis, dass es keine passenden Worte gibt.

Sie schaut mich nicht an. »Ja.«

»Warum hast du das getan?«, bricht es aus mir heraus. Ich will ihr keinen Vorwurf machen, aber ich kann nicht anders. »Versteh mich nicht falsch, Phoebe. Du warst fantastisch da drin. Aber weshalb hast du das mit dem Kakao gemacht, wenn er doch schon so gut wie weg war? Wolltest du Summers Geld retten? Falls das der Grund war, war es bescheuert, und du weißt das.«

Phoebe schweigt ein paar Sekunden. Dann bleibt sie stehen und schaut mich an. »Er hätte uns umgebracht, Jamie.«

»Woher willst du das wissen? Er hat gesagt, er würde uns dort zurücklassen, während er abhaut. Falls er uns töten wollte, warum hat er dann gewartet? Er hat dich tagelang festgehalten, und mich hätte er in diesem Turm, in dem wir verabredet waren, leicht umbringen können. Er hatte schließlich das Geld. Nein. Ich habe ihm geglaubt.«

Phoebe schaut mich noch einen Moment an, dann geht sie weiter. Mit einem großen Schritt bin ich wieder an ihrer Seite.

»Nimm meine Hand«, bitte ich.

»Jetzt nicht«, antwortet sie.

Ob wir beide uns wohl jemals davon erholen? Ein paar Minuten gehen wir schweigend. Als Phoebe erneut zu reden beginnt, schaut sie mich nicht an dabei. Es ist fast, als führe sie Selbstgespräche.

»Ich war tagelang bei ihm. Und er war verrückt. Da bin ich mir sicher. Man kann nicht so viel Zeit mit jemandem verbringen, ohne das zu merken. Er wollte gemocht werden. Nein. Er wollte *geliebt* werden. Und bewundert. Deshalb hat er uns am Leben gelassen, damit wir sein Publikum sein konnten, damit er weiter mit dir spielen konnte. Aber er hätte uns umgebracht. Es war alles ein Märchen, Jamie. Das Land verlassen, damit wir weiterleben können und er im Ausland ist? Warum weggehen, wenn ihn niemand identifizieren kann? Und wenn er uns losgeworden wäre, hätte er nichts zu fürchten gehabt.«

Ich sage nichts. Was ist nur mit meiner Schwester passiert? Sie ist jetzt eine andere. Sie ist erwachsen geworden, und es zeigt sich in der Art, wie sie redet. Sie ist kaum acht und geht auf die dreißig zu. Ich finde das traurig. Ich denke auch darüber nach, was sie gesagt hat. Es klingt logisch, doch es sind eben nur Vermutungen. Wie kann ein Kind so zynisch sein?

»Er hat zwei Kanister Benzin gekauft«, fährt sie fort. »Er hat sie ins Haus getragen und ins Wohnzimmer gestellt. Ich hab sie gesehen. Ich glaube nicht, dass er vorhatte, irgendwo hinzufahren, wo es keine Tankstellen gibt. Was wollte er dann wohl damit machen?«

Sie erwartet keine Antwort und ich gebe auch keine. Ich stelle mir ein Haus mitten in der Pampa vor. Ich stelle mir Benzinpfützen ringsherum vor, eine glühende Zigarettenkippe, die auf die Veranda geworfen wird, und das Zischen der Flammen, die Explosion des Hauses. Ich stelle mir vor, wie lange es dauert, bis überhaupt jemand das Feuer bemerkt und bis dann die Feuerwehr dort eintrifft. Wenn sie endlich da ist, wäre nichts mehr übrig als ein Berg glühende Asche und vielleicht irgendwo unten im Keller ein Häufchen verkohlter Knochen. Die Sonne scheint warm auf meinen Rücken, doch ich fröstele. Ich strecke Phoebe die Hand hin und dieses Mal ergreift sie sie.

»Wie hast du überlebt, Phoebe?«, frage ich.

»Spieltheorie«, antwortet sie. »Überlege, was dein Gegenspieler will, und nutze es zu deinem Vorteil. Dixon wollte, dass ich ihn liebe, also habe ich es getan. Dixon wollte, dass ich ein süßes kleines Mädchen bin, also war ich eines. Dachtest du wirklich, ich hätte mir dieses Kleid ausgesucht, Jamie? Er hat mir die Wahl gelassen, also habe ich immer das gewählt, von dem er wollte, dass ich es wähle. Und ich war süß und lieb und habe gefragt, ob er mir Märchen erzählt, und er hat mir geglaubt. Er hat mir vertraut. Ich glaube, das war der einzige Fehler, den er gemacht hat.«

Ich gehe weiter und grübele darüber nach. Die ganze Zeit dachte ich, dass ich auf einer Mission war, um das Leben meiner kleinen Schwester zu retten, und dabei hat sie die ganze Zeit meines gerettet. Und ich denke über den Verlust kindlicher Unschuld nach und frage mich, ob ich die alte Phoebe jemals wiederbekomme. Doch solche Überlegungen haben Zeit.

Im Moment bin ich glücklich, nach Hause zu gehen, die Sonne auf dem Rücken und die Hand meiner Schwester in meiner.

Barry Jonsberg

Flieg, so hoch du kannst

Ca. 224 Seiten
ISBN 978-3-570-30964-3

Als ob Holly nicht schon genug Probleme hätte ... Jetzt zieht auch noch Tante Fern mit ihrer Tochter Cassie bei ihnen ein. Cassie leidet an Zerebralparese, sie kann nicht sprechen und sitzt im Rollstuhl. Holly ist genervt. Doch nach und nach entdeckt Holly, dass hinter Cassies Behinderung ein wunderbarer, kluger und einfühlsamer Mensch steckt, der sie als einziger richtig zu verstehen scheint. Der Beginn einer außergewöhnlichen Freundschaft.

GILL SIMS

MAMI MUSS MAL RAUS

Tagebuch einer gestressten Mutter

ROMAN

Aus dem Englischen von Ursula C. Sturm

EISELE

Besuchen Sie uns im Internet:
www.eisele-verlag.de

Die Originalausgabe »Why Mummy Swears.
The Struggles of an Exasperated Mum«
erschien 2018 bei HarperCollins Publishers Ltd, London.

MIX
Papier
FSC FSC® C083411

Taschenbuchausgabe
1. Auflage April 2020

Gesetzt aus der Dolly
Satz: Pinkuin Satz und Datentechnik, Berlin
Druck und Bindearbeiten: CPI books GmbH, Leck
Printed in Germany
ISBN 978-3-96161-083-9

INHALT

JULI

Montag, 18. Juli

Noch eine Woche, bis die Ferien anfangen. Ich kann nicht umhin, neidvoll an die *Fünf Freunde* zu denken, besser gesagt an ihre Eltern, die Julian, Dick und Anne bei jeder sich bietenden Gelegenheit zu ihrer Cousine George schicken. Dort wiederum werden sie ja von Tante Fanny mit schöner Regelmäßigkeit aus dem Haus gescheucht, damit Onkel Quentin in Ruhe über seinen Erfindungen tüfteln kann, während die Kinder gemeinsam mit Timmy dem Hund allerlei Inseln, Moore und Höhlen erkunden, in denen es von Kriminellen und Strandräubern und Schmugglern wimmelt.

Ich habe mich schon oft gefragt, ob ich nicht ähnlich verfahren könnte, schließlich habe ich vor einer Weile eine sagenhafte App erfunden, die ein erkleckliches Sümmchen in unsere Haushaltskasse gespült hat. Leider ist die Welt der Apps unbeständig; was heute noch top ist, kann morgen schon ein Flop sein. Ich wette, ich könnte noch einmal einen derartigen Coup landen, wenn es mir erlaubt wäre, Peter und Jane den Sommer über irgendwo in der freien Natur auszusetzen, damit sie sich mal so richtig austoben können, statt immer bloß zu Hause rumzuhängen und sich mit Keksen vollzustopfen. Wirklich ein Jammer, dass es mittlerweile so verpönt ist, seine Kinder am ersten Ferientag mit ein paar Sandwiches ausgestattet auf ein Fahrrad zu setzen und ihnen zum Abschied zu sagen, sie sollen sich bis zum Schulstart nicht mehr blicken lassen. Jane ist inzwischen elf und im idealen Alter, um ein paar Abenteuer im Stil der *Fünf Freunde* zu erleben. Als ich einmal eine entsprechende Bemerkung fallen ließ, mitten in einer unserer häufigen Auseinandersetzungen zum Thema Du-bist-zu-jung-für-einen-Instagram-Account, wies sie mich auf die zahlreichen Gründe hin, aus denen dieser Plan gegen das Gesetz verstößt, und drohte mit einem Anruf beim Kinderschutzbund.

Gut, rein theoretisch sollte dieser Sommer nicht ganz so stressig für mich werden wie die bisherigen, weil ich nämlich vor drei Monaten die möglicherweise nicht besonders kluge Entscheidung getroffen habe, meinen alten Job an den Nagel zu hängen. Ich hatte große Pläne: Ich wollte professionelle Spiele-Entwicklerin und App-Designerin werden und hoffte, an den Erfolg meiner App *Mami braucht 'nen Drink* anknüpfen zu können, die ich etwa zwei Jahre zuvor entwickelt hatte. Also reichte ich die Kündigung ein. Die Gelegenheit war günstig: Ich hatte ein kleines finanzielles Sicherheitspolster, um die Zeit bis zur Entstehung des nächsten Online-Spiels zu überbrücken, und Unmengen brillanter Ideen, die sich garantiert in weitere lukrative Apps umsetzen ließen. Als ich mich jedoch ans Entwickeln machte, entpuppte sich jede einzelne davon als totaler Reinfall. Meine mangelnde Produktivität mag auch daher rühren, dass ich nicht über die nötige

Selbstdisziplin verfüge, um von zu Hause zu arbeiten, und mein Zeitmanagement ist die reinste Katastrophe. Außerdem fühle ich mich, nachdem ich jahrelang von der Selbständigkeit geträumt habe, jetzt doch etwas einsam so ganz ohne Kolleginnen und Kollegen, mit denen man zwischendurch ein Schwätzchen halten kann. Mir fehlt sogar Jean von der Poststelle, die immer sehr plastisch und ausführlich von ihrer Gallenblase erzählt hat. Dazu kommt, dass man ganz erstaunliche Mengen an Schokoladenkeksen verdrückt, wenn man den lieben langen Tag allein zu Hause hockt. Nicht genug damit also, dass ich bislang keinerlei große Errungenschaften vorweisen kann, ich habe zu allem Überfluss auch noch sechs Kilo zugenommen und bekomme jedes Mal einen Riesenschreck, wenn ich meinen fetten Allerwertesten in einem Spiegel erblicke.

Na, jedenfalls nahen die Ferien mit Riesenschritten, und ich habe bereits Plätze in diversen Sommersportcamps gebucht und mit diversen befreundeten Eltern einen hochkomplizierten Betreuungsplan ausgearbeitet, um sicherzustellen, dass unsere Sprösslinge beaufsichtigt sind und wir trotzdem einigermaßen ungestört unserer Arbeit nachgehen können, ohne Unsummen für ihre Bespaßung ausgeben zu müssen. Natürlich werden wir trotzdem Unsummen dafür ausgeben müssen, weil Kinder nun mal allerhand Entertainment einfordern und zudem in alarmierend kurzen Zeitabständen etwas essen wollen. Ich frage mich bisweilen, wie sie es eigentlich in der Schule aushalten – da können sie sich ja schließlich auch nicht benehmen wie Vogelküken, die pausenlos mit weit aufgerissenem Schnabel nach Futter krächzen.

Freitag, 22. Juli

Der letzte Schultag! Die Kinder haben schon die ganze Woche über stapelweise zerfledderte Übungsbücher und eselsohrige Zeichnungen nach Hause geschleppt. Letztere sind allesamt mit reichlich Glitzer bestreut, der nun über unser gesamtes Haus verteilt ist, und selbstredend muss jede einzelne davon unbedingt für die Nachwelt aufbewahrt werden, da sie laut Jane ein Vermögen wert sein könnten, wenn sie erst einmal eine berühmte Influencerin ist. Ich kann mir zwar nur sehr schwer vorstellen, dass es außer mir noch Menschen geben könnte, für die ihre lieblose Reproduktion von Van Goghs *Sonnenblumen* (die sich durch nichts von der ihrer Mitschülerinnen und Mitschüler unterscheidet) von Wert sein könnte, aber wie es scheint, zeugt es von mangelndem Respekt vor ihren Träumen und ihren kindlichen Fähigkeiten, sie nicht aufzuheben. Dennoch wird nachts diskret das eine oder andere Werk in der Mülltonne vor dem Haus entsorgt, während ich offiziell alles sorgfältig auf dem Dachboden eingelagert habe.

Peter hat zudem eine Hausarbeit bekommen – er soll sich um eine kleine Pflanze kümmern, und zwar nicht nur über die Ferien, sondern auch während des gesamten kommenden Schuljahrs. Großartig. Ich bin nicht gerade für meinen grünen Daumen bekannt. Selbst Kakteen verkümmern unter meiner Betreuung und gehen ein. Ich habe Peter gefragt, ob er weiß, um was für eine Pflanze es sich handelt, für den Fall, dass ich einen Ersatz besorgen muss, und seine wenig hilfreiche Antwort lautete: »Eine grüne, Mami.« Ich schätze, das wird mir nicht viel nützen, wenn ich in absehbarer Zukunft mit einem verdorrten Etwas als Muster landauf, landab durch die Gartencenter ziehe. Vielleicht ist das jetzt die Retourkutsche dafür, dass ich, als *ich* neun Jahre alt war, unseren Klassenhamster Hannibal ausbüxen ließ, als ich ihn mal übers Wochenende mit nach Hause nehmen durfte. Da er nicht mehr auftauchte, musste meine Mutter damals auf der Suche nach einem passenden Ersatz sämtliche Tierhandlungen der Stadt abklappern. Mum behauptete noch Jahre später, sie könne ihn nachts durch das Haus trippeln hören, aber ich glaube, das hat sie nur gesagt, damit ich aufhörte zu heulen, nachdem ich eines Tages gesehen hatte, wie sich ihr hinterhältiger Siamkater Alphonso mit hochzufriedener Miene etwas von den Pfoten leckte, das verdächtig nach Hamsterfell aussah.

Montag, 25. Juli

Der erste Ferientag. Ich schätze, es hätte schlimmer sein können. Als Kind hatte ich ein Buch mit dem Titel *Der erste Ferientag*, in dem zwei kriminell veranlagte Pinguine ein Motorrad klauten und damit einen Unfall bauten, und heute gab es zumindest weder Diebstähle noch Unfälle, aber dafür unheimlich viel Gequengel und Genöle.

Ich hatte einen Tag Urlaub genommen, weil ich dachte, es wäre schön für die Kinder, wenn wir am ersten Ferientag etwas zusammen unternehmen. Jane wollte ins Kino, Peter ins Laserdrom. Ich schmetterte beide Vorschläge ab und argumentierte, ein gemeinsamer Museumsbesuch sei doch viel lustiger und lehrreicher.

Mit von der Partie waren auch Sophie und Toby, ihre besten Freunde, deren durchgängige Betreuung während der schulfreien Zeit sich besonders kompliziert gestaltet, weil ihr Vater Sam alleinerziehend ist.

»Laaaaangweilig!«, maulten meine lieben Kleinen, und Sophie und Toby dachten ganz offensichtlich dasselbe, waren aber zu wohlerzogen, um es offen auszusprechen.

»Wieso müssen wir unbedingt ins Museum? Museen sind kacke«, tat Jane verächtlich kund.

»Können wir wenigstens unsere iPads mitnehmen?«, fragte Peter mit Quengel-Stimme.

»ES WIRD TOTAL LUSTIG UND INTERESSANT UND AUFSCHLUSSREICH!«, bellte ich. »AN SOLCHEN TAGEN ENTSTEHEN GLÜCKLICHE ERINNERUNGEN! Und außerdem macht sich auf diese Weise endlich meine Mitgliedschaft beim National Trust bezahlt, nachdem euer Vater die ganze Zeit rummeckert, ich hätte mir das Geld dafür getrost sparen können.«

Kaum hatten wir das Museum betreten, fiel mir wieder ein, warum meine National-Trust-Mitgliedskarte so selten zum Einsatz kommt: Museen sind tendenziell mit sehr kostbaren, zerbrechlichen Gegenständen vollgestellt, die mit Kindern wenig bis gar nicht kompatibel sind, schon gar nicht mit kleinen Jungs. Ich hatte mir ausgemalt, dass sich meine vier Schützlinge mit glänzenden Augen an den Ausstellungsstücken ergötzen würden, die die erhabene Geschichte unseres Landes illustrieren, stattdessen zischte ich in einer Tour: »Finger weg! NICHT ANFASSEN, NICHT ANFASSEN, HAB ICH GESAGT! UND BLEIB GEFÄLLIGST HINTER DEM SEIL! STEH AUF, HERRGOTT NOCH MAL! DA DARF MAN SICH NICHT HINSETZEN!«, während solide gekleidete Rentner mit der Zunge schnalzten und im Geiste bereits einen Leserbrief an die *Daily Mail* verfassten. Vielleicht sollte ich eine App entwickeln, die Alarm schlägt, wenn sich ein Kind einem teuren, zerbrechlichen Gegenstand nähert. Eine, die anfängt zu piepsen und zu vibrieren und anstelle der Eltern NICHT ANFASSEN! zetert. So was könnte sich nicht bloß bei Museumsbesuchen als hilfreich erweisen, sondern beispielsweise auch, wenn man mit seinen Kindern die Geschirrabteilung von John Lewis betritt. Wobei es Eltern, die dämlich genug sind, sich in Begleitung ihrer Blagen in eine Geschirrabteilung zu wagen, vermutlich verdient haben, wenn ihnen unweigerlich alles um die Ohren fliegt.

Die liebevoll zubereitete Jause hatten die Kinder bereits auf dem Weg zum Museum verzehrt, weil sie, sobald wir das Haus verlassen hatten, schon »einen Bärenhunger« hatten, also musste ich wohl oder übel mit ihnen in die Museums-Cafeteria. Mit vier Kindern im Schlepptau ein Selbstbedienungs-Restaurant aufzusuchen kann ich nicht empfehlen. Rein theoretisch müssten sie mit ihren elf beziehungsweise neun Jahren ja bereits einigermaßen selbständig sein, doch in der Praxis waren sie heillos überfordert, als sie sich mit einem Tablett in die Schlange stellen und sich für einen Saft entscheiden sollten. Sind ja auch äußerst komplexe Aufgaben. Bis wir endlich an unserem Tisch saßen, hasste uns das halbe Land. Der Nudelauflauf, den Jane unbedingt hatte haben müssen (»Ich werde ihn auch ganz bestimmt essen, versprochen!«), wurde auf der Stelle als ungenießbar erklärt, weil Jane glaubte, ein Fitzelchen rote Paprika darin zu erspähen (»Du weißt doch, dass ich rote Paprika nicht mag, Mami!«), und Sophie verbrannte sich den Mund an ihrer Suppe, obwohl ich sie ermahnt hatte, zu warten, bis sie etwas abgekühlt war. Ich kippte Sophie kaltes Wasser in die Kehle, kratzte mit dem Messer die Mayonnaise von *meinem* Sandwich, damit Jane es essen konnte, fauchte: »Nein, ihr kriegt keine Cola!«, versprach Peter und Toby, die den Inhalt ihrer Kinder-Lunchboxen in drei Bissen hinuntergeschlungen hatten und sich erwartungsvoll nach Nachschub umsahen, sie würden zu Hause Chips bekommen, und widerstand dem Drang, einfach aus der Cafeteria zu marschieren und draußen ein paar Mal den Kopf in die malerische Backsteinmauer zu rammen. Wahrscheinlich hätte ich dann Ärger bekommen, wegen Beschädigung von Eigentum des National Trust.

Ich provozierte weitere entrüstete Blicke, als ich die Kinder zum Gehen aufforderte, indem ich »Okay, Abmarsch, ihr vermaledeiten Satansbraten« rief. Ich weiß nicht, ob die Leute angesichts meiner Anrede so geschockt waren oder eher, weil die Kinder tatsächlich darauf reagiert haben.

Wie lange dauern die Ferien noch gleich?

AUGUST

Donnerstag, 4. August

Diese Woche sind die Kinder in einem Sportcamp. Eine prima Einrichtung, so ein Camp. Ausgedacht hat sich das alles irgendein gehässiger Bastard, der ahnungslosen Eltern die Idee als »bezahlbare Kinderbetreuung für die Ferien« verkauft. Von wegen »bezahlbar« – man blättert eine absolut unverschämte Summe dafür hin, dass die Kinder mit allerlei Aktivitäten auf Trab gehalten werden, für die sie sich fünf Mal täglich umziehen müssen und unter anderem Schwimmklamotten benötigen, die ich Abend für Abend aus ihren Taschen fischen, waschen und zum Trocknen aufhängen muss, weil sie sonst darin verschimmeln würden.

Jedes Mal, wenn ich die Kinder für eine dieser Sportwochen anmelde, hege ich insgeheim die Hoffnung, dass sie irgendwelche verborgenen Talente offenbaren und Tennis-/Fußball-/Gymnastik-Nachwuchssuperstars werden. Bis jetzt ist nichts dergleichen geschehen, teils deshalb, weil sie den Großteil des Tages nur herumhängen und Chips essen, und vor dem Nachhausegehen betteln sie mich dann um Geld an, damit sie sich etwas aus einem Automaten ziehen können. Man möchte meinen, sie wären nach so einem Tag beim Sport total ausgepumpt. Tja, falsch gedacht – sie sind vollkommen überdreht von den Energy-Drinks, die sie sich verbotenerweise gekauft haben, obwohl ich ihnen vernehmlich »Aber nur eine Packung Hula Hoops, ja, Schätzchen? Nein! Hula Hoops hab ich gesagt! Nein, diese Dose bleibt zu, hörst du? DU SOLLTEST SIE DOCH ZULASSEN, VERFLUCHT NOCH MAL!« nachgebrüllt hatte.

Simon ist übrigens beruflich in Madrid. Keine Ahnung, was er auf seinen superwichtigen Geschäftsreisen so treibt, aber ich vermute mal, es ist nicht halb so anstrengend, wie er behauptet, zumal er immer in schönen Hotels absteigt (meine Freude war groß, als ich neulich eine SMS mit dem Wortlaut »Ha, Upgrade! Hab diesmal 'ne Suite!« erhielt). Außerdem darf er andauernd in schicken Restaurants, in denen es keine Pommes gibt, essen gehen, und es bleibt ihm erspart, dem Kellner einschärfen zu müssen, dass jedwede Soßen von den Gerichten der Kinder fernzuhalten sind, denn ihre Burger könnten ja vergiftet werden, wenn sie mit Mayonnaise oder Relish in Berührung kommen. Dabei ertränken Peter und Jane ihr Essen für gewöhnlich in Ketchup und können ohnehin keinen anderen Geschmack wahrnehmen. Ich träume ja davon, auch mal in einem Hotel zu übernachten. Bei meinem alten Job durfte ich keine Geschäftsreisen unternehmen, aber ich hatte die vage Vorstellung, dass ich mit meiner neuen Tätigkeit als App-Designerin ein bisschen rumkomme – Konferenzen, vielleicht sogar die eine oder andere Convention … Las Vegas scheint für derlei eine begehrte Location zu sein, und ich hatte schon die Vision, Simon von dort ein paar SMS zu schicken, womöglich sogar aus einer Suite, um ihm vorzuschwärmen, wie toll es doch ist, mal wieder ein Essen mit Soße zu genießen. Stattdessen sitze ich hier zu Hause, mutterseelenallein mit meinen Keksen, und stiere mutlos auf einen leeren Bildschirm, während ich mich frage, was zum Geier ich hier eigentlich mache, und versuche, den Gedanken an meine Abfindung zu verdrängen, die inzwischen fast vollkommen für Kekse draufgegangen ist.

Ehrlich gesagt hatte ich die Kinder für das Sportcamp angemeldet, damit ich mich ungestört meiner neuen Berufung widmen kann, aber das hat leider nicht funktioniert. Geht es nur mir so, oder haben auch andere Leute das Problem, dass sie rein gar nichts auf die Reihe kriegen, wenn sie von zu Hause arbeiten? Heute habe ich mal wieder die meiste Zeit aus dem Fenster geschaut oder den Online-Auftritt der *Daily Mail* nach Artikeln über B- und C-Promis durchforstet, die »frische Luft schnappen gehen« (sprich: shoppen), »ihre Kurven präsentieren« (ebenfalls shoppen, aber in einem etwas engeren Oberteil) oder »eine Fehde anzetteln«, deren Opfer ein anderer B- oder C-Promi ist (soll heißen, sie posten auf Twitter einen fragwürdigen Kommentar, um ihn eine Stunde später wieder zu löschen, nachdem die *Daily Mail* davon Notiz genommen hat). Abgesehen davon habe ich ziemlich viel Solitaire gespielt und um Viertel vor drei noch rasch ein paar Mails verschickt, ehe ich aufbrach, um die Kinder abzuholen. Dämlicherweise war eine davon an Simon, meinen geliebten und stets hilfsbereiten Ehemann gerichtet. Er antwortete auf meine Nachricht, in der ich über meine mangelnde Produktivität geklagt hatte, ja, es gehe nur mir so, er selbst habe kein Aufschieberitis-Problem. Das ist eine fette Lüge. Ich weiß genau, wie es aussieht, wenn er mal Home-Office macht: Er verbringt genauso viel Zeit mit dem Lesen der *Daily Mail* wie ich, und ansonsten guckt er sich auf *Autocar* Sportflitzer an, die er sich nicht leisten kann, oder er geht in die Küche, stiert in die Schränke, in denen sich BIS OBENHIN LEBENSMITTEL ALLER ART STAPELN (außer Keksen vielleicht, denn die wandern ja alle in meinen Bauch), und beschwert sich mit kläglicher Miene, wir hätten ja mal wieder gar nichts zu essen im Haus.

Meine einzige Interaktion mit einem erwachsenen Menschen bestand heute in der kurzen Unterhaltung mit einer forschen »Betreuerin« im Sportcamp, die mir mitteilte, dass Peter aus Gründen, die nur ihm allein bekannt sind, mal wieder den Boden geküsst hat. Mit solchen Problemen musste sich Enid Blytons Tante Fanny nie rumschlagen.

Vorhin kam ich dann nach zwei Gläsern Weißwein und einem unerfreulichen Online-Banking-Vorstoß, bei dem sich all meine Befürchtungen in Bezug auf meinen Kontostand bestätigten, zu dem Schluss, dass sich etwas ändern muss. Also habe ich mich bei einer Personalvermittlung registriert in der Hoffnung auf einen Teilzeitjob, der ein bisschen Geld einbringt, mir aber noch reichlich Zeit lässt, um mir eine brillante Idee für eine neue App auszudenken. Und der Geschäftsreisen an allerlei exotische Orte erfordert. Das stand unter »meine Vorstellungen« zwar nicht zur Auswahl, aber ich finde, es sollte in die Kriterienliste aufgenommen werden.

Mittwoch, 10. August

Da mir heute partout keine Beschäftigung für meine herzallerliebsten Kinderlein einfallen wollte, sind wir einfach in den Park gegangen. Ich hasse den Park. Der Park ist eine Zufluchtsstätte für Mamis, die von ihren lieben Kleinen derart in den Wahnsinn getrieben wurden, dass sie sich mit Zeugen umgeben müssen, damit sie nicht in Versuchung geraten, etwas zu tun, das sie später bereuen könnten. Bisweilen frage ich mich, wie viel Zeit meines Lebens ich seit Janes und Peters Geburt wohl schon damit zugebracht habe, frierend in Parks herumzusitzen. Ich will es mir gar nicht ausrechnen; es wäre zu deprimierend. Interessanterweise reden immer alle davon, dass Frauen während der Schwangerschaft Hämorrhoiden bekommen können, aber kein Schwein erwähnt je, dass das Hämorrhoiden-Risiko viel höher ist, wenn die Kinder erst einmal auf der Welt sind, weil man nämlich stundenlang auf kalten, feuchten Parkbänken herumhockt. Wenigstens ist jetzt im Sommer die Gefahr, dass ich mir Hämorrhoiden oder Frostbeulen zuziehe, vergleichsweise gering.

Da ich heute den Hund dabei habe, darf ich das allerheiligste Areal des Kinderspielplatzes nicht betreten, also lungere ich mit ihm vor dem Eingang herum, während uns die Mamis etlicher Kleinkinder immer wieder mit schmalen Augen mustern, nur für den Fall, dass Mister Wuffington auf die Idee kommt, sich loszureißen, um in den Sandkasten zu kacken. Mir ist selbstverständlich klar, dass Hundescheiße gefährlich sein kann, und natürlich heiße ich es nicht gut, wenn Hundebesitzer ihre Viecher nicht davon abhalten, einen Haufen im Sandkasten eines Spielplatzes zu deponieren, trotzdem nervt es mich tierisch, wie diese Helikoptermütter sofort Panik verbreiten, wann immer sich ein Hund auch nur in die Nähe des Eingangs zum Spielplatz wagt. Zum Glück sind Peter und Jane inzwischen alt genug und müssen nicht mehr ständig beaufsichtigt werden. Peter schafft es auch ganz allein, sich beim Klettern auf den Turngeräten etwaige Gliedmaßen zu brechen, und Jane ist ohnehin damit beschäftigt, mit dem alten iPhone, das sie mir abgeschwatzt hat, Selfies von sich und Sophie zu machen. Ich habe sie darauf aufmerksam gemacht, dass sie es im Park nun wirklich nicht benötigt, aber sie besteht darauf, es überallhin mitzunehmen.

Während die Kinder spielten, warf ich einen kurzen Blick in meine Inbox. Es waren keine wichtigen E-Mails eingegangen. Ein nigerianischer General, der seine Millionen auf meinem Konto zwischenparken wollte, interessierte sich für meine Bankdaten (Ich müsste eigentlich eine App entwickeln, die solche Spammer zuspamt!), und bei Gap gab es mal wieder alles Mögliche im Ausverkauf (Ganz was Neues. Gibt es überhaupt Leute, die schon mal den vollen Preis für ein Kleidungsstück von Gap bezahlt haben?). Die Personalvermittlung hatte mir auch eine Nachricht geschickt. Ich wollte sie schon löschen (Die Angebote, die mir die Firma bisher unterbreitet hatte, waren allesamt unbrauchbar gewesen – mal gab es keinerlei Übereinstimmung zwischen den Anforderungen und meinen Qualifikationen, mal war das betreffende Unternehmen 800 Kilometer weit weg, mal hätte ich nur ein Drittel dessen verdient, was mir mein alter Arbeitgeber bezahlt hatte. Wozu hatte ich eigentlich die Formulare so sorgfältig ausgefüllt und so ausführliche Angaben zu meiner Ausbildung, meinen Interessen und zum gewünschten Salär und Aufgabenbereich gemacht?), dann öffnete ich die E-Mail aber doch, in erster Linie deshalb, weil ich den Anschein erwecken wollte, ich hätte etwas Wichtiges zu tun, und auch, um Blickkontakt mit anderen Eltern zu vermeiden, damit ich mich nicht mit ihnen unterhalten musste, und siehe da, MAN BOT MIR DOCH GLATT MEINEN TRAUMJOB AN!

Es war die perfekte Stelle – in einem der angesagtesten Start-up-Unternehmen der vergangenen fünf Jahre, das sich nicht wie meine bisherige Firma in einem grauen Betonklotz in einer grauen Industriezone befand, sondern in einem dieser sexy, topmodernen Bürokomplexe mit glänzenden verglasten Fassaden.

Das betreffende Gebäude war nur zwanzig Minuten mit dem Auto von uns entfernt; ich war oft daran vorbeigefahren und hatte mir im Geiste die Nase an den verspiegelten Fensterscheiben plattgedrückt. Innen ist es genauso cool, wie es von außen aussieht (Ja, ich geb's zu, ich hab's gegoogelt. Mehrfach.), und die Büros sind hell und geräumig und mit riesigen weißen Schreibtischen ausgestattet, an denen lauter schöne Menschen arbeiten. Okay, das mit den schönen Menschen ist bloß eine Vermutung, aber ich bin ziemlich sicher, dass alle Angestellten supercool und trendy sind und Hipster-Brillen und ethisch vertretbare Hosen tragen. Ich wette, sie haben Whats-App-Gruppen, in denen all das diskutiert wird, was anderenorts ein zweistündiges Meeting erfordert (und was sich im Grunde mit einer E-Mail abklären ließe). Und wenn doch mal ein Meeting anberaumt wird, dann lümmeln sie garantiert auf Sitzsäcken rum oder so. Hm. Will ich für ein Unternehmen arbeiten, in dem Sitzsäcke im Konferenzraum rumliegen? Ich bin fast zweiundvierzig. Käme ich noch einigermaßen würdevoll von so einem Ding hoch? Ach, egal, wahrscheinlich haben sie gar keine Sitzsäcke.

Jedenfalls könnte es durchaus sein, dass ich dort zur Abwechslung mal eine spannende, kreative Tätigkeit ausübe, die mich geistig fordert. In meiner alten Firma war es ja schon das höchste der Gefühle, wenn ich dem windigen Ed aus der Buchhaltung weiszumachen versuchte, es sei unmöglich, sämtliche Beweise dafür zu vernichten, dass er mit dem Laptop »unabsichtlich« diverse Hardcore-Pornos runtergeladen hatte. In einem Anfall von Arglist habe ich damals sogar behauptet, das Internet würde sich *einfach alles* merken, selbst wenn er einen neuen Laptop besorgt und den alten in einem Fluss versenkt.

Die Bezahlung ist auch echt gut, was schön wäre, denn die Abfindung ist wie gesagt inzwischen beinahe aufgebraucht, und bei der Vorstellung, kein eigenes Einkommen zu haben, ist mir äußerst unwohl. Mein Gehalt würde zwar ohnehin auf das Gemeinschaftskonto wandern, aber ich habe immer meinen Beitrag geleistet, und es widerstrebt mir ganz entschieden, finanziell von Simon abhängig zu sein. Der einzige Nachteil des Jobs ist, dass es eine Vollzeitstelle wäre.

Schon deshalb hätte ich die ganze Angelegenheit wohl erst einmal mit Simon besprechen sollen, aber ich war so aufgekratzt, zumal sich mein perfekter neuer Arbeitgeber quasi vor der Haustür befand (und außerdem war ich im Geiste bereits damit beschäftigt, mein tolles neues Gehalt mit beiden Händen auszugeben), dass ich die Agentur einfach bat, mich für die Stelle zu empfehlen. Hach, wär das klasse, wenn es klappen würde! Peter und Jane sind mittlerweile ja fast den ganzen Tag in der Schule, und da ich mehr verdienen würde als bisher, stünde uns künftig ein deutlich größeres Budget für die Kinderbetreuung zur Verfügung. Es mag übertrieben optimistisch sein, aber ich drücke mir selbst die Daumen.

Sonntag, 20. August

Ich bin herrlich ausgeruht, entspannt und voller Tatendrang nach meinem wunderbar erholsamen Urlaub mit meinen süßen Kindern und meinem geliebten Ehemann. Was war das doch wieder für eine fabelhafte Woche, erfüllt von ausgiebigem Herumtollen und fröhlichem Geplänkel! Eines Tages werden Jane und Peter versonnen lächelnd an diese goldenen, sonnendurchströmten Stunden zurückdenken, daran, wie sie sich kichernd und johlend an den Sandstränden Cornwalls austoben durften, in geschmackvollen Strickwaren, mit dem Wind im Haar und ihrer gesamten Jugend vor sich! #happymemories fürwahr. Ähem. Man könnte durchaus den Eindruck gewinnen, dass es so war, wenn man sich die Bilder ansieht, die ich auf Instagram gepostet habe – Bilder, die illustrieren, welche Art Urlaub ich mir *gewünscht* habe, im Gegensatz zu dem, den ich *tatsächlich hatte*. Der bestand nämlich, einmal abgesehen von endlosem Wäschewaschen und dem Versuch, mit einem Spieleset, bei dem die Hälfte der Teile fehlte, Mausefalle zu spielen, in erster Linie daraus, in der Küche unseres Feriendomizils zu kochen und dabei zu fluchen wie ein Kesselflicker, weil die Messer allesamt stumpf waren. Apropos, wie kommt es eigentlich, dass die Küchen von Ferienwohnungen ausnahmslos immer mit stumpfen Messern ausgestattet sind? Fürchten die Besitzer, ihre Gäste könnten dem Druck, sich andauernd blendend amüsieren zu müssen und jede Menge #happymemories einzufahren, nicht standhalten und ihre Familie abschlachten? Vielleicht, weil sie es wie ich satt haben, in einer Tour gefragt zu werden, warum wir unbedingt nach Cornwall fahren mussten (Weil wir nun mal der Mittelschicht angehören, Liebes, und weil wir ein bisschen snobistisch veranlagt sind.) und ob wir nicht nächstes Mal wie alle anderen einen Center-Parcs-Urlaub machen könnten (Nein, Schätzchen, du weißt doch, dein Vater hasst Menschen.). Dann wäre da noch das ständige Gejammer, weil es kein W-Lan gibt (Wir sind ja nicht hier, um andauernd auf ein Tablet zu glotzen, sondern um uns zu unterhalten, Liebes, und ja, ich war vorhin kurz draußen auf der Suche nach einer Stelle mit 4G-Empfang, aber doch nur, weil ich meine Fotos bei Instagram hochladen will, denn wie sollen die anderen sonst erfahren, wie schön wir es hier haben? UND OB wir es schön haben! OH, DOCH, WIR HABEN ES SCHÖN, WEIL ICH DAS VERDAMMT NOCH MAL SAGE! Nein, du kannst dir nicht mein Handy borgen, um Pokémon Go zu spielen. Weil es in Cornwall keine Pokémon gibt. Nein, natürlich lüge ich dich nicht an, warum sollte ich?).

Wäre ich nicht ebenso versiert wie alle anderen, was das Pimpen von Fakten auf diversen sozialen Plattformen angeht, dann wäre ich überzeugt, dass alle übrigen Kinder des Landes tatsächlich die gesamten Sommerferien in einer von goldenem Sonnenschein durchfluteten Enid-Blyton-Welt zubringen und in Begleitung ihrer Eltern lachend über Blumenwiesen und Strände tollen, Sandburgen bauen und ihre Drachen steigen lassen, genau wie meine Kinder es laut Facebook und Instagram getan haben. Es lebe der Fotofilter!

Wie dem auch sei, inzwischen sind wir wieder zu Hause und vollkommen erschöpft von der langen, anstrengenden Fahrt. Es hat den Anschein, als hätten wir den gesamten Sand Cornwalls in unseren Wagen verfrachtet, und ich muss tonnenweise Wäsche waschen und habe ehrlich gesagt keine Ahnung, wozu wir eigentlich in Urlaub fahren, wenn wir hinterher einen weiteren Urlaub brauchen, um uns davon zu erholen. Aber zumindest sind mir ein paar schöne Schnappschüsse gelungen. Die Kinder haben sich zwar ständig beschwert, weil ich so viele Fotos von ihnen gemacht habe, aber ich brauche die Fotos für meinen Lebensabend, denn wenn ich einmal alt und grau und senil bin und sie erwachsen sind und mich verlassen haben, dann kann ich mich wenigstens anhand dieser Bilder an ihre Kindheit erinnern. Auf einer der Aufnahmen ist sogar Simon ziemlich gut getroffen, was ein Wunder ist, denn normalerweise schneidet er dämliche Grimassen, wann immer ich den Sucher einer Kamera auf ihn richte. Tja, ich schätze, es ist klar, woher die Kinder es haben.

Aber wie dem auch sei, auf dem Rückweg rief jemand von der Personalagentur an und teilte mir mit, ich sei zu einem Vorstellungsgespräch eingeladen! Simon seufzte und sagte, das allein habe noch nicht viel zu bedeuten, und er warnte mich davor, mir allzu große Hoffnungen zu machen, aber scheiß drauf. Es ist ein Schritt in die richtige Richtung, auch wenn mir Simon mal wieder in die Suppe spucken musste. Es wäre schön, wenn er zur Abwechslung ein bisschen positiv denken und mir Mut zusprechen würde, statt immer nur die Nachteile zu sehen und katastrophale Folgen zu prophezeien. Ein kleines bisschen Zuversicht ist doch verdammt noch mal nicht zu viel verlangt, oder? Na, egal, viel wichtiger als die Meinung meines Muffels von Ehemann ist doch wohl die Frage, was ich zum Vorstellungsgespräch anziehen soll.

Wie durch ein Wunder ist Peters Pflanze noch am Leben, obwohl sich eine Woche lang niemand um sie gekümmert hat.

Freitag, 26. August

Wie viele Wochen dauern die Ferien jetzt schon? Eine gefühlte Ewigkeit jedenfalls. Der einzige Lichtblick ist die Aussicht auf das Vorstellungsgespräch und die mögliche Rückkehr in die Welt der erfolgreichen, ernstzunehmenden Erwachsenen. Ich werde eine Powerfrau sein, statt den ganzen Tag nur Snacks zu verteilen und Streit zu schlichten.

Da die Sonne schien, wollten die Kinder eine Wasserschlacht im Garten veranstalten, und ich willigte ein – wider besseres Wissen, ich habe nämlich die Erfahrung gemacht, dass so eine Wasserschlacht gerne mal direkt in die Notaufnahme führt, und wenn sie nicht mit gebrochenen Gliedmaßen endet, dann zumindest mit Blutvergießen und blauen Flecken, aber ich hatte nicht die Kraft, ihnen ihren Wunsch abzuschlagen.

Also bespritzten sie sich gut zehn Minuten lauthals kreischend mit dem Gartenschlauch, dann wurde ihnen langweilig und kalt, und sie kamen zu dem Schluss, es wäre doch viel lustiger, klatschnass und voller Gras und Schlamm durchs Haus zu trampeln, sich mit unzähligen sauberen Frotteetüchern abzutrocknen und frische Klamotten anzuziehen, und kaum hatte ich die Spuren, die sie dabei auf dem Küchenboden hinterlassen hatten, aufgewischt, verkündeten sie, sie wollten als Nächstes mit der Plastikwasserrutsche, die hierzulande unter dem Namen Slip'N Slide vertrieben wird, spielen.

Ich untersagte es ihnen, war ich doch heilfroh, dass sie die Wasserschlacht unbeschadet überstanden hatten, und nicht gewillt, das Schicksal erneut auf die Probe zu stellen, indem ich die schmale Plastikplane des Verderbens hervorkramte, die eigentlich in »Slip'N Break Your Neck« umbenannt werden sollte. Stattdessen zählte ich die zahlreichen ungefährlichen Aktivitäten auf, denen sie im Garten frönen konnten: Sie konnten Swingball spielen, sie konnten auf dem hässlichen blaugelben Trampolin rumhüpfen, das jegliche geschmackvolle Zen-Vibes in meinem Garten zunichtemachte, oder sich unter einen Baum setzen und verdammt noch mal ein Buch lesen. Und nein, sie würden diesen herrlichen Sommertag auf gar keinen Fall drinnen vor der Glotze oder dem Computer verbringen, und ich würde den Teufel tun und mit ihnen irgendwohin fahren oder auch nur einen einzigen Penny für ihre Unterhaltung ausgeben.

»Heute spielt ihr mal im Garten, und damit basta.« Mit diesen Worten verzog ich mich ins Haus und setzte mich an den Computer, um zu »arbeiten«. In Wahrheit googelte ich »coole Outfits für Bewerbungsgespräche« (ausnahmslos alle wurden präsentiert von extrem dünnen Frauen in alarmierend hohen Stöckelschuhen und superschicken Blazern, die ich mit meiner Oberweite vermutlich zum Platzen bringen würde). Ich war auf der Suche nach etwas, in dem ich rücksichtslos professionell und zugleich jugendlich wirken würde. Ein wenig beunruhigend fand ich die Tatsache, dass die Frauen auf den Fotos allesamt Papp-Kaffeebecher in der Hand hielten. Ist das heutzutage ein unverzichtbares Accessoire? Laufe ich Gefahr, nicht ernst genommen zu werden, wenn ich ohne einen großen Latte Macchiato mit Sojamilch to go aufkreuze? Außerdem hatte ich angenommen, alle großen Kaffeeketten seien inzwischen als skrupellose Steuerhinterzieher verschrien. Womöglich komme ich gar nicht erst in die engere Auswahl, sondern werde aussortiert, noch ehe ich den Mund aufgemacht habe, nur weil ich mit der falschen Sorte Kaffee aufgetaucht bin. Über all das und noch viel mehr zerbrach ich mir gerade den Kopf, als nach einer guten halben Stunde ein furchteinflößendes Geräusch in mein Bewusstsein drang: Stille. Wenn meine süßen Kleinen in der Nähe sind, ist es niemals still, es sei denn, etwas ganz und gar Grauenhaftes ist gerade im Gange. Ich riss die Hintertür auf und spähte in den Garten, wo Jane gerade mit resignierter Miene versuchte, die hoffnungslos verhedderte Schnur ihres Jo-jos zu entwirren.

»Wo ist Peter?«, fragte ich.

Sie zuckte die Schultern. »Keine Ahnung.«

»Vorhin war er doch noch hier draußen, nicht? Wo ist er hin?«

Jane zuckte erneut die Schultern und brummte: »Ich schätze mal, er ist drinnen und daddelt auf seinem iPad rum. Was übrigens total unfair wäre. Zum Ausgleich dafür müsstest du mir dann auf jeden Fall erlauben, doppelt so lang mit dem iPad zu spielen, zur Belohnung dafür, dass ich brav im Garten geblieben bin, wie du es von uns verlangt hast ...« Ich ließ sie labern und eilte ins Haus, um Peter zu suchen. Ich bellte und rief seinen Namen, doch er antwortete nicht. Er war weder in seinem Zimmer, noch war er im Wohnzimmer oder auf dem Klo, und er war auch nicht damit beschäftigt, etwas aus Janes Zimmer zu entwenden, um sie zu ärgern.

»JANE!«, schrie ich. »Bist du SICHER, dass du nicht gesehen hast, wo er hin ist?«

Jane betonte erneut, sie habe keine Ahnung, und fügte hastig hinzu, falls ihm etwas passiert sein sollte, dann sei das definitiv nicht ihre Schuld.

Mir wurde heiß und kalt. Der rationale Teil meines Gehirns

ratterte Statistiken runter, um mich daran zu erinnern, dass es meinem Sohn mit großer Wahrscheinlichkeit gut ging, aber der Rest von mir war ein nervliches Wrack, denn MEIN KLEINER JUNGE WAR VERSCHWUNDEN, und ich konnte der Polizei noch nicht einmal sagen, was er anhatte, weil er sich nach der verfluchten Wasserschlacht vorhin umgezogen hatte.

Warum hatte ich die beiden nicht einfach mit der Wasserrutsche spielen lassen? Ein Nachmittag in der Notaufnahme wegen etwaiger lädierter Arme oder Beine wäre hundertmal besser als die Horrorszenarios, die mir jetzt durch den Kopf gingen: ein verhängnisvoller Gartenteich; ein Laster, der mit kreischenden Bremsen zum Stehen kam und wieder Gas gab; ein jugendlicher Proll, der in seiner aufgemotzten Rostlaube durch Vorortstraßen raste, viel zu schnell, um der kleinen Gestalt auszuweichen, die hinter einem Ball her auf die Straße lief. Ich fragte mich flüchtig, ob es in der Nähe einen Minen- oder Grubenschacht gab, in den Peter hätte fallen können, und ob unser Hund wohl in der Lage wäre, seine Spur aufzunehmen. Vermutlich nicht. Mister Wuffington hegt eine tiefsitzende Abneigung gegen Peter, die auf Gegenseitigkeit beruht.

Während mir all diese Gedanken durch den Kopf schwirrten, rannte ich auf die Straße und rief ein ums andere Mal den Namen meines Sohnes, darum bemüht, nicht allzu hysterisch zu klingen. Er konnte allerhöchstens seit einer Viertelstunde weg sein, es war also noch zu früh, um die Polizei zu alarmieren, sagte ich mir. Katie, meine Nachbarin von gegenüber und Schwester im Geiste, hörte das Geschrei und kam heraus, und ich berichtete ihr atemlos, was Sache war.

»Du liebe Zeit!«, sagte sie. »Ich helfe dir suchen. Ich hole nur schnell die Mädels. Am besten teilen wir uns auf: Du gehst in die Richtung, wir in die andere. Falls wir ihn nicht sehen, klingeln wir eben an jeder einzelnen Tür. Er taucht schon wieder auf, Ellen, keine Sorge.«

Ich nickte, ohne zu antworten, aus Angst, in Tränen auszubrechen, und machte mich auf den Weg – wohlweislich mit Jane im Schlepptau; ich dachte nicht daran, sie aus den Augen zu lassen. Es war schon schlimm genug, dass mir ein Kind abhandengekommen war.

Noch immer aus vollem Halse Peters Namen schreiend und mit Mühe und Not meine Panik im Zaum haltend gelangte ich bis ans Ende der Straße und wollte gerade umkehren, als die Tür von Haus Nummer 47 aufging und Karen Davison erstaunt kundtat: »Peter ist bei uns! Wusstest du das nicht?«

»Nein!«, keuchte ich, den Tränen nah. »Ich dachte, er wäre hinten im Garten, und auf einmal war er weg.«

»Er tobt mit meinen Enkeln auf dieser vermaledeiten Wasserrutsche rum«, sagte Karen. »Er hat in eurem Vorgarten gespielt, als wir vorhin auf dem Nachhauseweg vom Einkaufen bei euch vorbeigekommen sind. Die Jungs haben ihn gefragt, ob er rüberkommen will, aber ich habe ihm aufgetragen, erst dich zu fragen, und da er ein paar Minuten später mit der Badehose erschien und sagte, es könne losgehen, dachte ich, er hätte dich um Erlaubnis gefragt.«

Ich war zu erleichtert darüber, dass Peter noch heil war und nicht in einem Minenschaft feststeckte, um ihm eine Standpauke zu halten. Ich umarmte ihn und drückte ihn an mich (was im Nachhinein betrachtet keine gute Idee war, denn er war pitschnass), und dann brach ich peinlicherweise in Tränen aus und schluchzte: »Tu das NIE, NIE, NIE wieder, okay? Ich hatte solche Angst um dich!«

»Tut mir leid, Mami«, murmelte Peter. »Das wollte ich nicht. Ich dachte, du hast bestimmt nichts dagegen, ich war ja nicht weit weg.«

»Ich hatte nur Angst, weil ich dich lieb habe«, schniefte ich.

»Ich hab dich auch lieb, Mami, und ich tu's bestimmt nicht wieder, versprochen.«

Oh, Mann. Ich hätte beinahe meinen Sohn verloren, weil ich vollauf mit der Frage beschäftigt war, welche Art Kaffee ich zu meinem Bewerbungsgespräch mitbringen soll! Was bin ich nur für eine Mutter? Vielleicht sollte ich den Plan, wieder Vollzeit ins Berufsleben einzusteigen, auf der Stelle verwerfen und eine dieser Öko-Mamis werden, die bei den Kindern zu Hause bleiben. Ich würde mit ihnen allerlei handwerklichen Kleinkram basteln (obwohl ich so was eigentlich hasse) und ihnen jede Minute meines Lebens widmen, als Entschädigung für meine zahlreichen vergangenen Versäumnisse, in der Hoffnung, ihnen mit meinem Egoismus nicht allzu viele seelische Wunden zugefügt zu haben. Sie wirken zwar nicht, als hätten sie größere Schäden davongetragen – der einzige Mensch, der nach den Ereignissen dieses Nachmittags traumatisiert ist, bin ich, wie es aussieht, aber womöglich treten die seelischen Wunden ja erst später zutage. Was, wenn sie mit Mitte dreißig eine Therapie machen, und es stellt sich heraus, dass alles, was in ihrem Leben schiefläuft, auf meine zweifelhaften Fähigkeiten als Mutter zurückzuführen ist?

Übrigens waren weder Jane noch der Hund sonderlich erfreut über Peters Rückkehr.

SEPTEMBER

Montag, 5. September

Argh! Am FREITAG ist mein Bewerbungsgespräch, und ich weiß noch immer nicht, was ich anziehen soll! Ich schätze, ich sollte aufhören, mir darüber den Kopf zu zerbrechen, und mir stattdessen überlegen, was ich sagen werde. Mein letztes Vorstellungsgespräch ist Jahre her. Was soll ich diesen Leuten erzählen? Oh, Gott. Ich werde so tun müssen, als wäre ich eine verantwortungsvolle Erwachsene, die ein paar Hobbys hat. Ich darf auf keinen Fall aus reiner Nervosität auf meinen favorisierten Gesprächseinstieg zurückgreifen und erwähnen, dass Fischotter opponierbare Daumen haben. Das wäre wohl nur dann ratsam, wenn ich mich als Otterdompteurin bewerben würde oder so. Ehrlich gesagt wäre das ja mein Traumjob. Ich liebe Fischotter und würde zu gern einen in der Badewanne halten, aber Simon ist auf meinen Wunsch bis jetzt gar nicht richtig eingegangen. Dabei habe ich mir den Film *Mein Freund, der Otter* zig Mal angeschaut und sehe da kein Problem. Ich könnte den Otter mit Lachs füttern, den ich im Supermarkt zum Aktionspreis kaufe, und ... Herrje, ich schweife mal wieder ab, und genau deshalb bin ich bei Vorstellungsgesprächen immer so nervös.

Nervös macht mich auch die Tatsache, dass ich mich hinterher nie erinnern kann, was ich auf die Fragen, die mir mein potenzieller Arbeitgeber gestellt hat, geantwortet habe. Ich kann dann nur inständig hoffen, dass ich auf die Frage »Warum glauben Sie, dass Sie die Richtige für diese Stelle sind?« meine Fähigkeiten, Qualifikationen und Interessen ins Feld geführt habe und nicht so was wie »Weil ich einen schwarzen Hahn geschlachtet und seine Eingeweide auf ein Omen hin untersucht habe, und mein Herr und Meister, der Große Cthullhu, ließ mich durch ihn wissen, dass ich die Auserwählte bin.« Aber ganz sicher bin ich nie. Bei wichtigen Wahlen geht es mir ähnlich – ich kann noch so viel Sorgfalt beim Setzen das Kreuzchens walten lassen, kaum ist der Umschlag in der Wahlurne verschwunden, befallen mich Zweifel, ob ich auch wirklich der richtigen Partei meine Stimme gegeben habe. Was, wenn nicht? Was, wenn es am Ende superknapp wird, wenn es auf jede einzelne Stimme ankommt und mir ein Fehler unterlaufen ist? Was, wenn die westliche Zivilisation untergeht, UND ICH ALLEIN TRAGE DIE SCHULD DARAN?

Ich habe versucht, mit Simon über meine Bedenken zu reden, aber der ist gegen eine Vollzeitstelle. »Wäre es nicht viel besser, wenn du vorerst nur in Teilzeit arbeitest? Dann könntest du den Kindern mit den Hausaufgaben helfen und dich um den Haushalt und das Abendessen und so kümmern. Ich finde die Vorstellung, dass Peter und Jane künftig Schlüsselkinder sein sollen, einfach nicht schön.«

»Schlüsselkinder? Davon kann keine Rede sein. Sie werden ohnehin den Großteil des Tages in der Schule verbringen, zumal es vor dem Unterricht ein Schulfrühstück und hinterher die Nachmittagsbetreuung gibt. Und außerdem ist das Janes letztes Jahr auf der Grundschule. Ja, ich habe bis vor zwei Jahren in Teilzeit gearbeitet, weil wir uns einig waren, dass zumindest einer von uns für die beiden da sein sollte und wir uns dadurch enorm viel Geld für die Kinderbetreuung gespart haben. Aber jetzt sind sie älter und werden mich immer weniger brauchen, und außerdem ist das eine tolle Chance für mich, die ich wirklich gern ergreifen würde. Wer weiß, ob und wann ich noch einmal so ein Angebot bekomme.«

»Mir wäre es trotzdem lieber, wenn du nur in Teilzeit arbeiten würdest, Schatz. Ich finde, du solltest das tun, was für die Kinder das Beste ist.«

»Aber ich will DIESE STELLE und nicht wieder irgendeine Übergangslösung! Den langweiligen Teilzeitjob habe ich nur angenommen, damit wir über die Runden kommen, solange die Kinder klein waren, und jetzt würde ich zur Abwechslung gerne mal etwas Produktiveres tun, als PC-Analphabetinnen wie Jean aus der Postabteilung zum hundertfünfundsiebzigtausendsten Mal erklären, dass ihr Computer sie nicht hasst und auch keine Dateien ›auffrisst‹. Was ist denn so falsch daran, wenn ich zur Abwechslung mal an MEINE Bedürfnisse denke? Was ist mit MEINEN Hoffnungen und Ambitionen? Denkst DU denn bei jeder deiner Karriereentscheidungen an das Wohl unserer Kinder, hm?«

»Also, du musst verzeihen, wenn ich nicht jede deiner *Ambitionen* unterstütze, nachdem du vorhin erzählt hast, dein Lebensziel bestehe darin, einen Fischotter in der Badewanne zu halten«, ätzte Simon. »Und *natürlich* denke ich an das Wohl unserer Kinder …« (Das war eine glatte Lüge!) »… und ich bin der Ansicht, es wird ihnen nicht guttun, wenn wir beide einen Vollzeit-Job haben.«

»Tja, Schatz, wenn dir so viel am Wohl deiner Kinder liegt, dann gibt es eine sehr einfache Lösung für dieses Problem.«

»Die da wäre?«

»Na ja, wenn ich diesen Job bekomme, verdiene ich genauso viel wie du. Und da dir die Vorstellung, dass wir beide in Vollzeit arbeiten, so widerstrebt, kannst du dir ja stattdessen eine Teilzeitstelle suchen und die Verantwortung für die Kinder und den Haushalt übernehmen.«

Simon wurde blass. »Äh, nein, nein, das wird nicht nötig sein. Wir werden das Kind schon schaukeln. Wenn du diese Stelle willst, dann unterstütze ich dich. Ich bin sicher, die Kinder kommen auch so zurecht.«

»Vielen Dank, Liebling«, sagte ich zuckersüß.

Dienstag, 6. September

Ha! Ich bin BEREIT. Es. Kann. Losgehen.

Ich habe die Schuluniformen besorgt – ein ausgesprochen kostspieliges und kräfteraubendes Unterfangen – und weitere Unsummen für glänzende neue Schuhe ausgegeben, die im Nu total abgestoßen und mit Schlamm bespritzt sein werden, so dass ich mich fragen werde, warum ich eigentlich derart absurde Beträge in hochwertiges Schuhwerk investiere, in dem die zarten Füßchen meiner Kinderlein ausreichend Platz finden, um sich angemessen entwickeln zu können, wenn selbiges binnen einer Woche reif für die Tonne ist. Ich hätte viel Zeit und Geld sparen können und ihnen bei Asda je ein Paar für einen Zehner kaufen können.

Die Turnschuhe für drinnen und draußen habe ich ebenso besorgt wie die Sportklamotten, Schultaschen, Federmäppchen und Wasserflaschen, und dann waren wir noch bei Smiggle und haben gefühlt den gesamten Laden leergekauft, und trotzdem umklammerten die Kinder mit ihren schweißnassen Pfötchen noch weitere Schreibwaren und nölten, es sei eine himmelschreiende Ungerechtigkeit, dass ich nicht gewillt war, fünf Pfund für EINEN DÄMLICHEN RADIERGUMMI hinzublättern.

Und jetzt sind meine Finger total zerstochen und blutig, weil ich mich mit diesem Füllhorn kapitalistischen Konsumzwangs hingesetzt und sämtliche Klamotten mit den hübschen Namensschildern versehen habe, von denen ich, als Jane in die Schule kam, in meiner Blauäugigkeit und Naivität fünfhundert Stück pro Kind (grün mit Dino-Motiv für Jane und blau mit Dampflokomotive für Peter) bei den freundlichen Menschen Mr Cashs Schildertempel bestellt habe, weil ich damals die Vorstellung hatte, dass sie sich ganz allerliebst in den Schuluniformen machen würden. Leider hatte ich damals völlig vergessen, dass ich gar nicht nähen kann und Handarbeiten aller Art hasse und dass ich, wenn ich doch mal etwas nähen muss, das betreffende Kleidungsstück binnen kürzester Zeit zeternd und fluchend in die Ecke pfeffere. Nebenbei bemerkt sind fünfhundert Stück eine ganze Menge. Damit sind Peter und Jane locker versorgt, bis sie auf die Uni gehen. Auf der Webseite werden die Namensschilder auch für Altenheimbewohner empfohlen; es würde mich nicht überraschen, wenn noch ein Gutteil übrig wäre, bis meine Kinder reif sind für die Seniorenresidenz Waldesruh.

Nächstes Jahr werde ich mir einen dieser Stempel zulegen,

um ihre Klamotten zu markieren. Zugegeben, das sage ich jedes Jahr, und dann denke ich erst wieder daran, wenn es zu spät ist, ärgere mich erneut mit den Einnähschildchen rum und hinterlasse Blutflecken auf den neuen weißen Hemden und Blusen. Richtig clever wäre es ja, den Stempel jetzt gleich zu bestellen, damit ich ihn nächstes Jahr zum Schulanfang zur Hand habe, aber andererseits erscheint mir das wie eine Verschwendung, wo doch noch so viele von diesen vermaledeiten Einnähschildchen da sind.

Na, jedenfalls bin ich fast fertig. Ähem. Ich habe drei Schilder eingenäht und beim Anblick der Berge von Klamotten, die noch mit Schildern versehen werden müssen, beschlossen, dass das Leben zu kurz ist für solchen Mist, und mir erst einmal ein Glas Weißwein gegönnt, und dann habe ich einen Permanent-Marker geholt und den Rest damit beschriftet. Gut möglich, dass ich das jedes Jahr so gemacht habe; das würde erklären, warum die Schildchen partout nicht weniger werden.

Wie auch immer, der Wecker ist gestellt und klingelt morgen in aller Herrgottsfrühe, und dann fängt ein neues Schuljahr an. Ich hoffe schwer, es wird das Jahr, in dem meine Kinder endlich ihre verborgenen Talente offenbaren und in irgendeinem Fach glänzende Leistungen erbringen, damit ich endlich mal die stolze, selbstgefällige Mami mimen kann, die auf dem Schulhof oder Spielplatz ungeniert damit rumprahlt. Da ich mit meinen zweiundvierzig Jahren (ZWEIUNDVIERZIG! Ich gehe mit Riesenschritten auf das Faltige-alte-Schachtel-Dasein zu, meinen sündteuren Gesichtscremes zum Trotz!) allerdings auch noch nicht dahintergekommen bin, wo *meine* verborgenen Talente liegen, ist das wohl eher unwahrscheinlich.

Wenn ich nachher zu den Kindern hochgehe, um ihnen eine gute Nacht zu wünschen, werde ich einen letzten Blick auf ihre hübschen neuen Uniformen in den Kommodenschubladen werfen, denn es wird das letzte Mal sein, dass ich sie so sehe. In einer Woche werden die schneeweißen Poloshirts schmuddelig und mit Farbflecken übersät sein, in ihren Zimmern über den Fußboden verstreut oder wahllos in die Schubladen gestopft, obwohl ich sie sorgfältig zusammengefaltet hatte. Wenigstens habe ich mich, faul, wie ich bin, für die bügelfreie Variante entschieden.

Mittwoch, 7. September

Na, das nenn ich einen erfolgreichen ersten Schultag. Es fing damit an, dass Peter und Jane ausgerechnet heute unbedingt ausschlafen wollten. Dabei waren sie in den Ferien aus unerfindlichen Gründen regelmäßig schon um sechs Uhr morgens aus den Federn gewesen – vermutlich nur, um mich zu ärgern, indem sie elefantengleich die Treppe runtertrampelten und dabei lautstark diskutierten, wer welches iPad kriegen sollte, da eines der Geräte marginal älter ist als das andere, was verdammt noch mal NICHT DEN GERINGSTEN UNTERSCHIED MACHT, wenn man damit ohnehin nur Cartoons auf Netflix guckt.

Heute musste ich die beiden also aus ihren Betten zerren, was sie veranlasste, mich anzufauchen wie zwei wütende Wiesel und sich bitterlich zu beschweren, sie seien noch müde. Ich fauchte zurück, das liege wahrscheinlich daran, dass sie gestern Abend nicht pünktlich ins Bett gegangen waren, sondern noch zwei Stunden nach der vereinbarten Schlafenszeit immer wieder aufgestanden waren, um sich ein Glas Wasser zu holen, aufs Klo zu gehen oder ins Wohnzimmer zu kommen und mir die Ohren vollzujammern, sie könnten nicht einschlafen. »Es wundert mich kein bisschen, dass ihr nicht einschlafen könnt, wenn ihr immer wieder aufsteht und durchs Haus geistert!«, keifte ich entnervt, nachdem ich sie zum sechsten Mal wieder ins Bett gesteckt hatte. »Ich schlage vor, ihr bleibt jetzt mal in euren Betten, dann klappt es ja vielleicht auch mit dem Einschlafen.« Und dann konnte *ich* vielleicht in Ruhe *Game of Thrones* gucken, ohne dass jedes Mal, wenn eine der Darstellerinnen ihren Busen entblößt, ein Kind hereinplatzt. Sie fanden, das sei gemein von mir, und belehrten mich, ALLE ANDEREN Kinder in ihrer Klasse dürften ihre Schlafenszeit selbst bestimmen und Kriegsspiele wie *Call of Duty* spielen und sich nicht-jugendfreie Filme ansehen. Alles in allem hatte ich heute früh herzlich wenig Mitleid mit meinen protestierenden Kids.

Es gelang mir immerhin, sie zu waschen, anzuziehen und ihnen ein Frühstück zu verabreichen (okay, das Waschen und Anziehen haben sie allein hingekriegt, schließlich sind sie schon elf und neun, ich bin lediglich in ihre jeweiligen Zimmer gestürmt und habe »ANZIEHEN, HAB ICH GESAGT!« gebrüllt, nur um festzustellen, dass Peter mit seinen Legosteinen spielte, während Jane quengelte, ich hätte ihr die falschen Socken gekauft), und irgendwann waren wir dann mehr oder weniger bereit für den Aufbruch, und zwar so früh, dass noch genügend Zeit blieb für das obligatorische Erster-Schultag-Foto.

Wie alle Eltern wissen, muss man die lieben Kleinen dafür in jener Ecke des Hauses postieren, in der es am wenigsten chaotisch aussieht, und sie anknurren: »So, und jetzt LÄCHELT GEFÄLLIGST! Ich brauche *ein* nettes Foto von euch, für eure Großeltern. Die sollen doch wissen, was für zwei süße Goldkinder ihr seid. Und außerdem muss ich es auf Facebook posten, damit die Leute sehen, dass ich euch lieb habe. Also, gebt euch verdammt noch mal ein bisschen Mühe. Ihr müsst nur in die Handykamera gucken und lächeln. Und zwar GLEICHZEITIG, und MIT OFFENEN AUGEN! Okay, und jetzt lächeln! IHR SOLLT LÄCHELN, VERDAMMT! Herrgott noch mal, ist das denn wirklich so schwer?«

Manche Eltern basteln Schilder, die ihre Kinder dann auf dem Foto hochhalten und auf denen steht, in welche Klasse sie kommen, und dann posten sie mithilfe von Instagram Feeds Sachen wie #soblessed und #makingmemories, und wie schade es doch ist, dass die Ferien schon wieder vorbei sind und wie sehr ihre #mamahearts darunter leiden, dass ihre #babies viel zu schnell erwachsen werden. Ich bin da etwas anders gestrickt, denn ich empfinde bei dem Gedanken, dass meine geliebten Zwerge nach sechs endlos langen Wochen, in denen wir den Großteil der Zeit in unser Eis geflennt haben, weil uns das britische Wetter wie üblich einen Strich durch die Rechnung gemacht hat, wieder in die Schule gehen, kein bisschen Traurigkeit. Offenbar schlägt in meiner Brust kein #mamaheart.

Es war wichtig, dass ich dieses Jahr am *ersten* Schultag ein Foto mache, zum einen, weil ich es voriges Jahr vergessen hatte – ich musste es am zweiten Tag nachstellen (wobei ich wohlweislich dafür gesorgt habe, dass die bereits abgestoßenen Schuhspitzen nicht zu sehen waren) und die Kinder bestechen, damit sie mich nicht bei ihren Großeltern verpetzten, und zum anderen, weil es wie gesagt Janes letztes Jahr an der Grundschule ist. Schon unglaublich irgendwie. Wann immer in den vergangenen Jahren jemand sagte, Kinder würden ja so rasch heranwachsen, verspürte ich beim Gedanken an Jane das Bedürfnis, zu erwidern: »Ach, tatsächlich? Es kommt mir nämlich ziemlich unwahrscheinlich vor, dass Jane je erwachsen wird. Ich habe vielmehr den Eindruck, ich werde den Rest meines Lebens damit zubringen, mir halb zerkaute Bioreiswaffeln aus den Haaren zu klauben und diese kleine Abrisskugel in Schach zu halten, die eine Spur der Verwüstung im Haus hinterlässt.« Andererseits ist es noch gar nicht allzu lange her, dass ich die Tage zählte, bis ich sie endlich in der Spielgruppe abgeben konnte, und jetzt hat sie bald die Grundschule hinter sich und geht demnächst auf die Schule FÜR DIE GROSSEN!

Es dauerte, bis ich endlich ein Foto im Kasten hatte, das zumindest annähernd meinen Vorstellungen entsprach, und nachdem ich Jane zum wiederholten Male dargelegt hatte, warum sie noch keinen eigenen Instagram Account haben durfte (»Weil du noch nicht dreizehn bist! Oder hab ich was verpasst? Na, also. ES IST MIR TOTAL SCHNUPPE, ob deine Mitschülerinnen alle schon einen haben oder nicht, du wirst noch zwei Jahre warten müssen!«), konnten wir starten, denn am ersten Schultag schaffe sogar ich es, mal pünktlich loszukommen.

Simon war natürlich viel zu beschäftigt, um uns zu begleiten. Er hatte einen dringenden geschäftlichen Termin, weil er ja so wichtig ist. Seltsamerweise fallen seine dringenden Termine ziemlich oft auf Tage mit wichtigen Schulereignissen. Früher habe ich bei solchen Gelegenheiten dann oft mit lauter

Stimme die Worte »mein Mann« eingestreut, aber da er sich nie hat blicken lassen, sehe ich inzwischen davon ab, sonst kommen die Lehrer womöglich irgendwann zu dem Schluss, dass ich Wahnvorstellungen habe und meinen Ehering nur zum Schein trage, gerade so, als wäre ich eine alleinstehende Mutter in den Fünfzigerjahren.

Wie dem auch sei, ich konnte die Kinder ohne weitere Vorkommnisse in der Schule abliefern. Peters Lehrerin ist eine recht sympathische junge Referendarin, und in Anbetracht des engen, tief ausgeschnittenen Oberteils, das sie trug, rechne ich damit, dass sich bei den nächsten Schulveranstaltungen ungewöhnlich viele Väter von Kindern in Peters Klasse als freiwillige Helfer zur Verfügung stellen werden. Jane hat ebenfalls einen neuen Lehrer – ja, ganz recht, einen Mann, und das in der Grundschule, man höre und staune. Na ja, zumindest ist der gute Junge männlichen Geschlechts. Als ich ihn vorhin auf dem Pausenhof sah, dachte ich bei mir, dass er eigentlich nicht viel älter wirkte als die Schüler der sechsten Klasse. Ich nehme an, das wird mir künftig noch öfter passieren. Erst sehen nur die Lehrer fürchterlich jung aus, dann bezweifelt man beim Anblick jungenhafter Polizisten, ob sie eigentlich schon volljährig sind, und früher oder später ist man überzeugt, dass der Jungspund im weißen Mantel, der ganz augenscheinlich eben erst seinen Windeln entwachsen ist, niemals über die nötigen Qualifikationen verfügen kann, und verlangt, von einem »richtigen Arzt« behandelt zu werden. Wenn ich ehrlich sein soll, hatte ich bereits ein Erlebnis in der Richtung, als ich letzthin beim Tierarzt war. Doch die Zweifel, die mir ob seiner Jugendlichkeit gekommen waren, wurden auf der Stelle ausgeräumt, als der Knabe beim Anblick meines

Hundes hervorstieß: »Was für ein Prachtexemplar von einem Terrier!« Ein Veterinär, der erkennt, was für ein ausgesprochen edles Tier Mister Wuffington ist, hat definitiv Ahnung von seinem Metier.

Donnerstag, 8. September

Zicke, zacke, Hühnerkacke! Morgen ist mein Bewerbungsgespräch, und ich bin alles andere als bereit dafür. Was habe ich mir nur dabei gedacht? Wie bin ich auf die Idee verfallen, dass ein Unternehmen, das so cool und hip ist, ausgerechnet MICH einstellen will? Die wollen doch keine Angestellte, die sich darüber beschwert, dass die Lehrer, Ärzte und Polizisten heutzutage alle so blutjung sind! Die wollen jemanden, der genauso jung ist und rein optisch quasi noch mit einer Arschbacke die Schulbank drückt. Zumindest habe ich mich nach stundenlanger Recherche im Internet endlich für ein Outfit entschieden. Es wird eines mit alarmierend hohen Stöckelschuhen sein – den Look mit den Hochwasserhosen und den knöchelhohen Stiefeln, von dem ich gehofft hatte, er würde mich wie ein Millennial aussehen lassen, habe ich zwar auch ausprobiert, aber im Gegensatz zu den Mädels auf Pinterest sah ich darin aus, als hätte ich mich im Dunkeln angezogen und dabei eine zu kurze Hose erwischt. Oh, Gott, ich schaffe es noch nicht mal, mich wie ein Millennial *anzuziehen*. Wie zum Geier soll ich diesen Job kriegen?

Ich habe auch Recherchen über die Firma angestellt und meine Personaler-freundlichen Antworten geübt, ohne so recht zu wissen, was für Fragen bei einem Bewerbungsgespräch heutzutage so gestellt werden. Vielleicht wollen sie ja gar nichts über meine Stärken und Schwächen wissen. Falls doch, bin ich selbstverständlich teamfähig, aber manchmal auch ein bisschen zu perfektionistisch, ha, ha! Seine tatsächlichen Stärken und Schwächen bringt man bei der Gelegenheit ja besser nicht zur Sprache. Meine größte Stärke ist beispielsweise die Fähigkeit, mit offenen Augen vor dem Computer zu sitzen und den Eindruck zu erwecken, ich wäre präsent und produktiv, obwohl ich schlafe. Meine größte Schwäche ist meine Unfähigkeit, zu pinkeln, wenn sich außer mir noch jemand in der Toilette befindet. Ich habe immer Angst, ich könnte aus Versehen pupsen und eine Kollegin, die in einer der anderen Kabinen hockt, könnte es hören und mir den Spitznamen Pups-Ellen verpassen, weshalb ich oft sehr viel Zeit damit verschwende, abzuwarten, bis ich endlich allein bin. Aber ich glaube kaum, dass sie so was wissen wollen. Womöglich sind sie ja ganz auf dem »Ins Blaue denken«-Trip und stellen so kreativ-innovative Fragen wie »Wenn Sie ein Baum sein könnten, was für einer wären Sie dann gern?«, oder »Eichhörnchen oder Waschbär?«, weil man aus der Antwort irgendwelche tiefenpsychologischen Schlüsse ziehen kann.

Freitag, 9. September

Der große Tag! Der Tag, mit dem alles stand und fiel, und ich schaffte es doch tatsächlich, das Haus zu verlassen, ohne mich mit klebrigen Substanzen zu bekleckern, was einem kleinen Wunder glich.

Ich hatte wohlweislich genügend Zeit für einen Zwischenstopp in einem alternativen kleinen Bio-Café in der Nähe meiner künftigen Firma eingeplant, um mir einen exorbitant teuren Chai-Latte mit Sojamilch zu holen, der signalisieren sollte, dass ich total hip und öko war. Mit meinem Becher bewaffnet marschierte ich zum Empfangstresen und nannte meinen Namen. Ich wurde gebeten, in eine Kamera zu blicken, und ein paar Minuten später reichte man mir einen Besucherausweis mit einem Foto von mir, auf dem ich aussah wie eine Serienmörderin. Was zum Henker war eigentlich auf der kurzen Strecke vom Parkplatz hierher mit meiner Frisur passiert?

Die glänzenden Aufzugtüren öffneten sich mit einem »Pling!«, und ein Jüngling in zu kurzen Hosen kam auf mich zu (Was ist eigentlich so toll an diesen Hochwasserhosen, vor allem bei Männern? Und seit wann ist das Tragen von Socken out? Ich frage mich ehrlich gesagt, ob dieser Modetrend eine Krise in der Sockenindustrie verursacht hat.). Beim Anblick meines Bechers schüttelte er missbilligend den Kopf. »Haben Sie Ihren eigenen Becher zu Hause vergessen?«, erkundigte er sich verwundert. »Ich wusste gar nicht, dass es noch Wegwerfbecher gibt.«

»Der ist biologisch abbaubar«, erklärte ich hastig. »Hergestellt aus Recycling-Pappe ohne Chlor.«

»Das ist ja okay, aber für das Recycling geht ganz schön viel Energie drauf – deutlich mehr als für das Waschen eines Mehrwegbechers«, belehrte er mich.

Shit. Ich war schon an der ersten Hürde gestrauchelt. Ich stellte den Becher unauffällig auf einem Fensterbrett ab und folgte dem Jungspund weiter durch die gläsernen Korridore. Er führte mich in einen Konferenzraum mit weißen Wänden und Kunstrasen auf dem Fußboden.

»Das ist unsere ›Think Cell‹«, sagte er. »Hier machen wir

Brainstorms und knobeln an Konzepten rum. Die Wände sind abwaschbar; jeder kann einfach seine Ideen aufschreiben und zur Diskussion stellen. Ich gebe mal eben Bescheid, dass Sie da sind.«

Ich sah mich mit einem ernsten Nicken um und tat, als würde ich den riesigen Phallus nicht bemerken, der eine der ansonsten blütenweißen Wände zierte. Was, wenn die Leute, die das Bewerbungsgespräch mit mir führten, dachten, ich hätte ihn gemalt? Sollte ich ihn wegwischen? Nein, lieber nicht, dann würden sie *garantiert* denken, ich sei die Urheberin. Womöglich war das ja auch ein Test, um zu sehen, wie ich reagieren würde. Ob ich geistesgegenwärtig genug war, die Initiative zu ergreifen, ehe die Führungsriege hereinkam. Andererseits konnte es mir als engstirnig, prüde und konservativ ausgelegt werden, wenn ich ihn wegwischte. Meine Gedanken kreisten jetzt nur noch um die obszöne Zeichnung.

Ich stierte noch immer mit gerunzelter Stirn den Pimmel an, als die Tür aufschwang und vier Leute – zwei Männer, zwei Frauen – eintraten.

»Hi! Bitte entschuldigen Sie, dass Sie warten mussten«, sagte eine der beiden Frauen. Sie trug eine zu kurze Hose und knöchelhohe Stiefel, und an ihr sah der Look kein bisschen so aus, als hätte sie sich im Dunkeln angezogen. Sie stellte sich als ›Gabrielle von der Personalabteilung‹ vor. »Das ist Ed, Ihr künftiger Vorgesetzter.« Sie deutete auf einen griesgrämig dreinblickenden Mann, der durch und durch normal aussah und absolut gar nichts von einem Hipster hatte. Und was noch viel wichtiger war – er ging meiner Einschätzung nach bereits auf die Fünfzig zu, was mich darauf hoffen ließ, dass hier auch Leute eingestellt wurden, die mit dem Namen Rick

Astley in erster Linie die ersten Discobesuche verbinden und nicht bloß das Internetphänomen des Rickrolling.

»Und das sind Tony und Gail. Sie werden uns ein bisschen Gesellschaft leisten, wenn das für Sie okay ist.«

Ich setzte ein strahlendes Lächeln auf und nuschelte: »Ähm, nur zu, hallo auch.«

»In unserem Unternehmen herrscht eine recht lockere Atmosphäre«, fuhr Gabrielle fort. »Wir halten zum Beispiel nicht viel vom klassischen Vorstellungsgespräch, bei dem uns die Kandidaten an einem Tisch gegenübersitzen. Bei uns gestaltet sich das eher wie eine Gesprächsrunde.« Sie bedeutete mir, auf einem der bunt zusammengewürfelten Sitzmöbel Platz zu nehmen, die im Raum herumstanden und -lagen (darunter ein paar Schaumstoffquader und die gefürchteten Sitzsäcke), und bemerkte bei dieser Gelegenheit das unanständige Graffito an der Wand.

»Himmelherrgott, was ist das?«, stieß sie empört hervor.

»Das war schon da, als ich reinkam«, sagte ich hastig. »Ich habe damit nichts zu tun.«

Sie musterte mich etwas konsterniert. »Das hatte ich auch nicht angenommen«, sagte sie. »Ich meine, warum sollten Sie …? Na, wie auch immer. Tony, eruieren Sie, wer gestern zuletzt im Konferenzraum war, und sprechen Sie ein ernstes Wort mit dem Betreffenden, ja? So etwas ist total inakzeptabel. So, fangen wir an.«

Ich schnappte mir sogleich einen der quadratischen Hocker, weil ich es in meiner knackengen neuen Hose definitiv nicht geschafft hätte, würdevoll von einem Sitzsack hochzukommen. Leider bedeutete das, dass mein potenzieller Chef einen der Sitzsäcke nehmen musste. Er wirkte wenig begeistert und brummte etwas, das verdächtig nach »Ach, Scheiße« klang, während er sich vorsichtig darauf niederließ. Ich fürchte, damit habe ich keinen guten ersten Eindruck bei ihm hinterlassen.

Der Rest des Gesprächs war dann ganz okay, glaube ich. Ed erkundigte sich nach meinen Fähigkeiten und meiner Berufserfahrung und quittierte meine Antworten, an denen es meiner Meinung nach nichts auszusetzen gab, jeweils mit einem Grunzen und Stirnrunzeln. Womöglich war er ja bereits zu dem Schluss gekommen, dass er mich unsympathisch fand, weil ich ihm nicht meinen Hocker überlassen hatte.

Gabrielle stellte mir die üblichen Personaler-Fragen, bei denen ich nie weiß, ob ich meine Antworten eher langweilig und unkreativ halten soll, um möglichst normal zu wirken, oder lieber originell und außergewöhnlich, um mich von den anderen Kandidaten abzuheben. Tony und Gail sagten nicht viel, sondern machten sich in erster Linie Notizen. Ich nehme mal an, sie waren für die psychologische Beurteilung zuständig.

Niemand fragte, welche Art Baum ich gerne wäre. Meine Wahl war auf die Weißbirke gefallen, zum einen wegen der glänzenden Rinde und weil sie andere Bäume oft überragt, zum anderen, weil Birken so nützlich und vielseitig einsetzbar sind.

Einmal war ich kurz abgelenkt, als mir Ed eine komplexe Frage stellte, weil mich ein Toastbrot-Krümel piekste, den ich im BH hatte. Ich wagte es nicht, etwas dagegen zu unternehmen; wenn ich mich unauffällig schüttelte oder wand, interpretierten Tony und Gail das womöglich als nervöse Zuckungen.

Na ja, ich werde ja zu gegebener Zeit erfahren, wie ich mich geschlagen habe. Es hätte besser laufen können, aber es war auch kein totaler Reinfall, wie beispielsweise bei einer meiner ehemaligen Kommilitoninnen, die während eines Vorstellungsgesprächs mal versehentlich den Schreibtisch der Personalchefin in Brand gesteckt hat. Ich hege ja nach wie vor den Verdacht, dass die Pimmelzeichnung eine Art Test war, bei dem ich ziemlich sicher durchgefallen bin.

Samstag, 10. September

Heute traf ich mich mit Hannah und Sam zur mittlerweile traditionellen Erste-Schulwoche-Besprechung.

Simon erweckte den Anschein, als hätte er kinderbetreuungstechnisch alles im Griff, und er ärgerte mich auch nicht, indem er mir bescheuerte Fragen stellte, während ich mich umzog, also benahm ich mich meinerseits ebenfalls wie eine gute, liebende Ehefrau und sah davon ab, Peter und Jane allerlei Haribo-Süßkram zu verabreichen und ihn dann mit den beiden Zuckerzombies alleinzulassen (Jep, wenn man so lange verheiratet ist wie Simon und ich, kommt es vor, dass man, um sich für erlittenes Unrecht zu rächen, zu so unlauteren Mitteln greift.).

Meine heitere Gelassenheit verpuffte allerdings jäh, als ich ins Wohnzimmer ging, um mich von Mann und Kindern zu verabschieden, und Simon und meine Tochter über Janes Handy gebeugt vorfand.

»Na, was treibt ihr zwei denn da?«, sagte ich lächelnd und gab ihnen beiden einen Kuss.

»Ach, nichts«, sagte Jane hastig. »Und du musst jetzt dringend los, Mami, sonst kommst du noch zu spät.«

Damit erregte sie unweigerlich meinen Argwohn. Normalerweise interessiert es Jane nämlich nicht die Bohne, ob ich zu spät komme oder nicht. Im Gegenteil, sie gibt sich meist große Mühe, meinen Aufbruch möglichst lange hinauszuzögern. Ihre Lieblingsstrategie besteht darin, mir im allerletzten Moment, wenn ich bereits im Mantel an der Tür stehe, eine unglaublich wichtige Geschichte zu erzählen.

»Simon, was machst du da?«, fragte ich streng.

»Ich richte einen Instagram-Account für Jane ein, Liebes. Sie sagte, du hättest es ihr erlaubt, aber noch keine Zeit gehabt. Man braucht dafür eine Mail-Adresse. Ich nehme einfach meine.«

»JANE! DU VERLOGENES FRÜCHTCHEN!«, rief ich. »Wie oft muss ich dir noch sagen, dass du noch keinen Instagram-Account haben darfst, WEIL DU NOCH NICHT DREIZEHN BIST? Und wie kannst du es WAGEN, deinen Vater zu belügen?«

Sie musterte mich mit rebellischer Miene und beschwerte sich, ich würde ihr Leben ruinieren. »Das ist SO UNFAIR! ALLE MÄDCHEN IN MEINER KLASSE haben einen Instagram-Account! Und außerdem hat DADDY es mir ERLAUBT! Nur du bist immer so gemein zu mir!«

»SIMON!«, brüllte ich. »Warum zum Teufel hast du dich von ihr einwickeln lassen?«

»HAB ICH GAR NICHT!«, polterte er indigniert. »Ich habe lediglich gesagt, dass für mich nichts dagegen spricht, da du es ihr erlaubt hast.«

»ICH HABE IMMER GESAGT, SIE KRIEGT IHREN ACCOUNT, WENN SIE DREIZEHN IST!«, tobte ich. »Ich bin echt sauer auf dich, Jane! Wir haben das doch bis zum Abwinken besprochen! Ich weiß echt nicht, was mich wütender macht – dass du dich einfach so über meinen Willen hinwegsetzen wolltest oder dass du auch noch deinen Vater angelogen hast.« Ich sah zu Simon. »Findest du nicht auch, dass Janes Benehmen total daneben ist?«

»Ähm, zugegeben, ideal ist es nicht ...«, stotterte er.

»Herrgott noch mal, Simon! Nicht ideal? Ist das alles, was dir dazu einfällt?«

»Na ja, es war im Grunde ein Missverständnis, oder? Davon geht die Welt nicht unter. Da muss man doch nicht gleich derart überreagieren.«

Ich holte tief Luft und knurrte: »Jane, würdest du bitte auf dein Zimmer gehen, während ich die Angelegenheit mit deinem Vater diskutiere?«

Jane trollte sich, wenn auch nur sehr gemächlich und nicht ohne ihr »Das ist alles so unfair!«-Mantra zum Besten zu geben. Ich atmete noch ein paar Mal tief durch, während sie sich vom Acker machte, aber es gelang mir nicht, ruhig zu bleiben. »Das war definitiv kein Missverständnis, Simon! Jane hat ganz bewusst versucht, uns zu manipulieren. Sie weiß haargenau, dass sie noch keinen Instagram-Account haben darf, aber sie hat darauf spekuliert, dass du dich leichter rumkriegen lässt, und extra abgewartet, bis ich mal einen Abend außer Haus verbringe. Und WARUM zum Teufel kannst du mir nicht EIN Mal den Rücken stärken, wenn es um die Erziehung der Kinder geht? Warum muss andauernd ich der Bad Cop sein und rumschreien und den Kindern alles Mögliche verbieten, während du dich weigerst, irgendetwas von alledem ernst zu nehmen? IMMER SCHIEBST DU MIR DEN SCHWARZEN PETER ZU! Das ist TOTAL UNFAIR!«

»Ist dir eigentlich klar, dass du selbst gerade klingst wie eine aufmüpfige Elfjährige mit deinem ›*Das ist TOTAL UNFAIR*‹?«, bemerkte Simon in jenem blasiert-rationalen Tonfall, den er immer draufhat, wenn er findet, dass ich überreagiere.

»Es IST nun mal nicht fair!«, heulte ich auf. »Du bestrafst sie nie! Das überlässt du schön mir, damit sie mich, wenn sie mal erwachsen sind und ihre Memoiren schreiben, als Rabenmutter à la Joan Crawford beschreiben können und dich als eine Art Heiligen. Ich wette, Joan Crawford war gar keine so schlechte Mutter, sie hatte bloß einen Mann, der ihr nie den Rücken gestärkt hat!«

»Also, was man so hört, war Joan Crawford eine *ziemlich* schlechte Mutter«, widersprach Simon.

»Lenk nicht vom Thema ab!«, fauchte ich.

»Ich stärke dir sehr wohl den Rücken, Ellen. Vorige Woche zum Beispiel, als Peter Fernseh- und Computerverbot hatte …«

»Jaaa, genau, da hast du mir voll den Rücken gestärkt, einmal abgesehen von dem Abend, an dem du ihm erlaubt hast, *Guardians of the Galaxy* runterzuladen, während ich einkaufen war. Und außerdem hast du ihn *Fortnite* spielen lassen!«, konterte ich mit einem hohlen Lachen, das mir halb in der Kehle stecken blieb.

»Nun reg dich doch nicht so auf, verdammt noch mal! Ich stärke dir sehr wohl den Rücken, aber deine Reaktion ist oft einfach total überzogen. Ich schätze, es liegt an den Hormonen. Entweder kriegst du bald deine Tage, oder du kommst allmählich in die Wechseljahre.«

»Das hat nicht das Geringste mit irgendwelchen Hormonen zu tun«, zischte ich. »Und es nervt echt tierisch, dass du mir jedes Mal, wenn ich irgendeine Art von Gefühlsregung zeige, unterstellst, ich wäre ein ... *Beachvolleyball*, der auf einer unkontrollierbaren Hormonwelle davongeschwemmt wird.«

Simon schnaubte belustigt. »Was für ein Bild!«, gluckste er und tippte ein bisschen auf seinem Handy rum. »Und im Übrigen steht die Erdbeerwoche laut meiner Zyklus-App unmittelbar bevor.«

»MEIN ZYKLUS HAT ÜBERHAUPT NICHTS MIT DER TATSACHE ZU TUN, DASS DU SO EIN PRÄPOTENTER ARSCH BIST! UND DIESE APP IST TOTAL CREEPY, UND SIE ZEUGT VON MANGELNDEM RESPEKT VOR MEINER INTIMSPHÄRE!«, brüllte ich.

Simon seufzte. »Ganz im Gegenteil, Süße. Diese App ist sehr hilfreich, denn sie verrät mir, wann es Zeit wird, meine schusssichere Weste hervorzukramen.«

»Ich gehe jetzt. Ich komme ohnehin schon zu spät«, sagte ich unter Aufbringung eines letzten Rests von Würde. »Wir diskutieren das morgen weiter, und ich möchte dich inständig bitten, in der Zwischenzeit keinen Instagram-Account für Jane anzulegen. Ich hoffe, das ist nicht zu viel verlangt.«

Damit machte ich mich auf den Weg, nicht ohne einen vorherigen Abstecher ins Bad, um ein paar Tampons in meine Handtasche zu pfeffern, denn ich hatte den dumpfen Verdacht, Simon könnte recht haben, was meinen Zyklus anging. Ich hasse es, wenn er recht hat.

Dementsprechend war meine Laune bei meinem Eintreffen im Pub. Hannah und Sam waren bereits da, Katie, die Vierte im Bunde, war verhindert. Ehe das Gespräch auf die neuen Lehrer und Mitschüler unserer Kinder kam, musste ich erst einmal meinem Ärger Luft machen und stellte zu meiner Erleichterung fest, dass Sam und Hannah meine Pädophilie-

und Sexting-Bedenken bezüglich Instagram teilten. Simon hatte wenig hilfreich argumentiert, mit den entsprechenden Datenschutzeinstellungen und etwas elterlicher Kontrolle könne man derlei einen Riegel vorschieben.

Danach berichtete ich noch von meinem Bewerbungsgespräch, doch mir entging nicht, dass Hannah etwas abwesend wirkte, während ich von Millennials in Hochwasserhosen, Pappbechern und dem Kindergartenmobiliar im Konferenzraum berichtete. Sie gab zwar dann und wann ein mitfühlendes »Mhm« von sich, rutschte ansonsten aber auf ihrem Stuhl herum wie ein Kleinkind, das erst kürzlich gelernt hat, aufs Töpfchen zu gehen, und dringend pinkeln muss.

»Sag mal, ist alles okay, Hannah?«, erkundigte ich mich schließlich. »Du bist so zappelig. Hast du etwa eine Blasenentzündung?«

»Eine Blasenentzündung? Wie kommst du denn darauf?«, fragte sie. »Mein Rumgezappel ist darauf zurückzuführen, dass ich euch gern etwas erzählen würde, aber ich darf nicht.«

»Na, jetzt *musst* du es uns erzählen«, sagte Sam entrüstet. »Du kannst uns doch nicht so auf die Folter spannen!«

Ich schnappte nach Luft. »Ach, du Schande! Du hast einen Braten in der Röhre, stimmt's? Oh, Gott, du bist doch schon zweiundvierzig! Du wirst in einer dieser Spezialabteilungen für Risikoschwangerschaften entbinden müssen – aber das ist immer noch besser als die Abteilung für Geschlechtskrankheiten. Da soll es ja vor Rentnern nur so wimmeln. Angeblich treiben sie es wie die Karnickel, und zwar ungeschützt, weil das Thema Verhütung für sie nicht mehr relevant ist …«

»Vielen Dank für diese hilfreichen Einsichten, Ellen«, sagte Hannah trocken. »Also, erstens gelten *alle* schwangeren Frauen über fünfunddreißig als Spätgebärende, und davon gibt es eine ganze Menge, und nicht bei jeder davon liegt eine Risikoschwangerschaft vor. Im Übrigen wäre es weiß Gott kein medizinisches Wunder, wenn ich schwanger *wäre*, was ich nicht bin, weil ich, wie du vielleicht bereits bemerkt hast, schon eine halbe Flasche Cabernet Sauvignon intus habe. Und ich würde doch wohl kaum Alkohol konsumieren, wenn ich schwanger wäre, oder, Miss Marple?«

»Vermutlich nicht«, gab ich widerstrebend zu. »Was ist es dann?«

»Sollen wir raten?«, rief Sam aufgekratzt. »Los, Ellen, lass uns raten. Wir können ein kleines Trinkspiel daraus machen. Für jeden falschen Tipp müssen wir einen Shot kippen.«

Ich winkte ab. »Ach, Hannah soll es uns einfach erzählen. Oder zumindest mir – schließlich bin ich ihre beste Freundin, und als wir elf waren, haben wir einander versprochen, uns *alles* zu erzählen.«

Sam schnaubte. »Aber ich bin ihr bester *schwuler* Freund, und den Gesetzen gängiger Klischees zufolge bedeutet das, dass sie *mir* alles erzählt.«

»Aber den Gesetzen gängiger Klischees zufolge müsstet ihr dann gemeinsam Schuhe shoppen gehen und Cosmopolitans trinken«, konterte ich. »Und du hasst Schuhgeschäfte, und von Cosmopolitans bekommst du Sodbrennen!«

»Schluss jetzt, sonst kriegt ihr beide Sprechverbot!«, rief Hannah entnervt. »Wollt ihr überhaupt wissen, was ich euch zu erzählen habe?«

»Jetzt hab ich's! Du hast Millionen und Abermillionen im Lotto gewonnen!«, tönte ich.

»Halt den Schnabel, Ellen! Ich bin weder schwanger, noch hab ich im Lotto gewonnen, Charlie hat mir einen Antrag gemacht! Es ist noch nicht offiziell, weil es unsere Eltern noch nicht wissen, aber ich konnte es nicht länger für mich behalten. Wartet, ihr müsst euch meinen Ring ansehen!« Sie kramte eine elegante lederne Schmuckschatulle aus der Handtasche.

»Du meine Güte! Du wirst heiraten! Du wirst Charlies Frau! Das ist ja wie im Märchen!« Ich blinzelte eine Träne weg. Meine allerallerbeste Freundin auf der ganzen Welt heiratet, zum zweiten Mal, und zwar diesmal einen richtig netten Mann und nicht wieder einen solchen Arsch mit Ohren, wie es ihr erster Ehemann war, der sie vor drei Jahren unerwartet verlassen hat.

»Ach, Süße, das ist ja superduper!«, rief Sam, dessen Augen ebenfalls verdächtig glänzten. »Ach, Mist, das wollte ich mir ja wieder abgewöhnen. Sophie meinte, der Ausruf ›superduper‹ sei total daneben, da müsste sie sich für mich schämen.«

»Wow, was für ein Klunker!«, quietschte ich. »Los, zieh ihn an! Hach, der ist ja der Hammer! Einfach traumhaft. Und wie der Stein glitzert und funkelt! Darf ich dir bei der Planung der Hochzeit zur Hand gehen? Bitte sag ja! Was ist mit dem Kleid? Wann wollt ihr denn eigentlich heiraten? Also, ich bin ja sehr für eine Hochzeit im Shabby Chic, in einer Scheune, mit Heuballen und Wildblumen in alten Flaschen, und unter dem Hochzeitskleid trägst du Gummistiefel!«

»Ellen, ist dir schon mal der Gedanke gekommen, dass du ein bisschen zu viel Zeit auf Pinterest verbringst?«, fragte Sam.

»Zu viel Zeit auf Pinterest? Nein, so was ist gar nicht möglich. Und außerdem habe ich Hannah und Charlie zusammengebracht. Da ist es doch das Mindeste, dass ich ihr *Wedding Planner extraordinaire* bin. Und Ehrengast. Hach, was für superkalifragilistische Neuigkeiten! Ich freue mich riesig, dass du heiraten wirst, Hannah! Jetzt kann ich mir endlich einen schicken Hut zulegen!«

»Also, ehrlich gesagt ist es eher das Mindeste, dass du Hannah und Charlie zusammengebracht hast, schließlich haben sich die beiden nur deinetwegen mit zwei absoluten Scheusalen eingelassen, nachdem du Charlie an der Uni das Herz gebrochen und außerdem dafür gesorgt hast, dass die arme Hannah jahrelang unglücklich in ihn verliebt war«, bemerkte Sam reichlich ungnädig, wie ich fand.

Ähem. Das stimmt allerdings. Hannah, Charlie und ich kennen uns schon eine halbe Ewigkeit, und man könnte mir durchaus zur Last legen, dass ich Charlie falsche Hoffnungen gemacht und dann Simon den Vorzug gegeben habe. Wäre ich ein etwas besserer Mensch, dann hätte ich die beiden vielleicht schon vor zwanzig Jahren verkuppelt, aber das habe ich nachgeholt, als ich Charlie vor ein paar Jahren zufällig wieder begegnet bin. Und genau deshalb gebühren mir meiner Meinung nach nicht nur die Lorbeeren, sondern auch die Ehre, auf ihrer Hochzeit den spektakulärsten Hut zu tragen.

»Wir reden gerade von Hüten, Sam, nicht von vergangenen Verfehlungen«, sagte ich würdevoll, und dann versuchte ich erneut, Hannah meine Vision von ihrer elegant-rustikalen Pinterest-würdigen Hochzeit darzulegen.

»Ich will aber nicht in einer Scheune heiraten und Gummistiefel zum Hochzeitskleid tragen«, protestierte Hannah.

»Und überhaupt haben wir noch gar kein Datum ins Auge gefasst, also leg gefällig das Handy weg, Ellen!«

»Ich wollte mich doch nur mal ein bisschen *umsehen*«, erklärte ich ungehalten. »Es schadet nicht, schon mal Ideen zu sammeln. Hach, ich seh uns schon gemeinsam durch schicke Brautmodengeschäfte ziehen und kostenlosen Sekt trinken, bis wir kaum noch geradeauslaufen können. Diesmal nimmst du aber keines dieser grauenhaften Tüll-und-Taft-Dinger, sondern ein elegantes, geschmackvolles Kleid, ja? Darf ich deine Brautjungfer sein? Dürfen Brautjungfern einen Hut tragen? Und Emily, Sophie und Jane könnten als Blumenmädchen fungieren.«

»Wir heiraten beide zum zweiten Mal, Ellen, und außerdem bin ich zweiundvierzig und kein Mitglied der königlichen Familie! Es wird keine Brautjungfern geben, schon gar nicht zwei Dutzend Blumenmädchen.«

»Aber schön wäre es schon«, brummte ich missmutig.

»Die Märchenhochzeit hatte ich bereits, Ellen. Und ich hatte damals keinerlei Entscheidungsbefugnisse, weil meine Mutter alles organisiert hat, und was *sie* nicht organisiert hat, das hat meine Exschwiegermutter organisiert, die ja nichts unversucht ließ, um dafür zu sorgen, dass es bei unserer Hochzeit nur um sie ging. Du erinnerst dich bestimmt noch, dass die alte Schachtel ein Kleid trug, das verdächtig an ein Brautkleid erinnerte, und dann hat sie auch noch behauptet, es sei eine »Familientradition«, dass sie als Erste mit *meinem* Ehemann tanzt. Diesmal soll es nur um Charlie und mich gehen. Und da du meine beste Freundin bist, will ich natürlich, dass du mir bei der Planung hilfst und dich in die Gestaltung der Feierlichkeiten einbringst, aber übertreib es nicht, okay?«

»Darf ich es dann zumindest hutmäßig übertreiben?«, fragte ich.

»Was deinen verdammten Hut angeht, kannst du machen, was du willst«, knurrte sie.

Montag, 12. September

Heute habe ich Geburtstag. Ich bin jetzt – deprimierend, aber wahr – zweiundvierzig Jahre alt, und zu allem Überfluss ist auch noch Montag. Es gibt wohl nichts Schlimmeres, als an einem Montag Geburtstag zu haben. So was sollte eigentlich gesetzlich verboten werden. Mein zweiundvierzigster Geburtstag gestaltete sich nicht halb so spektakulär wie mein vierzigster, vor dem mir damals monatelang gegraut hatte. Ich war überzeugt gewesen, dass ich von diesem Tag an unaufhaltsam in Schrulligkeit und Omahaftigkeit abrutschen würde, dass damit die Ära der schlaffen, faltigen Haut und der Vergesslichkeit beginnen würde (In letzter Zeit passiert es mir tatsächlich immer öfter, dass ich, wenn ich einen Raum betrete, nicht mehr weiß, was ich dort wollte.). Doch dann hatte mir Simon ein himmlisch romantisches Wochenende in Paris beschert. Wir spazierten Hand in Hand am Ufer der Seine entlang, und Simon beschwerte sich wie üblich über meinen für ihn nicht nachvollziehbaren Drang, alte Postkarten zu kaufen. Wir nahmen entgeistert zur Kenntnis, wie lang die Schlangen vor dem Eiffelturm waren, und aus dem Louvre musste mich Simon hastig hinausbugsieren, weil es da drin so *heiß* war und mich die vielen *Leute* nervten. Ich hatte Anstoß an der Menschentraube genommen, die sich vor der *Mona Lisa* versammelt hatte, und deutlich hörbar kundgetan, ich sei kein bisschen beeindruckt von diesem winzigen, schäbigen Bild und könne gar nicht nachvollziehen, warum alle so einen Zirkus deswegen machten (woran wiederum einige der Touristen Anstoß nahmen, die von weither angereist waren, um sich einen Traum zu erfüllen und die *Mona Lisa* zu sehen). Um vor besagten Menschenmassen zu flüchten, war es überdies nötig, immer wieder eines der hübschen kleinen Cafés zu frequentieren, zwecks Wiederherstellung meines seelischen Gleichgewichts mittels *Vin rouge* aus einem *Pichet*, sprich, ich war das ganze Wochenende über aufs angenehmste angeschickert.

Abends bestand ich darauf, in einen Jazzclub in Montmartre zu gehen, weil ich einen auf cool und kultiviert machen wollte, wie es sich gehört, wenn man in Paris ist. Simon hatte zu bedenken gegeben, dass mir die Musik nicht gefallen würde, und in der Tat brummelte ich schon nach zehn Minuten, ich könne in diesem *Krach* gar keine richtige *Melodie* ausmachen. Simon grinste süffisant und tat, als fände er die Musik ganz fabelhaft. Er bezeichnete mich als Banausin und wollte erst gehen, nachdem wir unsere Gläser geleert hatten. Ich hatte nämlich einen Campari Soda bestellt, in der Hoffnung, er würde mich mondän wirken lassen (und auch wegen der hübschen rosa Farbe), daher dauerte es eine ganze Weile, bis ich mir das bittere Zeug hinter die Binde gekippt hatte. Wer hätte gedacht, dass Campari Soda wie ein besonders ekliger Hustensaft schmeckt? Und da wir uns in einem total teuren Jazzclub befanden, kostete er sage und schreibe fünfzehn Euro, deshalb würgte ich ihn trotzdem hinunter, zumal Simon gedroht hatte, mir anderenfalls keinen weiteren Drink auszugeben. Manchmal kann er ganz schön gemein sein.

Na, jedenfalls bin ich jetzt zweiundvierzig und kann mich bald mit Fug und Recht als Mittvierzigerin bezeichnen. Püh. Meinen zweiundvierzigsten Geburtstag verbrachte ich damit, Staub zu saugen, Wäsche zu waschen und die Kinder anzubrüllen, sie sollten einander gefälligst nicht ansehen, geschweige denn ansprechen, da sie ganz offensichtlich nicht in der Lage waren, miteinander zu reden, ohne sich gegenseitig aufzuziehen. Das Abendessen bestand aus nichtssagenden Gerichten, die ich bestellt hatte, weil ich mich weigerte, an meinem Geburtstag zu kochen, und weil Simon keine Lust hatte, auszugehen, da er tags darauf wegen eines Meetings sehr früh ins Büro musste. »Außerdem ist heute Montag, Schatz, und es ist ja nicht so, als wäre es ein *besonderer* Geburtstag, nicht?«, hatte er gesagt.

Ja, klar. Es ist ja bloß *mein* Geburtstag, folglich ist es kein *besonderer* Geburtstag. Alle anderen Familienmitglieder feiern *jedes* Jahr einen besonderen Geburtstag, weil ich nämlich dafür sorge, dass es ein besonderer Tag wird, aber es kommt ja keiner auf die Idee, dasselbe für mich zu tun, verdammt noch mal!

Dienstag, 13. September

Ich weiß zwar noch immer nicht, was der an die Wand gemalte Pimmel bei meinem Vorstellungsgespräch zu bedeuten hatte, aber ich habe den Test bestanden (Oder die Reaktionen der anderen Kandidaten waren noch grotesker – vielleicht haben sie ja Sperma und Schamhaare dazugemalt?). Na, egal, das Wichtigste ist, dass ich IN DIE NÄCHSTE RUNDE gekommen bin. Am Montag findet ein zweites Gespräch statt, und zwar mit dem Leiter der Entwicklungsabteilung, der zurzeit in Kalifornien ist, deshalb ist es ein Telefoninterview. *Oh, Gott, eine Videokonferenz*, dachte ich im ersten Moment und sah mich schon panisch durchs Haus tigern auf der Suche nach einer einigermaßen präsentablen Ecke. Doch man erklärte mir, es sei eine ganz normale Telefonkonferenz geplant, und zwar mit dem superwichtigen Oberboss in den USA und dem griesgrämigen Ed. Yippie! Ich muss mich nicht mal schminken und kann bei Bedarf sogar während des Gesprächs Krümel aus meinem BH fischen! Nachträglich alles Gute zum Geburtstag, Ellen! Meiner Familie mag ich egal sein, aber zumindest ist das Universum auf meiner Seite.

Mittwoch, 14. September

Ach, Rattenarsch und Nilpferdschwanz und drei Mal brauner Haufen! Heute war der »Kennenlernabend« in der Schule, und wie jeder weiß, haben da alle Eltern zu erscheinen, selbst wenn ihr Kind schon seit drei Jahren dieselbe Lehrerin hat. Ehrlich gesagt lernt man dabei die Lehrer auch gar nicht richtig kennen. Man hockt bloß auf einem winzigen Stühlchen und sieht sich eine PowerPoint-Präsentation an, in der der Lehrplan vorgestellt wird, der erfahrungsgemäß nicht das Geringste mit dem im Laufe des anstehenden Jahres tatsächlich zu vermittelnden Lehrstoff zu tun hat. Wie dem auch sei, der Abend ist ein Pflichttermin, und wer da durch Abwesenheit glänzt, ist fürderhin sowohl bei den Lehrern, die man nicht »kennengelernt« hat, als auch bei den anderen Eltern untendurch. Nur die wenigsten Eltern sind so verrückt, einen Babysitter zu bezahlen, damit sie beide teilnehmen können, aber natürlich gibt es immer ein extrem selbstgefälliges, enthusiastisches Ehepaar, das gemeinsam auftaucht und die Veranstaltung unnötig in die Länge zieht, indem es sich erkundigt, wie die zuständige Lehrperson in irgendwelchen komplett hypothetischen Situationen zu reagieren gedenke, während alle anderen versuchen, nicht die Augen zu verdrehen oder sich entnervt die Haare zu raufen, weil sie endlich nach Hause fahren und sich einen schönen großen Gin Tonic genehmigen wollen.

Aus purer Nettigkeit bot ich Katie an, sie mitzunehmen, damit sie nicht allein hingehen musste. Ein schwerer Fehler, wie sich herausstellte, denn Katie ist zwar echt nett und außerdem wie bereits erwähnt eine Art Schwester im Geiste, und ich bin sehr froh, dass sie gleich gegenüber wohnt, aber sie hat auch ein viel größeres Herz als ich und ist überdies noch recht naiv und unbeleckt in Sachen Schulhofpolitik.

Nur so kann ich mir erklären, warum sie, als wir gemeinsam das Foyer der Schule durchquerten, nicht einfach mit einer fadenscheinigen Ausrede weiterging und möglichst jeglichen Blickkontakt mit Fiona Montague und der perfekten Mami der perfekten Lucy Atkinson mied, die dort standen und bedrohlich ihre Klemmbretter schwangen in dem Versuch, Mitglieder für den Förderverein der Schule anzuwerben. Stattdessen blieb sie stehen und verkündete, sie würde furchtbar gern mehr über diesen Verein erfahren.

»Das klingt ja alles ganz toll!«, sagte sie schließlich. »Ich meine, wer würde sich nicht an Spendensammelaktionen für die Schule beteiligen wollen? Das ist doch bestimmt auch eine gute Möglichkeit, andere Eltern kennenzulernen.«

»Oh, ja«, bestätigten Lucys Mami und Fiona mit einem

breiten Lächeln. »Dafür ist es wirklich ideal. Vor allem für die Eltern von Schulanfängern gibt es nichts Besseres!«

»Was ist mit dir, Ellen?«, fragte Katie. »Du trittst doch auch bei, oder? Ich brauche doch jemanden, der mir mit Rat und Tat zur Seite steht, damit ich mich nicht blamiere. Ich habe leider keine Ahnung von der Materie, aber du bist inzwischen ja schon ein alter Hase.«

»Na ja, ich … ähm«, stotterte ich in meiner Panik. »Also, ehrlich gesagt …«

»Was hast du denn, Ellen? Willst du nicht auch mithelfen, Geld für die Schule zu sammeln?«, fragte Katie mit großen Augen.

»Selbstverständlich will ich das«, entgegnete ich entnervt. »Ich stehe auch bereits auf der Liste der freiwilligen Helfer für konkrete Events. Ich bin bloß kein Vereinsmensch, das ist alles.«

»Ach, da ist doch nichts dabei«, winkte Lucys Mami ab.

»Und der Zeitaufwand ist absolut vernachlässigbar«, fügte Fiona hinzu.

»Denk an die Kinder!«, flehte Katie.

Und so ließ ich mich, nachdem ich mich sieben Jahre lang erfolgreich davor gedrückt hatte, dem Förderverein beizutreten, breitschlagen, zur nächsten Jahreshauptversammlung zu kommen. Ich erklärte mich sogar bereit, eventuell einen Posten im Vorstand zu übernehmen, solange es nicht der des Schatzmeisters war, bei dem die Gefahr bestand, dass ich versehentlich Geld veruntreute und hinter Gitter wanderte, während die *Daily Mail* einen Artikel darüber veröffentlichte, garniert mit ein paar Fotos, auf denen meine Kinder mit bekümmerter Miene in die Kamera guckten.

Simon schüttete sich förmlich aus vor Lachen, als ich ihm später davon erzählte, und erinnerte mich daran, wie groß damals, als Jane in die erste Klasse kam, meine Angst gewesen war, jemand könnte mich zwingen, dem Förderverein beizutreten. Die Angelegenheit hatte mir sogar mehrfach Alpträume beschert, in denen ich in einer Zusammenkunft des Fördervereins saß und plötzlich feststellte, dass ich splitterfasernackt war.

Manchmal würde ich mir von meinem Ehemann ein bisschen mehr Unterstützung wünschen.

Montag, 19. September

Aaaargh! Heute findet mein zweites Vorstellungsgespräch statt, das Telefoninterview, und wie es der Teufel will, ist Simon natürlich genau jetzt krank. Und zwar so richtig. Ich rede nicht von ein bisschen Schnupfen, Husten oder einer Erkältung. Sein Leben hängt quasi an einem seidenen Faden. Er sitzt in seinem ältesten, hässlichsten Fleece-Pulli auf dem Sofa und googelt schon seit Stunden seine Symptome, wobei er über immer noch tödlichere Krankheiten stolpert und sich alle fünf Minuten halblaut fragt, ob er nun den ärztlichen Notdienst anrufen oder gleich einen Krankenwagen bestellen soll. Dazwischen hört man ihn ächzen und stöhnen und kraftlos husten.

»Du hast eine Männergrippe«, sagte ich mitleidlos.

Simon stöhnte erbarmungswürdig. »Es könnte das Zika-Virus sein«, wimmert er.

»Wie denn, bitte schön? Das Zika-Virus gibt es bei uns gar nicht«, erwiderte ich brüsk.

»Ich war doch vorige Woche in London, und in der U-Bahn hat eine Frau ganz schrecklich gehustet. Vielleicht hat sie mich angesteckt.«

»Das ist unmöglich, Schatz, denn das Zika-Virus verbreitet sich nicht über die Atemluft, sondern wird von speziellen Stechmücken übertragen, und überhaupt ist Zika nur für schwangere Frauen gefährlich, und soweit ich weiß, bist du *weder eine Frau noch schwanger*! Du hast bloß eine *stinknormale Erkältung* und simulierst mal wieder, was das Zeug hält.«

»Ich habe garantiert Fieber«, krächzte Simon und tippte weiter auf seinem Laptop herum. »Könntest du mir bitte das Fieberthermometer bringen? Vielleicht habe ich ja Ebola. Die Symptome passen: Fieber, Kopf-, Gelenk- und Muskelschmerzen, rauer Hals und extreme Muskelschwäche. Oh, Gott, ich habe Ebola. Ich werde sterben. Ist dir das denn total egal? Warum zeigst du nicht ein bisschen Mitgefühl? Bitte bring mir das Fieberthermometer.«

»Glaubst du ernsthaft, ich würde mich in deine Nähe wagen, wenn du Ebola hättest?«, fragte ich. »Was du hast, ist ein akuter Anfall von Hypochondrie, das ist alles.«

»Meine Nase ist schon ganz wund«, schniefte Simon. »Warum haben wir keine dieser speziellen Balsam-Taschentücher im Haus?«

»Weil die doppelt so teuer sind wie normale Taschentücher.« »Wie kannst du nur so gefühllos sein?«, greinte er.

»Du bist erkältet, mehr nicht. Stell dich verdammt noch mal nicht so an!«

»Aber ich fühl mich so krank! Das ist bestimmt mehr als eine harmlose Erkältung. Bitte bring mir das Fieberthermometer.«

»Du weißt schon, dass die verlässlichste Methode des Fiebermessens die rektale ist?«, fragte ich mit einem diabolischen Grinsen.

»Was? Nein! Wag es ja nicht, es mir in den Hintern zu schieben! Klemm es mir einfach unter den Arm oder so.«

»Das gibt aber nur ein sehr ungenaues Ergebnis.«

»Ich will doch bloß ein bisschen Liebe und Mitleid von meiner Frau. Ist das zu viel verlangt? Statt mich zu umsorgen, drohst du damit, mich mit dem Fieberthermometer zu vergewaltigen! Warum bist du so gemein?«

»Ich habe durchaus Mitleid mit dir. Ich hab dir vorhin eine Tasse Tee gemacht, als ich mit den Kindern nach Hause kam. Und ich habe mich nicht über das Chaos beschwert, das du in der Küche hinterlassen hast, während ich weg war, obwohl du angeblich zu krank bist, um vom Sofa aufzustehen.«

»Ich muss doch bei Kräften bleiben«, flüsterte Simon matt.

»Nun gut, da du dich hinlänglich gestärkt hast, wirst du jetzt die Kinder beaufsichtigen und dafür sorgen, dass sie still sind. Ich habe nämlich um halb sechs mein telefonisches Bewerbungsgespräch. Meinst du, du schaffst das?«

»Wer hat denn um diese Zeit ein telefonisches Bewerbungsgespräch?«, schnaubte Simon.

»Einer meiner künftigen Arbeitgeber sitzt in Amerika.«

»Und?«

»Na ja, die *Zeitverschiebung*? Ich werde den Anruf oben entgegennehmen, und du wirst mir die Kinder vom Hals halten, damit ich mich konzentrieren kann, ja? Bitte, Simon, es ist wichtig!«

»Aber mir geht es so *dreckig*«, stöhnte er. »Kannst du ihnen nicht einfach sagen, sie sollen beim Spielen leise sein?«

»Nein! Peter und Jane haben sehr feine Antennen und müssen beaufsichtigt werden, sonst machen sie einen Riesenradau. Du weißt doch, was passiert ist, als ich vor zwei Jahren mal von zu Hause ein berufliches Telefonat führen musste – am Ende saßen wir in der Notaufnahme, weil sich Peter eine Erbse in die Nase gesteckt hatte.«

Simon musterte mich entgeistert. »Echt jetzt?«

Ich seufzte. »Kein Wunder, dass du dich nicht daran erinnerst, du warst nicht da. Du warst mal wieder auf Geschäftsreise, und ich musste hier wie üblich alles alleine schaukeln. Und genau deshalb wäre es schön, wenn du mir jetzt zur Abwechslung mal helfen und die Kinder beaufsichtigen würdest.«

»Wie gesagt, ich bin gesundheitlich schwer angeschlagen«, lamentierte Simon. »Wie kannst du da von mir verlangen, dass ich mich um die Kinder kümmere? Meine Mutter hätte von meinem Vater nie erwartet, dass er auf uns aufpasst.«

»Was zum Teufel haben deine Eltern mit dieser Angelegenheit zu tun?«, fauchte ich. »Du bist nicht dein Vater, und ich bin nicht deine Mutter, und wir leben im 21. Jahrhundert, also stell dich nicht so an und KÜMMERE DICH UM DEINE KINDER. Ich gehe jetzt nach oben und bereite mich auf mein Bewerbungsgespräch vor.«

»Und was ist mit dem Abendessen?«, rief mir Simon in wehleidigem Tonfall nach. »Erwartest du etwa auch von mir, dass ich koche?«

»Ich mache uns etwas, sobald ich fertig bin«, rief ich über die Schulter. »Sorg dafür, dass Peter und Jane STILL sind!«

Anfangs lief alles wunderprächtig. Wie sich herausstellte, saß Max, der superwichtige Oberboss, in Amerika, weil er von dort stammte, und er war sehr gut gelaunt und höflich und positiv, wie man es von Amerikanern kennt. Ed sagte auch diesmal nicht viel. Sein Beitrag zum Gespräch beschränkte sich im Wesentlichen darauf, deutlich hörbar zu atmen (was mich etwas irritierte), während Max und ich plauderten. Nach etwa zwanzig Minuten vernahm ich einen Aufschrei aus dem Erdgeschoss und spürte, wie sich meine Schultern verkrampften. Gleich darauf donnernde Schritte auf der Treppe. Ich stählte mich, schäumend vor Wut, und dann hämmerte auch schon jemand an die Tür und begann zu zetern.

»Ist alles in Ordnung, Ellen?«, erkundigte sich Max freundlich. »Ich höre plötzlich so seltsame Hintergrundgeräusche.«

»Ja, alles bestens«, sagte ich leicht panisch. »Ich ... ähm ... Ich glaube, uns wurde irrtümlich ein anderes Gespräch zugeschaltet.«

»Ach, ja?«, sagte Max verwundert. »Wie kann das sein? Telefonieren Sie nicht mit Ihrem Handy? Ich wusste gar nicht, dass es dieses Phänomen überhaupt noch gibt.«

»Doch, doch, hierzulande kommt so was gar nicht mal so selten vor«, improvisierte ich. Das Geschrei draußen wurde lauter. Gott sei Dank ließ sich die Schlafzimmertür abschließen, es bestand also nicht die Gefahr, dass die kleinen Scheißer hereinplatzten. »Liegt wohl am hiesigen Telefonnetz ... Sie wissen schon, der Krieg ...«

Ed gab einen Laut von sich, der wie ein verächtliches Schnauben klang. Es hätte aber auch ein Schnarchen sein können. Womöglich war er ja eingeschlafen. Er hatte in den vergangenen fünfzehn Minuten jedenfalls kein Wort gesagt.

»Der Krieg?«, wiederholte Max. »Ähm, okay, das war mir neu. Ist ja hochinteressant.«

Ich versuchte, mich zu konzentrieren und für den Rest des Gesprächs einigermaßen ruhig und professionell zu klingen, obwohl ich mir mit meinem hirnlosen, panischen Gewäsch zweifellos alle Chancen auf den Job vertan hatte. Warum zum Henker habe ich den Krieg erwähnt, statt mich einfach für den Krach zu entschuldigen und zu erklären, dass er von meinen teuflischen Gören herrührte?

Als ich nach dem Gespräch ins Erdgeschoss stürmte, kam Simon gerade mit einem zufriedenen Gesichtsausdruck aus dem Klo.

»Was zum Teufel sollte das? Ich hatte dich doch gebeten, die Kinder eine Weile ruhigzustellen!«, belferte ich.

»Ich musste mal«, verteidigte er sich. »Mir geht es nicht gut, wie oft soll ich dir das noch sagen? Mein Körper ist total neben der Spur. Normalerweise muss ich nur morgens groß, aber wie es aussieht, hat das Ebola-Virus auch Auswirkungen auf meine Verdauung.«

»Und das konnte echt nicht warten, bis ich das Gespräch hinter mir hatte? Dir ist schon klar, dass ich gerade das möglicherweise wichtigste Telefonat meines Lebens geführt habe, während sich die Kinder vor der Schlafzimmertür ein Schreiduell wegen eines dämlichen Schlüsselanhängers geliefert haben, den Peter angeblich aus Janes Zimmer entwendet hat, womit er ihre Ehre verletzt zu haben scheint, weil sie nämlich gebrüllt hat wie am Spieß, und das, obwohl sie beide gar keinen Haustürschlüssel besitzen? Hättest du verdammt noch mal nicht einfach noch ein paar Minuten warten können?«

»Wenn man kacken muss, muss man kacken«, sagte Simon. »So, was gibt's zum Abendessen?«

»Ach, fick dich doch ins Knie«, blaffte ich ihn an.

Donnerstag, 22. September

Heute war ich auf der Jahreshauptversammlung des Fördervereins, und Sam habe ich auch gleich mitgeschleppt – wenn ich schon leiden muss, dann sollen mir wenigstens möglichst viele Leute dabei Gesellschaft leisten. Sam hatte heftigen Widerstand geleistet. Er war der Meinung, ich hätte mich von der perfekten Mami der perfekten Lucy Atkinson und Fiona Montague nicht unter Druck setzen lassen dürfen, dabei weiß doch jeder, wie schwierig es ist, sich gegen die beiden zu behaupten, vor allem, wenn sie mit ihren superwichtigen Klemmbrettern bewaffnet sind. Er versuchte zwar, sich zu drücken, indem er mich daran erinnerte, dass er alleinerziehender Vater sei und die Kinder nicht unbeaufsichtigt zu Hause lassen könne, doch darauf war ich vorbereitet: Ich hatte Simon bereits informiert, dass er nicht nur unsere beiden Engelchen hüten würde, sondern auch Sophie und Toby. Somit blieb Sam, dem Ärmsten, nichts anderes übrig, als Katie und mich zu begleiten.

Aus der Schulkantine wehte der betörende Duft von Kohl und abgestandenem Pommesfett herüber, während wir gemeinsam durch die Korridore schlurften auf dem Weg zu dem Raum, in dem Lucy Atkinsons Mami und Fiona Montague Hof hielten. Von insgesamt ungefähr siebenhundert Eltern waren gerade mal elf gekommen, was mir schlagartig ein schrecklich schlechtes Gewissen verursachte, weil ich mir bis jetzt nie die Mühe gemacht hatte, an einer dieser Zusammenkünfte teilzunehmen. Ich hatte stets angenommen, auf diesen Meetings würde es vor enthusiastischen Freiwilligen wimmeln, die einen Filofax besaßen, für ihr Leben gern organisierten und wussten, wie man eine Klebepistole verwendet. Mir war nicht klar gewesen, wie klein der Förderverein war. Das erklärte vermutlich, warum Lucys Mami und Fiona beim Anwerben neuer Mitglieder gerne mal etwas militant auftraten. Lucy Atkinsons Mami verkündete gleich zu Beginn der Versammlung, sie gedenke ihr Amt als Vorsitzende niederzulegen, und fragte, wer ihre Nachfolge antreten wolle.

Beredtes Schweigen.

Cara Cartwright, die neben mir saß, flüsterte: »Keine Sorge, sie bietet jedes Jahr ihren Rücktritt an, aber bis jetzt hat es noch niemand gewagt, sie zu ersetzen. Sie genießt es bloß, sich unentbehrlich zu fühlen.«

Doch Lucys Mami rief: »Nun kommt schon! Es muss sich doch jemand finden, der gewillt ist, mich abzulösen. Ich habe verdammt noch mal keinen Bock mehr auf diese Scheiße! Und wenn sich kein Ersatz für mich findet, dann kann es auch keinen Förderverein geben, und damit auch keine Halloween-Disco, keinen Weihnachtsmarkt, kein Sommerfest und folglich auch kein Geld für Schulausflüge, neue Weißtafeln oder sonstiges Equipment! Das ist Lucys letztes Jahr an der Grundschule, und ich will zumindest *ein* Schul-Event mit ihr verbringen! Und zwar wirklich *mit* ihr, statt ihr alle fünf Minuten Geld in die Hand zu drücken, damit sie noch ein paar Tombola-Lose kauft, weil ich zu viel Orga-Kram um die Ohren habe, um mich mit ihr zu beschäftigen. Ist das denn wirklich zu viel verlangt?«

Die Stille wurde nun ziemlich unangenehm.

»Gut, wie ihr wollt!«, keifte Lucys Mami und knallte ihr Klemmbrett auf den Tisch. »Mir doch SCHEISSEGAL! Ich bin raus. Zum Teufel mit euch allen!«

»Ich auch!«, verkündete Fiona Montague.

Argh! Allmählich wurde es wirklich MEGApeinlich. Ich hasse bedeutungsschwangeres Schweigen, und ehe ich wusste, wie mir geschah, hatte ich – nur um die angespannte Atmosphäre etwas aufzulockern – die Hand gehoben und murmelte: »Ähm, ich mach's, aber nur, falls sich sonst niemand findet.«

Was soll's, dachte ich. Ich hatte das Bewerbungsgespräch für meinen Traumjob versemmelt, da konnte ich mich doch wenigstens in der Schule nützlich machen, statt nur zu Hause zu sitzen, Kekse zu essen und sinnlose Apps zu erfinden.

»Im Ernst, Ellen?«, fragte Lucys Mami mit einem leicht irren Blick. »Das ist ja fabelhaft! Jetzt brauchen wir nur noch einen Freiwilligen für den Schriftführerposten und einen, der Fiona in ihrer Funktion als Schatzmeister ablöst.«

»Ähm, Sam?«, zischte ich und stieß ihn mit dem Ellbogen an. »Und Katie, du hast mich überhaupt erst in diesen Schlamassel reingeritten!«

Sam seufzte. »Na gut, dann mach ich den Schatzmeister.«

»Und ich die Schriftführerin!«, sagte Katie.

»Großartig!«, rief Lucys Mami. »Endlich FREI! Ähm, ich meine, sehr löblich. Eigentlich solltet ihr kandidieren und gewählt werden, aber wir werden das Verfahren etwas abkürzen. So handhaben wir das schon seit Jahren, weil es so schwierig ist, Leute zur Übernahme eines Amtes zu animieren. Okay, gibt es sonst noch Freiwillige für das Komitee?«

»Ach, warum nicht?«, sagte Cara Cartwright. »Mitgefangen, mitgehangen.«

»Ich bin ebenfalls dabei!«, tönte eine mir unbekannte Stimme von der Tür. Alle drehten sich um und spähten nach hinten zu der groß gewachsenen, perfekt geschminkten und frisierten Frau, die eben hereinkam. Sie hatte zwei sehr saubere Kinder im Schlepptau.

»Tut mir leid, dass wir zu spät kommen!«, entschuldigte sich die Unbekannte. »Ich bin Kiki. Ich wollte nur noch schnell ein paar Fotos von Lalabelle und Trixierose draußen auf dem Schulhof machen. Also, ich würde gerne Mitglied werden. Ich finde, hier hat so einiges Verbesserungspotenzial.«

Lucys Mami hatte es kurz die Sprache verschlagen, doch sie hatte sich rasch wieder im Griff. »Ähm, ich sollte wohl eines vorweg klarstellen ... Verzeihung, wie war noch gleich der Name? Coco?«

»Kiki. Mit zwei *Ks*.«

»Ach, richtig. Also, Kiki, wir sind der Förderverein und beschäftigen uns mit der Mittelbeschaffung zur Finanzierung außerschulischer Aktivitäten. Für schulpolitische Entscheidungen ist der Elternbeirat zuständig.«

»Oh«, sagte Kiki mit zwei *Ks* (Ist das nicht eher ein Name für einen Papagei?). »Na gut, aber wo ich schon mal da bin, kann ich auch gleich bleiben. Es interessiert mich ohnehin, wofür die Mittel des Fördervereins verwendet werden. Ich bin sicher, auch in dieser Hinsicht gibt es noch Verbesserungsmöglichkeiten. Der Schulhof beispielsweise ist ja ziemlich grau. Es war echt eine Kunst, ein paar halbwegs annehmbare Fotos von meinen Töchtern zu machen. Man könnte einen neuen Boden verlegen und ein paar Pflanzen anschaffen, und natürlich brauchen wir unbedingt ein Wandgemälde.«

»Wieso das denn?«, fragte Lucys Mami.

»Na, weil das der ideale Hintergrund für Instagram-Fotos ist!«, sagte Kiki. »Instagram ist die Zukunft, aber diese Erkenntnis ist leider noch nicht bis in die Schulen vorgedrungen.«

Lucys Mami war bei diesen Worten puterrot geworden, doch Fiona Montague stieß sie mit dem Ellbogen an, und ich hörte, wie sie zischte: »Ignorier sie einfach! Das geht uns jetzt alles nichts mehr an. Also, mach's kurz, und dann ab in den Pub! Soll sich Ellen doch mit ihr rumärgern.«

»Apropos«, fuhr Kiki fort, die das nicht gehört hatte, »es ist höchste Zeit, dass die Schule ihren eigenen Instagram-Auftritt bekommt. Da könnte ich mich einbringen, ich bin nämlich Social-Media-Influencer. Ich habe über 300 Follower. Ihr findet mich unter @Kikiloveandlive, falls ihr mir folgen wollt. Ich schreibe über Kinder, Lifestyle und Reisen, und man sagt mir nach, ich sei gleichermaßen ambitioniert wie inspirierend ...«

In diesem Augenblick wurde mir zum ersten Mal klar, was ich mir da aufgehalst hatte.

Die Versammlung ging dann auch bald zu Ende, nicht ohne eine weitere Unterbrechung durch Kiki, die noch ein paar Bilder von ihren Töchtern beim Malen machte und außerdem ein Gruppenfoto vorschlug, was alle anderen jedoch höflich ablehnten.

Mein einziger Trost war, dass Kiki offenbar kein Interesse daran hegte, irgendein Amt im Komitee zu übernehmen. Sie bot lediglich an, eine Instagram-Seite für die Schule zu erstellen, und ich bezweifle stark, dass sie bei der Schulleitung damit durchkommen wird.

Als ich Simon vorhin gestand, dass ich seit heute nicht nur Mitglied des Fördervereins war, sondern auch noch dessen Vorsitz übernommen hatte, musterte er mich ungläubig. »Die perfekte Mami der perfekten Lucy Atkinson hat ihr Amt also mit den Worten ›Ich habe verdammt noch mal keinen Bock mehr auf diese Scheiße‹ niedergelegt, und das hat dich bewogen, dich freiwillig als ihre Nachfolgerin zu melden?«

»Nun ja, es war wirklich ein sehr, sehr unangenehmes Schweigen. Irgendjemand musste doch etwas sagen! Ich bin in Panik geraten. Du weißt doch, dass mir so was ein Graus ist!«

»Normalerweise überbrückst du ein vermeintlich unangenehmes Schweigen, indem du von Fischottern und ihren opponierbaren Daumen laberst, und nicht, indem du dich freiwillig für ein Amt zur Verfügung stellst, das offenbar das undankbarste in der Geschichte der Menschheit ist!«

»Ich habe durchaus in Erwägung gezogen, meinen kleinen Fischotter-Monolog vom Stapel zu lassen, aber irgendwie erschien es mir unpassend. Und ich muss ja auch nicht alles alleine machen, schließlich stehen mir Sam und Katie zur Seite, und außerdem Cara Cartwright, die einen sehr sympathischen und normalen Eindruck macht. Es wird schon nicht so schlimm werden, Simon, also mach dir keine Gedanken deswegen. Wir haben bereits beschlossen, die Versammlungen künftig im Pub abzuhalten statt in der Schule. Ich wette, dann kommen gleich viel mehr Leute.«

Simon hob eine Augenbraue. »Mhmmm ... Ich werde versuchen, mein ›Ich hab's dir doch gesagt‹ runterzuschlucken, wenn dir die ganze Sache über den Kopf wächst.«

Freitag, 30. September

Ich habe den Job! Weiß der Geier, wie ich das geschafft habe, aber ich habe den Job! Gabrielle meinte lediglich, Max habe sich lobend über meine Kreativität geäußert (ein Argument, das Gabrielle nicht sonderlich zu überzeugen schien). Offenbar gilt die Fähigkeit, spontan albernen Quatsch zu quasseln, inzwischen als erstrebenswerte Eigenschaft. Da ich zurzeit keine Stelle habe, die ich kündigen müsste, soll ich schon Montag in einer Woche anfangen. Shit. Das sind nur noch zehn Tage!

Selbstverständlich bekomme ich jetzt plötzlich kalte Füße und frage mich, ob ich wirklich die Richtige für diesen Job bin. Ob ich das alles unter einen Hut bringen kann. Was, wenn ich es nicht schaffe, Vollzeit arbeiten zu gehen *und* Vorsitzende des Fördervereins zu sein, zusätzlich zu meinen sonstigen Verpflichtungen? Was, wenn meine Kinder deswegen emotional verkümmern und den Rest ihres Lebens traumatisiert sind?

Doch dann besserte sich meine Laune schlagartig wieder. Ich hatte meinen Traumjob! Und das trotz des Pimmels an der Wand im Konferenzraum, trotz der mangelnden Unterstützung durch meinen Mann, trotz des Kaffees im Pappbecher, trotz der Krümel im BH und obwohl sich meine Kinder bei dem Telefonat neulich die Lunge aus dem Leib gebrüllt hatten. ICH HATTE DEN JOB, VERDAMMT NOCH MAL! Jetzt musste ich mir bloß noch eine schicke neue *Capsule Warderobe* zulegen. Blieb nur zu hoffen, dass ich nicht die ganze Zeit diese dämlichen Stöckelschuhe würde tragen müssen. Und vielleicht brachte ich es ja sogar noch irgendwann so weit, dass ich in Hochwasserhosen und knöchelhohen Stiefeln nicht aussah wie der letzte Depp.

OKTOBER

Samstag, 1. Oktober

Heute kam eine E-Mail von meinem Vater, in der er vorschlug, wir sollten demnächst mal wieder alle zusammen essen gehen. Ich war gelinde gesagt erstaunt, wähnte ich ihn doch in Portugal. Er schrieb, er habe eine »Überraschung« für mich, weshalb bei mir sogleich sämtliche Alarmglocken schrillten, obwohl die unverbesserliche Optimistin in mir durchaus die Hoffnung hegte, dass er mich sehen wollte, weil er mir einen ordentlichen Batzen Geld zu überweisen gedachte oder mir sein Haus in Portugal überschrieben hatte, damit ich später keine Erbschaftssteuer dafür zahlen musste. Doch wie ich aus leidvoller Erfahrung weiß, bestehen die »Überraschungen« meines Vaters darin, dass er verkündet, er wolle sich mal wieder verheiraten oder scheiden lassen. Wäre ich etwas großmütiger, so könnte ich Daddy als in die Jahre gekommenen Lebemann beschreiben, aber je älter er wird, desto peinlicher finde ich seine Angewohnheit, die aktuelle Ehefrau beinahe im Jahresrhythmus gegen eine neue auszutauschen. Bei seiner vorläufig letzten Gattin hatten wir den

Eindruck gewonnen, sie hätte ihn gezähmt. Caroline hielt es erstaunliche sieben Jahre mit ihm aus, ehe sie das Handtuch warf – sie hatte ihn *in flagranti* mit der Dame erwischt, die für sie bügelte. An diesem Punkt setzte er sich nach Portugal ab – angeblich wegen der Golfplätze und nicht, weil ihm, wie meine Mutter bissig bemerkt hatte, »in Sunningdale wohl die Betthäschen ausgegangen sind, wenn er jetzt schon mit dem Personal schläft«. Mein Verdacht in Bezug auf seine neueste »Überraschung« verhärtete sich, als ich einen Anruf meiner lieben Schwester Jessica erhielt, die eine E-Mail ähnlichen Inhalts von ihm bekommen hatte. Jessica mimte wie immer die herablassende ältere Schwester und tat meine Mutmaßung, er werde uns bei dieser Gelegenheit wohl unsere neueste Stiefmutter vorstellen, als Humbug ab.

»Ich bitte dich, Ellen. Er ist fünfundsiebzig! Wieso um alles in der Welt sollte er in diesem Alter noch einmal heiraten? Er hat bestimmt aus den Fehlern der Vergangenheit gelernt.«

»Aber was kann er sonst von uns wollen?«

»Woher soll ich das wissen? Vielleicht hat er beschlossen, wieder nach Hause zu kommen, damit er mehr Zeit mit seinen Enkeln verbringen kann.«

»Er hasst Kinder. Er mochte noch nicht einmal uns besonders gern und hat sich immer große Mühe gegeben, uns aus dem Weg zu gehen. Er ist unheimlich stolz darauf, dass er in seinem ganzen Leben noch nie eine Windel gewechselt hat, und er beschwert sich noch heute darüber, dass Jane ihn als neugeborenes Baby angekotzt hat. Seine Aversion gegen Kinder war in all der Zeit, seit er sich in eine männliche Version von Liz Taylor verwandelt hat, mein einziger Trost – zumindest müssen wir keine Angst haben, dass er uns noch haufenweise Halbgeschwister beschert, die uns unser Erbe streitig machen könnten.«

»Persephone und Gulliver mag er durchaus«, widersprach Jessica mit von Mutterliebe hervorgerufener Entrüstung. »Jeder mag Persephone und Gulliver. Man sagt mir sehr oft, wie entzückend die beiden doch sind. Vielleicht mag er ja bloß deine Kinder nicht.«

»Deine Kinder mag er genauso wenig!«

»DAS IST NICHT WAHR!«

»IST ES DOCH!«

»Jetzt HÖR SCHON AUF, dich so kindisch zu benehmen!«

»Ich denke ja gar nicht daran!«

»Ellen, wenn man sich mit dir nicht wie mit einem zivilisierten Erwachsenen unterhalten kann, lege ich auf!«

»*Pfff.*«

Keine Ahnung, warum ich mich immer so über Jessica ärgere. Sie ist meine einzige Schwester, und ich liebe sie, ganz ehrlich, aber besonders sympathisch finde ich sie nicht. Ihr herablassendes Gehabe mir gegenüber geht mir einfach *tierisch* auf den Zeiger, und oft muss ich mich sehr zusammenreißen, um ihr nicht ans Schienbein zu treten oder sie in eine schlammige Pfütze zu schubsen und auszulachen. Nachdem wir zwei uns auch heute noch genauso häufig in die Haare kriegen wie früher, habe ich wenig Hoffnung, dass der Tag, an dem Peter und Jane endlich das Kriegsbeil begraben und Freunde werden, je anbrechen wird. Vielmehr fürchte ich, sie werden bis an ihr Lebensende versuchen, einander abzumurksen. Na, jedenfalls sind Persephone und Gulliver dank tagtäglichem Drill regelrechte Höchstleistungsmaschinen und werden, wenn es nach Jessica geht, das Land regieren, noch ehe sie aus dem Teenageralter raus sind. Trotzdem krümme ich mich nach wie vor beschämt bei dem Gedanken daran, eine Nichte namens Persephone und einen Neffen namens Gulliver zu haben. Jessica dagegen ist unheimlich stolz darauf, dass niemand in ihrem Freundes- und Bekanntenkreis auf die Idee kam, seine Kinder so zu nennen. Ihre Selbstgefälligkeit verpuffte jäh, als ich ihr mal nach einer Google-Recherche mitteilte, ich hätte beide Namen in der Liste der »Beliebtesten bescheuerten Namen für Kinder aus versnobten Mittelschichtfamilien« gefunden. Ach ja, das war ein schöner Tag.

In unserem Telefonat waren wir der Antwort auf die Frage, warum unser Vater uns alle zusammentrommeln wollte, zwar keinen Schritt näher gekommen, aber Jessica verkündete schließlich, sie werde trotzdem einen Tisch für uns alle reservieren (Hoffentlich fällt ihre Wahl nicht auf eines dieser Restaurants, in denen es keine Pommes gibt. Ich war einmal mit Peter in einem solchen Lokal, und der Besuch nahm ein schlimmes Ende.).

Freitag, 7. Oktober

Es ist mal wieder Scheiß-drauf-Freitag. Ich habe die ganze Woche Maßnahmen getroffen, um mich für den Antritt meiner Vollzeitstelle vorzubereiten. Ich habe sichergestellt, dass die Kinder versorgt sind, während ich arbeite, und ich habe tonnenweise nahrhafte Mahlzeiten vorgekocht und eingefroren, damit sich meine süßen Kleinen nicht von Fertiggerichten ernähren müssen und Gefahr laufen, an Diabetes und Skorbut zu erkranken. Ich habe es zwar nicht geschafft, mir eine *Capsule Wardrobe* zuzulegen, mir stattdessen aber mehrere ausgefallene Hosen gekauft, von denen ich allerdings nicht ganz sicher bin, ob ich sie auch wirklich tragen kann, und obendrein eine Handtasche, die sehr business-like aussieht und bei deren Anblick ich jedes Mal einen Schreck bekomme, weil sie so erwachsen wirkt. Eigentlich würde ich jetzt gern in Frieden ein Glas Wein trinken, aber die Kinder nörgeln mal wieder rum, sie hätten Hunger. Eines lassen die Autorinnen dieser ganzen Baby-Bücher und Ratgeber wohlweislich unter den Tisch fallen: dass man seinen Kindern *jeden verdammten Abend* etwas zu essen hinstellen muss, selbst wenn diese heiklen kleinen Biester es meist verweigern.

Anfangs hatte ich noch große Hoffnungen. *Meine* Kinder würden keine heiklen Esser werden, nein! Ich war überzeugt, jede Mutter hätte es allein sich selbst zuzuschreiben, wenn ihre Kinder heikle Esser waren – wahrscheinlich war sie einfach zu bequem, etwas richtig Leckeres zu kochen. Meine Kinder, so dachte ich damals selbstgefällig, würden gute Esser werden, die sich mit großem Enthusiasmus auf delikate exotische Speisen aus aller Herren Länder stürzten, jawohl.

Doch Jane hatte andere Vorstellungen. Sie hasste alles. Außer Schokolade. Schokolade mochte sie. Ich konnte stundenlang am Herd stehen und liebevoll kochen, pürieren und einfrieren, Jane spuckte jedes noch so leckere Gericht, das ich für sie gezaubert hatte, aus und brüllte wie am Spieß, gerade so, als hätte ich ihr zerstoßenes Glas verabreicht. Eines Tages hatte ich beim Anblick meiner Tiefkühltruhe, in der sich die Tupperdosen mit dem schmackhaften, speziell für meine Tochter zubereiteten Essen stapelten, einen Geistesblitz: Ich konnte mir eine Menge Mühe sparen und würde viel weniger Essen wegwerfen müssen, wenn ich herausfand, was sie mochte, indem ich ihr Babynahrung aus dem Supermarkt vorsetzte, und sobald ich wusste, was ihr schmeckte, würde ich ihr genau das kochen! Also marschierte ich zu Sainsbury's und kam mit sämtlichen erhältlichen Varianten an Fertignahrung in Quetschtüten und Gläsern (alles bio, wohlgemerkt, um meine Schuldgefühle einzudämmen) nach Hause. Jane schmeckte das meiste davon. Eine besondere Vorliebe entwickelte sie für eine ekelerregende schwarzgrüne Schleimmischung, die sich »Steak und Spinat« nannte und die in verdautem Zustand nicht minder abstoßend aussah. Wie sich herausstellte, mochte Jane nur die Sachen, die ich für sie kochte, nicht.

Jane konsumierte weiterhin nur gekauften Babybrei, bis sie schließlich alt genug war, Pommes und Chicken Nuggets zu essen, und seither ernährt sie sich ausschließlich davon (angereichert durch eine ordentliche Dosis raffinierten Zucker und künstliche Farbstoffe selbstverständlich).

Ich war verzweifelt. Woche für Woche suchte ich Experten auf und ließ mich über Janes Sturheit aus. Und stur war sie – wenn man es geschafft hatte, ihr einen Löffel voll Brei in den Mund zu schieben, konnte sie danach stundenlang dasitzen und sich weigern, ihn hinunterzuschlucken. Ich werde nie vergessen, wie Simon eines Abends nach Hause kam und beim Anblick seiner Tochter, die mit dicken Hamsterbacken in der Küche saß, sagte: »Das ist doch lächerlich, Ellen. Ich wette, ich bringe sie dazu, das Zeug runterzuschlucken.« Ich hätte ihm natürlich prophezeien können, was passieren würde, wenn er ihr die Nase zuhielt, aber es war viel lustiger, zuzusehen, wie ein grüner Sprühregen auf ihn niederging. Darauf fiel ihm nichts Besseres ein, als mir gut gelaunt zu versichern, dass Jane schon essen würde, wenn sie hungrig war, schließlich habe sich noch kein Kind zu Tode gehungert.

Schon möglich, dachte ich düster, *aber WAS, WENN JANE DAS ERSTE IST?*

Peter war das genaue Gegenteil. Er war im Grunde von Geburt an unersättlich. Ich habe ihm ein einziges Mal einen Schnuller in den Mund gesteckt und mich schier scheckig gelacht über seine empörte Miene, als er feststellte, dass er an etwas nuckeln sollte, ohne für seine Mühe mit Nahrung belohnt zu werden. Peter verzehrte bereitwillig alle Arten von Pampe aus hauseigener Herstellung – und das war auch gut so, denn bei den Unmengen, die in seinem stets weit aufgerissenen Mäulchen verschwanden, hätte ich es mir nicht leisten können, seinen Hunger mit gekauftem Babybrei zu stillen. Doch sobald er anfing zu laufen, fasste auch er den Entschluss, sich fortan ausschließlich von Pommes und Keksen zu ernähren.

Und heute schieben die beiden lustlos das Essen auf ihrem Teller hin und her und informieren mich hochnäsig, ich wüsste doch GENAU, dass sie dieses und jenes nicht äßen, obwohl sie es bis dahin immer anstandslos verzehrt hatten. Ich soll also quasi allabendlich auf telepathischem Wege eruieren, was gerade angesagt ist und was nicht, und wenn ein Kind etwas mag, dann mag es das andere garantiert nicht: Peter liebt Shepherd's Pie, ein Gericht, das Jane verschmäht, Jane wiederum liebt Käseauflauf, den Peter so vehement verweigert, als wäre er pures Gift, dabei isst er Nudeln mit Butter und geriebenem Käse (WAS DOCH VERDAMMT NOCH MAL PRAKTISCH DAS GLEICHE IST!) sehr wohl.

Und dann ist da noch Simon, der bei allem, was die Kinder essen, die Nase rümpft und meckert, es sei »langweilig«, genau wie Brathühnchen. Oft tut er seufzend kund, er hätte so gerne mal etwas richtig Schmackhaftes, sprich, etwas aus meinem schicken Ottolenghi-Kochbuch. Das ist ja alles gut und schön – die darin beschriebenen Gerichte sind sehr lecker und die Rezepte funktionieren, aber ich wette, Yotam Ottolenghi hat mindestens eine, wenn nicht sogar mehrere Angestellte, die seine Küche saubermachen, nachdem er gekocht hat, denn für seine Rezepte benötigt man tendenziell ALLE TÖPFE. Und weil Simon ein Mann ist, kann er partout nicht nachvollziehen, wieso ich mich darüber so fürchterlich aufrege, denn seiner Auffassung nach benötigt man beim Kochen IMMER ALLE TÖPFE. Im Grunde genommen ist Lasagne das Einzige, was bei uns zu Hause wirklich alle essen. Jawohl, Lasagne. Früher mochte ich Lasagne, war sie doch ein ganz besonderer Genuss – sofern ich sie nicht machen musste. Heute spucke ich schon Gift und Galle, wenn ich das Wort bloß höre. Was mich im Zusammenhang damit am meisten ärgert ist die Tatsache, dass Simon nach wie vor glaubt, die Zubereitung einer Lasagne sei ein Klacks, ganz egal, wie oft ich betone, was für ein enormer Aufwand dahintersteckt.

Wie dem auch sei, heute ist Scheiß-drauf-Freitag, das heißt, ich kann den Kindern guten Gewissens eine Pizza servieren, denn wie jeder weiß, ist am Scheiß-drauf-Freitag alles erlaubt. Ich bin mir zu neunundneunzig Prozent sicher, dass sie all die Aufläufe, Suppen und Tajine-Gerichte verweigern werden, in deren Zubereitung ich diese Woche so viel Zeit gesteckt habe, um meinen kleinen Lieblingen eine ausgewogene Ernährung bieten zu können, obwohl ich sie ab Montag um der bösen Welt des Kommerzes willen vernachlässigen werde. Ich frage mich, warum ich mir überhaupt die Arbeit gemacht habe. Vermutlich, um nicht von Schuldgefühlen übermannt zu werden, weil ich die Früchte meines Leibes auf dem Altar meiner Karriere opfere. Haben eigentlich auch Männer ein schlechtes Gewissen, wenn sie ihre Kinder kaum noch sehen, weil sie Vollzeit arbeiten? Ich werde Sam fragen müssen; bei Simon lautet die Antwort ziemlich sicher »nein«.

Sonntag, 9. Oktober

Ich hatte RECHT! Ätsch, Jessica! Ich wusste, dass unser Vater uns seiner neuesten Schickse vorstellen will, und genau das hat er getan. Als wir im Restaurant ankamen (Gott sei Dank war die Speisekarte online, ich konnte Peter also im Vorfeld versichern, dass es Pommes gab und ich ihn nicht zwingen würde, Gemüse zu essen), war Daddy bereits da. Neben ihm saß eine hübsche Frau mit dunklen Haaren. Eine sehr hübsche und vor allem VERDAMMT JUNGE Frau. Okay, jung ist ein dehnbarer Begriff. Sie war nicht direkt minderjährig, aber ungefähr in meinem Alter, was für meinen Vater *extrem jung* ist.

»Hallo zusammen«, sagte er und verkündete mit ausgesprochen selbstgefälliger Miene: »Darf ich vorstellen: meine Frau Natalia. Natalia, das sind meine jüngere Tochter Ellen, ihr Mann Simon und ihre Kinder Peter und Jane. Ähm, Peter, was machst du da?«

»Na, dabben, sieht man das nicht?«, erwiderte Peter tadelnd. »Sag bloß, du hast noch nie was von Dabbing gehört?«

»Es sieht aus, als hättest du einen epileptischen Anfall«, bemerkte mein Vater entsetzt. »Bitte, lass das und begrüß meine Frau.«

Peter dabbte erneut.

»Hallo, Natalia«, presste ich matt hervor.

»Hallo, Natalia, hallo, Ralph!«, bellte Simon, der sich an die altgediente britische Tradition hielt, peinliche Situationen zu überspielen, indem er den sprichwörtlichen Elefanten im Raum ignorierte. Nicht, dass man Natalia als Elefant hätte bezeichnen können. Im Gegenteil, sie war geradezu enervierend schlank.

Sie begrüßte uns der Reihe nach und betonte, sie freue sich sehr, uns kennenzulernen. Oh, Gott, sie war nicht nur jung und bildschön, sie hatte auch noch einen ausländischen Akzent. Jetzt hatte mein Vater es doch tatsächlich getan: Er hatte sich eine Katalogfrau bestellt. *Ach, Daddy!*

»Setz dich doch zu mir, Ellen«, sagte Natalia höflich, während ich versuchte, Jessica unauffällig per SMS zu informieren, was sie erwartete.

Jane betrachtete Natalia interessiert. »Sehr schick, dein Lidstrich«, stellte sie fest. »So was kann meine Mami nicht.«

»Oh«, sagte Natalia. »Danke.«

»Du könntest einen eigenen YouTube-Kanal haben und Schminktipps geben«, fuhr Jane fort. »Ich wette, du hast eine Menge Tipps auf Lager. Bist du auf Instagram?«

»Äh, ja«, antwortete Natalia etwas verlegen.

»Ich würde dir ja folgen, wenn ich könnte, aber meine Mami findet, ich bin noch zu jung für Instagram. Sie erlaubt es mir erst, wenn ich dreizehn bin, dabei haben alle meine Freundinnen schon jetzt einen Account. Findest du das okay?«

»Ähm … keine Ahnung …«

»Es ist nicht okay!«, erklärte Jane. »Es ist voll unfair!«

»Hör auf, Jane«, wies ich sie zurecht. »Natalia hat uns eben erst kennengelernt, also nerv sie nicht mit deinem bescheuerten Instagram-Account, ja?«

»Na, hör mal«, echauffierte sich Jane. »Natalia ist jetzt meine Stief-Großmutter, da muss sie doch wissen, wie unfair du mich behandelst. Vielleicht ziehe ich ja demnächst zu Natalia und Grandpa!«

Natalia wurde blass.

»Keine Sorge, Natalia, natürlich wird sie nicht zu euch ziehen«, versicherte ich ihr. »Hast du Kinder?«

»Nein«, sagte Natalia, und ich konnte förmlich hören, wie sie »Gott bewahre« flüsterte und zu Peter hinübersah, der gerade versuchte, Simon zur Bestellung eines Getränks in einer Plastikflasche zu überreden, weil er Persephone und Gulliver seine Bottle-Flip-Fähigkeiten demonstrieren wollte.

»Was darf ich Ihnen zu trinken bringen?«, fragte die Kellnerin.

»Ein Glas Wein«, hauchte ich.

»Ach, ja, was den YouTube-Kanal angeht«, sagte Jane, zu Natalia gewandt, »ich könnte dir dabei helfen. Ich hab schon eine Menge Vlogs gemacht, und ich finde, ich bin schon echt gut.«

»Tja, Daddy, dann erzähl mal – wann habt ihr denn geheiratet?«, sagte ich derweil zu meinem Vater und setzte ein fröhliches Lächeln auf, um zu signalisieren, dass es für mich überhaupt kein Problem darstellte, eine Stiefmutter *in meinem Alter* zu haben.

»Oh, vor ungefähr drei Wochen«, gab er unbekümmert zurück.

»Und du bist nicht auf die Idee gekommen, uns einzuladen?«

»Wir hatten es eilig«, erklärte er glucksend.

Oh, Mann, dachte ich. *Sie ist definitiv eine Katalogbraut. Warum? Warum zum Teufel tut er uns das an? Was ist, wenn er einen Ehevertrag unterzeichnet hat? Was wird aus meinem Erbe? Geht das Geld, das mir zusteht, für Haarbleichmittel und Webpelz mit Leopardenmmuster drauf, sobald Natalia meinen Vater frühzeitig ins Grab gevögelt hat?* Zugegeben, sie hatte weder gebleichte Haare noch trug sie einen Webpelz mit Leopardenmuster, aber ich dachte gar nicht daran, mich so einfach von meiner vorgefertigten Meinung über Katalogbräute abbringen zu lassen.

»Woher kommst du, Natalia?«, erkundigte ich mich.

»Aus Russland«, antwortete sie. Ha! Ich wusste es. Er hat sie zweifellos aus dem Katalog.

In diesem Augenblick traf Jessica ein, und Peter schaffte es, seine Limo umzustoßen, als er aufsprang, um Persephone und Gulliver enthusiastisch dabbend zu begrüßen.

»An unserer Schule ist Dabben verboten«, erklärte Gulliver steif.

»Tante Jessica, ist das eine Plastikwasserflasche da in deiner Handtasche?«, fragte Peter.

Meine Schwester war so verdattert, weil Natalia jünger war als sie, dass sie Peter ihre halbleere Flasche Evian reichte, obwohl ich »NEIIIIIN!« rief, und Peter pfefferte die Flasche prompt auf den Tisch, so dass Besteck, Weingläser und Blumen in hohem Bogen durch die Luft schwirrten.

Da Simon und ich bereits daran gewöhnt waren, dass er fleißig für die Bottle-Flip-Challenge trainierte, hatten wir uns gerade noch mit einem Sprung zur Seite retten können, doch für Natalia endete der Anschlag mit einem Rotweinbad.

»Tja«, sagte Simon und sah zu Natalia. »Willkommen in unserer Familie!«

»Ich habe einen neuen Job!«, schob ich aufgekratzt hinterher.

Montag, 10. Oktober

Mein erster Tag. Leider hatte ich die falschen Schuhe an – meine Ballerinas sind viel zu tantig. Ich brauche schleunigst ausgefallene Turnschuhe.

Ed hat mich rumgeführt und allen vorgestellt, und ich habe versucht, mir die Namen meiner Kolleginnen und Kollegen einzuprägen. Ich meine mich zu erinnern, dass es einen Alan und einen James und eine Lydia und einen Joe gibt, aber ich bin nicht ganz sicher, wer wer ist (außer bei Lydia natürlich). Daran werde ich in den kommenden Tagen noch arbeiten müssen. Etliche der Mitarbeiter trugen interessante Hemden und die oben erwähnten ausgefallenen Turnschuhe. Ich fühle mich von Pinterest schlecht beraten. Zweifellos habe ich mir die falschen »Coole Arbeits-Outfits«-Boards angesehen.

Jeder Mitarbeiter hat einen festen Arbeitsplatz. Ich glaube, ich sitze neben Alan. Vielleicht ist es auch James. Ed scheint sich den Großteil der Zeit in seinem Büro zu verstecken in dem Versuch, seinen Angestellten möglichst aus dem Weg zu gehen. Ich finde das bewundernswert an einem Boss. Sollte ich je wichtig genug sein, um ein eigenes Büro zu bekommen, dann werde ich es definitiv genau so handhaben. In der Teeküche stehen keine Kekse herum; wie es aussieht, ernähren sich hier alle schrecklich gesund. Beim Mittagessen wurden jedenfalls ganz schön viele Avocados verdrückt. Aber das

Klopapier ist schön weich, und deshalb denke ich, ich könnte mich hier auf Dauer wohlfühlen. Ich kann ja eine Packung Kekse in meiner Schreibtischschublade verstecken, zumal in Ermangelung eines flexiblen Arbeitsplatzarrangements nicht die Gefahr besteht, dass ich auffliege.

Ich war hundemüde, als ich abends nach Hause kam. Es war ziemlich stressig gewesen, Peter und Jane morgens rechtzeitig zum Schulfrühstück zu bringen, und das, obwohl mir Simon zur Hand gegangen war. Weiß der Geier, wie ich das schaffen soll, wenn er mal keine Zeit hat. Nach Feierabend musste ich wie die Feuerwehr in die Schule düsen, um die Kinder wieder abzuholen, und dann hieß es Raubtierfütterung und Hausaufgaben machen. Ich konnte mit Ach und Krach noch ein paar Worte mit ihnen wechseln, ehe es Zeit war, sie ins Bett zu stecken.

Dienstag, 11. Oktober

Shit. Der neue Job ist ganz schön anstrengend. Ich muss den ganzen Tag so tun, als wäre ich ein reifer, erwachsener Mensch; ich muss mich bremsen, wann immer ich bei Gesprächspausen den Drang verspüre, von Fischottern zu faseln, und beim Verzehr meiner täglichen Ration Kekse muss ich mich unter die Tischplatte beugen. Der Kollege, neben dem ich sitze (es ist definitiv Alan), hat mir nämlich gleich morgens von seinem CrossFit-Training erzählt und mir nicht nur ausführlich die Clean-Eating-Regeln erläutert, nach denen er sich ernährt, sondern auch die Vorzüge eines Bulletproof Coffee (Letzterer klang für mich so ziemlich nach dem Ekelhaftesten, was ich je gehört habe, und zwar einschließlich der Smoothies von

Simons Schwester Louisa, die mit dem Sperma ihres Ehemannes aufgepeppt waren.). Als ich mir gegen elf unauffällig einen Pfefferminz-Schokoriegel in den Mund schob, begann Alan allerdings wie ein Trüffelsuchhund zu schnüffeln.

Ich saß an meinem Schreibtisch und versuchte so auszusehen, als würde ich hochkonzentriert an etwas sehr Wichtigem arbeiten, damit nicht gleich wieder jemand zu mir rüberkam und mit mir redete, weil mir vom freundlichen Lächeln schon die Wangen wehtaten. Ich wünschte, ich hätte ein eigenes Büro, in dem ich mich verkriechen kann, so wie Ed, der meinte, ich soll mich nur dann persönlich an ihn wenden, wenn es sich absolut nicht vermeiden lässt. Andernfalls genügt eine E-Mail, sagte er. Soll mir recht sein.

Im Übrigen zeichnet sich schon jetzt ab, dass die Sache mit dem Förderverein ganz schön nervig werden dürfte. Die perfekte Mami der perfekten Lucy Atkinson hat mir vorhin mehrere extrem detaillierte E-Mails geschickt, in denen sie aufzählte, was in Vorbereitung auf die in nächster Zeit anstehenden Events des Fördervereins, darunter die verdammte Halloween-Disco, zu tun und zu vermeiden sei. Sie hatte auch etliche hilfreiche Tipps auf Lager.

Hi, Ellen,

die Halle für die Halloween-Disco ist bereits gebucht, und zwar für Freitag, den 28. Oktober, von 18:30 Uhr bis 20:30 Uhr.

Die Eltern werden sich darüber beschweren, dass an dem Tag noch nicht Halloween ist, und fragen, warum die Party an einem Freitagabend stattfinden muss, noch dazu um diese Uhrzeit. Darauf antwortest du am besten, dass der Zeitpunkt bewusst so gewählt wurde, damit sie am tatsächlichen Halloween-Abend mit ihren kleinen Lieblingen auf Süßigkeiten-Raubzug gehen können, und dass wir einen Freitag gewählt haben, damit die Kinder am nächsten Tag ausschlafen können, und dass sie verdammt noch mal nicht kommen müssen, wenn ihnen dieser Zeitrahmen nicht passt. Bei allen anderen Beschwerden sagst du ihnen einfach durch die Blume, dass sie dich mal kreuzweise können. Die Eltern der teilnehmenden Kinder müssen bei der Party durchgehend anwesend sein – dafür gibt es die Bar, an der sie sich an überteuertem lauwarmem Chardonnay laben können, damit sie die Disco seelisch weitgehend unbeschadet überstehen. Die Schanklizenz habe ich bereits besorgt. Früher wurde die Veranstaltung auch von den Lehrern beaufsichtigt, doch sie weigern sich inzwischen, weil viele Eltern ihre Kinder nicht rechtzeitig abgeholt haben. Lass unter keinen Umständen Kinder ohne elterliche Aufsicht auf die Party, sonst gibt es ein Massaker. Nimm dich insbesondere in Acht vor Oscar Fitzpatricks Mami – sie wird behaupten, dass sie noch schnell etwas besorgen muss und gleich wieder da ist, sich dann aber stundenlang nicht mehr blicken lassen, während Klein Oscar Amok läuft. Achtung auch bei Edie Prescotts Mami, die sagen wird, sie hätte zu Hause ein krankes Kind, das sie braucht. Darauf bin ich die ersten zwei Jahre reingefallen, erst dann bin ich dahintergekommen, dass sie mich schamlos angelogen hat. Bisher hatten wir immer einen Imbiss-Stand und Attraktionen wie Kinderschminken, Klebe-Tattoos und so weiter. Die nötigen Utensilien findest du im Ein-Pfund-Shop, wo du von nun an Stammkunde sein wirst. Besorg außerdem Äpfel, Donuts und Schnur sowie eine große Wasserschüssel für das Apfel- und Donut-Schnappen und einen Eimer Götterspeise und ein paar Plastikspinnen fürs Glibbertauchen.

Du wirst übrigens mindestens sechs Rundmails verschicken und am Ende damit drohen müssen, die ganze Sache abzublasen, ehe du genügend freiwillige Helfer beisammen hast.
LG und viel Spaß!

Ich muss sagen, allmählich wird mir Lucys Mami sympathisch. Ich hatte keine Ahnung, dass sie so oft flucht, oder dass ihre Abneigung gegenüber anderen Leuten ebenso groß ist wie meine. Mir war auch nicht klar, wie viel Arbeit sie in die Sache mit dem Förderverein gesteckt hat und was für eine undankbare Aufgabe das ist. Ich schäme mich im Nachhinein, wenn ich daran denke, wie oft wir vor ihr geflüchtet sind, wenn sie sich uns mit ihrem Klemmbrett in den Weg gestellt hat oder uns Lotterielose verkaufen wollte. Wir dachten immer, sie würde das alles nur tun, um sich wichtig zuvorzukommen, aber das war wohl eine Fehleinschätzung. Shit. Wann zum Teufel soll ich mich um die Organisation all dieser Events kümmern?

Es gelang mir gerade noch rechtzeitig, das Fenster mit der E-Mail zu schließen, ehe Alan hinter mich trat – er hatte sich doch tatsächlich auf die Suche nach der Quelle des Pfefferminz-Schokoladengeruchs begeben. Der Bursche kann noch so nachdrücklich von kugelsicherem Kaffee schwafeln und über Kohlenhydrate herziehen, jemand, der derart besessen ist vom Geruch nach Schokolade, hat eindeutig ein Suchtproblem.

Ich glaube, ich werde die Sache mit dem Förderverein vorerst für mich behalten. Irgendwie passt das nicht so recht zu meinem neuen Image als cooler Beinahe-Millennial-in-origineller-wenn-auch-etwas-eng-sitzender-Hose. Möglicherweise sollte ich meinen Pfefferminz-Schokoriegel-Konsum in nächster Zeit ein wenig einschränken.

Donnerstag, 13. Oktober

Ich bin so verdammt müde. Es kommt mir vor, als wäre ich die ganze Woche vor und nach der Arbeit von einem Ort zum nächsten gehetzt und trotzdem nicht von der Stelle gekommen. Dagegen fühlt sich die Zeit, die ich im Büro verbringe, beinahe an wie eine Ruhepause, wenn ich von den unzähligen E-Mails absehe, mit denen Lucys Mami meine Inbox regelrecht überschwemmt. Ich habe eine Nachricht an alle Eltern der Schule geschickt, in dem ich ein Treffen vorschlug, um die Planung für die Halloween-Disco zu besprechen, und, nachdem eine Reaktion wenig überraschend ausblieb, stattdessen eine Versammlung bei mir zu Hause einberufen, bei der Sam, Cara und Katie zugegen waren. Wir stellten unsere Engelchen mit Fischstäbchen ruhig und zermarterten uns bei einer Flasche Wein eine Weile vergeblich das Hirn, ehe wir in Ermangelung aufregender neuer Ideen für die Disco beschlossen, alles einfach so zu machen, wie Lucys Mami es vorgeschlagen hatte.

»Meint ihr, wir müssen uns verkleiden?«, fragte Katie.

»Ich fürchte fast, das wird von uns erwartet«, sagte ich düster.

»Wir könnten uns so richtig nuttig anziehen und damit einen kleinen Skandal verursachen«, schlug Cara grinsend vor. »Es heißt doch immer, dass kaum Väter auf diesen Veranstaltungen anzutreffen sind. Ich bin sicher, wir könnten ein bisschen Schwung in die Angelegenheit bringen, indem wir drei in Lackleder und Netzstrümpfen aufkreuzen. Und Sam kann als Eyecandy für die Mütter dienen.«

»Hey, ich bin kein billiges Stück Fleisch!«, protestierte Sam pikiert.

»Natürlich nicht«, sagte ich beschwichtigend. »Du bist eindeutig ein saftiges Filet. Oder zumindest ein Ribeye-Steak.«

»Ach, kommt schon«, rief Cara, »macht mit! Ihr wisst doch, wie selten sich für eine Single-Mutter wie mich die Möglichkeit bietet, Männer kennenzulernen. Ich darf mir keine Gelegenheit entgehen lassen. Es wird bestimmt lustig.«

»Es ist kein bisschen lustig, wenn Frauen mittleren Alters Netzstrümpfe tragen«, widersprach ich, um einen möglichst würdevollen Tonfall bemüht. Dummerweise kam just in diesem Moment Simon in die Küche.

»Netzstrümpfe?«, sagte er mit einem anzüglichen Grinsen. »Also, ich finde, ihr solltet unbedingt Netzstrümpfe tragen.«

»Da habt ihr's«, sagte Cara.

»Ich werde ganz sicher keine Netzstrümpfe tragen, Herrgott noch mal. Und überhaupt sollten wir lieber besprechen, wo wir den billigen Wein besorgen, um die Eltern abzufüllen, statt uns den Kopf über unsere Verkleidung zu zerbrechen. Was, wenn wir auf dem Nachhauseweg für Prostituierte gehalten werden?«

»Jetzt sei kein Spielverderber«, drängte Cara.

»Jaaa! Sei kein Spielverderber«, wiederholte mein Mann.

»Ich ziehe Netzstrümpfe an, wenn Sam Netzstrümpfe anzieht«, sagte ich.

Sam schüttelte vehement den Kopf. »Ich habe einen Ruf zu verlieren! Ich kann es mir nicht leisten, als Frank-N-Furter verkleidet auf einer Schulparty aufzutauchen. Ich bin ein anständiger Bürger.«

Die Netzstrumpfdebatte beschäftigte uns noch eine ganze Weile, und als es an der Zeit war, die Kinder ins Bett zu stecken, hatten wir im Grunde keine einzige Entscheidung getroffen (einmal abgesehen davon, dass ich keine Netzstrümpfe tragen würde). Ich habe den Eindruck, wir nehmen diese Angelegenheit nicht ganz so ernst wie Lucy Atkinsons Mami und Fiona Montague. Vielleicht sollte ich mir ein Klemmbrett besorgen, um es drohend durch die Luft zu schwingen, damit die Leute spuren. Oder für die nächste Besprechung eine Tagesordnung erstellen. Nein, das käme doch ziemlich dominant rüber, und ich habe keine Lust, mich in Lucy Atkinsons Mami zu verwandeln und von allen gehasst zu werden.

Freitag, 14. Oktober

Heute kam der Anruf von Jessica, auf den ich nach dem desaströsen Essen mit Daddie vorigen Sonntag schon die ganze Zeit wartete. Selbstverständlich rief mich Jessica im Büro an, weil ihr jeglicher Respekt vor dem fehlt, was ich tue.

»Ich kann jetzt nicht reden«, zischte ich, »ich bin in der Arbeit.«

Sie schnaubte abfällig. »Ich bitte dich, Ellen, es gibt weiß Gott Wichtigeres als das bisschen Rumgedaddel, mit dem du die Zeit bis Feierabend totschlägst.«

»Ich daddle nicht rum, ich entwickle Software-Interfaces.«

»Sag ich doch«, beharrte Jessica. »Es ist weiß Gott nicht so, als wärst du für Ärzte ohne Grenzen auf großer Lebensrettungsmission im Einsatz, oder?«

»Du doch genauso wenig. Du bist Bankerin, verdammt noch mal. Ich löse mit meiner Arbeit wenigstens keine Rezession aus. Ich erschaffe etwas Nützliches.«

»Ellen, hast du auch nur die geringste Ahnung, worin meine berufliche Tätigkeit besteht?«

»Mindestens so viel die du von der meinen.«

Jessica seufzte. »Lassen wir das. Ich bin auch in der Arbeit, und wenn *ich* genügend Zeit habe, um dich anzurufen, dann wirst du sie wohl auch erübrigen können.«

»Nein, kann ich nicht. Außerdem hat nicht jeder von uns den Luxus, in einem eigenen Büro zu sitzen, in dem man ungestört telefonieren kann. Ich muss mich verdammt noch mal auf dem Klo verstecken. Ich bin auch nur rangegangen, weil ich dachte, es wäre eine Art Familiennotfall. Was jedoch ganz offensichtlich nicht der Fall ist, wenn du bloß über Natalia reden willst.«

»Also, mal im Ernst, Ellen, es ist nicht meine Schuld, wenn du mit deinen dreiundvierzig Jahren ...«

»Zweiundvierzig! Ich bin zweiundvierzig!«

»Meinetwegen. Jedenfalls kann ich nichts dafür, wenn du dich in deinem Alter noch auf dem Klo verstecken musst, um zu telefonieren, oder?«

»Da kommt jemand, ich muss auflegen«, fauchte ich. Die Tür schwang auf, und Lydia kam herein. Auch sie hatte das Handy am Ohr, und sie zischte etwas Unverständliches und beendete das Gespräch abrupt, als sie mich erblickte.

»Alles in Ordnung?«, erkundigte ich mich leichthin.

»Ja, alles bestens«, sagte Lydia rasch. »Echt ärgerlich, wenn auf dem Weg zum Klo das Handy klingelt, nicht?«

»Ja, manche Leute haben geradezu einen sechsten Sinn dafür«, sagte ich lachend und fragte mich, wen sie wohl an der Strippe gehabt hatte. Ich nehme mal nicht an, dass sie eine herrische ältere Schwester hat, die wie Jessica der Meinung ist, es müsse immer alles nach ihrem Kopf gehen, nur weil sie die Ältere ist und einen ach-so-wichtigen Job hat, der ihr das Recht gibt, sich überlegen zu fühlen.

Samstag, 15. Oktober

Hach, DAS WAR EIN SPASS! Nach der gefühlt längsten Woche meines Lebens fand heute die Verlobungsparty von Hannah und Charlie statt. Obwohl ich müde war, hatte ich mich im Vorfeld unbändig auf die Gesellschaft von Menschen gefreut, bei denen ich einfach nur ich selbst sein konnte, ohne ständig den Bauch einziehen und fürchten zu müssen, ich könnte als altmodisch gekleidete Trantüte abgestempelt werden (die coolen Sneakers, die ich Anfang der Woche bestellt habe, lassen auf sich warten), oder – noch schlimmer – als schräger Vogel, der nicht so recht in die Firma passt. Da ich Angst hatte, meine neuen Kollegen könnten meinen Humor nicht verstehen, habe ich die ganze Woche keinen einzigen Witz gerissen; die meiste Zeit habe ich sehr ernst aus der Wäsche geguckt, genickt oder höflich gelächelt. Ich habe keinen einzigen Artikel in der *Daily Mail* gelesen – ich wette, der Firmenserver bricht zusammen, sobald ich versuche, die Seite aufzurufen. Wahrscheinlich geht dann auch ein Alarm los, und ich werde von meinem ergonomischen Schreibtischstuhl aus dem Gebäude katapultiert. Es ist seltsam befreiend, und zugleich fühle ich mich ohne meine tägliche Dosis B-Promi-News irgendwie vom richtigen Leben isoliert.

Hannah ist hart geblieben und hat mich nicht in die Organisation der Verlobungsparty eingebunden, obwohl sie von mir förmlich mit Pinterest-Ideen bombardiert wurde. Es wurde trotzdem ein sehr stimmungsvoller Abend, wenngleich die Location meiner Meinung nach ein bisschen mehr Deko à la spitzenbesetzte Jute-Tischläufer und mit Efeu gefüllte Regenschirme vertragen hätte.

Ich finde es klasse, dass wir uns nach etlichen hochzeitsfreien Jahren (weil all unsere Freunde bereits unter der Haube sind) jetzt wieder auf die eine oder andere Heirat freuen können, da sich einige Leute in unserem Bekanntenkreis netterweise scheiden ließen und nun ein zweites Mal den Bund fürs Leben eingehen.

Simon bezeichnete mich als Monster, als ich eine entsprechende Bemerkung fallen ließ. »Unsere Freunde haben ihre emotionalen Traumata nicht durchgemacht, damit du mal wieder eine Gelegenheit bekommst, im Internet nach Cocktail-Kleidern im Ausverkauf zu suchen und dich mit lauwarmem Prosecco volllaufen zu lassen!«, erinnerte er mich. Was mir natürlich sonnenklar ist. Ich wollte damit ja lediglich zum Ausdruck bringen, wie gern ich auf Hochzeiten gehe und geblümte Seidenkleider trage ...

Hannah strahlte förmlich von innen (hätte sie nicht ein Glas Sekt nach dem anderen gekippt, ich hätte meinen Kopf darauf verwettet, dass sie doch guter Hoffnung ist), und Charlie sah aus, als müsse er vor Stolz platzen.

Die beiden hielten zusammen eine wunderschöne Rede (der beste Teil war natürlich der, als sie erwähnten, dass sie dank mir zueinander gefunden hatten), und hinterher waren alle Anwesenden ganz gerührt und hatten feuchte Augen.

»Ist das nicht süß?«, sagte ich zu Simon, »da bekomme ich direkt Lust, auch noch mal zu heiraten.«

Simon schnaubte. »Um Himmels willen, nie wieder! Es hat lang genug gedauert, die eine Hochzeit abzuzahlen!«

»Wir könnten zumindest unser Ehegelübde erneuern.«

»Hast du nicht mal gesagt, dass du dich bei jedem Paar, das seine Ehegelübde erneuert, gleich fragst, wer von den beiden fremdgegangen ist, und dass sich alle Celebritys, die mit viel Brimborium ihr Ehegelübde erneuern, kurz darauf scheiden lassen?«

»Ja, schon«, räumte ich bekümmert ein. »Mariah Carey und dieser Dingsbums, mit dem sie verheiratet war, haben angeblich jedes Jahr ihr Treuegelübde erneuert, und was hat es ihnen genutzt? Vielleicht sollten wir stattdessen einfach ein zweites Mal in die Flitterwochen fahren.«

»Aber wenn wir nicht noch einmal heiraten, ist das doch bloß ein Urlaub«, widersprach Simon.

»Warum musst du immer alles so verdammt *wörtlich* nehmen?«, fragte ich pikiert. »Ich wollte doch nur ein bisschen romantisch sein, das ist alles. Solltest du auch mal versuchen. Es würde dich weiß Gott nicht umbringen.«

»Ich *bin* romantisch, Schatz. Ich klappe nach dem Pinkeln immer die Klobrille runter.«

In der Zwischenzeit hatte sich Mrs P. zu uns gesellt, um ein bisschen mit uns zu plaudern. Ich liebe Hannas Mutter (für mich wird sie wohl immer Mrs P. bleiben, wenngleich sie mich schon unzählige Male gebeten hat, sie Julia zu nennen) heiß und innig. Sie war quasi meine Adoptivmutter, als Hannah und ich Teenager waren. Gut möglich, dass ich damals mehr Zeit bei Hannah verbracht habe als bei mir zu Hause.

Am Tag meiner Hochzeit zupfte mir meine eigene Mutter den Schleier zurecht, beäugte mich kritisch und sagte dann: »Nun gut, ich nehme an, *er* weiß, warum er dich heiratet. Eines muss man ihm lassen, er ist ein sehr geduldiger Mensch.« Hannahs Mutter dagegen nahm mich beiseite und sagte, sie habe nur einen einzigen guten Rat zum Thema Ehe für mich, nämlich, ich könnte mir das Bügeln getrost sparen. Sie sagte, es habe Jahre gedauert, bis sie begriffen habe, wie überflüssig es sei, und sie wolle mich davor bewahren, ähnlich viel Zeit zu verschwenden wie sie. Ich habe mich strikt an ihren Rat gehalten. Sie hatte vollkommen recht, zumal es mittlerweile ja zum Glück bügelfreie Hemden gibt.

»Ist das nicht wunderbar?«, strahlte Mrs P. jetzt. »Charlie ist mir deutlich sympathischer als Dan, dieses Aas.«

»Ja, fabelhaft, nicht?«, strahlte ich zurück. »Ich habe gerade versucht, Simon davon zu überzeugen, dass wir mal unser Ehegelübde erneuern sollten, aber er legt keinen gesteigerten Wert darauf.«

»Recht hat er.« Mrs P. nickte. »Eine totale Geldverschwendung, wenn ihr mich fragt. Ich habe nie so recht den Sinn dahinter verstanden. Ganz abgesehen davon werden alle glauben, ihr macht das bloß, weil einer von euch eine Affäre hatte. Und ich nehme mal nicht an, dass das der Fall ist.«

»Äh, natürlich nicht«, stotterte ich, während Simon neben mir grinste.

»Na, dann«, sagte Mrs P. »Heutzutage ist das ja ein regelrechter Trend, so wie zu meiner Zeit der Frauentausch.«

Es war zwar etwas verstörend, mit Mrs P. über Sex zu sprechen, aber abgesehen davon fand ich es wie immer schön, mich mit der Mutter meiner Schulfreundin zu unterhalten, denn ganz egal, wie alt ich bin, ich werde für sie immer ein junges Mädchen bleiben.

In diesem Augenblick stieß Sam zu uns. »Hannah hat speziell für mich einen Arbeitskollegen eingeladen«, berichtete er entrüstet.

»Und?«, fragte ich. »Das war doch nett von ihr. Hast du nicht erst neulich wieder die Befürchtung geäußert, du könntest womöglich bis an dein Lebensende allein und ungeliebt bleiben?«

»Ja, schon, aber guck dir den Knaben doch mal an!« Sam deutete auf einen unscheinbar wirkenden Bartträger, der gerade mit Hannahs Vater plauderte.

»Der sieht doch ganz sympathisch aus. Zumindest hat er noch die eigenen Zähne. Mir wäre er eine Spur zu bärtig, und das Hemd geht definitiv in Richtung Hipster, aber alles in allem macht er einen ... harmlosen Eindruck.«

»Genau das ist es ja!«, zischte Sam. »Er sieht harmlos aus. Sein halbherziger Bart lässt darauf schließen, dass er gerne ein Hipster wäre, aber nicht den Mumm hat, es durchzuziehen. Und dann dieses pseudo-hipstermäßige Hemd! Wenn er ein richtiger Hipster wäre, würde er Hosenträger dazu tragen und Bars frequentieren, in denen Bio-Cocktails aus Marmeladengläsern serviert werden. Außerdem hat er mir gerade einen fünfzehnminütigen Vortrag über Kaffee gehalten. Er ist zum Gähnen langweilig und überheblich obendrein. Wie kam Hannah auf die Idee, dass wir etwas gemeinsam haben könnten?«

»Aber ... Ich dachte, du kannst Hipster nicht ausstehen?«, fragte ich verwirrt. »Du hast so oft und so überdeutlich, dass es schon an Besessenheit grenzte, kundgetan, wie sehr du

Hipster verabscheust, und jetzt beschwerst du dich, weil er *kein* Hipster ist?«

»Ich beschwere mich, weil er zu langweilig ist, um ein echter Hipster zu sein. Es wäre weniger beleidigend, wenn er einer wäre.«

»Im Ernst?«

»Nein, vermutlich nicht. Wahrscheinlich wäre ich dann auch sauer, weil das bedeuten würde, dass mir Hannah ganz offensichtlich nicht zugehört hat. Aber darum geht es nicht.«

»Worum geht es dann?«, hakte ich nach.

»Keine Ahnung.« Sam zuckte bekümmert die Schultern. »Ich schätze, ich werde ewig die Hoffnung hegen, irgendwann doch noch den Einen zu finden, und als Hannah sagte, sie hätte jemanden für mich eingeladen, dachte ich, er könnte der Eine sein, aber stattdessen hat er sich als komplette Schnarchnase entpuppt. Selbst in meiner Jugend hätte ich nicht tief genug ins Glas schauen können, um ihn mir schönzutrinken, geschweige denn jetzt, wo ich erwachsen und vernünftig bin, und deshalb bin ich unverhältnismäßig enttäuscht. Vor ein paar Monaten noch hatte ich mich ganz gut damit arrangiert, allein zu bleiben, aber Sophie kommt nächstes Jahr in die Highschool. Irgendwann werden die Kinder flügge, und dann bleibt mir nur noch mein Hund, und auch der wird irgendwann sterben, und dann bin ich ganz allein. *And I've still got all my life to live, I've got all my love to give …*«

»Du kommst mir ernsthaft mit Gloria Gaynor? Gerade du, der sich immer über Schwulenklischees echauffiert?«

»Ich SCHÜTTE DIR MEIN HERZ AUS!«, rief Sam. »Was ist, wenn ich nie wieder einen Mann kennenlerne? Als sich

Robin aus dem Staub gemacht hat, war ich wild entschlossen, mir nicht noch einmal das Herz brechen zu lassen, aber inzwischen habe ich meine Meinung geändert, und vorhin ist mir mal wieder bewusst geworden, wie verdammt *schwierig* es ist, einen potenziellen Lebenspartner zu finden. Es ist ja schon schwer genug, jemanden zu finden, mit dem man mal einen Kaffee trinken gehen kann, ohne gleich mit Details über dunkle Röstung und Einzellagen-Arabica-Bohnen zugeföhnt zu werden! Aber was, wenn dieser Mister Kaffeespezialist im Fake-Hipster-Hemd der letzte verfügbare Mann ist? Was, wenn ich mich entscheiden muss zwischen Bartfratze und einem Lebensabend in Vereinsamung, Ellen? Hannah und Charlie sehen so glücklich aus, und ich, ich werde nie wieder lieben …«

Simon hatte sich während des Gesprächs mit der Entschuldigung davongestohlen, er brauche noch einen Drink, so dass ich allein mit Sams existenzieller Krise fertig werden musste.

»Sag mal, Sam, hast du zufällig ein bisschen zu viel Gin getrunken?«, erkundigte ich mich.

»Schon möglich«, gab er mit glasigen Augen zu.

»Na, das war aber nicht besonders clever, oder? Du weißt doch, dass man davon besonders emotional und paranoid wird.«

»Quatsch.«

»Kein Quatsch. Hast du etwa schon vergessen, dass ich voriges Jahr nach der Gin-Verkostung den ganzen Tag geheult und alle möglichen Tierheime gegoogelt habe, nur für den Fall, dass mein Hund plötzlich das Zeitliche segnet? Dabei ist er erst sechs und bei geradezu unverschämt guter Gesundheit.«

Sam schnaubte. »Nur, weil du einen an der Waffel hast,

heißt das noch lange nicht, dass meine Zukunftssorgen unbegründet sind.«

»Das habe ich nie behauptet. Ich sage doch nur, dass Gin in einer solchen Stimmungslage wenig hilfreich ist. Darf ich dich daran erinnern, dass Hannah, kurz bevor sie mit Charlie zusammengekommen ist, haargenau die gleichen Befürchtungen hatte? Sie war auch überzeugt, sie würde auf ihre alten Tage total vereinsamen, und jetzt sieh sie dir an! Man weiß nie, was einen erwartet. Du könntest der Liebe deines Lebens schon morgen begegnen, bei Sainsbury's vor dem Regal mit den Milchprodukten! Er ist irgendwo da draußen und wartet auf dich. Wer weiß, vielleicht ist es ja sogar der bärtige Pseudo-Hipster. Du solltest ihm eine Chance geben.«

»Definitiv nicht. Der ist ein Vollpfosten.«

»Na ja, wie wär's dann mit einem meiner Arbeitskollegen? Ein paar von denen sind richtig heiß.«

»Ach, tatsächlich?«, fragte Simon, der just in diesem unpassenden Moment wieder neben mir auftauchte.

»Sind das nicht auch lauter Hipster-Idioten?«

»Ach, was, so schlimm sind sie nicht«, winkte ich betont unbekümmert ab.

»OH, GOTT!«, rief Sam, »sag bloß, du wirst eine von ihnen? Hast du nicht erzählt, dass sie ebenfalls alle vom Thema Kaffee besessen sind? Und jetzt kommst du mir mit ›so schlimm sind Sie nicht‹. WER BIST DU, UND WAS HAST DU MIT ELLEN GEMACHT?«

»Ach hör auf, Sam. Ich meinte damit nur, dass nicht alle Hipster derart nerven. Und im Übrigen bleibt dir immer noch der Förderverein. Es könnte also durchaus noch Hoffnung für dich bestehen.«

Sam schauderte. »Ja klar, der Förderverein, wie sexy. Aber dank dieser grauenhaften Vision ist es Dir wenigstens gelungen, mich aus meinem Anfall von Larmoyanz zu reißen, und dafür bin ich dir dankbar.«

»Na, also. Jetzt reiß dich zusammen und komm tanzen«, sagte ich. »Und wir bestellen uns keine Shots, okay?«

Natürlich ließ sich Sam nicht davon abhalten, und so kam es, dass wir nach mehreren Schnapsrunden, an deren Vernichtung sich erstaunlicherweise sogar auch Simon beteiligte, am Ende alle wunderbar angeschickert waren, was in unserem Alter zugegebenermaßen etwas peinlich ist. Irgendwann fiel Simon dann ein, dass in dem Architekturbüro, für das er arbeitet, in der Vorwoche ein neuer Kollege angefangen hatte. »Vielleicht findest du den ja akzeptabler, Sam. Er hat jedenfalls keinen Bart, und ich habe ihn noch nie über Kaffee reden hören, einmal abgesehen davon, dass er fragte, ob jemand einen Kaffee will, ehe er in die Küche ging, um sich einen zu holen.«

»Nein, danke!«, lallte Sam. »Ich finde meine große Liebe schon selbst, und swar bei Sainsbury's, vor dem Kühlregal mit den Milchprodukten. Unsere Blicke werden sich kreuzen, und – Zack! – wird es swischen uns funken. Ich will keinen akseptablen Mann, ich will Liebe! Wahre Liebe!«

»Jaaa«, nuschelte Hannah. »Alle sollten ihre große Liebe finden! So wie Sharlie und ich. Nicht wahr, Sharlie? Ein Hoch auf die Liebe!«

»Auf die Liebe!«, bellte ich und kippte mir meinen flambierten Sambuca in die Kehle, wobei leider das Meiste danebenging und in meinem Ausschnitt landete. Zum Glück ist Charlie Arzt und nach jahrelangem Training während des Studiums trotz exzessiven Alkoholgenusses noch in der Lage, in Krisensituationen geistesgegenwärtig zu reagieren. Er kippte blitzschnell ein Glas Wasser hinterher, ehe mein BH Feuer fangen konnte – zum Glück, denn damit hätte die Party wohl ein zwar denkwürdiges, aber wenig erfreuliches Ende gefunden.

Samstag, 29. Oktober

Aaaarrrrrghhhh! Ich bin grün! Und zwar nicht im politischen oder metaphorischen Sinne, sondern wortwörtlich! Mein Gesicht hat eine Farbe angenommen, die man nur als zartes Erbsengrün bezeichnen kann.

Die Prophezeiungen von Lucy Atkinsons Mami haben sich samt und sonders bewahrheitet: Ich hatte einen ordentlichen Aufstand machen müssen, um genügend freiwillige Helfer für die Halloween-Disco des Fördervereins zusammenzutrommeln, die gestern Abend über die Bühne ging. Die Mamis von Oscar Fitzpatrick und Edie Prescott hatten tatsächlich versucht, ihre Sprösslinge einfach abzuladen und sich dünnzumachen, und die meisten Eltern hatten den ganzen Abend wie festgetackert an der Bar gestanden und sich in Ruhe volllaufen lassen, statt ein Auge auf ihre Kinder zu haben, die sich gebärdeten wie Ausgeburten der Hölle, weil sie tonnenweise raffinierten Zucker und künstliche Farbstoffe intus hatten. Aber zumindest wurden große Mengen des australischen Chardonnays vernichtet, den wir für vier Pfund die Flasche bei Asda erstanden hatten und für vier Pfund fünfzig pro Glas verkauften, und schließlich ging es ja letztendlich darum, möglichst viel Geld einzunehmen.

Die Dekoration der Aula war recht gelungen, wie ich fand. Wir hatten den gesamten Inhalt von etwa drei Ein-Pfund-Shops darin verteilt, und das ausgelassene Kreischen der Kleinen zeugte davon, dass wir alles richtig gemacht hatten, wenngleich Kiki, die sich als nuttige Hexe verkleidet hatte, ihre Möpse in einem Top mit Ausschnitt bis zum Bauchnabel präsentierte und ein Selfie nach dem anderen schoss, seufzte, es wäre nicht ganz das, was ihr vorgeschwebt hätte. »Wenn die Schule einen eigenen Instagram-Account hätte, dann hätten wir vielleicht Party Pieces als Sponsor gewinnen können.«

Ich hatte mich für ein hochgeschlossenes Kleid entschieden, die grünhäutige Hexe aus dem Film *Der Zauberer von Oz* zu meinem Vorbild auserkoren und mir sogar das Gesicht entsprechend angemalt. Ich sah ziemlich authentisch aus, wenn auch etwas furchterregend; ein paar der Kinder begannen bei meinem Anblick prompt zu weinen. Nach dem offiziellen Ende der Veranstaltung klingelten uns noch stundelang die Ohren von Hitparadenkrachern wie *Macarena* und Co., und da sich die meisten freiwilligen Helfer bereits in Luft aufgelöst hatten, blieb das Aufräumen an Sam, Cara, Katie und mir hängen. Das Bar-Team hatte, wie es aussah, wahllos immer neue Flaschen geöffnet, statt erst die offenen zu leeren, so dass ziemlich viele halbleere Flaschen herumstanden, die sich zweifellos nicht lange halten würden, und da wir nichts verkommen lassen wollten, kümmerten wir uns aufopferungsvoll um die Restentleerung.

Und die Flaschen, die wir während des Aufräumens nicht geleert hatten, nahmen wir einfach mit zu mir nach Hause, wo wir das eingenommene Geld zählten. Ich liebe es, Geld zu zählen, selbst, wenn es gar nicht mir gehört. Es gibt doch kein erbaulicheres Geräusch als das Rascheln von aufeinandergestapelten Zehn-Pfund-Noten!

Na, jedenfalls, nachdem wir das Geld gezählt und den Wein ausgetrunken hatten, wankten die anderen nach Hause, und ich legte mich, weil ich nach dem anstrengenden Abend und infolge des Weinkonsum recht erschöpft war, ein wenig aufs Sofa, um mich auszuruhen, und zwar ohne mich vorher abzuschminken. Und als ich heute Morgen erwachte, stellte ich fest, dass man grüne Schminke nicht vierzehn Stunden am Stück auf der Haut lassen sollte, WEIL DAS GOTTVERDAMMTE ZEUG DANN NÄMLICH NICHT MEHR ABGEHT! ICH BIN LEUCHTEND GRÜN!

Shit. Und was nun? So kann ich unmöglich ins Büro gehen, und ich denke gar nicht daran, die Kinder in dem Aufzug in die Schule zu bringen! Solche Sachen sind Lucy Atkinsons Mami nie passiert. Laut Google sollte Olivenöl Abhilfe schaffen, aber ich bin immer noch grün, obwohl ich mir vorhin fast eine komplette Flasche kaltgepresstes Olivenöl ins Gesicht gekippt habe. Vielleicht sollte ich es stattdessen mit Kokosöl versuchen. Olivenöl ist doch ohnehin out. Simon und die Kinder lachen sich immer wieder scheckig bei meinem Anblick. Wie schön, dass sie meine prekäre Lage so überaus erheiternd finden. Schweine.

Montag, 31. Oktober

Ich bin nach wie vor grün. Ganz allmählich verblasst es zwar, aber meine Gesichtshaut schimmert definitiv noch leicht froschfarben. Morgens fiel mir ein, dass man rote Äderchen und Flecken mit grünem Concealer abdeckt, also trug ich unter der Grundierung großzügig Rouge auf in der Hoffnung, dass der Effekt auch umgekehrt funktioniert. Tut er aber nicht. Ich sah aus, als hätte ich es mit dem Selbstbräuner übertrieben. Also sagte ich sämtliche Meetings im Büro ab und saß den ganzen Tag wie festgetackert an meinem Schreibtisch, wobei ich mir die Haare ins Gesicht hängen ließ. Ich kam mir vor wie der älteste EMO auf der ganzen Welt. Ich konnte nur hoffen, dass niemand zu mir kommen und mit mir reden würde. Natürlich hatten ausgerechnet heute alle irgendetwas mit mir zu besprechen. Selbst Ed verließ zum ersten Mal, seit ich mit an Bord bin, sein Büro.

»Ist alles in Ordnung?«, erkundigte er sich.

»Ja, alles bestens«, murmelte ich und stierte auf meinen Schreibtisch.

»Fühlen Sie sich nicht gut?«

»Doch, doch. Ich fühl mich super. Alles tippitoppi.«

»Sie sehen aber irgendwie ungesund aus.«

»Tatsächlich?«

»Ja, so ... grünlich.«

»Ach, das liegt bestimmt am Neonlicht. Alan erweckt doch auch den Anschein, als wäre ihm leicht übel, nicht?«

»Nein, nur Sie sind grün im Gesicht.«

»Ach, sagten Sie grün? Ja, ja, das ist durchaus möglich.«

»Wie das?«, fragte er.

Shit. Warum? Warum war ich grün? Ed war zwar ein schweigsamer Geselle, aber ich hatte nicht den Eindruck, dass er sich so ohne Weiteres einen Bären aufbinden lassen würde. Ich beschloss also, ihm reinen Wein einzuschenken.

»Nun ja, ich war am Wochenende auf einer Halloween-Party, und zwar verkleidet und geschminkt, und ich habe möglicherweise ein bisschen zu tief ins Glas geschaut und vergessen, mich abzuschminken, ehe ich schlafen ging. Tja, und die Schminke hat abgefärbt«, gestand ich.

»Oh. Verstehe. Ich dachte schon, es wäre etwas Ansteckendes«, sagte Ed. »Tja, sehen Sie zu, dass das nicht allzu oft vorkommt, ja?«

»Mach ich«, versprach ich so würdevoll wie unter den gegebenen Umständen möglich. Kaum hatte sich Ed hastig in sein sicheres Büro zurückgezogen, prustete Alan los.

»Ich bin beeindruckt, Ellen!«, gluckste er. »Und ich dachte schon, du würdest dich nur gesund ernähren und Yoga machen.« (Offenbar habe ich den Eindruck vermittelt, ich würde Yoga machen, was im Grunde genommen keine Lüge ist – ich habe tatsächlich einmal eine Probestunde absolviert, und ich besitze sogar eine Yogamatte. Gab es mal bei TK Maxx.) »Ich dachte, du hättest vielleicht zu viele grüne Smoothies getrunken. Ich habe einmal einen Green Detox gemacht. Nie wieder, ey. Ich hab eine volle Woche lang nur Algen gekackt.«

»Hach …«, seufzte Lydia neidvoll. »Früher hab ich auch gerne gefeiert und getankt, aber dann kam der Nachwuchs. Seither fühl ich mich, als hätte ich einen Dauer-Kater, weil mich nachts regelmäßig Kindergeschrei aus dem Schlaf reißt. Hoffentlich weißt du dein Glück zu schätzen, Ellen. Ich werde nur noch zu Partys eingeladen, auf denen es ausschließlich Würstchen im Schlafrock und Mini-Pizzas gibt, serviert in bunten Ikea-Plastikschüsseln.«

»Na ja, sonderlich glamourös war diese Party auch nicht«, murmelte ich.

»Ein Mitbewohner von mir hatte nach einer Studentenparty mal ein ähnliches Problem, Ellen«, meldete sich James zu Wort. »Er hat die Schminke mit Swarfega-Handwaschpaste weggekriegt.«

Handwaschpaste! Warum war ich da nicht selbst draufgekommen?

»Oh, schon Mittag«, fuhr James fort. »Ich hole mir etwas vom Deli um die Ecke. Wem soll ich etwas mitbringen?«

Alan schüttelte den Kopf. »Für mich nichts, danke, James. Ich gehe ins Fitnessstudio.«

»Ach Mist, ich muss dringend das Kindermädchen anrufen, das Baby hatte morgens Durchfall«, sagte Lydia.

»Es war kein bisschen beeindruckend«, murmelte ich, doch das Büro war bereits wie leergefegt; meine Worte verhallten ungehört.

NOVEMBER

Freitag, 4. November

»Werde Mitglied des Fördervereins«, hieß es. »Du wirst sehen, es ist ein tolles Gefühl, dich für die Kinder zu engagieren«, hieß es. »Und es ist überhaupt kein Aufwand«, hieß es. Nichts als Lügen! Dicke, fette Lügen, verdammt noch mal!

Kaum hatte sich mein Teint nach der Halloween-Disco wieder einigermaßen normalisiert, trudelte auch schon die nächste E-Mail von Lucy Atkinsons Mami ein. Ich hatte Simon aufgetragen, die Kinder nach Feierabend von der Schule abzuholen und ihnen ihre Scheiß-drauf-Freitagspizza vorzusetzen, während ich mir mit meinen neuen Kollegen ein paar Drinks in einer coolen Bar für junge Leute genehmigte. Ich ließ sogar das Auto da und nahm ein Taxi nach Hause, damit ich mich besaufen konnte, wie es sich für einen Erwachsenen gehört. Dementsprechend hielt sich meine Begeisterung über besagte E-Mail in Grenzen, zumal ich bereits meinen dritten Gibson (Ein Cocktail mit Silberzwiebeln! Wie abgefahren ist das denn?!) in Arbeit hatte. Mir graut schon jedes Mal, wenn ich in meiner Inbox eine E-Mail von Lucy Atkinsons Mami erblicke, denn genau wie bei Jessica sind diese Nachrichten selten erfreulichen Inhalts. Eigentlich hätte ich sie gar nicht erst öffnen sollen, wo ich doch mit meinen Kollegen in einer coolen Bar saß und schon recht angeheitert war, denn wie befürchtet erwartete mich darin die nächste Keule:

Hi, Ellen,
wie du weißt, organisiere ich normalerweise die Sammlung für die Weihnachtsgeschenke für die Lehrerinnen und Lehrer, aber ich wollte mal fragen, ob du das dieses Jahr übernehmen könntest, weil ich zurzeit sehr beschäftigt bin.
LG

Argh! Die Weihnachtsgeschenke für den Lehrkörper zu organisieren ist das reinste Minenfeld. Dabei sollte es im Grunde ein Klacks sein: Jeder stopft einen Fünfer in einen Umschlag, selbiger wird an eine ausgewählte Person übergeben, und diese besorgt dann bei John Lewis oder Marks & Spencer Geschenkgutscheine, mit denen die Eltern auf höfliche Art und Weise ihren Dank dafür zum Ausdruck bringen, dass sich die hochgeschätzten Lehrerinnen und Lehrer das ganze Jahr über mit ihren ungezogenen Gören herumärgern.

Aber ich sehe es schon kommen, dass es wieder ein totales Fiasko gibt, vor allem, wenn ich dafür verantwortlich zeichne. Lucy Atkinsons zum Kotzen perfekte Mami nervt zwar tierisch in ihren hautengen Jeans und mit dem obligatorischen Becher Soja-Latte und ihrer Frisur, die SELBST BEI WINDSTÄRKE ACHT NOCH SITZT, aber eines muss man ihr lassen: Sie verstand sich hervorragend darauf, all jene Mamis taktvoll in die Schranken zu weisen, die vorschlugen, für die Lehrer ein guatemaltekisches Waisenkind zu adoptieren oder Ohrringe zu kaufen, die aus den Kötteln himalayischer Bergziegen gefertigt waren. Taktgefühl gehört definitiv nicht zu meinen Stärken, und die Wahrscheinlichkeit ist groß, dass ich diesen Weibern nach der dritten Mail antworte, sie sollen mich gefälligst mit ihren beschissenen Ideen verschonen.

Zu meiner grenzenlosen Freude folgte der ersten E-Mail gleich noch eine weitere, die da lautete:

Ich habe ganz vergessen zu erwähnen, dass die Person, die die Weihnachtsgeschenke für den Lehrkörper besorgt, normalerweise auch die Weihnachtsfeier für die Mamis organisiert. Ich freu mich schon darauf!
LG

Das kann ja heiter werden. Es gibt wohl kein zweifelhafteres Vergnügen als die Weihnachtsfeier für die Mamis, bei der sich gut dreißig überdrehte Weiber in einem Pub mit überteuertem, lauwarmem Truthahn vollstopfen, mit dem Cocktail des Verderbens nachspülen und dabei so tun, als hätten sie noch irgendetwas anderes gemeinsam als die Tatsache, dass sie alle in etwa um die gleiche Zeit einen kleinen Menschen aus ihrem Körper gepresst haben. Okay, es sind nur achtundzwanzig Mütter plus Sam und Julian, wobei letzterer die unangenehme Angewohnheit hat, sich einzuklinken, wenn Kreißsaalerfahrungen ausgetauscht werden, indem er die diesbezüglichen Erlebnisse seiner Frau Susan schildert, was ich irgendwie unangemessen finde, da Susan in den zwei Jahren, die die Kinder der beiden nun schon an der Schule sind, noch kein einziges Mal aufgetaucht ist. Ich würde ja mutmaßen, dass sich Julian diese Susan nur ausgedacht hat und sich die Kinder von einem ahnungslosen Freund ausleiht, um ungeniert Mamis anbaggern zu können, andererseits lässt sich Simon ebenso selten in der Schule blicken.

Julian betont auch gern, wie unheimlich einfühlsam er geworden ist, seit er bei den Kindern zu Hause bleibt, zweifellos in der Hoffnung, eine der Mamis damit ins Bett zu kriegen. Seltsamerweise reicht seine Einfühlsamkeit nicht so weit, dass er sich auch mal als freiwilliger Helfer bei den Veranstaltungen des Fördervereins einbringen würde. Dafür ist er ganz groß darin, die Mamis bei der Weihnachtsfeier schamlos anzugraben, und er versucht auch gerne mal, seine Kinder bei anderen Eltern abzuladen, sobald sie auch nur das geringste Interesse an seinem freiberuflichen Dasein als Fotograf zeigen, mit dem Argument, es sei ja so unheimlich schwierig, Vollzeit-Vater zu sein und gleichzeitig einer Arbeit nachzugehen. »Deshalb bin ich immer superdankbar, wenn mir jemand Phoebe und Marcus für ein paar Stunden abnimmt … Ja, ginge das? Klasse, danke! Ihr bekommt im Gegenzug einen Rabatt, wenn ihr mal eine Familien-Fotosession bei mir bucht … Ihr seid die Größten! Ich hole sie dann so gegen fünf, allerspätestens sechs ab … Also, es wird definitiv nicht später als sieben. Da hat dann nämlich auch Susan Feierabend. Danke, bis später! Ach, ja, es macht euch doch nichts aus, wenn sie mit euren Kindern zu Abend essen? Aber bitte denkt daran, dass Phoebe eine Glutenunverträglichkeit hat, und Marcus ist laktoseintolerant. Klasse! Tschü-hüß!«

Ach, verdammt. Ich wollte doch nur EIN MAL wieder eine Erwachsene in einer coolen Bar sein. Warum musste mir Lucy Atkinsons Mami diese E-Mails ausgerechnet heute schicken?

Dazu erhielt ich mehrere SMS von Simon, der wissen wollte, wann er die Pizza für die Kinder in den Ofen schieben solle, wann ich nach Hause zu kommen gedenke und ob sich Jane und Peter eine Pizza teilten oder ob jedes Kind eine eigene Pizza bekam. Ich versuchte, mir nicht anmerken zu lassen, dass ich vor Wut kochte, als mir Alan mit einem verschwörerischen Zwinkern einen vierten Gibson in die Hand drückte.

»Voilà, da du ja ganz offensichtlich Single bist …«, sagte er grinsend.

»Was? Wie kommst du darauf?«, fragte ich. »Wirke ich etwa wie eine verzweifelte alte Schachtel oder so?« Oh, Gott, ich hatte es wohl doch übertrieben mit den originellen Klamotten. Ich hätte bei den Ballerinas und den Strickjäckchen bleiben sollen. Der Pony, den ich mir vorige Woche habe schneiden lassen, war eindeutig ein Fehler. Ich wusste es!

»Nein, aber welche Frau genehmigt sich schon vier Cocktails mit Silberzwiebeln, wenn sie nachher zu Hause mit ihrem Herzallerliebsten knutschen will?« Er zwinkerte erneut.

»Immer her mit den Silberzwiebeln«, sagte James seufzend. »Meine Frau ist entweder zu müde oder zu sehr mit den Kindern beschäftigt, um zu knutschen.«

»Tja, so läuft das nun mal, wenn man sich an die Kette legen lässt.« Alan gluckste. »Auch du könntest frei und ungebunden sein, so wie Ellen und ich.«

Frei und ungebunden, das klang verlockend. Und da ich nach vier Gibsons nicht mehr in der Lage war, einen zusammenhängenden Satz zu formulieren, um Alan zu korrigieren, grinste ich nur benommen und hoffte, dass ich nicht stolpern würde, wenn ich demnächst aufs Klo ging.

Montag, 7. November

Okay, jetzt bin ich seit einem Monat in Vollzeit beschäftigt, und ich kann mit Fug und Recht behaupten, dass sich allmählich die ersten Risse in der Fassade zeigen. Was heißt »Risse« – es tun sich Abgründe auf. In dem Versuch, die anstehenden Aufgaben im Haushalt gerecht zwischen Simon und mir aufzuteilen, habe ich einen Plan erstellt, in dem minutiös festgelegt ist, wer wann was macht – wer an welchen Abenden für die Kinder kocht und so weiter und so fort. Ich habe den Plan an den Kühlschrank geklebt und mit Simon durchgesprochen, und bis jetzt hat er sich daran gehalten. Er jammert und seufzt und schnauft dabei zwar in einer Tour oder schnalzt mit der Zunge, aber er tut, was im Plan steht. Und ansonsten rührt er keinen Finger, muss ich leider hinzufügen. Wenn er sich morgens um die Kinder kümmern soll und sie beim Frühstück ihre Coco Pops auf dem Küchenboden verschütten, dann käme er, wenn er an diesem Tag nicht rein zufällig mit Staubsaugen dran ist, nie und nimmer auf die Idee, das Chaos zu beseitigen. Vielmehr bringt er einfach die Kinder in die Schule, und der Dreck bleibt liegen, bis ich wieder zu Hause bin und den Staubsauger anwerfe, denn schließlich ist das an diesem Tag ja meine Aufgabe. Ich würde furchtbar gern mal den Spieß umdrehen und ebenfalls nur Dienst nach Vorschrift machen, aber ich bin weder stur genug, noch habe ich die Kraft, das Knirschen von Coco Pops unter meinen Schuhsohlen zu ignorieren.

Letztes Wochenende stand ich den ganzen Sonntagnachmittag am Herd und kochte vor. Diese Woche haben wir im Büro nämlich ein Großprojekt gestartet – das erste, in das ich eingebunden bin –, und ich wollte gewappnet sein für den Fall, dass ich mal länger als üblich arbeiten musste. Wenn ich dann auf eines der vorgekochten und eingefrorenen Gerichte zurückgreifen konnte, war gewährleistet, dass trotzdem alle etwas Anständiges zu essen bekamen.

Als ich jedoch vorhin nach Hause kam, musste ich feststellen, dass Simon nicht selbst gekocht hatte, er hatte lediglich die Tajine aufgetaut, die ich für morgen Abend vorgesehen hatte, und zusätzlich auch noch den Hühnchenauflauf, der meiner Beschriftung zufolge für »Donnerstag« eingeplant war. Sie hätten sich eben nicht entscheiden können, sagte er.

Und da platzte mir der Kragen. »Herrgott noch mal, Simon, das war für morgen! Heute Abend warst *du* für das Kochen eingeteilt!«

»Ich *habe* doch gekocht!«

»Nein, das hast du nicht! Du hast GESCHUMMELT! Du hast nicht gekocht, sondern bloß das aufgetaut, was ich für den Rest der Woche vorgesehen hatte.«

»Ach so, wenn *du* etwas aus dem Tiefkühler auftaust, dann ist das okay, aber bei mir nicht!«, beschwerte er sich.

»Ja, ganz recht, weil *ich* es war, die diese Sachen gekocht und eingefroren hat, und weil *ich* verflucht noch mal den ganzen Sonntagnachmittag damit zugebracht habe, während du faul auf dem Sofa gesessen und dir deine bescheuerten *Gebrauchtwagenprofis* angesehen hast.«

»Das habe ich mitnichten. Ich gucke diese Sendung aus Prinzip nicht mehr, seit Edd China ausgestiegen ist«, unterbrach er mich.

»Und wenn schon! Darum geht es nicht, Herrgott noch mal! Es geht darum, dass du beschlossen hast, den ganzen

Sonntagnachmittag das süße Nichtstun zu genießen, während ich vorgekocht habe, damit ich den Rest der Woche keinen Gedanken mehr an das Abendessen verschwenden muss. Und dann gehst du her und SCHUMMELST, indem du das Essen auftaust, das ich gekocht habe, und zwar ALLES, und du hast auch noch die Reste weggeworfen! Und deshalb wirst du nicht nur morgen kochen, sondern auch an allen anderen Abenden diese Woche.«

»Was? Warum sollte ich? Ich habe meinen Beitrag geleistet. Die Kinder haben ihr Abendessen bekommen, und zwar heute, als ich dran war. Morgen bist *du* dran, und da wirst gefälligst *du* kochen.«

»Du hast verdammt noch mal heute nicht gekocht! *Ich* habe gekocht!«

»Und? Ich sehe echt nicht ein, warum du nicht gleich für die ganze Woche vorkochst, statt nur für deine Abende!«, ätzte Simon.

»Weil das verdammt noch mal nicht meine Aufgabe ist!«, erwiderte ich. »Das wäre dann ja, als würde ich jeden Abend kochen. Und was machst du? Willst du stattdessen mehr Hausarbeit erledigen?«

»ICH ERLEDIGE BEREITS MEHR ALS GENUG HAUSARBEIT!«, brüllte Simon. »Weißt du überhaupt, wie anstrengend es ist, die Karriereleiter zu erklimmen, wenn man zugleich einen Haushalt wuppen muss?«

»JAWOHL!«, brüllte ich zurück. »Du wirst es nicht glauben, aber ich weiß es NUR ZU GUT! Ich bitte dich doch nur darum, deinen Teil zu übernehmen, mehr nicht, Herrgott noch mal!«

»Meinst du, mein Vater wäre beruflich so erfolgreich gewesen, wenn ER abends noch hätte staubsaugen oder kochen müssen? NEIN! Er konnte sich voll und ganz seiner Arbeit widmen, denn meine Mutter hat ihm den Rücken freigehalten. Wie soll ich bitteschön erfolgreich sein, wenn du ständig etwas von mir willst? Mein Vater konnte sich, wenn er nach Hause kam, an den gedeckten Tisch setzen, und er bekam kein tiefgefrorenes Essen vorgesetzt, und meine Mutter lag ihm auch nicht ständig mit der Kindererziehung und all dieser Scheiße in den Ohren!«

»Was zum TEUFEL hat dein Vater damit zu tun?«, fragte ich. »Die Dinge haben sich geändert! Heutzutage ARBEITEN AUCH DIE FRAUEN. Sie können es sich für gewöhnlich gar nicht mehr leisten, zu Hause zu hocken und das Heimchen am Herd zu spielen, während ihr Mann in die Welt hinaus geht, um ein wolliges Mammut zu erlegen, damit seine Familie etwas zu beißen hat. Deine Mutter mag nicht dazu in der Lage gewesen sein, aber ICH ERLEGE MIR MEIN WOLLIGES MAMMUT SELBST!«

»LASS GEFÄLLIGST MEINE MUTTER DA RAUS!«

»DU hast doch damit angefangen! Du hast deinen Vater ins Spiel gebracht. Meinst du denn, er hat es deiner Mutter je gedankt, dass sie ihm den Rücken freigehalten und ihm damit seinen Erfolg ermöglicht hat? Ist dir überhaupt klar, wie gelangweilt und frustriert deine Mutter war? Sie hat nur versucht, auf diese Weise ihre Existenz zu rechtfertigen!«

»Meine Mutter ist rundum glücklich. Sie fand es schön, sich um uns zu kümmern. Schade nur, dass du nicht so empfindest.«

»Deine Mutter hat dich verdammt noch mal von vorn bis hinten bedient, bis du mit mir zusammengezogen bist. Als du angefangen hast zu studieren, hat sie dir sechzig Unterhosen gekauft, die du dann alle zwei Monate zu ihr nach Hause gekarrt hast, um sie von ihr waschen zu lassen, damit du es nicht selbst tun musstest! Es ist zu einem großen Teil ihre Schuld, dass du jetzt so ein faules Aas bist und kaum im Haushalt mithilfst. Und nur zu deiner Information, KEINE FRAU FINDET ES SCHÖN, DRECKIGE UNTERHOSEN ZU WASCHEN, NICHT EINMAL DEINE MUTTER!«

»Du bist total albern. Ich kann nicht mit dir reden, wenn du so drauf bist. Ich will doch bloß eine Frau, die mich unterstützt, und was bekomme ich? Nur Ärger.«

»Und ich will verdammt noch mal bloß einen Mann, der *mich* unterstützt, und was bekomme *ich*? Nur Beschwerden, weil ich kein perfektes Hausmütterchen à la die *Frauen von Stepford* bin. Fick dich doch ins Knie.«

»Fick du dich doch ins Knie!«

»Ich hab's zuerst gesagt.«

»Siehst du? Du bist unmöglich und kindisch.«

Seither herrscht zwischen uns Funkststille.

Dienstag, 8. November

Der Tag fing schlecht an. Bisweilen habe ich das Gefühl, gar nicht mehr als Mensch wahrgenommen zu werden. Ich bin bloß ein unsichtbares Helferlein, dessen Aufgabe morgens darin besteht, Turnbeutel, Wasserflaschen und Hausaufgabenhefte zu lokalisieren, während alle anderen ihre Zeit vertrödeln und warten, dass ihnen alles einfach vor die Füße fällt. Was heute das Fass zum Überlaufen brachte, mag zwar nur eine Kleinigkeit gewesen sein, aber manchmal sind es eben genau solche Kleinigkeiten. Ich hatte gerade laut und vernehmlich verkündet, ich würde mir jetzt noch die Zähne putzen und dann die Kinder in die Schule bringen, und Simon fiel nichts besseres ein, als just in diesem Moment für eine ausgiebige Sitzung im Badezimmer zu verschwinden, wo sich meine Zahnbürste befand. Ich war ohnehin schon genervt gewesen, weil er das Chaos um sich herum komplett ignoriert und nur für sich selbst Kaffee gemacht hatte, wohingegen ich nicht nur die Pausenbrote geschmiert und irgendwelche Elternbriefe unterzeichnet hatte, die Peter und Jane angeblich »gerade erst« in ihren Schultaschen gefunden hatten, ich hatte auch mit den Kindern Buchstabieren geübt, während ich mich schminkte, um einigermaßen präsentabel und erwachsen auszusehen. Und ich fand es ausgesprochen egoistisch von Simon, dass er ausgerechnet diesen Zeitpunkt für seine morgendliche Darmentleerung wählte, so dass ich mir überlegen musste, ob ich nun mit ungeputzten Zähnen in den Arbeitstag starten oder noch warten und dann zu spät ins Büro kommen wollte. Obwohl ich mir geschworen hatte, nie wieder mit ihm zu reden, klopfte ich an die Tür und drängte ihn, einen Zahn zuzulegen, worauf er lapidar erwiderte, so was ließe sich nicht auf Knopfdruck erledigen. Ich hämmerte erneut an die Tür und rief, wenn er sich nicht beeile, müsse eben *er* die Kinder zu Schule bringen, worauf er mich informierte, das sei ausgeschlossen, denn dann käme er zu spät ins Büro (und das kann ja nicht angehen, weil er ja ach so wichtig und beschäftigt ist). Ich erinnerte ihn unter weiterem Hämmern daran, dass *ich* an diesem Tag ein wichtiges Meeting in der Firma hatte und mich deshalb genausowenig verspäten durfte. Schließlich schwang die Tür auf, und er schlenderte mit einem zufriedenen Gesichtsausdruck aus dem Bad. Ich hastete (mit angehaltenem Atem wegen der akuten Luftverpestung) zum Waschbecken, um mir sehr flüchtig die Zähne zu schrubben, dann scheuchte ich die Kinder ins Auto und raste zur Schule. Als Peter und Jane wissen wollten, warum ich so in Eile sei, erklärte ich erneut, ich hätte ein WICHTIGES MEETING, was sie jedoch völlig kaltließ. Weder mein Mann noch meine Kinder waren auf die Idee gekommen, mir viel Glück oder Erfolg oder zumindest einen schönen Tag zu wünschen. Was sie angeht, existiere ich nur, um ihnen zu dienen. Ich bin für sie kein Mensch mit eigenen Wünschen oder Bedürfnissen, sondern nur die Brote-Schmiererin, die Klamotten-vom-Boden-Aufheberin, die Staubsaugerin und die Fischstäbchen-Braterin.

Ich kam gerade noch rechtzeitig ins Büro und huschte ungefähr zehn Sekunden vor Alan in unsere Think Cell. Hinter Alan kam James herein, gähnend und mit dunklen Ringen unter den Augen.

»Na, da war wohl jemand gestern feiern?«, feixte Alan, als er ihn sah.

»Von wegen. Unser Großer ist jetzt fünf und hat ständig Alpträume. Er war mal wieder die halbe Nacht wach, und jedes Mal, wenn meine Frau zurück ins Bett kam, bin ich unweigerlich auch aufgewacht. Scheiße, ich fühl mich wie gerädert, ey.«

»Geht deine Frau nicht auch arbeiten?«, fragte ich.

»Jep. Angeblich ist sie vorhin auf dem Weg ins Büro eingeschlafen und hat ihre Haltestelle verpasst, und sie schiebt aus unerfindlichen Gründen mir die Schuld dafür in die Schuhe. Frechheit.«

In diesem Augenblick hastete Lydia herein. Sie hatte das

Handy am Ohr und zischte gerade: »Ich weiß, ich weiß, aber ... bitte, Mom! Ich bin zurück, sobald es geht. Nur für den Vormittag, okay? Ich frage Chris, ob er dich ablösen kann, falls ich hier nicht wegkomme.«

»Na, alles in Ordnung, Lydia?«, erkundigte sich Alan süffisant.

»Jep, alles paletti«, erwiderte sie knapp.

»Klang aber, als gäbe es bei dir zu Hause mal wieder eine kleine Krise. Was ist es diesmal?«, hakte Alan nach.

»Ach, meine Nanny ist krank, und meine Mutter ist für sie eingesprungen, aber sie ist total überfordert«, berichtete Lydia verdrossen.

»Herrje!«, schnaubte Alan. »Sind wir die Einzigen, die heute Morgen einigermaßen auf Zack sind, Ellen? James sieht aus wie ein Uhu nach dem Waldbrand, und Lydia ... Sag mal, Lydia, hast du etwa zwei verschiedene Schuhe an?! Ed wird jeden Moment mit dem neuen Kunden auftauchen! Und Joe ist gar nicht erst hier; der musste seine schwangere Freundin zum ersten Ultraschall begleiten, sprich, der wird sich zweifellos auch bald den Reihen der Schlafmangel-Zombies anschließen. Ich wette, du bist froh, dass du keine Kinder hast, Ellen!«

Ich öffnete den Mund und dachte an die Streitereien mit Simon und die Undankbarkeit meiner Familie, die mich als selbstverständlich betrachtete. Dann schlurfte Ed mit unserem VIP-Kunden im Schlepptau herein. Ich klappte den Mund wieder zu, und Lydia schob hastig die Füße unter einen Sitzsack.

Mittwoch, 9. November

Ach, Rattenarsch und Nilfperdschwanz! Popelnaschender Pimmelotter! Es hatte mir gehörig Auftrieb gegeben, dass bei der Halloween-Disco dank meines phänomenal souveränen Managements alles glattgelaufen war (okay, mal abgesehen von meinem grün verfärbten Teint; das war ein klitzekleiner Wermutstropfen), und ich sonnte mich noch in meinem Erfolg und redete mir ein, damit meine Verpflichtungen als Vorsitzende des Fördervereins vorerst erfüllt und eine längere Ruhepause verdient zu haben. Natürlich war dem nicht so. Heute kam wieder eine E-Mail von Lucy Atkinsons perfekter Mami.

Ich saß gerade mit James bei Pret A Manger, obwohl uns Alan vorhin einen langen Vortrag über die schlimmen Auswirkungen des Verzehrs von Gluten gehalten und erläutert hatte, warum der Mensch zu Mittag ausschließlich Sashimi essen sollte. Alans »Clean Eating« beschränkt sich, wie ich mittlerweile erkannt habe, darauf, von Sonntag bis Donnerstag als heuchlerisch-nervige Sportskanone in Erscheinung zu treten, um dann am Freitag und Samstag das Äquivalent seines eigenen Körpergewichts in Form von Alkohol zu konsumieren. Er versicherte mir, genauso hätten es auch die Höhlenmenschen gemacht, hätte es denn zu ihrer Zeit bereits Pubs gegeben.

Lucy Atkinsons Mami schrieb:

Hi, Ellen

Eben fiel mir auf, dass ich dir noch die Liste der Standbetreiber für den Weihnachtsmarkt schicken muss, siehe anbei. Ich sollte dich wohl auch daran erinnern, dass diese Woche die Plakate und Flyer für den Markt gedruckt werden müssen,

die Aula ist nämlich für Freitag, den 2. Dezember gebucht.
Eine ganze Reihe von Standplätzen sind bereits vergeben, aber du wirst noch mindestens zehn weitere Buden brauchen. Versuch, ein bisschen zu streuen – es gibt nichts Langweiligeres als einen Weihnachtsmarkt, auf dem man nur Schals und Cupcakes kaufen kann. Du musst außerdem die Leute vom Kindergarten sowie den Fairtrade-Ausschuss der Schule wegen ihrer Stände kontaktieren und Glühwein und Mince Pies in rauen Mengen bestellen. Und ihr werdet haufenweise freiwillige Helfer für den Auf- und Abbau benötigen, idealerweise ein paar kräftige Väter. Ach, ja, vergiss nicht, jemanden zu organisieren, der in einer entsprechend dekorierten Ecke sitzt und den Weihnachtsmann spielt. Keine Sorge, mit ein paar Lichterketten ist diesbezüglich schon viel gewonnen. Und denk daran, dass ihr ein paar Preise für die Tombola benötigt! Eine Flaschentombola findet üblicherweise großen Anklang, aber hüte dich bei der Spendenannahme vor diesen Badesalzen aus den Siebzigerjahren!
Viel Glück!

Himmel, Arsch und Wolkenbruch! Zusätzlich zu meinem Vollzeitjob in einem Büro, in dem alle glauben, ich hätte keine Kinder (Jetzt muss ich die Fassade wohl oder übel aufrechterhalten, alles andere wäre echt megapeinlich.), soll ich jetzt also auch noch einen gottverdammten Weihnachtsmarkt auf die Beine stellen, und mir bleiben dafür gerade mal drei Wochen. Puh. Da es schon so schwierig war, freiwillige Helfer für die Halloween-Disco zu rekrutieren, kann ich wohl davon ausgehen, dass ich die Eltern diesmal mit Tacker und Klebepistole werde bedrohen müssen, um sie zur Mitarbeit zu »motivieren«. Oder gleich mit einer echten Pistole. Für den Anfang werde ich sämtlichen potenziellen Ehrenamtlichen eine im Befehlston verfasste Rundmail schicken.

Nach Feierabend ziehe ich los und kaufe mir zur Aufmunterung ein unpraktisches und vermutlich nicht nachhaltig hergestelltes Paar Schuhe, jawohl.

Donnerstag, 10. November

Tja. Mit meiner Befehlston-E-Mail habe ich gemischte Resultate erzielt. Ich hatte vorgeschlagen, alle interessierten Eltern sollten sich mit ihren Kindern am frühen Abend bei mir zu Hause einfinden, und versprochen, die Knirpse mit Fischstäbchen zu speisen. Ich hoffte, damit ein paar jener Kandidaten anlocken zu können, die beim letzten Aufruf zu bedenken gegeben hatten, sie könnten ihre Kinder nicht unbeaufsichtigt zu Hause lassen und deshalb nicht an der Versammlung teilnehmen. Meine glorreiche Idee, die Versammlung in einem Pub abzuhalten, war nämlich bereits an dieser ersten Hürde gescheitert. Meine damals noch so optimistische Einstellung war mittlerweile einem gewissen Realismus gewichen, und so war ich nicht sonderlich überrascht, als ich feststellen musste, dass Sam, Katie und Cara Cartwright die Einzigen waren, die Zeit hatten. Ich eilte von der Arbeit nach Hause, schob zwei Dutzend Fischstäbchen und eine Tüte Tiefkühlfritten in den Backofen, und dann legten wir los. Cara wollte wissen, ob sie sich als sexy Weihnachtselfe verkleiden könne, und ich sagte, meinen Segen habe sie, gab jedoch zu bedenken, dass die Mitglieder des Fördervereins dann womöglich als Sexparty-Organisatoren verschrien wären, was ihrem Interesse an sexy Weihnachtselfenkostümen einen kleinen Dämpfer versetzte. Caras Besessenheit von Netzstrümpfen und anderen luftig-erotischen Outfits zum Trotz kamen wir gut voran, schließlich hatten sich hier vier vernünftige Menschen versammelt, die ein und dasselbe Ziel verfolgten.

Katie erhielt den Auftrag, einen möglichst billigen Glühwein zu kaufen, der über einen möglichst hohen Alkoholgehalt verfügte, ohne jedoch eine Gefahr für das Augenlicht der Konsumenten darzustellen, und auszurechnen, wie teuer wir ihn verkaufen konnten. Cara würde den Eltern die Sachspenden für die Tombola aus dem Kreuz leiern, und Sam hatte sich widerstrebend bereit erklärt, den Weihnachtsmann zu geben, sich jedoch ausbedungen, dass er vorher das Kostüm mit nach Hause nehmen durfte, um es bei fünfundneunzig Grad zu waschen, da es einige höchst dubiose Flecken aufwies und roch, als hätte es seit den Achtzigern keine Waschmaschine von innen gesehen.

Da ich nun nicht mehr heimlich im Büro Plakate ausdrucken und vervielfältigen konnte, bestimmte ich kurzerhand Simon dazu, diese Aufgabe zu übernehmen und die Plakate auch in der Nachbarschaft aufzuhängen. Ich selbst würde versuchen, noch ein paar Standbetreiber zu organisieren. Ich setzte dafür auf das Wunder lokaler Facebook-Gruppen, von denen die meisten ehrlich gesagt eine Art Faszination des Grauens auf mich ausüben, beweisen sie doch, wie viele Knallköpfe mit nur dürftig kaschierter rassistischer Einstellung sich so in unseren Vorstadtstraßen tummeln. Die Posts, in denen jemand um Empfehlungen bittet, weil er oder sie »dringend« einen »verlässlichen« Handwerker sucht, sind ja noch verhältnismäßig harmlos, wobei mir bei manchen echt schleierhaft ist, warum es derart eilt. Dass man einen Klempner oder einen Elektriker dringend benötigen kann, ist ja durchaus nachvollziehbar, aber was sind das für Leute, die »schleunigst« einen Dekorateur brauchen? Zu meinen absoluten Favoriten unter den richtig verrückten Posts zählen – einmal abgesehen von den endlosen Hundeköttel-Debatten – die einer Frau aus dem Viertel, die über Wochen immer wieder wissen wollte, wer ihren Wellensittich »gestohlen« hatte und sogar drohte, die Polizei einzuschalten, obwohl das Vieh einfach nur aus dem Fenster geflogen und nicht zurückgekehrt war. Und dann war da noch der Mann, der eine Unterschriftenkampagne startete, um die Leute vom Trimmen ihrer Hecken abzuhalten, mit dem Argument, das sei Pflanzenquälerei ... Erschwerend hinzu kommt die massive Unkenntnis einfachster Rechtschreib- und Grammatikregeln, die in der hiesigen Bevölkerung offenbar weit verbreitet ist. Da gibt es beispielsweise Facebook-Nutzer, die Probleme mit ihrer »Fernsehahntenne« haben, und wenn es nicht die *Ahntenne* ist, die defekt ist, dann ist es die »Antene«. Andere bieten eine »Komode« zum Verkauf an, oder – ganz großes Kino – eine »Bärlenkette«. Sehr schön auch der Post, in dem es um eine »viktorianische« Vitrine ging, die »laut Herstellerplakette aus dem Jahr 1914« war. Ich könnte eine geradezu erschreckende Anzahl von Stunden damit zubringen, mich wahlweise glucksend oder zungenschnalzend, auf jeden Fall aber staunend durch derartige Ergüsse zu klicken. Da kann echt jede Talkshow einpacken. Dennoch werde ich mich demnächst höchstpersönlich in diesen Sumpf hineinwagen, in der Hoffnung, auf diese Weise noch ein paar potenzielle Standbetreiberinnen für den Weihnachtsmarkt der Schule aufzutreiben.

Wir hatten im Grunde bereits mehr oder weniger alle Aufgaben verteilt, als Kiki mit den zwei *Ks* auftauchte.

»Oh«, sagte sie etwas pikiert. »Wie ich sehe, habt ihr ohne mich angefangen. Ich habe versucht, noch ein paar Fotos von Lalabelle und Trixierose beim Spielen mit bunten Blättern zu schießen, aber die beiden haben ständig rumgemosert, weil ihnen in ihren geschmackvollen Strickwaren zu kalt war. Sehr ärgerlich. Diese Investition war wirklich Geldverschwendung. Warum habt ihr nicht geschrieben, dass ihr pünktlich anfangt?«

»Tut mir leid, Kiki«, sagte ich, »aber in der E-Mail stand, dass wir pünktlich um Viertel nach sechs anfangen, und jetzt ist es … zwanzig vor sieben. Möchten deine Mädels ein paar Fischstäbchen und Pommes?«

Die Augen von Lalabelle und Trixierose begannen zu leuchten, als sie die mit reichlich Tomatenketchup garnierten goldbraun gebackenen Köstlichkeiten erblickten, mit denen sich die anderen Kinder bereits vollstopften, doch Kiki wich angewidert zurück.

»Um Himmels Willen, nein! Wir sind totale Clean-Eating-Anhänger, Ellen. Hast du nicht etwas Mikro-Blattgemüse? Oder Granatapfelkerne? Oder Manuka-Honig?«

Ich deutete auf den Tisch. »Ich habe den Kindern ein Schüsselchen mit Kirschtomaten und Gurkenstiften hingestellt, die sie wie erwartet ignorieren.«

Kiki betrachtete die Tomaten. »Das sind aber keine bunten alten Sorten«, stellte sie naserümpfend fest.

»Nein«, antwortete ich, »das sind hundsgewöhnliche Kirschtomaten, die im Supermarkt im Angebot waren, weil sie sowieso kein Schwein essen wird. Ich habe sie nur besorgt, um mein schlechtes Gewissen zu beruhigen, indem ich meinen Kindern zumindest die Möglichkeit biete, sich ausgewogen zu ernähren.«

»Mami, dürfen wir jetzt auch Fischstäbchen haben?«, fragte Lalabelle.

»Schätzchen, du weißt, dass wir so etwas nicht essen!«, flötete Kiki.

»Oh, doch, Mami«, widersprach Lalabelle überrascht. »Die ganze Zeit. Wir hatten erst gestern Abend Hühnernuggets und Kartoffel-Smileys.«

»Nein, Schätzchen, gestern gab es einen Salat mit Avocado und Quinoa, den ihr sehr lecker fandet. Mami hat für Instagram ein schönes Foto davon gemacht, weißt du nicht mehr?«

»Ach, so, du meinst das eklige Zeug, bei dem wir so tun sollten, als würden wir es essen, bevor wir unser richtiges Abendessen bekommen haben.« Lalabelle verzog angewidert das Gesicht.

»Ha, ha, ha!« Kiki lachte perlend. »Du hast wirklich viel zu viel Phantasie, du kleiner Scherzkeks. Na gut, dann nehmt euch ein paar Fischstäbchen.«

»Okay«, sagte ich, sobald Lalabelle und Trixierose versorgt waren, »machen wir weiter. Ehrlich gesagt ist das Wichtigste bereits geklärt, Kiki, aber wir freuen uns natürlich über Unterstützung.«

»Nun, ich bin zurzeit ziemlich beschäftigt, allzu viel kann ich mich also ohnehin nicht einbringen«, sagte Kiki.

»Was machst du denn beruflich?«, fragte Cara.

Kiki lachte aufgeräumt. »Das habe ich doch schon erzählt, Cara – ich bin Social-Media-Influencer. Wobei mir nach wie vor keiner von euch folgt.«

»Ach, und das ist ein richtiger Job?«, fragte Cara. »Verdienst du damit Geld?«

»Nun ja, ich bin noch dabei, meine Marke aufzubauen, aber als richtig großer Influencer kann man Millionen verdienen.«

»Okay, und wie wird man einer von den ganz Großen?«, hakte Cara nach. Allmählich gewann ich den Eindruck, sie zog Kiki auf.

»Nun ja ... ähm ... Man baut eben seine Marke auf ... betreibt Networking ... ähm ... Ich reise viel und biete auf diese Weise einen einzigartigen Einblick in das Reisen mit Kindern, und im Idealfall wird man irgendwann von Unternehmen kontaktiert, die einem einen gesponserten Urlaub anbieten oder so.«

»Ah, man kann also gratis Urlaub machen?«

»Nein, *gratis* ist es nicht, man ist ja zum Arbeiten dort. Man muss Fotos posten, Bewertungen schreiben ... So was ist mehr Arbeit, als man denkt«, beharrte Kiki.

»Und wo hast du schon überall Urlaub gemacht?«, wollte Cara wissen. (Ich muss sagen, ich bewundere sie für ihre Fähigkeit, hinter ihrer unschuldig-freundlichen Fassade so fies zu sein. Ich selbst bin weit weniger subtil und hinterlistig.)

»Also, vorigen Monat waren wir auf den Seychellen, All-Inclusive in einem Luxus-Resort«, berichtete Kiki selbstgefällig und nahm Cara damit ein wenig den Wind aus den Segeln.

»Püh«, meldete sich Lalabelle zu Wort. »Das war ein total doofer Urlaub. Das Essen war ekelig, und außerdem ist es auf den dämlichen Seeschellen megaheiß.«

»Unsinn, Schätzchen, du warst ganz begeistert. Mami hat viele tolle Fotos, die beweisen, dass du dich blendend amüsiert hast«, zischte Kiki.

»Und was ist mit Geld? Ich meine, von Urlauben kann man ja nicht leben«, stellte Cara fest.

»Äh, ja, manchmal werde ich auch bezahlt.«

»Und reicht das dann zum Leben?«

»Das muss es nicht; mein Mann ist Hedgefonds-Manager.«

Cara knurrte etwas, das ich hier unmöglich wiederholen kann. Ich bezweifle, dass sie Kiki in naher Zukunft auf Instagram folgen wird.

»Okay, könnten wir uns jetzt bitte wieder dem Weihnachtmarkt widmen?«, sagte ich in dem Versuch, meine Schäfchen zur Ordnung zu rufen, obwohl mir Caras kleines Verhör ein diebisches Vergnügen beschert hatte.

»Moment noch«, rief Kiki, »ich mache nur schnell ein Foto vom Kindertisch. Das wird das perfekte Bild zum Thema #familychaos für meinen Blog.«

»Moment mal«, widersprach Katie. »Du kannst doch nicht einfach Fotos von *unseren* Kindern machen und sie online stellen.«

Wir gaben Katie recht – es kam gar nicht in Frage, dass Kiki unsere Kinder für ihre Instagram-Zwecke missbrauchte. Kiki brachte dafür nicht das geringste Verständnis auf und nannte uns beleidigt einen Haufen Spielverderber. Und da fragt sich Jane, warum ich versuche, sie möglichst lange von diesem Medium fernzuhalten!

Als wir endlich zur Planung der verdammten Schulweihnachtsfeier zurückkehrten, bemerkte Kiki: »Was ist mit der Dekoration der Aula?«

»Ach, richtig. Guter Punkt«, sagte ich.

»Das könnte doch ich übernehmen«, bot Kiki an.

Ich nickte. »Das wäre großartig, vielen Dank. Soweit ich

mich erinnere, steht im Schrank des Fördervereins in der Schule eine große Schachtel mit allerlei Weihnachtsdeko – Lametta, Sterne und dergleichen mehr, und ich bin sicher, jeder von uns kann an dem betreffenden Abend eine Lichterkette beisteuern.«

Kiki blinzelte wie in Zeitlupe. »Mir schwebt da eher so was wie nordische Weihnachten mit einem Hauch von Scandinavian Chic vor«, sagte sie. »Ich finde, der Weihnachtsmarkt sollte so richtig was hermachen – seid mir nicht böse, aber die Deko bei der Halloween-Disco hat ziemlich trashig gewirkt. Wie hoch ist denn das Budget für die Deko? Zweitausend Pfund müssten eigentlich reichen, aber wenn wir mehr zur Verfügung haben, könnten wir so richtig auftrumpfen.«

Nachdem wir alle herzlich gelacht hatten, versuchten wir, Kiki möglichst schonend beizubringen, dass es *gar kein* Budget für die Weihnachtsdeko gab. Sollte der Abend zweitausend Pfund an Spenden *einbringen*, wäre das bereits ein ziemlich großer Erfolg. Falls das vorhandene Lametta vom Vorjahr schon recht abgegriffen aussah, würde ich ihr bestenfalls fünf Pfund in die Hand drücken, damit konnte sie sich dann im Ein-Pfund-Shop austoben.

Da Kiki gar so erschüttert die Augen aufriss, schlug Cara ihr vor, sie solle es als Herausforderung betrachten. »Oder mach doch einfach einen Blog zum Thema selbstgebastelte Weihnachtsdekoration für Instagram!« Kiki wirkte noch immer nicht überzeugt, doch Cara hatte die magischen Worte »Blog« und »Instagram« in die Waagschale geworfen, also konnte sie den Vorschlag unmöglich abschmettern. Sie zog sich in eine Ecke zurück und machte ein paar Schnuten-Selfies, während sich ihre Kinder das Ketchup quasi intravenös reinzogen. Wenig später erklärten wir die Versammlung für beendet, und nachdem alle gegangen waren, räumte ich die Tische ab, stellte das Geschirr in die Spülmaschine und warf resigniert einen Blick in den Kühlschrank auf der Suche nach Inspiration, weil Simon und ich schließlich auch noch etwas zu essen benötigten. Mein Göttergatte hatte beschlossen, eine Spätschicht einzulegen, wohl wissend, dass sich während der Versammlung des Fördervereins eine Horde Kinder bei uns tummeln würde, aber bis er endlich nach Hause kam, hatte ich mir bereits die restlichen Fischstäbchen einverleibt.

Freitag, 11. November

Da die Kinder heute bei Sophie und Tobi übernachten und ich wenig Lust auf einen Abend hatte, an dem Simon und ich uns mal wieder vorwurfsvoll anschwiegen, willigte ich ein, als meine Kollegen sagten, sie wollten sich ein paar freitägliche Drinks im Pub genehmigen und ich solle doch mitkommen. Lydia musste nach Hause, damit ihre Nanny nicht die Kündigung einreichte, und auch Ed konnte nicht, weil er im Pub ja womöglich mit Menschen hätte sprechen müssen. Vielleicht sollte ich Ed und Simon miteinander bekanntmachen, dann können sie in geselligem Schweigen beisammensitzen und alle um sie herum hassen. Diesmal ließ ich wohlweislich die Finger von den Gibsons, nicht wegen der Silberzwiebeln, sondern weil sie ganz schön stark sind und man von ihnen binnen kürzester Zeit sturzbetrunken ist, und ich war nicht sicher, ob ich es in diesem Zustand schaffen würde, die zahlreichen Knöpfe an meiner originellen Hose rechtzeitig zu öffnen, wenn ich mal pinkeln musste.

Als ich hinterher nach Hause kam, holte ich erst einmal tief Luft, ehe ich eintrat, und stählte mich für die unterkühlte Atmosphäre, die mich zweifellos erwarten würde. Drinnen war alles ruhig, nur mein Hund stürzte sich begeistert auf mich. Wenn ich nach Hause komme, überschüttet er mich die ersten zehn Minuten immer mit unverfälschter Wiedersehensfreude – wahrscheinlich, weil er dachte, er würde mich nie wieder sehen –, und sobald ihm wieder eingefallen ist, dass ich ihn alleingelassen habe, schmollt er dann eine Stunde vor sich hin. Alles in allem hat sich der Hund von all meinen Familienmitgliedern am besten mit meiner Rückkehr in die Arbeitswelt arrangiert. Kein Wunder, er wird morgens von der Hundesitterin abgeholt und darf den ganzen Tag ihre Schützlinge terrorisieren (terrierisieren, hihi), ehe er abends wieder bei uns abgesetzt wird. Ich liebe die Hundesitterin.

»Schön, dass wenigstens du dich freust, mich zu sehen.« Ich hob ihn hoch und vergrub das Gesicht in seinem Pelz. Ich habe ja nie so recht nachvollziehen können, warum es immer heißt, neugeborene Babys würden so himmlisch duften; für mich riechen sie nach Puder und saurer Milch und nach Zinksalbe und Babykacke. Da ist mir der Geruch meines Hundes hundert Mal lieber – dieses an Kekse erinnernde Aroma, durchsetzt von einem Hauch frischer Luft und einem Anflug von Matsch. Es sei denn, er ist nass, dann riecht er einfach nur nach nassem Hund, was natürlich nicht so angenehm ist. Er umschlang mit den Vorderpfoten meine Hand, als wollte er sie festhalten, dann steckte er die Nase in meine Halsbeuge und gab einen eigenartigen Grunzlaut von sich. Ich liebe es, wenn er das tut.

»Du liebst mich trotzdem, stimmt's, Mister Wuffington?«,

murmelte ich, und er schnaubte verächtlich. Er kann es nicht ausstehen, wenn ich ihn Mister Wuffington nenne, das ist unter seiner Würde, findet er.

Simon hatte sich noch nicht blicken lassen. Vermutlich hatte er, da die Kinder nicht zu Hause waren, ebenfalls das Weite gesucht, oder er saß irgendwo rum und schmollte.

Ich schlurfte in Richtung Küche, um mir ein paar Chips zu holen, und hätte vor Schreck beinahe den Hund fallengelassen, den ich noch immer an meine Brust gedrückt hielt, als ich die Küchentür öffnete und Simon am Herd erblickte.

Wie es aussah, kochte er. Durch die Tür zum Esszimmer, die wir nur zu besonderen Anlässen öffnen, konnte ich sehen, dass der Tisch für zwei Personen gedeckt war, mit Kerzen und allem drum und dran, und der Papierkram, der normalerweise dort herumlag, war verschwunden. Wo war das ganze Zeug abgeblieben? Hoffentlich hatte Simon nichts davon weggeworfen. Zwischen den Werbeprospekten und Pizza-Flyern waren allerlei »sorgfältig abgelegte« wichtige Unterlagen gewesen.

»Erwartest du jemanden?«, fragte ich kühl.

»Nur dich, Liebes!«, kam es fröhlich zurück. Warum die gute Laune? Rührte sie daher, dass dieser Mistkerl all meine superwichtigen Dokumente entsorgt hatte?

»Ich dachte, ich mache uns einen Happen zu Essen.«

»Hast du selbst gekocht, oder hast du etwas aufgetaut, das ich gekocht habe?«

»Nun ja, ehrlich gesagt habe ich etwas bei Marks & Spencer besorgt. Zählt das auch?«

»Ja, das zählt auch«, sagte ich gnädig.

»Ich dachte, es kann nicht schaden, wenn wir mal ein bisschen Zeit miteinander verbringen, ohne ständig hierhin und dorthin hetzen zu müssen und zugleich hundertfünfundsiebzigtausend Sachen erledigen zu müssen, um deinen Lieblingsausdruck zu verwenden.«

»Mein aktueller Lieblingsausdruck ist scheißverfluchte Arschdreckskacke«, informierte ich ihn.

»Auch nicht schlecht«, sagte er. »Jedenfalls dachte ich, es ist bestimmt hilfreich, wenn wir mal zusammen essen und uns dabei unterhalten, statt uns anzuschreien. Vielleicht fällt uns dann ja sogar wieder ein, warum wir einander geheiratet haben.«

»Geht es hier um Sex?«, fragte ich argwöhnisch. »Tust du das alles nur, um mich ins Bett zu kriegen?«

»Nein! Ich meine, ich hätte nichts dagegen, aber das ist nicht der Hauptgrund.«

»Und du machst hinterher auch in der Küche klar Schiff?«

»Natürlich, Schatz. Das ist ja das Tolle an einem Essen von Mister Marks & Mister Spencer: Man muss lediglich zwei Teller in den Geschirrspüler stellen, der Rest landet in der Mülltonne.«

»Das ist aber nicht sehr umweltfreundlich«, grummelte ich. »Für eine derart nachlässige Haltung erntet man bei mir im Büro scheele Blicke.«

»Wir sind jetzt aber nicht bei dir im Büro, oder?«, sagte Simon leicht ungehalten. »Also, setz diesen stinkenden Köter ab und nimm Platz, trink ein Glas Wein und iss etwas.

»Mister Wuffington stinkt kein bisschen!«, widersprach ich empört und flüsterte dem Hund ins Ohr: »Hör nicht auf ihn, Kleiner. Er hat doch keine Ahnung.«

Simon schnaubte bloß. Es gab Filet Wellington – ein bisschen retro, aber sehr lecker.

»Es tut mir leid, was ich da neulich gesagt habe, von wegen mangelnde Unterstützung«, sagte Simon. »Es ist nur ... Wenn ich daran denke, wo ich jetzt stehe und was mein Vater in dem Alter schon alles erreicht hatte, dann kriege ich regelrechte Minderwertigkeitskomplexe. Verglichen mit meinem Dad komm ich mir vor wie ein Versager. Wir werden nie ein so großes Haus wie meine Eltern haben, und wir werden unsere Kinder niemals auf ein Internat schicken können. Und ich schätze, ich bin auch ein bisschen neidisch, nicht nur auf seinen Erfolg, sondern auch, weil er keine Hausarbeit machen oder kochen oder sich Gedanken darüber machen musste, wer die Kinder abholt. Er hat sonntags den Rasen gemäht, und das war's.«

»Du bist kein Versager. Die Welt hat sich eben geändert, und damit auch der Lebensstandard der Leute«, sagte ich. »Und Frauen geben sich nicht mehr damit zufrieden, für ihre Männer den Haushalt zu erledigen und sich dafür von ihnen aushalten zu lassen, selbst wenn sie es sich leisten können, nicht arbeiten zu gehen. Denk nur an Kiki – ihr Ehemann verdient ein Vermögen, aber sie will sich trotzdem als Social-Media-Influencer etablieren.«

»Als was?«

»Als ... ach, egal, Schatz. Es geht mir darum, dass sie etwas erreichen, Erfolge vorweisen können will, statt bloß ihre elementare biologische Funktion zu erfüllen. Und damit ist sie nicht allein. Und es kann schon sein, dass dein Dad dieses Arrangement ganz toll fand, aber hast du dich mal gefragt, wie es für deine Mutter war, ihm ständig oberste Priorität einzuräumen, immer an alle anderen zuerst zu denken? Ich wette, sie fand ihr Leben ziemlich langweilig und frustrierend.

Sie hat sogar schon ein, zwei Mal eine entsprechende Andeutung gemacht.«

»Du hast vermutlich recht. Oh, Gott, Ellen. Seit wann ist das Leben so verdammt anstrengend? Als wir geheiratet haben, klang doch alles ganz einfach, nicht? Wir wollten glücklich bis an unser Lebensende sein ... Was ist nur passiert?«

»Ich schätze, wir sind erwachsen geworden.«

Später sagte er, ich würde ihm fehlen. »Ich habe das Gefühl, wir leben nur noch aneinander vorbei.«

»Genau das haben meine Eltern oft gesagt, als sie noch beide berufstätig waren. Wir könnten uns Zettelchen schreiben, wie sie es getan haben.«

»Bei allem Respekt, Liebes, aber ich glaube nicht, dass das die Lösung ist, zumal sich deine Eltern einen regelrechten Rosenkrieg geliefert haben.«

»Stimmt. Was ist dann die Lösung?«

»Keine Ahnung, aber wir werden schon eine finden.«

Dienstag, 22. November

Heute kam eine E-Mail von Jessica. Ich sollte vermutlich froh sein, dass sie meinem Wunsch nachkommt und mich nicht mehr im Büro anruft, wobei mir inzwischen aufgefallen ist, dass es diesbezüglich hier ziemlich entspannt zugeht und die anderen recht ungeniert privat telefonieren. Aber ich habe keine Lust, von Jessica angerufen zu werden, denn es läuft unweigerlich darauf hinaus, dass sie irgendetwas von mir will. Dementsprechend hielt sich meine Begeisterung in Grenzen, als ich sah, dass sich eine Nachricht von ihr in meiner Inbox befand, denn es ist praktisch ausgeschlossen, dass sich Jessica bloß meldet, um mal kurz Hallo zu sagen, mir eine erfreuliche Mitteilung zu machen oder mir einen Link zu einem lustigen Katzenvideo zu schicken. Wenn sie mir schreibt, dann nur, weil sie etwas von mir will. Oder um mich rumzukommandieren. Da ich es jedoch schwierig finde, den Schalter von »ewige Optimistin« auf »pragmatische Pessimistin« umzulegen, war ich zunächst trotzdem guter Dinge, obwohl der Betreff »Weihnachten« lautete.

Hi Ellen,
Mum meinte, du hättest noch nicht auf ihre Mail geantwortet, in der sie fragte, ob ihr Weihnachten bei ihr und Geoffrey verbringt. Sie lässt dir ausrichten, du sollst dich dringend dazu äußern; sie schrieb, sie hat schrecklich viel um die Ohren und möchte ihre Lieferung bei Waitrose möglichst bald aufgeben, damit das Thema vom Tisch ist. Wir fahren natürlich hin, und Geoffreys Tochter Sarah wird Weihnachten ebenfalls bei ihnen verbringen, deshalb finde ich, ihr solltet auch kommen. Also sei so gut und gib Mum Bescheid, ja? Du weißt, wenn man die Weihnachtsbestellung nicht rechtzeitig aufgibt, ist der Zug abgefahren.
LG,
Jessica

Herrgott noch mal! Mum hat mir erst gestern gemailt! GESTERN! Und sie hat mit keinem Wort erwähnt, dass ich ihr unbedingt SOFORT antworten muss, damit sie ihre Weihnachtsbestellung bei Waitrose aufgeben kann! Der Tonfall ihrer Nachricht ließ vielmehr darauf schließen, dass das alles ohnehin bereits beschlossene Sache ist und wir uns gefälligst bei ihnen einzufinden haben. Und dann beschwert sie sich auch noch bei ihrer heißgeliebten Erstgeborenen über mich, die Tochter zweiter Klasse, die sich, egoistisch und nachlässig, wie sie ist, nicht die Mühe gemacht hat, ihr zu antworten. Kein Wunder also, dass sie Jessica viel mehr liebt. Und überhaupt, womit zum Geier ist unsere Frau Mutter so schrecklich beschäftigt, dass sie schon im NOVEMBER ihr geheiligtes Waitrose-Weihnachtsfestmahl in Auftrag geben muss? Geht der Tennisclub den Bach runter, wenn sie dem Vorstand auch nur eine Sekunde den Rücken kehrt? Besteht die Gefahr, dass der Kirchenchor meutert und den Pastor zwingt, über die Planke zu gehen, sobald sie sich mal eine Stunde freinimmt? Oder steht zu befürchten, dass sich die Mitglieder des Gartenbauvereins wie schon im Schreckensjahr 2013 an der Vereinskasse vergreifen, um Geranien und Begonien für die Hängekörbe neben dem Dorfladen zu besorgen?

Meine Mutter bezeichnet sich gern als vielbeschäftigte Frau, was im Grunde genommen ein Euphemismus dafür ist, dass sie es liebt, ihre Mitmenschen (insbesondere mich) herumzukommandieren und sich in ihre Angelegenheiten einzumischen.

Oh, Gott, mir graut schon jetzt bei der Aussicht, in der Gesellschaft meiner ach-so-perfekten Stiefschwester Sarah und ihres ebenso perfekten Ehemannes Piers Weihnachten zu feiern!

Und dann ist da ja auch noch mein Stiefvater Geoffrey. Mum hatte fünfzehn Jahre lang geradezu oscarreif die gekränkte Ehefrau gemimt, nachdem sie Dad hochkant rausgeworfen hatte, weil er auf der Weihnachtsfeier seiner Firma in flagranti mit seiner Sekretärin erwischt worden war (Bleibt nur zu hoffen, dass der Fotokopierer hinterher desinfiziert wurde!), und sie konnte sich gar nicht mehr einkriegen vor Selbstgefälligkeit, als es ihr vor etwa dreizehn Jahren gelang, sich einen reichen Witwer zu angeln (»*Deutlich* praktischer als ein geschiedener Mann – keine lästige Exfrau und keine Unterhaltszahlungen, die man in Betracht ziehen muss, wenn man sich ausrechnen will, wie viel von seiner Rente man später mal bekommt.«). Seither lebt sie in einem georgianischen Herrenhaus in Yorkshire, gibt dort mit großer Begeisterung die Grande Dame des Hauses und führt ein eisernes Regiment über den Rest des Dorfes.

Mum betont oft, was für ein toller Fang ihr da ins Netz gegangen sei (»Geoffrey ist Tory-Anhänger und liquide, und er hat noch alle Zähne und ein schönes Haus ... Ich habe keine Ahnung, wie du ohne Aga-Herd auskommst, Liebes! Bist du überhaupt in der Lage, ein Rezept von Mary Berry nachzukochen, oder musst du dich auf Delia Smith verlassen, du Ärmste? Oder kochst du womöglich nach Nigella Lawson? Ja, ich weiß, sie ist die Tochter von Nigel Lawson, aber sie erinnert an einen sexsüchtigen Labrador mit ihrer Angewohnheit, beim Kochen andauernd etwas abzulecken.«). Dazu kam wie gesagt die praktischerweise verblichene Exfrau und die Tatsache, dass sie von Geoffrey nicht ständig *belästigt* wurde.

Ich selbst konnte mich nie so recht für Geoffrey erwärmen. Es war wohl nicht gerade hilfreich, dass ich schallend lachte, als er erzählte, seine Tochter – ein Einzelkind und deshalb sein Ein und Alles – sei bei den Young Conservatives recht aktiv gewesen, was ich irrtümlich für einen guten Scherz hielt. Ich war neunundzwanzig und bereits mehrere Jahre mit Simon verheiratet, als Mum und er den Bund fürs Leben schlossen, aber das hielt Geoffrey nicht davon ab, mir in seiner Funktion als mein neuer Stiefvater ein paar väterliche Tipps zu geben, zum Beispiel, dass ich bestimmt rascher schwanger werden würde, wenn ich meinen Job kündigte und zu Hause bliebe. Er hatte nämlich gelesen, dass Frauen schneller altern, wenn sie den ganzen Tag am Computer sitzen. Da Simon und ich damals noch gar keinen Kinderwunsch verspürten, fiel meine Reaktion ein klitzekleines bisschen unwirsch aus.

Ich denke gar nicht daran, mich sofort zu melden. Ich bin hier sehr beschäftigt, jawohl, und ich habe weiß Gott Wichtigeres zu tun, als zu springen, wenn meine Mutter oder meine Schwester rufen. Ich frage mich, ob uns Mum aus reiner Boshaftigkeit eingeladen hat, damit wir Weihnachten nicht mit Daddy und Natalia feiern können. Würde mich nicht überraschen. In den letzten Jahren haben Geoffrey und sie über Weihnachten immer eine Kreuzfahrt unternommen, aber es wäre ihr durchaus zuzutrauen, dass sie Jessica und mich nur deshalb nach Yorkshire eingeladen hat, um ihrem Ex, der höchstwahrscheinlich noch keinen Gedanken an Weihnachten verschwendet hat, eins auszuwischen, sollte er vorhaben, das Fest der Liebe in Gesellschaft seiner Töchter und Enkelkinder zu feiern. Wobei nicht auszuschließen ist, dass Daddy Weihnachten gar nicht mit uns verbringen will und seinerseits bereits eine Kreuzfahrt für sich und Natalia gebucht hat.

Mittwoch, 23. November

Nachdem ich es in letzter Zeit ein wenig mit den klammheimlich verzehrten Schokoriegeln übertrieben hatte und mich schrecklich fett und aufgebläht fühlte, habe ich mich neulich bei Alan nach seinem Fitnessstudio erkundigt. Er informierte mich gut gelaunt, man könne dort Mittagskurse belegen, die nur zwanzig Minuten dauern. Zwanzig Minuten! *Das schaffe ich ja mit Links*, dachte ich bei mir. *Bei Bedarf kann ich auch zwei Kurse hintereinander machen. So furchtbar anstrengend wird es wohl nicht sein.*

Und so kam es, dass ich heute in der Mittagspause meine brandneue Sporttasche schulterte und hinter Alan aus dem Büro trottete. Ich fühlte mich schon jetzt dünner, und das nur, weil ich meine neuen Turnschuhe trug.

»Der Kurs ist ein sogenanntes High-Intensity-Interval-Training, kurz HIIT, bei dem nach jeder Übung eine kurze Erholungsphase eingelegt wird«, erklärte Alan.

»Eine Erholungsphase?« Ich schnaubte. »Ein zwanzigminütiger Fitnesskurs mit Erholungsphasen?« Das stimmte mich noch zuversichtlicher. Ich hatte vor Jahren Step-Aerobic gemacht, da hatten die Kurse immer eine volle Stunde gedauert, oder noch länger, und das ohne Erholungsphasen. *Also ehrlich*, dachte ich abschätzig, *diese Millennials sind echt eine total verweichlichte Truppe.*

Es wurde dann aber doch anstrengender als erwartet. Zu den besonders fiesen Übungen zählten die sogenannten Burpees, aber die Squat Jumps, bei denen man aus der Hocke möglichst hoch springen muss, waren auch nicht viel besser. Dann mussten wir noch Jumping Jacks machen, genau wie früher in der Schule, wenn wir bestraft wurden. Es war die reinste Folter, und die angekündigten »Erholungsphasen« dauerten nur je ungefähr zwei Sekunden. Das reicht gerade mal aus, um sich den Tod zu wünschen, ehe die Quälerei von neuem losgeht.

»Okay, Leute«, schrie der sadistische Kursleiter irgendwann, »zum Abschluss machen wir noch ein bisschen Beckenbodentraining.«

Wir durften uns auf den Boden legen. *Halleluja!*, dachte ich erleichtert. Beckenbodentraining ist genau meins, und ein schönes, sanftes Finish konnte ich jetzt gut brauchen. Mir war zwar nicht klar gewesen, dass auch Männer Beckenbodentraining machen konnten, aber vielleicht half es ja bei Prostataproblemen oder so. Der fiese Kursleiter beugte sich über mich. »WEISST DU ÜBERHAUPT, WAS MAN UNTER BECKENBODENTRAINING VERSTEHT?«, bellte er mich an.

Ich versicherte ihm hochnäsig, das wisse ich sehr wohl – und wich entsetzt zurück, als er mir eine Hantel hinhielt. Was zum Teufel sollte ich denn damit? Sollte ich mir das Teil etwa ... einführen? Nein, das wäre ja hochgradig unhygienisch, von der Verletzungsgefahr ganz zu schweigen. Und was sollten dann die Männer damit machen? Ehrlich gesagt wollte ich es gar nicht wissen.

Wie sich zu meiner großen Erleichterung herausstellte, handelte es sich um eine Übung, bei der man den unteren Rücken und die Körpermitte trainierte, und zwar rücklings auf dem Boden liegend. Ich zog in Erwägung, wegen der irreführenden Bezeichnung hinterher ein ernstes Wörtchen mit dem Trainer zu sprechen, aber vor allem wollte ich duschen und mich dann in Fötusstellung in einen abgedunkelten Raum legen und ein bisschen vor mich hin wimmern. Meine Beine zitterten wie Wackelpudding.

Als ich gleich darauf schwer atmend und mit hochroter Birne in Richtung Tür wankte, grinste mich Alan an und sagte: »Na, hat's Spaß gemacht, Ellen?« Ich hätte diesem eingebildeten Arsch zu gern eins mit der Hantel übergezogen, aber ich hatte keine Kraft mehr.

Ausgerechnet in diesem Moment klingelte mein Handy.

»Hallo, Mum«, keuchte ich.

»Du liebe Güte, was ist denn los, Ellen? Lieber Gott, du hast doch nicht etwa gerade Sex, oder? Gehörst du jetzt zu den Frauen, die sich zur Mittagszeit in schäbigen Hotels mit Männern auf ein Schäferstündchen treffen?«

»Nein, Mum, ich bin im Fitnessstudio«, protestierte ich.

»Oh. Nun ja, vertragen kannst du es jedenfalls.«

»Was willst du, Mum?«

»Na, hör mal, was ist denn das für ein Tonfall? Da rufe ich dich, *rücksichtsvoll*, wie ich bin, extra in der Mittagspause an, weil du gesagt hast, du willst während der Arbeitszeit nicht gestört werden, wobei ich mich ehrlich gesagt frage, was du denn ach so Wichtiges zu tun hast, dass du nicht einmal fünf Minuten erübrigen kannst, um mit deiner Mutter zu telefonieren, und dann … Na, egal. Du hast *noch immer* nicht auf meine E-Mail geantwortet. Hat sich Jessica nicht bei dir gemeldet? Ich *muss noch heute meine Bestellung bei Waitrose aufgeben*, Ellen, also, KOMMT IHR NUN ODER NICHT?«

Simon hatte die Nachricht, dass wir an Weihnachten bei meiner Mutter eingeladen waren, recht erfreut aufgenommen, denn normalerweise bekommen wir an Weihnachten Besuch von Jessica, Neil und ihren beiden unsäglichen Streberkindern, und dazu von etlichen anderen Leuten, die ich irgendwann im Dezember zufällig getroffen und in nicht mehr ganz nüchternem Zustand eingeladen habe, das Fest der Liebe doch mit uns zu verbringen. Und da all diese Leute ja durchgefüttert werden müssen, ist Weihnachten für uns meist eine ausgesprochen kostspielige Angelegenheit. Das schlimmste Weihnachtsfest aller Zeiten habe ich vor zwei Jahren erlebt. Damals ist Simons Schwester Louisa mit ihren sechs vor Dreck starrenden Kindern und ihrem widerwärtigen Ehemann Bardo angerückt. Ich werde dem Schicksal wohl bis an mein Lebensende dafür danken, dass Louisa letzterem mittlerweile den Laufpass gegeben hat und nun mit ihrer Brut in Frankreich lebt, direkt neben Simons Eltern, weshalb es höchst unwahrscheinlich ist, dass ich je wieder mit ihr Weihnachten feiern muss. Es war wirklich ein Alptraum: Louisa, Bardo und ihre Brut ernährten sich allesamt vegan und glutenfrei; in erster Linie standen Linsen auf dem Speiseplan, was verheerende Auswirkungen auf unsere Abwasserleitungen hatte.

Nebenbei bemerkt bin ich an Weihnachten immer unglaublich gestresst und brülle am Ende alle an. Einmal habe ich Simon sogar ein Backblech mit Mince Pies an den Kopf geworfen, nachdem er gesagt hatte, ich solle mich ein bisschen locker machen. Simon hatte deshalb argumentiert, wir könnten uns ein Vermögen sparen, wenn wir dem Wunsch meiner Mutter nachkämen, und außerdem ins Treffen geführt, dass ich in diesem Fall bestimmt deutlich entspannter wäre als sonst, weil meine Mutter nämlich kein allzu großes Vertrauen in meine Kochkünste hat (Sie reitet immer wieder darauf rum, dass ich es als Teenager mal geschafft habe, einen Topf Spaghetti in Flammen aufgehen zu lassen, weil ein paar der blöden Nudeln über den Topfrand in die Gasflamme hingen.). Es besteht also die berechtigte Hoffnung, dass ich zur Abwechslung mal nicht wie ein aufgescheuchtes Huhn durchs Haus renne und »Ich will doch nur *Ist das Leben nicht schön* gucken, verdammt noch mal! IST DAS DENN WIRKLICH ZU VIEL VERLANGT?« zetere. Es wäre in der Tat ein kleines Wunder, wenn ich es dieses Jahr schaffen würde, mir den Film mal anzusehen. Und wenn ich Mums Einladung annehme, kann ich mich in den kommenden Wochen ganz auf meine Arbeit konzentrieren, ohne von Jessica mit E-Mails wegen irgendeiner idiotischen glutenfreien Truthahnfüllung bombardiert zu werden.

Also sagte ich Mum zähneknirschend zu – mehr noch, ich behauptete, ich würde mich schon darauf freuen, mit ihr und Geoffrey Weihnachten zu feiern, und da ließ sie die Bombe platzen und verriet mir, warum sie dieses Jahr keine Kreuzfahrt machten: Geoffreys Tochter Sarah, das makellose Genie, diese blonde Ausgeburt an reiner, unverfälschter Selbstgefälligkeit in Menschengestalt, die Tochter, die meine Mutter sogar noch inniger liebt als Jessica, trägt ein Kindlein unter dem Herzen.

»Ist das nicht *aufregend*!«, trällerte Mum. »Unser erstes Enkelchen!«

»Mum, du hast bereits vier Enkel«, erinnerte ich sie.

»Ach, nun hab dich nicht so, Ellen. Du weißt schon, was ich meine.«

Nein, ich hatte wie so oft nicht den blassesten Schimmer, was sie meinte, und ich musste mich an die Wand lehnen, weil zu befürchten stand, dass ich sonst zu Boden sinken würde.

»Ich muss jetzt leider auflegen, Mum«, sagte ich matt und fragte mich, wie zum Teufel ich die Kraft aufbringen sollte, die etwa fünfundvierzig Meter bis zur Umkleide zurückzulegen.

»Okay, Schatz, ich auch, schließlich muss ich meine Waitrose-Bestellung aufgeben«, flötete Mum.

Es fühlte sich an, als könnten meine Beine jeden Moment abfallen.

Samstag, 26. November

Jane war heute unausstehlich. Zugegeben, das ist nicht ungewöhnlich für sie, im Grunde genommen kam sie schon so zur Welt, aber heute hat sie es wirklich auf die Spitze getrieben. Ich war hin und hergerissen – zum einen machte ich mir Vorwürfe, weil sich Jane ganz offensichtlich ungeliebt und von ihrer egoistischen Mutter alleingelassen fühlt, zum anderen hegte ich die Befürchtung, es könnte sich womöglich bereits der Beginn des Hormonhorrors abzeichnen. Ich bin noch nicht bereit dafür, dass Jane allmonatlich PMS-bedingt durchdreht. Sie ist zu jung, und ich bin nicht stark genug. Aber nach viel Gezeter und Gebrüll und Aufstampfen und Türenknallen kamen wir der Ursache ihrer schlechten Laune schließlich etwas näher, als Peter eine unschuldige Bemerkung über seinen Mitschüler Jack O'Connor fallen ließ.

»Jack O'Connor ist TOTAL GEMEIN!«, kreischte sie. »Und seine Schwester Megan ist noch VIEL SCHLIMMER! Ich hasse sie! Ich hasse die ganze Familie.«

Was zum Teufel ...?, dachte ich. Bis jetzt waren mir die O'Connors immer alle sehr sympathisch gewesen. Oh, Gott, was, wenn die Kinder total fies zu Jane waren und sie mobbten, und ich hatte es nicht gemerkt? In meiner Wahrnehmung gehörten die O'Connor-Kinder einer sympathischen Mittelschichts-Familie an (die Eltern fuhren nämlich einen Audi und trugen

Sachen von Boden), aber was, wenn Jack und Megan in Wahrheit zwei kleine Psychopathen waren und Jane quälten, und sie hatte das Gefühl, es mir nicht erzählen zu können, weil ich eine schlechte, nachlässige, berufstätige Mutter bin? Womöglich spürt sie ja unterschwellig, dass ich im Büro so tue, als hätte ich keine Kinder. Was, wenn ihre unschuldige kindliche Psyche bereits bleibende Schäden davongetragen hat, zumal ich Jane schon als sechs Monate altes Baby in die Obhut einer Tagesmutter gegeben habe, damit wir uns allerlei Luxusgüter wie Nahrung und ein Dach über dem Kopf leisten konnten? Und jetzt versuchte ich auf Kosten meiner Kinder die Karriereleiter zu erklimmen. Shit. Ich bin eine grauenhafte Mutter. Ich habe Janes Leben ruiniert!

Ich setzte mein liebevoll-besorgtes Mami-Gesicht auf. »Jane, Liebes, was haben dir Megan und Jack angetan?«

»Ich will nicht darüber reden«, schniefte Jane.

Ich versuchte es erneut. »Das solltest du aber«, sagte ich, noch immer mit meiner liebevoll-besorgten Miene. »Ich hab dich sehr lieb, Jane, und du kannst mir alles erzählen.«

»Ha, ha!«, johlte sie prompt. »Mami hat MICH lieb, und nicht dich, Peter.«

»MAMIIIIIIII!«, heulte Peter auf. »Sie hat gesagt, du hast mich nicht lieb! Das ist nicht fair!«

Herrgott noch mal. In all diesen bescheuerten Artikeln zum Thema Kommunikation mit Kindern heißt es immer nur: »Nehmen Sie ihre Kinder ernst und hören Sie ihnen zu.« Es wird mit keinem Wort erwähnt, was man tun soll, wenn diese Gören lieber ihre Geschwister foppen als sich ihrer Mutter zu öffnen und ihr all ihre Hoffnungen, Träume, Geheimnisse und Ängste anzuvertrauen.

»Aber natürlich habe ich dich lieb, Peter«, sagte ich fest. »Das war nur ein dummer Witz.«

»Das war kein Witz, Peter. Mami hat dich nicht lieb, weil du gar nicht ihr Kind bist. Sie hat dich in einer Mülltonne gefunden«, stichelte Jane unverdrossen weiter, und Peter greinte erneut: »MAMIIIIIIII!«.

»ACH, VERDAMMT, JANE, halt die KLAPPE«, bellte ich.

»Wie jetzt? Ich dachte, ich soll mit dir REDEN«, erwiderte meine Tochter aufgebracht. »Gerade hast du gesagt, dass ich dir alles erzählen kann, und jetzt soll ich plötzlich die Klappe halten! Du bist ganz schön verwirrend.«

»Arrrgh! Ja, du sollst auch mit *mir* reden. Also, hör gefälligst auf, deinen Bruder zu ärgern, und erzähl mir, was los ist.«

»Das ist nicht fair! *Nie* darf ich etwas sagen«, grummelte Jane noch immer, während Peter jaulte: »MAMIIIIIIIII! Sie hat gesagt, du hast mich in einer Mülltonne gefunden, aber das stimmt nicht, oder, Mami?«

»Nein, natürlich nicht, Schatz«, versuchte ich ihn zu beschwichtigen, wurde jedoch von Jane übertönt, die keifte: »Du hörst mir ja gar nicht zu! Wie soll ich denn mit dir reden, wenn du nur mit dem Müllkind redest?«

»MAMIIIIIIIII! SIE HAT MICH MÜLLKIND GENANNT!«

Meine Schläfen begannen zu pochen.

»SCHLUSS DAMIT! Okay, Jane, was genau haben dir die O'Connor-Kinder angetan?«

»Nichts«, sagte Jane mürrisch.

Peter öffnete den Mund.

»Nein, Peter, ich rede jetzt mit Jane. Du bist danach dran, ja?«, sagte ich und stopfte ihm einen mit Marmelade gefüllten Doppelkeks in den Mund, um ihn ruhigzustellen. »Also, Jane, raus mit der Sprache. Warum bist du derart verstört?«

»Na ja«, murmelte Jane, »ich hab geträumt, dass Megan …«

»Du hast was?«

»Ich sagte, ich hab geträumt, dass Megan auf einmal Sophies beste Freundin war, und sie war total gemein zu mir. Sie hat mir meinen Lieblings-Radiergummi von Smiggle weggenommen und zu Sophie gesagt, sie darf nicht mehr mit mir reden.«

»Okaaaaay, also, nur um das klarzustellen: Das ist alles nur in deinem Traum passiert? Oder war Megan auch sonst schon mal gemein zu dir, im echten Leben?«

»Nein«, gab Jane verlegen zu. »Aber wie gesagt, in meinem Traum war sie *echt* fies, und deswegen hasse ich sie jetzt.«

»Liebes, du kannst doch niemanden für das hassen, was er dir in deinen Träumen angetan hat!«

Ich kam mir ein bisschen scheinheilig vor, als ich das sagte, war ich doch selbst schon mehrfach auf Simon böse gewesen, nachdem ich geträumt hatte, dass er sich mir gegenüber gemein verhalten hatte. Am schlimmsten war der Traum gewesen, in dem Simon mit Hannah durchgebrannt war. Wie konnten sie nur? Mein Ehemann und meine beste Freundin! Ich war tagelang STINKWÜTEND auf beide gewesen, weil sie mich in meinem Traum derart hintergangen hatten.

Peter hatte es inzwischen geschafft, den Jammie Dodger hinunterzuschlucken, und rief: »Du SPINNST DOCH! Du kannst nicht auf Megan und Jack sauer sein wegen etwas, das Megan nur im Traum gemacht hat! Das ist total GAGA!«

»Und ob ich das kann«, fauchte Jane. »Schließlich war Mami auf Daddy auch schon scheißwütend, weil sie geträumt hatte, dass er im Traum gemein zu ihr war. Dann kann ich doch wohl auch auf Megan sauer sein, oder?«

»Jane! Bitte drück dich nicht so vulgär aus!«, ermahnte ich sie streng.

»Aber du sagst oft NOCH VIEL SCHLIMMERE SACHEN!«, konterte sie.

»Ich bin erwachsen. Ich darf das.«

»Das ist total unfair!«, beschwerte sich Jane.

»Tja, Pech. Also, hör zu, Jane, du kannst nicht am Montag in die Schule gehen und Megan anzicken wegen etwas, von dem sie gar nicht weiß, dass sie es nicht getan hat.«

Jane wirkte nicht überzeugt.

Wenig später hörte ich, wie mein Sohn meinen Mann mit finsterer Miene fragte: »Daddy, sind eigentlich alle Frauen gestört?«

»Warum fragst du, Sohnemann?«, erkundigte sich Simon.

»Na ja, Mami und Jane sind total gestört.«

»Es ist nicht sehr nett, jemanden als gestört zu bezeichnen«, stellte mein Mann in neutralem Tonfall fest.

»Aber sie *sind* total gestört. Was soll ich denn sonst sagen?«

Simon machte ihn noch immer nicht darauf aufmerksam, dass seine geliebte Ehefrau und seine nicht minder geliebte Erstgeborene keineswegs gestört waren, sondern empfahl ihm stattdessen den Gebrauch des Ausdrucks »überspannt«.

»*Okay*«, sagte Peter. »Und, sind alle Frauen so überspannt wie Mami und Jane?«

»Ach, mein Sohn, du hast ja keine Ahnung, wie absolut durchgeknallt das weibliche Geschlecht sein kann«, sagte Simon resigniert. »Und ich fürchte, bei uns zu Hause wird es früher oder später auch noch richtig übel.«

»Warum darfst du sagen, sie sind durchgeknallt, aber ich darf nicht gestört sagen?«, wollte Peter wissen. »Und was meinst du damit, dass es richtig übel wird? Wir stecken doch jetzt schon bis zur Halskrause in der Scheiße!«

»Peter! Wo hast du denn diesen Ausdruck schon wieder her?«

»Von Mami. Sie hat neulich gesagt, sie steckt bis zur Halskrause in der Scheiße, wenn du rausfindest, dass das Auto schon wieder eine Schramme abgekriegt hat.«

Na, vielen Dank auch, Peter. Ganz, ganz herzlichen Dank, du kleine Kackbratze! Ich hatte den richtigen Moment abwarten wollen, um Simon zu gestehen, dass ich neulich auf einem Parkplatz eine *klitzekleine* Kollision mit einem Begrenzungspoller hatte.

»Was? Das Auto hat schon wieder eine neue Schramme? Das darf doch verdammt noch mal nicht wahr sein! Wie zum Geier hat sie das nun wieder geschafft? Und warum weiß ich noch nichts davon?«

»Keine Ahnung«, sagte Peter. Nun, da er quasi das Streichholz an die Zündschnur der Dynamitstange gehalten hatte, verlor er jäh das Interesse an der Angelegenheit. »Also, was hast du damit gemeint, dass es noch richtig übel werden wird, Daddy? Ich kann mir nicht vorstellen, dass das überhaupt geht. Jane ist doch jetzt schon so gemein zu mir. Können wir sie nicht irgendwie loswerden? Wir könnten ja mal rumfragen, ob sie jemand adoptieren will. Wir dürfen natürlich nicht verraten, wie gemein sie ist, sonst will sie bestimmt niemand.«

»Peter, es ist nicht sehr nett, so über seine Schwester zu reden.«

»Aber sie ist auch nicht nett zu mir! Neulich hat sie gesagt, sie steckt mich mit dem Kopf voran ins Klo und drückt auf die Spülung, wenn sie mich noch einmal in ihrem Zimmer erwischt, dabei habe ich mir ihre Sachen nur angesehen! Ich hab noch nicht mal etwas angefasst oder irgendetwas genommen. Da siehst du, wie gemein sie ist.«

»Oh.«

»Genau. Schlimmer geht es doch eigentlich gar nicht, oder? Also, was hast du damit gemeint, als du gesagt hast, es wird früher oder später noch so richtig übel?«

»Äh, nichts, nichts, ich ... Lass uns darüber reden, wenn das Thema aktuell wird, ja? Aber ganz unter uns: Wir sollten die beiden in den nächsten paar Jahren möglichst nicht reizen und alle scharfen oder spitzen Gegenstände verstecken. So, und jetzt entschuldige mich, ich muss mit deiner Mutter reden.«

Um dem Verhör wegen des beschädigten Wagens zu entgehen, verschanzte ich mich hastig in der Speisekammer, und dort blieb ich, bis ich hörte, wie Simon in die Garage ging. Puh. Klippe umschifft. Es ist echt nur ein ganz kleiner Kratzer. Und nur eine winzige Delle. So gut wie gar nicht zu sehen.

DEZEMBER

Freitag, 2. Dezember

AAAARRRGGGHHH und SHIT, SHIT, SHIT! Wie zum Henker kann es sein, dass bereits Dezember ist? Ich bin noch nicht bereit. Dezember ist die Zeit, in der man sein Zuhause mit Stechpalmenzweigen dekoriert und Unmengen Baileys trinkt, und dafür bin ich noch nicht bereit. Noch nicht annähernd. Im Büro herrscht hektische Betriebsamkeit, weil unser großes Projekt bis Anfang Januar fertig sein muss, und mittags gehe ich noch immer in diese grauenhaften HIIT-Kurse, obwohl ich gar nicht so recht weiß, weshalb. Eigentlich nur, um Alan zu beweisen, dass ich nicht so schnell aufgebe. Wobei es mir vorkommt, als wäre ich tatsächlich schon ein bisschen weniger schwabbelig. Die Lust auf Pfefferminz-Schokoriegel verging mir neulich schlagartig, als ich las, wie viele Burpees ich würde machen müssen, um die fünf Trillionen Kalorien zu verbrennen, die ein einzelner von den Dingern enthält. Alles in allem kann von vorweihnachtlicher Stimmung also keine Rede sein, und es fühlt sich auch nicht so an, als würde sie sich in naher Zukunft einstellen. Zweifellos werden sich in meiner Inbox, wie immer im Dezember, schon bald hundertfünfundsiebzigtausend E-Mails von Simons und meiner Familie einfinden, in denen es darum geht, wer wem was zu Weihnachten schenkt, wer wie wo mit wem feiert und wer den beknackten Plum Pudding für das Weihnachtsessen besorgt. Ganz zu schweigen von der Flut digitaler Weihnachtsgrüße von Leuten, die ich seit Jahren nicht gesehen habe (und schon früher nicht ausstehen konnte) und die sich bemüßigt fühlen, in einer bescheuerten Rundmail von den bestaunenswerten Leistungen und Fähigkeiten von Klein Jemima und Sebastian zu berichten. *Und*: Ich muss dieses Jahr nicht nur wie bisher zu *einer* lahmen Firmenweihnachtsfeier, sondern gleich zu dreien. Es gibt nämlich ein Weihnachts-Lunch für unser Team (Ed wird jubilieren), eine Weihnachtsfeier für unsere Abteilung und eine weitere für die gesamte Firma. Zugegeben, die Locations sind recht schick, aber mir graut schon jetzt vor der verhängnisvollen Kombination aus Alkohol im Überfluss und der Notwendigkeit, die Fassade als ernstzunehmende Erwachsene ohne Mann und Kinder aufrechtzuerhalten. Ich versuche, mich auf die positiven Aspekte zu konzentrieren: Wenn ich mich weiterhin mittags zu diesem HIIT-Training quäle, kann ich bei den Weihnachtsfeiern eventuell ein Kleid anziehen, das sogar eine Spur sexy ist, statt einem, dessen größter Vorteil darin besteht, dass es meine Problemzonen kaschiert.

Oh, Mann. Es gibt so unendlich viel zu tun.

Heute Abend haben wir endlich den vermaledeiten Schulweihnachtsmarkt hinter uns gebracht. Ich sage »endlich« – die Vorbereitungen waren der reinste Wettlauf gegen die Zeit, aber wir haben es geschafft.

Ich musste mir dafür einen wertvollen Nachmittag freinehmen – offiziell hatte ich einen Arzttermin wegen eines Frauenproblems, wie ich Alan gegenüber behauptete, um jedwede Nachfragen im Keim zu ersticken. Im Grunde genommen war das nicht gelogen, denn Kinder sind ja tatsächlich tendenziell viel öfter ein Frauen- als ein Männerproblem. Die Frauenproblem-Ausrede leistet mir übrigens schon seit Jahren gute Dienste, wenngleich es mich etwas Überwindung kostete, sie meinen jugendlichen Kollegen gegenüber zu bringen. Bei den verklemmten mittelalterlichen Typen in meiner alten Firma war mir das weit weniger peinlich.

Der harte Kern des Fördervereins, darunter Cara, Katie, Sam und ich, traf sich in der Aula und hängte als Erstes sämtliche Lichterketten aus unserem Privatbesitz auf.

Ich hatte außerdem eine Tüte Efeu mitgebracht, die ich vor ein paar Tagen frühmorgens im Park erbeutet hatte (ich war extra früh aufgestanden, um noch vor den Hundebesitzern dort zu sein), was zugegebenermaßen eine Straftat darstellen könnte, aber es ist ja für einen guten Zweck.

Zur Befestigung der Ranken benutzte ich den Akku-Tacker, den ich mir neulich in einem Anfall von Enthusiasmus zugelegt hatte und der möglicherweise die beste Anschaffung meines Lebens war. Ich liebe dieses Teil! Man kann damit alles Mögliche ganz einfach und schnell an die Wand tackern. Vielleicht tackere ich heute Abend ja die Eier meines Göttergatten an die Wand, der behauptete, er habe zu viel um die Ohren, um vorbeizukommen. Ich ignorierte die Bremser, die Zweifel hatten, ob das Festtackern von Efeu an Schulwänden überhaupt gestattet war, und tackerte munter vor mich hin, wobei ich mir nur dann und wann Simons Gesicht vorstellte.

Das ist das Tolle an so einem Akku-Tacker: Man kann dabei insgeheim an Leute denken, die einen nerven, und drohend »Redest du mit mir?« murmeln, so wie Robert de Niro in *Taxi Driver.* Ein erstaunlich befriedigendes Gefühl. Kiki schwebte derweil hierhin und dorthin, war allen im Weg und drapierte sich Efeuranken um den Hals, bis ich den Tacker in ihre Richtung schwang und »Zieh Leine« knurrte.

Dann trafen auch schon die Budenbetreiberinnen mit ihren handgemachten Waren ein. Ich hatte eine Schar freundlicher, stets lächelnder Damen erwartet, doch wie sich herausstellte, herrschen auf dem Kunsthandwerksmarkt Missgunst und Neid. Ich musste beim Hauen und Stechen um möglichst viel Ausstellungsplatz sogar mehrfach eingreifen – da wurde um zusätzliche Tische gekämpft und mit strategisch platzierten Schalständern die Sicht auf die Buden der Konkurrenz verstellt. Ich glaube, nächstes Jahr muss ich vorher ein bisschen besser recherchieren, denn wie es scheint, war es ein unverzeihlicher Fauxpas, »Kookys Kerzenparadies« neben »Bombige Badezusätze« (ein ziemlich schräger Name, wie ich finde) zu platzieren, da sich die Betreiberinnen schon seit geraumer Zeit spinnefeind sind. Angeblich hat die Dame von »Kookys Kerzenparadies« vor ein paar Jahren eine der knallbunten Badebomben mit einem Cupcake verwechselt, den sie kurz zuvor gekauft hatte, mit verheerenden Folgen: Mit Schaum vor dem Mund (im wahrsten Sinne des Wortes) bezichtigte sie die Betreiberin der Badebombenbude des versuchten Mordes (kein Wunder, bei *dem* Namen!), worauf auch diese Gift und Galle spuckte und den Vorfall zum versuchten Diebstahl hochstilisierte. Seither sind die beiden wie gesagt erbitterte Kontrahentinnen.

Abgesehen davon ging die Angelegenheit relativ entspannt bis ereignislos über die Bühne, wobei sich Sam hinterher beschwerte, das Polyester-Weihnachtsmannkostüm habe ihm Hitzepickel in der Leistengegend beschert. »Ich weiß schon, warum ich nie Kunstfasern trage, Ellen«, brummelte er. »Und wie ich mein Glück kenne, läuft mir, nachdem ich mich wochenlang vergeblich bei Sainsbury's herumgetrieben habe, ausgerechnet diese Woche am Regal mit den kaltgepressten Olivenölen der Mann meines Lebens über den Weg, und wenn er sieht, wie ich mich unauffällig kratze, wird der annehmen, ich hätte Filzläuse, und auf der Stelle das Weite suchen.«

Peter und Jane hatten sich sogleich unter die zahlreichen anderen kreischenden, mit Zucker vollgestopften Kinder gemischt und ließen sich nur dann und wann bei mir blicken, um mich um Geld anzubetteln. Peter gab den Großteil davon für die Tombola aus, und der verbissene Enthusiasmus, mit dem er es verspielte, lässt darauf schließen, dass er in ferner Zukunft Stammkunde beim hiesigen Wettbüro werden könnte. Wobei es durchaus einträglich sein könnte, seine Spielsucht zu fördern. Vielleicht sollte ich ihn sogar dazu zu ermutigen, professioneller Pokerspieler zu werden. Was man so hört, verdient Victoria Coren Mitchell damit richtig fett Kohle. Allerdings müsste Peter dafür noch an seinem Pokerface arbeiten. Früher hegte ich ja die Hoffnung, er könne ein international tätiger Playboy werden, denn er versteht sich hervorragend darauf, ältere Damen zu bezirzen. Aber diese beiden Talente ließen sich bestimmt auch ganz gut kombinieren – ich nehme mal an, sowohl professionelle Pokerspieler als auch international tätige Playboys verbringen viel Zeit in den Casinos von Monte Carlo und dergleichen.

Interessanterweise waren auf dem Schulweihnachtsmarkt auch auffällig viele ältere Damen zugegen. Ich habe dieses Phänomen schon mehrfach beobachtet und frage mich, wo sie wohl alle herkommen mögen. Sonst sieht man das ganze Jahr über nie so viele von ihnen auf einen Haufen. Werden sie in speziellen Bussen angekarrt, die landauf, landab jeden einzelnen Weihnachtsmarkt ansteuern und unterwegs noch weitere Rentnerinnen einsammeln, damit sie noch effektiver die Gänge zwischen den Buden verstopfen können? Denn genau das tun sie – sie stehen rum und meckern: »Der Stand mit den hausgemachten Kuchen ist ja eine ziemliche Enttäuschung, nicht? Zumal es gar kein Früchtebrot gibt. Und ich würde mich in Grund und Boden schämen, für ein so winziges Stückchen Biskuittorte drei Pfund zu verlangen!« Kiki war nach Hause gefahren, um sich und die Kinder umzuziehen, damit sie noch fotogener aussahen. Als sie wenig später in einem atemberaubend engen Weihnachtspullover zurückkehrte, hatte sie neben ihren als Weihnachtselfen verkleideten Töchtern auch einen mürrisch dreinblickenden Mann in Anzug und Krawatte im Schlepptau. Wie sich herausstellte, handelte es sich um ihren Ehemann Keith, der mehrfach »Herrgott noch mal, Karen, kannst du nicht *ein Mal* die verdammte Knipserei einstellen und das Telefon wegstecken?« fauchte, worauf sie zischte: »Du sollst mich doch nicht Karen nennen! Ich bin Kiki, verdammt noch mal! Du weißt genau, wie wichtig das für meine *Marke* ist! Toll, meine Instagram-Story ist ruiniert, jetzt muss ich noch mal von vorne anfangen. Willst du nicht auch Urlaub auf den Malediven machen, Keith?«

Sonntag, 4. Dezember

Nachdem mein Vater mir gegenüber jahrelang wohlwollende Gleichgültigkeit an den Tag gelegt hat, mimt er jetzt auf seine alten Tage plötzlich den liebevollen Familienmenschen. Vorhin rief er an und verkündete, Natalia und er seien mal wieder ganz zufällig in der Gegend und hätten beschlossen, zum Essen vorbeizukommen. Eigentlich hatte ich die Organisation des sonntäglichen Mittagsmahles an Simon delegiert, der verkündet hatte, er würde »ein paar schlichte Käse-Sandwiches machen«, und ich hatte mich diebisch darauf gefreut, sein Gesicht zu sehen, wenn er feststellte, dass die Zubereitung von Käse-Sandwiches mitnichten so einfach ist, wie er denkt. Jane isst ihre Sandwiches nämlich nur, wenn der Käse gerieben statt in Scheiben geschnitten ist, Peter mag keine Butter in seinen Sandwiches, und Simons Sandwiches müssen unbedingt Branston Pickle enthalten, während wir anderen Brechreiz fingieren, wenn wir auch nur eine Spur Gurken-Relish an unseren Sandwiches entdecken. Bis jeder seine verdammten Sonderwünsche deponiert hat, bin ich meist einem Nervenzusammenbruch nahe und versucht, den Käse an meinen geliebten Hund zu verfüttern, dem es völlig schnuppe ist, ob er ihn gerieben, in Scheiben oder in mundgerechten Happen serviert kriegt. Er ist nämlich durchaus in der Lage, Käse auch im Ganzen zu verzehren, wie wir wissen, seit es ihm eines Tages gelang, den Kühlschrank zu öffnen und sich ein Stück Cheddar, eine noch ungeöffnete Packung Taleggio, eine ziemlich große Ecke Brie und einen ganzen Camembert einzuverleiben. Wenig später hat er dann ein Käsefondue gekotzt. Kein schöner Anblick.

Da jedoch nun mein Vater »rein zufällig in der Gegend war« und beschlossen hatte, sich zum Mittagessen einzuladen, war ein Notfalleinkauf bei Sainsbury's angesagt. Ich besorgte alle Zutaten für einen Braten, und weil ich schon mal unterwegs war und Peter und Jane wohlweislich bei Simon zu Hause gelassen hatte, legte ich noch einen kurzen Zwischenstopp im Fitnessstudio ein und absolvierte einen HIIT-Kurs. Ich hatte mir für die Firmenweihnachtsfeier nämlich leichtsinnigerweise ein sehr, sehr eng geschnittenes Kleid zugelegt, das kein bisschen kaschierte, dafür aber definitiv sexy war. Da ich schon mal bei Sainsbury's war, kaufte ich auch gleich noch allerlei amüsanten Kleinkram für die Weihnachtsstrümpfe, den ich an einem sicheren Ort verstecken und vermutlich erst nächstes Jahr im Juli wiederfinden werde. Und für den extrem unwahrscheinlichen Fall, dass die Sachen doch den Weg in die Weihnachtsstrümpfe finden, wird meine Familie von den kleinen Kostbarkeiten total unbeeindruckt sein und sie binnen zwei Sekunden achtlos zur Seite legen. Zweifellos wird Simon wie üblich nicht nachvollziehen können, warum ich all diese süßen Kleinigkeiten für die Weihnachtsstrümpfe besorge, und so hilfreiche Kommentare vom Stapel lassen wie: »Wir könnten doch auch einfach die richtigen Geschenke in die Strümpfe stecken. Wozu brauchen wir diesen ganzen zusätzlichen Kleinscheiß?« Er versteht einfach nicht, dass die *richtigen* Geschenke nicht in die Strümpfe gehören, auch wenn sie rein größenmäßig durchaus reinpassen würden. Die *richtigen* Geschenke gehören nun einmal unter den Weihnachtsbaum, und von dieser Regel darf auf gar keinen Fall abgewichen werden, sonst gibt es ein heilloses Durcheinander, und dann ist das Weihnachtsfest komplett ruiniert!

Das Mittagessen verlief weitgehend komplikationslos. Peter ist bis über beide Ohren in Natalia verknallt und flirtete schamlos mit ihr. Um ihr zu beweisen, dass er ihrer Liebe würdig ist, stopfte er sich mit Roastbeef und Yorkshire Pudding voll und fühlte sich, da seine Leistung nicht gebührend honoriert wurde, anschließend bemüßigt, sie ausdrücklich darauf hinzuweisen, dass er gerade vier Portionen Rindfleisch, zwölf Stück Yorkshire Pudding und neun Röstkartoffeln gegessen hatte. Ich habe keine Ahnung, wo das alles hinwandert. Es ist wirklich bemerkenswert. Da Natalia keine Anstalten machte, Peter angesichts der heroischen Leistung seines Verdauungstraktes ihre unsterbliche Liebe zu gestehen, verkündete mein Sohn, er könne durchaus *noch* mehr essen und streckte die Hand nach dem dreizehnten Yorkshire Pudding aus. An dieser Stelle sah ich mich gezwungen, zu intervenieren, stand doch zu befürchten, dass er danach anfangen würde zu göbeln.

Es gab einen etwas peinlichen Moment, als sich mein Vater nach unseren Plänen für Weihnachten erkundigte und ich ihm gestehen musste, dass wir unsere Mutter besuchen würden. »Oh«, sagte er. »Und Jessica auch?«

»Ja, Jessica auch.«

»Ach, das ist ja schade. Wir hatten eigentlich gehofft, ihr würdet Weihnachten bei uns verbringen, schließlich ist das Natalias erstes Weihnachtsfest mit der Familie. Könnt ihr eure Pläne nicht ändern? Du könntest es Jessica ja zumindest mal vorschlagen.«

Ich verschluckte mich beinahe an meinem Wein. »Unsere Pläne ändern?«, keuchte ich. »Du erwartest doch nicht ernsthaft, dass ich Mum anrufe und sage: ›Wir können an Weihnachten jetzt doch nicht kommen, wir feiern stattdessen mit

Daddy und Natalia.‹ Sie würde garantiert einen Killer auf dich ansetzen, oder zumindest jemanden engagieren, der uns entführt und zu ihr karrt, und ich habe keine Lust, die Fahrt nach Yorkshire gefesselt auf der Ladefläche eines Transporters zu verbringen. Und du weißt genau, dass Jessica ihre Pläne niemals ändert. Ich wette, sie hat damals, als Granny im Sterben lag, die Pflegerinnen im Krankenhaus bestochen, damit sie die lebenserhaltenden Maßnahmen um eine Woche verlängern, nur um sicherzugehen, dass sie ihren Urlaub auf Antigua nicht absagen muss.«

»Du übertreibst, Ellen«, sagte Daddy. »So schlimm ist Jessica gar nicht. Was allerdings eure Mutter angeht ... Nun ja, die ist in der Tat ein eiskaltes, berechnendes Biest, und total gestört obendrein.«

»He, warum darf Opa gestört sagen und ich nicht?«, beschwerte sich Peter prompt.

»Weil wir nicht für die Ausdrucksweise deines Großvaters verantwortlich sind, aber sehr wohl für deine«, meldete sich Simon zu Wort, während ich mich fragte, ob es angezeigt war, Mum in Schutz zu nehmen, zumal Natalia zugegen war, aber ehrlich gesagt wollte mir partout kein Gegenargument einfallen; die Charakterisierung meines Vaters traf den Nagel so ziemlich auf den Kopf.

Ein Glück, dass ich morgen wieder ins Büro muss, da kann ich mich wenigstens erholen!

Donnerstag, 8. Dezember

Eingeschnürt bis dorthinaus (ich hätte vielleicht doch ein etwas weniger figurbetontes Kleid kaufen sollen, denn die HIIT-

Kurse und der Verzicht auf Pfefferminz-Schokoriegel hatten nicht *ganz* den erhofften dramatischen Effekt gezeigt) machte ich mich gestern Abend auf den Weg zur großen Firmenweihnachtsfeier.

Und siehe da, es war ein Riesenspaß! Ich bereute bloß, dass ich figurformende Dessous trug, hinderten sie mich doch daran, mich gebührend an dem sagenhaft leckeren Essen gütlich zu tun. Ich zog sogar in Erwägung, aufs Klo zu gehen und zumindest das dämliche Miederhöschen auszuziehen, aber wohin damit? Für meine schicke Clutch war das Teil zu groß, und für die Entsorgung im Mülleimer war es zu teuer gewesen. Außerdem bestand die Gefahr, dass eine meiner Kolleginnen es fand und zwei und zwei zusammenzählte, wenn ich nach dem Abstecher auf der Toilette deutlich schwabbeliger um die Körpermitte war als vorher. Womöglich kam der Betreffenden ja sogar der Verdacht, ich hätte einen Quickie gehabt und mich bei der Gelegenheit meiner Shaping-Dessous entledigt. Ich behielt mein Miederhöschen an.

Ein nachteiliger Nebeneffekt des Problems war, dass ich nicht genügend essen konnte, um eine ordentliche Unterlage für den Alkohol zu haben, so dass ich im Nu ein klitzekleines bisschen beschwipst war. Oder sagen wir eher *ziemlich* beschwipst. Ich habe eine unangenehme Erinnerung an eine Unterhaltung mit Ed, in der ich ihn fragte, ob die Penis-Zeichnung bei meinem Bewerbungsgespräch ein cleverer neuer Psycho-Test gewesen sei, worauf er mich erstaunt musterte und entschieden verneinte. Ich drückte mein Bedauern darüber aus und gestand, ich sei davon ausgegangen, dass ich den Job bekommen hatte, weil ich so souverän mit dieser kniffligen Situation umgegangen war. Darauf erwiderte er, nein, seine

Wahl sei auf mich gefallen, weil ich deutlich weniger inhaltsleeres Management-Geschwätz von mir gegeben hätte als die anderen Kandidaten, weshalb er deshalb davon ausgegangen sei, dass er sich über mich am wenigsten ärgern würde. Nun ja, ich nehme an, es gibt schlechtere Gründe.

Es wurde auch getanzt. Wenn es etwas gibt, dem ich in betrunkenem Zustand nicht widerstehen kann, dann ist das Tanzen. Ich tanzte sehr enthusiastisch, aber, wie ich fürchte, ohne eine Spur Anmut oder Eleganz, und im Nachhinein betrachtet bin ich schon deshalb froh, dass ich meine figurformende Unterwäsche anbehalten habe, denn so blieben zumindest alle Körperteile verhüllt und dort, wo sie sein sollten, so sehr ich mich mit meinen sexy Moves auch sonst zum Horst gemacht haben mag.

Unumstrittener Höhepunkt des Abends war für mich der Auftritt einer Boy-Band aus den Neunzigern, von der ich angenommen hatte, die Mitglieder hätten schon vor Jahren Abschied von der Bühne genommen und stattdessen als Versicherungsvertreter oder so Karriere gemacht. Doch nein, sie machten noch immer Musik (wobei so eine Firmenweihnachtsfeier zugegebenermaßen nicht ganz dasselbe ist wie ein Konzert in der 02-Arena, auch wenn es sich im vorliegenden Fall um eine ziemlich noble Weihnachtsfeier handelt), und ich war total aus dem Häuschen.

»Es geht doch nichts über ein bisschen ironischen Kitsch« bemerkte Alan grinsend, sobald sie den ersten Ton gespielt hatten.

»Wag es ja nicht, die Musik meiner Jugend noch einmal als ironischen Kitsch zu bezeichnen, du Milchbubi!«, stieß ich entrüstet hervor. »Auch du wirst eines Tages begeistert sein, wenn du …« Ich überlegte krampfhaft, welche Bands ein Millennial wohl cool fand, aber mir wollte partout kein Name außer Ed Sheeran einfallen, und den würde Alan wohl kaum »cool« finden, das war mir selbst in meinem angesäuselten Zustand klar. »… wenn du eine Band, die du in deiner Jugend mochtest und die noch immer auftritt, live und *kostenlos* erleben kannst, und zwar in einem so intimen kleinen Rahmen, dass du die Mitglieder quasi abknutschen könntest.«

»Du willst die Jungs aber nicht ernsthaft abknutschen, oder?«, fragte Alan alarmiert.

Ich knutschte niemanden ab, sondern beschränkte mich darauf, jeden einzelnen ihrer größten Hits mitzusingen, selbst die, von denen ich gar nicht gewusst hatte, dass sie von ihnen waren (Die Boy-Bands aus den Neunzigern klangen ja alle recht austauschbar.). Ich meine mich zu erinnern, dass ich dabei in Lydia eine Gleichgesinnte fand, mit der ich diesen Moment des Glücks teilen konnte.

Es war wirklich ein denkwürdiger Abend. Um den zu toppen, müsste nächstes Jahr schon Rick Astley auftreten. Oder Chesney Hawkes. Ich habe ein Selfie mit der Band gemacht. Gut möglich, dass ich es rahme und aufhänge.

Freitag, 9. Dezember

Welcher Hornochse kam auf die bescheuerte Idee, die Firmenweihnachtsfeier auf einen Donnerstag zu legen? Ich habe keine Ahnung, warum heute irgendjemand im Büro aufgekreuzt ist. Keiner von uns hat auch nur einen Strich gearbeitet. Wir sind alle bloß wie Zombies durch die Gegend geschlurft, wobei wir uns krampfhaft an unseren Teetassen festgehalten und es nach Möglichkeit vermieden haben, uns anzusehen, nachdem sich der eine oder andere gestern Abend vielleicht einen Tick zu zutraulich und offenherzig gegeben hat. Ich musste Ed ein paar Unterlagen bringen und dachte, er wäre ausgeflogen, bis ich ein Schnarchen vernahm und feststellte, dass er unter seinem Schreibtisch lag und schlief. Tja, das sind die Vorteile des Chef-Daseins, nehme ich an. Mir kam der Verdacht, dass er möglicherweise weniger verkatert war als der Rest der Crew und gewohnheitsmäßig dann und wann ein Nickerchen unter dem Schreibtisch hielt. Vielleicht ist das ja der Grund, warum er sein Büro nur so ungern verlässt und Meetings nicht ausstehen kann.

Abends stieg dann die Weihnachtsfeier für die Schulmamis (inklusive Sam und Julian). Oh, Mann. Es ist ein kleines Wunder, dass ich bei der Organisation im Vorfeld niemanden abgemurkst habe, denn natürlich hatten alle irgendwelche ernährungsspezifischen Sonderwünsche und Bedürfnisse, die berücksichtigt werden mussten (Paleo, Weightwatchers, mögliche Eierallergie, weil nach dem Verzehr von Omeletts bisweilen Übelkeit auftritt, kein ausländisches Essen, keine Soße, die einzelnen Komponenten des Essens dürfen einander nicht berühren …). Der einzige Mensch, der kein großes Theater machte, war Helen O'Connor, die erwiesenermaßen an Zöliakie leidet. Auch das Einsammeln der Anzahlung gestaltete sich nicht ohne Aufregung (Eine dieser Knalltüten hat doch ernsthaft versucht, mir Bitcoins unterzujubeln!).

Und heute Abend war es dann wie gesagt endlich so weit. Obwohl ich verzweifelt versucht hatte, einen Platz zwischen Sam und Cara zu ergattern, fand ich mich schließlich am anderen Ende des Tisches wieder, eingeklemmt zwischen Erica

Kein-ausländisches-Essen Mitchell und Julian, der sich strikt nach dem Paleo-Prinzip ernährt. Ich bemühte mich um ein höfliches Lächeln, während mir Erica darlegte, was genau für sie ausländisches Essen ist und was nicht: Chicken Tikka Masala beispielsweise zählt ebensowenig als ausländisch wie Kebab, dafür ist Sushi das reinste Teufelszeug. Julian säuselte, er rufe gerade eine »Pilates im Park«-Gruppe für Sonntagvormittag ins Leben, nur für den Fall, dass ich mitmachen wolle, und anschließend erkundigte er sich, ob ich eigentlich schon mal in Erwägung gezogen hätte, zu modeln, weil ich doch eine so »umwerfende Ausstrahlung« hätte. Er könne mir einen großzügigen Rabatt gewähren, sollte ich an einem Einzel-Fotoshooting interessiert sein, nur ich und er ... Ich schaffte es sogar, mir auf die Zunge zu beißen, als ich hörte, wie Abigail Gluten-ist-nicht-gleich-Gluten Porter Fish and Chips bestellte, weil »das Gluten im Panierteig ja schließlich nicht mit dem in Brot vergleichbar sei«. Es war ein schwacher Trost, dass Sam gleichermaßen in der Falle saß, nämlich zwischen Darcy Chisholm und Fiona Montague, die mich bei meiner Ankunft direkt auf mein erschöpftes Aussehen angesprochen und mir ans Herz gelegt hatte, doch mal ihre Kosmetikerin anzurufen. »Die Frau hat magische Hände! Du wirst sehen, nach so einer Gesichtsbehandlung wirkt die Haut zehn Jahre jünger!« Darcy Chisholm, die mutmaßliche Eiallergikerin, fragte bei jedem einzelnen Gericht auf der Speisekarte nach, ob es Eier enthielte, ehe sie Sam die Ohren volljammerte, dass es ja so schwierig sei, Eiern aus dem Weg zu gehen und dass ihr Hausarzt sie partout nicht ernst nehmen wolle, nur weil ihr Allergietest keinen Nachweis für ihre Eiallergie erbracht hatte.

Ich hatte mir eigentlich vorgenommen, heute mal nüchtern zu bleiben, weil ich mich nach dem gestrigen Abend nie, nie, nie wieder betrinken wollte, doch ich hatte noch keine fünf Minuten am Tisch gesessen, da kippte ich in meiner Verzweiflung bereits mein erstes Glas Pinot Grigio.

Zum krönenden Abschluss des Abends sollte ich dann auch noch ausrechnen, wer wie viel zu berappen hatte, und das obwohl ich fast eine ganze Flasche weißen Hauswein intus hatte.

»Sollen wir uns die Rechnung nicht einfach teilen?«, schlug ausgerechnet Francesca Shaw vor, der der Hauswein nicht gut genug gewesen war, weshalb sie eine Flasche Rioja für vierzig Pfund bestellt und ganz ohne fremde Hilfe geleert hatte, gefolgt von drei großen Baileys. Francesca fährt übrigens einen mit allen Raffinessen ausgestatteten Lexus mit Allradantrieb und wohnt in einem noch größeren Haus als Lucy Atkinsons Mami, und ihr Ehemann ist Investment Banker.

Ich wies sie freundlich darauf hin, dass ich das gegenüber all den Leuten, die weder teuren Wein noch Baileys bestellt hatten, ein *klein wenig* unfair fand, insbesondere gegenüber all jenen, die noch fahren mussten und deshalb nur Limo oder Wasser getrunken hatten. Francesca hielt das für ausgesprochen kleinlich von mir und konnte nicht fassen, dass sie deutlich mehr bezahlen sollte als die anderen. Als ich schließlich und endlich ausgerechnet und verkündet hatte, wie viel jeder blechen musste, erinnerte mich Deborah Green an die zehn Pfund Anzahlung, die jeder geleistet hatte.

»Die habe ich bereits abgezogen«, erwiderte ich, was Deborah jedoch anzweifelte, wobei sie Schützenhilfe von Erica und Abigail erhielt. Diana Baker brachte das Fass endgültig zum Überlaufen, als sie von ihrem Telefon aufblickte und verkündete: »Also, ich habe nachgerechnet und komme auf zwei Pfund *weniger* pro Kopf als du, Ellen.«

»Ich darf dich daran erinnern, dass ich, wie vorhin angekündigt, zwei Pfund pro Person draufgeschlagen habe, weil wir ja auch ein Trinkgeld dalassen sollten«, presste ich mit zusammengebissenen Zähnen hervor. »Außerdem wird es dadurch eine runde Summe, das erleichtert die Sache mit dem Wechselgeld.«

»Aber das sind insgesamt 60 Pfund Trinkgeld!«, stieß Eleanor Blackstone entsetzt hervor. »Das ist doch etwas übertrieben, nicht?«

»Nun ja«, sagte ich, um Beherrschung bemüht, obwohl ich den Drang verspürte, die Stirn ein paar Mal kräftig auf die Tischplatte donnern zu lassen und dabei »SEID IHR EIGENTLICH NOCH GANZ DICHT, EY?« zu kreischen. »Sechzig Pfund Trinkgeld sind durchaus angemessen, nachdem sich die Angestellten den ganzen Abend so aufmerksam um uns gekümmert haben. Wir sind eine sehr große Gesellschaft, und sie sind ständig um uns herumgeschwirrt, haben uns nachgeschenkt, Kaffee gebracht und so weiter und so fort. SIE HABEN ES VERDAMMT NOCH MAL VERDIENT, OKAY?«

»Meinetwegen, aber sechzig Pfund? Ich meine, es ist doch ihr Job, uns zu bedienen«, argumentierte Diana.

»Sie bekommen lediglich den Mindestlohn!«, rief ich. »Wisst ihr überhaupt, wie wenig das ist?«

»Also, ich finde, ein Pfund pro Kopf wäre mehr als ausreichend«, sagte Eleanor. »Ich meine, was geht es uns an, wenn diese Leute vom Mindestlohn nicht leben können? Das ist doch wohl ein Problem, mit dem sich die Regierung auseinandersetzen muss, nicht? Dann müssen sie sich eben einen Zweitjob suchen und sich etwas dazuverdienen, mit Bügeln oder so, was weiß ich.«

»HERRGOTT NOCH MAL, EIN Pfund, Eleanor! EIN VERDAMMTES PFUND! Du verbringst demnächst drei Wochen auf den Bahamas, UND ZWAR MIT DEINER VOLLZEIT-NANNY, und da diskutierst du mit mir allen Ernstes rum, ob wir ein oder zwei Pfund Trinkgeld geben sollen? Und überhaupt, wenn wir nur ein Pfund Trinkgeld pro Kopf geben, dann hat es wieder keiner passend, und es dauert EWIG, bis jeder sein Wechselgeld gekriegt hat, und ich will jetzt VERFLUCHT NOCH MAL ENDLICH NACH HAUSE! ALSO, WIR LASSEN ZWEI PFUND TRINKGELD PRO KOPF DA, IST DAS KLAR?«

Und so machten wir es dann.

Ich bezweifle, dass ich noch einmal gebeten werde, die Weihnachtsfeier für die Schulmamis zu organisieren. Ach, Scheiße, und für das Geschenk für den Lehrkörper muss ich demnächst noch mal Geld von diesen elenden Geizhälsen einsammeln.

Montag, 12. Dezember

In letzter Zeit ist mir im Büro etwas aufgefallen, das ich vorher noch nie bemerkt habe: Wann immer Lydia, die einzige Frau in unserer Abteilung, die Kinder hat (beziehungsweise die einzige, die es *zugibt*), mal wegen der Kinder früher Feierabend macht, wird hinter ihrem Rücken deswegen ein Brummen und Grummeln angestimmt. Lydia wirkt sympathisch, und sie legt sich ordentlich ins Zeug. Sie liefert stets fristgerecht ihren Anteil an den diversen Projekten ab und macht nicht den Eindruck, als würde sie sich vor der Arbeit drücken. Trotzdem scheint allgemeine Einigkeit darüber zu herrschen, dass sie nicht genug leistet, alle möglichen Aufgaben auf ihre Kollegen abwälzt und ganz gerne mal blau macht, und das nur, weil sie sich wegen ihrer Kinder gelegentlich mal einen halben Tag freinimmt. Wenn hingegen mal einer unserer männlichen Kollegen wegen familiärer Verpflichtungen, einer Elternversammlung oder einer Schulweihnachtsfeier früher gehen muss, gilt er nicht etwa als arbeitsscheues Aas, sondern wird vielmehr zum Vater des Jahres gekürt.

All das habe ich bisher nie bewusst registriert, vermutlich deshalb, weil immer *ich* diejenige war, die überstürzt das Büro verlassen musste, um zum Weihnachtskonzert, zum Schulsportfest oder zum Tag der offenen Tür zu hetzen. Keiner meiner werten Kollegen hat den Mumm, Lydia ins Gesicht zu sagen, wie sie darüber denken, dass sie sich gelegentlich einen halben Tag Urlaub nimmt, um für ihre Kinder da zu sein, trotzdem ist ihre Missbilligung deutlich spürbar: Wie kann Lydia es wagen, arbeiten zu gehen, obwohl sie Mutter ist? Dank dieser Erkenntnis kann ich nun auch einige der spitzen Kommentare eher einordnen, denen Lydia des Öfteren ausgesetzt ist. Derlei musste ich zwar früher selbst gelegentlich hinnehmen, aber erst im Zusammenhang mit all dem, was hinter Lydias Rücken geredet wird, wurde mir allmählich klar, wie viel Unmut das Thema erregt. Und es sind noch nicht einmal nur die Männer, die sticheln: Gabrielle von der Personalabteilung ließ neulich ebenfalls eine blöde Bemerkung vom Stapel, als sie kurz hereinschneite und feststellte, dass Lydia »mal wieder« nicht da war (was meine Vermutung bestätigte, dass diese Gabrielle eine blöde Zicke ist).

Dabei nimmt sich Lydia nicht öfter Urlaub, als ihr zusteht. Zugegeben, sie schiebt keine Abend- oder Nachtschichten wie Alan, und sie taucht auch nicht schon in aller Herrgottsfrühe im Büro auf, wie James es meistens tut, damit er seine Kinder nicht zur Schule bringen muss (das überlässt er lieber seiner armen, gestressten Ehefrau), aber Lydia ist kein Faulpelz. Trotzdem wird ihr unterstellt, sie könne ihre Mutterpflichten unmöglich mit ihrem Job unter einen Hut bringen, geschweige denn, ihren Job richtig gut machen. Als ich verkündete, ich müsse diesen Freitagnachmittag wegen eines Zahnarzttermins früher Schluss machen (in Wahrheit stand das Weihnachtskonzert meiner Kinder auf dem Programm), hieß es von allen Seiten: »Oje, du Ärmste!« und »Ich hasse Zahnärzte. Ich hoffe, er quält dich nicht allzu sehr.« Alan meinte sogar, falls ich mit meinem Teil des neuen Projekts bis dahin nicht fertig sei, könne das durchaus noch bis nächste Woche warten. Als Lydia dagegen heute Vormittag zu einem für halb elf angesetzten Meeting um Punkt halb elf erschien, bemerkte Alan bissig: »Wie schön, dass du zu uns stoßen konntest, Lydia. Es wäre natürlich hilfreich gewesen, wenn du ein bisschen eher gekommen wärst und mir die Zahlen, die ich für das Hunter-Projekt benötige, schon vorab hättest zukommen lassen, aber jetzt ist es ohnehin zu spät.« Lydia zuckte gelassen die Schultern und sagte: »Oh, tut mir leid, Alan, ich hatte dir die Zahlen am Freitag geschickt, aber da warst du glaube ich schon weg. Du hast doch am Freitag bereits um zwei Feierabend gemacht, nicht? Na, jedenfalls findest du in deiner Inbox die E-Mail mit den Zahlen.«

Alan murmelte etwas widerstrebend: »Ach, richtig, da sind sie ja, danke.« Lydia war trotzdem rot angelaufen und hatte das Kinn kämpferisch vorgeschoben. Sie tat mir richtig leid, und ich zog in Erwägung, Alan wegen seines unverschämten Tonfalls ihr gegenüber zu rüffeln, aber ich traute mich nicht. Dafür arbeite ich einfach noch nicht lange genug hier, und außerdem bin ich eine verlogene, feige Nuss und möchte im Zusammenhang mit dem Thema arbeitende Mütter lieber keine Aufmerksamkeit auf mich lenken. Also hielt ich den Mund, hasste mich insgeheim dafür und überlegte mir stattdessen schlagfertige Entgegnungen, die ich Alan an den Kopf hätte werfen können. Ich bedachte Lydia mit einem mitfühlenden Lächeln, aber ich glaube, das kam irgendwie falsch rüber, denn sie musterte mich nur mit einem seltsam verängstigten Blick.

Mittwoch, 14. Dezember

Oh, Mann. Als ich vorhin von der Arbeit nach Hause kam – ich war noch nicht einmal aus den Schuhen geschlüpft –, hielt mir Jane auch schon ihre Weihnachtswunschliste unter die Nase. Sie hatte mich schon länger nicht mehr wegen ihres Instagram-Accounts genervt, was ich mit Genugtuung zur Kenntnis genommen und auf meine strengen Belehrungen zurückgeführt hatte. Ich hatte ihr gesagt, Kinder würden heutzutage viel zu früh erwachsen, sie solle deshalb lieber den Rest ihrer Kindheit genießen, und es sei nicht zu unterschätzen, welche Gefahr von Fremden ausgehe, die sich im Internet ihre Fotos ansehen, denn sie könnten sie aufspüren, umbringen und ihre in Stücke gehackte Leiche in einer Plastiktüte auf der Müllkippe entsorgen (Okay, ein paar dieser Details meines »Nimm dich vor fremden Männern in Acht«-

Vortrags habe ich etwas beschönigt wiedergegeben.). Kurz gesagt, ich hatte hochzufrieden angenommen, meine Bemühungen hätten endlich Früchte getragen und sie sei zu dem Schluss gekommen, dass es besser war, einfach abzuwarten, bis sie dreizehn war. Denkste. Auf ihrer Weihnachtswunschliste stand:

Instagram-Account
YouTube-Kanal
GoPro HERO Kamera
GoPro Drohne
Stativ
Laptop mit Videoeditor-Software

Ich überflog die Liste, gab sie ihr zurück und sagte nur ein einziges Wort: »Nein.«

»Also echt, ey! WARUM DENN NICHT?«, echauffierte sich Jane.

»Also echt, ey! Erstens sollst du, wie ich dir schon hundert Mal gesagt habe, nicht andauernd ›also echt‹ und ›ey‹ sagen, und zweitens darfst du, wie ich dir ebenfalls bereits hundert Mal erklärt habe, erst einen Instagram-Account haben, wenn du alt genug bist. Und da auf deiner Wunschliste keine Zeitmaschine steht und du noch immer elf bist, wirst du deshalb weder einen Social-Media-Account bekommen noch diese elektronischen Geräte im Wert von insgesamt mehreren tausend Pfund, weil du WIE GESAGT NÄMLICH ERST ELF BIST, ey!«

Jane verdrehte die Augen. »Versuch bitte nicht, witzig zu sein oder mich nachzumachen. Es ist total peinlich und erbärmlich, wenn du versuchst, witzig zu sein oder mich nachzumachen. Und es ist voll UNFAIR, dass ich noch immer keinen eigenen Instagram-Account haben darf. Ich kann nicht fassen, dass ich DIE EINZIGE IN MEINER KLASSE BIN, DIE NICHT AUF INSTAGRAM IST.«

»Das stimmt doch gar nicht, Liebes. Sophie hat auch keinen Instagram-Account.«

»Ja, und zwar deshalb, weil du ihren Vater einer *Gehirnwäsche* unterzogen und ihn davon überzeugt hast, dass es auf Instagram von Kinderschändern nur so wimmelt, nur damit er es ihr auch nicht erlaubt. Damit hast du praktisch zwei Leben ruiniert, Mum. Ich hoffe, du bist stolz auf dich!«

»Herrgott noch mal, Jane, nun übertreib doch nicht so maßlos. Freddy Dawkins ist auch nicht auf Instagram, und Daisy Cooper genauso wenig.«

»OH, MEIN GOTT! Du willst, dass ich werde wie Freddy Dawkins? Freddy Dawkins hat überhaupt KEINE FREUNDE, ey! Der wird wahrscheinlich irgendwann ein Serienmörder! Und außerdem würde dem garantiert NIEMAND auf Instagram folgen. Der würde doch nur krankes Zeug posten! Fotos von toten VIECHERN oder so! Und Daisy Cooper hat auch keine Freunde! Die hat ja noch nicht mal einen Fernseher, ey! Ihre Mutter ist gegen elektronische Geräte, weil sie glaubt, dass die Strahlung das Gehirn zerstört, und deswegen hat Daisy auch noch nie etwas von Zoella gehört, und ihre Mutter zwingt sie, Klamotten VON TOTEN LEUTEN ZU TRAGEN! SCHEISSE, EY, ERWARTET MICH DAS ETWA ALS NÄCHSTES? HASST DU MICH DERMASSEN, DASS ICH DEMNÄCHST AUCH KLAMOTTEN VON TOTEN LEUTEN ANZIEHEN MUSS? WOMÖGLICH VON LEUTEN, DIE FRED-

DY DAWKINS ERMORDET HAT?«, kreischte Jane. Sie hatte schon eine ganze Weile keinen Trotzanfall mehr gehabt. Offenbar hatte sie sich ihre gesamte Energie für diesen Wutausbruch aufgespart.

»Jane, du weißt, ich mag es nicht, wenn du Scheiße sagst.« »ABER DU SAGST ES DOCH AUCH! DU BIST TOTAL SCHEINHEILIG! Und überhaupt bist du nie zu Hause. Ich bin ein Schlüsselkind, nur weil du unbedingt Karriere machen willst! Und was ist mit MEINER Karriere, hm?«

»Jane, du bist elf. In dem Alter muss man noch nicht über eine Karriere nachdenken. Und was hat es mit den Klamotten toter Leute auf sich, über die du dich so aufregst?«, fragte ich, um von dem Umstand abzulenken, dass ich in der Tat ziemlich oft Kraftausdrücke verwende und meinen Kindern auch sonst mit eher schlechtem Beispiel vorangehe.

»Na, die Klamotten in diesen Läden auf der High Street, in die du uns immer zerrst, um gebrauchte Bücher zu kaufen. Da riecht es schon immer so komisch, und es hängen jede Menge Klamotten von toten Leuten rum, und außerdem gibt es da noch DVDs! Ich meine, wer kauft heutzutage noch *DVDs?*«

»Meinst du die Secondhandläden?«, sagte ich verwirrt.

»Genau. Läden mit Klamotten von toten Leuten.«

»Die haben doch nicht nur Klamotten von toten Leuten. Und außerdem kann man da ein paar richtig tolle Schnäppchen machen. Zumindest höre ich das immer. Es soll Leute geben, die bei Oxfam eine Vintage-Chanel-Handtasche in perfektem Zustand für fünf Pfund erstanden haben. Wobei ich zugegebenermaßen noch nie so viel Glück hatte. Ich finde immer nur Sachen, die aussehen, als ...«

»Als wäre jemand darin gestorben?«, vollendete Jane meinen Satz.

»Na ja … ja.«

»Weil die Sachen, die dort verkauft werden, von toten Leuten *sind.* Und versuch nicht, das Thema zu wechseln, um von der Tatsache abzulenken, dass du mein Leben ruinierst!«

»Jane, Liebes«, sagte ich besänftigend. »Selbst wenn ich dir erlauben würde, dass du dir schon jetzt einen eigenen Instagram-Account zulegst – was mit Sicherheit nicht passieren wird –, dann würde ich nicht im Traum daran denken, dir außerdem noch eine sechshundert Pfund teure Kamera oder eine Drohne für achthundert Pfund zu schenken, oder einen neuen Laptop, zumal du einen Laptop hast, der einwandfrei funktioniert. Und ich würde definitiv auch kein Geld für teure Videoedit-Software ausgeben, weil du nämlich ERST ELF BIST!«

»Weil du unbedingt mein Leben ruinieren willst!«, zeterte Jane. »Ich könnte schon HAUFENWEISE Follower haben, wenn du mir gleich erlaubt hättest, dass ich mir einen Instagram-Account zulege, und dann würde mir GoPro gratis eine Kamera zur Verfügung stellen. DU BIST SELBER SCHULD, dass du mir das alles kaufen musst. Ich könnte schon längst SPONSOREN haben und mit Werbung auf YouTube jede Menge Geld verdienen für meine Zukunft. Es gibt ein KLEINKIND, das mit der Bewertung von Spielsachen auf seinem YouTube-Kanal MILLIONEN VERDIENT! Aber nein, du musst ja immer so ein RIESENDRAMA wegen der dämlichen Internetsicherheit machen und damit MEIN LEBEN RUINIEREN. Also echt, es kommt mir so vor, als würdest du gar nicht wollen, dass ich glücklich werde, oder Multimillionärin. Ich glaube, du kannst mich überhaupt nicht ausstehen, ey!«

»ACH, HÖR DOCH AUF, VERDAMMT NOCH MAL!«, brüllte ich zurück. »Kannst du mir auch nur einen einzigen Mitschüler von dir nennen, dem seine Eltern erlauben, sich auf Instagram und YouTube zu tummeln und der bereits Millionen Follower hat und von gesponserten Posts leben kann?«

»Ich habe nie gesagt, dass es einfach ist«, schnarrte Jane. »Und im Übrigen sind meine Mitschüler alle DUMM WIE TOASTBROT. Ich wäre bestimmt viel erfolgreicher. Und übrigens, was ist mit Kiki, hm?«

»Kiki kann das doch nur machen, weil sie keine Geldsorgen hat. Weil sie einen Mann hat, der die Kreditraten und die Rechnungen bezahlt. Und es gibt nur eine Handvoll Leute, die mit so etwas erfolgreich sind, Schatz«, versuchte ich zu argumentieren.

»Schon möglich, aber es *gibt* welche, und *ich* könnte auch zu dieser Handvoll gehören, wenn du mir nur eine Chance geben und es mich versuchen lassen würdest, aber das tust du nicht, WEIL DIR MEIN TRAUM TOTAL EGAL IST!«

Ich schnaubte verächtlich. »Dein Traum, ja, ja!«

»Und du machst dich über meinen Traum lustig! Du machst dich über mich lustig! Ich *weiß* einfach, dass ich dazu bestimmt bin, ein berühmter YouTube-Star zu werden! Ich weiß es!«

»Ach, jetzt red doch nicht so einen Stuss«, knurrte ich. »Ich habe in meinem ganzen Leben noch nie etwas so Albernes gehört. Womit willst du denn berühmt werden, hm? Mit dem Öffnen von Pappkartons oder Kinderüberraschungseiern? Mit Schminktipps? Mit der Schnute, mit der du für Selfies posierst, während du deine neueste Sponsoring-Kooperation präsentierst? Das sind doch alles keine realistischen Berufsziele! Diese Leute werden das nicht den Rest ihres Lebens machen können, und wovon leben sie danach, hm? Die haben doch gar keine Qualifikationen, mal abgesehen davon, dass sie für Selfies posieren und Pappkartons öffnen können. Was ist denn aus deinen Zukunftsplänen geworden? Du wolltest doch mal Meeresbiologin werden, oder Archäologin, oder Paläontologin – warum zum Geier bist du plötzlich so auf diese VLog-Scheiße fixiert? Neulich wärst du um ein Haar auf der Treppe gestolpert, nur weil du dich unbedingt dabei filmen und dazu einen Kommentar in dein Telefon labern musstest! Du kannst von Glück sagen, dass du dir nicht das Genick gebrochen hast! Ich weiß, ich habe gesagt, du kannst alles werden, wenn du mal groß bist, aber damit meinte ich doch nicht, dass du eine dieser hirnlosen Internet-Tussis wirst! Aber da es dir so unheimlich wichtig ist, einen Social-Media-Account zu haben, schlage ich dir einen Deal vor: Du kannst dir meinetwegen einen Facebook-Account zulegen, sofern du Daddy und mich als deine Freunde hinzufügst, damit wir kontrollieren können, ob dich irgendwelche suspekten Leute kontaktieren. Na, wie klingt das?«

Jane starrte mich an, als hätte ich gerade vorgeschlagen, sie solle sich eine gut gefüllte Babywindel als Hutersatz auf den Kopf setzen.

»*Facebook?*«, hauchte sie entgeistert. »FACEBOOK? OH, GOTT, ist das dein Ernst? Facebook ist total out! Das ist für alte Leute wie dich. Ich kann nicht fassen, dass du mir das überhaupt vorschlägst. Das ist einfach nur grausam. Ich sollte beim Kinderschutzbund anrufen. Weißt du, was meine Freundinnen über mich sagen würden, wenn sie wüssten, dass ich einen Facebook-Account habe? Also echt, ich frage mich, warum du mich eigentlich *auf die Welt gebracht* hast, wenn du mich so hasst, ey.« Damit rannte sie aus dem Zimmer und knallte die Tür hinter sich zu, womit sie den Hund weckte, der mir prompt einen vorwurfsvollen Blick zuwarf.

»Fang du nicht auch noch an«, fauchte ich ihn an.

Zum Glück hatte Jane das Weite gesucht, ohne meine Antwort auf ihre Frage abzuwarten. Wenn sie so drauf ist wie heute, frage ich mich selbst bisweilen, warum ich eigentlich Kinder in die Welt gesetzt habe und ob es die ganze Mühe wirklich wert war. Das hatte ich jetzt davon, dass ich meine Tochter zu einer starken, mutigen, unabhängigen jungen Frau erziehen wollte, zu einer Frau mit Kampfgeist, die sich von niemandem herumkommandieren ließ: Sie setzte ihren Kampfgeist in erster Linie ein, um sich mit mir über jede noch so kleine Kleinigkeit zu kabbeln. Da hatte ich ihr von Feminismus und den Suffragetten erzählt, hatte sie in Jeans und Kapuzenpullis gesteckt (zugegeben, das war gleichermaßen eine ästhetische wie eine ideologische Entscheidung gewesen, denn Jane hatte in all den hübschen, mädchenhaften Röckchen und Glitzer-T-Shirts einfach grauenhaft ausgesehen), und jetzt hatte sie – wie offenbar jede andere Elfjährige im ganzen Land – nur noch ein einziges Ziel, nämlich eine Internetsensation zu werden und auf Instagram oder YouTube Millionen zu verdienen. So hatte ich mir das alles nicht vorgestellt.

Ich grummelte und brummelte noch immer vor mich hin, als Jane noch einmal hereinstürmte. »Wenn du unbedingt MEIN LEBEN RUINIEREN MUSST, indem du mich daran hinderst, meine Träume zu verwirklichen, kann ich mir dann wenigstens zu Weihnachten Ohrringe stechen lassen?«, fragte sie.

»Jane, auch das haben wir schon hunderttausend Mal diskutiert. Ich sagte, du kannst dir Ohrlöcher stechen lassen, wenn du dreizehn bist.«

»Aber das ist noch so lange hin!«, lamentierte sie. »Warum kann ich sie mir nicht jetzt schon stechen lassen? Ich will nur Ohrlöcher. Sonst nichts.«

»Ich dachte, du willst elektronisches Equipment im Wert von dreitausendfünfhundert Pfund, um dich damit im Internet zum Affen zu machen?«, sagte ich.

Jane musterte mich mit einem drohenden Blick, unter dem meine Entschlossenheit rapide dahinschmolz. Ich hatte nicht die Kraft für einen weiteren Wutausbruch. Jane legte noch ein Schäufelchen nach, was den drohenden Blick anging.

»Okay, schließen wir einen Kompromiss: Zu Weihnachten gibt es keine Ohrlöcher, sonst meckert deine Großmutter die ganze Zeit, weil du mit Ohrringen so ›gewöhnlich‹ aussiehst, und darauf habe ich absolut keine Lust, aber du kannst sie dir meinetwegen an deinem zwölften Geburtstag stechen lassen, okay? Ein Jahr früher als ursprünglich geplant. Und nur ein Loch pro Ohrläppchen, mehr nicht.«

»Okay, danke, Mami«, flötete Jane zuckersüß und hopste von dannen. In Anbetracht ihrer selbstgefälligen Miene fragte ich mich, ob sie das ganze Drama womöglich nur inszeniert hatte, um das mit den Ohrlöchern durchzudrücken. Ich fühlte mich ein bisschen an den Tag erinnert, an dem ich mit meinem Vater nach Londen gefahren war, weil er versprochen hatte, mir ein Kleid für den Uniball zu kaufen. Ich hatte gleich am Anfang in einer Selfridges-Filiale das *perfekte* Kleid gefunden, doch Daddy war beim Blick auf das Preisschild blass geworden und hatte gesagt, er denke ja nicht im Traum daran, so viel Geld für so wenig Stoff auszugeben. Daraufhin hatte ich ihn in sämtliche Läden in der Oxford Street geschleppt und jedes einzelne Kleid anprobiert, bis er entnervt einknickte und sagte, er würde alles Geld der Welt dafür geben, wenn er nur endlich nach Hause fahren und sich einen großen Gin Tonic genehmigen könne. Und so bekam ich dann doch noch mein Selfridges-Kleid. Ich schätze mal, Jane hat ihre Sturheit von mir.

Erst jetzt kann ich nachvollziehen, warum es meinen armen Vater damals so dringend nach einem großen Gin Tonic verlangte. Kinder großzuziehen ist verdammt harte Arbeit, und die Babyjahre, in denen ich kaum zum Schlafen kam, waren erst der Anfang. Immer wieder sage ich mir, es muss doch irgendwann besser werden, einfacher, aber das tut es nicht. Ja, die Herausforderungen ändern sich, aber einfacher wird es beim besten Willen nicht, ganz im Gegenteil. Erschwerend hinzu kommt, dass ich meine lieben Kleinen manchmal echt an die Wand klatschen könnte (entweder das, oder ich verspüre den Drang, ihre Existenz zu verleugnen), und zugleich würde ich jedem, der auch nur in Erwägung zieht, ihnen ein Haar zu krümmen, oder andeutet, sie wären in irgendeiner Hinsicht nicht absolut perfekt, ohne zu zögern sämtliche Gliedmaßen einzeln ausreißen. Selbst, wenn sie sich gerade noch gebärdet haben wie zwei tobsüchtige Teufel. Aber sie sind nun mal *meine* tobsüchtigen Teufel und das Beste, was mir je passiert ist, und ich liebe sie so sehr, dass ich manchmal das Gefühl habe, mein Herz könnte explodieren.

Freitag, 16. Dezember

Ich will schon seit geraumer Zeit mal wieder mit Hannah, Sam und Katie einen heben gehen, aber es hat sich einfach nicht ergeben, und jetzt steht Weihnachten vor der Tür, und wenn wir nicht bald zur Tat schreiten, ist Januar und wir sind alle arm und deprimiert und auf Diät oder machen Aktion trocken (oder beides). Also gab ich mir heute einen Ruck und baute mich nach dem nicht enden wollenden, nervenaufreibenden Weihnachtskonzert (wahrscheinlich meine Strafe dafür, dass ich im Büro behauptet habe, ich müsste zum Zahnarzt – eine Wurzelbehandlung wäre mir hundert Mal lieber gewesen als dieses unaufhörliche unmelodische Gejaule!) auf dem Schulhof vor Sam und Katie auf und sagte fröhlich: »Lasst uns heute Abend ausgehen.«

Die beiden sahen mich an, als wäre mir plötzlich ein zweiter Kopf gewachsen.

»Heute?«, wiederholten sie konsterniert.

»Ja, heute!«

»Aber ... das war doch gar nicht *geplant*, Ellen«, sagte Katie verdattert, und Sam fragte leicht panisch: »Wo sollen wir denn hingehen?«

»Na, in den Pub natürlich, so wie immer. Und zwar *ganz spontan*. Meine Bürokollegen machen das auch die ganze Zeit.«

»Die sind ja auch noch jung! Und ... und was machen wir mit den Kindern?«

»Genau, Ellen. Ich bin alleinerziehender Vater«, erinnerte mich Sam. »Und Robin ist ungefähr so hilfreich wie ein Marzipan-Dildo, wenn es darum geht, sich nützlich zu machen und auf Sophie und Toby aufzupassen. Ehrlich gesagt war er auch im Bett ungefähr so hilfreich wie ein Marzipan-Dildo«, fügte er eine Spur verbittert hinzu.

»Kein Problem«, sagte ich. »Katie, du hast doch erzählt, dass Tim heute Abend zu Hause ist und eure Kinder bekocht, also kann er sie hinterher auch gleich ins Bett stecken. Und Sam, Sophie und Toby können heute bei uns übernachten. Ehrlich gesagt ist es vermutlich sogar weniger anstrengend für Simon, die Kinder zu beaufsichtigen. Wenn sie nur zu zweit sind, kabbeln sie sich in einer Tour, aber so wären die Jungs mit ihren dämlichen Computerspielen beschäftigt, und die Mädchen könnten tun, was immer elfjährige Mädchen eben so tun, während sie wie durchgeknallte Wellensittiche vor sich hin schnattern und gackern und kreischen und im ganzen Haus Glitzer verteilen.«

»Aber ich weiß nicht, was ich anziehen soll«, gab Katie zu bedenken. »Ich bin total unvorbereitet! Ich muss mich schminken, mir die Haare glätten, mich geistig darauf einstellen! Ich kann doch nicht einfach so ganz ohne Vorwarnung ausgehen. Was soll ich denn zu Tim sagen?«

»Na, hör mal, hat dich Tim etwa noch nie von der Arbeit aus angerufen, um dir mitzuteilen, dass er sich mit seinen Kollegen ein paar Feierabendbierchen genehmigt, oder dass er am Samstagabend mit seinen Freunden in den Pub geht?«, fragte ich.

»Doch, schon, aber ...«

»Kein Aber! Das ist genau dasselbe. Du bist ein erwachsener Mensch und hast auch ein Recht auf ein bisschen Freiraum, Katie. Du bist NICHT BLOSS EINE MAMI! Du schreibst ihm jetzt eine SMS und stellst ihn auch mal vor vollendete Tatsachen. Schreib, dass er heute Abend pünktlich zu Hause sein muss, weil du ausgehen möchtest. SCHAFFST DU DAS, KATIE? HÖRE ICH EIN ›HELL YEAH‹?«

»Ähm, okay, meinetwegen. Aber ich weiß trotzdem nicht, was ich anziehen soll. Und ich habe den Kindern nicht gesagt, dass ich ausgehe. Sie sind überhaupt nicht darauf eingestellt! Was ist, wenn sie Theater machen?«

»Glaub mir, Katie, wenn du sie vor die Glotze setzt und sie *Paw Patrol – Helfer auf vier Pfoten* gucken lässt, werden sie gar nicht merken, dass du weg bist. Da könntest du vermutlich sogar splitterfasernackt durchs Wohnzimmer tanzen und mit dem Busen wackeln, sie würden es gar nicht registrieren. Und Tim ist durchaus in der Lage, mal einen Abend lang auf sie aufzupassen. Vielleicht macht er seine Sache nicht ganz so gut wie du, aber sie werden es überleben. Sie tragen bestimmt keine psychischen Schäden davon, wenn die Schlafanzughose ausnahmsweise nicht zum Oberteil passt«, sagte ich.

»Okay«, gab sich Katie geschlagen. »Aber es ist ein seltsames Gefühl, so spontan abends auszugehen, ohne mich mindestens zwei Wochen lang darauf gefreut zu haben. Das ist irgendwie unnatürlich.«

»Es ist kein bisschen unnatürlich. Das haben wir jahrelang getan, bevor wir Kinder bekommen haben und man uns eingeredet hat, wir müssten rund um die Uhr für sie da sein und ihnen jeden Wunsch von den Augen ablesen«, erinnerte ich sie. »Aber ich bin überzeugt, dass wir bessere Menschen sind, wenn wir uns dann und wann ein bisschen Zeit für uns nehmen und ganz spontan etwas tun, dass uns daran erinnert, dass wir nicht bloß Eltern sind, sondern Menschen mit Bedürfnissen.«

Katie nickte zustimmend. »Okay, ich bin dabei.«

»Hurra!«, jubelte ich. »Sam, was ist mit dir?«

»Ich weiß nicht recht«, jammerte Sam. »Mein blaues Lieblingshemd ist in der Wäsche, und ich fühl mich ein bisschen aufgebläht, und außerdem muss ich mir noch die *Outlander*-Folge von der Vorwoche reinziehen, und es sieht nach Regen aus …«

»Sam!«, sagte ich streng. »So viele billige Ausreden habe ich ja mein ganzes Leben noch nicht gehört! Also zieh ein anderes Hemd an, und dann ab in den Pub!«

»Na gut, ich komme mit, aber du wirst gefälligst die erste Runde schmeißen, wenn du uns schon so tyrannisiert und uns zwingst, unsere Komfortzone zu verlassen.«

»Ich ermutige euch, *spontan* zu sein, Herrgott noch mal! Was ist, wenn du beim nächsten Einkauf bei Sainsbury's jemanden kennenlernst, der sich mit dir verabreden will? Da kannst du doch auch nicht so herumdrucksen und sagen: ›Ach, ich weiß nicht recht, ich gehe nicht so gern spontan aus …‹ Also, betrachte das hier als Testlauf.«

»Ich habe die Hoffnung aufgegeben, dass ich bei Sainsbury's jemanden kennenlerne«, brummte Sam missmutig. »Die Typen, die aussehen wie Singles, tragen in ihren Einkaufskörben allesamt Artischockenherzen, Spargel, Muscheln und teuren Wein spazieren. Ich glaube, der Anblick der Fruchtzwerge und Beutel mit tiefgefrorenen Erbsen in meinem Wagen schreckt sie ab.«

»Vielleicht läuft dir ja heute Abend einer über den Weg. Du wirst definitiv keine Männer kennenlernen, wenn du im Onesie zu Hause auf dem Sofa rumgammelst und dich an Jamie Fraser aufgeilst, der übrigens vorige Woche kaum oben ohne zu sehen war. Die Folge war totale Zeitverschwendung.«

»Gut zu wissen«, sagte Sam. »Wenn sich Jamie nicht zumindest ein Mal pro Folge nackig macht, kann man sich das Ganze echt sparen.«

Ich rief Hannah an und baute exakt dieselbe Argumentationskette einschließlich des *Outlander*-Spoilers noch einmal auf. Ich deutete sogar an, dass Charlie als Arzt für die Betreuung ihrer Kinder vermutlich besser qualifiziert sei als sie, und am Ende willigte sie ein.

Damit war die Sache geritzt.

Während der ersten halben Stunde schickte Katie eine SMS nach der anderen an Tim, während Hannah mit Charlie telefonierte, um sich zu vergewissern, dass er die Anzahlung für ihre Hochzeits-Location überwiesen hatte, und Sam klagte, das Hemd, das er trage, lasse ihn dick aussehen. Also schlug ich erst einmal eine Runde Gibsons vor.

Eine Stunde später lallte Katie: »Tut verflucht gut, so'n spontaner Abnd im Pub.«

»Sssollten wir viel öfter machen«, pflichtete Hannah ihr bei.

»Ich hab Sssilberswiebelnachschub bestellt«, rief Sam. »Keine Knutschorgien heute Nacht. Och, das ist ja ein richtiger Schnuckel da drüben! Hat jemand'n Kaugummi?«

Montag, 19. Dezember

Oh, elende Elefantenkacke und arschgesichtiger Affenpups! Ich steuere mit Riesenschritten auf meinen alljährlichen Weihnachts-Nervenzusammenbruch zu, der normalerweise erst am vierundzwanzigsten Dezember fällig ist, sich dieses Jahr wegen der Einladung nach Yorkshire aber offenbar nach vorn verschiebt. Simon geht mir tierisch auf die Eierstöcke, zumal ich noch immer sauer auf ihn bin, seit wir uns neulich wegen des Weihnachtsbaums fürchterlich in die Haare gekriegt haben. Er war nämlich der Ansicht, wir bräuchten dieses Jahr keinen, da wir Weihnachten ja gar nicht zu Hause verbrächten, worauf ich sehr entschieden erklärte, wir bräuchten sehr wohl einen Weihnachtsbaum. Am Ende gab er sich geschlagen, argumentierte jedoch, in diesem Fall würde es ja auch ein ganz kleiner Baum tun, was mich veranlasste, ihn als Grinch und Geizhals zu beschimpfen und »ICH WILL VERDAMMT NOCH MAL EINEN GROSSEN BAUM!« zu kreischen. Darauf brummte er etwas von wegen »Total durchgeknallt« und besorgte einen großen Baum.

Auch die Selbstgefälligkeit, mit der mich Simon alle zwanzig Minuten daran erinnert, dass *er* bereits alles auf seiner Weihnachts-To-Do-Liste erledigt hat, nervt mich tierisch. Er sagt, er hat die Geschenke sogar schon eingepackt. Ich wette, er hat sie total lieblos eingewickelt. Eben hat er mich wieder angegrinst und gesagt: »Ich weiß wirklich nicht, warum du immer so ein Drama machst, Liebes. So viel gibt es doch wirklich nicht zu erledigen.«

Zu allem Überfluss bombardiert mich Jessica mit E-Mails, weil sie Mum und Geoffrey mit mir gemeinsam einen Nutri-Bullet-Standmixer schenken will. Damit meint sie, ich soll das Ding gefälligst besorgen und einpacken und ihr vor Ort in die Hand drücken, damit sie es Mum übergeben und murmeln kann, das sei das Geschenk von uns beiden, und dann erntet sie mal wieder die Lorbeeren. Ich weiß gar nicht, warum Jessica es überhaupt für nötig hält, gemeinsame Sache mit mir zu machen. Sie verdient ein Vermögen und könnte Mum und Geoffrey ohne mit der Wimper zu zucken ein Dutzend

Standmixer kaufen, aber wenn sie sich mal an einer Idee festgebissen hat, dann rückt sie nicht mehr davon ab. Ich nehme an, sie hat einfach keine Lust, in einen Laden zu gehen, und versucht, mir die Arbeit aufhalsen. Wenn ich das Teil über Amazon Prime bestelle, kann sie nämlich weiterhin behaupten, sie hätte noch nie etwas bei Amazon gekauft und würde nur kleine Firmen vor Ort unterstützen. Ich weiß noch nicht einmal, ob Mum und Geoffrey überhaupt einen Standmixer wollen – wenn die Idee von mir wäre, dann würde Mum garantiert einen bissigen Kommentar vom Stapel lassen, von wegen »Dir ist hoffentlich klar, dass ich noch im Besitz meiner echten Zähne bin?«, aber da der Vorschlag von Sankt Jessica, ihrer heißgeliebten Erstgeborenen, stammt, wird unsere Mutter das Geschenk vermutlich gnädig annehmen.

Immerhin kann ich Natalia und Daddy abhaken, denn für die beiden habe ich bereits zwei wohldurchdachte, sehr persönliche Geschenke besorgt, sprich: eine Flasche Whisky und einen Schal. Schals gehen ja immer. Man kann sie sogar Männern schenken. Was haben die Leute eigentlich verschenkt, ehe der Schal erfunden wurde? Vielleicht besorge ich für Mum ebenfalls einen Schal, dann kann sich Jessica ihren beknackten NutriBullet sonstwohin stecken.

Okay, was gibt es noch zu erledigen? Vielleicht sollte ich gleich mal eine Liste schreiben. Also:

To-do-Liste schreiben
Geschenke besorgen
Geschenke einpacken
Weihnachtsputz
Wäsche waschen

Flurschrank im Obergeschoss ausmisten
Weihnachtsbasteleien mit den Kindern machen
Weihnachtskarten mit den Kindern schreiben

Und das ist erst der Anfang. Aber zumindest kann ich den ersten Punkt schon mal abhaken. Yippie! Jetzt habe ich mir eindeutig ein Glas Wein verdient – weil es so WEIHNACHTLICH ist und nicht etwa, weil ich eine Schnapsdrossel bin. Simon hat mir gerade über die Schulter gelinst und nach einem Blick auf meine Liste gefragt, ob den Flurschrank auszumisten und mit den Kindern zu basteln und Karten zu schreiben denn wirklich so dringend nötig sei. Wie gesagt, er ist ein Grinch und hat keine Ahnung, worin der wahre Sinn des Weihnachtsfests besteht – nämlich darin, total gestresst und genervt zu sein und all seinen Mitmenschen am liebsten an die Gurgel gehen zu wollen.

Freitag, 23. Dezember

Für die Fahrt nach Yorkshire sind wir heute schon mit den Hühnern aufgestanden, und Simon und ich hatten beim Verfrachten des Gepäcks ins Auto nur einen ganz klitzekleinen Streit, im Zuge dessen ich ihm lediglich mit der Scheidung drohte (statt wie sonst mit der Ermordung im Schlaf), was in Anbetracht der Tatsache, dass Weihnachten ist, eigentlich gar nicht als richtiger Streit zählt. Peter und Jane zückten, kaum dass sie auf der Rückbank saßen, ihre Tablets. Als ich vorschlug, wir könnten uns die Zeit doch mit lustigen Autospielen vertreiben, quittierten die Kinder dies mit einem entsetzten Stöhnen, und auch Simon flehte um Gnade.

»Aber das macht SPASS«, sagte ich fröhlich und hob den Blick von meinem Laptop (ich hatte eben noch eine allerletzte E-Mail abgeschickt).

»Du willst doch bloß Tiereraten spielen, damit wir wieder dieses eigenartige Vieh erraten müssen, das sich keiner von uns merken kann, und damit du uns unter die Nase reiben kannst, wie ungebildet wir doch sind«, sagte Jane.

»Mungos sind nicht eigenartig, und ich kann nichts dafür, wenn ihr euch nicht merken könnt, was ein Mungo ist.«

»Oder du schummelst und entscheidest dich für das Kaninchen, um uns auszutricksen, indem du mit ›Nein‹ antwortest, wenn wir fragen, ob das Tier aus Großbritannien stammt«, beschwerte sich Peter.

»Nun, das war eine wichtige Lektion in Sachen Geschichte und Biologie«, sagte ich herablassend. »Genau deshalb ist das Kaninchen ja so eine gute Wahl. Man kann seine Mitspieler damit auf eine falsche Fährte locken, weil kaum jemand weiß, dass es eigentlich aus Nordafrika stammt und von den Römern nach Großbritannien gebracht wurde. Wenn ihr *Horrible Histories* geschaut hättet, dann wüsstet ihr das.«

»Du siehst dir *Horrible Histories* doch nur an, weil du auf den Typen aus dem Dick-Turpin-Song stehst! Du bist so peinlich, Mum!«, stöhnte Jane.

»Hach, Mathew Baynton …«, murmelte ich, und Simon fragte: »Mathew wer?«. Hm. Vielleicht sollte ich mal wieder meinen Browserverlauf löschen.

»Na gut«, versuchte ich es noch einmal. »Wie wär's denn dann mit *Von A bis Z?*«

»Nur, wenn wir die unanständige Version spielen«, krähte Jane.

»Ähm, nein, dann lassen wir das lieber«, sagte ich hastig, denn Jane ist erschreckend gut im Aufzählen unanständiger Wörter, und sie wird ständig besser (ihr einschlägiges Vokabular wächst rapide, im Gegensatz zu ihrem sonstigen Vokabular).

Danach gab ich auf, denn selbst ich hatte nicht den Nerv für *Ich sehe was, was du nicht siehst*, weil Peter uns immer Sachen erraten lässt, die wir vor ungefähr sieben Kilometern passiert haben.

Etwa auf halber Strecke rief Jessica an.

»Oh, Gott, Ellen, ich bin so froh, dass ich dich erreiche!«, stieß sie hervor. Sie klang völlig verstört.

»Du meine Güte, Jess, was ist denn los? Ist etwas passiert? Alles in Ordnung mit den Kindern?«

Jessica ließ einen Wortschwall vom Stapel, in dem ich nur ein einziges Wort ausmachen konnte, nämlich »Neil«.

»Was ist denn mit Neil, Jessica? Ist ihm irgendetwas zugestoßen?«, fragte ich. »Ich verstehe kein Wort von dem, was du sagst. Jetzt beruhige dich erst einmal, atme tief durch und wiederhol das alles etwas langsamer.« Ich war ziemlich stolz auf mich, weil ich einen kühlen Kopf bewahrt und in dieser Krisensituation so gefasst reagiert hatte. Polizei- und Krankenhausserien sind eben ausgesprochen lehrreich.

»MEIN SCHWACHSINNIGER TROTTEL VON EHEMANN HAT UNSERER PUTZFRAU AGNIESZKA DEN TEUREN PLUM PUDDING VON FORTNUM & MASON GESCHENKT, UND DIE DÄMLICHE TUSSI HAT IHN MITGENOMMEN NACH POLEN! Dabei hatte ich Neil AUSDRÜCKLICH gesagt, dass der von Aldi für Agnieszka ist. Keine Ahnung, wie er sie verwechseln konnte, aber er hat es geschafft. Ich hatte Mum

VERSPROCHEN, dass ich den Plum Pudding mitbringe, und JETZT STEHE ICH OHNE DA!«

»Oh.«

»Oh? Ist das alles, was dir dazu einfällt? Ich BRAUCHE EINEN NEUEN PLUM PUDDING, ELLEN! Du musst bei einer Waitrose-Filiale anhalten und einen von Heston besorgen! Das ist zwar nicht dasselbe, aber etwas Besseres kriege ich jetzt ja nicht mehr.«

»Was? Warum sollte *ich* einen neuen Plum Pudding für dich besorgen? Das kannst doch genauso gut du machen.«

»Das nennt sich DELEGIEREN, Ellen! Wie soll ich mich bitte in meinem fragilen emotionalen Zustand am dreiundzwanzigsten Dezember in einen Supermarkt wagen? Außerdem kommen wir unterwegs nicht an einer Waitrose-Filiale vorbei, aber ich wette, bei euch liegt eine auf dem Weg.«

»Wir fahren dasselbe Ziel an, Jessica! Die letzten zweihundertfünfzig Kilometer haben wir exakt denselben Weg! Bring einfach den Plum Pudding von Aldi mit; es bemerkt garantiert keiner den Unterschied.«

»Ich kann unmöglich den von Aldi mitbringen, wo doch unsere oberselbstgefällige Öko-Stiefschwester auch da sein wird. Die bringt garantiert kiloweise handgemachten Bio-Käse mit, und dazu von irgendwelchen beschissenen Zauberzwergen auf den Hebriden hergestellte Cracker oder so. Da kann ich doch nicht mit einem PLUM PUDDING VON ALDI antanzen!«

»Mach, was du willst, Jessica, aber ich weigere mich. Ich weiß nicht, warum du glaubst, du wärst etwas Besseres und könntest mich ständig herumkommandieren. Ich habe lange genug nach deiner Pfeife getanzt, aber damit ist jetzt Schluss!

Du wirst das nicht auf mich abwälzen, du wirst gefälligst selbst zu Waitrose gehen, ist das klar?« Ich konnte mich nicht entsinnen, Jessica je einen Wunsch abgeschlagen zu haben. Es fühlte sich phantastisch an.

»Wie kannst du mir das antun?«, flüsterte sie. »Meine eigene Schwester verweigert mir die Hilfe, dabei will ich doch bloß unser Weihnachtsfest retten! Wie kannst du nur so *niederträchtig* sein, Ellen?«

»Ich bin kein bisschen niederträchtig. Du bist durchaus in der Lage, das selbst zu erledigen.«

»ACH, BIN ICH DAS, Ellen? BIN ICH DAS WIRKLICH?« Kunstpause, tapferes Schniefen. »Ich kann nicht FASSEN, dass mir Neil das angetan hat. Doch, Neil, du hast Weihnachten ruiniert! Nein, meine Reaktion ist KEINESWEGS überzogen! Und jetzt halt bitte die Klappe, ich telefoniere nämlich gerade mit Ellen und versuche, einen Ausweg aus dem Chaos zu finden, dass du verursacht hast. Was? Persephone weint? Na, DANN TRÖSTE SIE GEFÄLLIGST! Entschuldige, Ellen, wo war ich gerade? Ach, ja – also, sehr lieb von dir, dass du unterwegs einen Plum Pudding bei Waitrose besorgst. Ich bin dir *unheimlich* dankbar. Du bist mein Star!«

»VERGISS es, Jess! Ich habe KLIPP UND KLAR NEIN gesagt, und ich denke gar nicht daran, mich von dir ...«

»Ich muss jetzt leider auflegen, Ellen; wir haben noch eine lange Fahrt vor uns. Vielen Dank noch mal. Tschü-hüss!« Pfff. Aufgelegt. Genau deshalb schlage ich Jessica normalerweise keine Wünsche ab: Weil es nämlich verdammt noch mal keinen Sinn hat.

»Was ist denn los?«, erkundigte sich Simon.

»Wie es aussieht, müssen wir unterwegs bei einer Waitrose-Filiale anhalten, sonst könnte es sein, dass Jessica ihrem Herzallerliebsten die Eier amputiert und uns an Weihnachten als Plum-Pudding-Ersatz serviert«, informierte ich ihn griesgrämig.

Die Fahrt dauerte insgesamt fünf Stunden, ungefähr doppelt so lang wie geplant, da wir mehrfach auf der Autobahn im Stau steckten, wobei Simon den Fahrer im Wagen vor uns beschimpfte, sobald sich der Wagen *davor* auch nur einen halben Meter bewegte: »NUN MACH SCHON, DU LAHMARSCH! FAHR! LOS, LOS, BEWEG DICH, DU WICHSER!« Dazu wechselte er in einer Tour die Spur, denn Simon ist der Überzeugung, dass es auf allen anderen Spuren prinzipiell schneller geht als auf der unseren. Während des Zwischenstopps bei Waitrose zog ich ernsthaft in Erwägung, nicht zum Auto zurückzukehren, sondern zu Fuß weiterzugehen, zumal Peter und Jane alle zehn Minuten »Ich muss mal!« jammerten oder »Mami! Er / Sie guckt schon wieder so doof!« quengelten.

Bei unserer Ankunft riss ich den beiden ihre iPads aus den Händen und zischte: »Stellt euch gerade hin, begrüßt eure Großeltern und seht ihnen dabei in die Augen! Jawohl, mit Umarmung, sonst nerven mich die beiden nachher den ganzen Abend deswegen! Jane, bitte erspar mir deinen Vortrag von wegen Selbstbestimmung und Persönlichkeitsrechte, ja? Manchmal muss man eben Leute umarmen, auch wenn man keine Lust darauf hat, verdammt noch mal!«

Inzwischen waren Mum und Geoffrey herausgekommen, um uns willkommen zu heißen.

»Hallo, Schatz«, flötete Mum huldvoll, dann betrachtete sie mich von oben bis unten und schob hinterher: »Nicht zu fassen, du hast ja *endlich* ein bisschen abgenommen! Allerdings bin ich nicht sicher, ob es dir auch steht. Du wirkst erschöpft. Kann es sein, dass dieser neue Job zu anstrengend für dich ist? Ich verstehe ohnehin nicht, warum du unbedingt eine Vollzeit-Stelle haben wolltest.«

Wow, eine abschätzige Bemerkung über mein Gewicht, meine Arbeit und mein allgemeines Aussehen vom Stapel zu lassen, noch ehe ich überhaupt das Haus betreten hatte, das war ein neuer Rekord, selbst für meine Mutter. Ich hätte wissen müssen, dass sie, nachdem sie mich jahrelang mit ihrem ›Du bist zu pummelig‹ genervt hatte, nun nicht in der Lage sein würde, etwas Nettes zu sagen, und mir stattdessen einen passiv-aggressiven Kommentar reinwürgen musste.

»Hallo, Mum«, erwiderte ich mit einem grimmigen Lächeln. »Ist Jessica schon da?«

»Nein, noch nicht, aber sie kommt bestimmt auch gleich. Ah, da sind ja meine Enkel! An mein Herz, ihr zwei Hübschen.«

Wenigstens erinnerte sie sich jetzt wieder daran, dass Peter und Jane auch ihre Enkelkinder waren.

Geoffrey und Simon schüttelten sich gerade in angemessen männlich-distanzierter Manier die Hand, als Jessica und Neil vorfuhren. Letzterer sah aus, als würde er, wenn er noch ein einziges Mal die Worte »Plum« und »Pudding« hörte, freiwillig gegen einen Baum fahren. Der Ärmste hatte ohne Zweifel eine sehr lange Fahrt hinter sich.

Wir tauschten Begrüßungsfloskeln mit den Dazugestoßenen aus und brachten dann unser Gepäck ins Haus, wobei mich Jessica am Arm packte und zischte: »Hast du ihn? Hast du den Plum Pudding?« Ich reichte ihr pflichtbewusst eine Tüte von Waitrose, und sie spähte hinein.

»ELLEN! Der ist ja gar nicht von Heston, sondern bloß von Essentials! Wie konntest du mir das antun? Da bitte ich dich EIN MAL um einen kleinen Gefallen, und was machst du? Du verbockst es!«

»Jessica«, sagte ich bemerkenswert ruhig, obwohl ich bereits allerlei gewalttätige Phantasien hatte, in denen ich meine einzige Schwester mit einem Plum Pudding der Waitrose-Eigenmarke zu Tode prügelte. »Das war verdammt noch mal der einzige, den es noch gab. Das allerletzte Exemplar im Regal. Ich hab für das bescheuerte Ding im wahrsten Sinne des Wortes Blut, Schweiß, und Tränen vergossen! Der Einkauf war der reinste Spießrutenlauf! Alle Gänge waren verstopft mit gestressten Mittelschichtsfrauen, die alle wild entschlossen waren, den Kofferraum ihres Ranger Rovers mit Lebensmittelrationen zu füllen, die locker bis zum Jüngsten Gericht reichen! Ich musste mit einer älteren Dame im Twin-Set um diesen Pudding ringen, und wenn ich sage ringen, dann meine ich ringen, sie war nämlich erstaunlich kräftig. Du wirst dich also gefälligst MIT DIESEM PUDDING BEGNÜGEN MÜSSEN!«

»Aber was wird Mum sagen?«, wimmerte Jessica.

»Nun hör schon auf, verdammt noch mal!«, schnauzte ich sie an. »Ich schlage vor, du nimmst ihn aus der Verpackung, wickelst ihn in ein Geschirrtuch und behauptest, du hättest diesen *wundervollen* Plum Pudding auf einem Bauernmarkt erstanden, weil du gehört hast, dass der von Fortnum & Mason dieses Jahr nichts Besonderes ist.«

»Und du meinst, das schluckt sie?«, fragte Jessica mit zweifelnder Miene.

»Himmelherrgott noch mal!« Allmählich war das Maß voll. »Sag einfach, dass Kirstie Allsopp den auch immer kauft, dann hält sie garantiert den Schnabel. Womöglich bekommt sie bei der Vorstellung, das gleiche Weihnachtsdessert zu verzehren wie eine bekannte Fernsehmoderatorin ja sogar ihren allerersten Plum-Pudding-bedingten Orgasmus.«

Samstag, 24. Dezember

Hach, es gibt doch nichts Schöneres als die erwartungsvolle Stimmung am Morgen des vierundzwanzigsten Dezember. Allerdings wurde die Vorfreude ein klein wenig getrübt, zum einen, weil wir um Punkt halb neun zum Frühstück antreten mussten (ausschlafen? Fehlanzeige!), zum anderen, weil es bei besagtem Frühstück eine unerquickliche Szene gab: Kaum hatten Persephone und Gulliver fröhlich plappernd kundgetan, wie aufgeregt sie schon waren und wie sehr sie sich auf den Weihnachtsmann freuten, da klärte Jane die beiden mit verächtlicher Miene darüber auf, dass es den Weihnachtsmann gar nicht gibt. Persephone brach sogleich in Tränen aus und flehte Jane an, zuzugeben, dass das eine Lüge war, während ich wie wild mit den Augenbrauen wackelte und meine Tochter unter dem Tisch ans Schienbein trat. Zu allem Überfluss schlug Peter prompt in die gleiche Kerbe.

»Also ehrlich, Persephone«, sagte er und schüttelte ungläubig den Kopf. »Du bist elf, genau wie Jane! Ich bin erst neun, und sogar ich weiß schon, dass es den Weihnachtsmann nicht gibt.«

»Das ist nicht wahr!«, heulten Persephone und Gulliver auf (Jessica war kurz hinausgegangen, zweifellos, um Neil wegen seines Plum-Pudding-Vergehens noch einmal den Kopf zu waschen.).

Mum verdrehte die Augen und seufzte. »Ich wünschte, du hättest deine Kinder ein bisschen besser im Griff, Ellen. Es ist Weihnachten, und hysterisches Kindergeheul war nicht Teil meines Plans für den heutigen Tag.«

»Ich tu, was ich kann, Mum!«, knurrte ich zwischen zusammengebissenen Zähnen, und im selben Moment kam Jessica wieder herein und stieß beim Anblick ihrer weinenden Sprösslinge erschüttert hervor: »Ach herrje, was ist denn hier los?«

»Peter und Jane haben gesagt, der Weihnachtsmann existiert gar nicht«, schluchzte Persephone.

»Und sie haben gesagt, dass wir die Geschenke von dir und Daddy kriegen«, schniefte Gulliver.

»Aber nein, Schätzchen, die beiden haben euch bloß veräppelt«, versicherte Jessica ihnen.

»Lügen ist eine Sünde, Tante Jessica«, rügte Jane sie sogleich. »Wir gehen morgen in die Kirche, und wenn es einen Gott gibt, dann könnte er dich dafür bestrafen.«

»Allerdings gibt es keinen Gott«, fügte Peter hinzu. »Der ist auch nur erfunden, genau wie der Weihnachtsmann.«

Persephone und Gulliver heulten noch lauter, und Sarah schnalzte mit der Zunge und strich sich mit einem überheblichen Lächeln über den Babybauch. »*Mein* Kind wird in dem Bewusstsein aufwachsen, dass man den Vertretern sämtlicher Glaubensrichtungen mit Respekt begegnen muss«, verkündete sie und bedachte meine agnostische Tochter und meinen atheistischen Sohn mit einem strafenden Blick, was die beiden jedoch nicht davon abhielt, Gulliver und Persephone zu erzählen, dass man nach dem Tod auch nicht in den Himmel kommt, sondern in einer Art schwarzem Loch verschwindet, was jedoch eine weit weniger schockierende Wirkung hatte als die Sache mit dem nicht existierenden Weihnachtsmann.

Die Anwesenheit unserer hochschwangeren Stiefschwester finde ich nebenbei bemerkt etwas alarmierend – als Mum kürzlich erzählte, Sarah erwarte ein Kind, hat sie nicht erwähnt, dass quasi täglich mit der Niederkunft zu rechnen war. Nach dem Geburtstermin befragt, hatte mir Sarah gestern den fünften Januar genannt und auf meine Bemerkung, sie habe hoffentlich ihre Krankenhaustasche dabei, nur hochnäsig entgegnet, das sei nicht nötig, da sie zu Hause entbinden werde. Als ich vorsichtig anmerkte, es sei ja recht gewagt, so knapp vor dem Geburtstermin noch zu verreisen, warf sie mir einen herablassenden Blick zu und entgegnete: Das erste Baby kommt immer später als geplant zur Welt, das weiß doch jeder.« Ich zog in Erwägung, sie darauf hinzuweisen, dass Jane zu unserer großen Überraschung etwa drei Wochen zu früh dran gewesen war, doch Sarah war bereits dazu übergegangen, mir zu erklären, was man unter HypnoBirthing versteht. Sie sagte, sie sei total gegen den bei Medizinern so beliebten Dammschnitt und habe sich Bio-Kokosöl ins Perineum massiert, um sich für die Geburt vorzubereiten, aber bei ihr bestehe ohnehin nicht die Gefahr eines Dammrisses, weil sie das Baby ganz einfach aus sich »herausatmen« werde.

»Hattest du einen Dammschnitt?«, wollte sie wissen.

Ich bejahte, und sie fuhr fort: »Dachte ich mir. Wahrscheinlich hast du dir auch Schmerzmittel verabreichen lassen. Ich strebe ja eine vollkommen natürliche Geburt an, also ohne Epiduralanästhesie. Es ist übrigens nicht ungewöhnlich, dass Frauen während der Geburt sogar einen Orgasmus haben, wenn sie alles richtig machen und auf ihren Körper hören.«

Simon hatte sich bei der Erwähnung von Sarahs Perineum an einer Paranuss verschluckt, und als es nun um die orgiastische Geburt ging, kippte er sein Glas Rotwein auf ex. Ich für meinen Teil kam zu dem Schluss, dass Sarah bestimmt schon sehr bald auf die harte Tour lernen würde, was Sache war.

Ich brachte eine Menge Zeit mit dem Schälen von Kartoffeln zu, obwohl ich versucht hatte, Mum zu erklären, ich müsste dringend noch ein, zwei Stunden arbeiten, aber die Kartoffeln waren wichtiger. Sarah war aufgrund ihres Zustandes von derartigen Verpflichtungen befreit, Jessica war damit beschäftigt, ihre armen Kleinen zu beschwichtigen, die nicht fassen konnten, dass ein Großteil ihrer Kindheit eine Lüge gewesen war, und Männer waren in der Welt meiner Mutter natürlich nicht fähig, Kartoffeln zu schälen. Ich offenbar auch nicht, denn Mum meckerte, ich gehe dabei zu verschwenderisch vor. Warum zum Geier brauchen wir überhaupt solche Berge Kartoffeln?

Es trug auch nicht gerade zur Verbesserung der Stimmung bei, dass Peter und Jane, wann immer sich Persephone und Gulliver ein klein wenig von ihrem emotionalen Trauma erholt hatten, erneut Öl ins Feuer gossen, indem sie schadenfroh »AN FEEN UND ELFEN GLAUBEN WIR ÜBRIGENS AUCH NICHT!« und dergleichen mehr krähten. Es war zweifellos niederträchtig von ihnen, den beiden jede einzelne ihrer Illusionen zu rauben, aber insgeheim war auch ich der Meinung, dass die Kinder meiner Schwester richtige Luschen waren, denen es nicht schadete, zwischendurch mal eine Prise Realität zu schnuppern.

Dann hatte Mum einen Nervenzusammenbruch wegen der Pastinaken, und ich nutzte die Gelegenheit und stahl mich davon, um ein bisschen zu arbeiten. Der Abgabetermin für unser Projekt naht mit Riesenschritten, und ich möchte vermeiden, dass der Endspurt megastressig wird. Ich verschanzte mich also mit meinem Laptop in dem mit getrennten Betten ausgestatteten Gästezimmer, das ich mir mit meinem *Ehemann* teilte, und hob entnervt den Kopf, als nach einer Weile die Tür aufging und Simon hereinkam.

»Hier«, sagte er und hielt mir mit einem verschwörerischen Grinsen ein Glas Wein hin. »Ich hab übrigens die restlichen Kartoffeln für dich geschält. Deine Mutter hat es gar nicht gemerkt – sie hat nach ihrer Pastinakenkrise den Schalottennotstand ausgerufen und versucht gerade, Geoffrey noch mal zum Supermarkt zu schicken, weil es offenbar völlig ausgeschlossen ist, stattdessen stinknormale Zwiebeln zu nehmen. Du kannst also getrost die Lorbeeren einheimsen.«

In Augenblicken wie diesen, so selten sie auch sind, weiß ich wieder, warum ich Simon geheiratet habe. Ich klappte den Laptop zu. »Wie wär's, wenn wir uns dem Keuschheitsgebot meiner Mutter zum Trotz in einem der schmalen Betten ein bisschen vergnügen? Trainiert haben wir für solche Gelegenheiten als Studenten ja oft genug.«

»Wow«, sagte Simon, »wenn ich gewusst hätte, dass ich bloß ein paar Kartoffeln schälen muss, um dich ins Bett zu kriegen, hätte ich mir längst eine Pommesbude zugelegt.«

Sonntag, 25. Dezember

Der Familienweihnachtswahnsinn geht in die nächste Runde. Ich hatte völlig verdrängt, dass bei Mum die Geschenke erst am fünfundzwanzigsten nach dem Besuch der Weihnachtsmesse geöffnet werden dürfen (eine ausgesprochen unerquickliche Tradition, die sie von Geoffreys Familie übernommen hat), und es war ein ziemlicher Schock für meine konsumsüchtigen Teufel, als sie sich morgens mit begeisterten Freudenschreien auf die Berge von Paketen unter dem Weihnachtsbaum stürzen wollten und von Mum und Geoffrey mit mahnenden Worten verscheucht wurden.

Der Besuch des Gottesdienstes gestaltete sich überwiegend komplikationslos. Wir gehen sonst kaum je in die Kirche – eigentlich nur, wenn wir Weihnachten bei Mum verbringen, deshalb kam sowohl von Simon als auch von den Kindern verhaltener Protest. Peter macht aus seinen atheistischen Überzeugungen nach wie vor keinen Hehl und hält es zudem für seine Pflicht, die Erleuchtung der unaufgeklärten Massen voranzutreiben, weshalb ich ihn während der Messe mehrfach warnend in den Knöchel treten musste, damit er nicht »Es gibt gar keinen Gott!« plärrte.

Ich selbst gehe an Weihnachten recht gern zur Messe, vor allem in einer so hübschen kleinen Dorfkirche wie dieser hier. Ich muss zwar, unreif und verdorben, wie ich bin, immer ein bisschen kichern, wenn es in der Lesung heißt, dass sich die jungfräuliche Maria wundert, weil sie guter Hoffnung ist, und der Engel erwidert, der Heilige Geist sei »auf sie gekommen«, aber ich singe für mein Leben gern Weihnachtslieder. Bedauerlicherweise war ich derart darauf konzentriert, *Engel singen Jubellieder* zu schmettern, dass mir die Machenschaften meines Sohnes entgingen, der derweil mit dem Taschenmesser aus seinem Weihnachtsstrumpf das Wort »Arsch« in die Kirchenbank vor uns schnitzte. Jane hat übrigens auch ein Taschenmesser bekommen, der Gerechtigkeit halber, obwohl ich mich ja oft frage, ob es klug ist, ihr den Umgang mit Gegenständen zu ermöglichen, die mit einer scharfen Klinge ausgestattet sind.

Auch das anschließende Festtagsmahl ging einigermaßen ruhig und gesittet über die Bühne, einmal abgesehen davon, dass mir Mum unterstellte, ich hätte zu viel Gänsefett über die Röstkartoffeln gegossen (Pah! Röstkartoffeln müssen in Gänsefett schwimmen, das weiß doch jeder!). Sarah wiederum fragte bei allem, was auf ihrem Teller landete, ob sie das als Schwangere denn auch essen dürfe, um es anschließend mit misstrauischer Miene zu sezieren.

Schließlich näherte sich der Zeitpunkt, an dem der Plum Pudding auf den Tisch kommen sollte, und Jessica wurde zusehends nervöser, aus Angst, ihr Betrug könne auffliegen, doch dann kam Sarah offenbar zu dem Schluss, dass wir ihr in den vergangenen zwanzig Minuten nicht genügend Aufmerksamkeit geschenkt hatten, denn sie fasste sich an den Bauch und stöhnte theatralisch auf.

»Du liebe Zeit, Schatz«, rief Piers. »Was ist denn los?« Sarah stöhnte erneut.

»Ich sage doch, es ist zu viel Gänsefett an den Bratkartoffeln, Ellen«, bemerkte Mum vorwurfsvoll. »Jetzt hat sie Magenschmerzen, die Ärmste!«

»Nein, ich glaube, das sind die ersten Wehen!«, keuchte Sarah.

»Oh, nein!«, rief Piers. »Das Baby darf noch nicht kommen, ich habe die Podcasts für deine Geburtsmeditation noch nicht heruntergeladen! Außerdem haben wir den aufblasbaren Geburtspool gar nicht dabei!«

»AUAAAAAA!«, heulte Sarah. »WAS SOLLEN WIR DENN JETZT TUN? DAS BABY KOMMT!«

»Na ja, dann müsst ihr wohl oder übel ins Krankenhaus fahren«, sagte Mum.

»Aber ich wollte doch eine Hausgeburt!«, jammerte Sarah.

»Tja, ganz sicher nicht in diesem Haus«, erwiderte Mum energisch. »Wo willst du denn hier ein Kind zur Welt bringen, bitteschön?«

»Na, im Salon zum Beispiel.« Sarah war aufgestanden und hatte angefangen, sich in den Hüften zu wiegen, wobei sie sich krampfhaft am Sideboard festhielt.

»Auf gar keinen Fall«, sagte Mum energisch. »Den Salon habe ich erst kürzlich neu dekorieren lassen. Oh, Gott, und meine ägyptische Baumwollbettwäsche ... Nein, du musst unbedingt ins Krankenhaus.«

»OOOHHHHHHHHHH! OOOHHHHHHHHHH!« Sarah krümmte sich vor Schmerz. »Piers, du sollst mir doch den Rücken massieren und mir beim Atmen helfen!«

Geoffrey erhob sich und führte seine Tochter behutsam zum nächstbesten Ohrensessel. »Entschuldige, Liebes, aber dieses Sideboard ist nun mal ein Chippendale«, murmelte er.

»Ich hab doch gesagt, sie hätte ihre Krankenhaustasche mitbringen sollen«, stellte ich blasiert fest.

Sarah schrie erneut gellend auf. »Oh, Gott, es ist so weit!«, kreischte sie. »Es kommt!« Und dann entfuhr ihr der lauteste, längste Pups, den ich in meinem ganzen Leben gehört habe. Er hallte quasi sekundenlang von den mit Stuckleisten versehenen Wänden des Speisezimmers wider, während alle anderen Anwesenden wie vom Donner gerührt dasaßen und Sarah entgeistert anglotzten.

»Ach, sieh an, jetzt geht's mir besser«, sagte sie und richtete sich auf.

Mum, deren Zuneigung zur Heiligen Sarah sichtlich dahinschwand, machte ein Gesicht, als wäre soeben ein frischer, dampfender Kuhfladen vor ihr auf dem Tisch gelandet, und Persephone und Gulliver starrten mit weit aufgerissenen Augen ihre Mutter an. Als diese murmelte, sie würde ihnen später erklären, woher die Babys kämen, krähte Jane, sie habe in der Schule eine DVD gesehen und könne Jessica diese Aufgabe gern abnehmen. Dann schwenkte sie ihr neues Taschenmesser und fügte hinzu, man müsse dem Baby nach der Geburt die Nabelschnur absäbeln, woraufhin Persephone und Gulliver erschrocken zu wimmern begannen, während Jessica das Angebot hastig ablehnte.

»Hat Tante Sarah das Baby jetzt RAUSGEFURZT?«, erkundigte sich Peter fasziniert. »Unsere Klasse hat die DVD auch angeschaut, aber da kam das Baby aus der haarigen Vagina einer Frau raus. Hat Tante Sarah etwa keine haarige Vagina?«

Geoffrey hatte es augenscheinlich noch nicht erlebt, dass an seinem Esstisch über Vaginas (ob nun behaart oder nicht) gesprochen wurde, denn er schnappte ein paar Mal nach Luft, als bewegte er sich am Rande des Herzinfarkts. Er griff sich kurzerhand eine Flasche Whiskey vom Sideboard, sah zu Simon und knurrte: »Ich schlage vor, wir ziehen uns in die Bibliothek zurück.« Das musste er Simon nicht zweimal sagen.

»Ich hole dann mal den Plum Pudding«, sagte ich betont heiter. »Vanillesoße oder Brandy Butter?«

Dienstag, 27. Dezember

Der heutige Tag ließ sich recht angenehm an; alle waren nett zueinander, zumal bereits ein Lichtschein am Ende des Tunnels zu erkennen war. Jessica und Neil waren schon morgens abgereist, obwohl mir Jessica vorher ausdrücklich versichert hatte, bis zum achtundzwanzigsten bleiben zu wollen. Na, toll. Ich hatte mich nur deshalb bereit erklärt, ebenfalls bis zum achtundzwanzigsten zu bleiben, damit mich Mum nicht mit Kommentaren wie »Wenigstens eines meiner Kinder verbringt gern etwas Zeit mit mir« emotional erpressen konnte. Ich kann nicht fassen, dass Jessica, diese hinterhältige Zicke, entgegen ihrer Gewohnheiten ihre Pläne geändert und vorzeitig nach Hause gefahren ist. Trotzdem bekam Mum nach dem Mittagessen eine Panikattacke, die sich gewaschen hatte, weil ihre Vorräte auf sechs Packungen Milch, vier Laibe Brot und ein Dutzend Eier zusammengeschrumpft waren. Wir waren also quasi UNMITTELBAR VOM HUNGERTOD BEDROHT. Dazu kam, dass es vergangene Nacht angefangen hatte zu schneien und es auch heute den ganzen Tag weiterschneien sollte.

»Und im Dorfladen herrscht garantiert gähnende Leere in sämtlichen Regalen«, sagte Mum. »Heute kam zwar eine Lieferung, aber die Rentner aus dem Ort sind die reinste Heuschreckenplage«, klagte sie (sie vergisst gern, dass sie selbst Rentnerin ist).

Deshalb insistierte sie, jemand müsse sich auf den Weg in den etwa zwanzig Kilometer entfernten Supermarkt machen, um Nachschub zu besorgen. Piers, der unter uns gesagt ein bisschen erschöpft aussah, weil er von Sarah andauernd herumkommandiert wurde, meldete sich freiwillig für diese Aufgabe, mit dem Argument, ihr Kokosölvorrat gehe allmählich zur Neige (Gütiger Himmel, wie groß ist Sarahs Perineum denn, dass sie seit ihrer Ankunft ein komplettes Glas von dem Zeug aufgebraucht hat?), aber ich vermute mal, er tat es in erster Linie, um mal eine Stunde seine Ruhe zu haben.

Wir begleiteten ihn hinaus und winkten ihm nach, wobei Mum besorgt bemerkte, auf der Straße liege mittlerweile ja ganz schön viel Schnee. »Hoffentlich sind wir bis morgen nicht eingeschneit«, sagte sie. Bei ihren Worten wurde mir kalt ums Herz. Was für eine Horrorvorstellung, mit Mum und Geoffrey (sowie hundertfünfundsiebzigtausend Litern Milch, vierzig Brotlaiben, fünf Dutzend Eiern und einer Tonne Kokosöl eingeschlossen zu sein)! Ich erklärte unbekümmert, der Schnee stelle überhaupt kein Problem dar; wir haben nämlich ein Auto mit Allradantrieb, so dass nichts und niemand unsere Flucht vereiteln kann.

Peter und Jane beschwerten sich derweil, ihnen sei langweilig – nun, da Persephone und Gulliver abgereist waren, konnten sie ja ihrer neuen Lieblings-Freizeitbeschäftigung, der Marter von Cousin und Cousine, nicht mehr nachgehen. Mum setzte ihrem Genöle ein jähes Ende, indem sie behauptete, nur langweiligen Leuten sei langweilig, und sogleich eine ganze Reihe von Hausarbeiten aufzählte, die sie übernehmen könnten, worauf die beiden murmelten, sie würden bestimmt eine Möglichkeit finden, sich die Zeit zu vertreiben, und sich verdünnisierten. Mum lächelte süffisant und sagte: »Tja, man muss nur wissen, wie man mit ihnen umgeht, Schatz.«

»Mum, die werden die nächsten paar Stunden vor der Glotze oder mit ihren Tablets verbringen, das ist dir schon klar, oder? Sie werden ganz sicher keine phantasievollen Geschichten, Gedichte oder Theaterstücke schreiben.«

»Hätte ja sein können«, schnaubte Mum.

Der Nachmittag wurde dann richtig gemütlich. Draußen schwebten weiter Schneeflocken vom Himmel, im Kamin knisterte ein Feuerchen, und abgesehen davon herrschte zum ersten Mal seit Tagen Stille im Haus. Ich ließ die Kinder noch ein wenig daddeln und setzte mich mit meiner uralten, zerfledderten Ausgabe von *Ballettschuhe. Drei Kinder auf der Bühne* auf die Bank am Fenster. Geoffrey hatte sich in die Bibliothek zurückgezogen, Simon bosselte irgendwo im Haus herum, Sarah hatte sich vor dem Kamin aufs Sofa gefläzt und Mum blätterte im *Tatler* und gab vor, etliche der Leute zu kennen, die dort im Dunstkreis diverser Celebritys abgebildet waren.

Als es draußen dämmerte, hob Sarah den Kopf und äußerte seufzend den Wunsch nach einer Tasse heißer Zitrone. Mum ignorierte es geflissentlich – sie hatte ihr noch nicht verziehen, dass Sarah mit ihrem Mörderpups der festlichen Stimmung beim Essen so jäh den Garaus gemacht hatte. Sarah wiederholte ihre Bitte, und ich entgegnete reichlich unwirsch: »Ehrlich gesagt ist es in dieser Phase der Schwangerschaft gar nicht gut für dich, so lange untätig rumzuliegen. Du solltest dich lieber ein bisschen bewegen, sonst kriegst du womöglich eine Thrombose. Ein kleiner Spaziergang in die Küche täte dir bestimmt gut.«

»Aber ich bin *schwanger!*«, blökte Sarah. »Muss ich jetzt tatsächlich selbst in die Küche gehen, *in meinem Zustand*? Wo ist Piers? Wo ist Daddy?«

Da ihre Bitte nicht erhört wurde, stemmte sie sich schließlich grummelnd vom Sofa hoch. Im selben Moment ertönte ein lautes, platschendes Geräusch, und eine große Menge Flüssigkeit ergoss sich auf den Teppich.

Mum, die sich bis jetzt taub gestellt hatte, hob den Blick vom *Tatler* und kreischte: »MEIN SCHÖNER AUBUSSON! WAS ZUM TEUFEL WAR DAS?«

Sarah sah mit entsetzter Miene an sich hinunter und sagte: »Ich hab mich nicht angepinkelt! Ganz ehrlich!«

»Heiliges Kanonenrohr«, sagte ich. »Sarah, deine Fruchtblase ist geplatzt.«

»Was? Das ... das kann nicht sein! Alle haben gesagt, mein Körper würde Signale aussenden, wenn es so weit ist! Es hieß immer, wenn ich aufmerksam in mich hineinhöre, dann spüre ich, dass das Baby kommt, ABER MEIN KÖRPER HAT VERDAMMT NOCH MAL KEINEN TON VON SICH GEGEBEN!«

Na ja, mal abgesehen von diesem Mörderpups beim Essen, dachte ich.

»UND JETZT KOMMT DAS BABY, DABEI IST DER TERMIN DOCH ERST IN ZEHN TAGEN, UND ALLE HABEN BEHAUPTET, DAS ERSTE BABY KOMMT IMMER SPÄTER ALS GEPLANT, UND JETZT IST PIERS NICHT DA! ER IST IRGENDWO DORT DRAUSSEN IM SCHNEE! BESTIMMT HAT ER SICH VERFAHREN UND STIRBT, EHE ER SEIN KIND KENNENLERNEN KANN, UND DANN BIN ICH EINE ALLEINERZIEHENDE MUTTER!«

Ich legte widerstrebend mein Buch beiseite und trat in Aktion. »Keine Sorge, Sarah«, sagte ich, denn ich hatte jede Folge von *Call the midwife – Ruf des Lebens* gesehen und wusste daher, wie wichtig es war, die Ruhe zu bewahren und Optimismus zu verbreiten, um die werdende Mutter nicht zu beunruhigen.

»Es dauert bestimmt noch eine ganze Weile, bis dein Baby kommt, also versuch, tief durchzuatmen. Piers ist bestimmt bald zurück. Wahrscheinlich stand er im Supermarkt bloß ewig in der Schlange, oder es hat eine Weile gedauert, bis er das Kokosöl gefunden hat. Also, setz dich hin und bleib ganz ruhig.« Ich tätschelte ihr beschwichtigend die Schulter.

»OH, MEIN GOTT, WAS SOLL ICH NUR TUUUUUUUN?«, heulte Sarah hysterisch, und ich fragte mich unwillkürlich, ob ich sie ohrfeigen sollte. Ehrlich gesagt juckt es mich seit Jahren in den Fingern, ihr mal eine runterzuhauen, und eine Gelegenheit wie diese käme bestimmt nicht so bald wieder, aber ich hatte den dumpfen Verdacht, dass es gesellschaftlich verpönt ist, eine schwangere Frau zu ohrfeigen, also verwarf ich die Idee widerstrebend und tätschelte Sarah stattdessen noch einmal die Schulter, wobei ich tröstliche Laute von mir gab.

Sarah ließ sich jaulend aufs Sofa plumpsen, woraufhin Mum in das Wehklagen mit einstimmte, so dass ich mich unversehens in eine griechische Tragödie versetzt fühlte. »OH, GOTT, NEIN! NEIN! ELLEN, TU ETWAS! SOFORT RUNTER VOM SOFA MIT IHR! Das habe ich erst kürzlich bei Laura Ashley neu beziehen lassen! Die Kissenbezüge sind aus einem Stoff, den es gar nicht mehr gibt! Sie hat bereits den Teppich ruiniert; ich lasse nicht zu, dass sie mir auch noch mein Sofa versaut!«

»Mum, ihre Fruchtblase ist geplatzt!«, protestierte ich. »Ich würde sagen, es gibt jetzt weit Wichtigeres als dein Sofa. Sarah braucht in dieser Situation eine warme, behagliche Umgebung und jemanden, der ihr beisteht. Dein Gezeter ist nicht gerade hilfreich.«

»Aber der Stoff hat sechsunddreißig Pfund pro Meter gekostet, und *die Produktion wurde eingestellt*!«, zischte Mum so bedrohlich, dass ich direkt Angst bekam.

»Hör zu, Mum, ruf einfach einen Krankenwagen, ja?«

»Und was machen wir mit ihr, bis der Krankenwagen da ist?«, fragte Mum.

»Hallo? Ich kann jedes Wort hören!«, meldete sich Sarah pikiert zu Wort.

»Wir könnten sie in die Garage bringen«, schlug Mum vor. »Da steht zwar Geoffreys Jaguar, aber den kann ich sowieso nicht leiden; wenn der ein paar Kratzer abbekommt, ist das nicht weiter tragisch.«

»Mum!«, rief ich konsterniert. Wie konnte sie sich derart um ihr bescheuertes Luxusmobiliar sorgen, wo sie doch im Begriff war, dem Wunder der Geburt beizuwohnen? »Wir können sie unmöglich in die Garage bringen.«

»Warum denn nicht?«, fragte Mum. »Ich meine, eine Garage ist im Grunde auch nichts anderes als ein Stall. Das passt doch hervorragend zu Weihnachten.«

»AAAHHHHHHH!«, stöhnte Sarah. »Könnte BITTE jemand Piers anrufen und ihm sagen, er soll schleunigst nach Hause kommen?«

»Mum, GEH und ruf einen Krankenwagen, und danach versuchst du es bei Piers!« Ich drehte mich zu meiner Stiefschwester um. »Okay, Sarah, alles wird gut. Sei unbesorgt. Das Baby wird sich bestimmt noch eine Weile Zeit lassen, und ich werde nicht zulassen, dass dich Mum in die Garage verfrachtet. Das Risiko, dass ihre Kissen in Mitleidenschaft gezogen werden, müssen wir eingehen. Aber der Krankenwagen ist bestimmt bald da und … Mum! WAS STEHST DU HIER

NOCH RUM? DU SOLLST EINEN KRANKENWAGEN RUFEN! Und lass Sarah mit Piers reden, wenn du ihn erreichst, ja? Und dann ... dann setzt du Wasser auf und bringst mir Handtücher, okay? Viele Handtücher.«

»Aber nicht die von White Company«, wandte Mum trotzig ein. »Sie kriegt allenfalls die, mit denen ich die Katzen abtrockne, nachdem ich sie gebadet habe.«

»Mum!«, schnauzte ich sie an. »Sarah bekommt ein Baby, verdammt noch mal! Du gehst jetzt gefälligst telefonieren, und dann bringst du mir einen Stapel Handtücher – und zwar nicht die, mit denen du die Katzen abtrocknest, ist das klar? Nun mach schon! Je länger du wartest, desto größer ist die Wahrscheinlichkeit, dass Sarah auf deinem gottverdammten Sofa entbindet!«

Während Mum missmutig vor sich hin grummelnd von dannen stapfte, drehte ich mich wieder zu Sarah um, die heulte, sie hätte erneut eine Wehe.

»Du kannst ja einfach durch sie hindurchatmen«, schlug ich lächelnd vor (Ich war sehr beeindruckt von mir und meiner vorbildlichen Gelassenheit in dieser Krisensituation.). »Am besten visualisierst du einen schönen Ort, einen tropischen Strand oder so, und dann atmest du dich geradewegs auf diesen Strand. Zeichnet sich der Orgasmus schon ab?«

»Ach, halt die Fresse, Ellen«, keifte Sarah. »Ich habe höllische Schmerzen, UND DAS ATMEN HILFT KEIN BISSCHEN! ICH WILL SCHMERZMITTEL.«

»Nein, willst du nicht«, sagte ich besänftigend. »Du hast dich nach dem HypnoBirthing-Prinzip vorbereitet und willst eine natürliche Geburt, ganz ohne Schmerzmittel und medizinische Eingriffe, schon vergessen? Du kannst stattdessen einfach atmen. Du hast doch selbst gesagt, die Geburt ist nur für Frauen schmerzhaft, die sich haben einreden lassen, dass sie schmerzhaft sein muss, und wenn man fest daran glaubt, dass sie auch schmerzfrei vonstatten gehen kann, wird es eine durch und durch positive und selbstbestimmte Erfahrung. Möchtest du meine Hand halten?«

»SCHEISS AUF DIE NATÜRLICHE GEBURT«, stieß Sarah hervor, und dann umklammerte sie meine Hand mit einem eisernen Griff, der meiner Meinung nach deutlich fester war als nötig. »Ich werde gleich EIN BABY AUS MEINER MÖSE RAUSPRESSEN! Was sind das für gehirnamputierte Klugscheißer, die behaupten, so was würde nicht wehtun?«

»Na ja, du zum Beispiel ... Also, immer schön atmen, ja?«, erinnerte ich sie, und dann war die Wehe zum Glück vorbei, und sie ließ meine Hand wieder los. Meine Fresse, kann die Frau zupacken! Kein Wunder, sie war in ihrer Schule Mannschaftskapitänin des Tennis-Teams gewesen. Ich bekam direkt Mitleid mit Piers und fragte mich, ob es wohl sehr gefühllos von mir wäre, ihr das Händchenhalten von nun an zu verweigern.

»AAAAAAHHHHHH!«, heulte Sarah gleich darauf erneut. »Verschon mich bloß mit dieser gequirlten Scheiße von wegen ›Atmen‹, Ellen! Hat *dir* das bei der Geburt geholfen?«

»Nein, eigentlich nicht«, gab ich zu. »Ich schätze mal, das sagt man eben so zu einer Frau, die in den Wehen liegt. Als könnte sie ernsthaft *vergessen* zu atmen! Ich erinnere mich dunkel, dass die Hebamme recht konsterniert war, als ich irgendwann brüllte: ›Scheiße, ich *atme* doch schon, ey! Ich werde ja wohl kaum aus reiner Boshaftigkeit das Atmen einstellen, oder?‹ Aber ich stand ja quasi unter Drogen. Und wer weiß, vielleicht gibt es ja tatsächlich Frauen, die das Atmen vergessen. Keine Ahnung. Hinterher ist man so groggy, dass man sich kaum an irgendetwas erinnern kann, aber das ist anscheinend absichtlich von der Natur so eingerichtet, damit …«

»Oh, Gott, hör auf zu labern, Ellen, DIE NÄCHSTE WEHE KOMMT! UND NEIN, ICH WILL NOCH IMMER NICHT HÖREN, DASS ICH ATMEN SOLL! ICH WILL SCHMERZMITTEL! ICH WILL ALLES, WAS DU AUCH GEKRIEGT HAST!«

Hm, die Abstände wurden kürzer. Ich versuchte mir in Erinnerung zu rufen, ab wann es ernst wird, als Mum mit Geoffrey im Schlepptau hereinkam.

»Piers geht nicht ran«, berichtete sie mit ängstlicher Miene.

»OH, GOTT, ER IST IM SCHNEE STECKENGEBLIEBEN UND ERFROREN!«, jaulte Sarah. »ARRRGHHHHH! UND ICH HABE WIEDER EINE WEHE!«

»Geht das nicht auch ein bisschen leiser, Liebes?«, fragte Geoffrey seine Tochter missbilligend, und Mum keifte: »Ellen, warum liegt sie immer noch auf dem Sofa? Ich hab dir doch gesagt, du sollst sie da runterschaffen!«

»AAAARRRGHHHHHH! ICH WILL KEINE WITWE SEIN! ICH WILL MEIN KIND NICHT ALLEIN GROSSZIEHEN MÜSSEN!«

»Bestimmt hatte Piers bloß gerade keinen Empfang, weil es schneit«, winkte Geoffrey ab.

»Hast du einen Krankenwagen gerufen, Mum?«, fragte ich.

»Wie denn? Ich habe doch versucht, Piers zu erreichen.«

»DER KRANKENWAGEN IST JETZT EIN BISSCHEN WICHTIGER ALS PIERS, MUM, ALSO MACH SCHON!«

Mum verzog sich erneut.

In diesem Moment kam Jane herein, und erst da wurde mir bewusst, dass ich Simon seit dem Mittagessen nicht gesehen hatte.

»Versucht Tante Sarah wieder, das Baby rauszufurzen?«, erkundigte sich meine Tochter interessiert. »Darf ich zusehen? Das mit dem Rausfurzen kam auf der DVD, die sie uns in der Schule gezeigt haben, nicht vor. Da kam nur die haarige Vagina vor.«

Ich nahm mir vor, demnächst das offenbar überfällige Aufklärungsgespräch mit ihr zu führen.

»Schatz, sei so gut und hol Daddy, ja?«, bat ich sie, worauf sie sich trollte, nicht ohne zu murren, sie wolle aber lieber zusehen, und das sei total unfair.

»SCHEISSE, ES GEHT WIEDER LOS! WO BLEIBT DER VERDAMMTE KRANKENWAGEN? SCHEISSE, SCHEISSE, SCHEISSE, ICH GLAUBE, ICH MUSS PRESSEN«, kreischte Sarah und rappelte sich auf, den Oberkörper auf die Ellbogen gestützt, die Beine weit gespreizt.

»OH, GOTT, BLOSS NICHT!«, rief ich in Panik. »Das kann unmöglich sein, Sarah! Die Wehen haben doch eben erst eingesetzt!«

Sarah fluchte unverdrossen weiter, was ihren Vater veranlasste, sie für ihre Ausdrucksweise zu rügen, worauf sie »ACH, VERPISS DICH, DADDY!«, schrie, und: »STELL DIR MAL VOR, DU MÜSSTEST EINE WASSERMELONE SCHEISSEN! DA WÜRDEST DU AUCH FLUCHEN WIE EIN KESSELFLICKER!«

Dann stürmte wieder Mum herein und berichtete: »Man konnte mir nicht sagen, wie lange es dauert, bis der Krankenwagen da ist. Alle verfügbaren Fahrzeuge sind unterwegs oder im Schnee steckengeblieben. Sie haben ein paar mit Allradantrieb, aber die sind gerade bei irgendwelchen Notfällen, und Sarah wird vorerst nicht als Notfall eingestuft. Ich soll fragen, wie groß die Abstände zwischen den Wehen sind.«

Mist, da war noch etwas – ich hätte mitstoppen sollen.

»Ich weiß es nicht, ich weiß es nicht!«, heulte Mum ins Telefon, dann reichte sie es an mich weiter. »Hier, mach du das, Ellen!«

»Okay«, tönte eine freundliche Frauenstimme aus der Leitung, »also, ich fasse zusammen: Die Gebärende ist neununddreißig und erstgebärend, es gab bisher keine Komplikationen, der Blutdruck war normal, und das Baby ist bloß etwa zehn Tage zu früh dran?«

»Ja, soweit ich informiert bin«, antwortete ich gehetzt. »Sie wollte eine Hausgeburt, wir können also wohl davon ausgehen, dass es keine Problemschwangerschaft war.«

»Okay. Meinen Sie, Sie können sie ins Krankenhaus fahren?«

»Ich?«, wiederholte ich verblüfft.

»Das ginge im Moment jedenfalls am schnellsten. Aufgrund der Wetterbedingungen kann ich nicht genau sagen, wie lange es dauert, bis sich der nächste freie Krankenwagen auf den Weg zu Ihnen machen kann. Haben Sie einen Wagen mit Allradantrieb?«

»Äh, ja«, hauchte ich.

»Gut, dann ist es wohl wirklich das Beste, wenn Sie die werdende Mutter zur nächstgelegenen Klinik fahren. Aber melden Sie sich, falls es unerwartet schnell gehen sollte, ja? Dann müssen wir eventuell umdisponieren.«

»Okay.« Ich legte auf und stöhnte leise.

Mum sah aus dem Fenster. »Es schneit noch heftiger, und die Abstände zwischen den Wehen werden immer kürzer! WAS SOLLEN WIR NUR TUN?«

»SCHEISSE, ICH BEKOMME EIN BABY!«, schrie Sarah.

Ich atmete einmal tief durch, dann brüllte ich: »JETZT BERUHIGT EUCH GEFÄLLIGST ERST EINMAL ALLE, HERRGOTT NOCH MAL!«

»Darf ich mir Tante Sarahs haarige Vagina mal ansehen?«, erkundigte sich Peter, der sich unbemerkt ins Zimmer geschlichen hatte.

»Nein! Raus mit dir! GEH UND HOL DEINEN VATER!«, kreischte ich. »Und Mum, du rufst im Krankenhaus an und gibst Bescheid, dass ich mich mit Sarah auf den Weg mache.«

Gleich darauf kam Simon herein, gefolgt von Mum, die den Hörer am Ohr hatte und das Gespräch unterbrach, um mich darüber zu informieren, dass sie mit einer gewissen Julie Carmichael telefoniere: »Ich wusste nicht, welches Krankenhaus ich anrufen soll, also hab ich es erst einmal im Gesundheitszentrum probiert, aber da ging keiner ran, deshalb dachte ich, ich frage mal Julie, die hat früher dort am Empfang gearbeitet. Sie sagte, sie muss erst wissen, wie weit der Muttermund schon geöffnet ist, um mir sagen zu können, ob es schon an der Zeit ist, Sarah ins Krankenhaus zu bringen.«

Ich musterte sie entgeistert. »WAS?«

»Wie weit ist der Muttermund geöffnet?«, wiederholte Mum.

»SCHEISS auf diese Julie Carmichael!«, rief ich. »Also, nicht, dass ich etwas gegen sie hätte, aber ich hatte dich gebeten, im NÄCHSTGELEGENEN KRANKENHAUS ANZURUFEN!«

»Ich weiß aber nicht, welches der Krankenhäuser hier in der Umgebung *eine Entbindungsstation* hat! Wieso sollte ich auch? … Ja, Julie, ich bin noch dran. Nein, ich kann dir nicht sagen, wie weit der Muttermund geöffnet ist. Ja, ich weiß … Oh, ja, absolut!«

»Soll ich es googeln, Mami?«, schlug Jane vor, die sich vorhin wieder zu uns gesellt hatte.

»Ja, Jane, das wäre hilfreich.« Endlich jemand mit etwas gesundem Menschenverstand!

»Simon, kannst du noch fahren?«, fragte ich.

»Vergiss es. Ich hab mindestens eine Flasche Rotwein intus«, erwiderte er jovial und schwenkte demonstrativ sein Glas.

»Oh, Gott.« Ich sah verzweifelt von einem zum anderen: Mein Mann war sternhagelvoll, meine Mutter hatte nach wie vor diese Julie an der Strippe und laberte schon wieder von Kissenbezügen und Katzenhandtüchern, mein Stiefvater schnaubte, es sei doch nicht nötig, wegen einer Geburt eine derartige *Szene* zu machen, und Sarah lag noch immer keuchend auf dem Sofa und wurde gespannt beäugt von meinem Sohn, der sich an der Tür herumdrückte.

»Okay, Mum, ich hab das nächstgelegene Krankenhaus mit Entbindungsstation gefunden und die Adresse in dein Handy eingegeben«, verkündete Jane gut gelaunt.

»Jane, ich liebe dich!« Wenigstens ein Mensch, der in diesem Chaos kühlen Kopf bewahrte!

»Also gut«, sagte ich deutlich zuversichtlicher, als ich tatsächlich war. »Mum, du legst jetzt auf der Stelle auf und packst ein paar Sachen für Sarah zusammen: Sie wird in der Klinik ein sauberes Nachthemd brauchen und ein paar Binden – Tena Lady oder so …«

»Ich bin doch nicht *inkontinent*!«, unterbrach mich meine Mutter empört.

»Dann eben nur ein Nachthemd, Herrgott noch mal! Und eine Decke, ein paar Handtücher – und zwar nicht die für die Katzen, hörst du? –, und was immer dir sonst noch so einfällt. Simon, du begleitest uns.«

»Ich? Wieso das denn?«, jammerte Simon.

»Na, ich muss fahren, und jemand muss doch das Baby … was weiß ich, auffangen, falls es schon unterwegs kommt! Und dafür bist du von den hier anwesenden Personen am ehesten geeignet, ob du es glaubst oder nicht.«

Es war zwar durchaus denkbar, dass mir Jane die größere Hilfe sein würde, aber wenn sie im zarten Alter von elf Jahren einer Geburt beiwohnen müsste, wäre sie womöglich für den Rest ihres Lebens traumatisiert. Simon dagegen war diesbezüglich bereits vorgeschädigt, hatte er doch schon zwei Kinder aus mir rausflutschen sehen (wenn auch nicht ganz freiwillig).

Die arme Sarah wurde also unter viel Ächzen und Stöhnen auf die Rückbank meines Wagens verfrachtet, wo sie dann mit weit gespreizten Beinen zwischen leeren McDonald's-Verpackungen, Chipstüten und Hundehaarbüscheln thronte. Simon setzte ich kurzerhand daneben, und er kauerte sich in größtmöglichem Abstand zu Sarah in die Ecke. Dann machten wir uns auf den Weg. Sarah heulte in regelmäßigen Abständen: »JETZT MUSS ICH DANN ABER *WIRKLICH* PRESSEN!«, worauf Simon und ich im Chor »UNTERSTEH DICH! DU DARFST AUF GAR KEINEN FALL PRESSEN!« brüllten, und so raste ich in einem Tempo, das Lewis Hamilton zur Ehre gereicht hätte, über die schneebedeckten Straßen und bedachte die nervige Google-Maps-Schickse, die heute ganz besonders salbungsvoll klang, mit einer Flut nicht jugendfreier Beschimpfungen.

Es ist eine ganz schöne Herausforderung, sich aufs Fahren zu konzentrieren, wenn auf der Rückbank jemand brüllt wie am Spieß, aber zum Glück kannte ich das ja von Peter und Jane zur Genüge. Sarah schaffte es dankenswerterweise, nicht zu werfen, bis ich den Wagen mittels eines beeindruckenden, absolut illegalen Manövers im Stil von *Ein Duke kommt selten allein* direkt vor dem Krankenhaus zum Stehen gebracht hatte. Ich bugsierte die werdende Mutter sowie meinen Mann hastig in die Klinik, eilte umgehend wieder hinaus, um das Auto auf einem Platz abzustellen, an dem die Gefahr, abgeschleppt zu werden, nicht ganz so groß war wie bei den Parkbuchten, die den Krankenwagen vorbehalten waren, und als ich gleich darauf wieder reinflitzte, standen Sarah und Simon noch immer am Empfang herum und versuchten zu erklären, was los war – besser gesagt, Sarah hielt sich den Bauch und schluchzte: »Mein Kind wird als Halbwaise zur Welt kommen«, während Simon mit verängstigter Miene auf sie deutete und irgendetwas von wegen »Baby« murmelte.

»Sind Sie der Partner?«, erkundigte sich die diensthabende Hebamme gerade.

»Nein!« Simon schüttelte vehement den Kopf.

»Oh. Dann sind Sie also die Partnerin?«, fragte sie mich.

»Wer, ich?«, fragte ich.

»Sie können es mir ruhig sagen; wir sehen hier sehr viele moderne Beziehungsmodelle und verurteilen keines davon«, sagte die Hebamme freundlich.

»Nein, nein, ich ... Ich meine, ich habe nichts gegen homosexuelle Beziehungen«, stotterte ich, »aber sie ist meine Stiefschwester, und das da ist mein Ehemann, verstehen Sie?«

»Aha ...?«, sagte die Hebamme in einem Tonfall, der nun nicht mehr ganz so freundlich und vorurteilsfrei klang. »Ähm, okay, das ist jetzt doch *etwas* ungewöhnlicher, aber wie gesagt, wir maßen uns hier kein Urteil an.«

»Mein Mann ist nicht der Kindsvater«, beeilte ich mich, ihr zu versichern. »Wir haben meine Stiefschwester nur zusammen hergefahren, weil ihr Ehemann noch unterwegs ist. Meine Mutter hatte nämlich panische Angst, ihr könnte die Milch ausgehen, deshalb hat sie ihn zum Supermarkt geschickt und ... Ähm, könnten wir jetzt vielleicht aufhören zu reden und ... nun ja, Sie wissen schon, das Baby holen?«

Wie auf ein Stichwort gab Sarah erneut ein theatralisches Stöhnen von sich. Zehn Minuten später lag sie im Kreißsaal, und eine andere ausgesprochen nette Hebamme verkündete, der Muttermund sei bereits neun Zentimeter weit geöffnet und man könne bestimmt bald das Köpfchen des Babys sehen. Ich hatte versucht, mich zu verdrücken, sobald ich meine Stiefschwester dem medizinischen Fachpersonal übergeben hatte, doch Sarah hatte ängstlich meine Hand umklammert und mich angefleht, bei ihr zu bleiben, und ich hatte es nicht über mich gebracht, ihr vor versammelter Mannschaft diesen Wunsch abzuschlagen, zumal Piers nicht da und dies Sarahs erste Entbindung war. Zweifellos hätte es unter den genannten Umständen etwas herzlos gewirkt, wenn ich gesagt hätte: »Na, hör mal, wir waren uns doch nie sonderlich sympathisch; ich verspüre kein großes Bedürfnis, dir dabei zuzusehen, wie du ein Baby aus dir herauspresst.« Mir blieb also nichts anderes übrig, als zu nicken und »Aber klar doch, kein Problem« zu säuseln.

Es folgte weiteres Schreien, Fluchen und Pressen, im Zuge dessen mir aufging, warum sich Simon bei meinen zwei Geburten jeweils in die hinterste Ecke des Kreißsaals zurückgezogen hatte, denn dorthin verdrückte ich mich nun ebenfalls, und nach einer gefühlten Ewigkeit (in Wahrheit dauerte es nur ungefähr zwanzig Minuten) brachte Sarah ein kerngesundes Mädchen zur Welt, und zwar ohne Dammschnitt. Das ganze Kokosöl war also nicht verschwendet gewesen.

»Möchten Sie vielleicht die Nabelschnur durchtrennen?«, fragte mich die Hebamme fröhlich. Ich schüttelte heftig den Kopf, denn ich verspürte nicht die geringste Lust, die unteren Regionen meiner Stiefschwester aus der Nähe zu sehen. Ich erinnere mich nur sehr vage an die Geburt meiner beiden Kinder, aber ich weiß noch genau, dass Simon auf diese Frage bei Janes Geburt ähnlich entgeistert reagiert hatte. Daraufhin hatte man mich beunruhigenderweise gefragt, ob ich dann selbst die Nabelschnur durchtrennen wolle, und ich weiß auch noch, dass ich mir ein paar ziemlich missbilligende Blicke einhandelte, als ich lallte: »Sachma, habt ihr sie noch alle? Ich fühl mich komplett bekifft, da könnt ihr mir doch kein Sk-Skalpell inni Hand drücken!«

Sarah hielt nun ihr Baby im Arm und betrachtete es aus strahlenden Augen. Sie schien förmlich von innen heraus zu leuchten, wie das bei manchen Frauen nach der Geburt der Fall ist (bei mir nicht, ich sah damals nur verschwitzt und erschöpft aus). Ich wurde zur frischgebackenen Mutter gerufen, um das Neugeborene zu inspizieren, und erklärte bei der Gelegenheit, die Kleine sehe »goldig« aus – was nicht stimmte, sie glich einer verschrumpelten Dörrpflaume, genau wie jedes andere Neugeborene auch, aber so etwas darf man natürlich nicht laut aussprechen. Ich liebäugelte gerade mit der Tasse Tee und dem Toast auf dem Tischchen neben Sarahs Bett, zumal sie selbst kein großes Interesse daran zu haben schien, als Piers hereinstürmte. Er berichtete, er habe drei Supermärkte abgeklappert auf der Suche nach fettarmer Bio-Milch für Mum. »Und als sie mich dann endlich erreicht hatte, musste ich einen riesigen Umweg machen, weil sich ein Audi auf der schneebedeckten Fahrbahn quergestellt hatte und die Straße blockierte.«

»Oh«, sagte die Hebamme, die noch immer etwas verwirrt war in Anbetracht der Familienverhältnisse. »Dann sind *Sie* also der Daddy?«

Doch Piers hatte nur Augen für Sarah und sein Töchterchen.

»Jep«, antwortete ich an seiner Stelle und wollte mich vom Acker machen, doch da sah Sarah, die ärgerlicherweise noch immer von innen heraus leuchtete, zu Piers hoch und sagte: »Schatz, Ellen war ein Engel. Ich habe keine Ahnung, was ich ohne sie getan hätte. Was meinst du, wollen wir sie den Namen aussuchen lassen?«

Was? Scheiße, bloß nicht! Ich habe null Bock, einen Namen für euer Baby auszusuchen! Namen sind etwas sehr Subjektives. Simon und ich hätten uns beinahe scheiden lassen, weil wir so unterschiedlicher Meinung waren. Ich hatte damals zu Isolde tendiert, weil das für mich mysteriös und romantisch klang, während Simon den Namen großkotzig und angeberisch fand. Er war unter anderem für Deirdra gewesen (»ein klassischer Name aus der irischen Mythologie«, wie er argumentiert hatte), was ich wiederum kategorisch abgelehnt hatte (»Da denke ich dann mein Leben lang immer an Deirdre Barlow aus der Serie *Coronation Street*, irische Mythologie hin oder her!«). Nun bot sich mir also die Gelegenheit, doch noch einem Kind meinen Wunschnamen zu verpassen, und ich wäre auch beinahe schwach geworden, doch dann sagte ich nobel: »Vielen Dank, Sarah, ich fühle mich geschmeichelt, aber das ist wirklich zu viel der Ehre.«

»Na gut«, sagte Sarah, »wie wär's, wenn wir sie dann mit zweitem Vornamen Ellen nennen würden?«

Hach, was für eine rührende Idee! Sarah war mir schlagartig ein Stück sympathischer.

»Also, das würde mich natürlich sehr freuen«, sagte ich mit feuchten Augen. »Aber nur, nun wenn ihr euch auch wirklich sicher seid. Schlaft lieber noch einmal drüber, ja?« Und wagt es ja nicht, eure Meinung zu ändern!

Damit verließ ich den Kreißsaal. Wie gut, dass das Kind ein Mädchen war – wäre es ein Junge, dann hätte er womöglich den zweiten Vornamen Simon bekommen, und dann wäre ich stinksauer gewesen, denn mein geschätzter Ehemann war in diesem ganzen Drama so gut wie gar keine Hilfe gewesen.

Zu Hause wurde ich von Mum und Geoffrey bereits ängstlich erwartet.

»Na?«, fragte Mum.

»Es ist ein Mädchen«, berichtete ich lächelnd. »Dreitausendsiebenhundertundvierzehn Gramm. Der Name steht noch nicht fest, aber die Wahrscheinlichkeit ist groß, dass der zweite Vorname Ellen lauten wird. Mutter und Kind geht es gut, und Piers ist jetzt bei den beiden. So, und jetzt brauche ich einen Drink.«

Erstaunlicherweise war Geoffrey extrem nett zu mir und dankte mir für meinen Beitrag zur erfolgreichen Entbindung. Ich kam mir sehr tapfer und heroisch vor, und ich freute mich diebisch bei der Vorstellung, dass sich Jessica grün und blau ärgern würde, wenn sie erfuhr, dass ich nun quasi auf einer Stufe mit der heldenhaften Leuchtturmwärtertochter Grace Darling stand, die 1838 unter Einsatz ihres Lebens zahlreiche Schiffbrüchige rettete.

Freitag, 30. Dezember

Heute war ich kurz im Büro, weil ich zu Hause zu nichts komme, wenn mir Simon und die Kinder toujours die Ohren vollquasseln. Auf diese Weise habe ich zudem einen wertvollen Urlaubstag eingespart, der am Ende vermutlich für irgendein beschissenes Schulkonzert draufgeht, yippie!

Ich war die Einzige im Büro, und die Ruhe war geradezu paradiesisch. Es ist schon erstaunlich, wie viel man erledigt kriegt, wenn man nicht in einer Tour vom Klingeln des Telefons oder von eintrudelnden E-Mails unterbrochen wird, oder von etwaigen Kollegen, die vorbeikommen und fragen, ob man eine Tasse Tee will, und ein paar Minuten mit einem plaudern. Das beweist mal wieder, dass die Welt ein besserer Ort wäre, wenn sie nicht von so vielen anderen Menschen besiedelt wäre.

Mit der Zeit fand ich es allerdings etwas unheimlich, so mutterseelenallein in einem leeren Bürogebäude zu sitzen. Ich wagte nicht, aufs Klo zu gehen, aus Angst, es könnte ein Serienmörder durch die Korridore schleichen. Was, wenn ich auf dem Lokus ermordet wurde? Ich wollte auf gar keinen Fall tot auf der Schüssel gefunden werden, mit der Unterhose um die Knöchel, zumal es sich um eine ziemlich unglamouröse Unterhose handelte. Tja, es hat eben alles Vor- und Nachteile.

Samstag, 31. Dezember / Sonntag, 1. Januar

Lang, lang ist's her, dass ich mich am Silvesterabend in Schale geworfen habe und dann mit ordentlich Kriegsbemalung im Gesicht um die Häuser gezogen bin, mit dem Ziel, mich bis zur Bewusstlosigkeit zu betrinken und möglichst viele wildfremde Männer auf der Straße zu küssen. Im Laufe unserer verschwendeten Studienjahre haben Simon, Hannah, Charlie und ich etliche sehr denkwürdige und feuchtfröhliche Silvesterabende in Edinburgh verbracht. Okay, meine waren denkwürdig und feuchtfröhlich, und ich weiß noch, dass sich auch Simon oft ziemlich danebenbenommen hat – einmal hat er sogar mitten auf der Royal Mile die Hosen runtergelassen. Hannah und Charlie dagegen betonen gerne, sie hätten es damals ja nicht ganz so wild getrieben wie wir. Wie dem auch sei, mit den Jahren ist mein Bedürfnis, mich zum Jahreswechsel mit möglichst vielen Menschen zu umgeben, dahingeschwunden. Vor zwei Jahren habe ich noch einmal eine Neujahrsparty mit allen Schikanen organisiert, was dazu geführt hat, dass ich danach so ziemlich jeden in meinem Bekanntenkreis bis Ostern gehasst habe.

Aus diesem Grund haben wir beschlossen, diesmal nur einige wenige ausgewählte Freunde zu uns einzuladen. Wir würden unsere kleinen Lieblinge mittels diverser elektronischer Babysitter ruhigstellen und dann ungestört eine gemütliche Pyjamaparty feiern, bei der wir uns angeregt plaudernd mit

Canapés von Marks & Spencer die Bäuche vollschlugen und vielleicht das eine oder andere Glas Wein dazu tranken. So kam es, dass sich Hannah und Charlie, Katie und ihr netter, aber trantütiger Ehemann Tim sowie Sam bei uns einfanden, und zwar mit diversen Kindern und einer Auswahl bequemer Hausschlappen im Gepäck, und dann ließen wir das alte Jahr gediegen mit Blätterteigpastetchen ausklingen. Eine Silvesterfeier für Leute mittleren Alters, wie sie im Buche steht.

Ich hatte leichtsinnigerweise angeboten, die Sprösslinge könnten samt und sonders bei uns nächtigen (mit Ausnahme von Katies Töchtern, von denen eine noch so klein ist, dass sie nicht allein aufs Klo gehen kann, und ich weigere mich, den Kindern anderer Leute den Hintern abzuwischen), und außerdem konnten sie bei Bedarf jederzeit über die Straße getragen und ins Bett gesteckt werden. Hannah und Charlie würden im Gästezimmer schlafen, damit sie in der Silvesternacht nicht stundenlang umherirren mussten auf der Suche nach einem Taxi. Sam hatte es ebenfalls nicht allzu weit nach Hause, und deshalb hatte er eine Flasche mitgebracht, deren Inhalt man nur als »Dunkle Macht« bezeichnen kann.

»Das ist Kaffee-Tequila«, informierte er mich.

»Hältst du das wirklich für eine gute Idee?«, fragte ich ihn argwöhnisch. »Ich meine, wir wollten uns doch heute mal wie zivilisierte Menschen benehmen. Ich habe meine in Honigsenf marinierten Cocktailwürstchen vorbereitet, nach dem Rezept von Nigel Slater, und außerdem wird es Mini-Hamburger geben. Sind Shots da wirklich so ratsam? Was, wenn uns die Kinder dabei erwischen?«

»Die Kinder werden es gar nicht merken«, versicherte mir Sam mit einem verschmitzten Grinsen. »Die sind bestimmt viel zu sehr damit beschäftigt, mit hängendem Unterkiefer auf ihre iPads zu starren. Sie werden sich einen feuchten Kehricht um das scheren, was wir hier tun.«

Denkste: Die Kinder platzten alle zwanzig Minuten ins Wohnzimmer, um zu fragen, ob es schon zwölf sei, obwohl ihnen allerlei elektronische Kleingeräte zur Verfügung standen. Schließlich drohte ich den kleinen Scheißern damit, dass sie den Jahreswechsel im Bett verbringen würden, wenn sie sich verdammt noch mal nicht auf der Stelle verpissten. Selbstverständlich wählte ich eine etwas weniger derbe Formulierung, aber ich fürchte, man konnte die Gefühle, die sich dahinter verbargen, sehr deutlich zwischen den Zeilen lesen.

Danach wurde es dann noch ein recht vergnüglicher und weitgehend kinderloser Abend. Einziger Wermutstropfen waren die Flecken, die die Glasur der Cocktailwürstchen in meinem praktisch neuen Bräter von Le Creuset hinterließ, sowie die Tatsache, dass sich Simon an einem der Dinger höllisch die Zunge verbrannte, obwohl ich ihm geraten hatte, abzuwarten, bis sie etwas abgekühlt waren. Doch nein, er musste sich sofort ein glühend heißes Würstchen in den Mund schieben, nur um es postwendend auf den Boden zu spucken und »Aua! Heiß, heiß, heiß!« zu brüllen, worauf sich prompt mein Hund darauf stürzte, es hinunterschlang und ebenfalls gleich wieder von sich gab. Es war meinem Ruf als liebender Ehefrau wohl nicht besonders zuträglich, dass ich mir um die verbrannte Zunge meines Hundes mehr Sorgen machte als um die meines Ehemannes.

Dann war endlich Mitternacht, und alle Kinder waren völlig außer Rand und Band, einmal abgesehen von Katies Töchtern – Ruby war hinter dem Sofa eingepennt, und Lily hatte sich unter Janes Schreibtisch aufs Ohr gelegt. Wir zählten mit Fernsehmoderator Jools Holland die letzten zehn Sekunden runter, wie es sich gehörte, und dann johlten wir alle: »FROHES NEUES JAHR!«

»War das etwa schon alles?«, fragte Jane hinterher enttäuscht. »Das hatte ich mir *ganz* anders vorgestellt. Ich dachte, wenn ein neues Jahr beginnt, fühle ich mich irgendwie anders, dabei ist alles genau wie vorher!«

»Jep«, sagte ich, »so läuft das an Neujahr, Liebes.«

Jane schnaubte, dann setzte sie ein Lächeln auf. »Okay, darf ich dann endlich meinen Instagram-Account haben, nachdem ich ja jetzt ein Jahr älter bin?«

»Du bist kein ganzes Jahr älter, sondern nur ungefähr fünf Minuten«, erinnerte ich sie, »und deshalb kannst du dir das mit dem Instagram-Account abschminken.«

»Ach, Menno! DAS IST TOTAL UNFAIR!«, beschwerte sich Jane. »Von wegen ›Neues Jahr, neues Glück‹ – du bist noch genau so gemein zu mir wie im alten Jahr.«

»Jane«, sagte ich streng, »das neue Jahr ist noch keine Stunde alt, und ich habe nicht die geringste Lust, es zu beginnen, indem ich HAARGENAU DEN GLEICHEN KAMPF MIT DIR AUSFECHTE WIE IM ALTEN JAHR. Ist das klar?«

»Oh, ja«, brummte Jane beleidigt. »Es ist sehr klar, dass du vorhast, auch im neuen Jahr MEIN LEBEN ZU RUINIEREN.«

Es war nur ein schwacher Trost, dass Hannah und Sam mit Emily und Sophie gerade eine ganz ähnliche Diskussion führten. Wie es aussah, hatten die Mädchen das alles von langer Hand geplant – ich vermute mal, sie haben bewusst einen Moment emotionaler Schwäche unsererseits abgewartet in der Hoffnung, ihr Anliegen dann durchdrücken zu können.

Simon und Charlie führten derweil ein Streitgespräch mit Peter, Lucas und Toby, die sich in den Kopf gesetzt hatten, das neue Jahr mit einem Bier zu begrüßen. Das ließ für das vor uns liegende Jahr nichts Gutes ahnen.

Schließlich gelang es uns, die aufgekratzten Kids, die noch immer schmollten, weil wir so wild entschlossen waren, sie vor Pädophilie und Alkoholismus zu bewahren, ins Bett zu stecken. Nachdem sich Tim und Katie jeweils eine schlafende Tochter unter den Arm geklemmt und sich mit Bedauern verabschiedet hatten, scrollte ich kurz durch alle Neujahrswünsche, die per SMS eingetrudelt waren, und überzeugte mich via Facebook davon, dass alle meine Bekannten deutlich mehr Spaß hatten als ich. Alan hatte mir ein Foto von sich geschickt, auf dem es so aussah, als wollte er sich eine Konfettikanone ins Nasenloch schieben, und ich überlegte gerade, ob ich ihm schreiben sollte, dass ich das für keine gute Idee hielt, als Sam mit seiner verhängnisvollen Flasche Kaffee-Tequila ankam.

»Nur ein klitzekleines Gläschen, um auf das neue Jahr anzustoßen«, schlug er vor.

»Na gut«, sagten wir. »Aber nur eins, ja?«

Tja. Das Problem mit Kaffee-Tequila ist, dass er nicht wie Tequila schmeckt, sondern im Gegenteil sogar ziemlich lecker. Man denkt, och, davon kann ich mir getrost noch einen zweiten genehmigen. Und einen dritten. Und nochn vierden ... Das zweite Problem mit Kaffee-Tequila ist: Man wird davon zwar stockbesoffen, doch das enthaltene Koffein hält einen zudem unendlich lange wach, so dass man nicht wie beim Konsum normaler Alkoholika einfach irgendwann einschläft, ehe man auch noch den allerletzten Rest Würde eingebüßt hat. Es ist deshalb wohl das Beste, den Mantel des Schweigens über die verbleibenden Stunden der Silvesternacht zu hüllen. Nur so viel sei gesagt: Es wurde getanzt und gesungen – unter anderem gab ich mit Tränen in den Augen das Lied vom guten Kameraden zum Besten, wobei ich mir meinen sich windenden Hund an die Brust gedrückt und ihm den Text ins Ohr geplärrt habe.

JANUAR

Sonntag, 1. Januar

Der heutige Tag war gelinde gesagt schmerzhaft. Ich erwachte, als drei kleine Jungs gegen sieben Uhr morgens die Treppe hinunterpolterten, was mich jäh daran erinnerte, dass sich die Kinder anderer Leute im Haus befanden und es gut wäre, wenn sie von jemandem beaufsichtigt würden, der zumindest den Anschein eines verantwortungsbewussten Erwachsenen erweckte. Ich trat meinen Angetrauten ans Schienbein.

»Mpfff.« Simon wälzte sich auf die andere Seite und zog sich sein Kissen über den Kopf.

»Die Jungs sind wach«, zischte ich. »Geh runter und mach ihnen Frühstück.«

»Nschwentn«, stöhnte er, was übersetzt vermutlich heißen sollte: »'n Scheiß werd ich tun.« Simon ist mit der typisch männlichen Fähigkeit gesegnet, tief und fest schlafen zu können, während seine geliebten Kinderchen ein Stockwerk tiefer Radau machen und sich gegenseitig die Köpfe einschlagen. Ich hingegen bin eine verweichlichte, geräuschempfindliche Frau, die bei jedem Quietschen, Krächzen oder Kreischen zusammenzuckt, das möglicherweise von oben erwähnten Kinderchen stammen könnte. Also quälte ich mich seufzend aus dem Bett.

Uff. Aufrecht stehen war nicht gut. Gar nicht gut. Ich verfluchte den Kaffee-Tequila und mich selbst, weil ich doch tatsächlich so dämlich gewesen war, für den heutigen Tag einen Kurs zu buchen, der den abschreckenden Namen »Boot Camp Fitness« trug, in der irrigen Annahme, ich sei inzwischen ein erwachsener und gesund lebender Mensch. Tja. Es war völlig ausgeschlossen, dass ich an diesem Kurs teilnehmen würde. An Burpees war überhaupt nicht zu denken. Als ich durch den Korridor tappte, schwang die Tür zum Gästezimmer auf, und Hannah trat heraus. Sie sah beinahe so verkatert aus, wie ich mich fühlte. Hinter ihr konnte ich Charlie erkennen, der laut schnarchend und komplett angezogen auf dem Bett lag. Wir betrachteten uns im Spiegel am oberen Treppenabsatz und verzogen das Gesicht.

»Scheiße«, flüsterte Hannah. »Wäre ich ein Hund, würde man mich in diesem Zustand glatt einschläfern lassen.«

Sam lag auf dem Wohnzimmersofa und schnarchte genauso laut wie Charlie. Ich schüttelte ihn, worauf er ein sehr unattraktives Grunzen von sich gab und mit flehentlicher Miene eine Hand ausstreckte.

»Kaffee«, ächzte er mit rauer Stimme. »Ein Königreich für eine Tasse Kaffee …«

»Steh auf«, sagte ich mitleidslos. »Es war dein gottverdammter Kaffee-Tequila, der uns das eingebrockt hat.«

In der Küche hatten die Jungs eine Familienpackung Coco Pops gleichmäßig auf drei Müslischalen, die Arbeitsplatten und den Fußboden verteilt, und nun gaben sie sich große

Mühe, all jene Oberflächen, die nicht davon bedeckt waren, mit Milch zu bekleckern.

Ich war gerade damit beschäftigt, Wasser für die Zubereitung einer kräftigenden Kanne Tee aufzustellen, als Hannah und Sam in die Küche schlurften und sich mit schmerzverzerrtem Gesicht am Tisch niederließen.

Gleich darauf erschienen auch Jane und ihre Freundinnen und musterten uns tadelnd.

»Warum seid ihr denn alle so furchtbar blass?«, wollte Jane wissen.

»Ich glaube, ich hab mir ein Virus eingefangen«, flüsterte ich tapfer.

»*Ich* glaube, du hast einen Kater!«, sagte Jane ungnädig. »Also wirklich, Mutter, ihr seid nicht gerade ein leuchtendes Vorbild für uns.«

Sam schnitt eine Grimasse. »Nein, aber wir können euch zumindest als abschreckendes Beispiel dienen.«

Das Pochen in meinen Schläfen hatte noch kein bisschen nachgelassen, bis ich die verbliebenen Gäste endlich losgeworden war. Danach gelang es mir mit letzter Kraft, einen Braten für Daddy und Natalia zuzubereiten, die ich für den heutigen Tag zu uns eingeladen hatte, als kleine Entschädigung dafür, dass wir ihnen für Weihnachten einen Korb gegeben hatten. Meine Schuldgefühle lösten sich jäh in Luft auf, als ich die beiden erblickte: Sie waren geradezu unverschämt braungebrannt, da sie die Feiertage auf Antigua verbracht hatten. Ich tat, als wäre ich kein bisschen neidisch, weil sie sich einen Kurzurlaub in der Karibik geleistet und an einem Swimmingpool liegend Cocktails geschlürft hatten, während ich mit meiner kreischenden Stiefschwester auf der Rückbank durch verschneite Straßen gerast war. Und jetzt saß ich hier und musste mich tierisch zusammenreißen, um nicht in die Yorkshire Puddings zu göbeln, und alles nur wegen meiner idiotischen Schuldgefühle, weil wir Weihnachten nicht mit Daddy und Natalia verbracht hatten.

Ich war meinem Sohn noch nie so dankbar für seinen ungezügelten Appetit gewesen. Diesmal versuchte er, herauszufinden, wie viel von dem Trifle, das es zum Nachtisch gab, er sich auf einmal in den Mund löffeln konnte.

Natalia verfolgte es mit einer gewissen Faszination des Grauens. »Ist er immer so?«, murmelte sie beunruhigt.

Ich nickte resigniert. »Jep.«

»Das ist nur einer von vielen Gründen, warum es total SCHEISSE ist, einen Bruder zu haben«, meldete sich Jane zu Wort. »Brüder sollte es gar nicht geben. Brüder sind einfach ekelhaft. Ich wäre viel lieber ein Einzelkind.«

»SCHWESTERN SOLLTE ES GAR NICHT GEBEN!«, schrie Peter prompt und sprang auf. »SCHWESTERN SIND TOTAL SCHEISSE! Ich hasse meine Schwester. Ich würde sie ja verkaufen, wenn ich könnte, aber das darf ich nicht.«

Simon, der wie ein Häufchen Elend am Kopfende des Tisches saß und sich seinem Kaffee-Tequila-induzierten Katzenjammer hingab, öffnete ein blutunterlaufenes Auge und stöhnte: »Was ist denn los? Müsst ihr unbedingt so *rumbrüllen*? Aua, mein armer Kopf!«

Es dauerte eine Weile, bis ich die beiden Streithammel getrennt hatte, die sich fauchend aufeinander gestürzt hatten wie zwei wütende Kater. Der Hund verputzte derweil in der Küche die Reste des Desserts, nur um seinen Mageninhalt umgehend auf Natalias Wildlederstiefel zu entleeren, so dass ich mich mal wieder bei ihr entschuldigen musste. Ich frage mich echt, warum Natalia bei den Zusammenkünften mit uns so teure Sachen anzieht. Ihr muss doch mittlerweile klar sein, warum Simon und ich keinerlei schöne, wertvolle Dinge besitzen. Nachdem der Schaden behoben war (jedenfalls bis zu einem gewissen Grad), zog ich mich in die Speisekammer zurück, wo ich mich in Embryonalstellung fünf Minuten auf den Boden legte, die Wange an die herrlich kühlen Keramikfliesen geschmiegt. Dann war es endlich an der Zeit für den Abschied.

»Was glaubst du, warum hat sie Daddy geheiratet?«, fragte ich Simon, als sie weg waren. »Jessica glaubt ja, Natalia will ein Kind von ihm.«

»Oh, Gott, ist mir übel«, stöhnte Simon. »Vielleicht sollte ich mal ein Konterbier trinken.«

»Ich hab dich was gefragt.«

»Natalia? Die will kein Baby.«

»Warum nicht?«

»Nicht jede Frau will Kinder, oder? Und außerdem ist sie auch nicht mehr die Jüngste.«

»Sie könnte durchaus noch ein Kind bekommen. *Ich* übrigens auch.«

Simon wurde blass, was eine ziemlich reife Leistung war, wenn man bedachte, dass er katerbedingt bereits weiß wie ein Laken war. »Du willst doch nicht etwa noch eins, oder?«, fragte er entsetzt. »Oh, Gott, hat die Sache mit Sarah dafür gesorgt, dass du dir noch ein Kind wünschst? Hast du deshalb gefragt, ob ich glaube, dass Natalia ein Kind will? Wolltest du mir damit durch die Blume etwas sagen?«

Ich wurde ebenfalls blass. »Lieber Himmel, NEIN! Eher lernt ein Fischotter das Fahrradfahren, als dass ich noch ein

Kind in die Welt setze! Ich kann mir echt nichts Schlimmeres vorstellen, gerade jetzt, wo Jane und Peter allmählich in ein Alter kommen, in dem sie sich einigermaßen zivilisiert benehmen … Na ja, für ihre Verhältnisse zumindest. Ehrlich gesagt wollte ich dir nach dem ganzen Theater mit Sarah an Weihnachten vorschlagen, dass du dich sterilisieren lässt. Wir haben ja jetzt schon so gut wie nie Zeit füreinander oder für die Kinder. Noch ein drittes ist wirklich das Letzte, was wir brauchen können.«

Simon hatte kurz aufgeatmet, doch nun setzte er sogleich einen rebellischen Blick auf und knurrte, es solle sich bloß niemand mit einem Skalpell in die Nähe seines Lümmels wagen.

Freitag, 13. Januar

Ich habe es am ersten Januar zwar nicht zu diesem Boot Camp geschafft, aber immerhin habe ich mir angewöhnt, mich etwas gesünder zu ernähren. Ich kann jetzt nicht behaupten, dass ich Kohl und Quinoa LECKER finde, aber ich habe schon Schlimmeres gegessen. Glaube ich zumindest. Neulich musste ich allerdings nach dem Verzehr eines Salats mit Rosenkohl den ganzen Nachmittag wie ein Brauereipferd pupsen. Es war sogar noch schlimmer als bei Peter, und das will etwas heißen!

Das große Projekt ist beendet, hurra! Zur Belohnung ist unsere Abteilung am Freitag geschlossen ausgegangen und hat ordentlich gefeiert. Irgendwann im Laufe des Abends fragte mich Alan verschämt, ob er mir in der Silvesternacht womöglich irgendwelche peinlichen Fotos geschickt hätte, ehe er sein Handy im Klo versenkt habe. Pfff. Ich nehme mal an, er hat Bilder von seinem besten Stück verschickt, denn er wirkte unheimlich erleichtert, als ich ihm das Foto von sich und der Konfettikanone zeigte. Ich habe lange überlegt, ob ich nun erleichtert sein soll (weil Alan offensichtlich zu viel Respekt vor mir hat, um mir Fotos von seinem Schniedel zu schicken) oder beleidigt (weil eine alte Schachtel wie ich solcher Fotos seiner Ansicht nach wohl nicht würdig ist) und am Ende beschlossen, erleichtert zu sein.

Als Belohnung dafür, dass wir das große Projekt erfolgreich und fristgerecht beendet haben, bekamen wir prompt ein noch größeres und noch wichtigeres Projekt zugeteilt. Der Druck steigt …

Apropos: Ich bin mal gespannt, wie lange ich noch so weitermachen kann. Die vergangenen zwei Wochen waren ganz schön stressig; ich musste immer wieder Überstunden schieben, weshalb Simon die Kinder deutlich öfter als vereinbart von der Schule abholen musste und zusehends zum wütend schnarrenden Wiesel mutierte. Da er bereits sauer auf mich war, dachte ich heute früh »Wenn schon, denn schon« und verkündete, ich wolle abends mit Hannah und Sam ausgehen. Als er sich beschwerte, er habe aber keine *Lust*, den Babysitter zu spielen, erinnerte ich ihn daran, dass er seine eigenen Kinder nicht babysitten kann – das nennt sich »Vater sein«.

»Ich kenne dich jetzt, seit du fünfzehn bist, und das ist das allererste Mal, dass du es schaffst, dich an das Diät- und Sportprogramm zu halten, das du dir alljährlich vornimmst«, sagte Hannah gerade überrascht. »Sonst hast du immer spätestens nach zwei Tagen aufgegeben.«

»Ich wünschte nur, es gäbe eine Diät, bei der man Pasteten essen und trotzdem abnehmen kann«, sagte ich bekümmert und nippte unenthusiastisch an meinem Wodka Lemon. »Ich meine, das wäre doch wirklich eine Goldgrube. Hey, vielleicht ist das ja meine Berufung! Ich erfinde eine neue Diät! Schlank mit Pasteten! Vielleicht werde ich ja auf diese Weise reich und berühmt. Ich sehe schon meine Kochbücher in den Regalen diverser Supermärkte stehen, mit mir auf dem Cover ... Dann kann Joe Wicks einpacken!«

Sam schnaubte. »Wohl kaum. Erstens bist du keine Ernährungswissenschaftlerin, und zweitens ist es garantiert unmöglich, abzunehmen, indem man sich mit Pasteten vollstopft.«

»Und mit Chips«, fügte ich mit verträumter Miene hinzu. »Und du irrst dich, ich weiß so einiges über Ernährung. Ich hab nach der Geburt von Jane und Peter haufenweise Bücher darüber gelesen. Damals hatte ich noch den Anspruch, eine perfekte Mami zu werden und sie gesund zu ernähren.«

»Und, stand in einem dieser Bücher etwas über eine Schlank-mit-Pasteten-Diät?«

»Nein, die muss ich doch erst erfinden! Die revolutionäre Schlank-mit-Pasteten-Diät. Ha, damit werde ich so berühmt wie Dr. Atkins mit seiner These, dass man Fett essen kann, um abzunehmen. Das Prinzip ist das gleiche.«

»Also, das wage ich zu bezweifeln«, bemerkte Hannah.

»Na, vielen Dank auch für eure Unterstützung, ihr Kleingläubigen«, brummte ich. »Also, dann erzählt doch mal von euren Neujahrsvorsätzen.«

»Ich habe keine. Ich widme mich lieber der Planung unserer Hochzeit«, erklärte Hannah.

»Und, werde ich zur Chef-Planerin ernannt?«, fragte ich.

»Vergiss es, Ellen. Es ist *meine* Hochzeit, nicht deine, und ich musste dir bereits klarmachen, dass ich weder eine französisch angehauchte Hochzeit noch eine mit Jane-Austen-Motto will, und erst recht keine, auf der alle Anwesenden angezogen sind wie in der Krimiserie *Peaky Blinders – Gangs of Birmingham*!«

»Also, ich fände es ganz schmuck, wenn die Männer Knickerbocker und Schiebermütze tragen w…«

»Schluss damit. *Ich* bin die Braut, *ich* bestimme.«

»Darf ich dich dann wenigstens zu ein paar Hochzeitsmessen begleiten?«

»Nein, weil ich keine Hochzeitsmessen besuchen werde. Wie gesagt, das *hatte* ich alles schon. Und Charlie ebenfalls. Wir wollen beide nur eine ganz schlichte Feier, bei der es ausschließlich darum geht, dass wir uns zueinander bekennen. Also verschone mich mit Floristen, Fummel, Faltensäumen und dem ganzen übrigen Scheiß, ja? Ich pfeif verdammt noch mal auf Grammophone und andere ›originelle‹ Requisiten!«

»Spielverderber!«, brummte ich. »Da freue ich mich wie eine Schneekönigin, weil ich nach der laaangen Dürreperiode, in der niemand geheiratet hat, weil alle bereits unter der Haube waren, mal endlich wieder auf eine Hochzeit komme, und was machst du? Du lässt alles weg, was zu einer richtigen Hochzeit dazugehört!«

Hannah schüttelte den Kopf. »Also, ehrlich, Ellen, du kannst von Glück sagen, dass wir uns schon so lange kennen und ich dich nicht so mir nichts, dir nichts in die Wüste schicken kann, denn hin und wieder bin ich echt versucht, dir die Freundschaft zu kündigen. Mir geht es um die Ehe, nicht um die Hochzeit … Ellen!? Hörst du mir überhaupt zu, oder suchst du etwa schon wieder auf Pinterest nach Hochzeitsdeko?«

»Sorry, sorry, ich hab nur schnell meine Mails gecheckt. Mir ist auf dem Nachhauseweg eine durch die Lappen gegangen. Dass aber auch immer ausgerechnet am Freitagabend gegen sechs etwas schiefgehen muss! Na, jedenfalls habe ich bloß versucht, dir bei der Hochzeit zu helfen, aber ich werde dir keine weiteren Vorschläge unterbreiten, versprochen. Was ist mit dir, Sam – was erhoffst du dir vom neuen Jahr?«

Sam setzte sich aufrecht hin. »Ich habe mir vorgenommen, nicht länger darauf zu warten, dass ich jemanden kennenlerne; ich werde aktiv Maßnahmen ergreifen. In meinem Alter gibt es leider immer weniger männliche Singles, und die Chancen, dass ich durch Zufall, Schicksal oder was auch immer einen Partner finde, schwinden dahin. *Mir läuft schlicht und einfach die Zeit davon* – ich kann und will nicht abwarten, bis ich einen Hängehintern und einen Bierbauch habe. Deshalb habe ich beschlossen, die Dinge selbst in die Hand zu nehmen, und dem Glück, dem Zufall oder dem Schicksal, wie auch immer man es nennen mag, ein bisschen unter die Arme zu greifen. Ich hab mich bei Tinder und einigen anderen Dating-Portalen angemeldet.«

Hannah hob eine Augenbraue. »Und du meinst, das wird was? Ich hatte diesen Weg ja auch eingeschlagen, aber für mich war das nichts.«

»Tja, Süße, das lag daran, dass du ausgeflippt bist, weil dir einer deiner Verehrer gleich in der ersten Woche ein Foto von seiner ›Zauberflöte‹ geschickt hatte, und danach hast du dich bei dieser Online-Partnervermittlung ›Vögle meine Freundin‹ angemeldet, für die Ellen einen Text über dich schreiben musste, der nun auch nicht sonderlich hilfreich war, oder? Ich habe meinen Text selbst verfasst und ich bin für alles gewappnet – her mit den Schwanzfotos! Vielleicht verwende ich sie ja als Auswahlkriterium. Oder ich erstelle eine eigene Webseite, auf der ich die schlimmsten davon poste. Ich könnte sie pimmelrating.com nennen. Wer weiß, vielleicht verschicke ich sogar selbst das eine oder andere Intimporträt.«

Ich kicherte. »Du tummelst dich also auf Tinder? Piepst dann jetzt immer dein Handy, wenn jemand in der Nähe ist, der Lust auf unverbindlichen Sex hat?«

»Nein, Süße, das ist Grindr«, sagte Sam nachsichtig. »Wobei ich den Eindruck habe, dass manche Leute Tinder für ähnliche Zwecke verwenden. Na, jedenfalls muss man bei Tinder nach rechts oder links wischen, je nachdem, ob man den betreffenden Kandidaten gut findet oder nicht.«

»Ach, das will ich mir schon seit einer Ewigkeit mal ansehen. Hast du keine Angst, dass du ermordet wirst?«

Sam verdrehte die Augen. »Also ehrlich, Ellen, deine Furcht vor modernen Kommunikationstechnologien ist wirklich bemerkenswert, wenn man bedenkt, dass du dir deine Brötchen mit Software-Entwicklung verdienst. Die Wahrscheinlichkeit, dass man von jemandem ermordet wird, den man über Tinder kennengelernt hat, ist auch nicht größer als bei jedem anderen Date. Selbst Bartfratze von Hannahs Verlobungsfeier könnte durchaus ein paar Leichen im Keller haben, wenngleich ich es für unwahrscheinlich halte. Der könnte mich höchstens umbringen, indem er mich zu Tode langweilt mit seinen Thesen darüber, warum die Nespresso-Maschine der Kunst der Kaffeezubereitung den Garaus machen wird.«

»Es ist nicht die *Technologie*, die mir Angst einjagt, es sind die Leute, die sie benutzen«, belehrte ich ihn.

»Und, Ellen, was hast *du* dir so vorgenommen?«, fragte mich Hannah.

»Och, ich weiß auch nicht … Ich kriege doch ohnehin nie etwas auf die Reihe. Eigentlich wollte ich eine bessere Mutter sein, eine bessere Ehefrau, eine bessere Angestellte, wollte überall hundertzehn Prozent geben, aber irgendwie reicht einfach nie die Zeit, für gar nichts. Ich schaffe es ja kaum, so früh Feierabend zu machen, dass ich die Kinder pünktlich von der Nachmittagsbetreuung abholen kann, und es ist mindestens drei Wochen her, dass ich mich das letzte Mal in einigermaßen zivilisiertem Ton mit Simon unterhalten habe. Ich weiß nicht, was ich tun soll. Ich liebe meinen Job und kann mir beim besten Willen nicht vorstellen, ihn wieder an den Nagel zu hängen, zumal Peter und Jane ja auch älter werden. Ich glaube, ich brauche eine Ehefrau, ohne Witz.«

»Wie wär's denn mit einem Au-pair?«, schlug Sam vor.

»Ein Au-pair? Ist das nicht eher etwas für reiche Leute, die ihre Kinder Cressida und Jeremy genannt haben?«

»Sei nicht albern, Ellen. Viele der anderen Mütter haben eine Nanny oder ein Au-pair«, erinnerte er mich. »Für eine Nanny dürften Jane und Peter zwar schon zu groß sein, aber ein Au-pair könnte euch morgens und abends einiges an Arbeit abnehmen. Dann wärt ihr bestimmt deutlich weniger gestresst, und vielleicht kommst du auf diese Weise ja sogar deinem Ziel, eine Fremdsprache zu lernen, ein wenig näher.«

Ein Au-pair! Was für eine hervorragende Idee!

»Meinst du, das Au-pair kann mir auch ein paar der Verpflichtungen abnehmen, die ich als Vorsitzende des Fördervereins habe?«

»Wohl kaum«, sagte Sam. »Es sei denn, die Betreffende ist sehr dominant und handwerklich hochbegabt. Du kannst dich ja mal bei einigen Agenturen erkundigen; könnte allerdings sein, dass deine Motive hinterfragt werden, wenn du explizit eine Kandidatin verlangst, die sich sowohl aufs Basteln als auch aufs Leute-Rumkommandieren versteht.«

»Wer weiß; solche gibt es bestimmt auch. Na, egal, genug von mir. Zeig uns doch mal deinen Tinder-Account, Sam! Führ uns ein in die dunkle Welt des Internet-Sex!«

»Bei Tinder geht es nicht nur um Sex«, belehrte uns Sam.

Minuten später wischte er stöhnend mit dem Finger über das Display, während Hannah und ich kreischten: »Links ... Links! OH, GOTT, seht euch den an! Hey, der wirkt sympathisch ... nööönönönö ... links, links! Der hat ›das‹ statt ›dass‹ geschrieben, UND ›wider‹ statt ›wieder‹! Wie wär's denn mit dem? Gott, nein, links! LINKS!«

Echt ein Heidenspaß, dieses Tinder, und es hat durchaus Suchtpotenzial. Wie gut, dass ich verheiratet und dank Simon davon überzeugt bin, dass sich im Internet überall Mörder tummeln!

Donnerstag, 19. Januar

Wie es scheint, bin ich hochoffiziell zu Sarahs Mutterschaftsguru avanciert. Nach meinem zugegebenermaßen heldenhaften Einsatz im Vorfeld der Geburt von Klein Orla Ellen (Simon meinte, es sei nicht nötig, jedes Mal ihren vollen Namen zu sagen, aber wie soll ich sonst darauf hinweisen, dass sie nach mir benannt ist, weil ich die werdende Mutter so heroisch durch den Schneesturm kutschiert habe?) ist Sarah ganz offensichtlich zu dem Schluss gekommen, ich wäre eine Art allwissende Mentorin für frischgebackene Mütter, weshalb sie mich nun mindestens einmal täglich anruft, um mich zu bestimmten Fragen zu konsultieren. Anfangs fand ich es ausgesprochen schmeichelhaft, dass mein Wissen und meine Erfahrung so gefragt waren, aber ganz allmählich wird es etwas anstrengend, dabei ist das Baby gerade mal drei Wochen alt. Was, wenn das die nächsten achtzehn Jahre so weitergeht?

Heute wollte Sarah wissen, wie ich zum Thema Co-Sleeping stehe. Was soll ich da sagen? Ich könnte ihr natürlich raten, ihr Baby in eine Wiege oder in ein getrenntes Gitterbett zu legen; auf diese Weise hat sie wenigstens nachts ein paar Stunden Ruhe und wird nicht rund um die Uhr von jemandem begrapscht und betatscht. Aber was, wenn dadurch die Mutter-Kind-Beziehung gestört wird und sich Orla dann ungeliebt fühlt? Und was, wenn ich Sarah rate, das Baby im Ehebett schlafen zu lassen, schon, weil sie auf diese Weise eine engere Beziehung mit ihrem Baby knüpfen kann, und auch wegen der Ausschüttung von Oxytocin (oder was auch immer es ist, das einem dabei Glücksgefühle beschert) – und dann dreht sie sich eines Nachts im Bett um und erdrückt die Kleine im Schlaf?

Ich murmelte etwas von wegen »vertrau auf deinen Mutterinstinkt und tu das, was sich richtig anfühlt«, worauf sie heulte: »Ich weiß aber nicht, was sich richtig anfühlt! Die Hebamme meinte, das Kind dürfe unter keinen Umständen bei uns im Bett schlafen, weil die Gefahr besteht, dass es dann plattgewälzt wird wie eine Traube von einem Walfisch …«

»Das klingt mir aber nicht sonderlich einfühlsam. Hat sie das wirklich so gesagt?«

»Na ja, nicht wortwörtlich, aber die Message war klar. Ich komme mir auch nach wie vor so unfassbar fett vor! Ich dachte, mein Bauch wird wieder kleiner, sobald das Baby draußen ist, aber ich sehe immer noch schwanger aus. Neulich hatte ich mir Orla mit einem Tragetuch umgebunden, und da hat mich so eine dämliche Kuh doch glatt gefragt, wann denn das Zweite fällig ist! Na, jedenfalls ist Co-Sleeping der Hebamme zufolge nicht ratsam, aber die Mütter aus dem Rückbildungskurs sagen alle, es sei das Beste für das Baby. Ich weiß nicht, was ich machen soll.«

Arme Sarah. Aber geht es uns nicht allen so? Klar gibt es auch Frauen, die quasi nur geboren wurden, um Mutter zu sein und die einfach immer zu wissen scheinen, was richtig ist und was falsch, aber für die meisten von uns besteht – vor allem beim ersten Baby und im ersten Jahr der Mutterschaft – die größte Herausforderung darin, das kleine Geschöpf überhaupt am Leben zu erhalten. Ich habe mich damals mit schöner Regelmäßigkeit gefragt, wie ich eigentlich auf die hirnrissige Idee kam, ich sei in der Lage, für einen anderen Menschen zu sorgen – noch dazu für einen VOLLKOMMEN HILFLOSEN.

Und absolut jeder hatte eine Meinung zu allem: Stillen in der Öffentlichkeit? Unbedingt! – Iii, pack um Himmels willen deine Möpse wieder ein! Führ von Anfang an feste Stillzeiten ein! – Still lieber bei Bedarf! Bade das Baby jeden Abend, das warme Wasser wird es beruhigen und an die Zeit in der Gebärmutter erinnern. – Bade es nur einmal wöchentlich, sonst trocknet Babys Haut aus! Unterhalte dich mit deinem Kind in Babysprache, das stimuliert seine Entwicklung! – BLOSS KEIN Gebrabbel, da lernt es nicht richtig sprechen! Hol dein Baby jede Nacht zu dir ins Bett! – Leg es in ein anderes Zimmer, so wird es rasch unabhängig. Das Kleine braucht einen Schnuller! Setz Kinder in die Welt, solange du noch jung bist! – Oh, Gott, warum hast du dir derart die Zukunft verbaut? Verschieb das Kinderkriegen, bis du Karriere gemacht hast! – Ha, ha, viel Glück bei der Fortpflanzung, du karrieregeile alte Schachtel. Gib deinem Kind möglichst bald Bio-Babybrei! Lass dein Kind bestimmen, wann es abgestillt werden will!

Ständig musste ich Entscheidungen treffen – für den richtigen Kindersitz, den richtigen Kinderwagen, das richtige Tragetuch, das richtige Bettchen, nicht zu vergessen die richtige Bettwäsche dazu, das richtige Spieltrapez und später dann das richtige Töpfchen ... Ich habe mich gefragt, ob ich meinen Kindern oft genug vorlese, ob ich sie zu sehr verwöhne, wenn ich auf jedes ihrer Bedürfnisse eingehe, ob ich es verantworten kann, Wegwerfwindeln zu verwenden, wohl wissend, dass ich ihnen eine postapokalyptisch verwüstete Erde hinterlassen werde, und ob ich zum Ausgleich dafür Babystrampler aus Bio-Baumwolle kaufen soll. Ich habe Referenztabellen konsultiert, um zu eruieren, ob meine Kinder dem Durchschnitt entsprechen, habe sie mit den Kindern anderer Mütter verglichen und mich gefragt, ob meine zu groß oder zu klein sind für ihr Alter, ob sie mehr Zähne haben sollten oder weniger Zähne, mehr Haare oder weniger Haare, ob es normal ist, dass die Windel immer randvoll ist oder die Kacke grün. Ja, grasgrün, verdammt noch mal!

Wohin man auch blickt, überall widersprüchliche Informationen, und immer sind irgendwelche Klugscheißer zur Stelle, die es gar nicht erwarten können, einem ihre Meinung aufzudrängen. Sobald sich der erste Ansatz eines Babybauchs bei mir abzeichnete, fühlten sich WILDFREMDE MENSCHEN bemüßigt, mich zu BETATSCHEN und mir zu sagen, ich würde garantiert einen Jungen / ein Mädchen bekommen, das sei an der Bauchform nämlich eindeutig zu erkennen. Ich wurde gefragt, ob ich auch ganz sicher sei, dass ich keine Zwillinge bekomme, weil mein Bauch ja ganz schön *dick* sei für die sechzehnte Woche. Man erzählte mir unaufgefordert Horrorgeschichten von der Frau des Bruders der Tante einer Cousine, deren Baby *beinahe im Mutterleib gestorben* wäre, weil sie etwas getan hatte, das ich auch gerade tat. Und kaum war der Nachwuchs geboren, wurde ich, wenn eins meiner Kinder mal in der Öffentlichkeit weinte, von irgendwelchen Unbekannten angesprochen, die mir im Brustton der Überzeugung erklärten, meinem Baby sei ganz offensichtlich zu warm oder zu kalt oder es habe Hunger oder wolle kuscheln. Pfff. Als wüssten diese Leute BESSER ALS ICH SELBST, WAS MEIN BABY HAT ODER WILL! All diese Schlauberger, die meinen, ihren Senf dazugeben zu müssen, vermitteln einer Mutter damit das Gefühl, ein ahnungsloser Anfänger zu sein und einfach alles falsch zu machen. Was durchaus der Wahrheit entsprechen mag, aber trotzdem!

Dazu kommen dann noch die ganzen Belehrungen von etwaigen »Experten« wie Gina Ford und der Supernanny, Informationen aus Büchern zum Thema Eltern-Kind-Bindung, Tipps von Webseiten zum Thema »Lassen Sie ihr Baby weinen«, Ratschläge von Hebammen und Ärzten, von der Leiterin des Rückbildungskurses und den Beraterinnen der La Leche Liga, und just wenn man denkt, man hätte endlich den Dreh raus, verkünden diese Fachleute: »Ups, sorry, Leute, wir haben uns geirrt« und stellen alle gültigen Regeln auf den Kopf.

Man möchte meinen, das sollte genügen, doch zusätzlich zu all den Informationen, mit denen Mütter bombardiert werden, müssen nun auch noch sämtliche B- und C-Promis, die jemals ein menschliches Wesen in die Welt gesetzt haben, unbedingt noch ein paar Weisheiten loswerden, damit alle Frauen eine ebenso perfekte Mami mit einem zum Kotzen perfekten Körper werden können, und deshalb präsentieren sie sich regelmäßig in ihrem geschmackvoll eingerichteten Zuhause, das natürlich komplett in Weiß gehalten ist.

Zugegeben, wir können uns in vielerlei Hinsicht glücklich schätzen, weil wir in der Ersten Welt leben, wo die Gesundheitsversorgung ausgezeichnet ist und man keine zehn Kinder zeugen muss in der Hoffnung, dass zumindest zwei davon das Erwachsenenalter erreichen, statt zu verhungern oder an einer vermeidbaren Krankheit zu sterben. Wir leben in einer Zeit, in der sich Frauen quasi aussuchen können, wie und wann sie schwanger werden und ein Baby zur Welt bringen, aber dafür fühlen sich viele Eltern – insbesondere die Mütter – hoffnungslos überfordert von dieser riesigen Industrie, die rund um das Thema Kind entstanden ist.

Das Erschreckendste an der Chose ist ja, dass es keinen Probedurchlauf gibt – man bekommt pro Kind nur eine einzige Chance. Man kann nicht einfach auf die Reset-Taste drücken. Wenn man es falsch anpackt, dann war es das. Es gibt kein Zurück. Game Over. Man möchte meinen, irgendwann müsste doch mal der Zeitpunkt erreicht sein, an dem man aufhören kann, sich Sorgen zu machen; an dem man sich zurücklehnen, Bilanz ziehen und sich sagen kann: »Ich glaube, das habe ich ganz gut hingekriegt.« Doch wann kommt dieser Zeitpunkt?

Klarerweise habe ich Sarah gegenüber nichts dergleichen erwähnt. Ich habe lediglich gesagt: »Ach, weißt du, ich glaube, solange Orla ausreichend mit Liebe, Nahrung und Wärme versorgt ist, macht das ganze Drumherum keinen allzu großen Unterschied. Aber da dir das Thema so am Herzen liegt, solltest du dich vielleicht noch etwas intensiver damit beschäftigen und dich dann für die Option entscheiden, die sich für dich besser anfühlt.«

Hach, es ist so viel einfacher, anderen Eltern Tipps zu geben, vor allem, wenn man es aus der sicheren Entfernung eines schönen sauberen Büros tun kann, in dem man vor klebrigen Kinderhänden und angesabberten Spucktüchern sicher ist.

FEBRUAR

Mittwoch, 1. Februar

Mit dem ersten Februar beginnt alljährlich der vierzehntätige Countdown bis zu Simons Geburtstag (der ärgerlicherweise auf den Valentinstag fällt), sprich, ich muss die grottenschlechte Laune, die er stets um diese Jahreszeit an den Tag legt, nur noch zwei weitere Wochen ertragen. Auch diesmal sank sein Stimmungsbarometer pünktlich am ersten Januar in den Keller. Dieses Jahr ist er sogar noch übler drauf als sonst, er hat sich nämlich nach wie vor noch nicht so richtig damit angefreundet, dass ich Vollzeit arbeite. Immerhin fand er das mit dem Au-pair gut. Ich hoffe mal, der Grund dafür war der Gedanke an die praktischen Vorteile und nicht die Aussicht, dass künftig eine blutjunge Sexbombe in Dessous durchs Haus tigert. Ich frage mich, ob ich dem Anforderungsprofil, das ich für die Agentur bereits erstellt habe (»ordnungsliebende, dominant veranlagte Bastelfee, sollte gut bügeln können und nicht zu gesprächig sein«), noch hinzufügen kann, dass unser künftiges Au-pair nach Möglichkeit auch unscheinbar und leicht pummelig sein sollte. Hm. Wohl kaum.

Eigentlich müsste der Februar ja ein durch und durch romantischer Monat sein – Stichwort Valentinstag (den Simon allerdings nicht feiern will, weil er da wie gesagt Geburtstag hat), und außerdem gibt es hierzulande die Tradition, dass Frauen am 29. Februar ihrem Herzallerliebsten einen Heiratsantrag machen dürfen. Wobei wir ja jetzt im einundzwanzigsten Jahrhundert leben und Frauen dergleichen sowieso tun dürfen, wann immer ihnen der Sinn danach steht. Hm. Müssen sie dann eigentlich auch den Ring besorgen? Ich glaube, ich hätte keinen Bock, erst dem Mann meines Herzens einen Antrag zu machen und mir überdies den Ring selbst zu kaufen, aber ich bin ja auch eine faule Nuss. Zum Glück hat Simon mich gefragt, ob ich heiraten will, denn ich wäre garantiert nie und nimmer auf die Idee gekommen, ihm einen Antrag zu machen.

Unsere Verlobung war ehrlich gesagt auch nicht sonderlich romantisch – wir hatten gerade unsere Schlussprüfungen hinter uns gebracht und erlebten einen richtig heißen Frühsommer. Erst genossen wir das unerwartet warme Wetter – wir konnten zur Abwechslung sogar mal ohne Socken miteinander schlafen! Nach ein paar Tagen allerdings stand in der Stadt die Luft, und die Hitze wurde schier unerträglich, also machten wir in Simons antiquiertem Fiesta einen Ausflug ans Meer. Wir fuhren zum Yellowcraig Beach in East Lothian, einem wunderschönen goldenen Sandstrand, von dessen Ausblick auf eine Insel samt Leuchtturm Robert Louis Stevenson angeblich zu dem Roman *Die Schatzinsel* inspiriert wurde. Es war mitten in der Woche, und der Strand war menschenleer, was uns auf die vermeintlich romantische Idee brachte, uns zwischen den Dünen zu lieben. Wir stellten schon bald fest, dass das nicht ratsam ist, denn erstens hat man im Nu überall Sand, und zweitens war der Strand doch nicht so menschenleer, wie wir zunächst angenommen hatten. Einige sehr empörte Hundebesitzer bekamen deutlich mehr nackte Tatsachen zu sehen als erwartet. Also warfen wir schließlich das Handtuch und sonnten uns stattdessen. Ich war gerade im Begriff einzudösen und reagierte deshalb etwas mürrisch, als ich spürte, wie sich Simon über mich beugte, so dass sein Schatten auf mich fiel, und meine Hand nahm, wobei er etwas sagte, das ich nicht verstand.

»Was ist?«, murmelte ich verschlafen.

»Ich sagte, wir sollten heiraten. Was meinst du?«

Ich richtete mich ruckartig auf und hätte ihm dabei mit dem Kopf um ein Haar einen kräftigen Nasenstüber verpasst – der romantische Augenblick wurde nur gerettet, weil sich Simon geistesgegenwärtig rücklings in den Sand warf.

»Oh, mein Gott! Ja, was für eine fabelhafte Idee. Ja, lass uns heiraten.«

Und damit waren wir verlobt. Wir fuhren mit einem seligen Grinsen im Gesicht zurück in die Stadt und hielten die ganze Fahrt über Händchen, was für Simon das Gangschalten etwas erschwerte, aber er ließ meine Hand trotzdem nicht los.

Tags darauf kaufte er mir in einem der Hippie-Schmucklädchen am West Bow einen kleinen, nicht besonders teuren, aber sehr hübschen Silberring mit einem Mondstein, der ein paar Wochen vor Janes Geburt durch einen »ordentlichen« Ring ersetzt wurde, und wenig später endete auch schon die kurze, sorgenfreie Phase finanzieller Sicherheit, die wir unseren zwei Vollzeitjob-Gehältern sowie dem Umstand verdankten, dass wir damals noch kein Geld für die Kinderbetreuung ausgeben mussten. Und dann ging der Wahnsinn auch schon los: Babys, Immobilienpreise, Kreditraten und Einzugsgebiete, Einschulung, Elternabende und Hausaufgaben, und irgendwie habe ich das Gefühl, dass wir uns über all dem immer fremder werden. Wo sind die beiden ineinander vernarrten Studenten abgeblieben, die damals so glücklich verliebt gewesen waren, als sie an diesem Strand beschlossen hatten, den Rest ihres Lebens miteinander zu verbringen? Sie kommen mir vor wie zwei Leute aus einem Buch oder einem Film.

Und warum denke ich überhaupt an diese zwei jungen Menschen am Yellowcraig Beach, an diesem verregneten Mittwochvormittag im Februar, an dem ich mich doch eigentlich auf das superwichtige Meeting konzentrieren sollte, in dem ich sitze? Ach, richtig – Februar, Schaltjahre, Heiratsanträge und so weiter. Der Februar ist und bleibt ein Bäh-Monat. Eigentlich sollte längst Frühling sein, die Märzenbecher sollten blühen, und unsere Herzen sollten von Hoffnung und Freude erfüllt sein. Aber nein, der Februar, dieser elende Stinkstiefel, hockt da wie ein fetter, griesgrämiger grauer Elefant, eine schier unüberwindbare Hürde für Frühling und Sonnenschein. Scheiß Februar.

Freitag, 10. Februar

Oh, Freude, wir sind mal wieder bei meinen Schwiegereltern. In einem Anfall von bemerkenswertem Organisationstalent hatte ich mich rechtzeitig an die anstehenden Winterferien erinnert, und Simon hatte sich doch tatsächlich eine Woche freigenommen, damit wir mal wieder seine Eltern besuchen konnten.

Leider konnte ich nicht die ganze Woche Urlaub machen, denn Lydia war mir zuvorgekommen – wie es aussieht, hat sie ebenfalls einen superwichtigen, sehr beschäftigten Ehemann zu Hause, der findet, Kinderbetreuung sei Frauensache. Simon zeigte sich wenig erfreut, als er erfuhr, dass ich nur Montag und Dienstag mit von der Partie sein und dann am Mittwoch in den Flieger steigen würde, denn das bedeutet, dass er die Rückfahrt mit den Kindern allein bewältigen muss. Ich muss am Mittwoch zwar sehr früh raus, aber ich finde, es hat so was Mondänes, direkt vom Flughafen ins Büro zu fahren. Ich glaube, ich werde dann in die Unterhaltungen mit meinen Kollegen ein paar Mal den Halbsatz »Auf dem Weg vom Flughafen hierher …« einfließen lassen.

Mich drückte ein wenig das schlechte Gewissen, als Lydia bemerkte, es überrasche sie, dass ich ausgerechnet diese Woche in Urlaub fahren wolle, wo doch wegen der Schulferien alles viel teurer sei, aber wahrscheinlich sei mir das gar nicht bewusst, da ich ja keine Kinder habe.

Die Visite bei meinen Schwiegereltern, die in Frankreich »ein Schlösschen« (wie Simons Mutter es nennt) bewohnen, war längst überfällig. Im Grunde sind die beiden alten Leutchen auch gar nicht so übel; ein bisschen anstrengend vielleicht, aber sie meinen es gut. Zugegeben, Sylvia war früher ziemlich biestig mir gegenüber, aber in den letzten Jahren ist sie etwas aufgetaut. Zum einen deshalb, weil es ihre vollkommen durchgeknallte Tochter Louisa, die ohne fremde Unterstützung nicht überlebensfähig ist, nur meiner cleveren und ausgesprochen einträglichen App verdankt, dass sie nicht immer noch bis zur Halskrause in der Scheiße schwimmt. Zum anderen habe ich Sylvia in die Freuden des Internet-Shoppens eingeführt. Seither äußert sie sich nicht mehr ganz so abfällig über meinen verachtenswert unkreativen IT-Job.

Meine Vorfreude auf den Besuch bei Michael und Sylvia wurde in erster Linie getrübt von der Aussicht auf die unvermeidliche Begegnung mit meiner bereits erwähnten Schwägerin Louisa, deren Körpergeruch und Hygienegewohnheiten sich nicht merklich geändert haben, seit sie ihren Mann Bardo, einen strunzdummen New-Age-Scharlatan, verlassen hat. Die beiden hatten gemeinsam ein Öko-Einkehrzentrum betrieben, in das Louisa jeden Penny versenkte, den sie besaß, nebst einem Gutteil der Ersparnisse ihrer Eltern. Nachdem sie sowohl Bardo als auch dem Ökozentrum vor zwei Jahren den Rücken gekehrt hatte, stand sie mit ihren sechs Kindern ohne Einkommen da, weshalb ich überredet wurde, ihr beizuspringen und mit dem Geld, das meine App »Mami braucht 'nen Drink« eingespielt hat, ein Haus samt Garten zu kaufen. Das Grundstück grenzt direkt an jenes von Michael und Sylvia an, damit die beiden ihrer Tochter ein bisschen auf die Finger schauen können.

Obwohl ich ihr den Arsch gerettet habe, legt Louisa mir gegenüber auch weiterhin ein beispiellos gönnerhaftes und belehrendes Verhalten an den Tag, das mich tierisch nervt. Sie ist und bleibt eine infantile, irritierende Flitzpiepe, und wann immer ich sie sehe, könnte ich explodieren vor Frust bei dem Gedanken an all das, was ich mir mit diesem unverhofften Geldsegen hätte kaufen können, statt diese Gammlerbraut zu unterstützen. Simon führt mich dann normalerweise nach nebenan und murmelt: »Tief durchatmen, Ellen. Denk daran, dass du es nicht für Louisa getan hast, sondern für ihre Kinder. Für alle sechs.«

Unsere Anreise gestaltete sich den Umständen entsprechend harmonisch, nachdem Simon morgens beim Verladen der hundertfünfundsiebzigtausend Taschen, die wir für einen einwöchigen Urlaub so benötigen, eine saftige Schimpfkanonade vom Stapel gelassen hatte. Auf seine Frage, ob Peter und Jane denn wirklich gar so viel Reiseverpflegung benötigten, erklärte ich, Snacks und iPads seien die effektivste Art und Weise, die beiden ruhigzustellen und zu garantieren, dass sie sich auf der achtstündigen Fahrt nicht die Augen auskratzten.

Wie üblich waren wir viel zu früh am Hafen, Simon hat nämlich immer panische Angst, wir könnten die Fähre verpassen. Außerdem ist er überzeugt, die Fährenbetreiber könnten versuchen, ihn auszutricksen und das Boot früher als geplant auslaufen lassen, und sei es nur, um ihm eins auszuwischen.

Kaum befanden wir uns auf französischem Boden, wurden wir Zeugen seiner Verwandlung in einen rassistischen britischen Autofahrer im Ausland und mussten mitanhören, wie er unschuldige französische Verkehrsteilnehmer aufs unflätigste beschimpfte, weil sie auf der »falschen« Straßenseite fuhren. Aber wie gesagt, abgesehen davon verlief die Fahrt einigermaßen ruhig.

Dafür wurde es gleich bei unserer Ankunft in dem kleinen Schlösschen meiner Schwiegereltern turbulent. Sylvia hatte es nämlich verabsäumt, uns darüber zu informieren, dass sie sich einen Ersatz für ihren kürzlich verstorbenen und schmerzlich vermissten Mops Napoleon zugelegt hatte: eine kleine Mopsdame, die wenig überraschend auf den Namen Josefine hörte. Offenbar hatte Sylvia angenommen, es sei eine nette Überraschung, insbesondere für meinen geliebten Hund Mister Wuffington, der uns ebenfalls begleitete. Es wäre vielleicht in der Tat eine schöne Überraschung gewesen, wäre die bedauernswerte Josefine nicht gerade zum allerersten Mal läufig gewesen.

Meinen Bedenken zum Trotz war Sylvia überzeugt, dass sich die beiden Vierbeiner blendend verstehen würden, und setzte die kleine Josephine auf dem Boden ab, damit sie einander beschnuppern konnten. Nun ist Mister Wuffington ein stolzer Terrier, der sich von so vernachlässigbaren Details wie dem Umstand, dass er keine Eier mehr hat, nicht aufhalten lässt, wenn es gilt, eine läufige Hundedame zu beglücken. Und ich muss sagen, Josephine hat dem Ruf, der ihrem Namen anhaftet, alle Ehre gemacht und sich benommen wie ein richtiges Flittchen, so, wie sie ihm schwanzwedelnd ihren kleinen Mopshintern hingestreckt hat, und obwohl mein Hund zunächst versuchte, ihr zu widerstehen, gab er schließlich seinen Trieben nach und bestieg sie, zu Sylvias großem Entsetzen. Zum Glück trug Josephine (ich finde ja, sie sollte in Lolita umbenannt werden) eine Art Hundewindel, so dass zumindest ihre Jungfräulichkeit, wenn schon nicht ihre Würde, intakt blieb und sich die beiden Tiere einigermaßen problemlos trennen ließen.

Seufz.

Das konnte heiter werden, wenn wir die ganze Woche damit beschäftigt waren, die beiden voneinander fernzuhalten.

Positiv zu vermerken ist, dass es bei Michael und Sylvia immer Wein im Überfluss gibt und man kein schlechtes Gewissen haben muss, wenn man sich ausgiebig daran gütlich tut, denn die Literpreise liegen hierzulande bei ungefähr fünfzig

Cent. Und ich werde ehrlich gesagt eine Menge Alkohol brauchen, um Simons ungewaschene Schwester zu ertragen.

Apropos: Beim Abendessen berichteten Sylvia und Michael mit grimmiger Miene von den neuesten Eskapaden ihrer Tochter – Louisa hatte es nicht für nötig gehalten, sich blicken zu lassen, um uns zu begrüßen, obwohl sie nebenan wohnt. Wie dem auch sei, sie hat bei sich drüben aus unerfindlichen Gründen eine »Frauenkooperative« ins Leben gerufen. Als ich Michael fragte, was genau darunter zu verstehen sei, erwiderte er: »Ich weiß nur, dass sie eine ganze Truppe weiterer Frauen beherbergt und keine einzige von ihnen eine Haarbürste zu besitzen scheint.«

»Aber ... wo wohnen die denn alle?«, fragte ich verwirrt. »Ich meine, das Haus ist doch mit ihr und ihren sechs Kindern schon voll.«

»Richtig.« Sylvia nickte bekümmert. »Ein paar von ihnen haben sich Campingbusse zugelegt, und die anderen haben hinter dem Haus Jurten aufgestellt.«

»Der Garten sieht aus wie die reinste Nomadensiedlung«, fügte Michael verdrossen hinzu. »Und Männer haben keinen Zutritt. Na ja, so müssen wir uns zumindest keine Sorgen machen, dass das dumme Ding wieder schwanger wird. Vor ein paar Monaten hat sie einen Zeichenkurs organisiert, bei dem sie selbst Modell gesessen und sich jedem Hinz und Kunz, der daran teilnahm, vollkommen hüllenlos präsentiert hat. Mal sehen, was für Albernheiten sie als Nächstes ausheckt.«

Samstag, 11. Februar

Heute hat sich Louisa doch mal bequemt, rüberzukommen, um uns zu begrüßen. Sie erschien in Begleitung ihrer sechs verdreckten Landstreicherkinder und verkündete, sie gedenke selbige bei Michael und Sylvia zu deponieren, weil sie noch so viel zu tun habe und ihren Sprösslingen außerdem eine Gelegenheit bieten wolle, ein bisschen Zeit mit Peter und Jane zu verbringen. Michael und Sylvia vernahmen es mit Schrecken, und Louisas Gören und unsere Kinder musterten einander mit Blicken, die nichts Gutes verhießen. Sie stehen miteinander auf Kriegsfuß, seit Jane vor zwei Jahren Cedric, dem ältesten Jungen, beinahe ein Auge ausgestochen hätte, weil er versucht hatte, sich ihren iPod unter den Nagel zu reißen. Überdies hatte Oillell, seine jüngste Schwester, die damals gerade erst laufen gelernt hatte und inzwischen ungefähr fünf sein muss, einen riesigen Haufen in Peters Bett hinterlassen. Louisas lapidarer Kommentar zu dem Vorfall war gewesen: »Wir üben noch.« Wenigstens wirkt Coventina, Louisas älteste Tochter, vergleichsweise normal, sprich gewaschen und gekämmt. Und bei genauerer Betrachtung fiel mir auf, dass auch Idelisa, die Zweitälteste, einigermaßen sauber war. Beide hatten sich die Haare zu einem Pferdeschwanz zusammengebunden und trugen T-Shirts von GAP. Ich vermute mal, die hat Sylvia bei Ebay »gewonnen«. Die anderen Kinder – die Reihenfolge lautet glaube ich Cedric, Coventina, Nissien, Idelisa, Oillell und Boreas (die Altersspanne geht von elf bis drei) – sahen aus, als wären sie unter Wölfen aufgewachsen. Coventina und Idelisa trieben ihre Meuterei voran, indem sie Sylvia fragten, ob sie ein bisschen Klavier üben dürften, womit sie sich einen missbilligenden Blick ihrer Mutter einhandelten, die seufzte: »Ich weiß echt nicht, was mit euch beiden los ist.« Die anderen vier dagegen legten weiterhin das verwilderte Gebaren verwahrloster Kinder an den Tag.

»Tut mir leid, dass ich erst jetzt rüberkommen konnte«, sagte Louisa, »aber heute Abend steht ein wichtiges Ereignis bei mir an. Wir organisieren eine Dichterinnenlesung, um das Erscheinen meines Buches zu feiern. Du bist herzlich eingeladen, Ellen. Und du auch, Mutter. Du kannst leider nicht kommen, Simon. Du hast ja bestimmt schon von Mum und Dad gehört, dass Männer in unserer Kommune keinen Zutritt haben. Wir sind eine reine Frauengruppe, die sich dem Kampf gegen das Patriarchat sowie der Befreiung der Frau aus den Ketten der männlichen Unterdrückung verschrieben hat, da wäre deine Anwesenheit kontraproduktiv.«

»Ich wusste gar nicht, dass du ein Buch geschrieben hast, Louisa«, sagte ich. Es wunderte mich zwar, dass ein Verlag bereit gewesen war, etwas aus Louisas Feder zu publizieren, aber gut, dann bestand ja die Hoffnung, dass sie mal ein bisschen Geld verdiente, statt weiterhin mietfrei in *meinem* (ähem, unserem) Haus zu leben und ihre Eltern anzupumpen, sobald die Unterhaltszahlungen, die sie von Bardo bezog, aufgebraucht waren.

»Jawohl.« Louisa nickte selbstgefällig. »Ich meine, selbstverständlich musste ich es im Eigenverlag publizieren; die Medienwelt steckt fest im Würgegriff des Patriarchats, die Verlage sind noch nicht bereit für die unbequemen Wahrheiten meiner Poesie. Aber das macht nichts, ich war ohnehin nicht gewillt, mich der Zensur zu unterwerfen. Meine Arbeit ist zu wichtig, um vom Mannsvolk zurechtgestutzt und dem

Kommerz geopfert zu werden. Aber wenn meine Worte einmal da draußen sind, in ihrer ganzen Kompromisslosigkeit, wird dieses Buch radikale Umwälzungen bewirken.«

»Wie schön«, sagte ich matt.

»Also, dann bis heute Abend. Es geht um sieben los, bitte seid pünktlich. Mutter, du bringst doch Wein und etwas Fingerfood mit, ja?«

»Äh, wie bitte?«, sagte Sylvia verdattert, als wäre sie soeben aus einem Tagtraum aufgeschreckt. Wahrscheinlich hatte sie Louisas kleine Ansprache von wegen Zensur und Patriarchat schon x-mal zu hören bekommen. »Ach, tut mir sehr leid, Schatz, aber ich kann heute Abend nicht kommen. Josefine ist das erste Mal läufig. In einer so heiklen Phase des Umbruchs kann ich das arme Ding unmöglich alleinlassen!«

»Wie bitte?«, stieß Louisa empört hervor. »Das ist heute ein ganz besonderer Abend für mich! Und meine eigene Mutter will nicht kommen und mich unterstützen, weil ihr Hundevieh sie mehr braucht als ich?«

»Also wirklich, Louisa«, sagte Sylvia, »gerade von dir hätte ich etwas mehr Verständnis erwartet, schließlich ist das ein sehr wichtiger Lebensabschnitt für Josephine.«

Louisa schnaubte. »Na, dann, wie du meinst.«

»Ähm, vielleicht sollte ich ja auch hierbleiben«, sagte ich. »Nur für den Fall, dass mein Hund versucht, sich Josefine unsittlich zu nähern. Jemand muss doch die Ehre der armen Kleinen verteidigen.«

»Ellen! Wenigstens *ein* Mitglied meiner Familie muss heute Abend da sein«, rief Louisa. »Und außerdem muss jemand den Wein und die Snacks rüberbringen, die mir Mum versprochen hat.«

»Habe ich gar nicht«, widersprach Sylvia.

»Also hör mal«, sagte Louisa, »das ist doch das Mindeste, was du für mich tun kannst, nachdem du ja deinen Hund ganz offensichtlich mehr liebst als mich.«

»Ich frage mich, warum«, murmelte Simon.

»Aber wenn du heute Abend nicht kommst, Mutter, können die Kinder ja eigentlich hier übernachten. Dann kann ich mich wenigstens ganz auf meine Lesung konzentrieren.« Damit marschierte Louisa von dannen, und ihre Eltern stierten ihr entgeistert nach. Die Aussicht, sechs kleine Monster über Nacht beaufsichtigen zu müssen (oder eigentlich bloß vier, plus Coventina und Idelisa, die nun im Wohnzimmer recht annehmbar *Für Elise* spielten), erfreute sie sichtlich wenig.

Es ist schon bemerkenswert, wie es Louisa immer wieder gelingt, ihren Willen durchzusetzen. In gewisser Weise (wenn auch nicht in Sachen Körperhygiene) ist sie meiner Schwester Jessica sehr ähnlich.

Nun hatte ich also die Wahl zwischen einem Abend in der Gesellschaft von acht Kindern, die sich womöglich früher oder später gegenseitig an die Gurgel gehen würden, und einer »Dichterinnenlesung«. Meine Neugier siegte – ich war gespannt auf die Kommune und auf die Dichtkunst meiner Schwägerin.

Michael fuhr mich mit dem Auto rüber, denn er und Sylvia hatten sich geschlagen gegeben und vier Liter Rotwein und ein paar Packungen Chips gespendet (so ziemlich das einzige im ländlichen Frankreich erhältliche Fingerfood, das Louisas Ernährungsanforderungen – vegan und glutenfrei – entspricht). Als wir bei Louisa vorfuhren, stürmte sie uns schon entgegen und belferte: »Dad, du darfst hier nicht rein! Wag es ja nicht, auszusteigen!« Dann rügte sie uns, weil wir die kurze Strecke mit dem Auto zurückgelegt hatten, und ihr Vater deutete auf die Flaschen und fragte: »Na, hätte Ellen das alles etwa zu Fuß herschleppen sollen?«, worauf Louisa uns stehen ließ und, sichtlich um einen theatralischen Abgang bemüht, wieder ins Haus eilte. Ich folgte ihr, schwer beladen mit den vier Flaschen Wein und den Chips.

Drinnen sah es in etwa so aus, wie ich es erwartet hatte – der halb dunkle Flur wurde erhellt von Lichterketten und Kerzen, die an allerlei bedenklichen Stellen standen, und der intensive Geruch billiger Räucherstäbchen lag in der Luft (zugegeben, ich weiß gar nicht, wie teure Räucherstäbchen riechen). Ich musste unbedingt Simon beauftragen, nachzuforschen, ob Louisa eine Hausratversicherung abgeschlossen hat. Ich möchte wetten, sie hatte keine Lust, sich mit lästigen patriarchalischen Einrichtungen dieser Art herumzuschlagen.

Eine streng dreinblickende Frau kam auf mich zu und musterte mich abschätzig von Kopf bis Fuß, dabei war mein hastig zusammengeschustertes Outfit meiner Ansicht nach sehr passend für den heutigen Abend, wenn man bedachte, dass ich beim Packen nicht damit gerechnet hatte, einer intellektuellen Veranstaltung beiwohnen zu müssen. Ich trug einen schwarzen Rollkragenpulli, einen Jeans-Mini und dazu schwarze Stiefel (Es ist mir egal, dass ich zweiundvierzig bin und sich das Tragen von Miniröcken diversen Zeitschriftenartikeln zufolge nicht mehr ziemt, wenn man die Fünfunddreißig überschritten hat, zumal mir dieses Exemplar fast bis zum Knie reicht, im Gegensatz zu der Art von Minirock, die ich mit fünfzehn getragen habe und bei der gerade mal das Schambein bedeckt war.). Ich fand, ich sah sehr literarischpoetisch aus. Meine schicke schwarze Baskenmütze hatte ich allerdings zu Hause lassen müssen – Simon hatte argumentiert, ich sähe damit albern aus, und außerdem könnten die Ortsansässigen das Gefühl haben, dass ich mich über sie lustig machte.

»Kann ich helfen?«, fragte die Frau steif.

»Hallo, ich bin Ellen, Louisas Schwägerin«, erwiderte ich freundlich. »Ich habe Wein mitgebracht.«

»Aha.« Die strenge Frau wirkte wenig begeistert. »Ich hätte es wissen müssen, Louisa hat uns schon von dir erzählt. Na dann mal rein mit dir.«

Das Wohnzimmermobiliar bestand hauptsächlich aus Sitzsäcken und -kissen, und bis vor ein paar Monaten hätte ich mich über den Hippie-Einrichtungsstil meiner Schwägerin amüsiert, doch jetzt fühlte ich mich jäh an den »Thinking Space« in der Arbeit erinnert. Mist. Konnte es sein, dass Louisas Geschmack total am Puls der Zeit war? Die streng dreinblickende Frau, die sich mir widerstrebend als Stella vorgestellt hatte, nahm mir den Wein ab, doch ich umklammerte eine Flasche mit eisernem Griff und sagte: »Ich glaube, ich genehmige mir gleich mal ein Schlückchen. Wo sind denn die Gläser?« Stella hob eine Augenbraue, aber ich wusste, ich würde den Abend nur einigermaßen unbeschadet überstehen, wenn ich angemessen alkoholisiert war. Ich schenkte mir gerade ein, als eine zweite, etwas gepflegtere Frau hereinkam. Die strenge Stella begann sofort mit ihr zu tuscheln, doch ich verstand lediglich »Schwägerin« und »deplatziert«.

In diesem Augenblick erschien zum Glück Louisa, die auch in Sachen Kleidungsstil recht berechenbar ist: Sie trug einen Kaftan und hatte sich ein paar alte Fetzen um den Kopf gewickelt, die aussahen, als wären es mal Geschirrtücher gewesen. Hinter ihr kamen drei weitere Frauen herein.

»Willkommen!«, rief Louisa mit weit ausgebreiteten Armen. »Willkommen, meine Freundinnen. Stella, ich bin bereit; du kannst jetzt die anderen reinlassen.«

»Ähm, das sind schon alle«, sagte Stella.

Das versetzte Louisa sichtlich einen kleinen Dämpfer. »Oh. Aber ich hatte doch alle Frauen des Dorfes eingeladen. Du hast doch wie vereinbart die Flyer verteilt, nicht, Gypsy?«

Die Angesprochene nickte und bestätigte, das habe sie in der Tat.

»Na gut.« Louisa zuckte die Schultern. »Im Grunde ist es ohnehin besser, wenn ich meine Dichtkunst in einem kleinen, intimen Rahmen präsentiere; sie ist doch recht persönlich. Als Erstes möchte ich mein Lieblingsgedicht vortragen. Es heißt *Meine Yoni.*« Sie baute sich mitten im Raum auf, hob die Arme und ließ den Blick über ihr Publikum wandern. Ich glaube, sie versuchte uns damit in ihren Bann zu ziehen, aber ehrlich gesagt erinnerte sie mich fatal an Peter, wenn er versucht, sich einen Pups zu verkneifen (und versagt). Dann ließ sie plötzlich die Arme sinken und krakeelte:

»MEINE YONI!
GEÖFFNET!
BLUTEND!
SCHÖN!
MEINE YONI!
LEBEN!
BLUT!
TOD!

MEINE YONI!
LUST!
SCHMERZ!
GEBURT!
SIE BLUTET,
SIE PULSIERT,
SIE LEBT.
DEHNT SICH.
ÖFFNET SICH.
GIBT.
MEINE YONI.«

Frenetischer Applaus. »Das war echt stark, Louisa!«, rief Stella. »Es hat mich total angesprochen – hier!« Sie hämmerte sich an die Brust, über dem Herzen. »Und hier!« Sie fasste sich an die Schläfe. »Und hier!« Dabei griff sie sich zu meinem Entsetzen zwischen die Beine. »Ich glaube, alle unsere Yonis haben die Kraft von Louisas Worten gespürt, nicht wahr?«

Die anderen Frauen nickten zustimmend. Ich wusste ehrlich gesagt nicht so genau, was ich sagen sollte, also murmelte ich etwas Unverbindliches, wie es bei anständigen Briten in peinlichen Situationen üblich ist. Doch das genügte Louisa offensichtlich nicht, denn sie fragte: »Und, Ellen, wie fandest du es?«

»Es war … ähm … sehr hübsch«, stammelte ich.

Louisa lachte. »Ach komm, Ellen, das kannst du besser. Sag mir, was dir durch den Kopf ging, was du dabei empfunden hast. Sag mir, wo du die *Kraft* meiner Worte gespürt hast.«

Es wäre wohl etwas taktlos gewesen zu sagen: »Nun ja, Louisa, ehrlich gesagt fand ich es total peinlich, und jetzt ist mir ein bisschen flau im Magen«, also murmelte ich: »Na ja, es war definitiv *anders*.« Das schien sie zufriedenzustellen.

Der Titel des nächsten Gedichtes lautete *Blut*. Während Louisa »Blut, Blut, Blut, eine Flut, eine Flut, eine Flut« skandierte, schlich ich hinaus auf der Suche nach Alk-Nachschub, denn noch ehe ich mein erstes Glas geleert hatte, war es Stella gelungen, mir meine Flasche abspenstig zu machen. Die Frau namens Gypsy folgte mir in die Küche.

»Ist das das erste Mal, dass du Louisas Gedichte hörst?«, fragte sie mich mitfühlend.

Ich nickte.

»Dachte ich mir«, sagte sie. »Sie sind leider etwas gewöhnungsbedürftig. Sie hat die ganze Woche geprobt.«

»Oh, Gott«, stieß ich hervor. »Das tut mir ja leid für euch.«

Gypsy lachte. »Oh, ich wohne nicht hier. Ich glaube, Stella ist im Moment die Einzige, die hier lebt. Mal ganz unter uns, Stella jagt mir irgendwie Angst ein. Bei der Gründung der Kooperative waren noch ungefähr sechs weitere Frauen hier, aber ich glaube, die anderen hatten angenommen, es würde sich mehr um eine Art Künstlerkolonie handeln. Sie haben das Weite gesucht, als ihnen klar wurde, dass es Louisa und Stella hauptsächlich darum ging, das Patriarchat zu verdammen.«

»Was in Louisas Fall ziemlich ironisch ist, wenn man bedenkt, dass sie sich von ihrem Vater und ihrem Exmann aushalten lässt«, sagte ich. »Und, wo wohnst du?«

»Auf einem kleinen Bauernhof etwas außerhalb des Dorfes. Ich gebe Kunstkurse und versuche, möglichst viel von dem, was ich zum Leben brauche, selbst anzubauen. Die Kunstkurse sind leider nicht besonders lukrativ. Manchmal überlege ich, ob ich etwas expandieren und mehrtägige Seminare samt Übernachtungsmöglichkeit anbieten soll, aber ich hatte mir eigentlich vorgenommen, etwas kürzerzutreten. Ich hatte einen Nervenzusammenbruch, weil ich so davon besessen war, in möglichst kurzer Zeit möglichst viel Geld zu verdienen, um es für allerlei Kommerzkram auszugeben, den ich gar nicht brauche.«

»Ich stehe auf Kommerzkram«, gab ich unumwunden zu.

»Oh, ich auch. Es wäre gelogen, wenn ich behaupten würde, dass ich kein Bedürfnis verspüre, mir auch so schicke Stiefel zuzulegen, aber ich rufe mir einfach immer wieder in Erinnerung, worauf es im Leben wirklich ankommt, und dass es nicht darum geht, eine Menge Plunder anzusammeln. Dass es nicht mit Gold aufzuwiegen ist, morgens auf meiner Veranda zu sitzen und meinen Kaffee zu trinken, statt mir auf dem Weg zur U-Bahn einen aus einem Pappbecher reinzuziehen. Wobei deine Stiefel es *beinahe* wert sein könnten.«

»Dann findest du es bestimmt total verwerflich, dass ich dem kapitalistischen Traum nachjage«, bemerkte ich.

»Aber nein, gar nicht.« Gypsy schüttelte überrascht den Kopf. »Jeder sollte das tun, was für ihn oder sie das Richtige ist. Es kommt nur darauf an, dass man selbst glücklich ist mit dem Leben, das man führt, ganz egal, was die anderen davon halten.«

An dieser Stelle ertönte aus dem Wohnzimmer ein Kreischen: »ELLEN! GYPSY! WO SEID IHR? IHR VERPASST MEINE GEDICHTE! JETZT KOMMT GLEICH *MÖPSE SIND KEIN MÄNNERSPIELZEUG*«.

Gypsy und ich schlurften ergeben zurück ins Wohnzimmer, um uns Louisas Gedicht über ihren Atombusen anzuhören.

Ehrlich gesagt habe ich keine Ahnung, worum genau es ging, denn ich war vollauf damit beschäftigt, mich vor Verlegenheit in einer Ecke zu krümmen, nachdem sie doch tatsächlich ihren Kaftan von sich geworfen hatte, um splitterfasernackt durch den Raum zu stolzieren und mit ihren Hupen zu wackeln, während sie das Gedicht rezitierte.

Nun bin ich der Überzeugung, dass es jedermanns persönliche Entscheidung ist, wie er es mit der Körperbehaarung hält, und dass es die Gesellschaft einen feuchten Kehricht angeht, ob sich eine Frau die Beine epiliert oder die Bikinizone wachst, aber wenn die Schambehaarung das üppige Ausmaß von Louisas Braunbär erreicht hat, würde ich dringend davon abraten, im Evakostüm in einem Raum herumzuscharwenzeln, in dem überall brennende Kerzen stehen. Da ist doch ein Buschbrand quasi vorprogrammiert! Mitten in ihrer Darbietung blieb sie stehen und sagte mit heiserer Stimme: »Macht mit, Schwestern!«, worauf Stella aufsprang und sich ebenfalls nackig machte.

Ich fragte mich gerade, ob ich wohl selbstlos genug wäre, meinen Wein zum Löschen zu verwenden, falls einer der beiden Intimbiber Feuer fing, als Louisa rief: »Komm schon, Ellen, mach auch mit! Es ist sehr befreiend.«

»Nein, danke, ich passe«, knurrte ich. Ich bin kein FKK-Anhänger. Ich gehöre nicht zu den Leuten, die zu Hause herumturnen, wie Gott sie schuf. Ich bin Britin und verklemmt und stolz darauf, jawohl. Außerdem fürchtete ich, man könnte mir meine Unterwäsche klauen, falls ich sie ablegte.

Als die Horrorshow endlich vorüber und die letzte wackelnde Titte wieder eingepackt war, kam Louisa zu mir und umarmte mich. Sie war ziemlich verschwitzt.

»Danke, dass du gekommen bist, Ellen«, sagte sie inbrünstig. »Ich habe ein Geschenk für dich.«

Ich straffte die Schultern. Louisas Geschenke sind immer ein zweischneidiges Schwert. Sie überreichte mir ein dünnes Heftchen und strahlte mich an. »Das ist eine Print-Ausgabe meines Buches, signiert, datiert und mit persönlicher Widmung. Da sind alle Gedichte drin, die ich heute Abend vorgetragen habe, und noch ein paar weitere.«

»Oh, danke, Louisa«, sagte ich erleichtert. Da war ich ja vergleichsweise glimpflich davongekommen. Letztes Jahr hat sie mir zum Geburtstag eine Liste all der Dinge geschenkt, die ich im Sinne eines »digital detox« wegwerfen sollte, um ein ähnlich unverseuchtes Leben führen zu können wie sie.

Louisa musterte mich erwartungsvoll. Offensichtlich hatte ich mich nicht überschwänglich genug bedankt. Ich versuchte es erneut: »Ich ... Ich werde es in Ehren halten. Es bekommt einen Premiumplatz auf meinem Bücherregal.«

Louisa räusperte sich und starrte mich weiter an.

»Ich ... ähm ... ich glaube, das ist mein allererstes Buch mit persönlicher Widmung. Ich freue mich schon auf die Lektüre.«

»Das macht dann bitte zwanzig Euro, Ellen«, sagte sie.

»Was?«

»Das Buch. Es kostet zwanzig Euro«, wiederholte sie.

»Aber du hast doch gesagt, es ist ein Geschenk.«

Louisa seufzte und lächelte mich mitleidig an. »Es *ist* ein Geschenk, Ellen. Meine Worte sind ein Geschenk an alle Frauen. Der Inhalt ist ein Geschenk, aber das Buch kostet zwanzig Euro. Du hast doch nicht etwa erwartet, dass ich es dir gratis überlasse, oder? Ich muss auch von etwas leben, Ellen, und ich muss zusehen, dass ich die Druckkosten wieder hereinbekomme, damit ich meine Botschaft weiterverbreiten kann. Künstler können ihre Werke nicht einfach verschenken; das würde den Wert ihrer Arbeit mindern.«

Mir ging so einiges durch den Kopf in diesem Moment. Zum Beispiel, dass es eine absolute Ungeheuerlichkeit war, zwanzig Euro für eine Publikation zu verlangen, die nur ungefähr fünfzehn Seiten lang und in Heimarbeit hergestellt war. Außerdem konnte ich nicht fassen, dass Louisa ernsthaft von mir erwartete, zwanzig Euronen für ihre beschissene Lyrik abzudrücken, *die mich nicht die Bohne interessierte*, und das, *obwohl sie mietfrei in einem Haus wohnte, das ich bezahlt hatte*!

Mittlerweile hatten sich die anderen Frauen um uns versammelt, und es stand zu befürchten, dass sie mich zwingen würden, mich mit ihnen im Kreis hinzusetzen, damit wir über meine *Gefühle* sprechen konnten und darüber, wo meine Aggression gegenüber Louisa herrührte, wenn ich nicht bezahlte. Also zückte ich mein Portemonnaie, kaufte mich frei und tröstete mich mit dem Gedanken, dass diese zwanzig Euro im Grunde gut investiertes Geld waren, wenn ich dafür Louisa und ihre Spießgesellinnen dafür keine Sekunde länger ertragen musste.

Bei meiner Rückkehr ins Schlösschen meiner Schwiegereltern drückte mir Simon sogleich ein randvolles Glas Wein in die Hand. »So schlimm?«, fragte er besorgt.

Ich nickte. »Hast du Zigaretten?«, flüsterte ich matt. Simon musterte mich verunsichert. Offiziell sind wir beide Nichtraucher, aber in Extremsituationen werden wir bisweilen rückfällig. Schon interessant, wie oft diese Rückfälle auftreten, wenn seine Schwester in der Nähe ist.

»Ja, okay, ich habe eine Packung Gauloises gekauft, als ich vorhin im Dorf war«, gab er zu. »Aber ich saß den ganzen Abend hier mit all diesen Kindern fest, und außerdem muss ich mich ab Mittwoch allein um Peter und Jane kümmern, weil du ja schon früher abreist. Da musst du dich nicht wundern, dass ich mich gestresst fühle und wieder angefangen habe zu rauchen.«

»Ich mache dir gar keine Vorwürfe deswegen; ich will auch eine! Ich muss die Erinnerungen an diesen Abend ausmerzen, und zwar mittels Räucher-Zeremonie; Alkohol allein reicht nicht. Außerdem stinke ich lieber nach Gauloises als nach ...« Ich schnüffelte an meinem Oberteil. »... Patchouliöl, oder was auch immer das ist. Im Übrigen sind *all diese Kinder* deine Neffen und Nichten, und ganz nebenbei bemerkt bin ich sicher, dass dir deine Mutter bei der Beaufsichtigung von Peter und Jane zur Hand gehen wird. Seit unserer Ankunft hat sie schon mindestens sechs Mal erwähnt, wie müde du aussiehst, und dass sie sich Sorgen um dich macht, weil mein Vollzeitjob ja mit einer viel zu großen Zusatzbelastung für dich einhergeht.«

Simon gab ein unverbindliches Grunzen von sich, reichte mir aber die Zigarettenschachtel, und wir begaben uns auf die Terrasse, wo ich ihn von den Ereignissen des Abends unterrichtete.

»Ach, du Scheiße«, stöhnte er, »schlimmer geht es echt nicht mehr.«

»Oh, doch«, versicherte ich ihm. »Bei Louisa geht es immer noch schlimmer. Als ich vorhin geflüchtet bin, rief sie mir nach, ich solle morgen Nachmittag wiederkommen, da macht sie einen Masturbationsworkshop, den ich ihrer Meinung nach dringend nötig habe – angeblich merkt man mir deutlich an, dass die Chakren meiner Yoni total blockiert sind. Ich habe natürlich abgelehnt, und auch Gypsy und die anderen Frauen haben behauptet, sie seien bereits verplant.«

»Gott sei Dank«, sagte Simon. »Ich glaube, es gibt nichts, was mich mehr abstoßen könnte, als die Vorstellung meiner Frau und meiner Schwester beim gemeinsamen Masturbieren.«

Und da heißt es immer, es gibt keine Romantik mehr.

Samstag, 18. Februar

Hurra und hossa! Heute kam unser Au-pair. Juliette ist Französin und sehr still – bis jetzt hat sie die meiste Zeit in ihrem Zimmer verbracht. Zugegeben, sie ist erst seit ein paar Stunden da. Ich beginne allmählich Panik zu schieben, weil ich nicht weiß, wie man mit einem Au-pair umgeht. In den Richtlinien der Agentur steht, dass ein Au-pair-Mädchen »leichte Hausarbeit« erledigen darf. Was ist denn darunter zu verstehen? Abstauben? Staubsaugen? Unser Staubsauger wiegt eine halbe Tonne. Soll ich einen neuen kaufen, damit Staubsaugen als leichte Hausarbeit durchgeht? Und wie ist das mit Alkohol? Wenn ich mir ein Glas Wein gönne, soll ich Juliette dann auch eins anbieten? Ich meine, sie ist Französin, also isst sie vermutlich schon ihre Cornflakes mit Wein (besser gesagt ihre Croissants und ihr Pain au chocolat), aber ich will ihr kein schlechtes Vorbild sein. Ist es überhaupt gestattet, in der Gegenwart eines Au-pairs Alkohol zu trinken? Ich weiß es nicht! Und ist es okay, ihr einfach eine Liste der leichten Hausarbeiten hinzulegen, die sie erledigen soll, oder gilt das als unhöflich? Soll ich einfach Juliette entscheiden lassen, was getan werden muss? Was das Erlernen des Französischen angeht, wird sie mir jedenfalls wohl keine große Hilfe sein, denn als ich sie vorhin sehr höflich fragte: »*Voulez-vous aller à la discothèque?*«, verzog sie das Gesicht und bat mich, Englisch mit ihr zu sprechen, da sie hoffe, während ihres Aufenthalts bei uns ihr Englisch zu verbessern. Da ihr Englisch bereits ziemlich perfekt ist, vermute ich mal, es lag an meinem *accent diabolique*. Oder vielleicht hat sie einfach nur Angst, ich könnte tatsächlich mit ihr in einen Zappelbunker gehen wollen.

Wir haben heute den ganzen Tag die superglückliche Familie gemimt und so getan, als wären wir absolut normal und als würden wir *selbstverständlich* jeden Samstagnachmittag Brettspiele spielen und fröhliche Lieder singen (okay, die Brettspiele konnte ich gegen einigen Widerstand durchsetzen, aber was das Singen anging, gab es eine Meuterei). Juliette wirkte nicht überzeugt.

Trotzdem glaube ich, dass es eine enorme Entlastung wird, wenn sie die Kinder morgens zur Schule bringt und abends wieder abholt. Dann gibt es endlich keine Streitereien mehr zwischen Simon und mir, wessen Job wichtiger ist und wer deshalb abends länger im Büro bleiben darf. Es wird endlich wieder Ruhe einkehren, niemand wird sich benachteiligt fühlen, und wenn Juliette die Kinder einmal die Woche auch abends beaufsichtigt, können Simon und ich regelmäßig miteinander ausgehen und unsere Liebe zueinander wiederentdecken. Hach, es wird alles ganz toll und romantisch!

Simons einziger Kommentar zu Juliette lautete bisher, sie scheine ja »sehr französisch« zu sein.

Mittwoch, 22. Februar

Juliette ist ein Wunder! Ich liebe sie! Sie darf uns niemals verlassen! Sie kocht eigenartiges französisches Zeug für die Kinder (Mit Gemüse! Und ohne es zu pürieren!), und sie essen *alles*! Peter ist plötzlich in der Lage, Essbesteck zu benutzen, seit Juliette bemerkte, wie unzivilisiert er doch sei und wie sehr ihr das missfalle. Und da sich der gute Junge Hals über Kopf in Juliette verliebt hat, gewöhnte er sich auf der Stelle an, die Kartoffeln mit Messer und Gabel zu essen statt mit den Fingern.

Und Jane! Jane ist zu dem Schluss gekommen, dass unser Au-pair der Inbegriff der Coolness ist, und da Juliette Rechtsanwältin werden will, hat meine Tochter nun den gleichen Berufswunsch. Juliette sagte neulich, Instagram sei ja ganz nett, um sich hübsche Fotos anzusehen, aber ernsthaft Karriere machen könne man damit definitiv nicht, und Jane (die ja vor ein paar Monaten noch zeterte, ich würde ihr Leben zerstören, wann immer ich versuchte, ihr genau dasselbe zu vermitteln), nickte weise und gab ihr recht.

Simon und ich hatten in den vergangenen drei Tagen kein einziges Mal Zoff, was ein neuer Weltrekord sein dürfte, und heute Abend haben wir uns sogar einen Fernsehfilm miteinander angesehen. Es gab zwar keinerlei Annäherungsversuche, weil Juliette daneben saß, aber es war zumindest ein sehr zivilisierter Abend.

Das einzige Problem ist die »leichte Hausarbeit«. Soweit ich das überblicke, hat Juliette bisher keinen Handstrich im Haushalt getan. Sie hat sich noch nicht einmal dazu bequemt, die Spülmaschine auszuräumen; wenn ich abends von der Arbeit nach Hause komme, muss ich immer erst einmal klar Schiff machen, aber das ist in meinen Augen ehrlich gesagt ein kleiner Preis angesichts ihrer zahlreichen anderen Qualitäten (Sie konnte meine lieben Kleinen sogar dazu bewegen, Linsen zu essen! LINSEN! Und sie fanden sie doch glatt lecker!). Schade nur, dass Juliette über die Osterferien nach Hause fliegt, aber das hatte sie sich von Anfang an ausbedungen, und außerdem habe ich für die eine Woche längst Urlaub eingereicht, und für die andere Woche wird sich Simon freinehmen, das stellt also kein Problem dar, wenngleich die Kinder in Juliettes Abwesenheit sehr wahrscheinlich zu ihrer skorbutfördernden Art der Ernährung zurückkehren werden.

MÄRZ

Mittwoch, 1. März

Heute hat Jane Geburtstag. Ich kann nicht fassen, dass meine Kleine schon zwölf ist! Zwölf, das hört sich einfach viel erwachsener an als elf. Ich weiß, es klingt nach einem Klischee, aber irgendwie ist mir, als hätten wir erst gestern ihren allerersten Geburtstag gefeiert. Nach dem letzten Wortgefecht mit Jane, in dem es mal wieder um ihren Bedarf an nuttigen Klamotten, Make-up und teuren elektronischen Kleingeräten ging, wünschte ich mir doch tatsächlich die unkomplizierten Jahre zurück, als so ein Geburtstagseinkauf noch blitzschnell vonstatten ging. Damals konnte ich im Spielzeugladen wahllos ein paar pädagogisch wertvolle, altersgerechte Spielsachen besorgen, die möglichst wenig Krach machten, weil völlig klar war, dass sich das Geburtstagskind ohnehin in erster Linie für die Kartonverpackung und das Geschenkpapier interessieren würde. Den zermürbenden Alltag hatte ich offenbar bereits verdrängt: die zahlreichen Wutanfälle, weil die Chips zu chipsig waren und der Brei zu breiig und der blaue Teller, der bislang bei jeder gottverdammten Mahlzeit schier unverzichtbar gewesen war, plötzlich zu blau. Die nicht enden wollenden Tage, als jede Tasse Tee eine potenziell tödliche Gefahr darstellte, weil die Kinder wild entschlossen schienen, sich damit zu verbrühen, was dazu führte, dass ich über Jahre auf heißen Tee verzichtete.

Sarah fühlt sich mit Baby Orla nach wie vor überfordert und ruft mich Abend für Abend an in der irrigen Annahme, ich könnte ihr hilfreiche Tipps liefern, und ich weiß nach wie vor kaum je, was ich ihr sagen soll, außer: »Ja, ich weiß, wie mühsam es ist, wenn so ein Baby unaufhörlich schreit und man nicht weiß, was es hat, denn obwohl alle behaupten, es gebe verschiedene Arten von Weinen, die sich deutlich unterscheiden, klingt es irgendwie immer genau gleich, nämlich ohrenbetäubend und nervenzerfetzend, so dass man jedes Mal die gesamte Palette möglicher Probleme (zu warm, zu kalt, will kuscheln, will hingelegt werden, Hunger, Blähungen, Windel voll) durchgehen muss. Man glaubt, es müsste besser werden, wenn sie anfangen zu laufen und zu reden, aber dann geht der Stress erst richtig los, denn dann jagt man den lieben langen Tag hinter Conan dem Zerstörer durchs Haus. Aber zum Glück schlafen die lieben Kleinen dann und wann auch mal, und wenn sie dann mit rosigen Wangen und unschuldiger Miene in ihren Betten liegen, denkt man bei ihrem Anblick: »Hach, sie sind einfach perfekt! Ich würde sie nicht anders haben wollen!« Bis sie wieder aufwachen, und dann möchte man sich am liebsten mit einer Flasche Gin in einem Schrank verkriechen. Aber diese nächtlichen Augenblicke, die machen so einiges wett.

Scheiße, ey, nächstes Jahr haben wir einen Teenager im Haus! Wie konnte die Zeit nur so verdammt schnell vergehen? Ich werde Mutter eines Teenagers sein! Na, egal, ich werde mir nicht schon im Vorfeld Gedanken machen, was mir nächstes Jahr blüht. Ich werde das schon irgendwie managen, schließlich war ich auch mal ein Teenager ... Oh, Gott, ich war eine kratzbürstige Zimtzicke in dem Alter. Hoffentlich wird Jane nicht wie ich damals!

Nachdem ich ihr in letzter Zeit jeden ihrer Wünsche eiskalt abgeschlagen hatte, berief sich Jane heute auf mein Versprechen und sagte, sie wolle sich Ohrlöcher stechen lassen. Ich behauptete im Büro also mal wieder, ich müsse zum Zahnarzt. (Die Ausrede mit den Frauenleiden kann ich definitiv nicht mehr bringen, nachdem mir neulich sogar Ed nahegelegt hat, mal einen Spezialisten zu konsultieren.) Alan gab mir daraufhin mit den Worten »Hier, der bringt deine lädierte Krone im Handumdrehen wieder in Ordnung!« die Nummer seines Dentisten ... Ich werde wohl demnächst eine wundersame Heilung von all meinen Leiden erfinden müssen.

Und so marschierte ich mit meiner Erstgeborenen zu einem sündteuren Juwelier, damit sie sich dort die Ohrläppchen perforieren lassen konnte.

Juliette hatte die Hoffnung geäußert, mitkommen zu dürfen (um ihrem Körper ebenfalls das eine oder andere Edelmetallteil hinzuzufügen, wie ich vermute), und reichlich ungehalten reagiert, als ich ihr sagte, sie müsse Peter von der Schule abholen. Außerdem freute ich mich auf ein bisschen traute Zweisamkeit mit Jane – nach dem großen Ohrlöcherstechen wollte ich ihr zur Feier des Tages eine heiße Schokolade und ein Stück Kuchen spendieren.

»Aber nur ein Loch pro Ohrläppchen!«, erinnerte ich sie unterwegs alle paar Minuten, worauf sie verächtlich schnaubte und sagte, sie würde sich garantiert noch mehr stechen lassen, sobald sie älter war. Am liebsten wollte sie ein Lippenpiercing wie Charlotte Baxter, die ich gelegentlich als Babysitterin engagiere, und außerdem eine Tätowierung. Ich gab zu bedenken, dass man diese Art Körperschmuck sein Leben lang hat und viele Menschen die albernen Tattoos, die sie sich in jungen Jahren haben verpassen lassen, später bereuen, was Jane erneut mit einem verächtlichen Schnauben quittierte, weil sie ja inzwischen zwölf ist und alles weiß.

Die freundliche Dame beim Juwelier legte mir zunächst einen Stapel Formulare vor, um sich von mir eine Generalabsolution erteilen zu lassen für den Fall, dass sich Jane eine Blutvergiftung zuzog oder dass ihr infolge des Stechens die Ohren abfielen, und dann saß meine Tochter endlich auf dem Stuhl, bereit für den großen Moment. Als sich jedoch von rechts und links je eine Angestellte mit einer Piercingpistole näherte, wurde sie blass.

»Mami, ich glaube, ich will lieber doch keine ...«

Zack! Es war vollbracht. Jane war grün um die Nasenspitze. »Ich will nach Hause, Mami! Ich glaube, ich bin traumatisiert«, wisperte sie.

»Unsinn, Liebes«, sagte ich fröhlich. »Du hast dir doch bloß Ohrlöcher stechen lassen, davon ist man nicht traumatisiert. Willst du etwa keine heiße Schokolade?«

»Nein«, wimmerte Jane. »Mir geht's nicht gut! Sie haben mir Metallstangen durch die Ohrläppchen geschossen!«

»Na, was dachtest du denn, wie du an deine Ohrlöcher kommst?«, fragte ich verdutzt.

»Weiß ich doch auch nicht«, schniefte sie. »Aber jedenfalls nicht so! Ich glaube, mir wird schlecht.«

»Ich dachte, du willst später noch ein Lippenpiercing und ein Tattoo?«, fragte ich. Sie begann zu würgen.

»Bitte bring mich jetzt einfach nach Hause, ja, Mami? Und dann will ich ein bisschen mit dir kuscheln.«

Ehe wir den Laden verließen, musste ich zusätzlich zu den Unsummen, die ich bereits fürs Stechen hingeblättert hatte, noch ein Spezialmittel zur Nachbehandlung erstehen. Trotzdem war mir die ganze Sache jeden Penny wert, denn Jane benahm sich zur Abwechslung mal nicht wie eine altkluge Siebenundzwanzigjährige, die in einer amerikanischen Seifenoper mitwirkt. Vielmehr hatte sie sich in das kleine Mädchen zurückverwandelt, das sie war, und ich nutzte es weidlich aus, dass sie mit mir kuscheln wollte, denn ich vermute mal, es wird sehr, sehr lange dauern, bis sich wieder die Gelegenheit dazu ergibt.

Jane gab also den Rest des Tages den sterbenden Schwan, was sie jedoch nicht daran hinderte, ihre Geburtstagspizza zu verdrücken. Die hypochondrischen Anwandlungen hat sie zweifellos von Simon.

Sobald die Kinder im Bett lagen, nahm ich all meine Kraft zusammen und setzte mich mit den Unmengen an E-Mails auseinander, die ich in letzter Zeit in meiner Funktion als Leiterin des Fördervereins erhalten habe. Wie üblich waren darunter so einige von Eltern, die *noch immer* nicht kapiert hatten, wo der Unterschied zwischen dem Förderverein, der für die Mittelbeschaffung verantwortlich zeichnet, und dem für schulpolitische Entscheidungen zuständigen Elternbeirat liegt, und die mich deshalb mit Nachrichten bombardierten, in denen sie sich darüber beschwerten, dass Emilias Klasse am Freitagnachmittag eine DVD geguckt hatte, und fragten, warum eigentlich vor der Schule keine Polizist patrouilliert, Falschparker abmahnt und dem Hundekackeproblem einen Riegel vorschiebt. Wie es scheint, kommt es nicht so gut, wenn man darauf mit einem schlichten »Mir doch scheißegal, lasst mich gefälligst in Frieden, ihr Penner« antwortet.

Freitag, 3. März

Allmählich frage ich mich, ob Juliette wirklich der gottgesandte Engel ist, für den ich sie anfangs gehalten habe. Sie hat zwar die Kinder hervorragend im Griff, aber in Sachen Haushalt rührt sie noch immer keinen Finger. Mehr noch, sie schafft aktiv Unordnung. Als ich heute nach Hause kam, waren Chipspackungen und Joghurtbecher über das gesamte Wohnzimmer verstreut, und die Wäsche, die ich morgens in die Waschmaschine gestopft hatte mit der freundlichen Bitte, sie möge sie entweder im Garten aufhängen oder, falls es regnen sollte, in den Trockner stecken, hatte sie lediglich aus der Trommel genommen und feucht, wie sie war, in einem Wäschekorb deponiert, damit sie ihre eigenen Sachen waschen konnte.

Als ich sie darauf ansprach, zuckte sie in gallischer Manier die Schultern und tat ihren bis dahin exzellenten Englischkenntnissen zum Trotz, als würde sie kein Wort verstehen.

Ihre Sprachamnesie war jäh behoben, als sie wenig später bemerkenswert leicht bekleidet erschien und verkündete, sie wolle heute Abend »mit Freunden ausgehen«, es könne spät werden. Ich nehme mal an, da ist *aller à la discothèque* angesagt, aber sie maß mich bloß mit einem verächtlichen Blick, als ich sie danach fragte, und erwiderte etwas Unverständliches, als ich wissen wollte, was sie denn mit »spät« meine.

Ich war ratlos: Sollte ich zusehen, wie sie sich halbnackt ins Nachtleben stürzte? Wir sind schließlich für sie verantwortlich. Andererseits ist sie volljährig und somit kein Kind mehr. Aber wann ist es nicht mehr bloß »spät«, sondern an der Zeit, eine Vermisstenanzeige aufzugeben? Und wäre es nicht sehr gleichgültig, ja, gefühllos von mir, wenn ich einer blutjungen Französin mit selektiven Englischkenntnissen gestatte, mit mir unbekannten Leuten um die Häuser zu ziehen, ohne mit ihr einen Zeitpunkt zu vereinbaren, an dem sie sich wieder bei uns einzufinden hat? Außerdem kann ich mir unser grandioses neues Kinderbetreuungsarrangement an den Hut stecken, falls sich Juliette ermorden lässt. Ähem. Nein, das ist natürlich mein allerletzter Gedanke; Juliettes Wohlergehen hat für mich selbstredend oberste Priorität. Wobei meine Sorge um ihr Wohlergehen gerade etwas dahinschwindet, weil unter einem der Sofakissen soeben eine Bananenschale zum Vorschein kam.

Samstag, 11. März

Oh, Gott. Oh, Gottogott. Es gibt nicht genügend Alk auf der Welt, um das Klingeln in meinen Ohren und das schmerzhafte Pochen in meinen Schläfen zu lindern. Heute stieg Janes Geburtstagsparty. Nun möchte man meinen, es wäre ein Klacks, so einen Kindergeburtstag zu planen – drei Dutzend Luftballons, eine Torte, ein paar Runden Schokoladenwürfeln, Flüsterpost und Reise nach Jerusalem, und zum Schluss verteilt man die mit Mini-Marsriegel und Partytröten gefüllten Geschenktütchen an die Besucher und schickt die kleinen Scheißer nach Hause.

Irrtum. Zum einen wollte Jane unbedingt eine Disco-Party. Die sind dieses Jahr total in. Ein Kind, das keine Disco-Party mit DJ Disco Dave an den Turntables schmeißt, ist ein Niemand. Ich hatte Jane mehrere Alternativen unterbreitet, doch sie beharrte darauf, sie wolle mit Disco Dave im Pfarrsaal feiern.

Ich war eine nette Mami. Eine verdammt nette Mami sogar. Ich buchte den Saal und dazu Disco Dave; ich überlegte, ob ich den Kuchen selbst backen sollte, bestellte dann aber eine mit Schmetterlingen verzierte Torte, auf der »Jane ist zwölf« stand; und ich brachte einen ganzen Abend damit zu, Einladungen an all ihre Mitschülerinnen und Mitschüler zu schreiben, was mir einen Krampf im Handgelenk bescherte (wenn ich schon so viel Geld für den DJ ausgab, sollten wenigstens möglichst viele Kinder kommen). Es dauerte nicht lange, da trudelten die ersten SMS-Reaktionen ein:

Hi, wir gehen am Samstagnachmittag immer schwimmen, könnt ihr die Party auch am Sonntag machen? x

Hi, Ellen, Lara kommt gern, danke – könntet ihr sie vielleicht abholen? Ich habe so schrecklich viel um die Ohren …
xxx

Oscar kann um halb drei nicht, er kommt dann um halb vier x

Ist es okay, wenn Emilias Brüder auch mitkommen? Sie lieben Partys! xxx

Olivia mag keine Disco-Partys, wie wär's, wenn ihr stattdessen einen Zauberer bucht? X

Und so weiter und so fort. Sind diese Idioten eigentlich noch ganz dicht, verdammt noch mal? Seit wann dürfen die geladenen Kinder Wünsche äußern, Geschwister mitbringen oder Bedingungen aufstellen? Ich habe weiß Gott alle Hände voll zu tun mit der Organisation meines eigenen Lebens! Gestern beispielsweise musste ich nach Feierabend schnell zu Sainsbury's düsen und mit beiden Armen Tiefkühlpizzen und Hühnernuggets in meinen Wagen schaufeln, und dann hieß es *rapidement* nach Hause, damit Juliette, die wieder ausgehen wollte, keinen Aufstand vom Ausmaß der Französischen Revolution machte.

Disco Dave sollte sich meiner Meinung nach übrigens besser Dubioser Dave nennen. Der Knabe wirkt verdächtig. Ich nahm mir vor, ihn keine Sekunde mit einem der Kinder allein zu lassen. Und dann trafen auch schon die ersten Partygäste ein. Jane und ich hatten uns mehrfach in die Haare gekriegt, weil wir uns nicht einigen konnten, wie ihr Party-Outfit auszusehen habe und inwieweit sie sich schminken durfte. Sie warf mir mal wieder vor, ich wolle wohl ihr Leben ruinieren, als ich ihr mehrere hübsche Kleider vorlegte, die meiner Meinung nach passend waren, ich dagegen fand die Klamotten, die sie anziehen wollte, angemessen für eine Prostituierte aus Marseilles (wobei ich zugegebenermaßen nie eine Prostituierte aus Marseilles gesehen habe – gut möglich, dass ich den Damen unrecht tue, aber diesen Ausdruck verwendete meine Mutter gern im Zusammenhang mit einigen meiner liebsten Ausgeh-Outfits). Wir fanden schließlich einen Kompromiss, soll heißen, ich fauchte: »Du ziehst dieses Kleid an, oder die Fete wird abgeblasen!«, und Jane beschwerte sich mal wieder, das sei total unfair, und alle ihre Freundinnen dürften sehr wohl Tube-Tops und Stöckelschuhe tragen.

Sie sollte recht behalten. Die Jungs sahen in ihren Chinos und Hemden einigermaßen normal aus, aber die Mädchen! Gütiger Himmel. Künstliche Bräune aus der Tube, künstliche Wimpern, tonnenweise Make-up und dazu Tube-Tops, Hotpants und High Heels. Eine Elfjährige sah aus wie eine Miniaturausgabe von Dolly Parton, so viel Füllmaterial hatte sie sich in ihr Oberteil gestopft. Ich konnte meine Missbilligung kaum verhehlen, und zugleich fand ich es traurig, dass diese bedauernswerten Geschöpfe es offenbar für nötig hielten, in Stöckelschuhen herumzustaksen und sich Selbstbräuner und Grundierung auf ihre zarte Pfirsichhaut zu schmieren. Kaum war die Party in vollem Gange, verwandelten sie sich dann wieder in kleine Mädchen: Sie streiften die Stöckelschuhe ab und beteiligten sich kreischend an diversen Spielen, Emilia Fortescue verdrückte zu viele Hühnchennuggets und gab sie alle wieder von sich, Olivia Johnson weinte, weil sie beim Würfelspiel verlor, und Jack Williams musste aus einer Klokabine befreit werden, bei der das Türschloss defekt war. Der Krach war kaum auszuhalten, und die Sprüche, die Disco Dave klopfte, waren eindeutig zweideutig. Aber gut, jetzt ist es ausgestanden, und nächstes Jahr werde ich darauf beharren, dass Jane im kleinen Kreis feiert.

Donnerstag, 16. März

Als ich heute nach Hause kam, hatte Juliette doch glatt aufgeräumt und gesaugt, und sie hatte nicht nur den Kindern ihr Abendbrot verabreicht, sondern auch Bœuf Bourgignon für Simon und mich gekocht. Ich hatte einen langen, doofen Tag im Büro gehabt und hätte sie küssen können, als ich sah, wie sauber und ordentlich es im Haus war. Die Chipspackungen, die sie für gewöhnlich überall herumliegen ließ, waren verschwunden, und aus der Küche drang mir ein äußerst appetitlicher Duft in die Nase.

»Sie sehen müde aus, Ellen«, sagte sie. »Setzen Sie sich, ich bringe Ihnen ein Glas Wein.«

Dieses Mädchen ist ein Engel, dachte ich verträumt. *Was sind schon ein paar leere Chipspackungen und ein paar Ausgeh-Abende?*

Während wir uns am Essen labten, das wirklich himmlisch schmeckte, scharwenzelte Juliette um uns herum und fragte, ob wir noch Wein, Brot oder Salat wollten, und dann verkündete sie urplötzlich, morgen werde ihr »Freund« bei ihr übernachten.

Simon verschluckte sich prompt an einem Stück Rindfleisch, ich an meinem Wein.

»Ähm, ich wusste gar nicht, dass du einen Freund hast, Juliette«, sagte ich. »Kommt er aus Limoges wie du?«

»Nein, ich habe ihn in einer Bar kennengelernt. Er heißt Harry.«

Harry. *Es könnte schlimmer sein*, dachte ich sträflicherweise, *Harry ist ein klassisscher Mittelschichts-Name.*

»Was macht dieser Harry denn so?«

»Er studiert.«

»Aha. Und was?«

Sie zuckte die Schultern. »Dann ist es also okay, ja? Wenn Harry morgen hier übernachtet?«

»Ich weiß nicht recht, Juliette. Ich muss das erst mit Simon besprechen. Was würden denn deine Eltern dazu sagen?«

Juliette schnarrte etwas, das wie die französische Version von »Du ruinierst mein Leben, ey!« klang, und stürmte aus der Küche.

»Scheiße, Simon, was sollen wir denn jetzt machen?«, fragte ich. »Können wir quasi *in loco parentis* entscheiden, ob sie unter unserem Dach mit irgendeinem dahergelaufenen Typen ins Bett gehen darf oder nicht?«

»Na ja, sie ist achtzehn und damit volljährig.«

»Ich weiß, aber trotzdem! Die Vorstellung, dass es zwei Teenager in unserem Gästezimmer miteinander treiben, auf unserer teuren ägyptischen Baumwollbettwäsche, behagt mir gar nicht!« Oh, Gott, ich hörte mich ja an wie meine Mutter. »Wir wissen nichts über diesen Harry. Was, wenn er uns beklaut? Und überhaupt: Wenn wir Juliette erlauben, dass sie einen Jungen bei sich übernachten lässt, wie sollen wir es Jane später verbieten? Oder Peter, wenn er mal ein Mädchen mit nach Hause bringt? Oder umgekehrt bei einem übernachten will?«

»Ich halte mich da raus, Ellen. Damit wirst du schon allein fertig werden müssen.«

»Was? Wieso das denn? Warum soll ich mich mit diesem Problem herumschlagen?«

»Na, weil es total deplatziert wäre, wenn ich es täte!«

»Ach, lass doch die lahmen Ausflüchte! Was wäre denn, wenn es um Jane ginge? Würdest du die Entscheidung dann auch auf mich abwälzen? Ach, erspar mir die Antwort, du verdammter Drückeberger.«

Schließlich nahm ich all meinen Mut zusammen und ging hinauf zu Juliette, um ihr zu erklären, dass wir ihren Harry erst einmal kennenlernen wollten, ehe er bei uns übernachtete. »Du kannst ihn gern mal zum Essen mitbringen.«

Juliette musterte mich mit einem verächtlichen Blick und fauchte: »Merde«, was vermutlich bedeutet, dass sie keinen gesteigerten Wert darauf legt, ihren Freund zu einem Diner *en famille* einzuladen, statt sich von ihm wie geplant ordentlich durchvögeln zu lassen.

Seither schmollt sie. Das war dann wohl das erste und letzte Mal, dass sie uns Bœuf Bourgignon kredenzt hat.

Montag, 27. März

Ich könnte Simon umbringen. Ganz im Ernst und ohne Übertreibung. Ich würde ihm am liebsten mit bloßen Händen den Kopf abreißen. Heute Mittag erhielt ich von ihm folgende E-Mail:

Hallo Süße,
wie ich gerade erfahre, muss ich am Donnerstag für drei Wochen nach Singapur, aber wir hatten ja keine Pläne in nächster Zeit, oder?
Bis später!
Xxx

Wir hatten ja keine Pläne in nächster Zeit?

WIR HATTEN JA KEINE PLÄNE IN NÄCHSTER ZEIT?

Aber nein, Simon, … DIE KINDER HABEN JA BLOSS ZWEI WOCHEN OSTERFERIEN, UND JULIETTE FLIEGT NACH FRANKREICH, UND DU HATTEST MIR VERSPROCHEN, MEHR NOCH, DU HAST MIR GESCHWOREN, DASS DU DIR DIE ERSTE WOCHE FREINEHMEN UND DICH UM DIE KINDER KÜMMERN WÜRDEST! ABER ABGESEHEN DAVON HATTEN WIR NICHTS GEPLANT, NEIN!

Ich spürte, wie eine Ader an meiner Schläfe zu pulsieren begann, so wütend war ich, und es war ein Wunder, dass meine Tastatur heil blieb, obwohl ich so erbost darauf herumhämmerte. Am Ende fiel meine Antwort einigermaßen zurückhaltend aus, weil sowohl bei Simon als auch bei mir obszöne Begriffe aus den E-Mails herausgefiltert werden.

Du kannst nicht nach Singapur fliegen, die Kinder haben ab Freitag Ferien, und Juliette besucht in dieser Zeit ihre Eltern. Wir hatten vereinbart, dass wir beide je eine Woche Urlaub nehmen. Dein Arbeitgeber kann dich nicht zwingen, beruflich zu verreisen, wenn du für diese Zeit Urlaub beantragt hast.

Er antwortete:

Hi, Babe,
offen gesagt hatte ich den Urlaub noch nicht beantragt, weil ich dachte, Juliette wäre da. Und ich muss nach Singapur, weil Steve Parker, der eigentlich fliegen sollte, Gürtelrose hat und sonst keiner für die Projektbetreuung zur Verfügung steht. Tut mir echt leid, aber ich bin sicher, du kriegst das hin. Vielleicht kannst du dich ja irgendwie mit Sam arrangieren?
Xxx

VERDAMMTE AXT! Er ist sicher, dass ich das hinkriege? Wie schön für ihn! Soll ich jetzt vielleicht eine Art Mary Poppins aus dem Ärmel zaubern, oder wie? Er tut verdammt noch mal gerade so, als wäre es überhaupt kein Problem, in letzter Minute eine Ferienbetreuung zu organisieren, weil ich bestimmt die Einzige bin, die dieses Problem hat. Und ja, Sam und ich helfen einander gelegentlich aus, wenn Not am Mann ist und umgekehrt, aber Simon kann verdammt noch mal nicht erwarten, dass Sam jedes Mal einspringt, wenn mein bescheuertes, egoistisches Arschloch von Ehemann mal wieder zu beschäftigt ist! Und außerdem verbringt Sam die Ferien mit Sophie und Toby auf Fuerteventura.

Da ich meine wahren Gefühle nicht in eine E-Mail packen konnte, wartete ich ab, bis Simon nach Hause kam, und legte ihm persönlich dar, wie ich über sein Verhalten dachte. Er tat, als wäre das alles keine große Sache.

»Kannst du nicht einfach noch ein paar Tage zusätzlich freinehmen oder die Kinder in einem Sportcamp unterbringen?«, schlug er vor.

»Nein, das kann ich nicht, weil sämtliche Sportcamps seit Wochen ausgebucht sind!«, fauchte ich.

»Jetzt mach doch nicht gleich so ein Theater deswegen«, stöhnte er. »Was ist denn dabei, wenn du dir eine zweite Woche freinimmst?«

»Nimm *du* dir doch frei, wie wir es vereinbart hatten«, kreischte ich. »Ich habe jahrelang Beförderungen abgelehnt und mir jede Chance auf eine Karriere verbaut, um für unsere Kinder da sein zu können, und trotzdem erwartest du jetzt, wo die Kinder älter sind und ich endlich einer Arbeit nachgehe, die mir zur Abwechslung SOGAR SPASS MACHT und die ich zumindest ANSATZWEISE ERFÜLLEND finde, weiterhin von mir, dass ich alles liegen und stehen lasse, wann immer du deinen Verpflichtungen als Vater nicht nachkommen kannst! Und warum? Weil du nach wie vor der Meinung bist, dass DEIN JOB WICHTIGER IST ALS MEINER, VERDAMMT NOCH MAL!«

»Deine Reaktion ist mal wieder völlig überzogen, Schatz. Ich hatte dich doch bloß gebeten, ein paar zusätzliche Tage Urlaub zu beantragen, und jetzt wirfst du mir plötzlich vor, ich würde deine Karriere verhindern.«

»Ganz recht, weil es nicht nur um diese zusätzlichen paar Tage geht! Weil verdammt noch mal jedes Mal ich es bin, die ›ein paar zusätzliche Tage Urlaub‹ nehmen muss! Ich sorge dafür, dass die Kinderbetreuung gesichert ist, ich organisiere die Geburtstagspartys, ich gehe zu Schulkonzerten und Elternabenden und pflege die Kinder, wenn sie krank sind, während du unbeschwert durchs Leben flanierst und so tust, als ginge dich das alles einen Scheißdreck an. Aber soll ich dir mal was verraten? ES SIND AUCH DEINE KINDER!«

»Herrgott noch mal, Ellen, würdest du bitte aufhören rumzuschreien, damit wir das wie vernünftige, erwachsene Leute besprechen können? Und ich darf dich doch daran erinnern, dass ich mir in den Winterferien eine volle Woche freigenommen und mich um die Kinder gekümmert habe, während du schon am Mittwoch wieder abgereist bist? Die Rückreise war weiß Gott kein Spaß, das kann ich dir sagen.«

»Ach, bitte, das ist doch nicht dasselbe. Zum einen hattest du dir nicht freigenommen, damit ich arbeiten gehen konnte, sondern weil du deine Eltern besuchen wolltest, und DIE waren es dann auch, die sich um die Kinder gekümmert haben. Und damit willst du jetzt ernsthaft rechtfertigen, dass du mich in eine solche Zwickmühle gebracht hast?«

»Ja, ja, es geht mal wieder nur um dich – darum, wie schwer du es doch hast, weil du ja ach so viele Verpflichtungen unter einen Hut bringen musst, und darum, was DU willst und brauchst. Was ist denn mit MIR, Ellen? Wer fragt mich denn, was ICH will?«

»ES GEHT KEINESWEGS ›MAL WIEDER NUR UM MICH‹«, brüllte ich. »GENAU DAS IST ES JA! ES GEHT NIE UM MICH! ES GEHT IMMER NUR UM ALLE ANDEREN! WIE VIELE VERPFLICHTUNGEN MUSST DU DENN BITTE UNTER EINEN HUT BRINGEN, HM? Wenn ich mal später Feierabend machen möchte, muss ich dich bitten, die Kinder abzuholen, und dann führst du dich auf, als würdest du mir damit einen RIESENGROSSEN GEFALLEN TUN, aber wenn du mal länger im Büro bleiben willst, dann stellst du mich einfach vor vollendete Tatsachen und gehst davon aus, dass ich mich nach dir richte! Im Grunde geht es doch IMMER NUR DARUM, WAS DU WILLST! Was willst du noch?«

»ICH WILL EINE FRAU, DIE FÜR MICH DA IST UND MICH UNTERSTÜTZT! EINE, FÜR DIE NICHT DER VERDAMMTE JOB OBERSTE PRIORITÄT HAT, SONDERN IHRE FAMILIE!«

»Wie KANNST DU ES WAGEN, zu behaupten, meine Familie würde für mich nicht oberste Priorität haben? Ist ja weiß Gott nicht so, als würdest DU UNS oberste Priorität einräumen, oder? Aber das geht in Ordnung, weil du ja schließlich ein MANN bist, oder? Und ich soll mich damit begnügen, Hausfrau und Mutter zu sein, oder wie? Ich soll gefälligst auf meine Karriere verzichten und stattdessen dich unterstützen, ja? Ich HABE dich unterstützt, verflucht noch mal, und das tue ich immer noch! Und was habe ich davon? Wenn du ein klein wenig flexibler gewesen wärst, dann hätte ich vielleicht auch Karriere machen können! Aber nein, ich habe jahrelang böse Blicke von meinen Kollegen geerntet, weil ich früher Feierabend machen oder ein Meeting sausen lassen musste, um zu einem Schulsportevent zu gehen oder ein krankes Kind zu pflegen! Und was hast du getan? Nichts dergleichen! Ja, ich gebe zu, vielleicht wäre es mit meiner Karriere nicht weit her gewesen – vielleicht wäre ich trotzdem schlechter bezahlt und bei Beförderungen übergangen worden, nur weil ich gerade in der Babypause war oder mein Chef Angst hatte, ich könnte wieder schwanger werden! Aber jedenfalls kann ich verdammt noch mal darauf verzichten, DASS MIR AUCH NOCH DER EIGENE EHEMANN IN DEN RÜCKEN FÄLLT, nachdem ich am eigenen Leib erlebt habe, wie Mütter in der Arbeitswelt verarscht, untergebuttert und diskriminiert werden! Es ist wirklich kein Wunder, wenn ich meinen jetzigen Kollegen verheimliche, dass ich Kinder habe!«

»Was? Du hast deinen Arbeitgeber belogen und deine Kinder verleugnet? Wie konntest du nur? Du könntest deswegen entlassen werden!«

»Ich habe sie nicht verleugnet«, fauchte ich. »Mein Boss weiß, dass ich Kinder habe, aber er verkriecht sich die meiste Zeit in seinem Büro und verlässt es nur, wenn er gezwungen ist, an einem Meeting teilzunehmen, ansonsten kommuniziert er via E-Mail mit seinen Mitarbeitern. Es besteht also keine Gefahr, dass ich entlassen werde, keine Sorge! Und die Leute von der Personalabteilung wissen es auch, aber die lassen sich bei uns kaum blicken. Ich habe lediglich den Kollegen in meiner Abteilung die Information vorenthalten, dass ich Kinder habe, und es tut mir kein bisschen leid, weil man als Mutter einfach ganz anders behandelt wird. Es sollte nicht so sein, aber es ist so.«

»Ach ja? Und was ist mit mir?«, fragte Simon. »Existiere ich für deine Kollegen auch nicht? Gibst du dich ihnen gegenüber als sexy Single aus?«

»ES GEHT VERDAMMT NOCH MAL NICHT UM DICH!«, brüllte ich. »Und es geht auch nicht darum, ob meine Arbeitskollegen von den Kindern wissen oder nicht. Es geht um DEINE beschissene Einstellung zu unserem Leben und deine Annahme, DASS ICH MICH UM ALLES KÜMMERE, während du immer nur an dich selbst denkst. Es geht darum, dass ich nach wie vor den Löwenanteil an der Hausarbeit übernehme, dass nur ich putze und wasche, obwohl wir vereinbart hatten, dass wir uns diese Aufgaben teilen, aber du bist verdammt noch mal einfach zu faul!«

»Dann sag doch Juliette, sie soll das erledigen!«

»Siehst du? SIEHST DU? Warum muss ICH das tun? Warum tust DU es nicht?«

»Na ja, wenn du Juliette nicht dazu anhalten willst, dann stell eine Putzfrau ein!«

»Ich will aber keine Putzfrau, Herrgott noch mal! Na ja, praktisch wäre es vermutlich schon, aber dann hätte ich womöglich ein schlechtes Gewissen, weil wir jemanden ausbeuten, und bevor sie kommt, müsste ich trotzdem putzen, damit sie keine schlechte Meinung von mir hat, aber AUCH DARUM GEHT ES NICHT.«

»Ich verstehe echt nicht, wo dein Problem liegt. Du nölst rum wegen der Kinderbetreuung, wir stellen ein Au-pair ein.

Du beschwerst dich über die Hausarbeit, ich sage, stell eine Putzfrau ein, aber das reicht dir auch wieder nicht. Was zum Teufel willst du, Ellen?«

»ICH WILL, dass du genauso viel Verantwortung für diese Familie übernimmst wie ich!«, heulte ich. »ICH WILL, dass du dich genauso oft um deine Kinder kümmerst wie ich! Und ich will, dass du deine gottverdammten Unterhosen in den Wäschekorb wirfst, statt sie auf dem Fußboden herumliegen zu lassen, bis ich sie aufhebe! Hör endlich auf, dich zu benehmen, als hättest du es nicht nötig, dich mit den ermüdenden Unannehmlichkeiten und lästigen Ärgernissen des Alltags auseinanderzusetzen, nur weil du ein MANN bist. Hör auf, automatisch davon auszugehen, dass du tun und lassen kannst, was du willst, und dass ich mich schon irgendwie mit allem arrangieren werde! Du solltest dir doch bloß eine Woche freinehmen! Das war alles, was ich wollte! Aber du hast es nicht getan!«

»Nein, das habe ich nicht, aber jetzt ist es ohnehin zu spät, also hör auf, dich darüber aufzuregen! Wenn dir etwas so verdammt wichtig ist, dann musst du mir das schon klar und deutlich vermitteln. Und ganz nebenbei bemerkt brauchst du gar nicht so zu tun, als wäre *ich* ein totaler Rabenvater, wo du doch reihenweise Leute belügst und behauptest, du hättest keine Kinder!«

»Ach, jetzt fang nicht schon wieder damit an!«, fauchte ich. »Manchmal wünschte ich tatsächlich, ich hätte weder Kinder noch EINEN EHEMANN, VERDAMMT NOCH MAL!«

»Pass auf, was du dir wünschst«, erwiderte er kühl. »Es könnte durchaus in Erfüllung gehen.«

Arroganter Arsch.

Schon seltsam, nicht? Man lernt sich kennen, verliebt sich, kommt zu dem Schluss, dass man ohne einander nicht mehr leben kann, stellt sich vor Freunden und Verwandten hin und schließt den Bund fürs Leben, und man weiß, dass es einem das Herz brechen würde, wenn man den anderen nicht mehr um sich hätte, und irgendwann kommt trotzdem der Punkt, an dem man ernsthaft in Erwägung zieht, demnächst bei Google zu recherchieren, wie man einen Menschen mit einer Zahnpastatube ermorden kann, wenn dieses respektlose RINDVIEH die Tube noch ein einziges Mal in der Mitte zusammendrückt, statt sie ordentlich von hinten her aufzurollen, WIE ES JEDER NORMALE MENSCH MACHT.

Früher dachte ich, je länger wir unter einem Dach leben, desto weniger werden mich Simons »kleine Marotten« nerven, aber das Gegenteil ist der Fall. Dazu kommt, dass wir, da wir schon so lange verheiratet sind, genau wissen, wie wir den anderen auf die Palme bringen können, zum Beispiel, indem Simon die Augen verdreht und seine »Ich bin ein Heiliger, weil ich dich ertrage«-Märtyrermiene aufsetzt, wenn ich ihn zum hundertfünfundsiebzigtausendsten Mal darum bitte, den Müll rauszubringen.

Vielleicht liegt genau da das Problem: Dass sich all diese Kleinigkeiten mit der Zeit kumulieren – all die nicht ausgetauschten leeren Klopapierrollen, die überfüllten Mülleimer, die auf dem Fußboden herumliegenden Unterhosen ... All diese Kleinigkeiten haben dazu geführt, dass die Liebe meines Lebens zugleich der nervigste Scheißkerl ist, den ich kenne. Niemand hat mich davor gewarnt, dass die Ehe so anstrengend sein würde, als ich damals beschwingt zum Altar gehopst bin, bereit für ein glückliches Leben zu zweit und ohne zu ahnen, dass man sich in einer Ehe immer und immer wieder in Erinnerung rufen muss, wie ungemütlich es im Gefängnis ist.

APRIL

Mittwoch, 5. April

Nachdem ich neulich ausgiebig Zeter und Mordio geschrien habe, weil die Organisation der Kinderbetreuung während der Osterferien SCHON WIEDER zur Gänze an mir hängenblieb, ist es mir inzwischen mittels panischem Googeln und Herumtelefonieren gelungen, Peter und Jane in der ersten Ferienwoche doch noch in einem Ganztags-Sportcamp unterzubringen, und für die zweite Woche habe ich in einem Anfall von »Jetzt ist auch schon alles egal« einen Last-Minute-Urlaub auf Lanzarote gebucht. Kommt vermutlich ungefähr gleich teuer wie eine Woche Kino/Laserdrom/McDonald's. Wir sind sogar in einem Hotel untergebracht, was Simon niemals gutheißen würde, weil er wegen seiner zahlreichen Geschäftsreisen die Nase gestrichen voll von Hotels hat. (Pfff. So etwas würde ich ja zu gern auch von mir behaupten, aber davon kann ich nur träumen.) Und nicht genug damit: Ich habe das erstbeste Hotel gebucht, das nett aussah, ganz ohne vorher TripAdvisor zu konsultieren. Simon ist geradezu besessen von TripAdvisor – er bucht keinen Urlaub, ohne sich vorher zu vergewissern, dass unsere Ferienwohnung eine astreine Fünf-Sterne-Bewertung vorweisen kann. Und selbst dann scheidet sie unverzüglich aus, sollte sich auch nur eine einzige Zwei-Sterne-Bewertung finden, selbst wenn sie aus dem Jahre Schnee stammt. Es ist zum Aus-der-Haut-Fahren.

Seit Simon weg ist, ernähren wir uns von Nudeln (die in den Augen meines Mannes kein ordentliches Essen darstellen, es sei denn, es handelt sich um Lasagneblätter), und ich habe meine Benimmregeln, die ohnehin noch nie sonderlich streng waren, deutlich gelockert. Die Kinder konnten ihr Glück kaum fassen, als ich ihnen heute erlaubte, ihre Pasta mit Pesto und Knoblauchbrot aus dem Supermarkt (Simon isst nur selbstgemachtes Knoblauchbrot) vor ihren Tablets zu verzehren. Das dürfen sie sonst NIE, wenn ihr Vater zu Hause ist, und heute habe ich es ihnen auch nur deshalb gestattet, weil ich mir auf diese Weise ein Glas Pinot Noir und eine kleine Stippvisite auf Facebook gönnen konnte, statt den Schiedsrichter im dritten Weltkrieg zu mimen oder mir anzuhören, wie Jane gleich einem geistesgestörten Wellensittich zwitscherte: »Heute hat sich Lara Leahs Smiggle-Radiergummi geborgt, und dann hat sie ihn verloren und behauptet, dass Leah ihn ihr gar nicht geborgt hat, und dann hat Leah zu Lara gesagt …« Außerdem muss ich mich, wenn Simon nicht da ist, nicht mit ihm streiten, ob der Hund auf dem Bett schlafen darf oder nicht.

Bisweilen plagen mich Gewissensbisse, wenn es mir mal wieder so vorkommt, als wäre das Leben ohne Simon einfacher. Mir ist durchaus klar, dass es auf Dauer nicht einfacher wäre, alleinerziehende Mutter zu sein – oder mit einem Mann verheiratet zu sein, der einer gefährlichen Arbeit in einem Land wie Afghanistan nachgeht oder so. Und zweifellos wird er mir früher oder später fehlen, natürlich wird er das, aber nach all der Zeit, die wir nun schon verheiratet sind, ist es ehrlich gesagt auch ganz schön, wenn er mal eine Weile weg ist, denn nach seiner Rückkehr ist dann alles wieder ein bisschen aufregender.

Ich frage mich, ob ich Simon überhaupt schreiben soll, dass wir nach Lanzarote fliegen.

Donnerstag, 6. April

Mist, das mit dem Urlaub auf Lanzarote war nicht so richtig gut durchdacht, die Kinder sind nämlich rücksichtsloserweise seit vergangenem Sommer ziemlich gewachsen, sprich, sie brauchen neue T-Shirts, Shorts, Sandalen und dergleichen mehr. Dummerweise wurde mir das erst heute bewusst, und da wir schon am Samstag fliegen und somit die Zeit zu knapp gewesen wäre, um »analog« shoppen zu gehen, musste ich alles online kaufen, und zwar mit Express-Lieferung, was mich ein kleines Vermögen gekostet hat. Da ist der supergünstige Last-Minute-Urlaub gleich kein so tolles Schnäppchen mehr. Zu meinem großen Erstaunen musste ich mir zudem einen neuen Badeanzug zulegen, denn wie sich herausstellte, hat die Kombination aus HIIT-Kursen und ekelerregenden Salaten Wirkung gezeigt. Ich würde mich jetzt nicht unbedingt als mager bezeichnen, aber ich bin definitiv weniger stämmig. Ist bestimmt ein gutes Gefühl, wenn ich zur Abwechslung mal entspannt am Strand liegen kann, ohne mir vorzukommen wie ein gestrandeter Wal und in regelmäßigen Abständen nach Greenpeace-Aktivisten Ausschau zu halten, die mich womöglich ins Wasser bugsieren wollen.

Jane ist natürlich ausgeflippt, weil sie sich ihre Sachen nicht hatte selbst aussuchen dürfen, aber das hätte definitiv die halbe Nacht gedauert und mich mindestens genauso viel Kraft und Nerven gekostet wie ein Besuch im Einkaufszentrum mit ihr. Es kann nämlich Stunden dauern, bis sich Jane überlegt hat, welches von sechs auf den ersten Blick vollkommen identisch aussehenden T-Shirts sie denn nun haben will. Diese Unentschlossenheit hat sie von ihrem Vater geerbt, mit dem sich das Shoppen ähnlich nervenaufreibend gestaltet.

Ich habe Simon übrigens noch immer nicht von unserer Reise informiert. Aber er kommt ohnehin erst nach uns zurück. Für den Fall, dass er doch früher kommt, kann ich ihm ja einen Zettel hinterlassen, ähnlich wie die Protagonistin des Films *Shirley Valentine*: »Bin auf den Kanaren und in einer Woche wieder da!«

Sonntag, 9. April

Also, bis jetzt bin ich sehr angetan von unserem Urlaub. Ich liege mit einem leckeren Cocktail am Pool in der Sonne und lese ein Buch, während meine Sprösslinge im Wasser herumplantschen (Endlich zahlt es sich mal aus, dass wir solche Unsummen in Schwimmkurse investiert haben!). Und siehe da, ich fühle mich direkt entspannt!

Unsere Anreise gestern Nachmittag war angenehm unaufgeregt, weil wir ohne Simon unterwegs waren. Die Kinder, die noch nie ohne ihren Vater verreist waren, konnten gar nicht fassen, wie viele Sachen es in den Duty-Free-Läden zu kaufen und zu bestaunen gibt, nun, da sie zur Abwechslung mal nicht auf direktem Weg zum Gate gescheucht wurden.

Angeblich benötigt man laut diversen Modemagazinen im Urlaub nicht viel mehr als einen Bikini, zwei Schals und ein Paar Flip-Flops mit Glitzer oder so, und aus diesen Bestandteilen lassen sich dann allerlei Outfits für Tag und Nacht zaubern. Möglicherweise sind die Empfehlungen dieser Reisejournalistinnen aber auch Quatsch – neulich schrieb eine, man solle unbedingt einen schicken Kulturbeutel mitnehmen, denn der könne abends durchaus auch als Clutch dienen. Tut mir leid, aber den Kulturbeutel möchte ich sehen, der als Handtasche durchgehen könnte. Dass der Kulturbeutel der betreffenden Reisejournalistin nicht abgebildet war, sagt vermutlich alles.

In einem weiteren Akt der Rebellion gegen Simons strikte Urlaubsregeln hatte ich einen All-Inclusive-Aufenthalt gebucht, einfach deshalb, weil mir die Vorstellung schon immer gefiel. Essen und trinken, so viel man will, das klingt doch einfach paradiesisch. Simon zieht es im Urlaub vor, auswärts zu essen und auf diese Weise die Esskultur und die Gaststätten vor Ort zu erkunden. Seiner Ansicht nach ist All-Inclusive nur für Leute, die auch in Spanien bloß Spiegelei und Pommes essen wollen. Das mag ja sein, und ich gebe ihm durchaus recht, wenn er sagt, man solle die Restaurants im Urlaubsland unterstützen, aber so ein Rundum-Sorglos-Paket ist einfach unheimlich praktisch. Es steht zwar zu befürchten, dass Peter platzt, noch ehe die Woche rum ist, aber ich habe ihn noch nie so happy gesehen wie gestern Abend beim Anblick des Buffets. »Und du meinst, ich darf mir von allem nehmen, so viel ich will?«, flüsterte er sichtlich überwältigt. »Jeden Tag? Und ich darf alles probieren? Auch alle Desserts?«

Ich war etwas besorgt gewesen, ich könnte mitleidige Blicke von den übrigen Hotelgästen ernten, weil ich ohne männliche Begleitung unterwegs war, aber es sind jede Menge andere Mütter mit Kindern da. Eine davon habe ich bereits kennengelernt. Sie heißt Joanna und kommt aus Bolton, und wir kamen ins Gespräch, als sie mich fragte, ob ich ihre Ausgabe des *Heat*-Magazins lesen wolle, sie sei damit durch. Wir waren uns einig, dass wir ganz offensichtlich alt wurden, weil wir von den Stars, die darin abgebildet waren, noch nie gehört hatten, und dann schwelgten wir eine Weile in Erinnerungen an die Zeitschriften, die wir früher gelesen hatten, und kamen zu dem Schluss, dass man sich um halb zwölf ohne Weiteres den zweiten Cocktail des Tages bestellen durfte.

Mittwoch, 12. April

Ich gebe zu, es war kindisch von mir, nicht auf Simons Anrufe und Nachrichten zu reagieren, nachdem er mir am Abend nach seiner Ankunft in Singapur vorige Woche eine SMS folgenden Wortlauts geschickt hatte: »Heil angekommen, waren in einem tollen Restaurant, hätte dir gefallen.« Ich lieferte mir zu diesem Zeitpunkt gerade ein Schreiduell mit Peter und Jane, die mir vorwarfen, ich hätte Sellerie in ihren Sheperd's Pie getan. Hatte ich auch, und zwar so fein geschnitten, dass sie mit bloßem Auge nicht zu erkennen war. So mache ich es immer. Bis jetzt haben sie es nie gemerkt, und auch diesmal hatten sie lediglich Verdacht geschöpft, weil sie mich dabei erwischt hatten, wie ich die restliche Selleriestange zurück in den Kühlschrank legte. Die Krise gipfelte darin, dass ich schrie, wenn ihnen das, was ich für sie kochte, nicht schmeckte, könnten sie meinetwegen auch hungrig ins Bett gehen, worauf mir mal wieder mit einem Anruf beim Kinderschutzbund gedroht wurde, und dann stellte Jane ihren Teller dem Hund hin, der die Portion gierig hinunterschlang und umgehend wieder raushustete, worauf meine Tochter kreischte, ich hätte ihn mit meiner ungenießbaren Selleriepampe vergiftet. Folglich war ich nicht sonderlich entzückt über Simons Nachricht und beschloss, mich lieber auszuschweigen als zu schreiben, was mir durch den Kopf ging, nämlich: »Freut mich für dich, du selbstgefälliger Arsch!«

Es war ein ausgesprochen befriedigendes Gefühl, ihn zu ignorieren und ihn auch nicht darüber zu informieren, dass wir eine Auslandsreise angetreten hatten. Vorhin erhielt ich allerdings eine sehr gereizte SMS, in der er fragte, wo wir steckten; da er mich weder übers Handy noch am Festnetztelefon hatte erreichen können, habe er Tim von gegenüber angerufen, der ihm allerdings auch nur hatte sagen können, dass wir verreist seien. »Also, wo zum Geier seid ihr? Wenn ich noch länger nichts von dir höre, melde ich dich und die Kinder bei der Polizei als vermisst!«, schrieb er.

»Lanzarote«, antwortete ich, und zehn Sekunden später klingelte auch schon mein Handy.

»Was zum Teufel treibt ihr auf Lanzarote?«, bellte er. »Hier ist es zwölf Uhr nachts, und ich bin außer mir vor Sorge um dich und die Kinder! Ich dachte schon, ihr seid ENTFÜHRT UND ERMORDET worden, verdammt noch mal, dabei liegt ihr gemütlich AUF LANZAROTE AM STRAND!«

»Am Hotelpool«, korrigierte ich ihn gelassen.

»Was? Warum zum Teufel karrst du meine Kinder quer durch Europa? Und wie kannst du es wagen, mir das zu verheimlichen?«

»Warum sollte ich mit MEINEN Kindern nicht in Urlaub

fliegen? Schließlich hast du mir vor deiner Abreise klipp und klar zu verstehen gegeben, dass ich die alleinige Verantwortung für die Kinderbetreuung trage, weil es unter deiner Würde ist und du Wichtigeres zu tun hast, als in den Ferien auf Peter und Jane aufzupassen. Also kümmere ich mich um die Kinder, WIE IMMER. Wer sagt denn, dass ich das nicht auch mal auf Lanzarote tun darf, statt zu Hause herumzuhocken, Däumchen zu drehen und darauf zu warten, dass du mir Fotos von den Sterne-Restaurants schickst, in denen du dinierst, während ich mir die hunderttausendste Hackbraten-Variante ausdenke? Hm?«

»Ich bin zum ARBEITEN hier, Ellen! Zum ARBEITEN, damit IHR ein Dach über dem Kopf und etwas zu essen ha…«

»Von wegen!«, unterbrach ich ihn. »Ich darf dich doch daran erinnern, dass wir den Kredit nur dank MEINER App bereits abbezahlt haben, ja? Also verschone mich mit diesem Scheiß, ja? Und ich kann mir lebhaft vorstellen, wie sich die Arbeit da drüben in Singapur für dich gestaltet: ein paar Meetings, ein, zwei Stündchen auf der Baustelle, und jeden Abend schicke Restaurants und Bars! Du amüsierst dich doch blendend, gib es zu! Und du gönnst es mir nicht, dass ich es mir auch mal gut gehen lasse, du elender Egoist. So, und jetzt lege ich auf. Wir sprechen uns, wenn du wieder zu Hause bist.«

»Genau deshalb versuche ich schon die ganze Zeit, dich zu erreichen!«, rief Simon ungehalten. »Nachdem du so ein Theater gemacht hast, habe ich ordentlich Gas gegeben, damit ich etwas eher als geplant nach Hause kann, sprich, ich bin am Freitag wieder da, aber das hätte ich mir ja sparen können, weil ihr da noch auf Lanzarote seid, verdammt noch mal!«

»Wir kommen am Samstag zurück«, fauchte ich. »Also, vielen Dank für diese großmütige Geste, aber die hättest du dir getrost schenken können, weil ich deine Hilfe nämlich *letzte* Woche gebraucht hätte. Aber man kann ja von dir nun wirklich nicht erwarten, dass du auswendig weißt, wann deine Kinder Ferien haben, nicht wahr? So, und jetzt entschuldige mich bitte, es ist Zeit für meinen nächsten Cocktail. Wir sehen uns dann am Samstag.«

Irgendwie ist es nicht halb so befriedigend, nur auf »Anruf beenden« zu drücken, statt den Hörer auf die Gabel zu knallen, aber dafür drückte ich, so fest es ging. Ich zog kurz in Erwägung, mein Handy in den Pool zu pfeffern, um der Geste etwas mehr Nachdruck zu verleihen, aber dann hätte ich keine Fotos von meinen Cocktails auf Facebook posten können, also ließ ich es bleiben. Man soll ja immer Prioritäten setzen.

»Na, Ärger mit dem Herrn Gemahl?«, erkundigte sich Joanna, die auf der Sonnenliege neben mir lag. »Könnte schlimmer sein. Ich musste meinen vor die Tür setzen, weil er unser Au-pair gevögelt hat. Total klischeemäßig. Noch schlimmer als die Tatsache, dass er mich betrogen hat, fand ich ehrlich gesagt seine Einfallslosigkeit – ich meine, beim ersten Anzeichen einer Midlife-Crisis mit dem Au-pair ins Bett zu hüpfen, das ist echt so was von platt.«

Wehe, wenn ich Simon mit Juliette erwische. Dann braucht er nicht nur ein neues Zuhause, sondern auch neue Kronjuwelen.

Donnerstag, 13. April

Es ist schon erstaunlich, was man im Urlaub so alles erleben kann, wenn man nicht in Begleitung eines Ehemannes unterwegs ist, der in einer Tour quengelt und schimpft und stöhnt, weil überall so viele *Leute* sind. Wir waren nicht nur in der Hoteldisco (nach meiner kleinen Einlage zu *Uptown Girl*, die dank etlicher Gin Tonics recht inspiriert ausfiel, bekniete mich Jane allerdings, um Himmels willen nie wieder in der Öffentlichkeit zu tanzen), sondern sind auch mit dem Bus zu einem Markt gefahren. Oh, Gott, diese Berge von geschmacklosem Ramsch! Das meiste Zeug hätte nicht einmal mit einem ironischen Augenzwinkern als Souvenir durchgehen können, und es kostete mich einige Mühe, Peter vom Stand mit den pornographischen Schlüsselanhängern wegzulocken. Eigentlich hätte ich Simon an dem Tag gern dabeigehabt, einfach nur, um seinen Gesichtsausdruck beim Anblick der Touristenmassen und der angebotenen Waren zu sehen – das wäre garantiert ein Bild für Götter gewesen.

Und heute Abend gab es Karaoke. Ich liebe Karaoke. Normalerweise ist mir die Teilnahme an Karaoke-Veranstaltungen strengstens untersagt, weil ich angeblich absolut unmusikalisch bin und beim Singen keinen Ton richtig treffe, aber ich finde, mein Duett mit Joanna war ausgesprochen bewegend, und es wird den Gästen, die das Glück hatten, unserer Darbietung beizuwohnen, bestimmt noch lange in Erinnerung bleiben.

Es war richtig schön, mal eine ganze Woche mit den Kindern zu verbringen, ohne sie ständig irgendwohin scheuchen zu müssen. Jane hat mich kein einziges Mal mit ihrem Instagram-Account genervt; ab dem zweiten Tag hat sie ihr heißgeliebtes Handy sogar auf dem Zimmer gelassen. Und es gab so gut wie nie Streit zwischen den Kindern, einmal abgesehen von dem einen oder anderen Wortgefecht, nachdem eines das andere zu ertränken versucht hatte, was ich gegenüber Beobachtern lachend mit »Ja, ja, sie sind wirklich zwei Scherzkekse« abtat. Ich bin fast sicher, dass man mir glaubte.

Ich schätze, ich sollte die Kinder weniger als Figuren auf einem Spielbrett sehen, die von A nach B geschoben werden müssen. Im Alltag bin ich die ganze Zeit damit beschäftigt, die Punkte auf meiner endlosen To-do-Liste abzuhaken: Ich muss dafür sorgen, dass sie etwas zu beißen kriegen und auch mal Gemüse essen, muss sie zum Pfadfindertreffen, Jiu-Jitsu und anderen Freizeitaktivitäten karren, zum Klavierüben anhalten, vor Cyber-Kriminellen beschützen, sie bei den Hausaufgaben überwachen, sie zum Lesen zwingen, ihnen ihren Stundenplan einbläuen, zusehen, dass sie täglich die Unterwäsche wechseln (dieser Punkt betrifft hauptsächlich Peter) und sicherstellen, dass ausgeglichene, anständige Menschen aus ihnen werden, die nicht alles glauben, was in der *Daily Mail* steht. Darüber bleibt oft gar keine Zeit mehr, um mich wirklich mit ihnen zu beschäftigen, ihnen zuzuhören und zu antworten, statt andauernd mantraartig »Iss deinen Brokkoli!«, »Putz dir die Zähne!«, »Zieh dir die Schuhe an!« zu blöken oder zu fragen: »Wie viel ist neun Mal acht?«, »Wie heißt die Hauptstadt von Norwegen?« und »Warum bin ich eigentlich immer die Einzige, die nach dem Aufs-Klo-Gehen spült?«

Und nebenbei versuche ich dann noch E-Mails zu lesen, einen Blick auf die neuesten Facebook-Posts zu werfen und mit

Simons Launen fertigzuwerden. So richtig geistig präsent bin ich so gut wie nie.

Wir haben einander in dieser Woche stundenlang Witze erzählt (grauenhaft platte Witze) und einfach viel geplaudert. Und ich habe mir vorgenommen, so weiterzumachen, wenn wir wieder zu Hause sind – ich werde weniger Hektik verbreiten, werde die Kinder nicht von einem Termin zum nächsten scheuchen und ihnen dabei in barschem Tonfall einen Befehl um den anderen erteilen. Ich werde mich bemühen, ihnen mehr Aufmerksamkeit zu schenken. Ich kann mir zwar nicht vorstellen, dass es klappen wird, aber man wird ja wohl noch träumen dürfen, verdammt noch mal.

Donnerstag, 20. April

Juliette ist nicht zurückgekommen. Sie hat sich in Limoges mit ihrem französischen Freund Pascal versöhnt und beschlossen, dass sie nicht ohne ihn sein kann (Harry ist vergessen, wie es scheint). Ich hätte ihr um ein Haar gesimst, sie solle bloß nicht den Fehler begehen, sich bei ihrer Lebensplanung nach einem Typen zu richten.

Die Stimmung zwischen Simon und mir ist gelinde gesagt frostig. Bis uns die Agentur ein neues Au-pair schickt, nächtigt er im Gästezimmer, was mir nur recht ist, denn dann kann der Hund bei mir im Bett schlafen. Simon sagt, er könne mir nicht mehr vertrauen, und es sei total unverantwortlich von mir gewesen, mich mit den Kindern ins Ausland abzusetzen, ohne ihm Bescheid zu geben. Pfff. Er tut gerade so, als hätte ich sie in den Nahen Osten verschleppt. Außerdem war es genauso unverantwortlich von ihm, für die Osterferien keinen

Urlaub einzureichen, obwohl ich ihn explizit darum gebeten hatte. Ich bin mal gespannt, wie es weitergeht, wenn das neue Au-pair-Mädchen kommt. Vielleicht zieht er dann ja in den Schuppen. Soll er doch. Einstweilen stehen wieder Hektik, Panik und Streitereien rund um das Thema »Wer holt die Kinder nach der Schule ab« an der Tagesordnung, und die Kommunikation zwischen uns beschränkt sich weitgehend auf SMS-Nachrichten im Telegrammstil und passiv-aggressive Kommentare.

Dass Peter und Jane seit Tagen von nichts anderem reden als vom tollsten Urlaub ihres Lebens, der ihnen viel besser gefallen habe als die langweiligen bisherigen Urlaube, tut ein Übriges.

Wenn Simon mal wieder fragt, ob meine Kollegen inzwischen von Peter und Jane wissen, schalte ich auf Durchzug oder weise ihn darauf hin, dass ihn das einen feuchten Kehricht angeht. Immerhin wurde ich im Büro auf meinen bewundernswerten Teint angesprochen. Ja, ich weiß, zu viel Sonne ist ungesund, und es ist total unverantwortlich von mir, dass ich es noch darauf anlege, knackig braun zu werden, aber ich kann nicht anders. Ich fühle mich einfach viel attraktiver, wenn ich ein bisschen braun bin. Natürlich ist es immer schwierig, den Kindern zu erklären, warum bei ihnen Sonnencreme mit Schutzfaktor fünfzig zum Einsatz kommt, während ich mich lediglich mit Sonnenöl einreibe, so dass ich glänze wie ein Brathuhn am Spieß, aber zum Glück sind sie an die »Ihr macht, was ich sage, und nicht das, was ich tue«-Maxime gewohnt.

»Ich beneide dich um deinen Urlaub«, bemerkte Lydia seufzend, als wir uns in der Küche einen Kaffee machten.

»Du wirkst so ausgeruht. Ich habe fast zweitausend Pfund für eine Woche Center Parcs mit meiner Familie ausgegeben und fühle mich nicht im Geringsten erholt.« Ich hätte ihr zu gern gesteckt, dass sich die Woche auf Lanzarote nicht etwa deshalb so entspannend gestaltet hatte, weil ich eine kinderlose Karrierefrau war, sondern weil mein nerviger Ehemann nicht mit von der Partie gewesen war und ich mir daher nicht die ganze Zeit sein Gejammer und seine Ermahnungen, um Himmels Willen kein Leitungswasser zu trinken, hatte anhören müssen.

Aber das konnte ich Lydia natürlich nicht anvertrauen. Ich frage mich, ob ich einfach behaupten kann, ich hätte zwei Kinder adoptiert. So etwas kommt vor; Angelina Jolie hat es doch auch getan. Ich könnte natürlich auch ein kürzlich auf tragische Weise ums Leben gekommenes Familienmitglied erfinden, dessen Kindern ich ein neues Zuhause gegeben habe, wie bei *Oliver Twist*. Dann wäre endlich Schluss mit den Lügen. Andererseits würden beide Szenarios zweifellos eine Menge weiterer Fragen aufwerfen. Scheiße, ey.

Na ja, mir wird schon etwas einfallen. Da ich gerade nicht mit Simon rede, habe ich ja jede Menge Zeit, mir etwas zu überlegen.

MAI

Montag, 1. Mai

Yippie-yeah, juhu, juchee! Ich versuche neuerdings etwas weniger oft zu fluchen, weil Peter neulich einen Brief von der Schule mit nach Hause brachte, in dem seine unflätige Ausdrucksweise beanstandet wurde. Er hatte sich den Zeh gestoßen und »AUA! Scheißverdammte Dreckskotzkacke, tut das WEH!« geschrien. Also ersetze ich die unflätigen Ausdrücke jetzt durch Ironie. Mal sehen, wie lange ich das durchhalte. Die Schule meiner Kinder hat eine neue Direktorin bekommen, die jetzt versucht, einiges umzukrempeln. Sie hat sich zum Beispiel mit der Schülervertretung zusammengesetzt, und am Ende kamen alle Beteiligten zu dem Schluss, dass wir auf dem Schulsportfest unbedingt einen »Erdbeeren mit Sahne«-Stand brauchen.

Ein Teil von mir ist der Meinung, dass das in der Tat eine prima Idee ist und perfekt zu meiner Wunschvorstellung vom Schulsportfest passen würde, in der ich ein Sommerkleid und einen breitkrempigen Sonnenhut trage. Der realistische Teil von mir dagegen denkt: »BLEIBT MIR BLOSS MIT DIE-

SER SCHEISS-IDEE VOM LEIB, EY!« (Ich wusste es. Ich kann nicht aufhören zu fluchen. Es gehört einfach zu mir!). Die Direktorin meinte, so ein »Erdbeeren mit Sahne«-Stand sei eine wunderbare Geldeinnahmequelle für den Förderverein, und deshalb bat sie mich, das mal auf die Beine zu stellen. Aber gern, Mrs Compton, ich hab ja sonst nichts zu tun! Ich bin ja bloß eine berufstätige Mutter, die sich am Arbeitsplatz in ein Netz aus Lügen verstrickt hat und deren Ehe in einer massiven Krise steckt! Eine wirklich herausragende Idee also, dieser »Erdbeeren mit Sahne«-Stand. Ist ja auch überhaupt kein Aufwand, so was zu organisieren, nur um die Vision der neuen Direktorin wahr werden zu lassen.

Zusätzlich zu dem ganzen üblichen Stress ist mir neulich aufgegangen, dass ich mir ein paar neue Ausreden für all die Freitagnachmittage einfallen lassen muss, an denen ich in der Schule irgendwelchen Aktivitäten beiwohnen soll. Alan hat schon mehrfach gefragt, ob ich denn jetzt mal bei seinem Zahnarzt war, und Frauenleiden kann ich inzwischen wie gesagt auch nicht mehr vorschützen. Was machen Leute so am Freitagnachmittag? Mein Vater hat früher am Freitag oft schon etwas eher Feierabend gemacht, um Golf spielen zu gehen. Vielleicht wäre das je eine Option. Nein. Alan und James spielen beide leidenschaftlich gern Golf, allerdings am Samstagvormittag, denn die Zeiten haben sich geändert – heutzutage kann man nicht mehr so ohne weiteres argumentieren, eine Partie Golf am Freitagnachmittag zähle als Arbeit, von wegen Networking und so. Außerdem wollen die beiden dann garantiert mit mir über Golf reden, und ich weiß nichts über diesen Sport und verspüre auch nicht die geringste Lust, ihn zu erlernen.

Alles in Allem erfüllt mich also die Aussicht, jetzt auch noch einen »Erdbeeren mit Sahne«-Stand aus dem Ärmel schütteln zu müssen, nicht gerade mit Begeisterung. Vielleicht kann ich die Angelegenheit ja delegieren. Katie hat bestimmt ein Talent für so was. Oder Kiki mit zwei K, schließlich sind Erdbeeren äußerst fotogen. Kann aber auch sein, dass ihr diese Aufgabe zu organisationslastig ist. Kiki übernimmt ja lieber Aufgaben, bei denen sie hauptsächlich herumstehen und Selfies für ihre Instagram-Stories machen kann. Ich werde den beiden gleich mal eine E-Mail schicken und behaupten, das wäre genau das Richtige für sie. Damit ist die Angelegenheit dann hoffentlich erledigt.

Samstag, 13. Mai

Meine Schwester hat aus unerfindlichen Gründen beschlossen, ihren sechsundvierzigsten Geburtstag in einem Restaurant zu feiern, und zwar mit der ganzen Familie. (Manchmal denke ich, das Einzige, was Jessica und ich gemeinsam haben, ist der unerschütterliche Glaube daran, dass sich meine Kinder eines Tages in der Öffentlichkeit normal benehmen werden.) Ehrlich gesagt würde ich mir lieber sämtliche Finger- und Fußnägel einzeln ausreißen lassen. Ich bin total erledigt. Die Agentur hat uns noch kein neues Au-pair geschickt, und inzwischen ist die Tatsache, dass Juliette ihre leeren Joghurtbecher über das gesamte Haus verteilt hat, vergessen und vergeben. Mir war in den sechs Wochen, in denen sie bei uns war, bereits entfallen, wie anstrengend es ist, sich ständig abzuhetzen und doch nicht vom Fleck zu kommen. Gestern hätte ich sie beinahe angerufen und angefleht, zu uns zurückzukommen. Sie kann auch gern ihren Pascal mitbringen. Scheiß auf die ägyptische Baumwollbettwäsche.

Simon ist heute nur mitgekommen, weil Jessica ihn angerufen und ihn so lange zugeföhnt hat, bis er sich in sein Schicksal fügte.

Es lief nicht besonders gut. Peter war verstimmt, weil er ausgerechnet an dem Tag, an dem die erste Folge der neuesten Staffel *Ninjago* gezeigt wurde, das Haus verlassen musste, Jane hätte lieber eine ganztägige Facetime-Videokonferenz mit Sophie abgehalten und behauptete, man beschneide ihre Menschenrechte, und Simon war wie immer genervt, weil er seinen Schuppen verlassen und sich unter Leute begeben musste. Zu allem Überfluss musste er auch noch seinen hässlichen alten Fleecepulli ablegen, weshalb er beim Essen in regelmäßigen Abständen theatralisch schauderte. Ich glaube jedenfalls, dass das der Grund war, aber vielleicht lag es auch an der frostigen Stimmung, die nach wie vor zwischen uns herrscht. Wir setzten uns an entgegengesetzte Enden des Tisches und warfen einander bitterböse Blicke zu.

Alle anderen waren bereits da, als wir ankamen – ich vermute, sie hatten sich einen strategisch guten Platz in größtmöglicher Entfernung von unseren Kindern sichern wollen; eine Vorsichtsmaßnahme, die sich als wirkungslos erwies.

Bedauerlicherweise war in der Schule kürzlich eine neue DVD zum Thema Aufklärung gezeigt worden, und Peter und Jane konnten es kaum erwarten, ihr neu erworbenes Wissen mit der Familie zu teilen.

»Kennst du dich eigentlich mit Verhütung aus, Grandpa?«, erkundigte sich mein Sohn mit sehr lauter, weithin hörbarer Stimme, sobald er Platz genommen hatte.

»Du musst immer ein Kondom verwenden!«, informierte ihn Jane. »Wegen der *Geschlechtskrankheiten.*«

»Und wegen der Babys«, fügte Peter hinzu. »Wobei die Frau keine Babys bekommt, wenn man sie in den Popo vögelt, wusstest du das, Grandpa?«, krähte er. »Hast du deswegen keine Kinder, Natalia?«

Natalia murmelte etwas auf Russisch, dass dem Tonfall nach zu urteilen nicht jugendfrei war, während Persephone und Gulliver das Gespräch mit großen Augen verfolgten.

»Bei manchen Krankheiten kann sogar der Piepmatz abfallen!«, verkündete Jane und fuhr, zu Natalia gewandt, fort: »Ich hoffe, Grandpas Piepmatz ist noch dran! Und ich hoffe, er nimmt immer ein Kondom, weil er nämlich mit sehr vielen Frauen verheiratet war und vermutlich mit jeder davon Sex hatte. Hattest du Sex mit vielen anderen Männern, Natalia?«

Natalia bekam einen Hustenanfall, und ich zischte: »Jetzt haltet verdammt noch mal den Mund, ihr zwei! Was lernt ihr in dieser Schule nur für einen Quatsch?«

»Gonorrhö«, rief Jane unverdrossen. »Das ist eine der Krankheiten, die man bekommen kann. Und Syphilis auch. Ich hab's gegoogelt.«

»Was ist Gonorrhö, Mami?«, fragte Persephone. »Das ist ein schönes Wort, Gonorrhö. Es klingt wie ein Ort aus *Der Herr der Ringe.*«

»Das darf doch alles nicht wahr sein«, stöhnte ich, und Simon fragte süffisant: »Na, hast du deine Kinder mal wieder nicht im Griff, *Liebling?*«

»Wie du siehst, nicht, *Liebling*«, fauchte ich zurück. »Du könntest ja mal eingreifen, statt *deine* Kinder zu ignorieren und die Erziehung mir zu überlassen.«

Ach ja, es gibt doch nichts Wirkungsvolleres als den passiv-aggressiven Austausch einiger wütend gezischter Koseworte, um zu demonstrieren, dass der Haussegen schief hängt.

»Tja, schön, euch mal alle wiederzusehen«, bemerkte Daddy betont fröhlich. »Wie ich sehe, sind Peter und Jane *aufgeweckt* wie eh und je.«

»Sollen wir schon mal Wein bestellen?«, schlug Natalia matt vor.

»Hervorragende Idee«, hauchte ich, während Jane sämtliche Symptome aufzählte, die das beste Stück eines an Syphilis erkrankten Mannes aufweisen kann. Vielen Dank auch, Doktor Google!

»HERZLICHEN GLÜCKWUNSCH ZUM GEBURTSTAG, JESSICA!«, rief Daddy über das Gebrabbel hinweg, und ich fragte mich, ob es jemand bemerken würde, wenn ich mich mal kurz unter dem Tisch aufs Ohr legte.

Dienstag, 23. Mai

Wie konnten sich ein paar Schälchen Erdbeeren mit Sahne nur zu einer derart komplexen Thematik auswachsen? Mein Versuch, die Organisation an Katie und Kiki auszulagern, war nur zum Teil von Erfolg gekrönt, denn Kikis Vorstellung von Organisation bestand darin, mich mit E-Mails zu bombardieren, in denen sie vorschlug, ich solle mal eben Cath Kidston und ähnliche Unternehmen kontaktieren und zu einem Sponsoring-Deal überreden. Ich könne ja schreiben, dass die Schule zwar noch keinen eigenen Instagram-Account habe, wir aber garantieren könnten, dass auf @kikilovelife alles bis ins kleinste Detail dokumentiert wird, und dass sie für jegliche

Art von Zusammenarbeit oder Sponsoring offen sei, falls von Firmenseite Interesse bestehe. Ich schrieb zurück, sie solle sich gefälligst verpissen. Nein, das schrieb ich natürlich nicht. Ich schrieb, wenn sie in dieser Hinsicht Ambitionen habe, dann könne sie das gern selbst in die Wege leiten, ich sei nämlich zu wichtig und beschäftigt, worauf sie pikiert meine fehlende Aufgeschlossenheit für ihre innovativen Ideen bemängelte.

Zu spät bemerkte ich, dass sich Lydia von hinten angeschlichen und mir über die Schulter gespäht hatte, während ich damit beschäftigt war, eine von Kikis zahllosen E-Mails zu beantworten. Kiki erwartet aufgrund ihrer unkonventionellen Arbeitszeiten, dass man sich mit jeder ihrer Nachrichten auf der Stelle auseinandersetzt, und wenn sie nicht umgehend eine Antwort erhält, schickt sie einfach so viele weitere E-Mails – oder SMS – hinterher, bis man reagiert. Ich nehme an, auf diese Weise ist sie an ihre Sponsorenverträge gekommen – die Leute bezahlen sie nur deshalb dafür, Fotos von ihren Produkten bei Instagram zu posten, weil sie endlich ihre Ruhe haben wollen. Lydia hat nicht gefragt, worum es in meiner E-Mail ging, aber ich habe das dumpfe Gefühl, sie hat Verdacht geschöpft.

Katie hatte zwar deutlich sinnvollere Maßnahmen für die Organisation des »Erdbeeren mit Sahne«-Standes ergriffen, bislang allerdings keine einzige Antwort auf ihren Aufruf an die Eltern erhalten, sich als freiwillige Helfer zur Verfügung zu stellen. In ihrer Verzweiflung bat sie mich, nachzuhaken, denn im Gegensatz zu mir hat sie noch nicht lange genug auf Spielplätzen herumgesessen, um dem Konzept der Nächstenliebe und Menschenfreundlichkeit abzuschwören, und fürchtet, man könnte es ihr als Unverschämtheit auslegen, wenn sie eine kurz angebundene Droh-Mail verschickt. Ich habe diesbezüglich keine Skrupel mehr, also verfasste ich eine brüske Rundmail, in der ich erklärte, es werde keinen »Erdbeeren mit Sahne«-Stand geben, wenn sich keine freiwilligen Helfer dafür meldeten – dann werde der Förderverein eben auch keine Spenden für die Schule einnehmen, aber das gehe mir total am Arsch vorbei, und überhaupt könnten sie sich meinetwegen alle ins Knie ficken. (Den letzten Satz habe ich wie üblich gelöscht, ehe ich auf »Senden« geklickt habe.)

Dieser Appell rief dann doch einige Reaktionen hervor. So fragte beispielsweise eine der Mamis, die ... na ja, sagen wir mal, auf dem *Öko*-Trip ist (erinnert in einiger Hinsicht an Luisa, könnte durchaus etwas Deo vertragen), ob ich mich denn mit den ethischen Aspekten des geplanten »Erdbeeren mit Sahne«-Standes auseinandergesetzt hätte (der weite Transportweg der Erdbeeren, der Hungerlohn, mit dem die Erdbeerpflücker abgespeist werden, die Lebensbedingungen der Kühe, denen die Milch für die Sahne geraubt wird). Sie wollte außerdem wissen, ob es eine vegane Sahne-Alternative geben würde und ob ich in Betracht gezogen hätte, dass es Kinder mit Erdbeerallergie gibt, und aus all diesen Gründen sei vielleicht zu überlegen, ob man nicht lieber jemanden engagieren wolle, der mit den Kindern einen Workshop zum Thema Nachhaltigkeit macht.

Äh, ja. Tolle Idee. Ich meine, Geld auszugeben statt Spenden einzunehmen, nur damit einige von uns ihr Bedürfnis nach sozialer Gerechtigkeit ausleben können, das widerspricht ja auch *überhaupt nicht* dem Sinn und Zweck des Fördervereins, nicht wahr?

Erwähnenswert war auch die Nachricht des schleimigen Julian, der mich darüber informieren musste, dass er sich leider unmöglich als freiwilliger Helfer zur Verfügung stellen könne, weil er ein Foto-Package für alle Eltern anbiete, die die sportlichen Erfolge ihrer Kiddies für die Ewigkeit festhalten lassen wollen. Er entblödete sich nicht, mich auch noch um eine Weiterleitung seiner E-Mail an alle Eltern im Verteiler zu bitten, damit etwaige Interessierte mit ihm Kontakt aufnehmen könnten.

Tolle Idee, Julian, ja. Ganz fabelhaft. Ich habe selbstverständlich nichts Besseres zu tun, als die Werbetrommel für deine fragwürdigen Fähigkeiten als Fotograf zu rühren. Weißt du was? FICK DICH INS KNIE, Julian! Oder frag doch mal Kiki mit ihren zwei gottverdammten Ks, ob sie an einer #collaboration auf #Instagram interessiert ist, wenn ihr schon beide an nichts anderes denken könnt als an euch selbst, ey!

Amelia Whittaker teilte mir mit, leider habe sie an dem betreffenden Tag »keine Kapazitäten frei«, weil dies das letzte Jahr ihrer Tochter an der Grundschule sei, und deshalb wolle sie beim Schulsportfest nicht in einer Bude stehen; aber sie drücke uns die Daumen für die Suche nach freiwilligen Helfern, weil sie für ihr Leben gern Erdbeeren mit Sahne esse.

Ja, das kann ich nachvollziehen, Amelia, es ist nämlich auch für Jane das letzte Jahr an der Grundschule, weshalb auch ich das Schulsportfest nach Möglichkeit nicht in einer bescheuerten Bude verbringen möchte, verdammt noch mal!

Mein persönlicher Favorit war jedoch die E-Mail von Claudia Soames, die völlig fassungslos war, weil ich auf die verrückte Idee gekommen war, Eltern um Hilfe für eine Veranstaltung des Fördervereins zu bitten. Sie habe *Kinder*, um die sie sich kümmern müsse, schrieb sie, da könne doch niemand von ihr erwarten, dass sie für so etwas Zeit erübrigen könne.

Ach, nee, ehrlich jetzt? Tja, es war schon *echt dreist* von mir, mich mit meiner Bitte *ausgerechnet an die Eltern zu wenden, deren Kinder auf diese Schule gehen* und von den eingenommenen Spenden profitieren, nicht?

Es kam noch eine ganze Reihe weiterer E-Mails mit einer bunten Palette vorgeschobener Hinderungsgründe. Alle Eltern betonten, wie sehr sie sich schon auf den »Erdbeeren mit Sahne«-Stand freuten, aber kein Schwein war bereit, sich als freiwilliger Helfer einteilen zu lassen.

Ich war derart wütend und desillusioniert, dass ich in meiner Not eine SMS an Sam, Hannah und Katie schickte und für Freitagabend eine Generalversammlung des Fördervereins im Pub einberief. Wir waren seit einer halben Ewigkeit nicht mehr im Pub gewesen – Hannah ist zu sehr mit der Planung ihrer Hochzeit beschäftigt, Sam macht im Moment nichts anderes als auf Tinder nach rechts und links zu wischen, und Katies Kinder sind noch so klein, dass sie das schlechte Gewissen plagt, wenn sie abends allzu oft unterwegs ist und die beiden nicht selbst ins Bett bringen kann. Ich habe ihr versichert, dass sie früher oder später froh und dankbar sein werde, wenn sie ihren Mädels nicht zum hundertfünfundsiebzigtausendsten Mal *Die kleine Raupe Nimmersatt* vorlesen muss. Simon hat sich in letzter Zeit des Öfteren abends mit seinen Kollegen ein Feierabendbier gegönnt, so dass meist ich es war, die die Kinder beim Zubettgehritual beaufsichtigen und darauf hinweisen musste, dass mal eben die Zahnbürste nass zu machen und sie sich kurz in den Mund zu schieben nichts mit Zähneputzen zu tun hat, was nicht selten in einem

Schreiduell endete. Und wenn ich sie dann endlich ins Bett gesteckt hatte, standen sie x Mal wieder auf und klagten über irgendwelche imaginären Schmerzen, bis ich klein beigab und ihnen eine Placebo-Dosis Paracetamol verabreichte. Höchste Zeit also, dass Simon mal wieder den Babysitter macht. Korrigiere: seinen Vaterpflichten nachkommt.

Samstag, 2. Mai

Als wir im Pub an der Bar standen, rechnete Hannah uns vor, dass es finanziell gesehen klüger war, eine Flasche Wein zu bestellen als separate Gläser. Und damit war der Absturz besiegelt.

Hannah war genervt, weil ihr nur noch ein Monat für die Organisation der Hochzeit blieb und sich Charlie ihrer Ansicht nach nicht ausreichend in die Planung einbrachte, ganz im Gegensatz zu ihrer Mutter, die sich zu sehr einbrachte, seit sie Pinterest entdeckt hatte. Seither blockt Hannah endgültig ab, wann immer ich versuche, ihr irgendwelche Vorschläge zu unterbreiten. Angeblich überfordert es sie, wenn sie von zwei Leuten gleichzeitig mit E-Mails zum Thema Gastgeschenke und originelle Tischdekoration bombardiert wird.

»Stellt euch vor, auf die Frage, ob die Pfingstrosen für den Blumenschmuck seiner Ansicht nach eher altrosa oder roséfarben sein sollten, hat er doch glatt geantwortet, das sei ihm scheißegal«, stieß sie empört hervor. »Und meine Mum erzählt mir derweil am Telefon, dass sie sich übers Internet einen Glasschneider bestellt hat, damit sie alte Weinflaschen zu Vasen und alte Ginflaschen zu Kerzenständern umfunktionieren kann. Und sie will aus diesen großen Dosen, in denen Cateringfirmen ihren Instantkaffee geliefert bekommen, Laternen basteln. Sie hat Marjorie, die im Altersheim arbeitet, bereits gebeten, sämtliche Kaffeedosen für sie aufzubewahren. Wenn das so weitergeht, gleicht meine Hochzeit einer Versammlung der Anonymen Alkoholiker auf einem Schrottplatz! Ich frage mich, wie sie überhaupt auf Pinterest gekommen ist. Normalerweise interessiert sie sich nur für die Webseiten von John Lewis und Lakeland.«

Ich murmelte etwas Unverbindliches, da ich nicht ausschließen konnte, dass ich es gewesen war, die Mrs P ans Herz gelegt hatte, sich auf Pinterest nach Ideen für die Hochzeit ihrer Tochter umzusehen.

Katie wiederum war sauer auf Tim. »Manchmal ist er so ein unsensibles Aas! Er glaubt, nur weil er arbeiten geht, während ich bei den Mädchen zu Hause bleibe, müsste ich ihn von vorn bis hinten bedienen. Ihm ist nicht klar, wie viel Arbeit zwei kleine Kinder machen und wie zeitintensiv ihre Betreuung ist, selbst jetzt noch, wo Lily in die Schule geht. Ich verlange ja noch nicht einmal viel Unterstützung von ihm – im Grunde will ich lediglich ein bisschen Respekt, verdammt noch mal!«

»Unverschämter Mistkerl!«, riefen wir im Chor.

»Noch eine Flasche!«, rief Katie.

An dieser Stelle beschloss ich, auf Gin umzusteigen, was keine gute Idee war, denn als Hannah wenig später wissen wollte, wie es mir gehe und was bei mir so los sei, brach ich prompt in Tränen aus, statt mit einem nonchalanten »Och, alles okay soweit« zu antworten, wie ich es normalerweise getan hätte.

Sam tätschelte mir unbeholfen die Schulter. »Du liebe Zeit,

Ellen, was ist denn passiert?«, fragte er, und da brach alles aus mir heraus: Dass Simon im Gästezimmer schlief und stinksauer auf mich war, und ich auf ihn ebenfalls, dass ich endlich Arbeitskollegen hatte, die mich als Mensch sahen, statt auf meine Kosten abfällige Witze über das angeblich eingeschränkte Denkvermögen von Müttern zu machen, dass ich deswegen allerdings immer und immer wieder gelogen hatte und dass ich mich ganz allgemein total *gestresst* fühlte und einfach alles Kacke war und ich keine Ahnung hatte, wie ich das jemals wieder einrenken sollte.

»Und sagt jetzt nicht, ich soll doch mal mit Simon oder meinen Kollegen reden«, schniefte ich. »Simon *hört mir nämlich nicht zu*, und überhaupt ist es mit Reden nicht getan. Und ich *will* meinen Kollegen nicht von den Kindern erzählen! Dann fangen sie bloß an, über mich herzuziehen, genau wie über Lydia.«

»Na ja, irgendwann wirst du mit irgendjemandem reden müssen«, sagte Katie. »Du kannst ja nicht ewig alles unter den Teppich kehren.«

»Und ob ich das kann«, schniefte ich. »Ich bin schließlich *Britin!*«

»Trotzdem«, sagte Hannah. »Die Situation ist ganz schön verfahren, Süße. Du musst zusehen, dass das wieder in Ordnung kommt. Simon liebt dich, das weiß ich. Ihr macht nur gerade eine schwierige Phase durch.«

»Wir machen andauernd schwierige Phasen durch! Es kommt mir so vor, als würde meine Ehe nur noch aus Momenten bestehen, in denen ich versuche, mir krampfhaft in Erinnerung zu rufen, warum ich ihn geheiratet habe! Das Eheleben sollte nicht so schwierig sein!«

»Ist es aber«, sagte Hannah weise. »Aber du weißt noch, warum du ihn geheiratet hast? Und du liebst ihn noch?«

»Ich glaube schon, aber ich habe keine Ahnung, ob er mich noch liebt.«

JUNI

Donnerstag, 1. Juni

Das Drama um den »Erdbeeren mit Sahne«-Stand geht weiter. Vorhin habe ich, weil ich von all den stinkfaulen Flachwichsern mit ihren armseligen Ausreden so genervt war, eine ziemlich bissige Rundmail an alle Eltern geschickt und verkündet, dass es keinen »Erdbeeren mit Sahne«-Stand geben wird, weil sich keine freiwilligen Helfer dafür gemeldet haben. Ich kann nicht alles machen, und manches fällt dann eben hinten runter, und in Anbetracht der Gesamtlage ist diese Angelegenheit gerade mein geringstes Problem. *Mir doch schnuppe*, dachte ich. *Schiebt euch eure Erdbeeren mit Sahne sonstwohin*!

Kaum hatte ich auf »Senden« geklickt, trudelten auch schon die ersten Antworten ein. Ein paar der Eltern behaupteten doch wirklich, sie hätten keinerlei E-Mails zu dem Thema erhalten, sonst hätten sie sich *natürlich* sofort als freiwillige Helfer gemeldet, andere schrieben erbost, ich könne den Stand doch auch sehr gut selbst und allein betreuen, und nun sei ihnen die Vorfreude auf das Schulsportfest vergällt, nachdem sie sich schon so auf den »Erdbeeren mit Sahne«-Stand gefreut hätten. Ich ignorierte sie allesamt, und es fühlte sich *großartig* an.

Allmählich hege ich den Verdacht, dass Fiona Montague und Lucy Atkinsons Mummy in ihrer Funktion als Födervereinsvorstandsmitglieder nur deshalb immer ein Klemmbrett dabeihatten, weil man den Leuten damit eins überziehen kann, und nicht, weil sie so superwichtig rüberkommen wollten.

Freitag, 2. Juni – Schulsportfest

Argh! Erst der ganze Verdruss wegen des »Erdbeeren mit Sahne«-Standes, dann die Tatsache, dass ich im Büro immer noch absurdere Ausreden vorbringen muss, um mir einen halben Tag freinehmen zu können (Diesmal war es eine Beerdigung – ich muss mir unbedingt notieren, welche meiner älteren Verwandten ich auf diese Weise schon um die Ecke gebracht habe, damit ich mich nicht wiederhole!), und zu allem Überfluss hat Lydia angefangen, mir verfängliche Fragen zu stellen (Das verdanke ich nur dieser GOTTVERDAMMTEN Kiki, die mich andauernd mit E-Mails bombardiert!).

Und als ich dann vorhin auf dem Sportplatz erschien, um meine Tochter an ihrem letzten Schulsportfest in der Grundschule anzufeuern, brummte Jane doch glatt: »Das hättest du dir auch sparen können. Ich hasse dieses dämliche Schulsportfest. Bitte sei nicht peinlich, ja? Weißt du was, tu am besten einfach so, als würden wir uns nicht kennen, okay? Du kannst ja rübergehen zu Peter und den anfeuern. Schade, dass Juliette nicht da ist. Sie war cool.«

UNVERSCHÄMTHEIT! Und das, nachdem ich es mit Mühe und Not geschafft hatte, mir einen halben Tag für sie freizuschaufeln! IMPERTINENTES GÖR!

Samstag, 10. Juni

Heute wurde ich zum Lunch mit Jessica und Natalia gebeten – Jessica verschickt keine *Einladungen*, sie teilt einem lediglich mit, wann und wo man zu erscheinen hat. Es kommt ihr gar nicht in den Sinn, dass ihre Mitmenschen womöglich bereits andere Pläne haben könnten.

Während des Essens wurde mir bewusst, dass ich mich noch nie richtig mit Natalia unterhalten hatte. Bislang wurde die Ärmste ja immer von einem meiner Kinder (oder beiden zugleich) belagert, zugetextet oder mit diversen klebrigen Substanzen bekleckert. Als ich eine Bemerkung in dieser Richtung vom Stapel ließ, lächelte sie schief.

»Stimmt. Genau deshalb habe ich angeregt, dass wir drei uns mal ohne Kinder treffen.«

»Also, meine Kinder wissen, wie sie sich zu benehmen haben«, bemerkte Jessica blasiert. »Habt ihr schon gehört, dass Persephone ihre Klavierprüfung mit Auszeichnung bestanden hat? Und Gulliver nimmt demnächst an der National Poetry Competition teil – das ist nebenbei bemerkt kein Kinderbewerb, sondern einer für Erwachsene –, und ich höre von allen Seiten, er habe gute Chancen zu gewinnen.«

Das wusste ich in der Tat bereits, weil mich Mum einmal die Woche anruft, um mir unter die Nase zu reiben, dass alle anderen ein viel tolleres Leben führen als ich. »Cathy Evans Tochter hat jetzt ihren zweiten Doktortitel in der Tasche, und

Tom – du weißt schon, Tom Henderson, Schatz, doch, natürlich kennst du Tom Henderson, Eleanor Hendersons jüngster Sohn … Nein, Schatz, das muss ein anderer Tom gewesen sein; ich kann mir *beim besten Willen* nicht vorstellen, dass Eleanors Sohn Schweißhände hatte und deine Mitschülerinnen begrapscht hat! Na, jedenfalls hat Tom eine *sagenhafte* Beförderung gekriegt und sich einen Aston Martin gekauft, und Felicity Moores Enkelin studiert jetzt in *Oxford*! Und wie geht es Peter und Jane? Haben die beiden schon aufgehört zu *beißen*? Die liebe *Persephone* ist ja ein wahres Wunderkind, nicht?«

So plauderten wir eine Weile höflich über dies und jenes, und Jessica prahlte weiter fleißig mit ihrem Nachwuchs, während ich zufrieden bei mir dachte, dass meine Kinder zwar keine Genies sein mochten, aber dafür verfügten sie über ein gewisses Maß an emotionaler Resilienz und hatten die Erkenntnis, dass der Weihnachtsmann nicht existiert, ohne Nervenzusammenbruch verkraftet. Und außerdem hatten sie Sinn für Humor (wenn auch einen ziemlich schrägen, düsteren), und das war mehr, als Sankt Persephone und Sankt Gulliver von sich behaupten konnten.

Natalia gab gelegentlich pseudointeressierte Laute von sich, wirkte ansonsten aber genauso gelangweilt von Jessicas Geschwafel wie ich. Als Jessica von Gullivers revolutionärem Gebrauch des jambischen Pentameters zu schwärmen begann, unterbrach sie sie, um zu fragen, ob wir uns noch eine Flasche Wein genehmigen sollten.

Allmählich wurde sie mir sympathisch.

Nachdem Natalia noch eine dritte Flasche bestellt hatte (Warum hatte ich je Vorbehalte gegenüber dieser ausgesprochen liebenswürdigen Zeitgenossin gehabt? Sie war ganz offensichtlich eine Schwester im Geiste!), fragte sie mich, wie es mir denn so gehe, und da mir der Alkohol die Zunge gelöst hatte, gestand ich, dass ich gehörig in der Zwickmühle steckte.

Ich musste einige Zwischenfragen beantworten (»Wer ist Lydia?«, »Warum mag dieser Alan keine Kinder?«, »Wer war noch gleich James?«), aber schließlich hatten sie die epischen Ausmaße meiner Probleme erfasst.

Jessica reagierte erwartungsgemäß wenig mitfühlend: »Gütiger Himmel, Ellen, es kommt mir so vor, als würdest du dir absichtlich selbst das Leben schwer machen!«

»Ich hatte es weiß Gott nicht darauf angelegt! Ich wollte doch bloß, dass mich meine Kollegen nicht nur als Mutter sehen, verdammt noch mal! Ich wollte ihnen beweisen, dass ich eine fähige, verantwortungsbewusste ...«

»Na ja, es zeugt nicht gerade von Verantwortungsbewusstsein, sich in ein Netz aus Lügen zu verstricken«, ätzte Jessica.

»Schnauze, Jessica! Ich wollte eben beweisen, dass ich durchaus in der Lage bin, meine Aufgaben zu erfüllen, ehe sie anfangen zu motzen, weil ich wegen der Kinder dann und wann einen halben Tag Urlaub nehmen muss. Du glaubst ja gar nicht, was sich Lydia so alles anhören muss, dabei arbeitet sie vermutlich härter als alle anderen in unserer Abteilung. Trotzdem wird sie in erster Linie als Mutter gesehen, und die anderen unterstellen ihr, dass sie nicht genug Einsatz zeigt und ihr die Familie wichtiger ist als der Job. Und ich hatte diese Scheiße einfach so satt. Ich wollte mehr sein als bloß Mutter. Was ist denn daran so falsch?«

»Aber du *bist* nun einmal Mutter!«, wandte Jessica ein.

»*Weiß ich doch!* Aber muss das denn wirklich Konsequenzen in jedem einzelnen Bereich meines Lebens haben? Solange ich im Büro tue, was von mir verlangt wird, sollte mein Familienstand doch eigentlich nichts zur Sache tun. *Tut er aber!* Und über die *Väter* witzelt niemand! James und Joe und Ed werden nicht anders behandelt, weil sie Kinder haben, und Simon und Neil verdammt noch mal auch nicht, oder? Es geht nur uns Frauen so, und ich habe die Schnauze voll davon, wie eine Angestellte zweiter Klasse behandelt zu werden. Aber ich hatte natürlich nicht damit gerechnet, dass die Sache derart aus dem Ruder laufen würde.«

»Sie hat recht«, meldete sich Natalia zu Wort. »Mütter werden tatsächlich anders behandelt als Väter. Ich beobachte immer wieder, dass Frauen bei Beförderungen übergangen oder zur Tür hinausgemanagt werden. Das ist einer der Gründe, warum ich mich gegen die Mutterschaft entschieden habe. Es ist falsch, ich finde es skandalös, aber es hat keinen Zweck, dieses Phänomen zu leugnen.«

Jessica schnaubte verächtlich. »Also, mir ist so etwas noch nie passiert.«

»Dann bist du entweder eine der wenigen Glücklichen, die davon verschont geblieben sind, oder du stellst dich blind. Denn Ellen hat recht, es passiert ständig. Ich sage nicht, dass es die Lösung ist, seine Kinder zu verleugnen, aber ich verstehe Ellen durchaus. Ich meine, ich wollte ohnehin nie Kinder – mein Mutterinstinkt ist nicht besonders ausgeprägt –, aber ich hatte auch keine Lust darauf, wie ein Mensch zweiter Klasse behandelt zu werden. Es sollte nicht so sein, aber es ist eine Tatsache, dass die Gesellschaft einer Frau anders begegnet, sobald sie ein Kind bekommt, während sich für einen Mann nicht das Geringste ändert. Und das ist eine bodenlose Ungerechtigkeit. Und leider sind es nicht bloß die Männer, die diese ›Tradition‹ aufrechterhalten. Frauen in Führungspositionen sind oft nicht viel besser, und auch die Medien hauen in die gleiche Kerbe – bestimmte Boulevardzeitungen drucken immer wieder Artikel von Kolumnistinnen, die behaupten, arbeitende Mütter würden im Büro nichts weiter tun, als online Lebensmittel einzukaufen und dann früher Feierabend zu machen.«

»Und, was soll ich jetzt machen?«, fragte ich kläglich.

»Ich glaube, du musst mit der Wahrheit herausrücken«, sagte Natalia. »Du hast nichts falsch gemacht, zumal dein Boss ja weiß, dass du Kinder hast. Im Grunde genommen hast du nichts anderes getan als all die Typen, die ihre Kollegen am Montagmorgen glauben lassen, sie hätten am Wochenende ein Supermodel gevögelt, obwohl sie in Wahrheit in der Unterhose auf dem Sofa gehockt und sich einen von der Palme gewedelt haben.«

»Igitt.« Ich schüttelte mich angesichts der Bilder, die bei Natalias Worten vor meinem geistigen Auge entstanden.

»Und nebenbei bemerkt ist dein Verhalten etwas unfair Lydia gegenüber, nicht?«, fuhr sie fort. »Sie muss als einzige Mutter in der Abteilung die ganze Kritik einstecken, dabei tust du nichts anderes als sie. Du spinnst dabei lediglich ein völlig unnötiges Lügengeflecht.«

Nicht zu fassen, dass jemand nach drei Flaschen Wein noch so vernünftig argumentieren konnte!

»Ich weiß, ich weiß, aber was soll ich denn sagen? Kann ich nicht doch behaupten, ich hätte Peter und Jane adoptiert?«

»Ich glaube kaum, dass noch mehr Lügen die Lösung sind«, sagte Natalia sanft. »Erzähl ihnen einfach die Wahrheit.«

Die Wahrheit. Kann ich das, nach all den Lügen, die ich erzählt habe? Vielleicht sollte ich mir einfach einen neuen Job suchen. Aber ich liebe meinen Job. Ich will keinen anderen. Shit. Was habe ich getan?

Ich behielt wohlweislich für mich, dass ich befürchtete, Simon könnte mich verlassen; ich glaube, Jessica wäre der Kopf explodiert vor Freude über diese Gelegenheit, mir erneut reinzudrücken, wie groß mein Talent war, mir selbst das Leben schwer zu machen.

Freitag, 16. Juni

Ich glaube, ich kann mit Fug und Recht sagen, heute war einer dieser Tage, an denen man immer wieder denkt, schlimmer kann es jetzt echt nicht mehr kommen, und dann wird man prompt eines Besseren belehrt.

Anfangs war noch alles in bester Ordnung. Wir hatten wieder ein Großprojekt rechtzeitig abgeschlossen, und unser Kunde war hochzufrieden. Alle waren so erleichtert und aufgekratzt wie eine Schulklasse am Tag vor den Sommerferien. Ed schickte sich sogar an, mit James abzuklatschen, kam aber gerade noch rechtzeitig zur Besinnung und verzog sich wieder in sein Büro. Abends wollten wir ausgehen, um unseren Erfolg gebührend zu begießen, und ich freute mich auf die Gelegenheit, meinen ganzen Ärger mal ein paar Stunden zu vergessen. Gegen halb fünf verkündete Lydia, sie müsse nach Hause und könne auch abends nicht mit dabei sein, denn ihre Nanny habe gerade angerufen und gesagt, sie fühle sich krank. »Ach ja, und am Montag komme ich erst gegen Mittag, da haben meine Kinder Schulsportfest.« James und Alan seufzten und schnalzten mit der Zunge, und Alan setzte wie üblich seine Märtyrermiene auf und sagte, er benötige von Lydia aber dringend irgendwelche lebensnotwendigen Informationen, die in Wahrheit total unwichtig waren.

Als Lydia sagte, sie habe ihm selbige bereits in einer E-Mail geschickt, schnarrte er: »Na, vielen herzlichen Dank, Lydia. Ich schätze, ich sollte dankbar sein, wenn du es zwischen deinen diversen Vergnügungen schaffst, zur Abwechslung mal deine Arbeit zu erledigen. Das ist wirklich sehr zuvorkommend von dir. Ich hoffe, es hat dich nicht zu sehr vom Cupcake-Backen für den Kuchenstand oder etwaigen anderen wichtigen Mutterpflichten abgelenkt.«

»Was willst du damit sagen, Alan?«, fragte Lydia leise.

»Ach, nur, dass wir alle gern behaupten würden, wir müssten wegen irgendwelcher Kniebeißer früher Feierabend machen oder könnten erst mittags ins Büro kommen.«

»Hör auf, Alan«, sagte ich. »Klar wäre es schön, wenn wir schon jetzt losziehen und im Pub ein paar Drinks kippen könnten, aber das geht nun mal nicht. Lass deinen Ärger darüber nicht an Lydia aus.«

»Tu ich gar nicht. Nervt es dich nicht auch, dass Lydia ständig Arbeit auf uns abwälzt, damit sie glückliche Familie spielen kann?«

»Wann habe ich denn je Arbeit auf dich abgewälzt?«, stieß Lydia aufgebracht hervor. »Nenn mir nur einen einzigen Fall! Ich erledige meine Arbeit ganz ohne fremde Hilfe, und zwar immer rechtzeitig, was du von dir nicht behaupten kannst! Ja, manchmal werde ich im Büro nicht damit fertig, weil ich nach Hause gehen und die Kinder ins Bett stecken muss, aber dann sitze ich dort noch bis Mitternacht am Laptop, weil wir nämlich im einundzwanzigsten Jahrhundert leben und dank zahlreicher technologischer Errungenschaften nicht mehr von neun Uhr morgens bis fünf Uhr abends an den Schreitisch gekettet sein müssen, um unsere Arbeit zu tun! Und ich habe die Nase gestrichen voll davon, dass hinter meinem Rücken immer getuschelt wird und dass ihr mir unterstellt, ich würde weniger leisten als ihr! Ich habe mir verdammt noch mal keine einzige Stunde mehr freigenommen, als mir zusteht, und ich plane meinen Sommerurlaub immer so, dass ich den Rest des Jahres über bei Bedarf trotzdem noch für meine Kinder da sein kann. Und im Übrigen hat sich Ellen ganz schön oft freigenommen, um ›zum Zahnarzt‹ oder ›zum Gynäkologen‹ zu gehen, und du hast deswegen kein einziges Mal eine bissige Bemerkung vom Stapel gelassen. Und es scheint auch niemand zu bemerken, wie viel Zeit sie damit zubringt, E-Mails mit ihren Kolleginnen vom Förderverein auszutauschen.«

»Hä?« Alan drehte sich zu mir um. »Warum denn das?«

»Weil sie AUCH Kinder hat!«, sagte Lydia mit triumphierender Miene. »Ich weiß es auch nur, weil mich Gabrielle von der Personalabteilung kürzlich gefragt hat, ob Ellen und ich uns gut verstehen, weil wir ja beide Mütter sind und Arbeit und Familie unter einen Hut bringen müssen. Ellen hat zwei Kinder und einen Mann.«

James musterte mich mit großen Augen. »Aber du hast doch behauptet …«

»Hab ich nicht«, widersprach ich matt. »Das habt ihr euch aus unerfindlichen Gründen so zusammengedichtet.«

»Und warum hast du uns nicht korrigiert?«, fragte Alan verwirrt.

»Keine Ahnung!«, rief ich kläglich. »Ich wollte es euch ja

sagen, aber irgendwann war es zu spät, und außerdem gefiel mir mein neues Image als kinderlose Karrierefrau!«

»Tja, das beweist dann wohl, dass Lydia ein Drückeberger ist. Ich meine, James lässt uns auch nicht ständig wegen seiner Vaterpflichten hängen, weil er sich um seine Kinder kümmern muss, und Ellen hat es sogar geschafft, uns ihre Kinder komplett zu verheimlichen.«

»Weil sie euch angelogen hat, Herrgott noch mal!«, rief Lydia. »Weil sie wusste, dass sie sich im Gegensatz zu mir keine fiesen Sprüche von euch anhören muss. Und James überlässt die Betreuung seiner Kinder ganz einfach seiner Frau.«

»Ist das wahr, Ellen?«, fragte Alan.

»Na ja, irgendwie schon. Ich meine, ich habe tatsächlich zwei Kinder, aber ich habe sie nie erwähnt, weil ich nicht so behandelt werden wollte wie Lydia. Und ja, jedes Mal, wenn ich zu einem Schulevent meiner Kinder musste, habe ich einen Arzttermin vorgeschoben, und siehe da, KEIN SCHWEIN hat mir deswegen Vorwürfe gemacht!«

»Während *ich* die volle Breitseite abgekriegt habe«, fügte Lydia hinzu. »Monatelang hast du zugesehen, wie sie mich fertigmachen und so getan, als würde dich das alles nichts angehen. Du hast mich kein einziges Mal verteidigt!«

»Ich weiß, Lydia«, sagte ich. »Das war scheiße von mir, und es tut mir aufrichtig leid. Aber sieh es mal so: Wenn ich von Anfang an die Wahrheit gesagt hätte, dann hätten sie sich über uns beide das Maul zerrissen, aber so sind sie jetzt zumindest gezwungen, ihr Verhalten zu überdenken.«

»Das ist nicht dein Ernst, oder?«, fragte Alan. »Du glaubst echt, wir haben nach all dem eine *bessere* Meinung von dir?«

»Na ja, von mir vielleicht nicht, aber von Lydia. Vielleicht ist euch jetzt endlich bewusst, dass Lydia eine engagierte, fähige Mitarbeiterin ist und sich keineswegs vor der Arbeit drückt. Und vielleicht wird James jetzt mal klar, wie stressig es für seine Frau ist, dass er sie andauernd hängen lässt und sie alles allein wuppen muss. So, und jetzt gehe ich, ich muss nämlich meine Kinder von der Schule abholen. Schönes Wochenende allerseits. Wir sehen uns dann am Montag. Lydia, ich würde dir ja viel Spaß auf dem Schulsportfest wünschen, aber wenn es sich auch nur annähernd so gestaltet wie das meiner Kinder neulich, dann kann ich mir das wohl sparen. Also, denk dran: Was zählt, ist das Gefühl, für sie da zu sein.«

»Ich fass es nicht«, sagte James kopfschüttelnd. »Du hast also echt zwei Kinder und einen Ehemann?«

»Tja, ob ich den noch habe, ist leider fraglich«, erwiderte ich bekümmert, marschierte von dannen und verfluchte die moderne Technologie, weil ich erst meinen Mitarbeiterausweis aus der Handtasche kramen musste, ehe ich das Büro verlassen konnte, was nicht ansatzweise so dramatisch ist, wie die Tür hinter sich zuzuknallen.

Bis ich mit den Kindern nach Hause kam, hatte sich mein Adrenalinspiegel wieder normalisiert, aber mir graute bei dem Gedanken an die möglichen Konsequenzen meines Verhaltens. Ich rieb gerade reichlich abwesend und mit einem flauen Gefühl im Magen den Käse für die Pasta der Kinder, als mir auffiel, dass der Hund gar nicht bettelnd um mich herumscharwenzelte. Normalerweise kommt er sofort angeschossen, sobald ich ein Stück Käse auch nur im Kühlschrank von links nach rechts schiebe, und dann stiert er so lange mit drohendem Blick zu mir hoch, bis ich ihm ein Stück gebe, obwohl er Käse nicht verträgt und davon immer fürchterlich übelriechend pupsen muss.

Mir wurde bewusst, dass ich den Hund nicht mehr gesehen hatte, seit er uns vorhin in gewohnt überschwänglicher Manier begrüßt hatte. Ich warf einen Blick in den Garten. Nichts. Ich klapperte seine Lieblingsplätze ab, darunter sämtliche Betten und das Sofa. Nichts. Schließlich rief ich vom Fuße der Treppe: »Kinder, habt ihr den Hund gesehen?« Es dauerte eine Weile, dann kam Jane herunter und sagte: »Ich hab ihn rausgelassen.«

»Und hast du ihn auch wieder reingelassen?«, fragte ich.

»Ähm, nein.«

»Jane! Du weißt doch, dass man ihn nicht unbeaufsichtigt draußen lassen kann! Unser Garten ist nicht terriersicher, auch wenn wir eine Menge Geld in Zäune und dergleichen mehr investiert haben. Oh, Gott, wo kann er bloß sein?«

Nachdem ich eine Weile im Garten auf und ab gelaufen war und ihn – vergeblich – mit der Aussicht auf Käse anzulocken versucht hatte, begann ich unsere Straße abzusuchen, wobei ich mal meine hirnamputierten Kinder verfluchte, die nicht in der Lage waren, die simpelsten Anweisungen zu befolgen, mal meinen renitenten Terrier, der andauernd ausbüxte und mir dabei nichts als Ärger einbrockte.

Womöglich hatte er sich wieder durch die Katzentür in die Küche unserer Nachbarn gequetscht, um dort den Futternapf der erbosten Katze zu leeren. Er hatte auch schon Amelia Watsons Meerschweinchen terrorisiert und Mrs Jenkins geliebte Begonien mit einem gigantischen Haufen dekoriert.

Und wie ich so den Bürgersteig entlangstapfte und in regelmäßigen Abständen pfiff und den Namen meines Hundes rief, schoss auf der gegenüberliegenden Straßenseite urplötzlich ein kleines schwarzes Bündel zwischen zwei geparkten Autos hervor und flitzte auf mich zu. Wie in Trance registrierte ich, dass im selben Augenblick ein Auto mit quietschenden Bremsen hielt. Das kleine schwarze Bündel wurde durch die Luft gewirbelt und kam auf dem Asphalt zu liegen, und ich rannte darauf zu, während jemand aus dem Auto stieg und etwas sagte. Ich hörte nicht, was; ich sah nur die kleine schwarze Schnauze und die großen braunen Augen, die mich zur Abwechslung nicht vorwurfsvoll, sondern ängstlich und schmerzerfüllt musterten. Er winselte, als ich ihn erreichte, und versuchte doch tatsächlich, mit dem Schwanz zu wedeln, als wollte er sagen: »Ach, hallo, du bist es.«

»Nicht bewegen«, flüsterte ich. »Ich bin bei dir. Alles wird gut.« Vor meinen Augen verschwamm alles, und es dauerte einen Moment, bis mir klar wurde, dass ich weinte. Mein Hund hasst es, wenn ich weine. Seiner Ansicht nach ist es völlig überflüssig, Tränen zu vergießen, da wird bloß sein Fell nass. *Ich darf nicht heulen*, dachte ich, *sonst ist er sauer.*

Hinter mir sagte jemand etwas – eine ältere Dame, die ein ums andere Mal wiederholte: »Es tut mir leid! Es tut mir so leid! Ich habe ihn nicht gesehen! Es tut mir leid!«

Sie hielt mir eine Decke hin und sagte etwas von wegen Tierarzt. Dann war auf einmal Katie neben mir, und auch sie rief: »Er muss sofort zur Tierärztin, Ellen!«

Erst da erwachte ich aus meinem tranceähnlichen Zustand, und das Gefühl, alles wie in Zeitlupe zu erleben, verflog.

Die Tierärztin. Natürlich. Warum kniete ich hier neben meinem Hund auf der Straße, wo er doch dringend zur Tierärztin gefahren werden musste?

Die ältere Dame erbot sich, uns hinzubringen, und Katie nickte und versprach: »Ich passe solange auf die Kinder auf, Ellen.«

Jane stand neben ihr und weinte herzzerreißend. »Es tut mir so leid, Mami! Das ist alles meine Schuld! Ich hab vergessen, ihn wieder reinzulassen. Es tut mir leid! Wird er wieder gesund?«

Und auch Peter, der den Hund gar nicht leiden kann, war schneeweiß im Gesicht und fragte mit zitternder Stimme: »Die Tierärztin macht ihn wieder gesund, oder, Mami?«

»Ich weiß es nicht«, sagte ich zögernd. »Wir werden sehen. Katie, würdest du Simon anrufen und ihm sagen, was passiert ist?«

»Natürlich«, sagte sie. »Und ich rufe Susie an und sage Bescheid, dass ihr kommt.«

Die ältere Dame beteuerte auch auf dem Weg zur Praxis in einem fort, wie leid ihr das alles tue, aber ich hörte es kaum. Ich konnte nur an meine erste Begegnung mit Mister Wuffington denken, damals im Tierheim. Man hatte ihn zu mir geführt, ein hyperaktives Fellbündel, das vor Aufregung auf den Hinterläufen herumtänzelte, und schon beim ersten spitzbübischen Blick aus diesen braunen Augen war es um mein Herz geschehen. Er war bereits etwa eineinhalb Jahre alt und schon zwei Mal von Vorbesitzern zurückgegeben worden, die fälschlicherweise angenommen hatten, so ein Border Terrier sei ein ruhiges Schoßhündchen. Als er mir damals auf den Schoß gehüpft war, hatte ich ihm versprochen, dass er bei uns eine feste Bleibe finden würde, und nach seinem Einzug bei uns war er schon sehr bald der Herr im Haus gewesen. Er ist unfolgsam und aufsässig, und nicht selten müffelt er;

er tut, als würden sämtliche Betten ihm gehören, und lässt uns nur widerstrebend darin schlafen, und ich musste seinetwegen eine Kindersicherung an der Kühlschranktür anbringen, weil er sonst den ganzen Käse verputzen würde, aber ich konnte den Gedanken nicht ertragen, dass sich diese Augen womöglich für immer schließen würden, dass er nie wieder den Kopf schief legen und mich mit seinem vorwurfsvollen Blick mustern würde. Ich war nicht bereit, ihm Lebewohl zu sagen.

In der Praxis angekommen wurden wir geradewegs ins Behandlungszimmer geführt. Susie, die Tierärztin, die unseren Hund gut kennt, empfing uns freundlich und mit professioneller Gefasstheit, obwohl sie der Vorfall sichtlich mitnahm.

»Er ist bei Bewusstsein«, stellte sie fest. »Das ist gut. Aber er steht garantiert unter Schock. Ich lege ihm gleich mal einen Tropf, und dann untersuche ich ihn.«

»Kann ich bleiben?«, fragte ich.

»Natürlich.«

Er wirkte sehr klein, wie er dort auf dem Metalltisch lag. Am liebsten hätte ich ihn in die Arme geschlossen und an mich gedrückt, damit er mir die Pfoten um den Hals legen konnte, wie er es gern tat. Er erkannte Susie, als sie ihm die Infusion legte, und versuchte erneut, mit dem Schwanz zu wedeln.

Während der Untersuchung kratzte ich ihn an seiner Lieblingsstelle hinter dem Ohr, und er schmiegte fordernd den Kopf in meine Hand, zuckte dabei aber zusammen und winselte wieder.

»Okay«, sagte Susie nach einer Weile. »Ich bin ziemlich sicher, dass sein Vorderlauf gebrochen ist ...«

»Oh, Gott. Aber das kannst du in Ordnung bringen, nicht?

Es ist ja nur ein gebrochener Knochen, und er ist ein Hund, kein Pferd. Es gibt sogar Hunde, die haben nur zwei Beine. Er wird wieder gesund, nicht?«

»Ich hoffe es sehr, Ellen, aber er ist ein ziemlich kleiner Hund, der von einem ziemlich großen Auto angefahren wurde. Der Bruch wird verheilen, ja, aber der ist nicht das größte Problem. Ich muss erst ein Röntgenbild vom Brustraum machen und sehen, ob er innere Verletzungen davongetragen hat, ehe ich sagen kann, wie schlimm es ist. Sein Zustand ist stabil, das ist schon mal gut.«

In diesem Augenblick stürmte Simon herein.

»Oh, Gott, Liebes, ich bin gleich hergefahren, als ich es gehört habe.« Er sah besorgt zu Susie. »Wie geht es ihm? Wird er wieder?«

Sie wiederholte, was sie mir gerade gesagt hatte.

»Okay, und was jetzt? Bekommt er einen Gips?«

»Nein.« Susie schüttelte den Kopf. »Er bekommt jetzt erst einmal eine Narkose, und dann sehen wir uns auf dem Röntgenbild an, wie schlimm der Bruch ist und ob irgendwelche Organe in Mitleidenschaft gezogen wurden. Davon hängt ab, was als Nächstes passiert. Wenn nur der Vorderlauf gebrochen ist, hat er Glück; wir haben hier einen hervorragenden neuen Arzt, der auf solche Operationen spezialisiert ist. Der kann ihn bestimmt wieder zusammenflicken. Falls das allerdings nicht die einzige Verletzung ist, werden wir abwägen müssen, was für den Kleinen das Beste ist.«

»Oh, nein!«, flüsterte ich. »Soll das heißen, er muss womöglich eingeschläfert werden? Nein, das kannst du nicht machen! Sieh ihn dir doch an! Er hat mit dem Schwanz gewedelt! Nein, das lasse ich nicht zu!«

»Ellen, ich kann dir im Moment nicht mit hundertprozentiger Sicherheit sagen, wie es weitergeht, aber was auch immer geschieht, es muss jetzt darum gehen, was das Beste für *ihn* ist, und nicht für dich. Ich werde alles in meiner Macht Stehende tun, um ihn zu retten, okay? Nenn es Glück im Unglück, aber zumindest sind durch eure Versicherung so ziemlich alle Leistungen abgedeckt, es kommen also wenigstens keine horrenden Kosten auf euch zu.«

»Scheiß auf die Kosten!«, stieß Simon hervor. »Darauf kommt es nun wirklich nicht an. Tu für ihn, was du kannst, okay? Und wenn es sein muss ...« Er schluckte schwer. »Im allerschlimmsten Fall dürfen wir uns ja bestimmt noch von ihm verabschieden, nicht?«

Ich heulte noch lauter, und als mir Simon vorsichtig den Arm um die Schulter legte, barg ich schluchzend den Kopf an seiner Brust.

»Selbstverständlich«, sagte Susie. »Ich bereite ihn dann mal für die Narkose und das Röntgen vor. Es wird eine Weile dauern; es ist also vermutlich das Beste, wenn ihr nach Hause fahrt. Wir behalten ihn über Nacht hier.«

»Kann ich nicht bei ihm bleiben?«, schniefte ich.

»Nein, das geht leider nicht«, sagte sie bedauernd. »Aber du könntest ihm eine Decke oder ein Spielzeug bringen.«

»Das machen wir«, sagte Simon fest, während ich aufs Neue losplärrte.

»Ihr könnt gern noch eine Weile hierbleiben, aber im Grunde könnt ihr nichts für ihn tun«, sagte Susie. »Ich melde mich, sobald es Neuigkeiten gibt.«

Ich weinte noch eine ganze Weile, während Simon mich in den Armen hielt und mir übers Haar streichelte und mich daran erinnerte, dass Border Terrier ganz schön tough sind. »Susie hat ja auch gesagt, dass er sehr wahrscheinlich wieder auf die Beine kommt. Aber sie musste uns natürlich auf das Schlimmste vorbereiten, nur für alle Fälle.« Seine Stimme zitterte verdächtig, als er das sagte.

»Du kannst ihn doch überhaupt nicht ausstehen!«

»Gar nicht wahr«, murmelte Simon. »Er ist der Einzige, der sich freut, wenn ich nach Hause komme. Ich liebe ihn nicht weniger als du.«

»Aber du nennst ihn dämliches stinkendes Hundevieh!«

»Du doch auch!«

Als wir uns schließlich ein wenig beruhigt hatten, gingen wir rüber ins Wartezimmer zu der älteren Dame, die ganz offensichtlich ebenfalls geweint hatte und nun erneut in Tränen ausbrach.

»Oh, Gott, er ist nicht bei Ihnen! Ist er ...?«

»Er wird gleich geröntgt«, erklärte Simon. »Die Tierärztin meinte, es ist hoffentlich nur ein Bein gebrochen, aber nach der Untersuchung wissen wir mehr.«

»Es tut mir so leid«, sagte sie zum tausendsten Mal.

»Es war nicht Ihre Schuld«, schniefte ich. »Ich hätte besser auf ihn aufpassen müssen.«

»Es war ein Unfall«, stellte Simon klar. »Niemand ist schuld daran.«

»Hier, ich habe Ihnen meine Nummer aufgeschrieben«, sagte die ältere Dame. »Würden Sie mich bitte anrufen, wenn Sie wissen, wie es ihm geht?«

»Natürlich.« Simon nickte.

Auf der Fahrt nach Hause schwiegen wir uns an. Es gab nicht viel zu sagen. Ich holte die Lieblingsdecke unseres Hundes (eine sehr teure aus Lambswool, die er annektiert hatte, sobald ich sie auf das Sofa gelegt hatte) und sein Lieblingsspielzeug (einen Plüschlöwen, den er Jane geklaut und entkernt hatte und mit dem er nachts gerne kuschelte. Wer ihn deswegen auslachte, erntete dafür einen bitterbösen Blick).

»Ich bringe dich zurück in die Praxis«, sagte Simon. »Du kannst nicht fahren, du stehst noch unter Schock.«

Die Empfangsdame der Praxis begrüßte uns mit den Worten: »Ah, da sind Sie ja wieder. Susie meinte vorhin schon, Sie würden bestimmt bald zurück sein. Setzen Sie sich doch kurz ins Wartezimmer, ich hole sie.«

Die gute Frau sollte eine Karriere als Pokerspielerin in Betracht ziehen – an ihrer Miene ließ sich nicht das Geringste ablesen. Ich hatte keine Ahnung, was mich erwartete. Doch Susie lächelte, als sie gleich darauf hereinkam.

»Es war tatsächlich nur sein Bein gebrochen«, verkündete sie erfreut. »Ein recht komplizierter Bruch, aber er wird gerade von Liam, unserem neuen orthopädischen Chirurg, operiert, seiner Genesung steht im Grunde also nichts im Wege. Der Kleine hatte ein Riesenglück; der Aufprall muss ganz schön heftig gewesen sein. Es grenzt an ein Wunder, dass er nicht schlimmer verletzt wurde. Er wird noch eine Weile recht angeschlagen sein und sich in Selbstmitleid suhlen, aber Terrier sind zäh. Er ist bestimmt recht bald wieder fit.«

Mir stiegen schon wieder Tränen in die Augen. »Manchmal benimmt er sich eher wie eine Katze«, schniefte ich. »Jedenfalls kann er genauso stur und nachtragend sein. Vielleicht hat er ja auch sieben Leben, wie eine Katze!«

»Tja, bleibt nur zu hoffen, dass er es nie wieder unter Beweis stellen muss«, sagte Susie. »Ich melde mich, wenn er die

OP hinter sich hat. Wenn alles gut geht, könnt ihr ihn morgen abholen.«

Zu Hause verständigte ich die ältere Dame und versicherte Jane erneut, es sei lediglich ein Unfall gewesen, niemand mache ihr einen Vorwurf. Als sie schließlich zu weinen aufgehört hatte und beide Kinder im Bett lagen, kam Simon ins Wohnzimmer und ließ sich neben mir auf dem Sofa nieder. Es war schon sehr, sehr lange her, dass wir so zusammengesessen hatten.

»Wir waren ganz schön bescheuert, nicht?«, fragte er. »Oder besser gesagt ich. Du hast recht, es muss sich einiges ändern. Wir müssen wieder ein Team werden. Vorhin konnte ich die ganze Zeit nur daran denken, dass ich für dich da sein und dich trösten will. Ich habe mich gefragt, was wir wohl ohne ihn machen, falls er es nicht schafft. Und was, wenn es stattdessen Peter oder Jane erwischt hätte? Warum streiten wir uns darum, wer den Müll rausbringt oder die Kinder von der Schule abholt? Unsere Familie sollte doch oberste Priorität haben!«

»Ich bin so froh, dass du gekommen bist. Mir ging in etwa das Gleiche durch den Kopf. Die letzten paar Wochen waren echt ein Horror – die ständigen Streitereien, das eisige Schweigen zwischen uns ... Ich habe mich sogar gefragt, ob wir noch mal die Kurve kriegen oder ob es das jetzt war für uns.«

»Ich auch«, sagte Simon leise. »Willst du denn, dass es das war?«

»Willst du es?«

»Ich hab zuerst gefragt.«

»Nein. Nein, das will ich nicht, aber falls es das war, dann bekomme ich das Sorgerecht für den Hund.«

»Ich will auch nicht, dass es das war«, sagte Simon. »Ich

kann mir ein Leben ohne dich und die Kinder – oder diesen stinkenden Straßenköter – nicht vorstellen. Ich hätte bloß nie erwartet, dass verheiratet zu sein so verdammt anstrengend ist. Ich dachte, wir hopsen einfach Hand in Hand in den Sonnenuntergang, aber das war ein Trugschluss.«

Ich nickte. »Geht mir ähnlich. Bücher und Filme hören immer mit dem Happy End auf, und alle tun so, als wären die Protagonisten danach glücklich und zufrieden bis an ihr Lebensende. Als würden irgendwelche Heinzelmännchen die Spülmaschine ausräumen oder das Klo putzen.«

»Tja, wir werden uns wohl beide noch mehr ins Zeug legen müssen, was? Ich finde es ganz schön schwierig, mich daran zu gewöhnen, dass du wieder ganztags arbeiten gehst. Ich hatte nicht erwartet, dass ich es dir so krummnehmen würde. Aber ich weiß, das ist total unfair dir gegenüber. Ich sollte weniger egoistisch sein und dich mehr unterstützen. Und du solltest nicht mehr in Urlaub fliegen, ohne mir Bescheid zu geben. Und vielleicht versuchen, normal mit mir zu reden, statt mich anzuschreien. Ehrlich gesagt sollten wir ganz allgemein wieder mehr miteinander reden. Vielleicht sollten wir ja eine Art Date Night einführen.«

»Okay, aber können wir es vielleicht anders nennen? Bei Date Night denke ich an Teenager in einem amerikanischen Highschool-Film, nicht an zwei erwachsene Leute Mitte vierzig. Ach, ja, und das mit meinem Job könnte sich mittlerweile erledigt haben. Es gab vorhin im Büro einen kleinen Zwischenfall …«

»Scheiße, was war denn los?«

»Na ja, ich bin aufgeflogen. Also, die Tatsache, dass ich Mutter von zwei Kindern bin, meine ich.«

»Dir muss doch klar gewesen sein, dass das irgendwann passieren würde.«

»Ja, schon, aber ... Ich weiß auch nicht. Ich hatte einfach gehofft, ich könnte es für mich behalten.«

»Und, werfen sie dich raus?«

»Keine Ahnung. Meine Kollegen waren sprachlos, und ich wusste auch nicht, was ich sagen sollte, also bin ich einfach nach Hause gegangen.«

»Du bist einfach nach Hause gegangen? Ich muss schon sagen, Liebes, für jemanden, der sich so gut darauf versteht, eine handfeste Szene zu machen, läufst du erstaunlich oft vor Konflikten und Gefühlen davon.«

»Du aber auch!«

»Hmpf. Na ja, das Schlimmste, was passieren könnte, ist, dass du gefeuert wirst und mich künftig wieder mit einem fertigen Abendessen und vorgewärmten Pantoffeln empfangen kannst.«

»Ha, ha, sehr witzig.«

»Entschuldige. Ich wollte nur die Stimmung etwas auflockern. Hör zu, egal, wie es jetzt weitergeht, wir dürfen nicht vergessen, dass wir das zusammen durchstehen, okay?«

»Okay.«

»Und du weißt, dass ich dich liebe, oder?«

»Ja. Ich finde dich ja auch ganz annehmbar.«

»Ellen! Geht's vielleicht ein bisschen gefühlvoller?«

»Na gut, meinetwegen: Ich liebe dich auch. Zufrieden?«

»Ich bin zu Tränen gerührt.«

»Na, dann ist ja alles wunderprächtig.«

»Und, sehen wir uns eine Folge *Gebrauchtwagen-Profis* an?«

»Kannst du fett vergessen.«

Montag, 19. Juni

Am Samstag konnten wir den Hund holen. Er findet es sichtlich bescheuert, dass man ihm eine Schlinge angelegt hat und er in den Garten getragen werden muss, wenn er sein Geschäft erledigen will, denn wie alle männliche Wesen zieht er es vor, dabei ungestört zu sein und die Sache mit einem kurzen Moment der Kontemplation zu verbinden. Ich schätze mal, seine Empörung über diese Würdelosigkeit wird für eine rasche Genesung sorgen.

Über dem Drama um Leben und Tod am Freitagabend und der Erleichterung darüber, dass Simon und ich uns versöhnt haben und übereingekommen sind, künftig wieder an einem Strang zu ziehen, hatte ich den Showdown von Freitagnachmittag beinahe vergessen. Als ich heute in die Arbeit kam, erschien Ed, mein Boss, in der Tür seines Büros und bat um eine kurze Unterredung. Ich kam der Aufforderung mit eingezogenem Kopf nach. Es fühlte sich genauso an wie früher, wenn ich zur Schuldirektorin gerufen wurde.

Ed war wenig erfreut darüber, dass er seine Komfortzone verlassen und sich mit jemandem unterhalten musste.

»Ähm, wie ich höre, gab es in der Abteilung ein … kleines Missverständnis …«, sagte er.

»Ja, so könnte man es auch nennen«, murmelte ich finster.

»Offenbar dachte der Rest des Teams, Sie hätten keine Kinder?«

»Jep.«

»Aber Sie sind Mutter, oder?«

»Jep.«

»Na, dann. Ein Missverständnis, weiter nichts. So was

kommt schon mal vor. Okay. Ich bin froh, dass wir das geklärt haben.«

»Ähm, war das schon alles?«

»Na ja, ich wurde gebeten, mit Ihnen über das Missverständnis zu reden, und das habe ich getan. Sagen Sie, Ellen, gefällt es Ihnen bei uns?«

»Ja, ich arbeite sehr gern hier. Es war eine ziemliche Umstellung, wieder ganztags zu arbeiten, aber ich habe das Gefühl, jetzt spielt es sich allmählich ein.«

»Verstehe. Ich hab mich bloß gefragt, wie es wohl zu diesem Missverständnis kommen konnte. Hatten Sie das Gefühl, nicht erzählen zu können, dass Sie Kinder haben, weil Sie Angst hatten, als Mutter anders behandelt zu werden? Gleichberechtigung wird bei uns nämlich großgeschrieben, und es gehört zu unseren erklärten Zielen, Frauen zum Wiedereinstieg ins Berufsleben zu ermutigen. Gabrielle von der Personalabteilung hat mir gerade stapelweise Unterlagen dazu vorgelegt. Ich verstehe ehrlich gesagt nicht, warum sie das alles nicht in eine E-Mail packen konnte. Einerseits redet sie die ganze Zeit von Nachhaltigkeit und Recycling und Bio, und andererseits vernichtet sie einen halben Regenwald, indem sie jede einzelne Mitteilung ausdruckt. Das papierlose Büro ist die Zukunft, das versuche ich ihr immer wieder zu vermitteln, aber für ihre Abteilung gilt das offenbar nicht. Na, wie dem auch sei, bei uns sollte keine Frau das Gefühl haben, ihre Kinder verheimlichen zu müssen. Heutzutage macht so etwas doch keinen Unterschied mehr, nicht?«

Ich glaube, ich habe Ed noch nie so lange am Stück reden gehört. Und ich weiß, er meint es gut, und bis Jane anfängt zu arbeiten, hat sich das, was er sagt, hoffentlich bewahrheitet, aber nur ein Mann kann die Behauptung aufstellen, arbeitende Mütter würden nicht benachteiligt oder zumindest anders behandelt. Wenn es auf der Welt nur so anständige Leute wie Ed gäbe, wäre das Problem gegessen, aber leider sind nun mal nicht alle so wie Ed. Und diese Gabrielle ist eine scheinheilige falsche Schlange! Erst zieht sie andauernd über Lydia her, und dann pocht sie auf die Gleichbehandlungsprinzipien der Firma!

Ed war nach seinem kleinen Vortrag sichtlich erschöpft und stierte eine Weile missmutig auf die Papierstapel, die vor ihm auf dem Schreibtisch lagen.

»Ähm, haben Sie sonst noch etwas auf dem Herzen?«, fragte ich schließlich vorsichtig.

»Hm? Äh, ja. Wir haben immer mehr zu tun und werden expandieren. Max hat vorhin angerufen. Demnächst wird es hier zwei neue Teams geben. Ich soll die Teamleiter ernennen, und ich wollte Sie und Lydia fragen, ob Sie sich bewerben wollen. Viel mehr Gehalt springt dabei leider nicht raus, aber es macht sich gut im Lebenslauf.«

»Was ist mit James und Alan und Joe?«

»Die können sich meinetwegen auch bewerben, aber Sie und Lydia sind meine Wunschkandidatinnen.«

»Weiß Lydia schon Bescheid?«

»Nein, mit der rede ich als Nächstes. Schicken Sie sie doch bitte rein, ja?« Er ließ die Schultern hängen bei der Aussicht auf ein zweites Vieraugengespräch an einem Tag.

»Okay. Tja, vielen Dank, Ed, ich weiß es zu schätzen, aber ich müsste das erst mit meinem Mann besprechen.«

»Natürlich. Tun Sie das und überlegen Sie es sich. Es hat keine Eile.«

Puh. Damit war die erste Hürde erfolgreich genommen. Jetzt musste ich mich nur noch dem Rest der Abteilung stellen.

James hatte immerhin den Anstand, einigermaßen kleinlaut zu wirken.

»Ich finde es nach wie vor echt seltsam, dass du uns diese Informationen vorenthalten hast, Ellen«, sagte er, »aber meine Frau meinte, sie kann es gut verstehen. Bei ihr im Büro gibt es auch Leute, die sich ihr gegenüber fies verhalten. Ich werd versuchen, mich zu bessern und künftig netter zu Lydia sein.«

Alan dagegen schmollte noch, und Lydia war richtig sauer auf mich. Sie fing mich ab, als ich mir in der Küche einen Kaffee machte. »Ich kann noch immer nicht fassen, dass du das getan hast.«

»Ich weiß, und es gibt keine Entschuldigung dafür«, sagte ich ergeben. »Ich kann mich nur aufrichtig entschuldigen und noch einmal betonen, dass ich mich falsch verhalten habe. Ich bin ein schlechter Mensch, und der Ansicht ist mein Karma ganz offensichtlich auch, am Freitag wurde nämlich mein Hund angefahren.«

»Oh, Gott, das ist ja ... das tut mir leid!«, stotterte Lydia entsetzt.

»Er hat es zum Glück überlebt. Sein Vorderlauf ist gebrochen, aber er wird wieder, sagt die Tierärztin. Trotzdem hat der Schreck in meinem Kopf so einiges zurechtgerückt. Also, ja, ich weiß, mein Verhalten dir gegenüber war unter jeder Kritik, und es tut mir leid, okay? Ich weiß nicht, was ich sonst noch sagen soll – nach diesem Wochenende ist mein Bedarf an Dramen gedeckt, also wenn du mich trotzdem weiterhin hassen willst, dann nur zu.«

»Ach, Scheiße«, knurrte Lydia. »Ich hatte mir genau zurechtgelegt, was ich dir alles an den Kopf werfen würde, aber das geht ja jetzt nicht mehr, schon wegen der Sache mit deinem Hund. Ehrlich gesagt bin ich einfach neidisch, weil ich nicht selbst auf die Idee gekommen bin, so zu tun, als hätte ich keine Kinder. Das hätte mir das Leben hier bedeutend erleichtert.«

»Apropos, Ed will mit dir reden.«

»Was? Wieso das denn?«, stieß sie entnervt hervor. »Für gewöhnlich will er doch nie gestört werden!«

»Soweit ich informiert bin, kannst du dich auf eine erfreuliche Neuigkeit einstellen. Alles Weitere soll er dir selbst sagen. Und noch einmal, Lydia: Es tut mir wirklich leid, und ich würde mich freuen, wenn wir die Sache hinter uns lassen und vielleicht sogar so was wie Freundinnen werden könnten.«

Lydia grunzte lediglich etwas Unverbindliches.

Es gibt noch eine weitere positive Entwicklung zu verzeichnen: Als ich auf dem Nachhauseweg war, erhielt ich eine SMS von der Agentur. Es hat sich ein neues Au-pair für uns gefunden. Das Mädchen heißt Sara, kommt aus Pisa und kann sofort anfangen. Die Vorstellung, Italienisch zu lernen, gefällt mir. Kann ja nicht so schwer sein, schließlich hatte ich in der Schule Latein. Ich frage mich, ob Sara Pizza für uns machen wird. Falls nicht, gelingt es ihr ja vielleicht zumindest, Simon zum Pastaessen zu bekehren.

JULI

Samstag, 1. Juli

Hurra! Heute haben sich Hannah und Charlie endlich das Ja-Wort gegeben! Ich war extrem aufgeregt, und ich hatte mein Outfit sehr sorgfältig geplant. In meinem Kleiderschrank befanden sich seit Wochen ein atemberaubendes Kleid aus geblümter Seide sowie ein superschicker Hut. Als Tüpfelchen auf dem *i* hatte ich eigentlich weiße Handschuhe anziehen wollen, doch Simons lapidarer Kommentar dazu hatte gelautet: »Du bist nicht die Queen!«

Ich hatte einen Anzug für Peter gekauft, und Jane hatte nach langer Suche ein Kleid gefunden, mit dem wir beide leben konnten, sprich, es hatte dezent nuttige Tendenzen, ließ sie aber nicht nach minderjährigem Knastköder aussehen. Wir hatten mehrere lange Diskussionen zum Thema Make-up geführt, und am Ende hatte ich den Kampf aufgegeben und gesagt, Sophie dürfe am Vorabend bei uns übernachten, dann konnten sie sich morgens gegenseitig schminken. So war heute Jane wenigstens nicht die Einzige, die aussah, als wollte sie im nächsten *Batman*-Film den Joker spielen.

Alles in allem hatte ich also alles perfekt durchorganisiert und reagierte deshalb mehr als gereizt, als Simon um neun seinen »Hochzeitsanzug« aus dem Schrank holte und kopfschüttelnd feststellte: »Den kann ich unmöglich anziehen. Mir war gar nicht klar, wie veraltet der inzwischen aussieht. Kein Wunder, wir waren jahrelang auf keiner Hochzeit. Tja, ich werde mir wohl einen neuen kaufen müssen.«

»Was? Nein! Das geht nicht. Wir müssen um halb eins los. Zieh einfach einen von deinen Büro-Anzügen an.«

»Auf keinen Fall«, sagte Simon ungeduldig. »Ich will nicht aussehen, als käme ich direkt aus der Arbeit. Nein, ich fahre nur schnell in die Stadt und besorge mir einen neuen Anzug. Ich bin im Handumdrehen wieder da.«

»VERGISS ES, Simon! Ich verbiete es dir! Warum zum Geier hast du dich nicht schon etwas eher darum gekümmert? Ich wollte mir jetzt ein entspannendes Bad gönnen und mich dann in aller Ruhe anziehen und alle möglichen Lidschatten-Kombis ausprobieren. Du kannst keinen Anzug kaufen gehen; du musst auf die Kinder aufpassen. Sara hat heute frei; sie ist mit Freunden aus der Sprachschule zu einem Picknick verabredet. (Sara ist ein Engel. Die erhoffte Pizza hat sie zwar noch nicht gemacht, aber sie geht nicht halb so oft in die Disco wie Juliette, das französische Flittchen.)

»Jetzt reg dich doch nicht so auf«, sagte Simon. Nichts regt mich mehr auf, als wenn mir jemand sagt, ich soll mich nicht aufregen. »Ich nehme die Kinder einfach mit.«

»Was? Zum Einkaufen? Alle drei?«

»Jawohl, alle drei! Ob du's glaubst oder nicht, Schatz, ich bin sehr wohl in der Lage, drei Kinder zu beaufsichtigen. Was soll schon passieren?«

»Fordere das Schicksal nicht heraus!«

Aber Jane und Sophie weigerten sich ohnehin, Simon zu begleiten, weil sie den gesamten Vormittag brauchen würden, um sich vorzubereiten, wie sie sagten. Simon mit Peter losziehen zu lassen klang mir nach einer sinnvollen Lösung, da Sophie und Jane erfahrungsgemäß keine Bespaßung benötigen, wenn man sie zusammenspannt, vor allem, solange Peter nicht in der Nähe ist.

Ich stattete Simon noch mit diversen Anweisungen aus (»Kauf um Himmels willen weder Energy-Drinks noch Haribo für Peter, und sieh zu, dass er sich nicht mit Würstchen im Schlafrock vollstopft«), worauf mich Simon erneut darauf hinwies, er sei durchaus in der Lage, sich einen Vormittag lang um seinen Sohn zu kümmern UND einen Anzug zu kaufen.

»So, Mädels, und wir spielen jetzt Schönheitsfarm, mit allem Drum und Dran: Gesichtsbehandlung, Friseur, Make-up«, sagte ich gut gelaunt zu Jane und Sophie, sobald die Männer außer Haus waren, doch die Reaktion fiel verhalten aus; die beiden zogen es vor, unter sich zu bleiben. Also legte ich mich wie geplant in die Badewanne, sah aber immer wieder besorgt auf die Uhr.

Gegen zwölf rief Simon schließlich an. »So, jetzt muss der Anzug noch geändert werden, aber das dauert nicht lang«, verkündete er fröhlich. »Fahrt schon mal vor, wir sehen uns dann vor Ort.«

»Du Mistkerl! Warum tust du mir das an?«

»Beruhige dich! Es wird schon alles gut gehen.«

»Und was ist mit Peter? Er muss sich noch umziehen, und sein Anzug ist hier!«

»Er will den Anzug nicht anziehen. Er meinte, das hätte er dir auch gesagt. Wir haben ein Hemd und eine Stoffhose für ihn besorgt. Vielleicht kannst du den Anzug ja noch zurückgeben.«

»Aber er würde sehr schmuck aussehen in diesem Anzug.«

»Peter sagt, er kommt sich darin dämlich vor, und der Stoff kratzt.«

»Herrgott noch mal! Also gut, dann bis gleich. Seid pünktlich! Und keine Energy-Drinks!«

Grrr. Der Anzug war so süß! Peter hatte darin zum Knutschen ausgesehen. Die beiden hatten einfach keinen blassen Schimmer von Mode! Ich konnte nicht fassen, dass ich mir von einem Mann, der nicht nachvollziehen konnte, warum Peter einen Anzug tragen sollte, die weißen Handschuhe zu meinem Kleid hatte ausreden lassen.

Schließlich verfrachtete ich Jane und Sophie, die sich in zwei veritable Mini-Lolitas verwandelt hatten, ins Auto und fuhr zu dem Hotel, in dem die Feierlichkeiten über die Bühne gehen sollten. Dabei murmelte ich die ganze Zeit über allerlei wüste Verwünschungen vor mich hin, bis Jane in strafendem Tonfall bemerkte, ich solle endlich aufhören, damit zu drohen, dass ich ihrem Vater den Schwanz abhacken würde.

»Ja, Ellen, wenn ihr keine Babys mehr wollt, kann er das im Krankenhaus machen lassen«, mischte sich Sophie ein.

Meine Fresse, ich muss wirklich mal mit der Schule über den Aufklärungsunterricht reden.

Am Hotel angekommen, parkte ich den Wagen und scheuchte die Mädchen hinein, damit sie uns schon mal einen Platz sicherten. Der Saal war sehr hübsch dekoriert. Mrs P (*die weiße Handschuhe trug!*) flatterte herbei und sagte: »Hallo, meine Liebe! Sieht es nicht toll aus? Das hat Hannah wirklich großartig hingekriegt. Wobei ich sagen muss, ein origineller Touch da und dort hätte nicht geschadet. Ich hatte ihr ja vorgeschlagen, neben jeder Stuhlreihe Blumensträußchen in alten Gummistiefeln zu platzieren, aber sie wollte nichts davon hören. Und als ich mit meinen hübschen Kaffeedosenlaternen im marokkanischen Design ankam, wurde sie regelrecht ausfällig. Marjorie wird schrecklich enttäuscht sein. Sie hat im Seniorenheim monatelang nur Kaffee serviert, damit genug Dosen zusammenkommen; die alten Leutchen lechzen garantiert alle nach einer schönen Tasse Tee. Sieh an, sind die Kinder groß geworden! Wobei ich Jane und ihre Freundin erst fast nicht erkannt hätte.«

Ich seufzte. »Ja, das nennt sich ›Contouring‹.«

»Aha. Ich glaube, so was gab es noch nicht, als ich jung war. Wie wär's mit einem Gin, Ellen? Offiziell ist die Bar noch nicht geöffnet, aber ich wette, ich kann ihnen trotzdem schon einen Drink aus dem Kreuz leiern, schließlich bin ich die Mutter der Braut.«

»Na, gut, einen klitzekleinen vielleicht«, willigte ich ein, da mein Göttergatte und mein Sohn noch immer nicht aufgetaucht waren.

Gleich darauf drückte mir Mrs P verstohlen ihr Glas in die Hand. »So, und jetzt hole ich noch schnell ein paar von meinen Laternen und stelle sie rechts und links des Mittelgangs auf«, sagte sie und eilte von dannen.

Simon ließ weiter auf sich warten, aber der Gin entfaltete bereits seine beruhigende Wirkung, also ließ ich mich neben Sam nieder, der gerade mit sichtlichem Entsetzen die Gesichter unserer Töchter betrachtete.

»Ich weiß, ich weiß«, sagte ich. »Aber was soll ich sagen? Jede Frau muss ihre eigenen Schminkfehler machen.«

Sam hob eine Augenbraue. »Und wo bleibt Simon? Ist alles in Ordnung? Habt ihr euch etwa mal wieder gezofft?«

»Nein«, flüsterte ich. »Es ist alles bestens, einmal abgesehen davon, dass sich dieser verdammte *Affenarsch* unbedingt HEUTE VORMITTAG einen neuen Anzug zulegen musste, der natürlich erst noch gekürzt werden muss. Er kommt dann direkt hierher.«

»Welcher Idiot kauft sich ein paar Stunden vor einer Hochzeit noch schnell einen neuen Anzug?«

»Genau das habe ich ihn auch gefragt. Und neue Sachen für Peter hat er besorgt, dabei hatte ich einen *ausnehmend schicken Anzug* für ihn gekauft!«

»Ehrlich gesagt hat Peter schon die ganze Zeit gejammert, dass er das Ding nicht anziehen will, du hast dich bloß taub gestellt. Toby würde sich garantiert auch nicht in einen Anzug stecken lassen.« Sam deutete auf seinen Sohn, der in Hemd und Chinos zugegebenermaßen recht adrett aussah.

Ich rutschte immer nervöser auf meinem Stuhl hin und her und wollte Simon gerade eine bitterböse SMS schicken, als er endlich antanzte. Er sah umwerfend aus in seinem neuen Anzug (das will ich verdammt noch mal auch hoffen, nach der ganzen Aufregung!), und auch Peters Outfit, das dem von Toby glich, konnte sich sehen lassen, obwohl ich schon die schlimmsten Befürchtungen gehegt hatte. Einziger Grund zur Beanstandung war der leicht manische Blick, den Peter draufhatte. Wie es aussah, hatte er meinen Ermahnungen zum Trotz einen Energy-Drink konsumieren dürfen.

Simon schenkte mir ein selbstgefälliges Grinsen. »Ich hab doch gesagt, wir schaffen es locker noch rechtzeitig. Du machst dir immer viel zu viele Gedanken. Du solltest endlich lernen, dich zu entspannen und mir zu vertrauen.«

Gut möglich, dass er recht hatte, aber ich würde den Teufel tun und es zugeben. In diesem Moment setzte die Musik ein, und dann erschien auch schon die Braut. Hannah sah viel schöner aus als bei ihrer ersten Hochzeit, und sie strahlte übers ganze Gesicht, wobei sie kurz die Augen verengte, als sie Mrs Ps Kaffeedosenlaternen erblickte.

Die Zeremonie war sehr ergreifend. Ich glaube, ich habe in meinem ganzen Leben noch nie ein Hochzeitspaar gesehen, das so verliebt wirkte wie Hannah und Charlie. Es gab eine kurze erzwungene Pause, als es Zeit für meine Lesung war, da ich dummerweise nicht mitgedacht und mir keinen Randplatz gesichert hatte, weshalb ich erst einmal über Simon, Peter, Jane und Sophie hinwegklettern musste, aber es gelang mir, dabei nicht Scheiße zu sagen.

Hinterher gab es Sekt und den obligatorischen Fototermin und eine kleine Auseinandersetzung zwischen Hannah und Mrs P wegen der Laternen – und wegen der Ginflaschen-Kerzenständer, die Mrs P in der Zwischenzeit hereingeschmuggelt und auf den Tischen verteilt hatte, aber abgesehen davon war die Feier wunderschön.

Abends wurde getanzt.

»Zu diesem Song haben wir auf unserer Hochzeit auch getanzt«, murmelte ich, während ich verträumt mit Simon übers Parkett schwebte.

»Echt jetzt?«, fragte er verdutzt.

»Simon!«

»Kleiner Scherz. Ich kann mich noch sehr gut daran erinnern.«

Ich musterte ihn argwöhnisch. »Tust du das wirklich, oder sagst du das nur in der Hoffnung auf ein bisschen Action heute Nacht?«

»Was glaubst du denn?« Er zwinkerte mir zu und grinste.

»Ich glaube, du willst mich mal wieder provozieren.«

»Aber genau deshalb liebst du mich.«

»Du kannst dich glücklich schätzen, dass ich das tatsächlich tue.«

»Mach ich auch, und du kannst dich glücklich schätzen, dass ich dich ebenfalls liebe.«

»Ja, schon«, gab ich widerstrebend zu.

Ich schätze, darum geht es letzten Endes in einer Ehe: Dass man jenen besonderen Menschen findet, den man sein Leben lang provozieren will und von dem man sich umgekehrt provozieren lassen will.

Donnerstag, 20. Juli

Heute war Janes Schulabschlusstag an der Grundschule.

Simon hatte sich freigenommen, um mich begleiten zu können, und das ganz ohne dass ich ihn daran erinnern, anschreien oder ihm hatte drohen müssen. Morgens wurde ich sowohl von ihm als auch von Jane misstrauisch beäugt.

»Daddy, du musst dafür sorgen, dass sie nicht rumheult und mich blamiert«, sagte Jane zu ihrem Vater.

»Ich und rumheulen?«, protestierte ich. »Ich habe an deinem ersten Schultag nicht geweint, wieso sollte ich es also heute tun?«

»Angeblich weinen alle Mütter. Aber nur weil die sich so albern benehmen, ist das noch lange kein Grund für dich, es auch zu tun.«

»Wenn deine Mami weint, dann nur, weil sie dich liebhat, Jane«, sagte Sara (ich wette, Juliette wäre längst nicht so diplomatisch gewesen), und Jane grunzte und verdrehte die Augen.

»Natürlich wird sie weinen«, krähte Peter. »Mami weint doch andauernd! Sie kann noch nicht einmal *Wilbur und Charlotte* vorlesen, ohne zu heulen! Es wird bestimmt totaaaal peinlich für dich, Jane!«

»Hör auf, Peter«, schnauzte ich ihn an. »Heute ist Janes großer Tag, also bitte provozier sie nicht.«

»Wart's ab, du bist auch bald mit der Grundschule fertig, Arschgesicht, und dann werden wir ja sehen, ob du es noch zum Lachen findest, wenn Mami heult«, prophezeite Jane ihrem Bruder.

Dann machten wir uns mit Sara, die auch mitkommen wollte, auf den Weg. Vor der Schule wartete Sam auf uns. »Keine Sorge, Ellen, ich habe tonnenweise Taschentücher dabei«, sagte er, ehe wir hineingingen und uns auf unsere Plätze in einer der hinteren Reihen begaben. Wir wussten schließlich, wo wir hingehörten. Fiona Montague und die Mami der perfekten Lucy Atkinson hatten quasi seit Mai vor der Tür campiert, um sich und ihren Ehemännern einen Platz in der ersten Reihe zu sichern, und sie machten ein Riesentheater, als sie gebeten wurden, ihre überdimensionalen Fotoapparate wieder einzupacken, weil die Schule einen professionellen Fotografen engagiert hatte, der von jedem Kind ein offizielles Bild machen würde. Der schleimige Julian reagierte besonders verärgert und beharrte, er sei selbst professioneller Fotograf und müsse deshalb von dieser Regelung ausgenommen werden, bis ihm die Direktorin in barschem Tonfall befahl, sich hinzusetzen.

Die Feier selbst war sehr schön. Alle Kinder sahen sehr erwachsen aus, wie sie dort oben auf der Bühne zur Direktorin marschierten, um ihr die Hand zu schütteln und ihre Urkunde in Empfang zu nehmen. Die Schule liebt Urkunden. Wir haben von beiden Kindern schon Dutzende dieser Dinger zu Hause, weil ich nie genau weiß, welche ich aufheben muss und welche im Rundordner landen dürfen. Ich habe es nie gewagt, jemanden danach zu fragen; ich wollte mir keine missbilligenden Blicke einhandeln. Ich gehe mal davon aus, dass ich diese Urkunde aufbewahren sollte.

Obwohl der rationale Teil meines Gehirns genau wusste, dass ich sieben extrem lange Jahre hinter mir hatte, die angefüllt waren mit Debatten zum Thema »So geht schriftliche Division«, mit der Lektüre stumpfsinniger Lesebücher und mit dem Basteln von Wikingerschiffen und römischen Festungsanlagen, wurde ich plötzlich von meiner Rührung übermannt und schniefte unüberhörbar in ein viel zu kleines Papiertaschentuch, bis mir Sam ein großes, sauberes Herrenstofftaschentuch in die Hand drückte. Ich weinte, weil es gefühlt noch gar nicht allzu lange her war, dass ebendiese Mädchen und Jungs an ihrem ersten Schultag dort oben gestanden hatten, lauter Winzlinge, die in ihren zu großen Blazern klein und zerbrechlich ausgesehen hatten und viel zu jung, um schon in die Schule zu gehen.

Und kaum hatte ich mich an den Gedanken gewöhnt, dass meine Kinder in die Grundschule gingen, war Jane ihr auch schon wieder entwachsen, und in sechs Wochen kommt sie auf die Schule für die Großen und wird dort an ihrem ersten Tag vermutlich auch wieder so klein und zerbrechlich aussehen wie damals, und dann muss sie sich den Herausforderungen der Mittelschule stellen. Wird sie ihnen gewachsen sein? Werde ich ihnen gewachsen sein?

Was habe ich mir, als Peter und Jane noch Windeln trugen, über unwichtigen Kram den Kopf zerbrochen! Welches ist der richtige Babybrei, der richtige Schlafsack, die richtige Decke, das richtige Nachtlicht? Bauch- oder Rückenlage? Welche Lernspielsachen überfordern oder unterfordern das Kind? Ich wünschte, jemand hätte mir schon damals gesagt, dass das alles keinen großen Unterschied macht. Im Grunde kann man für seinen Nachwuchs nicht mehr tun, als ihn zu lieben und das Beste hoffen. All das schniefte ich, an Simons Schulter gelehnt, während er zischte, ich solle mich zusammenreißen, und Jane mich von der Bühne entsetzt anstierte. Ich wünschte auch, ich hätte mich für wasserfeste Wimperntusche entschieden, wie es Fiona Montague und die Mami der perfekten Lucy Atkinson in weiser Voraussicht getan hatten.

»Ich hab doch gesagt, du sollst nicht heulen!«, rügte mich Jane hinterher.

»Aber alle anderen Mamis haben auch geweint, Liebes«, protestierte ich. »Und Sara ebenfalls!« Zugegeben, Sara hatte im Gegensatz zu mir nicht geheult wie ein Schlosshund, sondern lediglich ein, zwei Tränchen vergossen und dabei »Bella bambina« geschnieft, und sie war, wenn sie weinte, deutlich hübscher anzusehen als ich mit meiner roten Rotznase.

Jane schnaubte. »Wenn alle anderen Mamis von einer Klippe springen würden, würdest du dann hinterherspringen?« Genau das sage ich immer zu ihr, wenn sie darauf beharrt, dass alle anderen Mädchen etwas tun/dürfen/bekommen. »Na, also. Und deine Wimperntusche ist total verschmiert! Ganz im Ernst, Mami, wenn du an meinem ersten Schultag nicht geweint hast, warum tust du es dann jetzt?«

»Weiß ich doch auch nicht! Vielleicht, weil das das Ende einer Ära ist und weil jetzt ein neuer Lebensabschnitt für dich beginnt.«

»Oh, Gott, du bist echt *sooooo* peinlich! Also, gehen wir nachher Fisch und Chips essen?«

»Ja.«

»Und kriege ich zur Feier des Tages meinen Instagram-Account, wo ich doch jetzt erwachsen bin und ein neuer Lebensabschnitt für mich beginnt?«

»Nein.«

»Das ist total unfair!«

»Ja, ja.«

»Ich hasse dich!«

»Erzähl mir was Neues.«

»Du ruinierst mein Leben!«

»Das ist mein Job; ich bin deine Mutter.«

»Kriegen wir nachher auch ein Eis?«

»Meinetwegen.«

DANKSAGUNG

Wie schon mein erstes Buch war auch das vorliegende Werk ein Gemeinschaftsprojekt, und es gibt unzählige Menschen, bei denen ich mich bedanken muss. Unter ihnen sind die Leute von HarperCollins, insbesondere Katya Shipster, Polly Osborn, Jasmine Gordon, Jenny Hutton, Tom Dunstan, Anna Derkacz, Alice Gomer und das gesamte Vertriebsteam. Ein riesiges Dankeschön hat sich auch mein leidgeprüfter Agent Paul Baker von Headway Talent verdient, schon dafür, dass er sich mit mir herumschlägt. Ein besonderer Dank ergeht außerdem an Kearan Ramful und das Team. Danke Carly P. für die Hilfe in Sachen Veterinärmedizin und für die Beantwortung meiner zahllosen Fragen. Etwaige Ungenauigkeiten hinsichtlich tierärztlicher Behandlungen gehen allein auf mein Konto; Carlys Ratschläge sind über jeden Zweifel erhaben. Und Grace Cheetham bin ich bis in alle Ewigkeit zu Dank für die erste Chance verpflichtet.

Alison, Eileen, Linda, Lynn, Mairi und Tanya, danke, dass ihr mich beim Schreiben dieses Buches mit reichlich Gin, Rioja, FIAFS und gesundem Menschenverstand versorgt habt. Danke auch an die aktuellen und verflossenen Dahlings für ihre Unterstützung und ihren unerschütterlichen Glauben an mich. Ich danke den Saddle Survivors, insbesondere Gav, für die Elefanten in Culloden, ein Augenblick, der zu skurril und surreal war, um ihn in einem Buch zu verwursten, so sehr ich es auch versucht habe.

Ellie, Aaron, Callum und Alice: Danke für das Café Patron, für die Erinnerung daran, dass das Café Patron eine schlechte Idee ist, für die Killers in Endlosschleife und dafür, dass ihr mich so oft nach Hause gebracht und so viel mit mir gelacht habt.

Zu guter Letzt möchte ich meiner Familie danken. Mein Ehemann bekam vor vielen Jahren den Spitznamen »der Traumzerstörer« verpasst, weil er mich unfairerweise davon abgehalten hat, all unser Hab und Gut in eine ganz besonders baufällige (aber pittoreske) Bruchbude zu versenken. Dafür hat er mich bei dem Traum, der wirklich zählte, bis zum Gehtnichtmehr unterstützt. Danke, Traumzerstörer. Meine süßen Engelchen, ich fürchte, ich werde euch ein klitzekleines Bisschen vernachlässigen müssen, bis das Buch fertig ist, also vielen Dank schon mal für euer Verständnis. Und nur zu eurer Information: Ich liebe den Hund nicht mehr als euch, ich liebe ihn nur anders. Und last but not least ein riesiges Dankeschön an meine Schwiegereltern, die meine Kinder versorgt haben, während ich geschrieben, geheult und mir die Fingernägel abgeknabbert habe bis auf die Knochen. Ich werde euch ewig dankbar sein für alles, was ihr für uns tut.